U0007519

A SWIM IN A POND IN THE RAIN

IN WHICH FOUR RUSSIANS GIVE A MASTER CLASS ON WRITING, READING, AND LIFE

雨落池中，為何還堅持游泳

精讀俄羅斯四大文豪短經典。一堂為閱讀、寫作與人生解惑的大師課

喬治・桑德斯

譯——顏于凡

GEORGE SAUNDERS

致我在雪城大學的學生們，從過去到現在，乃至未來。

並為蘇珊・卡蜜爾獻上深深感念

伊凡．伊凡內奇跑出浴房，噗通跳進水裡並濺起一大簇水花，揚起雙臂在雨中奮力游動。他的動作激起一陣陣波浪，白百合隨之搖曳。他游到河淵中央，縱身潛入深處，不一會兒又從另一處探頭而出，繼續游動、鑽潛，試圖摸到河底。「噢！上天啊！」他沉浸於自我，不斷重複：「上天呀！」他游到磨坊邊，與幾個農民稍作閒聊，然後游回河中央，仰天浮躺著，讓雨水恣意落在臉上。布爾金和阿留辛都已穿好衣服準備走了，只有他還在那兒游泳沉潛，不斷呼喊「上天啊！主啊！請憐憫我吧！」

「您也游夠了吧！」布爾金對他大喊。

——安東．契訶夫，《醋栗》

上課鈴響

過去二十年來，我在紐約雪城大學固定開一門課，教授十九世紀俄羅斯短篇小說翻譯。有些學生是美國最傑出的年輕作家（每年約有六至七百名申請者，我們只會選出六名新生），他們早已技藝超群；這堂課想做的，是在接下來三年內幫助他們達到我所謂的「個人代表性境界」。在這個境界，學生將創造出只有他們能寫出的作品，善用一切讓他們顯得與眾不同的特色，包含優點、缺點、執著或怪癖等。達到這樣的水準，才足以呈現「優秀的文筆」。總之，目標就是幫助他們獲得無所畏懼並快樂展現自我的寫作技巧。

在課堂上，我們閱讀許多偉大的俄羅斯文學家作品，分析他們如何書寫，希望能理解這些體裁架構（講白了就是「這種筆法到底該怎麼用」）。我時常開玩笑說，我們其實是在研究能從這些作品裡竊取什麼招數（這倒也是實話啦）。

數年前，某一天下課後（那是個空氣裡懸浮著粉筆灰的秋日，老式暖氣在牆角嘎嘎運轉，耳邊傳來樂儀隊在遙遠彼處排練的聲響），我醒悟到自己人生中最美好、眞正感覺對世界有所貢獻的某些時刻，是那些講授俄國小說的日子。課堂上教的那些故事也持續伴隨著我寫作，是我用來衡量自己的標竿。（我希望自己所寫的故事能夠觸動某些人，爲他們的生活帶來改變，一如俄羅斯小說曾帶給我的感動與變化。）經過這些年，故事就像我的老朋友，是那種每次上課時我都想介紹給聰慧的年輕作家們認識的良友。

所以我決定寫這本書，將學生和我這幾年來探索到的一些事化爲筆墨，透過這種方式，將這門課的濃縮版提供給各位。

在實際課程中，我們每學期大致會讀三十篇短篇小說，每堂課讀兩、三篇，但在這本書裡，我們克制地讀七篇就好。我爲這本書挑選的篇章，並非爲了呈現豪華的俄羅斯作家陣容（只有契訶夫、屠格涅夫、托爾斯泰和果戈里），甚至也不是他們被公認爲最好的作品。我不僅喜愛這七篇小說，也在多年授課經驗中發現它們格外適合教學。如果我的目標是要讓沒有閱讀習慣的人愛上短篇小說，這七篇就是我會優先推薦的作品。在我看來，它們是優秀的創作，誕生於短篇小說這個體裁的全盛時期；它們並不全都完美，有些帶點瑕疵，正是這些瑕疵使它們成爲卓越之作。當中幾篇文本或許需要我稍微論證一下它們的好（這我當然樂意至極）我眞正想討論的是短篇小說這個體裁本身，以及這些作品之所以出色，是因爲它們簡單明瞭、直搗事情的本質。

對年輕作家而言，閱讀俄國短篇小說就像年輕作曲家鑽研巴赫，可以一覽這個體裁的所有基礎原則。這些小說淺白卻動人，讓我們不禁掛心其中的遭遇發展；故事展現了作家對於當時社會問題的挑戰、對抗與憤怒，並以某種一言難盡的方式安慰人心。

這些故事調性大多沉靜，發生於家庭內，且非關政治；開始閱讀時，這些特點或許會讓各位感到奇怪。然而，因爲這是一種抵抗文學，由身處文化壓迫之下的進步派改革志士所寫，長期受到審查制度的威脅；在那樣的時期，作家的政治立場可能導致流放、監禁，甚至處決。故事呈現的「抵抗」平靜但具有特定傾向，且源自一個可說是最激進的觀點，即「每個人都值得關注。普世之中所有行善與作惡的起因，都可以透過觀察一個人的心智轉變而窺見，哪怕是再卑微的人也一樣」。

我是科羅拉多礦業學院的工程系出身，後來才接觸到小說，對小說有自己的一番見解。

小說最一開始在我心中留下強烈回憶，是某年夏天我在德州阿馬里洛的老家時，窩在爸媽停放於車道上的舊拖車裡閱讀《憤怒的葡萄》[1]。那陣子我都在油田當地震檢波員，就是俗稱的「水罐皮條客」；一起工作的人之中，有個打過越戰的退伍軍人，在大草原中央講話時，經常爆出一串電台主持人般的激昂聲調（想像一下：「聽眾朋友！這裡是阿馬里洛WVOR電台！」），同事裡還有個剛出獄的前科犯，每天早上我們搭廂型車去工地的路上，他老是向我報告他前一晚和他的「大小姐」又嘗試了哪些性事，導致那些畫面從此在我心頭揮之不去，有夠慘。

經過一整天折騰後再閱讀《憤怒的葡萄》，這部小說顯得更加鮮活，宛如我眼前那虛構的世界延伸到現實，而我就在其中打拼；即使相差了數十年，當時的美國和故事裡的美國社會狀況依舊差不多。我疲憊不堪，書裡的湯姆．約德也是；我感覺自己被某種強大而充滿銅臭的勢力凌虐，書裡的凱西牧師亦是如此。資本主義巨輪正在壓扁我和我的同類，就像它輾碎一九三〇年代穿越狹地前往加州的奧克拉荷馬州人一樣。我們都是被資本主義犁攪得潰不成形的肉屑，變成滋養商業必要的堆肥。簡單來說，史坦貝克描寫的生活與我身處的並無二致，他和我有相同的疑問；他認爲這些問題已迫在眉睫，而我也感受到同樣的迫切。

幾年後，當我讀起俄國文學家的作品時，文字發揮了相同的效果。俄國人似乎不認爲小說只是裝飾品，而是某種重要的品德教育工具，在閱讀時悄悄改變了你，就好像世界在述說一個與眾不同、更加有趣的故事，而你在其中可能扮演著深具意義的角色，你對故事的發展也該負點責任。

各位或許已經注意到，我們活在一個退化的時代，被輕浮、膚淺、綑綁著特定利益、且又散播太快的資訊所轟炸。我們將在這樣的世界裡度過好一段時間，在這喧擾中，不免想起二十世紀俄國短篇故事大師伊薩克・巴別爾[2]所說：「沒有什麼比一個落在正確位置的句號，更能貫穿人心」。本書中，我們將進入七個以現實爲比例的模型世界裡，這些精心建構的模型有一個特定目的，我們的時代不見得完全讚許，但作家們默認那是藝術的宗旨——也就是要提出一些大哉問：我們應該活在這樣的世界裡嗎？我們來到這世界，是爲了完成哪些事？該重視些什麼？究竟什麼是「眞實」、而我們又要如何辨別它？有些人擁有一切，有些人一無所有，在這樣的世界裡我們如何能夠尋得一絲平靜？在一個看似要我們去愛人，最終卻無論如何都會粗暴地將我們拆散的世界，我們又怎能幸福地活著？

（現在你開始懂了吧，那些俄式大哉問，眞令人熱血沸騰呀。）

對於一個提出這些疑問的故事，我們首先必須先讀完它。它必須能吸引住我們，驅使我們不得不繼續讀下去。因此，本書的宗旨主要是做診斷：如果一個故事能吸引我們、讓我們手不釋卷、令人肅然起敬，它是怎麼做到的？我不是文學評論家、文史學家或俄國文學專家這類「家」級人物，我文藝生活的重點向來是鑽研如何才能寫出讓讀者覺得非讀完不可的故事；比起學者，我自認比較像個雜技藝人，教學方式也不那麼著重學術，而更重視策略應用。（比如我不會說出「『復活』在這裡是政治革命的隱喻、是俄羅斯思潮裡一項持續受到關注的主題」這種話，但我會問「爲什麼在這故事裡，我們需要再次回到這座村子？」）

在此，我提出的基本練習方式，就是閱讀，接著再關注你剛才閱讀時所經歷的感受。

1 譯註：美國作家約翰・史坦貝克（John Ernst Steinbeck, 1902-1968）著，描寫農民在資本工商社會下遭遇到的不公與貧苦，引起廣大迴響，在美國數個州分一度被列爲禁書。以下註釋若無特別標示，皆爲譯註。

2 伊薩克・巴別爾（Isaac Babel, 1894-1940），蘇聯時期猶太裔小說家，一八九四年出生於俄羅斯帝國奧德薩（現屬烏克蘭）。在俄國內戰時加入紅軍，見識戰爭殘酷，日後寫下《紅色騎兵軍》。一九四〇年，遭蘇聯秘密處決。

有沒有什麼地方特別打動你？哪些事讓你覺得抗拒、或者困惑？是否有不自覺潸然淚下、惱怒或重新省思的瞬間？故事中哪些問題讓你揮之不去？任何答案都可以。若各位（善良的讀者大軍們）感覺到那股觸動，它就是確實發揮了作用；若你感到困惑，那值得討論；如果你覺得無聊或看不下去，那倒也是個有價值的負面案例。沒必要用文學性的語言來包裝你的心聲，也毋須帶入「主題」、「情節設計」、「人物發展」這些術語來表達想法。

本書引用的故事，原本當然都是用俄文寫成的。我提供自己閱讀過最能引起我共鳴的譯文，有些則是我多年前初次找到後便用來教學至今的版本。我不懂俄語，所以也無法保證它們是否忠於原文（不過之後我們仍會在這個問題上稍作著墨）；我想我們還是用英文的邏輯來理解這些故事，即使明知這樣可能會比讀原文少了點俄語的音樂性或韻味。不過，即使少了那些樂趣，英文版也有另一番天地讓我們去體悟。

我最希望大家一起探討的是：我們究竟感知到了什麼、又是在哪個部分萌生感應？（所有脈絡清晰的理性討論都始於一份眞摯回應。）

各位每讀完一個短篇，我就會透過一小篇論說文提出我的想法，帶各位體驗一次我的感受，爲故事塑造另一個情境，針對我們情感萌發的緣由和觸發點提出一些筆法上的解釋。

我得先說，如果各位沒先讀過那些俄國短篇小說，就先讀我的小論說文，意義可能不大。我寫這些探討文章時，心想的是讓剛看完故事、感觸猶新的人能打鐵趁熱，這對我而言是一種新的寫作型態，比平常更需要技巧。我當然也希望這些小論文能充滿娛樂性，但當我書寫時，「習作簿」這個詞還是不斷閃過我腦海，一本會變成功課的書，偶爾可能得多下點苦工，但我們會帶著敦促自己深掘故事的意念一起做功課，期待能比初次閱讀時看見更有深度的事物。

仔細探究這些短篇小說，輪到我們自己創作時，才更派得上用場。這樣強烈、甚至可以說強制形成的熟悉感，將會無時無刻指引我們使出峰迴路轉又自然流暢的筆觸，而這就是寫作的眞正精髓。

因此，這不僅是一本給創作者的書，我希望它也是爲了閱讀者而存在。

過去十年來，我有機會透過文字語言和全世界交流，遇見無數盡心盡力的閱讀者。他們對文學的旺盛熱情（從席地而坐的提問、我們在小寫字桌邊的討論、讀書俱樂部成員和我曾進行的對話可以驗證）讓我深信，世界有個爲了推廣良善的巨大地下網路在運作——由視閱讀爲生活重心的人們所組成，因爲他們從過往經驗裡學到，閱讀可以使他們成爲心胸更遼闊、更慷慨大方的人，也能讓人生變得更有趣。

寫這本書時，我總是將他們放在心上。他們對我作品展現的寬容、對文學的好奇和信念，讓我感覺自己或許可以放手一搏——談論專業技巧，像個書呆子，但同時也率直眞誠，畢竟我們就是要探索創作過程究竟要怎樣做才行得通。

研究我們閱讀的方式，其實也是探究我們的心靈運作方式，包含如何判斷一句話是否屬實、如何跨越時空與另一個心靈互動（例如作者的心靈）。我們在這本書裡將要做的，基本上是檢視我們在閱讀過程中，如何根據前一刻讀到的話語重建自己的感受。我們爲何會想要這麼做？其中一個原因是，閱讀一則故事好比閱歷一趟世界：旅程中，心靈可能會矇騙我們，但它也可以被鍛鍊得句句精確；它可能會墜入頹廢狀態，使我們更輕易容許自己沉迷於懶散、暴力、物質主義，但它也可以聽見呼喚而浪子回頭，讓我們進化成更積極主動、更具好奇心和警覺心的現實人生閱讀者。

在本書中，我會提供一些省思故事的方法，其中沒有一個是絕對「正確」或「充足」。就把它們當成是風向球吧（自問「要是我們這樣看待一則故事，會發生什麼事？這樣會有幫助嗎？」），如果有任何方法對你來說很有用，那就用，否則就捨棄它。佛教有個說法是「以手指月」，月亮（開悟）是主要目標，而指向月亮的那根手指是要引導我們找到方向，但萬不可將手當成月亮。我們夢想著有朝一日寫出一部能與自己深愛多年的小說媲美的作品，我們心甘情願讓自己在作品裡灰飛煙滅，那一瞬間，故事裡的世界似乎比所謂現實還更加眞實；對我們這樣的作家而言，「月亮」（目標）就是讓心智從「可能」提升到「能」寫出這種作品的狀態。所有的工作坊研討會、故事理論，以及格言般的絕妙好辭、勵志標語，都只是指著那顆月亮的手指，試圖引導我們到達那種心智狀態；我們接受或拒絕那根手指的標準，就是捫心自問：「它有幫上忙嗎？」

我帶著「以手指月」的精神，爲各位寫下本書。

在馬車上

安東・契訶夫

1897

一次一頁就好◆對〈在馬車上〉的思考

多年前，我和時任《紐約客》小說單元編輯比爾．布福德講電話，他剛忍受了一連串苦不堪言的編纂工作，感覺有點喪失信心，我爲了幫他剛編排的故事贏回一點讚美，故意引他上鉤似地問道：「但你到底喜歡這篇故事的哪個部分？」我還用了很哀怨的語氣。電話那頭傳來一陣沉默，然後比爾才說：「這個嘛，我讀了一行，覺得喜歡……喜歡的程度夠我再讀下一行。」

這就是他對短篇小說、大概也是對雜誌的藝術標準，而這非常完美。一則故事對我們的影響會以線性時間的狀態前進，隨著一次一行文句的進行，讓我們陷入（或脫離）它的魅力。我們得要保持被故事吸引的狀態，才能讓它對我們爲所欲爲。

這種想法多年來讓我得到很多寬慰。對於寫小說，我不需要有偉大的理論，不必擔心其他事情，只要思考：一個理智正常的人，讀到了第四行，還有沒有足夠的動力進入第五行？

我們爲何要繼續讀這個故事？

因爲我們想。

爲什麼我們想？

這是個世紀大難題：是什麼讓讀者不忍把書闔上？

物理學有定理，小說是否也有一定的創作法則？有沒有哪些事無論如何就是比其他的更有用？什麼東西能鍛造出將讀者和作者緊綑在一起的鎖鏈，又是什麼斬斷了這個連結？問了這麼多，我們要怎樣才能知道答案？

在我們閱讀一行行文字時，文字也在我們腦海中打通一條路。一則故事（其實是任何故事，所有故事都一樣）會利用每個架構上的小衝擊，迅速達成它的用意。我們讀了幾句話，就會浮現一組預設想法。

「一個男人站在七層樓高的屋頂上。」

你是否已經在推測他會跳樓、失足或被推落？

如果故事依你期望發展，你會覺得高興，但若它太簡潔地敘述這結果，你也不會開心。

我們可以把一則故事純粹當成是一連串推測與解答的組合。

我們的第一則故事是安東．契訶夫所寫的〈在馬車上〉，在此我要用一一擊破的方法來進行我在導讀裡提到的「基本練習」。要認識這則故事，我們不妨來進行一個我在雪城大學課堂上用的活動。

活動是這樣進行的：

我每次會給你一頁故事，你先讀那頁，我們再來好好評估自覺處於什麼狀態。這頁故事對我們產生什麼效果？讀過這頁，我們發現了什麼先前不知道的事？對這個故事的認知發生什麼改變？我們預料接下來有何發展？如果還想讀下去，理由是什麼？

在開始前，大家注意一下，此刻，對於〈在馬車上〉這則故事，你腦海裡顯然應該是一片空白。

在馬車上

．．．

他們在早晨八點半乘馬車離城。

路面是乾的，四月的燦爛陽光散發暖意，但溝渠和樹林裡仍有積雪。邪惡又黑暗的漫長冬日最近才結束，春天倏忽而至，但微弱的春風既未吹來溫暖，也沒能讓了無生氣、空洞透風的枯林回溫，原野上如湖泊般大的水坑沒有映照出任何鳥群飛掠的形影，那奇異動人、高不可測的大空，看起來也不像會有人願意帶著喜悅長驅直入，為坐在馬車裡的瑪麗亞・瓦西里耶夫娜[1]帶來一些新奇有趣的感受。她在學校教書教了十三年，這些年，她已經無數次為了領薪水而去城裡，無論是像此時一樣的春天，或下著雨的秋季傍晚，又或者嚴冬，對她而言都是一樣的，而她期盼的事情總是同一件，沒有改變過，那就是越快抵達目的地越好。

她感覺自己過著這種日子已經有很長一段時間，宛如一百年之久；從城鎮到她所任教的學校，每顆石頭、每棵樹她好像都已瞭若指掌。這裡是她的過去、她的當下，她也勾勒不出其他前途，除了學校、去城鎮的路、和來時一樣的回程路，還是學校和這條路。

．．．

1 俄羅斯人名由「名字＋父名＋姓氏」組成。瑪麗亞・瓦西里耶夫娜這個名字，代表她名叫瑪麗亞，是瓦西里的女兒，姓氏沒有提及。若是瓦西里的兒子，父名則會是瓦西里耶「維奇」。

現在各位腦海沒那麼空白了吧。

大家的思緒是怎麼發生改變的呢？

如果我們現在是坐在教室裡（眞希望我們是），你們就能告訴我。既然沒辦法成眞，我的替代方法是請各位靜靜地坐一會兒，比較自己的兩種心境：開始閱讀前那個空白、能廣納想法的狀態，以及此時此刻的感受。

慢慢沉靜下來，再試著作答：

1. 將視線從故事頁上移開，爲我整合一下你目前所知的部分。試著用一或兩句話說完。
2. 你對哪些事感到好奇？
3. 你覺得故事會朝什麼方向發展？

無論答案爲何，那都是契訶夫要處理的事了。他已經在故事的第一頁就誘發特定的預期和疑問，你會覺得故事接下來的內容肯定有什麼意義，而且串連著可以回答這一頁內容的後續發展（又或者是把這些預期和疑問當成伏筆來思索、利用的情節）。

在一則故事的第一波衝擊中，作家就像個雜耍藝人，將好幾個保齡球瓶輪番上拋，接下來的故事內容就是要接住這些球瓶。故事中，我們會無時無刻感覺到有球瓶在半空中。最好是我們都有感覺到，要不然，故事就產生不了任何意義。

我們可以說，這一頁描寫的事情，讓故事的未來發展變窄了。在你閱讀前，故事有無限大的可能性，但現在稍微被限縮成「關於」某件人事物。

在你看來，目前故事是關於什麼的呢？

一則故事與什麼「有關」，可以從它在我們心中引發的好奇感裡找到，因爲好奇是關心的一種形式。

所以，現在你關心這則故事裡的哪件事？

是瑪麗亞吧。

再來，這是哪一種關心？她何以得到你的關注？你在讀到哪部分時開始對她有了關切？

故事開頭第一行告訴我們，某一群未具名的「他們」正乘車離開某座城鎮，一大清早就出發了。

「路面是乾的，四月的燦爛陽光散發暖意，但溝渠和樹林裡仍有積雪。邪惡又黑暗的漫長冬日最近才結束，春天倏忽而至，但微弱的春風既未吹來溫暖，也沒能讓了無生氣、空洞透風的樹林回溫，原野上如湖泊般大的水坑沒有映照出任何鳥群飛掠的形影……」

我將兩個「但」字用粗體表示（對啦，我直接加粗，就是爲了避免還要講「我把上面兩個但字加粗了」），來強調我們正看著兩句相同模式的排比句，它們再再指出「快樂的意象出現了，但當中卻不見快樂」。明明是晴天，但地上仍然有積雪；冬天結束了，但沒有迎來任何新鮮有趣的事物……而我們等著看，在俄羅斯漫長寒冬結束之際，卻未因此獲得任何寬慰的人究竟是誰。

甚至在人物出現之前，隱晦的緊繃感就潛伏在敘事者提到的兩個元素之間，一個歌詠著美好（例如天空「奇異動人」、「高不可測」），另一個卻與這些美好事物相互牴觸。（如果故事開頭這樣寫：「路面是乾的，四月的燦爛陽光散發暖意，即使溝渠和樹林裡仍有積雪也無妨，因爲邪惡又黑暗的漫長冬日終於結束了。」這就會是一個氣氛完全不同的故事。）

第二段的後半部起，我們察覺了敘事句裡的那股牴觸感來自一個名叫瑪麗亞・瓦西里耶夫娜的女人，一出場就在馬車裡，春日的美好無法打動她。

在全世界可能被放進這輛馬車裡的人之中，契訶夫偏偏選了一個抗拒著春天魅力的不快樂女人。故事原本可以描寫一個幸福愉快的女人（可能新婚不久、健康檢查順利過關，或者純粹是個樂天派），但是契訶夫卻選擇讓瑪麗亞不快樂。

接著，契訶夫在她的不快樂裡注入滋味，寫出不快樂的原因：她在學校教書教了十三年，往返城鎮無數次，對此感到極厭煩，自覺在這種生活裡已經度過百年之久，連路上的一石一木都瞭若指掌，最慘的是，她看不見自己還有其他未來。

故事同樣可以是關於一個不快樂的女人，也許她被愛人拋棄了，也許被診斷出絕症，或她從出生那刻起就沒高興過，然而契訶夫選擇讓瑪麗亞成爲一個不快樂的人，是因爲她的生活單調乏味。

當所有可能發生的故事設定都煙消雲散，一個特定的女性角色就開始現形。

我們方才讀的那三個段落，效用可以說是來增強具體性。

所謂的角色性格描述，就是增強具體性的結果。作家自問「這個角色究竟是什麼樣子」，並在一連串會縮限故事走向的設定中寫下答案，排除某些可能的發展，將其他可能的狀況往前推。

塑造好一個角色後，「情節」發生的潛力就會增加。（不過我並不是很喜歡情節這個詞，且讓我們重新定義它爲「有意義的動作」）。

若一篇故事以「很久以前，有個很怕水的男孩」開頭，我們就會預期接下來將提到池塘、河流、海洋、瀑布、浴缸或海嘯。若一個角色說「我一生未曾有過恐懼」，即使一隻獅子接著登場，我們也不會太意外。如果有個角色總是擔憂會出糗，我們便猜想大概有什麼事肯定會發生在他身上。同樣地，作家推出一個只愛錢的守財奴、一個承認從沒眞正相信友誼的人、或者一個對生活厭倦到沒有其他想像的女人時，我們也會有預期心理。

在你開始閱讀故事前，一切都還未出現，也沒能多做猜想。現在，不快樂的瑪麗亞登場了，故事開始興起波瀾。

故事對她的描繪是「她不快樂，也無法想像自己的其他人生樣貌」。這讓我們不禁覺得，故事彷彿準備向觀眾說出「就讓我們拭目以待」之類的台詞。

在這篇十一頁長的故事中，第一頁最後停在了一個你大概覺得有點沒頭沒腦的時間點，其實我們的處境很有意思[2]。故事才要展開，第一頁就徹底縮小了故事的關注範圍，剩下的內容別無選擇，必然要解釋或利用這些線索。

如果你是作者，下一步你會怎麼走？

作爲讀者，還有哪些事是你想知道的？

2 作者註：這種一次一頁式練習的特色之一是，越精彩的故事，讀者就越想快點知道後續發展，這種練習也就越讓人覺得煩。

・・・

她早已將成爲老師之前的日子忘得一乾二淨，也沒興趣再回想。她也曾有父母，住在莫斯科紅門[3]附近一間大公寓裡，不過，現在這一切都只存在於那段朦朧不清宛如一場夢的時光裡了。父親在她十歲時過世，母親很快追隨而去。她有個兄弟，是個公務員；起初他們還會通信，後來對方沒再回信，大概是失去了興致。瑪麗亞所擁有的家族遺物，只有一張母親的照片，但在學校的溼氣侵蝕下，照片已然褪色，只剩下頭髮和眉毛還依稀可見。

馬車駛過幾公里後，駕車的老頭子謝苗回頭說：「城裡有個官員被抓了，已經被送出城。據說他和一些德國人在莫斯科殺了市長阿列克謝耶夫。」

「誰說的？」

「在伊凡・伊歐諾夫的客棧，有人把報紙上寫的唸出來。」

接著車上又是一陣沉默。瑪麗亞・瓦西里耶夫娜想起她的學校、即將到來的考試，還有她被指派的那一個女學生和四個男學生。正當她想著考試時，一輛由四匹馬拉著的馬車從旁超車。那是地主漢諾夫的馬車，而他正是去年來她學校擔任考官的人。當漢諾夫與她比肩時，他認出瑪麗亞，並向她行了個禮。

「早安，」他說。「夫人，您正要回家嗎？」

・・・

還記得上一節的最後，我問你還好奇哪些事吧？

我個人想知道：瑪麗亞的人生是如何走到這麼悲慘的境地？

契訶夫在這一頁故事的第一段給出答案：她走到這一步，因爲她不得不。她在莫斯科長大，和家人住在大公寓裡，後來父母雙亡，又與唯一的手足斷了聯繫，如今她孑然一身。有些人可能出生於此，一輩子都沒有離開，所以獨居鄉村；又或者有個充滿理想的年輕女性，打破與她那保守都市人未婚夫的婚約而逃到鄉下，心中燃起了想改善農村環境的熾熱理想。不過這些都不是瑪麗亞。她來到這裡，是因爲她父母都已不在人世，經濟壓力讓她別無選擇。

因此，瑪麗亞才落入這種既單調、又孤寂的生活。

每當提到小說，我們常用一些像是「主題」、「情節」、「人物發展」和「架構」之類的字眼。然而，身爲一個作家，我從來不覺得這些術語很實用。（對我說「你這主題不太好」，不會讓我有新的點子；「你可能會想設計更好的情節轉折」這句話同樣沒幫助。）這些術語就像網頁搜尋欄裡的「請輸入搜尋字或網址」一樣，只是一串佔位的字，經常干擾或妨礙我們。這種時候，我們不如把這些字晾在旁邊，試著找出更有用的方法，研究這些字究竟佔了哪些事的位置。

例如在這裡，契訶夫給了我們一個重新思考「架構」這個唬人用詞的機會。

---

3 莫斯科一座凱旋門，已於一九二八年拆除，留有同名地鐵站和廣場。

我們可能單純認爲，「架構」就是一個有組織的構想，讓故事能夠回答它誘發讀者好奇的問題。

故事第一頁的最後，我就再想：「可憐的瑪麗亞，我開始有點關心她了。她是怎麼落到這種處境的？」

而第二頁第一段提到的過去，讓我感覺：「嗯，看來她運氣不大好。」

我們可以把「架構」想成是「召喚問題與回答」的一種形式，從故事裡活靈活現地蹦出一個問題，然後故事本人非常體貼地爲我們解答。若想設計出一個好架構，我們只需要有意識地在讀者心中誘發出我們想讓他們問的問題，再好心地作答。

（看到了吧？

架構一點都不難吧。

呵呵。）

故事開頭的第一句話（「**他們**在早晨八點半乘馬車離城」）告訴我們，車上除了瑪麗亞還有別人。這頁中間我們得知馬車上還有個「老頭子謝苗」，並等著看謝苗展現性格特色。我們會好奇，「謝苗啊，你究竟是誰？爲何出現在故事裡？」；要是謝苗只回答「我是來駕駛馬車的」，這答案恐怕不夠好。任何農民都可以來駕車，我們想知道契訶夫爲何選了特定的農民來挑起這個任務。

故事目前大致提到：一個不快樂的女人過著單調生活，經濟需求迫使她必須如此；忽然現身的謝苗成爲故事元素之一，無論他喜不喜歡，都無法只是扮演邊駕車邊看風景的車伕，得對這個無趣、不快樂的瑪麗亞的故事有所貢獻。

關於謝苗，我們又有哪些線索？

並不多。他年紀大了，正在駕車，瑪麗亞坐在他後面。他告訴瑪麗亞一些時事：莫斯科市長被暗殺了。瑪麗亞回答「誰說的」，讓人感覺帶有反駁和不耐煩的質疑意味；謝苗在一間客棧裡聽別人朗讀報紙才得知此事，暗示了他可能不識字。雖然瑪麗亞滿腹狐疑，但謝苗其實沒講錯：西元一八九三年，莫斯科市長尼古拉・阿列克謝耶夫確實在自己的辦公室裡，被一個精神錯亂的人槍殺。

瑪麗亞的反應呢？她再度想著學校的事。

對此，我們暫時還不知道該做何反應，但腦海裡已悄悄爲謝苗和瑪麗亞各自存檔；對於檔案裡的資料，我們最單純的期望就是它們之後都被證明有其含意。

在這一頁的倒數第二段，瑪麗亞想著學生和即將到來的考試時，這份思緒被打斷了，因爲一輛「四匹馬所拉的馬車」從旁超越，車上「載著名叫漢諾夫的地主」，此人還正是「去年來她學校擔任考官的人」。

讓我們在此稍停一下。你的大腦怎麼「接收」漢諾夫登場這件事？

我想到可以套用「你把我當成什麼」這句老哏台詞來問。

你把漢諾夫當成什麼？你覺得他會在這故事裡做什麼？

當一則故事已經建立好一個場景，卻有新角色登場，這種時刻眞該有個專屬名詞。我們不自覺期待新元素會帶來改變、讓劇情更複雜、或加劇原有狀況。例如一名男子在電梯裡咕噥著他有多討厭自己的工作，此時電梯門開了，有人走進來，我們大概都會自動想到，這個新登場的人顯然會改變那名痛恨上班的男子，或者讓狀況更複雜、讓男子更討厭他的工作？（要不然他走進電梯裡幹嘛？甩掉這沒用的傢伙，找個會改變、複雜化或強化局勢的人來吧，畢竟我們可是在看小說，又不是在視訊開會。）

既然已知瑪麗亞對於單調的生活不覺得幸福，我們就一直等待能改變現狀的人上場。

而漢諾夫就在此刻到來。

這是這一頁的高潮，而且注意：從瑪麗亞在第一頁出場起，故事就沒有長時間處於靜態；我們在第二頁讀到的內容，不僅僅是闡述瑪麗亞的生活有多無趣。這告訴我們，故事步調與現實步調不同：故事節奏快得多，時間被壓縮，場域也誇張化，永遠都必須有和先前情節相關的新事件發生。

在雪城大學講授的小說寫作（以及大多數藝術創作碩士課程）主要是透過工作坊模式，六名學生每周相聚一次，閱讀其中兩人的作品，然後我們所有人一起從技術層面進行討論。我們每個人都閱讀這些故事至少兩遍，一行一行探討，並提出好幾頁評論。

有趣的來了。

在我們在課堂上開始評論前，有時候我會要求學生先交出一個我稱之爲「好萊塢版本」的故事型態，用簡潔的一或兩句話講述大綱。否則大夥兒還沒對故事想呈現的事情有共識，就開始發表意見，這樣不大妥當。（要是你家院子裡忽然出現一台結構複雜的機器，你不會立刻著手變更或「改善」它，除非你對它的功能用途已有一些概念。）同理，「好萊塢版本」的目的就是要釐清「這個故事究竟想要成爲什麼樣的故事」？

這是按照砲兵隊的指揮方式進行的，至少在我的想像中是這樣啦：第一發砲彈是初始試射，接著是一連串爲了能精準打擊而做的修正射擊。

一個不快樂的女人搭乘馬車要去某地。

一個名叫瑪麗亞．瓦西里耶夫娜的老師，因爲教書教太久而鬱鬱寡歡，正在從城裡返家的路上。

一個名叫瑪麗亞．瓦西里耶夫娜的老師，因爲教書教太久而鬱鬱寡歡，對單調乏味的生活感到無趣，孑然一身活在世上，只是迫於經濟所需才教書，正在從城裡返家的路上。

瑪麗亞，一個對生活感到無趣、孤單無依的老師，遇到一個名叫漢諾夫的男子。

其實她是遇到了一個名叫漢諾夫的有錢人（人家可是個「地主」，拉車的馬還有四匹）。雖然我們都是文學老手，正深入鑽研契訶夫的大作，漢諾夫的突然登場還是會讓我們有出戲到肥皂劇的感覺，似乎有潛力發展成十九世紀的俄式浪漫邂逅：

一個寂寞的女老師遇見一名富裕地主，我們覺得他可能會讓她的抑鬱生活有所轉變。

換個更粗劣一點的說法：

一個寂寞的女人遇見可能結成連理的情人。

故事可能會朝哪裡走下去？

在你腦海搜尋搜尋，列張清單。

哪個構想讓你覺得太顯而易見？也就是說，如果契訶夫眞讓事情依照那個想法發展（比如漢諾夫下一頁就下跪求婚），你會不會因爲作家「太聽話了」而感到失望？又或者哪個發展太突兀，完全沒有呼應到你的猜想？（想想看，要是天外飛來一艘太空船，並且劫走了謝苗……）

契訶夫的任務是要利用他先前在你心中創造出的心理期待，但也不能太直截了當。

放輕鬆想一想，不必有壓力。

・・・

說起這個漢諾夫，年約四十歲，他那張皺巴巴的臉，總是掛著死氣沉沉的表情，已經開始顯老，不過還是頗英俊，對女性仍有幾分吸引力。他獨自住在他的大莊園裡，卻沒好好享受那寬敞的空間，據說他在家時什麼也不做，只是在房間裡一邊吹著口哨、一邊來回踱步，要不就是和服侍他的老僕人下棋；另外還有聽說，他喝酒喝得很兇。說來也沒錯，去年他擔任考官的那場考試，他帶來的考卷全都薰染了香水味兒和葡萄酒香。考試那天他一身時髦打扮，坐在他旁邊的瑪麗亞・瓦西里耶夫娜覺得他很有魅力，因此有點彆扭。她看慣了冷酷無情、鐵石心腸的考官，而這位先生不僅把考前祈禱文忘得一乾二淨，也不知道要考什麼問題，但是他彬彬有禮又善解人意，幫每個考生都打了最高分。

「我正要去拜訪巴克維斯特，」漢諾夫接著對瑪麗亞・瓦西里耶夫娜說。「但不知道他在不在家。」

他們從公路轉進一條泥巴路，漢諾夫的車領頭，謝苗跟在後面。那四匹馬沿著路走，緩慢地拖著沉重的馬車穿越泥濘；謝苗則駛得顛簸，一會兒壓到土丘而偏離道路，一會兒爲了繞過一塊小草地而切換路線，不時得跳下車去引導馬兒前進。瑪麗亞・瓦西里耶夫娜繼續牽掛學校的事，想著考試裡的算術題不知是難是易。另外她也被地方自治局弄得很惱怒，前一天她去自治局辦公室，結果局裡空無一人。這管理也太渙散了吧！這兩年來她一直要求自治局開除那名一無是處、總是粗魯冒犯她、還莫名把小男孩銬住的學校工友，但根本沒人理她。

・・・

雖然我們暗自期待這是個愛情故事，可能會為此覺得有點對不起契訶夫，但讀了這一頁的第一段，我們看到瑪麗亞確實也有那麼一點心動。漢諾夫（在她看來）有張皺巴巴的臉，表情死氣沉沉，還開始顯老，但仍然「對女人有吸引力」；他獨居、虛擲人生（什麼也不做，除了下棋和喝酒），去年來學校當考官時，連考卷都聞得到酒氣。這肯定讓她又驚又氣吧？結果並沒有，看看這些描述：他帶來的考卷沾染了「香水味兒和葡萄酒香」，瑪麗亞還覺得他「很有魅力」，而且兩人比肩而坐時，她感到「彆扭」，我們把這種「彆扭」解讀成「她對於他如此近在身邊而產生的感覺，讓她自己覺得很彆扭」。

我們觀摩第一段的最後幾句話，稍微細察契訶夫塑造角色的方式。瑪麗亞「看慣了冷酷無情、鐵石心腸的考官」，這相當於挖了個坑給我們跳，讓我們預期漢諾夫會展現出相反的形象，也就是所謂的「暖男」。接下來「彬彬有禮又善解人意」這句話驗證了暖男人物設定，但事情沒這麼簡單。就算漢諾夫果真溫柔體貼，他這個人同時也不識大體、做事雜亂無章、缺乏成人應有的判斷能力（從他「把考前禱文忘得一乾二淨」、「全給最高分」可略見一斑）。一個概略的角色形象（英俊富有的男人）披上錯綜矛盾的描述（他是有錢又帥沒錯，但他也笨拙庸碌，酗酒就是讓我們覺得他無能的原因之一，那是缺乏自制與逃避的一種型態），這個人物呈現出複雜且具體的面貌，但比起把他放進討喜角色的口袋名單，我們會想再多認識他一點，而且也不確定我們是否希望瑪麗亞對他心動。

漢諾夫為了拜訪朋友而大老遠淌渾水，卻連朋友到底在不在家都搞不清楚。他對這趟出行的說法，成就了自己的鄉愿蠢漢形象。

馬車駛離了公路後，在三流的故事世界裡，瑪麗亞將會滿心想著漢諾夫，但契訶夫可沒忘記自己創造出的瑪麗亞。她住在這裡很久了，與漢諾夫彼此認識，我們合理懷疑，她先前早就想過，也許漢諾夫會是她脫離這種生活的救星，結果顯然並未成眞。因此，她的思緒自然又回到學校，令人想起這和稍早謝苗提到暗殺軼聞時一樣，她兩度從現實躲回對學校的思索中（無視我們有多麼想知道故事的未來發展）。她爲何如此？她的這個行爲，可能向我們透露了什麼關於她的必要線索？

我們先把這件事放到一旁。不過別忘了，即使我們暫時擱置，也已啓動對於伏筆的預期心理，倘若她的這個閃避傾向後來沒有發揮作用，我們會覺得這實在有點浪費。

沒錯，短篇小說就是這麼嚴酷的體裁。一則笑話，一首歌，絞刑架邊一張碎紙片上寫的紀錄[4]，都是這麼嚴酷。

4 化用自《絞刑架下的報告》，捷克記者伏契克（Julius Fučík, 1903-1943）著。伏契克曾是捷克斯洛伐克共產黨中央委員，一九四二年因遭人背叛，被納粹德軍逮捕，於獄中用碎紙片寫下反法西斯的過程和獄中狀況，翌年被納粹處死。

要在校長室找到校長著實困難，好不容易找到他時，他會眼眶泛淚地泣訴說他實在沒空；監察官每三年才會來巡察一次，而且完全不熟悉校務，畢竟他先前是財政部雇員，靠著走後門才謀得監察官職位；校務委員會幾乎沒在開會，也沒人知道開會地點；督學是個半文盲的農民，擁有一家鞣皮廠，又笨又粗俗，和那工友是知己。天知道她可以向誰投訴和諮詢。

「他實在很英俊。」她一面偷瞄漢諾夫，一面如此心想。

此時路況越來越糟，他們駛進樹林裡，這兒沒有別條路，車輪在泥上壓出深深凹陷的轍痕，積水湧進轍痕裡汩汩流動，樹枝則刺痛地打在他們臉上。

「路況還好吧？」漢諾夫問他的車伕，然後大笑。

瑪麗亞看著他，不懂為何這個怪人會住在這。他的財富、他那俊秀的外表、和他那優雅的氣質，怎麼會讓他繼續待在這種破爛無趣的鬼地方。生命竟沒給他任何特權，害他得像謝苗一樣，沿著同一條坑疤爛泥路顛顛跳跳地緩慢行進，忍受相同的不適。既然有機會住在彼得堡或國外，為何還要住在這裡？對他這樣的富翁來說，將這條劣質道路鋪修成一條平整的好路，似乎易如反掌，如此就可避免顛簸之苦，也不必再看到他的車伕和謝苗那充滿了無奈絕望的臉。但他只是大笑，顯然這條路是好是壞，對他而言都一樣，他對生命別無所求。他是那麼地善良、溫和、又純真，對這樣的粗劣生活沒有掌控慾，他不懂這些，就像他對考前祈禱文一點印象都沒有。他對學校的貢獻，除了贈送地球儀之外就沒有別的，但他真心真意自視是個有用的人，以及公共教育領域的傑出工作者。那麼，現在有誰需要他的地球儀呢？

⋯

瑪麗亞繼續想著學校和它那腐敗的體制，以及沒人可以讓她——

然後在毫無緩衝的狀況下，腦海冒出一句「他實在很英俊」，打斷自己對校務的沉思。由此可見，即使她已經排除了漢諾夫作爲救星候選人的可能，也沒將目光從他身上移開（在那件價值不菲的毛皮大衣下，他那散發貴氣的寬闊背影就在眼前擺盪），我們可以說，瑪麗亞假裝想著學校，實際上卻是想著漢諾夫，又或者試著不去想他。

這齣自我干擾的內心戲實在美妙，表示人們確實可以一心二用。好比鐵軌上有好幾列火車同時在跑，只是人的意識一次僅會注意一列。

有經歷過那種尚未深陷但已然充滿執著與單相思、無從抵抗的準迷戀狀態吧？（那麼你應該也感受到了，當我們在瑪麗亞身上看見自己時，心中爆出的那陣小歡喜。）漢諾夫不適合她，這她心知肚明，況且也從未認眞考慮過與他發展，但心思還是不斷被吸回他身上，宛如老是循著餐館飄出的飯菜香走入巷弄裡的狗一樣。

此刻你身爲讀者的直覺不耐煩地催促你快點往下讀，或者該說，直覺在你心裡用力敲響警鐘。你的直覺深知我們來到關鍵時刻：孤獨又寡歡的瑪麗亞，遇到有潛力解救她的漢諾夫。讀者直覺就像個執迷破案的偵探，專心致志詮釋每條新出現的線索，對其他事物興致缺缺。

來到第三段，無論我們的意願爲何，看起來我們勢必要讀一段關於道路的敘述。

爲什麼一則故事需要對此著墨？契訶夫爲何決定打斷我們對核心角色的關注，開始描述馬車以外的世界？短篇小說體裁有個公認的默契，就是篇幅很短，所以沒有浪費文字的餘裕。短篇小說裡的每件事物都有作用（可以被故事利用），即使只是簡述路況，也事出有因。

於是，轉進路況描述時，循著直覺閱讀的我們應該稍作思索：這段路況敘述之後會以什麼方式成爲必要的存在，而不是純粹佔空間？

我們在先前曾有提問，小說創作是否存在特定「法則」。有沒有哪些事情會讓我們的讀者自然產生共鳴？具體環境的描述大概就是其中一項。何以見得？我們喜歡看見生活空間被描繪出來，建構得越詳細越好（例如「兩個穿著綠色運動衫的男人在一輛廢棄汽車旁玩傳接球」，相較之下比「我開車經過這個平淡無奇的社區，沒注意到什麼新鮮事」來得更好）。一段具體的空間敘述，就像戲劇裡的佈景道具，幫助讀者更全然相信這虛構出來的一切，是個省力、或至少稱得上簡易的創作伎倆。如果我想讓你置身於一間虛構的房子裡，我會在屋子裡的沙發上放「一隻白色的大貓，正在舒展筋骨，把自己的身軀拉得比平常長一倍」。如果你腦海裡出現這隻貓，那麼房子就等於成真了。

但這只是其中一步棋。那隻被放進故事裡的貓，和故事裡其他隱喻一樣，也是某個隱喻化身的貓。

而那隻貓身負任務，或者該說，既然牠已出現在故事裡，就沒有選擇權，肯定有些任務要執行。重點是牠被要求做哪些事，以及牠能夠多漂亮地達成任務。

回到故事裡，路況「越來越糟」，作家做了明確的抉擇。如果這條路逐漸變得寬敞、路面變乾，邁入一片百花初放的草原，故事將會朝完全不同的方向發展。路況變差究竟「代表」了什麼？爲何契訶夫選擇讓路況變差？這是個好問題，非常適合讓親愛的讀者（就是你）透過以下的比較方式來作答：在你腦海裡建構出「路況變糟」和「路況變好」這兩種情境，再想像與「路況變糟」更貼近的事態發展。或者比較看看，符合這兩種情境的故事發展有何不同。我們可以嘗試闡述路況變差對故事更爲合適的原因，反之亦然——但我們先在這裡打住，回頭關心一下契訶夫在第三段其實下了兩道功夫：他還記得自己引導我們進入的場景（一輛在初春時節駛經樹林的馬車上），在描述環境時說明了具體情況（車輪壓出深凹的轍痕，積水湧進轍痕裡汩汩流動）。

因此，這既是一段寫實的描述（有春天、融雪、泥濘的道路），也帶有些詩意，調節我們對故事氛圍的感受。

大致而言，我們認知到這些敘述暗示著「每況愈下」。路況「越來越糟」，他們「駛進樹林」、「沒有別條路」，途中還得承受一些折磨（比如被樹枝打到臉）。

這些敘述讓我們有更不祥的預感，與「他們駛出樹林，投入燦爛陽光的懷抱，道路像是熱情地張開雙臂迎接他們般敞開，當馬車輕巧地經過一場充滿喜悅光輝的鄉村婚禮時，樹上垂墜的花朵拂過她的臉頰」帶來的感受全然不同。

兩種描述都可以達到熱身效果，我們感覺得到契訶夫利用這段文字爲我們整裝蓄勢，準備好面對接下來將要發生的事。

弔詭的是，如果契訶夫決定把馬車送往歡樂的鄉村婚禮，故事的後續部分就會發生變化。或者該說，後續內容必須有所改變，迎合那段洋溢著正能量的敘述，設法讓故事整體發展顯得更有可信度。

一個故事就像一個有機生命，當我們評斷「這是一個好故事」，其實是指它有意識地在回應自己，穩穩掌握來龍去脈，例如一段對道路的簡短描述，不僅讓讀者知道該如何解讀故事當下的狀況，也能回顧前情提要，通往未來的諭示更宛如路標一樣陸續到來。

漢諾夫有錢，想住哪裡都可以，此刻他卻和瑪麗亞身處同地，在一條他明明有能力卻永遠不會去翻修的泥濘公路上。「但他只是大笑，顯然這條路的是好是壞，對他而言都一樣，他對生命別無所求。」他爲什麼這麼被動？如果瑪麗亞有能力，她就會出手整治這條路。瑪麗亞的想法在這一頁最末段出現逆轉，她想起了漢諾夫捐贈給學校的那顆愚蠢地球儀，一個讓他錯誤地自我感覺良好的禮物。

我們先來思考三個問題，我也會稍微分享我的答案：

1. 不要看書，總結一下你目前知道的事情。

一個孤獨的女人遇見某人，我們猜想這個人可能會成爲她的朋友、愛人，或者某個可以紓解她孤獨的角色。

2. 什麼事讓你感到好奇？

他們似乎已經相識許久，但沒有擦出火花。如果先前都沒有機緣，這回有什麼事可能會成爲兩人搭上邊的契機？話又說回來，我究竟希不希望他們湊一對？我好像有點想，劇情似乎也用這個可能性在逗弄我，但在這一頁的最後，瑪麗亞的想法好像偏離了他。

3. 你覺得故事會往什麼方向發展？

這我還眞不清楚。我知道「癥結」在哪，但看不出解決之道。這種不確定感正醞釀著一股不懷好意的氛圍，我猜接下來要發生的事，可能會讓漢諾夫有機會爲瑪麗亞帶來慰藉，舒緩她的孤獨。也許他們只會變成好朋友，或享受一些可以爲瑪麗亞排解不開心的親密小時光。

這裡，我要發表一個重大宣言：爲了避免各位因爲覺得這種一次一頁的遊戲實在很煩而決定趁早棄讀我的書，現在開始，我們一次可以讀兩頁故事。

・・・

「請抓穩了，瓦西里耶夫娜！」謝苗說。

馬車猛然一晃，差點就翻覆；某個沉甸甸的物品砸中瑪麗亞・瓦西里耶夫娜的腳——是她採買的東西。他們剛經過一段濕黏的陡坡，附近的蜿蜒溝渠裡有流水嘈雜奔騰，溢出的水沖刷著路面。誰會把車駕到這邊來！馬兒們氣喘吁吁，漢諾夫步下車廂，沿著路的邊緣走，身上還披著他那件長大衣。他覺得很熱。

「路況怎樣呀？」他重複問道，然後哈哈大笑。「這就是弄壞馬車的最佳方法。」

「誰讓您在這種天氣裡乘車？」謝苗粗聲粗氣地問。「您該好好待在家。」

「待在家很無聊，老爺爺。我不喜歡待在家。」

站在謝苗旁邊，漢諾夫顯得身強體健、精力充沛，步伐之中卻隱約有個姿態背叛了他，讓他顯得虛弱，彷彿已經萎靡到快要凋零。忽然間，樹林裡好似飄來了一股酒味。瑪麗亞・瓦西里耶夫娜感到一陣驚恐，心中對眼前這個將會莫名其妙無預警支離破碎的男人起了憐憫，不禁想像如果自己是他的太太或姊妹，很可能會爲了拯救他而奉獻出自己的一生。他的太太！人生有定數，動如參與商，他只能獨居在自己的大房子裡，而她獨守在老天連看都不看一眼的荒村，光是稍想一下他們倆以對等的身份地位相遇、逐漸培養出感情，似乎都荒謬得不可思議。基本上，人生都是被安排好的，緣分複雜得超乎人們所能理解的程度，以至於你光是想像就會覺得害怕，心都沉到谷底。

「令人難以理解的是，」她想。「爲何老天將俊秀容貌、友善、魅力、憂鬱的眼眸賜給了虛弱不幸的無用之人——爲什麼他們這麼討人喜歡。」

「我們必須在這裡右轉了，」漢諾夫說道，並跳上他的馬車。「再會！祝一切順利！」

瑪麗亞再次想起她的學生、考試、工友、校務委員會；當風為她捎來了逐漸遠去的馬車聲時，這些思緒都和其他事情攪成了一團。她想著那雙美麗的眼睛，以及愛情，還有那可能永遠不會來臨的幸福……

當他的太太？早晨清冷，暖爐沒人升火，那個工友不知又跑到哪裡去；天一亮，孩子們進到學校，把雪水和泥巴踩得滿地都是，然後又吵又鬧。一切總是那麼令人不順眼、令人不悅。她的宿舍就在附近，有一個小房間和一個廚房；每天放學後她就頭痛，吃完晚餐就胃灼痛，痛到火燒心。她得向學生募錢才能買柴火，還要付給那個工友，再把錢交給督學，然後懇求他——那個腦滿腸肥、厚顏無恥的村夫——求他行行好，派人把木柴送來。夜晚睡覺時，她總是夢見考試、一群粗野人、以及厚厚的積雪。這種生活害她蒼老衰竭，讓她成了個消瘦的黃臉婆，舉止僵硬，好像被他們灌了鉛似的。她對任何事情都能心生恐懼，在地方自治局官員和督學面前，她一起身就不敢再坐下，每當提起他們任何一個人，也全都使用敬語。沒人喜歡她，時光沉悶地流逝，沒有溫暖，沒有親切的歸屬感，連個有趣的泛泛之交也沒有。在她這種處境下，要是墜入愛河，那該有多可怕！

⋮

馬車差點翻了。我們發現瑪麗亞在城裡買了些東西（這些東西也成了故事的一部分，令人好奇它們的用途是什麼）。漢諾夫重複了前一頁故事裡說過的風涼廢話，謝苗朝他發難（「粗聲粗氣地」反問「誰讓您在這種天氣裡乘車？」）被地位比自己低下的人鄙夷，漢諾夫溫和以對（謝苗是普通農民，漢諾夫是富裕地主），這使他「不負眾望」符合瑪麗亞曾告訴過我們的：他是個軟腳蝦、沒骨氣、只會給高分的老好人。

瑪麗亞覺得自己在樹林裡聞到酒味，她憐憫「將會莫名其妙無預警支離破碎」的漢諾夫，想像如果自己是他的太太或姊妹，就會獻出「她的一生」來拯救他。但這不可能發生，因爲「基本上，人生都是被安排好的，緣分複雜得超乎人們所能理解的程度，以至於你光是想像就會覺得害怕，心都沉到谷底」。

接著，漢諾夫就像聽見瑪麗亞否決他們結婚的可能性一樣，轉彎離開故事視野。

瑪麗亞在幾乎不自覺的情況下證實了我們的預感，那就是她並非認眞覺得有和漢諾夫發展浪漫關係的可能（漢諾夫退場時，她的內心沒有吶喊「喔不，他走了，我沒有成功吸引他！」）而是又回到了學校（想著學生、考試、工友和校委會）。這是她三度出現這種反應——從現實世界縮回對學校的苦惱。她已經養成這種習慣（自動進入反芻煩惱模式，衡量自己被艱苦人生磨練和摧殘到什麼地步）。

這篇小說的其中一個成功之處，是契訶夫對一顆孤獨心靈的呈現方式。瑪麗亞在這裡的幻想，就類似我們會作的白日夢，像是中了樂透頭彩、當選國會議員、當面痛罵曾經在高中時期傷害我們感情的同學。雖然故事誘使我們覺得瑪麗亞有可能（只是可能）對漢諾夫敞開心胸，它也透露了許多負面因素，讓我們理解到這樁姻緣既沒發生的可能，也沒那麼受到期待。漢諾夫是個酒鬼，終日遊手好閒，都到這把年紀了，再洗心革面也來不及。他對瑪麗亞、或對任何人，似乎都沒什麼興趣——過去他應該有無數次可以結婚的機會，卻從未與誰共結連理。而瑪麗亞其實也是有點傲氣的，在她打量漢諾夫的時候，我們可以感覺到她內心默默想著，就算他們眞的在一起，漢諾夫終究會暴露出既不受控、又令人失望的那一面。

然而……

契訶夫又讓瑪麗亞做了件可愛的事：她聽見「逐漸遠去的馬車聲」，忽然就想起「那雙美麗的眼睛，以及愛情，還有那可能永遠不會來臨的幸福……」

她又一次，想像自己成爲漢諾夫的太太（這回沒考慮當姊妹了）。

明明幾個段落前，她才剛劃掉這種可能性，結果這種想法捲土重來，讓她冒出一句「他的太太？」瑪麗亞的心就像有魚上鉤的浮標，在水面上上下下擺動著。悲哀的是，她重新接納漢諾夫作爲丈夫的可能性，並非因爲他是個好男人，或者與她契合的靈魂伴侶，而是因爲：一來，她周遭沒有別人（她的世界就只侷限於自己周圍）；二來，她實在孤獨到了極點。

她很孤獨，而他近在身邊。他就在眼前，雖然他一點都不覺得寂寞，但或許他不排斥生活中多一個人幫他打理雜事。

不過，如果你曾試過幫別人牽紅線，就會知道即使是極度孤單寂寞的人，還是會有自己的擇偶標準，我們不能擅自代表他們發言。而這裡，瑪麗亞與漢諾夫已經替自己表態了；他們的狀況不是兩個準備好墜入愛河的人初次相遇，而是兩個還沒完全做好準備的人重逢。（如果他們有意爲愛糾纏，好幾年前就可以開始纏了。）

沒人期盼這次會擦出任何火花，而且老實說，如果眞的乾柴烈火，那還眞有些突兀。

在本段的最後一大段，瑪利亞淒涼地細數她現實生活中的慘狀，點出自己對於成爲「漢諾夫太太」的可能性也有所懷疑。那些雪堆、泥巴、一切不順眼的人事物，她的宿舍小房間，頭痛、火燒心，還有她必須不斷乞討生活物資，這種貶低尊嚴的生活「害她蒼老衰竭」，雖然她做到了阿諛逢迎，仍「沒人喜歡她」。這可憐的女人。

這一大段篇幅，似乎是要表達「妄想這個有錢人會娶我這種勞苦人，多荒唐啊」，最後一句（「在她這種處境下，要是墜入愛河，那該有多可怕！」）吐露了更糟糕的想法：她承認自己不僅地位比漢諾夫低下，就算漢諾夫對她有意，她那艱苦的人生也沒有容得下愛情的空間。

況且，人家根本就流水無情。

愛因斯坦有云：「要找出重大問題的解決方法，不能從問題的原始概念層面上去找。」[5]故事撇除了漢諾夫作爲瑪麗亞孤獨解藥的可能性，等於它自己抹除了它原有的概念。

所以呢？

我們可以把一則故事想成是一個能量傳輸的系統。理想狀況下，能量在前幾頁誕生；後面的頁數就像招式，用來展現這股能量如何被運用。瑪麗亞在故事開頭被塑造成一個不快樂的孤獨角色，隨著書頁翻動，她的不快樂和孤獨越來越具體。那個「不快樂」和「孤獨」就是故事創造的能量，必定要發動。瑪麗亞的腦袋裡殘存一絲希冀，顯示她可能不反對與漢諾夫揭開愛情序幕，畢竟她覺得他外表英俊、也有吸引力，而且有衝動想拯救他脫離那個快要就地破碎的肉身。雖然故事從頭到尾都在暗示這段關係過去都沒萌芽了（今天也不會有進展，不可能開花結果），我們依然全心支持它發生——應該說，我們持續力挺可憐的瑪麗亞。

我們希望瑪麗亞如願以償，不再那麼孤獨。當故事的能量儲存到我們心中，就轉換成願望，期盼著她能找到慰藉。

契訶夫在前六頁故事立了一扇門，並暗示他希望我們穿越那扇門。門牌上就寫著「漢諾夫或許能紓解瑪麗亞的孤獨」，因此每當我們感覺到瑪麗亞的孤獨時，就會懷抱希望將目光投向那扇門。結果現在那扇門被關閉，還上了鎖。

老實說，那扇門根本就是消失了吧。

契訶夫自己否定了這個顯而易見、意料之內的解決方法，讓漢諾夫退場。天知道契訶夫爲何想到要這樣安排，但我們可以觀察他做了什麼：他擺脫了漢諾夫。如此一來，這則故事現在肯定不會走輕鬆路了。

這是一個重要的說故事技巧，可以稱之爲「避免落入俗套」。只要我們拒絕在故事裡套用這種彆腳版本，更優秀的內容自然會浮現（我們熱烈假設會這樣）。拒用彆腳素材，實質上就是全力捍衛故事品質（如果我們沒爲故事做出其他貢獻，至少也沒有拿這些東西來荼毒它）。

我們可以這樣想：我們對瑪麗亞與漢諾夫的浪漫想像，給了契訶夫優勢。因爲我們已經預先想像過這個發展，契訶夫沒必要重走我們的老路；他可以甩掉這一段，直接把漢諾夫扔出故事，進入其他想必更峰迴路轉的安排（這麼說吧，他可以逼自己發揮這種能力）。打個比方，假設你家廚房有一大盆糖果，你就只會一直吃糖，若要逼自己吃點更健康的東西，其中一個方法就是先把糖果都丟了。

當我試著向學生解釋這個概念時，我會拿一九六〇年代晚期大家常製作的串珠手環來譬喻（那時我還在念小學，我們這些可愛的芝加哥嬉皮小菜鳥稱那種手環爲「情愛珠」）。將一顆珠子穿到線上，就要把它一路推向最末端的繩結，幫新的珠子清出路徑。

故事也是一樣：永遠都該把新的珠子推到底。如果你知道故事要往哪發展，就不要停

5 作者註：這句話顯然是誤栽給愛因斯坦的。其實愛因斯坦的原話是：「讓人們知道，倘若人類想要生存並邁向更高的境界，勢必要有新的思維。」不過，多年前有個學生向我提起這句話時，用的是這個說法。沒有冒犯愛因斯坦的意思，但我認爲我學生的詮釋相當精妙，於是沿用至今。

頓，讓故事立刻走到那一步，然後呢？下一步怎麼辦？你已經亮出最大張的底牌了。沒錯，通常當我們懷疑自己的故事夠不夠好時，就會有所保留，深怕沒有更吸睛的點子。保留底牌或許是一種詭計，亮出底牌則是一種信念上的飛躍，要讓故事更受關注，也向故事宣告：「我已經否決了你的把戲、你最直接的解決方案。你得表現得更好，我知道你可以。」

想像一則故事在最後幾段才揭露，其實它的敘事者從頭到尾都癱瘓在床上（只是剛好忘了告訴讀者這件事）。

想像你讀到一則故事的最後，才發現那個在動物園裡閒逛的敘事者不是一個人，從頭到尾都是一隻老虎（驚！）（只不過所有線索都被謹慎地隱蔽，像是其他動物一直用「梅爾」稱呼那隻老虎、跟他聊天也是聊美國職棒聯盟的球隊等，目的是要讓這個眞相揭露時引發的驚駭效果達到最大）。

藝術作品透過表現得誠實來打動我們。這份誠實是個表象，可以披在用字遣詞上、體裁形式上，還有它對於隱瞞眞相的抗拒上。

瑪麗亞依舊處於困境之中，仍然孤獨又厭世。契訶夫消除了故事最直接的解法（漢諾夫），讓他的創作更充滿雄心壯志。故事前期說「很久以前有個孤單的人」，本來可能就要接著說「這豈不是太美好了嗎？一個孤單的人遇見了另一個孤單的人，現在他們都不孤單了」。但故事謝絕了這種走向，提出了更深奧的問題：「要是一個孤獨的人，根本就找不到出路呢？」

對我而言，這裡就是故事開始變得宏大的時刻。它在講的是：孤獨眞實存在，而且其來有自，對於身在其中的人來說，沒有能夠輕易掙脫的方法，有時候甚至根本沒有出路。

我們在乎瑪麗亞，期望漢諾夫能幫助她，但一轉眼，漢諾夫就走了。

這下怎麼辦？

・・・

「請抓緊了，瓦西里耶夫娜！」

又是一個陡坡。

她開始教書是迫於生活所需，並非受到精神感召。她從不認爲教育是她的天職，也從未想過爲學生啓蒙的必要；似乎對她而言，最重要的永遠不會是學生，也非啓蒙，而是考試。哪來的時間思考感召、思考啓蒙？教師、窮愁潦倒的醫生、醫生助手，所有鎭日勞心勠力工作的人，才不會因爲感覺到自己是在爲理想、爲人群奉獻，內心就得到安慰。他們的腦袋裡總是充滿煩惱，想著柴米油鹽、顚簸的道路，想著自己可沒有生病的本錢。那艱辛、呆板的生活，只有瑪麗亞・瓦西里耶夫娜這類像悶不吭聲的挽車馬那般活著的人能長期忍受；會把天職和理想掛在嘴邊高談闊論的人，往往精力充沛、機靈又敏感，很快就會對枯燥的工作心生厭倦，然後放棄。

謝苗執著於挑選最乾燥又最短的路徑，馬車駛過一片草地，現在正在一間農舍後面，但這裡的農民不讓他們從這裡通過；換了一條路線，但那邊的地屬於一個教士，也不能穿越；往另一頭繞去，是伊凡・伊歐諾夫向地主買的畸零地，還在周圍挖了一道溝，所以還是行不通。他們不斷掉頭，重選一條路走。

終於到了下哥羅季榭。客棧附近的雪地上滿是馬糞，幾輛載著大罐濃硫酸的馬車就停在那兒。客棧裡人很多，全是車伕，空氣裡瀰漫伏特加、菸草和羊皮混雜在一起的氣味。這地方喧鬧極了，人聲鼎沸，裝著滑輪的門板關上時又撞出砰砰聲響，隔壁的店鋪有人處變不驚地彈奏手風琴。瑪麗亞・瓦西里耶夫娜坐下喝茶時，鄰桌的農民們正豪飲伏特加和啤酒；先前下肚的熱茶和客棧裡悶著的糟糕空氣，害得他們大汗淋漓。

「嘿，庫茲瑪！」混亂之中，喊叫聲此起彼落。「你在做啥？」「上帝保佑！」「伊凡．德門季伊奇，這我可以幫你！」「老兄，看這裡！」

一個身材矮小、蓄了把黑鬍鬚的麻臉農民，喝得相當醉，突然被某個東西嚇一大跳，於是開始罵髒話。

「你在那邊亂罵什麼，喂！」坐在遠處的謝苗怒吼。「你沒看見這裡有位年輕女士嗎！」

「年輕女士喔……」另一邊的角落裡有人嘲諷地說。

「閉上你的狗嘴！」

「我不是有意的——」矮個子農民一臉尷尬。「實在對不起。我們都有付錢光顧這兒，這位女士當然也有……您好嗎？」

「嗯。您呢？」瑪麗亞回答。

「實在感謝您。」

瑪麗亞．瓦西里耶夫娜愉快地品嘗她的茶。她也開始臉紅了，像客棧內的那些大漢們一樣，並再度想起柴火、想起那工友……

「慢著，老兄，」隔壁桌有人說道。「那位是從維亞佐威耶來的老師，我知道她！她是個好人。」

「很正派的人！」

門不斷撞出砰聲，客人進進出出。瑪麗亞．瓦西里耶夫娜繼續坐在那兒，一直想著同樣的事。牆的另一端，手風琴持續演奏著，原本映射在地上的幾片陽光移轉到吧檯，然後投向牆壁，最終消失無蹤。這代表中午已經過了。隔壁桌的農民們準備離開，那名矮個子農民搖搖晃晃地走向瑪麗亞，並和她握手。其他人仿照他的舉動，紛紛和她握手道別，魚貫走出客棧，門板嘎吱嘎吱地響著，砰砰砰地被猛甩了九次。

・
・
・

故事第七頁（本書第四十五頁）最開頭，持續藉由特定行爲來形塑人物性格。瑪麗亞的形象再度被描繪得更具體（這個模式提醒了我們，人的狀態向來都不是靜止或穩定的。作者需要實踐這一點。如果一個角色不斷做同樣的動作、說一樣的話、居於相同的處境，我們會覺得這是一種停滯，就像音響跳針似的，也就意味著故事發展失敗）。在這裡，我們獲悉瑪麗亞不是受到偉大感召才去教書，而是受財務需求所迫，對她而言最要緊的「永遠」都是考試（既非孩子、也非啓迪）。契訶夫不斷增強這個人物的特點，讓她無緣成爲老生常談裡那種因爲充滿理想而付出過多心力的一流教師。她不是因爲熱愛教學而成爲教師，從來都不是。缺乏對工作的熱忱，是損耗她精力的部分原因。投身教職時，她不僅沒有滿懷希望，也不喜歡這份工作，她自認並不適任，很可能會失敗，不覺得自己會出於熱愛而教書。

契訶夫反對塑造純粹的聖人、或純粹的罪人。在集富裕、英俊與庸碌酒鬼形象於一身的漢諾夫身上，就可以看見這一點；現在輪到瑪麗亞（生活中的種種不快樂令她自陷囹圄，無法成爲品德高貴的老師）。這讓情況變得複雜，我們慣於將角色區分爲「善」或「惡」的二元觀受到挑戰，更吸引我們注意；想法在不知不覺間被駁回，使我們對故事的眞實度有所改觀。我們本來要簡略把瑪麗亞歸類成社會制度嚴酷之下的受害者，全然無辜、沒有過錯，但故事這時卻跳出來說：「等等，嚴酷體制的特色之一，不就是會扭曲人格，讓他們成爲自我毀滅的共犯嗎？」（這是比較隱晦的說法，要表達的就是：別忘了瑪麗亞也是人，人心錯綜複雜，容易犯錯）。

她的處境仍然悲慘，但我們現在明白了，她自己也是推手之一，因爲沒有足夠的能力來應付這份工作上的挑戰。我稍微在心裡修正了對她的觀感：她能力有限，沒那麼幹練。

話又說回來，俄羅斯究竟是怎樣的一個地方，才會讓人逼不得已去從事她毫無熱忱的工作，還如此折損心志？她得自己募款，在冷風穿隙入侵的教室裡教課，還得不到鄉里的半點支持？誰會喜歡這種生活？（我不禁想起泰瑞．伊格頓[6]的主張：「資本主義掠奪了個人的感官享受。」）

想像一下存在於世界各地的瑪麗亞，他們至善至美的那一面已獻祭給拮据窘迫的生活，爲了謀生而埋頭苦幹的壓力下，也顧不得什麼優雅。（也許，和我一樣，你自己也是這群瑪麗亞之一。）

我們不斷強調，短篇故事這個體裁講求效率的程度十分不近人情，故事裡的一切存在都應該有其意義，因此要假設任何東西的出現都不是偶然，也不僅是單純出場寫個到此一遊。每個元素都該像一首小詩，乘載了與故事主旨相連的微妙涵義。

秉持這個原則——姑且稱爲「無情效率法則」好了——當馬車進入下哥羅季樹這個城鎮時，我們會問「出現這個城鎮的目的是什麼？」由於這是故事中的一個城鎮，這個問題唯一能得到的答案就是：「它在此要執行一些故事需要它處理的事。」所以，我們實際上應該要問的是：「出現這個城鎮的目的是什麼？爲什麼是這座城鎮，不是其他的？」

在閱讀故事第七頁（本書第四十五頁）最後一段時，留意一下你的感受，藉此觀察契訶夫要我們注意什麼事：

> 終於到了下哥羅季樹。客棧附近的雪地上滿是馬糞，幾輛載著大罐濃硫酸的馬車就停在

---

6 泰瑞．伊格頓（Terry Eagleton, 1943-），英國文學評論家，馬克思主義研究者，立場偏左。

> 那兒。客棧裡人很多，全是車伕，空氣裡瀰漫伏特加、菸草和羊皮混雜在一起的氣味。這地方喧鬧極了，人聲鼎沸，裝著滑輪的門板關上時又撞出砰砰聲響，隔壁的店鋪有人處變不驚地彈奏手風琴。

這段描述很不賴——門板滑輪特別讓我覺得生動——而這也是一段具有針對性的描述。趁我們跟著瑪麗亞進入客棧，契訶夫想向我們傳達某些訊息。當我們邊讀邊掃瞄暗藏的線索時，搜尋到的是一大堆「負面」詞彙，比如「滿是馬糞」、「硫酸」、「混雜的氣味」、「喧鬧」、「人聲鼎沸」、「砰門聲」，客棧裡的鬧騰加上隔壁不斷鳴響的手風琴聲，我們歸納出結論，契訶夫想表達：這是一個低俗的場所。

要不然，來感受一下完全不同氛圍的版本：

> 客棧附近一片白雪皚皚，幾輛從遙遠異國運來一箱箱橘子和蘋果的載貨馬車停駐在那兒。客棧裡人很多，全是車伕，空氣裡瀰漫茶香，屋子另一頭的大烤爐還飄來烘烤著什麼食物的香味。讓這地方實在熱鬧，隨處可聽見人們開心交談，門板頻繁被拉開又關上，節奏輕巧雀躍，帶來喜慶迎人的氣氛。隔壁的店鋪裡，有人用手風琴彈奏著輕鬆愉快的舞曲調兒。

這種城鎮有可能存在於某個地方，但契訶夫不需要它。

因此，一個自覺生活不適切而感到不滿足的孤獨女人，走進了一個粗野的場所，一個在她本該擁有的生活裡，永遠不會踏進一步的地方。

電影製片人兼全能天才史都華・康菲爾德[7]曾告訴我，一個好的劇本中，每個架構單元都必須做到兩件事：（一）題材本身具有娛樂性。（二）用一種非流水帳的方式推動故事進行。

接下來，我們就把這兩個條件稱爲「康菲爾德法則」。

在普通的故事中，客棧裡不會發生太多事，只是作家用來增加風土色彩，告訴讀者有這麼一個地方。也可能有些事情會發生，但意義不大，頂多像是盤子掉下來摔碎了，或一束陽光恰巧透過窗子射進屋內，沒有特別理由，只因爲陽光在現實世界裡就是這樣；有隻狗在客棧跑進跑出，可能只是作者最近剛好在茶館裡看見一隻狗這樣做。這些事物可能「本身都具有娛樂性」，用活潑、趣味等生動文字來描寫，但並沒有「用一種非流水帳的方式推動故事」。

當故事以「非流水帳的方式進行」時，我們除了風土民情，還會得到更多東西。角色進入這個場景，離去的時候是另一種狀態。故事進化爲更獨特的形貌，眞正想提出的問題得到精煉，浴火而生。

那麼，下哥羅季榭的客棧裡發生什麼事？

一個「麻臉農民」罵髒話，這歸類於風土民情的部分。謝苗用一句「沒看到這裡有年輕女士嗎？」引起農民注意到瑪麗亞的存在。

在工作坊課堂上，我們探討許多「提高利害關係」的手法。謝苗就是這樣做的。想像這裡有條裸露的電線，貼著寫有「瑪麗亞」標籤，還有一條標記爲「客棧裡的農民們」的裸線。

7 史都華・康菲爾德（Stuart Cornfeld, 1952-2020），美國電影製片人與演員，以喜劇爲多，監製作品有《名模大間諜》、《鐵男躲避球》等。

兩條線都通了電，但彼此平行，相距好幾步遠。

謝苗對髒話的反應將這兩條線連接。瑪麗亞和聚在客棧裡的農民本來毫無關係，這會兒有人招惹了另一方，兩邊有了連結。

有人「嘲諷」謝苗把瑪麗亞稱之為「年輕女士」，言下之意是「你說她年輕？」以及「你說她是女士？」

屋裡的緊張氣氛頓時高升，瑪麗亞受到雙重侮辱，起初的髒話間接不尊重她的存在，後來的嘲諷直接刺向她。我們感覺滿屋子農民有可能群起圍剿這位「菁英階級」的教師。有誰能守護她？

貼心的麻臉小矮農民化解了緊繃局勢，我總是想像他看起來神似《白雪公主》裡七個小矮人之中的「瞌睡蟲」，道歉時還會脫下頭上那頂軟帽。瑪麗亞接受了他的道歉，拘謹遲疑地回應「您好？」也許她也害怕狀況會更失控。

這場僥倖，突顯瑪麗亞在一群烏合之眾裡的脆弱處境。如果罵髒話的是其他農民，狀況可能會變得很危險。（若是晚個二十年左右，這鐵定會惹禍上身。二十年後俄國革命爆發，這些農民當中有人會走上街頭示威遊行，沒收漢諾夫的資產。）

但瑪麗亞有何反應？她「愉快地」品嘗起自己的茶。她原可能「顫抖著手」舉起茶杯，或是「忍著眼淚」喝茶，結果卻都不是。這讓我們突然想到，說不定這次事件對她而言不足為奇（是我們比她更緊張）。以前往返城裡的路途中，她很可能多次光顧過這家客棧，也曾遇過這種低級嘲諷？

我們對瑪麗亞的理解程度又更進一步。她不是一個剛跌落凡塵的女人，而是墜入俗世已久，久到她都已習慣這種受困人間的狀態，不再為此忿忿不平。她跌落人間，還在下墜，甚至可能摔得更深。她本身和農民其實也差不了多遠。

這幅場景是否符合康菲爾德法則？我覺得有。雖然她之前的內心獨白已經自我揭露，是個身陷下流階層社會的女性，不過我們可能還沒完全被說服。現在我們相信了。在那些內心戲裡，她默默評斷謝苗和漢諾夫的言行，並且理性省思，藉此維持冷靜自制（我想，我們的內心戲也都會這樣演）。如今我們都看到了，她實在只能任人擺布，處境遠比她所想像的差；對於自己究竟墜落得有多深，也逐漸視若無睹——但此刻就攤在我們眼前。

假設有個人走在街上，正盤算著該買一套新西裝了，現在穿著的這套是還不賴，旁人也總是給予好評，但管它的，總能犒賞自己一下吧。去西裝店的路上，他與一群青少年擦身而過，被嘲笑身上那套西裝老氣又窮酸。

我們一方面同情他，一方面也忽然看見那套西裝。

看到瑪麗亞內心自述時所呈現的她，與實際處境有多大落差，讓我對她更加心軟，更有保護欲。這個百感交集、岌岌可危的瑪麗亞，被我放在心上，直到故事的終點。

而距離終點，只剩四頁之遙了（這句話是不是讓你振作了起來呀）。

・・・

「瓦西里耶夫娜，該上路了。」謝苗叫喚著。

他們駛離了客棧，一步一步的馬蹄聲噠噠作響。

「不久之前，他們這裡在蓋學校，就在他們這個下哥羅季榭。」謝苗轉過頭來說著。「背地裡有些骯髒事！」

「怎麼說？」

「聽說校長收了一千盧布進自己的口袋，督學也拿一千，老師分到五百。」

「就算建一整間學校也只要花一千盧布。誹謗別人可是錯誤的行爲，老爺爺。這完全是胡說八道。」

「我也不知道……大家都這麼說，我只是跟著說而已。」

但很明顯地，謝苗並不相信這位老師的說法。農民們都不相信她。他們老是覺得她那二十一盧布的月薪實在太多（五盧布就很夠了），也認爲她以柴火和工友薪酬爲由募到的款項，有很大一部分都被她私藏。那名督學也是這樣想的，而他自己也用柴火搞了些名目，還向農民收取當督學的薪水，沒讓政府知道。

終於走出了樹林，謝天謝地，現在開始一路到維亞佐威耶，都會是乾淨平整的路面，剩下的距離也不遠了，只要過河、穿越鐵軌，就會抵達維亞佐威耶。

「你要去哪？」瑪麗亞．瓦西里耶夫娜問謝苗。「走右邊那條路才能過橋。」

「爲什麼？走這裡也行，水又不深。」

「小心，別把馬淹死。」

「啥？」

「看，漢諾夫也要過橋。」瑪麗亞·瓦西里耶夫娜說道，遠遠瞧見右方那四匹馬拉的車。

「我想那應該是他？」

「是他沒錯。看來他沒見到巴克維斯特。他眞是蠢蛋，老天保佑！他往那邊過去，何必？走這邊可是省了三公里[8]吶。」

他們到達河邊。夏季時，這只是條淺溪，可以輕鬆涉水，而且通常到了八月就乾涸；然而，在春洪過後，這條河現在有十三公尺[9]寬，河水又急又濁，還很冰冷。岸上有車輪剛軋過不久的痕跡，直通向水邊，因此可知已經有馬車涉水了。

「駕！」謝苗氣憤又焦躁地吼叫，爲了催促馬兒向前，猛力甩動韁繩，兩邊手肘像一隻鳥拍動著翅膀那般上下擺動。「駕！」

馬兒踏進水裡，在水深及肚時停了下來，但很快又繃緊肌肉繼續前進。瑪麗亞·瓦西里耶夫娜感覺腳下傳來一陣刺寒。

「駕！」她也站起來跟著大叫。「駕！」

他們總算上了岸。

「眞是一團糟，老天保佑！」謝苗一面碎念，一面調整馬具。「這地方自治局，根本就是折磨……」

她的鞋子和橡膠鞋套裡全都是水，裙子和大衣下擺、以及一邊袖子也濕了，還在滴水；最慘的是，袋子裡的砂糖和麵粉泡了水。瑪麗亞·瓦西里耶夫娜絕望地舉起雙手說道：「喔，

8 原文爲三俄里。俄里爲帝俄時期單位，現已廢除，一俄里約爲一點〇七公里。本書中提到的各種度量單位，在俄語原文裡全都是帝俄時期的單位，爲方便閱讀，本書統一換算爲公制單位，並在該種單位首次出現時加以註釋。

9 原文爲六俄丈。俄丈爲帝俄時期單位，現已廢除，一俄丈約爲二點一三四公尺。

謝苗，謝苗啊！你這傢伙眞是的！」

⋯⋯

這節的關鍵字是「變化」。

回到馬車上，謝苗再度嚼起舌根，這次是關於一些他們甫離開的小鎮「骯髒事」。先前，謝苗轉述的八卦（莫斯科市長遭暗殺）還算正確，但瑪麗亞不相信他，也沒興趣；這次看來，謝苗的消息是錯的，瑪麗亞反而對這個話題有興趣，還糾正了他。原本可以使用相同套路，讓謝苗兩度傳遞錯誤資訊、瑪麗亞皆有興趣聆聽和糾正。這再次顯示，契訶夫的創作直覺似乎傾向於讓狀態維持變動，而非靜止；他的其中一項天賦就是，在一個其他二三流寫手會固守靜態的故事情境裡，他可以自然而然地推動變化。

由於他所呈現的變化，我們可以同時用兩個角度來解讀謝苗：十九世紀俄羅斯版的陰謀論者，永遠傾向認定任何當權者都有最黑暗的那一面；然而，雖然他和瑪麗亞生活在同樣的低層社會，他仍保有對身邊事物的高昂興致，即使精確度有待商榷。

另一方面，瑪麗亞對「世界大事」沒有興趣，只關注地方新聞，以及可能對她在鄉里間早已不堪一擊的處境再造成衝擊的事（經歷客棧裡那起事件後，我們就不會爲此責怪她了吧）。這也解釋了我們觀察到她的心思總是有飛回學校的傾向。那是一種自我保護、確立心理防線的行爲，因此沉迷於一件她實際上仍可能保有一點控制力的事。

還要注意謝苗和瑪麗亞所呈現的對比。他們就像一個盒子裡的兩個娃娃，被擺出不同的姿勢。他對世界有興趣，她沒有；他輕信流言，她則不然。兩人都不相信這個社會制度（雖然原因不同）；他是農民階級，她也差不多是了。總之就是這類對照。

實際上呢，盒子裡有三個娃娃：瑪麗亞、謝苗、以及漢諾夫。無意之間，我們不斷比較他們之間的異同。瑪麗亞和謝苗歸類爲同一組，因爲他們來自同一個城鎮，而且在同一輛馬車上；瑪麗亞和漢諾夫放一起，因爲他們比謝苗年輕，社會地位比較高，還可能湊成一對（雖說這可能性顯然也不怎麼高）；謝苗和漢諾夫擺一起，因爲他們倆表現得都不比瑪麗亞聰明，是她要費心應付的對象。但他們每個人也都有各自的獨特性：瑪麗亞是唯一的女人，謝苗是唯一的農民，漢諾夫是唯一的地主。

故事與眞實生活不同。故事像是一個擺放了好幾種物品的桌子，桌子要傳遞的「意義」是由這些物品被選中的原因、和它們之間的關聯性來決定。想像一下，桌子上有一把槍、一顆手榴彈、一把手斧、一個鴨子模樣的陶瓷雕像；假設鴨子處於桌子正中央，被那些武器嚴密包圍，我們會感覺：這隻鴨子面臨大麻煩了。如果鴨子、槍、手榴彈把手斧圍困在桌子一隅，可能讓人覺得鴨子正在帶領現代武器（槍和手榴彈）給舊式武器（手斧）下馬威。要是三個武器被垂吊在桌子邊緣，我們可能會認爲這隻鴨子是個終於忍無可忍的激進和平主義者。

故事的眞貌其實是：一組範圍有限的元素，被我們拿來對照著解讀。

好吧，至少從這裡（本書第五十四頁中間）開始，旅途會變得輕鬆點。他們確實走出了樹林，前方只剩平坦道路。契訶夫給了我們一張精簡又有助於建構周邊風景的路線圖，接下來「只要過河、穿越鐵軌。」

附近有座橋，但謝苗另有計畫。他要涉水渡過那條「沒那麼深」的河，幫他們節省些時間。漢諾夫再度現身，極度謹愼地（變精明了？）往橋梁前進。留意這裡的瑪麗亞，對漢諾夫別無他想（她沒有重新燃起希望，心跳也沒加速），這證明了我們的猜想，她對漢諾夫的反覆思量只是空想，不是認眞的。

與此同時，謝苗推論，漢諾夫這個「蠢蛋」最終沒能在朋友家找到對方，因此這趟舟車勞頓，根本就是一場枉然。

他們抵達河邊。

先別急著讓謝苗策馬向前。我們要先想想：契訶夫爲何大費周章創造了這條河？他大可讓馬車穿越一大段旱路，長驅直入進城去。涉水過河期間，肯定會發生某件有助顯現故事涵義的事。（謹記這一對寫作格言：「勿允許事件無故發生」和「既然要發生，就要發生得有意義」）。

「夏季時，這只是條淺溪……然而……這條河現在有十三公尺寬。」因此，直接涉水將會是個挑戰；不過岸邊的車輪痕跡，又暗示最近有人成功。看來這是謝苗與漢諾夫的能力對決時刻。問題來了，下列兩種敘述，何者正確？A：「謝苗，這個洋洋自得的農民，拒絕了更明智的紳士過橋之路，企圖穿越一條無法跋涉的河，造成災難性的結果。」B：「謝苗，充滿草根性的男子漢，爲了節省時間，合理地效仿與他相同出身的人所選的方式，不像那個一竅不通的紳士漢諾夫，沒來由地浪費時間打安全牌。」

瑪麗亞對這個局面沒有發言權，只能坐在那裡承受任何後果帶來的衝擊，即使她是故事主角，也是最聰明、最有自知之明的角色。

涉水之驚險，從一開始就是一觸即發。水灌進車裡，他們成功渡河，謝苗這個貫徹始終的陰謀論者責怪……地方政府（地方自治局）；住在這種地方眞是「折磨」，彷彿在說「不是我的錯，都是這個城鎮惹的禍！」與此同時，可以想見，漢諾夫的四匹馬繼續拖著腳步埋頭走向橋。

誰贏了？嗯，謝苗，大概吧。但瑪麗亞的鞋子裡都進了水，衣服也濕了，最糟的是砂糖和麵粉都泡了水，這應該是她不久前花費一大部分薪水採買的物品，現在全都報銷了。

「喔，謝苗，謝苗啊！」她說。「你這傢伙眞是的！」

這是多麼悲哀的時刻，她只不過尋求這麼一點卑微的樂趣（如果幫小房間添購一些基本生活物資可以算是「樂趣」的話），就連這點小確幸她都無法擁有。

漢諾夫浪費了一整天進行一趟沒有具體收穫的旅程，瑪麗亞亦然。

先前我們疑惑，契訶夫爲何自討麻煩地將這條河放進故事裡，顯然這是爲了摧毀瑪麗亞的採購品。

他爲什麼非得這麼做？

我們先把這個問題放在心裡。

過去還是個年輕作家時，我曾遇過出版社一次充滿讚美之詞的拒絕：「節奏緊湊，既有趣又狂野……」但最後的結論卻是：「我們不確定這能否稱得上是一則故事。」這種說法眞是……你懂吧，就是令人抓狂。（我當時心想：如果它又緊湊又有趣又狂野，這樣不就夠了嗎？你們發什麼蠢？）但我現在懂了。一則短篇小說不僅是接二連三發生事件的串燒，不是一大段口齒伶俐地說上好幾頁、說得活靈活現的敘事句，然後就嘎然停止。它是一個迫使我們讀完的敘事體裁，沒錯，但在敘述的途中，它會莫名其妙地提升或擴展境界，成爲……堪稱故事的故事。

在我小時候，立頓沖泡式濃湯有個電視廣告的標語令人琅琅上口：「它變成湯了沒？」對於我們正在閱讀的作品（即使那出自我們自己筆下），我們也要隨時提問：「它變成故事了沒？」

寫作時，我們不斷找尋這種時刻。一改再改，直到我們將文本細細寫出來，此時才算是創造了「現在它是一則故事了」的感覺。

有個好方法可以探索是什麼原因造成這種感覺：找一則好故事，在作者確實結束故事的前一刻，實驗性地截斷它，也就是只讀到結局之前的情節，觀察你對那段情節作爲結局的反應。此時心裡產生的感覺，會告訴我們這個「僞結局」缺少了什麼；或者反過來說，它會讓我們知道「眞結局」帶給我們什麼感受，在我們閱讀「眞結局」時，才使故事從「敘事」到「故事」的轉化過程圓滿。

舉個例子，不如我們就在這裡結束這則故事吧？就在剛剛讀完的部分，像這樣：

「喔，謝苗，謝苗啊！你這傢伙眞是的！」

故事結束。

重回故事開頭，快速瀏覽一次故事，然後停在這裡。它帶給你何種感觸？故事用這種方式結束，看起來是想「說」什麼？它缺少了什麼？（還記得作者是個把題材元素當成保齡球瓶輪流上拋的雜耍藝人吧？現在有哪些球瓶還在半空中？）

我的感受是：「不，這還不算是個故事。」

來試試我們能否找出原因。

我們先前認爲，這則故事構想的精簡版是：

孤獨的女人遇到了有發展可能的情人。

這個想法現在演變成：

孤獨的女人遇到了有發展可能的情人，他或許能紓解她的孤寂，但實際上卻沒有，她（以及我們）領略到這無論如何都只是個空想，然後她在客棧時幾乎受到了羞辱，而這趟出行的表面目的（採購用品）也破滅了。

故事結束。

如此打住，這個故事感覺像是鄉野雜談，相當粗糙：一連串壞事發生在我們偏愛的一位好女士身上，她回到家時的狀態比她出門前更糟。這描繪了現實生活中的無數個尋常日子，但並不是「一則故事」。

在工作坊上，我們有時會提到，一段文字之所以能成爲故事，是當中發生了某個會永遠改變角色人物的事件。這個原則有點嚴峻，但我們以它爲起步。當我們講述一個故事，建立了首尾的時間點，是爲了替變化發生的那一刻劃定範圍。（就像《小氣財神》[10]不會多著墨於三隻鬼魂現身糾纏史顧己的前一個星期，莎士比亞不會去聊羅密歐十歲時的生日舞會，《星際大戰》也不會砸錢拍攝天行者路克還沒有太多經歷的人生時期。）

爲何契訶夫選擇描述瑪麗亞生命中的這一天？換個問法：瑪麗亞今天有何改變？她和我們在第一頁遇見的那個人有所不同嗎？看起來並沒有。她有沒有遇到什麼新鮮事？我不覺得有。她以前遇過漢諾夫很多次，如前述所說，我們猜測她對漢諾夫曾抱有浪漫和充滿希望的想像，但事情毫無進展，她很清楚這一點。她在客棧被人嘲諷侮辱，但還算從容地解決了；雖然這種反應改變了我們對於她的處境的看法，並感覺形勢比想像中更惡劣，但這沒有影響她如何看待自己。（我們看出了這一點，因爲她能夠「愉快地」在被羞辱後喝下那杯茶，回頭立刻又思索起學校的一切。）

我們現在眞正的問題是：在故事剩下的七個段落，還可能發生什麼事（必須發生什麼事），才能讓這些雜談升級爲故事？

目前爲止我們讀到的還不是一則故事，還不算是。停在這裡承認這件事，眞是刺激呀。此刻我要聲明，到結尾時，它將成爲一則優異的故事。

由此可知，短篇小說這種體裁有一個重要的小常識：能把還稱不上是故事的雜談升格爲傑出故事的轉機，隨時都可能出現，就在故事的下一頁（甚至是最後一頁）。

10 英國作家查爾斯・狄更斯（Charles Dickens, 1812-1870）的聖誕小品之作，講述一個唯利是圖的守財奴「史顧己」經歷各種異象而幡然悔悟的故事。

．．．

平交道前的柵欄降下，一列特快車正從車站駛來。瑪麗亞．瓦西里耶夫娜站在平交道前，等待火車通過，她冷得渾身顫抖。維亞佐威耶此刻就在眼前，還有學校的綠色屋頂，以及教堂上那反射著落日光暉的熾烈十字架。車站的窗戶也宛如在燃燒，粉紅色的煙霧從火車引擎中裊裊升起……但在她看來，一切事物都因寒冷而發抖。

火車來了，車窗就像教堂上的十字架群，反射著燒灼的光芒；望著那些車窗，刺痛了她的雙眼。有位女士站在一節頭等車廂裡，當她從瑪麗亞眼前飛掠而過時，瑪麗亞瞥見她的臉。她的母親！多麼相似啊！她母親也有那樣濃密的頭髮，一模一樣的額頭，連那側頭的角度也相同。十三年來，她第一次鮮明地想起她的母親、她的父親、她的兄弟，他們在莫斯科的公寓，養著小魚兒的水族箱，即使是最小的細節也歷歷在目；她忽然聽見了鋼琴聲和她父親的聲音，感覺自己就像當時一樣，年輕、美麗、精心梳妝打扮，在明亮溫暖的房間裡，家人都圍繞在自己身邊。喜悅和幸福的感覺剎那間湧上心頭。她帶著狂喜，手不禁按著太陽穴，哀求般輕柔地呼喚：

「媽媽！」

她開始哭泣，自己也不明白究竟是爲什麼。此時，漢諾夫乘著他那四匹馬的車隊出現了；看見他，瑪麗亞想像著前所未有的幸福，她微笑著向他點頭，彷彿他倆地位相當，關係親密。在她眼中，天空、窗戶、樹木，一切都因她的幸福和勝利而閃耀著光輝。不，她父親和母親從未離世、她從來沒有當過老師，那是一場漫長、詭異並且壓抑的夢，現在她終於醒了……

「瓦西里耶夫娜，請上車吧！」

霎那間，一切都消失了。柵欄緩緩升起，凍僵的瑪麗亞發著抖，坐上了馬車。四匹馬拉著的車廂穿越了鐵軌，謝苗驅車跟在後面。平交道旁的警衛脫帽致意。

……

「這裡就是維亞佐威耶。我們到了。」

平交道柵欄放下來了（火車即將通過）。穿越鐵軌，他們看見了家園，維亞佐威耶村。契訶夫描述了特定的建物，包含有著綠色屋頂的學校，那個令瑪麗亞做牛做馬的工作地點；他也指出了特定的時刻，是日落時分。落日對建築物有什麼影響？暮光點亮了它們。準確來說，點亮了哪些部分呢？是十字架群和車站窗戶。（注意這些描述與「鄉鎮就在他們眼前，和其他俄羅斯鄉村沒什麼兩樣」的差別。）

火車來了。契訶夫也記得自己剛剛說過，下沉的太陽點亮了一些事物；因此，火車車窗也閃耀了起來，刺眼得讓瑪麗亞無法直視，但她仍抬頭望了一節頭等車廂，並看見……她的母親。（這一連串事件有緊密的因果關係，一個動作導致下一件事發生。）契訶夫隨即更正這個錯覺（應該說讓瑪麗亞更正）：「多麼相似啊！」她將這個女人誤認爲自己的媽媽，是合理的嗎？是的。契訶夫透過各種特徵證明這一點。有多相似？那個女人的頭髮，她的額頭，她側頭的角度。

這喚起一段已被遺忘的回憶，「十三年來第一次」，她鮮明地想起自己早年在莫斯科的生活。

將這段回憶，與她先前想起童年生活的敘述（故事第二頁首段）相比。在那段記憶中，不見水族箱和裡頭的小魚，不見鋼琴，不聞琴聲，沒有任何與幸福相關的感覺。她先前（不過就是數小時前）回憶童年時光，能據實想起的皆是「朦朧不清宛如一場夢」。現在，具體的事物全都從腦海深處浮現，模糊版童年記憶獲得修正。這些細節也改變了她對自己的認知。她曾經是另一個人，一個「年輕、美麗、會精心梳妝打扮，在明亮溫暖的房間裡被家人圍繞著」的人，能夠安然自處，並且有人關愛。

「喜悅和幸福的感覺」湧上心頭，淹沒了她。

「媽媽！」她呼喚著，並開始哭泣，「自己也不明白究竟是爲什麼。」

如果我們一直期盼著她的不快樂有個終點，那麼這裡就是了。救贖以回憶的形式來到她身邊，她想起自己曾經是什麼人，她就是過去的她。

這種幸福的新狀態會持續下去嗎？（喚醒的回憶會永遠改變她嗎？）

我們知道契訶夫爲什麼告訴我們這一天的故事，而非其他日子。那些鮮明的記憶在昨天，或這過去那惡夢般的十三年來裡，都沒有出現過。

今天，是第一次。

或許停在這裡，依序讀讀這兩段關於她童年的描述，會有助於我們分析。看看重複出現的詞語（例如莫斯科、公寓），並留意在第二次回憶裡新出現的元素：水族箱、鋼琴、關愛、歸屬感。這就是升級。如果契訶夫兩次都給出相同描述，那就變成一種停滯了（例如「我去商店，那裡很熱，我在那裡看到陶德。然後我又去了商店，那裡很熱，我在那裡看到陶德」），這是種跳針的感覺。想起那些回憶後的瑪麗亞，和幾秒鐘前還站在那裡的她，基本上不是同一個人。我們將這種差異當成是她狀態上的一次升級；就好比是過去那個備受關愛、特別、有人呵護的她，忽然意識到自己剛處於一個恐怖現實（我們彷佛都可以聽到她驚恐地說：「我是個地位和農民差不多的公立學校窮酸老師？什麼？我嗎？瑪麗亞？」），同時我們也能感受到她宛如還魂、回歸眞我的喜悅。

我喜歡這個全新的、豁然開朗的瑪麗亞。畢竟我看見她這幾年來過得多麼痛苦，而她又是多麼勇敢地活著。

先前提到過，故事就像一個能量傳輸系統。前幾頁創造的能量隨故事進行而傳遞，一節一節交棒，宛如許多人接力遞水桶救火，希望不會濺出任何一滴水。

優美的骨牌效應推動了這篇小說的因果關係：我們在故事初期萌生了對瑪麗亞的同情（這讓我們希望她能得到一些紓解，又一度以爲漢諾夫或許是解藥）這股同情的能量，在這糟糕透頂的一天越來越根深柢固，這一天的煩悶在她採買的物品泡湯後達到最高潮，鎮日累積的痛苦使她將陌生人誤認爲自己的母親，這個錯誤卻反倒讓她想起自己曾經是什麼模樣，我們終於能在認識她這麼長一段時間後，看見她初嘗幸福的片刻，可憐的人啊，這代表她從故事開頭到接近尾聲都沒有快樂過。

她返老還童，重新成爲那個曾經無憂無慮、幸福、懷抱著希望的年輕女孩，就像一個突然重獲神力的超級英雄。

每當讀到這裡，我總覺得她身陷多年的那個殘酷世界，即將會有所改善。

無論如何，我是如此盼望的啦。

漢諾夫追上他們。謝苗涉水所省下的時間，都因爲必須等待火車通過而被抹煞了。兩人是平分秋色，漢諾夫和謝苗一樣聰明；反過來說也成立，意即兩人都不大聰明。在這個俄羅斯呢，沒有人聰明到足以擊敗遍地叢生的無聊事——仕紳階級和農民階級同樣無能，而看世事看得莫名透澈的瑪麗亞們，就被夾在兩者之間。

看見漢諾夫出現，瑪麗亞「想像著前所未有的幸福，她微笑著向他點頭，彷彿他倆地位相當，關係親密」。（猶記在故事第五頁，無論是平等或親近，她都認爲不可能發生，因此予以否決。）

「在她眼中，天空、窗戶、樹木，一切都因她的幸福而閃耀著光輝。」說也奇怪，帶來光輝的還有「她的勝利」。她的「勝利」是什麼？還用說，當然是她恢復爲過去的自己，她的父母沒有死，她「從來沒有當過老師」。她的人生沒有遭逢降格，一切都是「一場漫長、詭異並且壓抑的夢」，而她終於甦醒。

她再次快樂了起來，再次擁有驕傲，再次成爲一個完整的人，終於啊。

她很幸福，雖然仍孤身一人，但她還會感到寂寞嗎？

在故事即將進入結尾前的這幾行，你能夠想像瑪麗亞重新感覺到自己是個值得被愛的人，這信念讓她徹頭徹尾地改變，而故事就帶著她突然出現的自信進行下去，漢諾夫也注意到她的不同，以一種彷彿初次見面的全新眼光看待她，並且——

好吧，我猜你可以自行想像。我就可以。每次我讀到這裡，就會這樣幻想。

然而，這沒發生。

謝苗叫她「上車」，意義等同於「回到你現實人生中的那輛馬車上」。霎時間，「一切都消失了。」故事先前早就說過，瑪麗亞與漢諾夫之間不可能發展感情關係，確實如此，也依然如此。故事再也沒提起漢諾夫，只說到他的馬車：「四匹馬拉著的車廂穿越了鐵軌。」鐵路警衛脫帽向瑪麗亞致意，形成了一個意想不到又莫名完美的場面（就像在說：「歡迎回來，女士，回到您的孤寂裡。」）

他們到家了，故事結束了。

多麼悲哀，多麼哀傷，多麼真實。

爲什麼漢諾夫就不能被瑪麗亞迷住呢？

最適切的答案是，他不被迷住，故事會更美。若他在此對瑪麗亞著迷，代表他先前沒上鉤是因爲瑪麗亞從未如此幸福（從未如此有魅力）。換句話說，這則故事會被詮釋成「瑪麗亞想要被愛，就要更努力提升自己」，這就成了一個不怎麼有趣的故事，甚至可以說是膚淺。而且這也違背了先前已經闡明的情況：他倆並不適合彼此，再多的幸福光輝也無法在鴻溝之上搭出一座彩虹橋；要是眞搭成了，只會讓人覺得虛假，硬是要牽線。

漢諾夫有認知到瑪麗亞的變化嗎？看來是沒有。他要不是錯過了那個微笑和點頭（因爲已經看向對面），要不就是有注意到，但沒有靈光一閃——連愉快地說聲再見、或報以一個點頭與微笑都沒有，更別說是大方示愛了。有沒有可能他根本沒察覺瑪麗亞的變化？當然有可能，若是如此，所有「漢諾夫是個鄉愿蠢漢」的事例就都說得通了。（一個女人剛從十三年的苦難中破繭而出，他竟遲鈍到絲毫沒有察覺。）

不管怎樣，瑪麗亞都不在乎。她的注意力不在漢諾夫身上，而在於閃耀著光輝的天空、窗戶和樹木，而照耀它們的，正是她的幸福與搖身恢復眞我的「勝利」。

那些變化發生在她靈魂深處，與漢諾夫一點關係都沒有：某種埋葬已久的東西在她體內閃現，重燃生命之火。

此刻我們可以想見，故事創造出的全部能量凝聚起來，就成爲她眼中綻放的光彩。

我們說過，一則故事會劃定變化發生的時間範圍，含蓄一點的說法是：「這就是事情永遠改變的那一天。」而這個判斷句的變種版本是：「這就是事情差點要永遠改變的那一天，但是沒發生。」在到達鐵路平交道前，〈在馬車上〉的這一天，是變種版的再變種：「這就是事情表面看來可能永遠改變的那一天，但後來又沒變，因爲永遠無法改變，不意外。」（這故事就像座火山，短暫噴發著唬人的希望。）到了平交道口，故事變成：「這就是故事確實發生、實際上也永遠改變了的那一天，但卻是以我們沒想到的方式，禍福不詳。」

如果我們覺得自己一無是處，而且一直都這樣，那就稱不上是則故事；但若我們覺得自己一無是處，卻在一個奇蹟般的瞬間，想起自己也曾是個人物——這會是個更愉快、抑或更悲傷的故事？

欸，看情況。

我們想知道（故事造成我們有這個意圖）：瑪麗亞瞬間爆發的力量和自信，會帶來什麼餘波？這段經驗永久改變她了嗎？明天她也會充滿正能量嗎？這份意識到自己也曾年輕、也曾受關愛的認知，會續留在她心中並改變她的生活方式嗎？

故事倒數第二段打消了這些想法；「凍僵和發抖」這些詞語顯示她又回到先前的狀態。尤其是在她處於幸福的雲端、一切都「閃耀」著光輝，種種描述讓我們想到了溫暖之際，墜回現實造成的反差感尤其大。

不過，巧妙的故事結局有個特色是，讀者可以想像角色的後續生活。我可以想像這次經驗讓瑪麗亞的日子變得更好過，她心裡有了秘密基地，在她穿梭於陰鬱的校舍之際，心思不時可以躲回這個避風港。我也可以想像這次體驗讓她更厭世，因爲這成爲了一段不斷重播的嘲諷，提醒她這輩子摔得多慘。

我能想像最悲慘的結果，就是她的生活並無二致：這種晦暗的生活又過了幾周（或者幾個月、幾年，都沒差），她在鐵軌旁體驗的炫目時刻已被全然遺忘，就像她忘了童年時家裡的那個水族箱一樣。

對於孤獨，眞正的孤獨，在世上實際發生的孤獨，這則故事能描寫得如此貼近人性又令人心碎，因爲我們是從瑪麗亞的內心看著她經歷這一切。那種不夠深入角色內在的故事，只能製造出簡略的同情（說聲「噢，那孤獨的人眞可憐」就結束了）。我們將瑪麗亞視爲一個地位較卑微的他者，但故事精湛的內心戲呈現了她這個人，也吸引我們走進她的心。她並非一個孤獨但完美的人；她孤獨，也非完人。我們同情孤獨又不完美的瑪麗亞，一如不捨自己身邊那些孤獨、不完美的至親至愛之人，又或者我們憐惜的是不完美（可能也孤獨）的自己。

要理解一則故事，我們可以這樣想：作者騎著一輛摩托車，讀者就坐在那輛車的邊車上。在一個敘述得引人入勝的故事中，讀者和作者相當貼近彼此，宛如合而爲一。我身爲作者的職責，就是將摩托車和邊車的間距維持得很小，這樣一來，當我右轉時，你也同樣右轉；要是我在故事結尾，騎著摩托車衝出懸崖，你別無選擇，只能跟著我跳崖。（畢竟到目前爲止，我的文筆還沒讓你找到遠離我的理由。）如果摩托車和邊車之間的空隙太大，當我要壓車過彎時，你聽不到我的警告，結果就是摔出車外，開始對文字感到無聊或煩悶，然後放下書本，跑去看電影。這樣就沒有什麼角色發展、情節、爲社會發聲或政治思想可言了，讀者不看了就什麼都不會有。

契訶夫讓我們與瑪麗亞如此貼近，以至於我們基本上成爲了她。他沒有給我們任何在情感上與瑪麗亞保持距離的理由，反之，由於他出神入化地描述瑪麗亞的心思變化，讓我們不時覺得他好像是在講我們。我們都是瑪麗亞，瑪麗亞就是我們，是生活在不同時空、孤獨得無可救藥的我們。

這則故事化解孤獨了嗎？給了建議嗎？都沒有。就好像在說，這種孤獨會一直伴隨著我們，永遠都會存在。只要世上有愛，就有不被愛的人；只要有財富，就會有貧窮。這個故事的結論，基本上就是：「是的，這世界就是這個樣子。」

但一則故事眞正美妙之處，不在於表面上的結論，而是讀者的心靈在閱讀過程中發生的變化。

契訶夫曾說：「藝術不必解決問題，只須正確地將問題闡述出來。」所謂「正確地闡述」或許代表：「讓世人充分看見問題，不否認其中的任何部分。」

我們眞正感受到了瑪麗亞的孤獨，感覺那份孤獨就像我們自己的一樣。倘若從前不曾意識到，現在也知道了，那份無力超脫的孤獨是可能存在的，而且就在我們身邊，在沒有表現出任何外顯跡象的人身上，在他們進市區、領薪資單、安靜地回家的時候。（或當他們在郵局排隊，或在車上邊等紅綠燈邊跟著廣播哼歌的時候。）

閱讀這十二頁故事後，你腦海裡最初的一片空白，已經被一位名叫瑪麗亞的新朋友填滿，如果我的經驗堪作參考的話，她將會永遠陪伴著你。下次你聽到有人被形容為「孤獨」，你或許會因為和瑪麗亞的這份友情，發覺自己願意先溫柔一點地看待那個人，即使你們素未謀面。

事後想想#1

如果我們之中有人的職業是老師，想在課堂上試試看這煩人的「一次一頁」簡短版練習，我推薦使用海明威的《雨中的貓》。我自己是將這則約一千兩百個英文單詞的故事印出來，切成六「頁」，每頁大約兩百個詞；讓學生默讀一頁後，提出那些我們先前練習過的問題：(1)目前你知道了些什麼事？(2)哪些事讓你感到好奇？(3)你覺得故事會往什麼方向發展（半空中有哪幾支保齡球瓶）？

在故事的結尾前，選一個點截斷它，問學生「它變成一則故事了沒？」

透過這個練習，學生可以實際得到一則故事應用的架構與誇飾觀念。《雨中的貓》這則小故事提供了很多討論機會，尤其是關於劇情張力如何逐漸升級。它的氛圍很沉著，但絕非靜止不動，幾乎每個段落都有一次微妙的升溫發展。

再複習一下：故事對我們的影響會以線性時間的狀態前進。

其實，任何藝術作品都是如此。例如我們在電影開頭的區區幾分鐘內，就可以知道自己怎麼看待這部影片；腦袋空空地走向一幅畫，看看它，心裡立刻就會有感覺。在音樂廳裡，我們要不是立刻被吸引住，要不就是開始分心，想著樓上包廂裡的那個人在傳什麼簡訊內容。故事是一系列逐漸增強的脈動，每次跳動都對我們造成某些效果，每跳動一次就將我們推到一個新位置，但兩地之間仍有關聯。評論一件作品，並不是什麼高深莫測、神秘未知的技藝，重點在於：（一）無時無刻注意自身對一件藝術創作的反應；（二）越來越善於清晰表達那些反應。

我也向學生們強調，這種技巧能讓人更懂得獨立思考。（世界上到處都有人暗懷目的，企圖說服我們替他們出頭，以他們之名出錢、出力，甚至代表他們去送命，或代表他們去壓迫其他族群）。但我們心裡有一把尺，海明威稱呼它爲「內建且防震的糞便探測器」。我們要怎麼知道某件事其實是一坨屎？那就要內觀，覺察我們內心深處那個誠實無欺的自己，對那件事有何反應。

而閱讀和寫作，會將誠摯的心靈鍛造得更加銳利。

我們也可以用其他形式的藝術作品來進行一次一頁的練習。

例如電影《單車失竊記》[11]開場約五十四分鐘後的一個片段，事件大致是這樣的：一對父子正在尋找爸爸被偷的腳踏車，由於爸爸的失誤，他們追丟了一個線索；當兒子向爸爸問起這件事時，爸爸打了兒子一巴掌，兒子於是開始哭泣。爸爸要兒子在橋上等，他自己則下橋到河邊搜尋。

不久後，爸爸聽到一陣騷動：有男孩溺水了；他想到、我們也想到，那可能是他兒子。結果並不是，兒子的身影出現在高處的階梯盡頭，就在爸爸要他待著等候的那座橋上。

父子沿著河邊走，爸爸對那記耳光感到愧疚，看了看錢包，提出一個奢侈的想法：去吃披薩吧。在餐館裡，他們被安排到一個富裕家庭附近的座位；兒子好奇地觀察著一個和他年紀差不多的有錢男孩。爸爸注意到這個舉動，誠摯的那一面浮現，開始對兒子敞開心房（那

11 義大利名導維多里奧・狄西嘉（Vittorio De Sica, 1901-1974）的作品，以二戰後的羅馬爲背景，一九四八年在義大利首映。

一巴掌造成的傷口在此得到治癒）。

在課堂上反覆觀看這個片段，我們開始發掘一些第一次觀賞時錯過的細節，例如：當這對父子鬱悶地沿著河走，經過一棵樹時，兒子和爸爸各自從樹的左右邊繞過，但快到下一棵樹時，兒子忽然換了方向，和爸爸從同一邊走過那棵樹，讓我們不禁猜想「潛在的和解要來了嗎？」接著，一輛貨車滿載著歡騰的足球球迷經過（和這對父子不同，球迷們開心狂歡），爸爸注意到兒子看著貨車上那群年輕人的眼光，我們懷疑就是這目光讓作父親的想起那一巴掌而感到慚愧，因此萌生帶兒子上館子的想法（但他仍先檢查了一下錢包）。在這個溫馨的和解小劇場展開時，畫面中他們身後的背景是一對愛侶，正凝望著河水。

若去掉那些樹、滿載快樂球迷的貨車、檢查錢包的小動作和河邊的愛侶，這個和解片段感覺就少了一味。

這個練習的樂趣之一，是看著我的學生們開始意識到：「哇，沒錯，導演維多里歐・狄西嘉真的很用心。」每個鏡頭的每個角度都是在深思熟慮後巧妙地運用，這也是他們第一次觀看那個橋段就深受感動的部分原因。學生們感受到：狄西嘉對他電影中的每件事都擔起了責任。

他當然有這種肩膀。《單車失竊記》是一部偉大的藝術作品，狄西嘉是位藝術家，而藝術家都會做的那件事就是：負責。

歌手

伊凡·屠格涅夫

1852

歌手

克洛托夫卡這個小村莊，曾屬於一個毒辣兇惡的女地主，鄉里人稱「剜骨夫人[1]」；她這個名號流傳至今，本名反倒沒被記錄下來，村莊也早已易主，現任領主是個住在彼得堡的德國人。克洛托夫卡位於一個光禿禿的山坡上，一條深得可怕的峽溝將山丘從頭劈到腳。這道峽溝比任何一條河流都更棘手，因爲河上至少可以搭座橋，但山溝就像是地獄魔王張嘴打了個呵欠，一吐氣便截斷了道路，把這可憐的小村切成兩半。峽谷兩邊的沙坡上，斜倚著幾棵搖搖欲墜的細柳；谷底已經乾涸了，露出大片的沉積岩板，微微泛著紅銅般的暗沉光澤。無庸置疑，這幅景色令人提不起勁，但當地人都知道，這是前往克洛托夫卡的必經之路：他們早已習以爲常，去克洛托夫卡好比走自家廚房，經常欣然而往。

峽谷最上方，距離地表開始出現裂縫的位置不遠處，有座四方形的小木屋孤零零地守在那，與其他小屋分開。木屋屋頂覆蓋著茅草，有根煙囪，僅有一扇窗子，就像一顆警醒地盯著山溝看的眼睛；它是冬天傍晚的一盞明燈，在霜霧瀰漫的朦朧夜色中，大老遠就能看見屋內的光從窗口透出，對許多碰巧駕車經過的農民來說，那就像給予旅人指引的星光。小屋門上釘著一塊藍色小板子，這是間鄉村酒館，被眾人暱稱爲「避風窩」。在這酒館裡，飲料不會比公定價便宜，但總是門庭若市，比附近其他酒館生意都要好得多，原因就在於酒館老闆尼古拉・伊凡內奇。

尼古拉・伊凡內奇年輕時是個一頭鬈髮、臉頰如玫瑰般紅潤的纖瘦小夥子，現在身材走樣，臃腫過胖，頂著滿頭灰髮，浮腫的臉中嵌入一對目光狡黠又親切的小眼睛，肥厚的額頭肉上橫劃著幾條深深的皺紋。他在克洛托夫卡已經住了二十多年，和大多數酒館老闆一樣，是個腦袋清醒的機靈人，既不是特別和藹可親，也沒有格外健談，對於招攬和留住客人卻很有一套。在他那雙平靜友善但也冷靜犀利的目光之下，坐在吧檯前的客人們總能莫名地感到自在放鬆。他見多識廣，對地主、農民和商人的生活方式都很熟悉；遇到有人處境艱難，他能夠給予很不錯的建議，不過身爲一個謹慎的利己主義者，他傾向保留自己的忠告，宛如順帶一提那般不經意地拋出模糊又迂迴的暗示，引導他的顧客們走出困境（而且只有他私心偏愛的客人才能得到這份榮寵）。他是個出色的鑑賞家，正宗俄國人認爲有趣或重要的事物，像是牛馬牲畜、木材磚瓦、陶瓷器皿、布疋皮革、歌曲舞蹈，他都有點品味。店裡沒客人的時候，他經常坐在木屋前的地上，像個放在屋前的麻布袋，盤起兩條細腿，和每個路過的人互相寒暄一番。人生在世，生老病死他都見多了，從前那些會順路來找他小酌伏特加、淨化一下心靈的小貴族，有十來個都比他早離開人世；他知道方圓百里內發生的事，但從不吭聲；他也從不表現出自己手頭有最精明幹練的警官都沒起疑的消息。他只會咯咯輕笑，忙著擺弄那些酒杯，然後保持沉默。

鄉里之間，無論平民或貴族都很尊敬他，將軍層級的文官謝雷佩琴科就是其中一員，即使作爲當地最有影響力的大地主之一，每次乘車經過他的小屋，也總是禮貌地向他致意。尼古拉·伊凡內奇自己亦是個一言九鼎的人，有朋友的馬被當地惡名昭彰的盜馬賊偷了，他迫使馬賊歸還馬匹；鄰村的農民拒絕接受新到任的地方官，他開口說服了眾人。諸如此類的

1 俄文原文「Стрыганиха」，字根爲動詞 строгать，有「切、削、刨」之意，加上後綴詞用來指稱女性。這個字令人聯想到俄羅斯十八世紀中葉的暴虐貴族達莉亞·薩提柯娃（Darya Nikolayevna Saltykova），以「薩提奇哈」（Салтычиха）之名流傳民間。薩提柯娃涉嫌虐殺上百名女僕和農奴，一七六二年凱薩琳大帝下令展開調查，在三十八項謀殺罪名成立後，監禁至死。

事不勝枚舉，然而，倘若以為他是滿腔熱血要維護正義、或為鄉親爭取福利，那可就大錯特錯。不是這樣的！他只是想快刀斬亂麻，在麻煩還未茁壯前斬草除根，免得日後打擾到他內心的平靜。

尼古拉・伊凡內奇已經結婚生子，妻子是個活潑伶俐、很懂得察言觀色的女商人，和丈夫一樣，近年來身形圓潤了不少。他凡事都聽老婆言，財務也都交由老婆掌管。愛鬧事的酒鬼都怕她，但她也不喜歡這些無賴，因為從他們身上賺不了幾個錢，而且他們實在很吵，她寧願應付陰沉寡言的酒客。尼古拉・伊凡內奇的孩子都還小，最年長的幾個已經死了，剩下還活著的那幾個都和父母頗為相似，身體健壯又一臉聰明樣，十分討喜。

這是個酷熱難耐的七月天，我在狗兒的陪伴下，拖著沉重的腳步緩緩爬上克洛托夫卡峽谷，朝避風窩前進。天上的太陽像是在盛怒之中熊熊燃燒，無情地烘烤著世間，空中沙塵飛揚，令人窒息。禿鼻鴉[2]和烏鴉的黑羽在陽光下看起來光澤飽滿，但牠們卻悲戚地盯著路人，張開鳥嘴，宛如乞求人們賞賜幾滴甘霖；只有麻雀似乎不把灼熱放在眼裡，蓬起羽毛，比過去更肆無忌憚地放聲吱喳尖叫，不停地在籬笆旁互鬥，又成群結隊從砂石路上飛騰起來，像烏雲般盤旋在綠油油的大麻草原上。口渴的感覺折磨著我，但附近沒有水；克洛托夫卡和其他乾草原上的村莊一樣，沒有湧泉或水井，農民都喝池塘裡的汙濁液體——這種噁心的東西哪能稱作是水？我真想跟尼古拉・伊凡內奇要一杯啤酒或克瓦斯[3]來解渴。

無可否認，無論春夏秋冬，克洛托夫卡都沒有能讓人心曠神怡的景緻，七月更是個格外悽愴的時節；每逢此時，烈陽焰光無情地烘照著殘破的棕色屋頂，也照射到深谷谷底，以及早已化為焦土的放牧場，上頭還有乾癟的母雞拖著兩隻長腿頹喪地遊蕩。陽光也照耀在一座舊宅邸的灰色白楊木外殼上，窗子宛如窟窿，昔日大宅而今就剩這些斷垣殘壁，還有蕁麻、苦艾和各種雜草叢生。池塘上漂著一層鵝毛，黑溜溜的池水被曬得幾乎要沸騰，池邊環繞一圈半乾的淤泥，還有個歪斜的堤壩。堤壩附近的地面上，土塊被羊群踩踏得像是細碎煤渣，綿羊悲慘地擠成一團，熱得吸不上氣，也打不出噴嚏，只能懷抱苦悶的耐心盡可能低下頭，彷彿在等待這難以忍受的炎熱終於結束的那一天。

勉強拖著腳步，我終於接近尼古拉・伊凡內奇的小屋，像往常一樣引來孩子們的驚訝目光，也激起狗群的激憤吠叫，發自體內的狂吼聲凶狠粗啞，宛如要從身體裡撕裂自己，結果反倒讓自己嗆到而咳了起來。突然間，酒館門口出現一個高大的光頭男子，他沒戴帽子，身穿呢絨大衣，腰間繫著藍色腰帶，穿著打扮像個家僕，乾皺的瘦臉頂著一頭雜亂濃密的灰色毛髮。他猛力揮手招呼著某個人，手臂擺動的幅度遠遠超出他想揮動的距離，很明顯已經酩酊大醉。

「來啊，來啊，」他嘟噥著。「快來啊，眨眼仔，快來！老天爺，你這根本是用爬的！這樣可不好，老傢伙，不好。他們在這裡等你呢，結果你還在這裡磨蹭。快啊，馬上過來！」

「好好好，來了來了，」一個顫抖的聲音答道，從農舍右後方走出一個矮胖的瘸子，他穿著一件頗乾淨的棉外套，是農家常見的樣式，一邊的手穿進袖子裡，另一邊只是披著。一頂又高又尖的帽子蓋過他額頭，使他那張圓滾滾的胖臉顯露出狡猾譏笑的神色；一雙泛黃的小眼珠骨碌碌打轉，薄唇邊總掛著拘謹勉強的微笑；還有他的鼻子，又長又尖，肆無忌憚地向前凸，像是臉上裝了一把舵。「我這不來了嘛，好兄弟，」他一拐一拐地走向酒館。「幹啥叫我來？誰在等我嗎？」

2 在俄國，禿鼻鴉歸巢象徵春天到來。禿鼻鴉的特徵是白色鳥喙，亦有人稱爲「白嘴鴉」；本文譯禿鼻鴉，避免與索羅門群島的特有種「白嘴烏鴉」混淆。

3 克瓦斯（Kvas），俄羅斯與東歐常見的傳統氣泡飲料，以黑麥發酵製成，味道與黑麥汁相似，酒精含量極低。

「幹啥叫你來？」穿呢絨大衣的男人大吼，語帶責備。「眨眼仔，你也眞好笑！找你來酒館還需要問爲什麼嗎？所有的好傢伙都在這裡等你，土耳其人亞希卡、狂野豪紳、和那個日茲德拉[4]來的承包商都到了。亞希卡和承包商打了賭，賭一公升半[5]的啤酒，看誰歌唱得比較好，明白沒？」

「亞希卡要唱歌？」綽號叫作「眨眼仔」的男人激動叫喊起來。「你不是在騙我吧，蠢驢佬？」

「我才沒有！」蠢驢佬鄭重其事地回答。「你才是胡言亂語，如果他要賭唱歌，他當然要開口唱。眨眼仔，你眞是隻笨蟲、眞是個無賴！」

「好啦，快走吧，傻瓜。」眨眼仔說。

「好嘛，那至少親我一下，你可是我的知己。」蠢驢佬一邊咕噥著，一邊敞開雙臂。

「算了吧你，瞧你連話都說不清。」眨眼仔語帶不屑，用手肘推開他，然後兩人彎下身子，鑽進酒館那低矮的門口。

無意間聽到這席談話，大大激起我的好奇心。好幾次聽聞傳言，說土耳其人亞希卡是這一帶最好的歌手，難得有機會聽到他和另一位高手比賽，這讓我加緊腳步，跟著進了酒館。

我的讀者當中，大概沒多少人有這個機緣去鄉村酒館裡看看，但我們這些熱愛四處遊獵的人，還有哪裡沒涉足過呢？就讓我來稍作介紹。這些鄉村酒館的佈置往往很簡單，通常由一道陰暗的前廊和一個用牆隔成前後兩區的主廳組成，後區不開放客人進入。牆面上開一個長方形的大窗口，窗口前擺一張橡木製的寬桌，這張桌子就是賣伏特加用的櫃檯；正對櫃檯，就能看見櫃子上陳列著各種大小的密封酒瓶。主廳前半部是客人的活動區域，擺有長板凳、兩三個空木桶，角落還有一張小邊桌。鄉村酒館裡大多昏暗，你不大可能在原木搭成的牆上看到色彩鮮豔的流行版畫，雖然這往往是一般農民家裡不可或缺的裝飾。

當我進到避風窩時，裡頭已經聚集了一大批人。

不出所料，尼古拉・伊凡內奇站在櫃檯後，偌大身形佔掉了半個窗口；他穿著一件花俏的棉襯衫，胖嘟嘟的臉上露出慵懶微笑，用白皙的肥短手指爲剛進門的朋友——眨眼仔和蠢驢佬——斟滿兩杯伏特加。他那眼神犀利的太太就在他身後，在靠近窗戶的角落裡。土耳其人亞希卡站在客席中央，是個二十三歲的高瘦男子，披了件南京布縫製的天藍色卡夫坦袍[6]，長度及踝。他看起來是個爽朗不羈的工人，在我看來，身體好像不大健康。他臉頰凹陷，大大的灰眼睛裡充滿焦躁，鼻樑挺直，細窄的鼻孔隨呼吸縮放著；髮際線稍微後退了些，淡金色的鬈髮向後梳，露出白淨的額頭。他的嘴唇厚實好看，充滿表現力，整張臉都透露出他是個感受力強、情感豐富的人。他處於極度興奮的狀態，不斷眨眼，呼吸不順，雙手像發高燒時一樣打顫——他肯定在發燒，那種突如其來、令人顫抖的燒熱，相信每個要公開演說或高歌的人都很熟悉。

亞希卡身旁站著一名年約四十歲的男子，肩膀寬，顴骨也寬，窄額頭，像韃靼人那種細長的雙眼，塌鼻子，方方正正的下巴，黑得發亮的頭髮短而粗硬，和豬鬃沒兩樣。他表情冷淡，黝黑的臉孔散發出如同鉛塊一般的金屬寒光，特別是又搭上蒼白的雙唇，若不是他正在靜心沉思，這副神色簡直可以稱得上是凶狠。他幾乎沒在動，只是不時緩慢地環顧四周，就

---

4 現俄羅斯卡盧加州西南部的城鎮。

5 原文爲「八分之一提桶」。舊俄時期的酒以桶計算，最大的是木桶，其次爲提桶；一木桶將近五百公升，一提桶約十二公升，八分之一提桶爲一公升半。

6 卡夫坦（kaftan）起源於兩河文明，中東、西亞一帶民族常穿的長袍，在俄羅斯十九世紀是農民和商人常穿的服飾。南京布源於中國江南，由黃棉織成土黃色布料後再染製。

7 當時流行的一種男士服飾，爲仕紳階級的日常穿著，長度通常及膝。

像頭扛著軛的公牛。他穿著一件老舊的長外衣[7]，上頭的銅釦閃閃發亮，粗脖子上則圍了條黑絲絹手巾。人稱「狂野豪紳」的就是他。

亞希卡正前方的聖像畫下有張凳子，那裡坐著他的對手，也就是那個來自日茲德拉的承包商。他是個年約三十的矮胖男子，滿臉麻子，一頭捲毛，鬍鬚稀疏，鼻頭圓潤飽滿，一雙棕色眼睛活潑靈動，無畏地環顧四方，雙手墊在臀部下，漫不經心晃著腿，用腳板打拍子，腳上那雙靴子挺時髦，側邊還有紋飾。他穿了件嶄新的農民款式灰色薄大衣，領子質料是仿天鵝絨，大衣下卻是件猩紅色立領衫，扣好的領口緊緊鉗住他的脖子，不搭調的配色讓這紅襯衫格外搶眼。

承包商對面的角落，門口右邊的桌子旁，有個農民坐在那兒，身上外套的肩膀部位破了個大洞。陽光從兩扇佈滿灰塵的窗格間映照進來，光輝淡柔，似乎無法驅走常駐於屋內的陰暗；昏黃光線籠罩在屋裡所有物品上，輪廓都變得模糊。不過，屋裡的溫度可說是涼爽，因此在我跨過門檻的那一瞬間，宛如卸下重擔，悶熱感和窒息感同時從我肩上滑落。

一進門，我就能察覺到尼古拉．伊凡內奇的客人對於我的出現有點不自在；不過，看到他像對老主顧一樣向我鞠躬招呼後，他們就鬆了口氣，不再把注意力放在我身上。我點了啤酒，到角落那個外套肩上有破洞的小農民旁邊坐了下來。

「現在是怎樣？」一口氣喝乾一杯伏特加後，蠢驢佬突然喊道；除了驚嘆語調，還要搭配那些奇怪的手勢，顯然不比手勢他就吐不出半個字。「怎樣，我們還在等什麼？快開始吧，亞希卡？」

「是，是，開始吧。」尼古拉．伊凡內奇附和。

「儘管來吧，」承包商冷靜地說，嘴邊勾著自信滿滿的假惺惺微笑。「我準備好了。」

「我也——也好了。」亞希卡不落人後地扯嗓說道。

「那好，開始吧，弟兄們，開始！」眨眼仔叫道。

雖然眾口一致同意開始比賽，但兩人都言行不一，沒有人先開口唱，承包商甚至沒站起身來。他們似乎都在等著別人打頭陣。

「開始啊！」狂野豪紳厲聲喝道。

亞希卡被這喝斥聲嚇得跳了起來；承包商也終於離開板凳，站直身子，把腰帶拉低一些，並清清喉嚨。「誰先開始？」承包商問狂野豪紳，聲音和剛才的冷靜略有不同。狂野豪紳紋風不動地站在酒廳中央，兩條粗腿岔開，粗壯有力的手臂幾乎從肘部以下都插在他的寬褲口袋裡。

「你先，承包商，你先，」蠢驢佬含糊不清地說著。「就你吧，老弟。」

狂野豪紳皺眉瞪著蠢驢佬，他頓失氣力，發出微弱的呃呃喔喔，侷促不安地看向天花板，縮縮肩膀，不敢再出聲。

「抽籤。」狂野豪紳決斷地說。「拿個啤酒杯來放在櫃檯上。」

尼古拉．伊凡內奇彎下腰，從地板上拿了個啤酒杯，哼唷哼唷起身把酒杯放到桌上。

狂野豪紳目光掃向亞希卡：「還等什麼？」

亞希卡在口袋裡摸索著，摸出一個半戈比銅板，用牙齒在銅板上咬了個記號。承包商從外套下擺裡拿出一個嶄新的皮包，慢呑呑地解開繫繩，倒出一大把零錢到掌中，揀選了個亮晶晶的半戈比硬幣。蠢驢佬遞出他那頂帽尖有破洞的鬆垮舊帽，亞希卡把他的銅板丟進帽裡，承包商也跟著做。

「你來抽。」狂野豪紳對眨眼仔說。

眨眼仔得意洋洋地嘻嘻笑，雙手接下帽子，開始搖動。

屋裡的人霎時陷入一片死寂，只有兩枚硬幣輕輕碰撞的叮噹聲迴響著。我仔細觀望四周，每張臉都充滿緊張的期待，連狂野豪紳也半瞇著眼緊盯帽子；我隔壁那個穿著破外套的矮小農民也好奇地伸長脖子。眨眼仔把手伸進舊帽裡，掏出了承包商的硬幣；大夥兒深深吐出方才屏住的氣，亞希卡漲紅了臉，承包商則用手理了理頭髮。

「我就說是你嘛，是不是？」蠢驢佬高喊。「我就說吧！」

「好了，好了，別再閒扯了！」狂野豪紳鄙夷地說，朝承包商點頭示意：「開始吧！」

「該唱什麼好呢？」承包商躍躍欲試地問。

「隨你高興，」眨眼仔說。「想唱什麼就唱。」

「沒錯，當然，唱你喜歡的。」尼古拉・伊凡內奇附和，並緩慢地將雙臂交叉環抱胸前。「我們不能告訴你該唱什麼，你就唱自己想唱的吧，只是要小心點，好好唱，我們也會放膽憑良心作決定。」

「當然當然，」蠢驢佬說著，舔舔空酒杯的杯緣。「我們要大膽地——憑良心。」

「先讓我稍微清清嗓子啊，兄弟們。」承包商說，伸手拉了拉外套領口。

「快點，不要浪費時間，現在就開始！」狂野豪紳決絕地說，像是快受不了似地閉上眼。

承包商想了想，甩甩頭，向前走去。亞希卡死死盯著他……

但在進入比賽前，最好還是先讓我再多描述一下故事裡的每個角色。有些人的狀況是我在避風窩遇見他們前就已有所耳聞，其他人的則是後來打聽到的。

讓我們從蠢驢佬開始說起。他的本名是尤格拉夫・伊凡諾夫，但當地人除了蠢驢佬之外，從未用其他名字稱呼過他，他也都用這綽號自居，畢竟這確實適合他，與他那張沒特色、永遠充滿驚慌焦躁的表情搭配得恰到好處。他本來是個家僕，生性浪蕩，結不了婚，每任主人都因爲他的無可救藥而棄用他。現在他遊手好閒，沒工作自然就賺不到錢，卻找到了讓別人為他付錢找樂子的方法。很多人請他喝酒喝茶，但他們自己也不明白為什麼，畢竟與蠢驢佬作伴一點都不有趣，他讓每個人都作嘔，厭倦他那些沒意義的喋喋不休，他不知分寸的要求令人忍無可忍，無時無刻都處於狂熱的焦躁情緒中，不斷發出不自然的做作大笑。他既不會唱歌，也不會跳舞，狗嘴吐不出象牙，遑論提出什麼金玉良言，只會胡言亂語，都是些無稽之談——總之就是個徹底的蠢貨。然而，方圓四十公里的酒會上，他那細瘦的身形沒有一次不出現在賓客裡打轉；人們實在太習慣他的存在了，把他視為一種非得容忍不可的必要之惡。實際上大家都看不起他，但只有狂野豪紳治得住他，那蠢蠢欲動的蠢勁才不至於太放肆。

眨眼仔和蠢驢佬就完全不同。眨眼仔平日眨眼的次數其實沒有比一般人多，但這綽號可說是取得恰如其分；俄羅斯人是取綽號的大師，這一點眾所皆知，因此叫他眨眼仔肯定其來有自。儘管我竭盡全力挖掘他的過去點滴，但對我而言——對其他許多人來說也是，我猜——眨眼仔的過去仍有許多未知的黑洞，用個老套的譬喻，這些黑洞籠罩在神秘迷霧之中。我探聽到的事蹟只有：他曾為一位膝下無子的老貴婦擔任車伕，卻帶著人家託付給他照料的三匹馬兒跑了，整整一年音訊全無，八成是在四處漂泊的日子裡經歷了什麼艱辛困頓，回來時已成了一個跛子，跪在女主人腳邊乞求原諒，接下來數年都表現良好，堪稱模範農奴，不但彌補了過去的罪，重獲主人寵愛，最後還贏得她的全然信任，成為女主人的管家；在女主人過世後，他不知用了什麼方法贖身，然後晉身商賈階級，向當地人租塊農地種瓜，逐漸富裕起來，現在過著舒適的生活。他是個閱歷豐富的人，知道該怎麼做才會對自己最有利，既非善類，卻也不是惡人，只是非常懂得算計；走過大風大浪，他深諳人性，知道如何利用人心。他行事謹慎又老謀深算，宛如狐狸；他像愛嚼舌根的老太婆一樣健談，有本事讓每個人暢所欲言，自己口風卻緊得很；雖然如此，他從不效仿其他狐朋狗黨那像扮豬吃老虎。老實說，他大概也覺得自己不易僞裝；我從未見過有哪雙眼睛比他那對小巧詭詐的「窺伺者」[8]更精明機靈，那雙眼不僅僅是在觀看，而是無時無刻偵察和刺探著。瞇眼仔有時會花好幾周的時間忖量一些看似簡單的事，有時忽然就下定決心進行一些無比大膽的交易，你以爲他肯定會在驚滔駭浪裡翻船，結果竟沒有！那筆交易乘風破浪，此後一帆風順。他很幸運，也相信自己的運氣，相信各種預兆；大抵而言，他非常迷信。他不受人愛戴，因爲他並不在乎別人的遭遇，但這無礙人們對他的尊重。他膝下只有一個兒子，因此視如瑰寶。被這樣的父親一手帶大，看來也是前途無量；當地老人們夏日傍晚坐在屋外牆垛閒談時，已經會這麼低聲說起他了：「小瞇眼仔眞是得到了他父親的眞傳啊！」而且每個人都明白這話裡的意思，無須多作解釋。

關於土耳其人亞希卡和承包商，就沒什麼好說的了。亞希卡，綽號是土耳其人，因爲他的確是一名被俘虜的土耳其女人所生；無論怎麼看，他都是個眞材實料的藝術家，現實中卻只能在一間私人造紙廠裡當個小工匠。至於承包商，我得不好意思地承認，對他我仍是一無所知，但他給我一種狡詐圓滑的城市商人印象。相較他倆，狂野豪紳更值得多加著墨。

這男人外型給人的第一印象是粗獷、笨重，力大不可擋。他手腳笨拙，像我們常說的「莽漢」，但渾身散發著粗野強健的氣息，最奇怪的是，他那大熊一般的體格亦有一種獨特的優雅，這或許是出於他對自身力量具有堅定不移的沉著自信。乍看之下很難判斷這位海克力斯[9]屬於哪個社會階層，看起來既不像家僕，也不像商人或退休的貧窮文官，與酷愛狩獵的好鬥鄉紳也不同，總之他確實獨樹一格。沒人知道他來自何方，據說他從前是自由的佃農階級，曾在某處爲地方政府工作，但我沒有打聽到確切的相關證據，實在找不到握有消息的人，更不可能直接從這男人身上探聽到什麼，走遍全世界也找不到比他更陰沉、寡言的人了。甚至也沒人能有把握地說知道他靠什麼維生，他沒涉足任何貿易，從沒拜訪過任何人，幾乎沒什麼人脈，然而他卻有錢——不多，這倒是眞的，但他肯定有點積蓄。他舉止稱不上謙恭，應該說沒什麼謙恭可言，不過卻很低調；他彷彿對周遭所有人都視若無睹般活著，對旁人也無欲無求。

雖然神秘，狂野豪紳也是有名有姓的，他姓佩雷弗烈索夫。他在這一大區擁有巨大的影響力，即使無權對任何人發號施令，人們也總是熱切地向他展現服從，但對於那些湊巧碰上的自願屈從，他也從沒提出過半點要求。凡是他開金口，必得到遵從，說明了眞正的權力永遠會得到它應有的響應。他幾乎滴酒不沾，不近女色，惟熱愛唱歌。這名男子有很多神秘之處，宛如有股巨大的力量封印在他體內，他知道一旦釋放這股力量，必將摧毀一切觸及事物，自己也將萬劫不復；如果我以爲那個人的生命中還未發生過這樣的大爆炸，或者以爲他是憑著經驗才千鈞一髮逃出生天，現在才會如此鐵面無情地控制著自己，那就眞是錯得離譜了。令我印象格外深刻的是，他渾然天成的獸性裡融合著與生俱來的高貴——我從未在任何人身上見過這樣的組合。

回到酒館，歌唱比賽就要開始了。承包商走上前，半閉著眼睛，開始用高昂的假音唱了起來。他的歌聲相當甜美悅人，但有些沙啞；他用歌喉彈奏著這個曲調，歌聲像陀螺似的在高低音之間飛轉，在高音之際滿溢著愛意，轉爲顫音逐漸下探，調整至低音後再向高音攀升，煞費苦心拉出一陣高音，然後休止，頓時以嬉鬧、狂放節奏重回先前的曲調。他的轉音時而大膽，時而逗趣，鑑賞家對此會感到樂趣十足，不過可能會惹毛德國人。這是俄羅斯特

8 原書註：奧廖爾省人俗稱眼睛爲「窺伺者」、稱嘴巴爲「大食怪」。
9 希臘神話中的大力士，半人半神，宙斯的私生子。

有的華彩男高音、或者優雅男高音[10]唱腔，他唱了一首歡愉的舞曲，在無窮無盡的修飾音、額外的和聲與感嘆詞之中，我勉強聽出了這幾句歌詞：

那一隅方寸瘠土，親愛的少女啊，
我將耕耘灑種；
那一朵緋紅小花，親愛的少女啊，
我將培育呵護。

他唱著，每個人都全神貫注聽他歌唱。他顯然感覺自己正在唱給一群音樂大師聽，因此必須全力以赴。的確，我們這一帶的人都是對歌唱頗挑剔的行家，大奧廖爾[11]公路旁的謝爾基耶夫斯基村更以悅耳和諧的唱腔享譽全俄羅斯，這可不是浪得虛名。承包商唱了很久，卻都沒能喚起聽眾心中任何一股激情，沒人開口為他和聲；終於，出現了一次格外成功的轉音，蠢驢佬不禁發出欣喜的叫聲，連狂野豪紳也露出微笑，我們喉嚨上的開關像是被打開了，蠢驢佬和眨眼仔開始低聲哼著曲子，然後高喊：「好樣的！保持這樣，混帳！就是這樣——再高、再高呀，壞傢伙！飆上去！這樣才能炒熱場子啊，你這畜生、混蛋，走火入魔吧！」用諸如此類的話語來給他打氣；櫃檯後的尼古拉．伊凡內奇頻頻左右搖頭來表達他的讚賞。就這麼持續一段時間後，蠢驢佬開始跺起小碎步，隨歌曲輕舞了起來，肩膀配合著拍子一抬一扭；亞希卡雙眼如炬，全身彷彿風裡的一片葉子般抖動著，露出不置可否的微笑。狂野豪紳不改冷峻臉色，他望著承包商的眼神是柔和了些，但唇角仍難掩不屑。

受到觀眾普遍展現好評的鼓舞，承包商打從心底萌生了一飛衝天的感覺，開始奮不顧身般揮灑著歌技，激昂地彈舌，用力強調每個重音節，喉嚨發出的嗓音越發狂暴，最後他終於筋疲力竭，臉色發白，渾身大汗，擠出剩下的幾分力氣將最後的音符從體內推送而出，宛如臨終前迴光返照地一嚎。聽眾們瞬間爆發出一陣響亮喝采，蠢驢佬撲向他，用那雙瘦骨嶙峋的長臂緊緊摟住他的脖子，差點沒把他勒死；尼古拉・伊凡內奇的胖臉泛著紅潤光澤，彷彿這歌聲讓他回春。亞希卡像個瘋子一樣不斷高喊「太棒了！太棒了！」甚至我隔壁那個穿破外套的農民也無法再抑制住衝動，一拳捶向桌子，大呼：「啊哈！好極了，該死的好極了！」然後帶著堅決的神色，轉頭用力淬了一口沫。

「哎，老弟啊，你可眞是讓我們大飽耳福！」蠢驢佬喊叫了起來，硬是不放氣力放盡的承包商離開他的懷抱。「眞是大飽耳福，鐵錚錚的福氣啊！你穩贏，我的好老弟，贏定了！恭喜恭喜——啤酒是你的囉！亞希卡那傢伙根本沾不到你的邊！我跟你說，他贏不了你的啦。你相信我！」他說著說著，再度把承包商的頭壓到胸前緊摟著。

「放開他，你行行好，」眨眼仔不耐煩地說著。「放開他，你這和水蛭一樣黏人的傢伙！讓他坐下來喘一會兒，你難道沒看到他多累嗎？拜託，你這蠢材，老兄啊，蠢成這副德行！都叫你放開了，你怎麼還像浴室裡的葉子[12]一樣黏在他身上？」

「你說這什麼話，我這就讓他坐下，我還要爲他的健康乾一杯，」蠢驢佬回嘴，接著走向櫃檯，不忘轉頭對承包商說：「這杯算你的啊，老兄。」

承包商無力應付他，只得點點頭，然後癱坐到長板凳上，從帽子裡拉出一條毛巾，開始擦臉。蠢驢佬迫不及待仰頭飲盡杯子裡的酒，喉頭發出咕嚕咕嚕的呑嚥聲，皺起眉頭作出一

10 原文同時以義大利文的 tenore di grazia 和法文的 tenor léger 來稱呼，兩者同義，皆指輕巧靈活的男高音。

11 本故事以屠格涅夫的家鄉奧廖爾省爲背景，現俄羅斯奧廖爾州。

12 俄語俗諺，比喻很纏人的事物。洗俄羅斯式三溫暖時，要拿一把枝條拍打身體，有時樹葉會黏在身上，不易沖乾淨，因此衍生出這個諺語。

副心裡苦澀而不得不藉酒澆愁的樣子，十足的酒鬼樣。

「唱得好，兄弟，唱得好，」尼古拉．伊凡內奇和善地說。「該你上場了，亞希卡，小兄弟。聽著，別緊張，讓我們瞧瞧誰比較厲害，讓大家都瞧瞧。承包商唱得是很好，確實很好。」

「他是唱得好。」尼古拉．伊凡內奇的太太嘴上這樣說著，並帶著微笑凝視亞希卡。

「很好哇！」我隔壁的小農民低聲複誦。

「哎，你這森林蠻夷[13]！」蠢驢佬突然大吼，走到那小農民面前，用手指著他，開始暴跳如雷地尖聲嘲笑：「森林蠻夷，森林蠻夷！哈，糟了，快追，是森林蠻夷！什麼風把你吹到這裡來啊，森林蠻夷？」他一邊大笑一邊大喊。

那可憐的農民滿臉窘迫，慌忙起身打算離開，一個如銅鐘般渾厚的聲音忽然響徹酒廳。是狂野豪紳開口了，他咬著牙說：「現在是什麼噁心的動物在吱吱叫？」

「我——沒事兒，」蠢驢佬吶吶地說。「我、我不是——我只是——」

「好，那就閉嘴！」狂野豪紳應道。「亞希卡，上場！」

亞希卡伸手摸了摸自己的喉嚨。「恐怕我——我有點不——呃，我是說，我不是很確定，呃——」

「拜託，兄弟，沒什麼好怕的。有什麼好害羞的！你幹什麼扭扭捏捏？你只管唱，就當成是老天要你唱的。」狂野豪紳說完就低下頭，盯著地板，沉默等候。

亞希卡不發一語，四下環顧，舉起一個巴掌遮住自己的臉。所有人的目光都集中在他身上，尤其是承包商，臉上雖然掛著慣常的志得意滿與勝利表情，卻被舉手投足間一絲不自覺流露出的焦慮給背叛；他靠坐在牆邊，再次把雙手墊在臀部下，但腿不再自在晃動了。終於，亞希卡張開雙手，露出了和死人一樣蒼白的臉，雙眼在低垂的睫毛下隱約閃動著亮光。

他深吸一口氣，開始演唱。

他的第一個音微弱飄忽，彷彿不是發自他的胸臆，而是來自遠方某處，不小心才飄進了這酒館裡。這顫抖的鳴聲對我們所有人都產生了奇異的影響，我們面面相覷，尼古拉的妻子忽然坐直身子。尾隨在第一個音符後的，是一聲較堅實的長音，但感覺仍然像是琴弦般振振顫動，忽然有根手指猛力撥彈它，響亮的音色在空中擺盪，餘音在顫抖之中很快逝去；隨之而來的第三個音符逐漸變得溫潤，不斷湧出的悲戚情感向四面八方流淌。

「原野茫茫，但並非只有一條路可走。」他如此唱道，與此同時，我們所有人都聽得出神，好似踏入一片原野，渾身顫動不已。我必須承認，我鮮少聽到這樣的嗓音，有點乾啞，微微輕抖，乍聽有種苦澀的情緒，但也有純粹且真誠的激情、青春、力量和甜蜜融入其中，還有一種像是不經意油然而生的悲傷。歌聲中有一個溫暖、真摯的俄羅斯靈魂發出呼喚，祂低語著，細語絲絲扣住你的心，牽動在場每個俄羅斯人的心弦；隨著曲子進行，歌聲逐漸延展，如河水般沖開了堵塞在亞希卡心頭的緊張，高漲的情緒淹沒了他，讓他不再膽怯，放心徜徉於歌唱的喜悅之中；他的音色震顫，但不是因爲害怕而發抖，而是來自內心激情裡一陣細微地無法察覺的彈撥，讓這份情感像是一支箭那般搭著歌聲射進聆聽者心中，羽箭連發，一次比一次更強勁、穩健，聲勢漸大宛如箭雨齊飛。曾經有個傍晚，我在退潮的海岸邊看見遠處有隻白色大海鷗；牠駐足於平坦的沙岸上，坐在那兒動也不動，光滑的前胸映照著火紅暮光，時而向熟悉的大海與低掛空中的血紅色落日緩緩張開修長雙翼，發出威嚴沉鬱的嘶哮

13 原書註：指波利西亞南部居民，波利西亞是奧廖爾省北部邊界到卡盧加省南部一帶的樹林，當地人生活方式、習俗和語言都和奧廖爾人有諸多差異，被認爲性格多疑、暴躁，被奧廖爾人視爲異類。後文出現的「哈，糟了，快追」都是波利西亞人的口頭禪。

聲。亞希卡的歌聲讓我想起了那隻大白鷗；他依舊唱著，顯然已經完全忘卻他的對手和在場所有聽眾，但看得出來，他從我們靜默卻熱烈的關注眼神獲取了力量，宛如強健的泳者順浪騰起。他所唱的每一個音符，都喚醒了我們每個人腦海深處最親密又珍愛的事物，帶我們踏進某個寬廣的世界，眼前像是出現一片熟悉的草原，向遠方無邊無際地延伸。

我能夠感覺到淚水從我心底湧出，衝上我的眼眶；隱約有個低悶的啜泣聲忽然響起，我環看四周——酒館老闆的太太哭了，側過身子貼倚著窗口流淚，免得人們看見。亞希卡瞥了她一眼，音調再往上升，嗓音比先前更清潤動人。尼古拉・伊凡內奇低下頭，眨眼仔背過身子；歌聲裡的情感震撼了蠢驢佬，他只能一呆一愣地張著嘴站在那兒；來自荒林、不熟此地民情的小農民在角落輕聲抽噎，邊搖頭邊苦澀地喃喃自語。狂野豪紳那高突的眉骨也遮擋不住淚水從他眼中湧出的那一瞬間，一滴渾圓的淚珠緩緩沿著他鋼鐵般冷硬的面孔滾落；承包商一手緊緊握拳撐住自己的額頭，動也不動。

亞希卡唱出了一個極高的音，音色輕薄，薄到最終化爲虛無，就像是他的聲色斷了線似的。若非如此，我不知道如何才能截斷眾人高懸的情思。一時間沒有人說話，甚至沒有人做出任何動作，每個人似乎都在等著看他是否還要再繼續唱，但他睜開了眼睛，似乎對我們的沉默感到驚愣，帶著滿臉詢問的神色輪流環視我們，才發現勝利應該是他的了……

「亞希卡——」狂野豪紳將手放在他肩上，欲語還休。

我們全都愣在原地，像是被下了石化咒語似的。承包商悄悄起身走向亞希卡，「你——是你贏了——勝利是你的了。」他終於克服萬般艱難地說出這句話，然後就衝出了酒館。

他迅雷不及掩耳的決絕動作像是打破了咒語，眾人頓時開始高聲歡呼，傻驢佬劈啪蹦跳，將雙臂當成風車葉片般旋轉揮動；眨眼仔拐著腳走到亞希卡身邊，開始親吻他。尼古拉・伊凡內奇站起來，隆重表示他以自己的名義額外頒發另一大杯啤酒，作爲對亞希卡的讚賞；狂野豪紳止不住開懷大笑，我從沒想過會從他身上聽到這種自然暢快的笑聲；那窮酸的小農民用袖子擦了擦眼睛、臉頰、鼻子和鬍鬚，在角落裡不斷重複自言自語：「好啊，他奶奶的，眞是好啊！喏，我要是有半句假話，我就是狗娘養的！」而尼古拉・伊凡內奇太太則是滿臉漲紅，起身快步離開了酒廳。

亞希卡像個孩子似地享受著勝利，此刻的他容光煥發，眼中閃耀著幸福的光芒；被大夥兒拉到櫃檯旁的他，呼喊著要那個窩在角落痛哭流涕的小農民也過來同樂，又叫酒館老闆的小兒子去外頭找回承包商。小男孩空手而返，不過大家不以爲意，開始飲酒狂歡。「再多唱幾首給我們聽吧！」蠢驢佬高舉雙臂不斷叫喊。「唱到晚上！」

我再次看了亞希卡一眼，便走出酒館。我不想留在那裡，怕破壞了剛才留下的好印象。天快黑了，但戶外還是和稍早之前一樣熱得令人受不了，一層厚重的熱氣籠罩著整片大地，飄揚在半空的塵土緻密得像是一團黑霧；透過這層霧霾，隱約可以看見幾個小光點好似在暗藍色的天空裡飛旋。四周一片寂靜，大自然了無生氣，深沉死寂的靜默之中有種令人絕望的壓抑感。我走到乾草棚，躺在新割下不久但已經快被天氣烘乾了的草堆上，想要打個盹兒；起初我無法入睡，亞希卡那充滿張力的歌聲彷彿一直繚繞在耳邊，過了好一會兒，炎熱和倦意終於擊敗迴盪在腦海中的餘音，我才沉沉睡去。當我醒來時，天色已經黑了，周圍的草堆散發出濃烈的氣味，摸起來還有些潮濕；仰望簡陋單薄的棚頂，一根根細木椽之間，有蒼白的星星正微弱閃爍。我起身走出乾草棚，晚霞已完全褪去，只有在接近地平線的低處還殘存一抹淡色餘光；雖然夜晚捎來了涼意，還是能感受到不久前的灼熱遺留在空氣裡的餘溫，讓人仍然渴望能有一陣涼風迎面撲個滿懷。然而現在一點風都沒有，萬里無雲，天空如一池清澈的墨水，無數顆如同細沙那般的微小星點悄悄閃動熒光；村莊燈火通明，不遠處的酒館窗子不僅透出了光亮，也傳出一陣混亂的喧鬧，不時還有一陣陣狂笑，我似乎在其中聽見了亞希卡的聲音。

我走到窗邊，把臉貼到玻璃上，看見了一幅雖然生動活潑、卻也能說是悲哀的場景。屋裡所有人都醉茫茫了——每個人都是。我首先看到的是亞希卡，他裸著上半身坐在板凳上，用嘶啞的聲音哼著市井街頭流行的庸俗舞曲，手裡散漫地撥著吉他，一束束濕髮垂在他慘白的臉上；酒廳中央，蠢驢佬完全拋棄禮俗，脫去了上衣，在穿著破外套的小農民前使勁扭腰擺臀，跳著荒唐可笑的舞步；輪到小農民用舞步回應時，他拖著那雙無力的腳滑步蹭地，蓬亂的鬍鬚下露出樂呵呵的傻笑，一隻手不斷揮擺，像是在說「隨它去吧！」最滑稽的是他的臉，無論他多努力挑眉睜眼，也撐不起那雙沉重得幾乎擋住整顆眼珠子的眼皮；他一臉隨時都能倒下酣睡的樣子，但仍舊維持著歡愉甜蜜的表情。他醉得飄飄欲仙，每個路過的人只要看到他的臉，肯定會說：「老傢伙，你可眞逗趣啊！」而眨眼仔的臉紅得像熟透的螯蝦，鼻翼大大向外撐開，在角落裡兀自訕笑。尼古拉．伊凡內奇這稱職的酒館老闆一如往常地保持沉穩，酒館裡來了許多張新面孔，唯獨不見狂野豪紳的身影。

我轉過身，快步走下克洛托夫卡所在的山坡。山腳下是寬闊的平原，在夜色之下瀰漫著朦朧霧氣，顯得更漫無邊際，像是和漆黑的天空合而爲一。我沿著下山的路大步走著，忽然從原野遠處傳來了一個男孩的響亮喊聲：「安特洛普卡！安特洛普卡——！」男孩執拗地將最後一個音節拖得很長，叫喚裡帶有挫敗的哭腔。

他安靜片刻，又開始叫喊；呼喚聲打破令人昏昏欲睡的寧靜氣氛，清晰地響徹山谷。他叫喚安特洛普卡這個名字不下三十次，突然間，原野另一頭傳來了一個若有似無的聲音，像是從另一個世界飄來的回應：「幹嘛——？」

男孩的聲音立刻轉悲爲喜：「過來，你這小鬼！」

停頓了好一會兒，才又傳來另一個聲音：「爲什麼呀——？」

「爸爸說要給你好看啦！」男孩立刻回答。

第二個聲音沒有再回話，男孩又開始叫著安特洛普卡。他叫喊的頻率越來越低，聲音也越來越微弱；天色完全陷入黑暗時，我已經到了我所住的村子附近，繞過外圍的樹林就會到了，距離克洛托夫卡大約四公里遠，但男孩的叫聲仍傳進了我耳裡。

「安特洛普卡——！」夜幕低垂，我似乎還能聽見他的叫喚在曠野上迴盪。

爲了故事核心◆對〈歌手〉的思考

每年課堂開始進入〈歌手〉的討論時，只要我問學生對這篇故事的第一印象，例如是否堪稱「傑作」、值得被我列入課綱，教室裡就會陷入一陣尷尬。爲了打破沉默，有學生會勉強表態：「我覺得……嗯，我可能會想知道故事裡的各種離題是想表達什麼？」被這句話壯了膽，另一人會附和：「對呀，爲什麼要無止境地一一描述『避風窩』方圓兩英呎內的所有生態環境？」第三個聲音會說：「故事步調太慢了。屠格涅夫眞的有必要告訴我們每個角色的身家背景嗎？」

然後教室裡便充滿心有靈犀又如釋重負的歡樂笑聲，我就知道這會是一堂愉快的課。

一則有問題的故事，就像一個有問題的人：耐人尋味。

當我們讀故事時，想像一下我們在正推一輛購物車，車上掛有一塊寫著「我無法不注意」的牌子；我們一面閱讀，一面把這些事放進車內。通常我們會注意到一些像是「羅密歐好像眞的愛上了茱麗葉」這種情節類型之類的基本要素，但也有更靜默的元素，如語言用字（前三頁用的語調）、時間結構（事件的先後順序可能是全程倒著揭露）、色調、倒敘或順序、觀點的轉變。這不代表我們是有意識地在關注這些事，實際上我們大多沒察覺自己正在這樣做，而是先專注於自己的閱讀狀態和精神，直到開始分析故事時，這些觀察才會浮上檯面。

不過，我們要放到「我無法不注意」這輛購物車裡的，是一些「不正常」的事情，也可以說是一些看似刻意過度強調，而引起讀者注意的手法。

如果你細細解讀自己閱讀時的思緒，就會發現每當你遇到一些太過火（不正常）的橋段時，你實際上正在進入一個與作者之間的交易關係。比如卡夫卡在《變形記》裡寫道：「一天早上，葛雷果・薩姆沙從一個令人不安的夢裡醒來……竟在自己的床上變成了一隻醜陋駭人的蟲。」讀到這句話時，你不會說「不，法蘭茲，他才沒有」，然後把書丟到房間另一頭；反之，你的頭腦其實把這件事放進了「我無法不注意」購物車裡，它的商品名是「不可能發生的事件：一個男人剛變成了一隻蟲」，然後進入「等著瞧」的階段，看看它會如何發酵。卡夫卡要怎麼讓它發酵呢？他其實已經影響你的閱讀狀態了，讓你開始覺得有點抗拒，在心中默默提出一種還算溫和的反對意見；我們基於身爲讀者的義務，得忍受各種負面消極的情緒，像是無聊、茫然、極度痛恨某個角色，甚至質疑作者究竟知不知道自己在寫什麼，然而又對故事抱有期待，於是我們只能暫時吞下這口氣，告訴卡夫卡：「這麼說吧，法蘭茲，那個什麼變成一隻蟲的情節，實在玩太大了，但我暫時接受，我會看下去。你打算怎麼處理那個我無法不去注意的部分？還望你能好好回報我的關注啊。」

一段「不正常」的描述，像是肢體呈現不可能作出的角度、明顯過度優雅或過度通俗的用詞，或者一連串與俄羅斯小酒館沒有直接關係的題外話——這一切說得沒完沒了，好似在這段敘述時間當中，所有角色的動作都凍結在半空，輪流等著作家花上好幾頁篇幅來描述他。當作家讓我們經歷這些不正常環節時，他也付出了代價：讀者的閱讀興趣下跌，開始對劇情感到懷疑和抗拒。不過，只要下跌程度還不到一瀉千里的跌停板慘況，而且讀者後來發現這都是作家一手策劃，在眞相大白那一刻，看似失敗的鋪陳搖身變成故事想傳達的意義之一，你好像看到作家露出「我就是故意的」那種得意洋洋的微笑，那麼一切不正常都可以原諒了，我們還可能將這種外表看似不正常、實際上卻帶來卓越反轉效果的手法，視爲大文豪才有的絕妙文筆。

小說創作的目標，不是讓「無法不注意」的購物車裡空無一物，然後寫出一個「井然有序」的故事；推著空空如也的購物車走向結局，這種故事很難有精彩絕倫的尾聲。要說好一則故事，應該是先創造一種文字描述過剩的格局，有意識地運用這些過剩資訊，並將它們轉化爲效益。

現在這個時機正適合來想想一個簡單的問題：我們要怎麼知道一則故事是好或不好？

我曾經聽作家兼漫畫家琳達・貝瑞[14]引述一個神經學的研究：當我們邁入一篇故事、一首抒情小詩或一則笑話的結局時，大腦會立刻進行回顧和效益評估。如果我在提到那個走進酒館的呆頭鵝時，岔題去講呆頭鵝的童年，一講就講了十五分鐘，後來卻發現這段題外話和故事高潮八竿子打不著關係，你的大腦會認爲閱讀這段文字沒有效益，最後只會減少你閱讀的樂趣。

大腦評估「效益」的標準是什麼呢？

若是在聽一則笑話的時候，它會假設笑話內的所有內容都是爲了凸顯笑點，加強令人發笑的力道，最好能讓聽眾從微笑變成笑掉大牙、笑到在地上打滾。

而故事之於我們，可以用儀式來比喻，例如望彌撒、加冕典禮或婚禮。我們都知道，望彌撒的主軸是教徒共融[15]，加冕的重點是戴上王冠那一刻，婚禮的核心意義是雙方互相承諾，其他像是走紅毯、結婚進行曲、歌詠頌詩等，也被認爲是美好而必要的環節，在它們的簇擁之下，儀式最高潮的那一刻更顯得錦上添花。

所以，若想理解一則故事，甚至評價它有多精彩、優雅或有效觸動讀者，可以向它提問：「親愛的故事，你內心深處想告訴我什麼呢？」（或者，把蘇斯博士[16]的名言改成問句：「你爲何要費心讓我知曉這些？」）

你也可以說：「故事呀，當一切都已說盡，來到了盡頭，是什麼能讓你永存於人心？我得知道這一點，這樣我才會明白，你的『不正常』爲你的核心價值帶來多大的助益。」

〈歌手〉的主軸自然是歌唱比賽，故事與歌唱比賽有關，必須提供賽況，而其他環節是爲了烘托這場比賽而存在。（順帶一提，這則故事的「好萊塢版本」，也就是我們先前說過的濃縮概要，可以簡潔寫成「兩個男人在一間俄羅斯小酒館進行了一場歌唱比賽，並分出了勝負」。）

但你或許注意到——算了，我就不要委婉了——你肯定有注意到，那場歌唱比賽要等到我們好不容易爬過十一頁長的迂迴敘述後，才終於有人開始唱。

那麼，根據上一章提到的「無情效率法則」，身爲讀者，我們不僅有權、更可以說有義務問一下：開唱前的十一頁究竟有什麼用？它們有存在的價值嗎？值得我們說服自己熬過去嗎？

〈歌手〉就像一檔舊俄時期版的綜藝秀，參賽者A和參賽者B在選秀比賽裡對決，其中一人贏了；如果不喜歡綜藝節目，可以想想《伊利亞德》裡的古希臘英雄們；拿電影來比喻的話，那就是《小子難纏》、《洛基》或任何需要朝敵人開槍的片。

這類型的故事意義在哪裡？如果故事單純只是「A和B在選秀節目裡對決」，我們何必關

---

14 琳達・貝瑞（Lynda Barry, 1956-），美國女性漫畫家、作家與教授，一九八〇年代以漫畫嶄露頭角，多次舉辦創作工作坊，出書傳授關於創作的技巧與靈感激發。

15 彌撒時「領聖體」，即是讓眾教徒領受象徵耶穌身體和血的聖餅與酒，透過耶穌達到共融，增進集體情誼。在不同的聖經譯本中，天主教多稱這種團結爲「共融」，基督教稱「團契」。

16 蘇斯博士（Dr. Seuss, 1904-1991），美國著名兒童繪本作家。其作品《蘇斯博士的睡前故事》開頭有一段名言：「這看起來似乎無關緊要，我知道。但它其實很重要，所以我費心讓你知曉。」

心誰贏了？我們不會關心，也沒有動機去關心。A和B對我們而言沒有什麼不同；如果參賽者都是一個模子印出來的，對觀眾而言，根本就沒什麼好在乎。好比我告訴你：「欸，有兩個人在我家對面的酒吧打架，你猜結果咧？其中一個人打贏了！」你肯定翻白眼，因爲這段話完全沒有意義。讓比賽變得有意義的關鍵，是讓觀眾知道這些參賽者的來歷。如果A是一個溫柔的聖人，B是個大壞蛋，最後B贏了比賽，那麼這則故事可能會被認爲是想推翻「邪不勝正」的想法。又譬如兩名參賽者進行格鬥，A的訓練方式是只吃芹菜，B只吃熱狗，而A擊敗了B，這情節看起來就像是在推廣芹菜。

由於〈歌手〉的故事核心是唱歌比賽，承包商和亞希卡分別扮演參賽者A和B的角色，我們合理推斷，比賽開始前的那十一頁，有部分目的是想讓我們知道這兩人的一些事，意即他們各自「代表」了什麼；如此一來，當贏家出爐時，我們才能解釋這個戰果背後的意義。

然而，這則故事有個耐人尋味的特點。雖然可以禮貌地用「文字敘述豐富」一筆帶過，但我們在這十一頁中也看到了，屠格涅夫滔滔不絕地描述避風窩裡的其他人，對於故事中的兩位參賽者其實沒有太多鋪陳；多聊聊參賽者，本來可以提高兩人的識別度，並讓比賽更有意義。亞希卡是容易緊張的當地人，承包商來自外地。亞希卡是「造紙廠工匠」，天生「感受力強、情感豐富」，據傳是村子裡最優秀的歌手；而承包商，我們在故事第七頁（本書第八十四頁）讀到一些對於他外表和穿著的描述，後來又模模糊糊地被灌輸了「狡詐圓滑的城市商人」印象。除此之外，「關於土耳其人亞希卡和承包商，就沒什麼好說的了。」

因此，當我們在讀完前十一頁後，即使自問「這兩位參賽歌手的哪些特色，會讓我們覺得比賽結果是有意義的？」我們還是沒有答案，不得不把目光投向比賽本身。

現在，我們來成全一件你八成很希望屠格涅夫有做的事：跳過前十一頁，直接開唱。

在故事第十二頁（本書第八十九頁），承包商終於開始歌唱，而我們試圖在字裡行間找到有關他歌喉嗓音的暗示，或者說，找出屠格涅夫希望我們認爲他表現得如何的線索。例如電影《洛基》中，當洛基吃了一拳並單膝跪下時，這些動作讓我們認爲他可能快輸了。

故事告訴我們，承包商用一個「高昂的假音」開場，唱得甜美悅人，這暗示「他表現不錯，可能會贏」。接下來的描述，像是「用歌喉彈奏」、「歌聲似陀螺在高低音之間飛轉」、「嬉鬧、狂放的節奏」、「轉音時而大膽、時而逗趣」，再再告訴我們，承包商對自己充滿自信，歌技瀟灑不羈，是個隨興而至的歌手，他的轉音會讓「鑑賞家感到樂趣十足」。他選了首「歡愉的舞曲」，表現出無窮無盡的修飾音、額外的和聲與感嘆，就連歌詞裡也傳達了他的理想和信心：「那一隅方寸瘠土，親愛的少女啊，我將耕鋤灑種；那一朵緋紅小花，親愛的少女啊，我將培育呵護。」而每個人都「全神貫注」地聆聽。

我們感覺到承包商唱功卓越，完全主宰了這場歌唱比賽，要擊敗他相當困難。

閱讀小說時，讀者得到的是一個連貫的體驗：眼前事實的「確立」（例如有隻狗在睡覺）→觀看狀態趨於「穩定」（牠眞的睡得很香，連那隻貓從牠背上踏過去都沒發現）→最後發生「變化」（喔喔，狗狗醒了）。

承包商確立了一個事實，也就是他確實唱得好，看起來勝券在握。屠格涅夫在我們在這個預感中穩定下來，然後來一記變化球：「承包商唱了很久，**卻都沒能喚起聽衆心中任何一股激情**（注意我的粗體字）。」這一刻我們認知到，承包商陷入了困境；他唱得不錯，頗有功力，但情感上沒能撼動聽眾。一行新聞跑馬燈從我們腦海中劃過：「快報：承包商可能輸掉酒館歌唱大賽。」

屠格涅夫播報這個複雜戰況的方式，助我們對承包商這個人多一點認識。他大概是個笑裡藏刀的傢伙，雖然浮誇了點，卻能讓人不寒而慄（這也初步解釋了「參賽者A」實際上是個什麼樣的人）。在確立承包商陷入困境的狀態後，屠格涅夫發佈了最新賽況，顯示承包商成功化解危機，方法是……變得更浮誇，「出現了一次格外成功的轉音」，激起聽眾的興奮之情，狂野豪紳笑了，蠢驢佬發出欣喜叫聲，和眨眼仔一起哼著曲子；原本蓄勢待發的亞希卡無意間證實自己也被承包商的實力震懾，他「雙眼如炬，全身像風裡的一片葉子抖動著，露出不置可否的微笑」。只有狂野豪紳還沒完全認可承包商，雖然他看承包商的眼神變得較柔和，但「不改冷峻臉色」。

受到鼓舞的承包商信心一飛衝天，讓他勇敢地「奮不顧身般熱烈揮灑」，這代表他的表演走上更誇張的路線：熱烈揮灑，激昂彈舌，加重音節，喉音嘶吼。承包商在遭遇「感動不了觀眾」的問題時，發現「再更虛張聲勢一點」是有效的解決方法，觀眾在他結束時也確實爆出一陣響亮喝采。蠢驢佬斷定他穩操勝券，酒館老闆尼古拉·伊凡內奇也承認承包商「唱得好」，但他提醒眾人，比賽尚未結束，現在輪到亞希卡上場。

讓我們回顧一下演唱過程。承包商的唱功主要展現於技術，對他的描述大多與歌唱技巧有關。他兩度引發觀眾迴響，一次是「格外成功的轉音」，另一次是最後的「喉音嘶吼」。

自古以來，「個性」都源自於獨特。屠格涅夫讓承包商以特定的方式演唱（用吉他術語來說，承包商走的是「速彈」路線），透過華麗的技術讓人目眩神迷，這讓他成爲一個有特色的參賽者，具有某種代表意義。

輪到亞希卡上場，故事會有兩種發展：亞希卡輸了，風雲歌手喪失光環，成爲茶餘飯後的話題，眾人也會關注他如何面對失敗；又或者，強敵也無法撼動歌王亞希卡的地位，他仍舊獲勝。故事暗藏的問題是：亞希卡有什麼才能，可以讓他擊敗承包商充滿高超技巧的演出？每次我讀這裡時，我發覺自己總是一再想著「亞希卡要怎麼贏啊？承包商實在太強了」，擔憂歌唱比賽變成全民公投或某種令人匪夷所思的選舉，畢竟我們都知道，贏得選票的關鍵有時候是打選戰的技術能力，而不是為社會公益服務的赤誠。不過這裡要澄清一下，我不認為第一次讀這篇故事時，我們都會想起這些競選眉角；實際上，我猜我們根本沒想那麼多，純粹覺得承包商設下了很高的標準，讓我們不禁好奇：「天哪，亞希卡要怎麼超越他？」

說到這裡，我們就要細讀一下屠格涅夫在故事第十六頁（本書第九十三頁）裡對歌聲的描述，看看他希望我們如何觀賞亞希卡的表現。

亞希卡的開場顯得相當緊張，「他的第一個音微弱飄忽」，像是「不小心飄進了這酒館裡」（與強力表現的唱功正好相反），這可能讓我們覺得：「糟了，亞希卡的聲音完全出不來。」然而故事又說，「這顫抖的嗚聲對我們所有人都產生了奇異的影響，我們面面相覷，尼古拉的妻子忽然坐直身子。」

亞希卡選了一首哀傷的歌，歌詞「原野茫茫，但並非只有一條路可走」所傳達的意念較不明確，少了點堅定，與承包商歌詞裡的宣誓守護意味正好相反。（基於我們還想思考亞希卡該怎麼做才能贏，這句歌詞也可能暗示了英語俗諺中說的「把貓剝皮的方法不只一種」，不過俄語版溫雅多了。）

亞希卡的歌聲也並不完美，不僅乾啞，還帶著「苦澀的情緒」，但也有「純粹且真誠的激情、青春、力量和甜蜜」。他很快就被「高漲的情緒淹沒」，忘卻自己與觀眾的存在，「放心徜徉於歌唱的喜悅之中」；我們想起不久前有那麼一刻，承包商也著實自我解放，唱出一串值得回味的華麗嘶嘯與誇張彈舌，那是他表演中最有張力的一段，只不過他並沒有忘記觀眾，也沒有被吞沒在情感之中，仍然保持對自己的掌控，甚至也意識到勝利可能近在眼前，因此用盡全力逼自己展現更高級的技巧來擄獲人心。簡而言之，承包商是在觀眾面前表演，而非在他們心中歌唱。

接著，故事迎來魔法般的美妙時刻：在亞希卡自己沉浸於歌唱的喜悅之際，這股沉醉像是會傳染似的，誘使故事劇情的敘述者忽然以個人的身分重回故事幕前（他在故事第五頁（本書第八十二頁）首度登場，然後通常處於藏身幕後的狀態），亞希卡的歌聲讓他不禁娓娓道出回憶。他想起了一隻「白色大海鷗」，我們腦海裡可能浮現海鷗在半空翱翔的畫面，但並非如此；敘事者記憶中的海鷗是「坐在那兒動也不動」；不知爲何，想像中的場景被糾正，好像反而讓我更清晰地看見那隻海鷗，牠「光滑的前胸映照出火紅暮光，時而向熟悉的大海、和低矮的血紅色落日緩緩張開修長雙翼，發出威嚴沉鬱的嘶哮聲」。

這段對海鷗的描繪，可能讓我們想起故事前半部介紹地理環境時，在故事第三頁（本書第八〇頁）出現的其他鳥類，比如那些悲戚地盯著路人的禿鼻鴉和烏鴉，以及不斷互鬥的吵雜麻雀；相較之下，海鷗是一種更自由的飛鳥，乘著清涼颯爽的海風，遠離這燥熱的窮鄉僻壤，不必像這裡的同胞一樣被酷暑折磨；牠威儀堂堂，怡然自得，就連伸展翅膀時，也彷彿注視著夕陽，牠的優雅姿態與落日之美平分秋色。是誰在敘事者的腦海裡重現這幅美景？是亞希卡。他怎麼辦到的？那就是他的歌聲。

亞希卡歌唱著，「每一個音符都喚醒了我們每個人腦海深處最親密又珍愛的事物」。無論他的歌聲施了什麼魔法，所有聽眾都著了魔，像敘事者一樣被勾起回憶，思念著他們自己心中的那隻海鷗。承包商的歌聲則沒有帶來這般效果，屠格涅夫在描述承包商的表演時，是根據他能唱出的技巧；但對於亞希卡，則用聽眾的感受來呈現。

亞希卡不僅喚醒每個人心中的海鷗，他自己就是那隻海鷗。藝術之美透過歌聲降臨在他身上，使他暫時成爲了另一個人；那隻海鷗即使沒有展翅高飛，光是「坐在那兒動也不動」，仍然令人矚目，就好比亞希卡即使仍身處這荒山野嶺，他也不再只是個造紙廠苦工，而是一位藝術家。

酒館裡響起人們的啜泣聲。

亞希卡贏了。

剛才做的這些比賽回顧，如同我們提過的，是故事核心。它在總共二十頁故事中只佔了大約六頁，而且從第十二頁才開始唱。

那前十一頁究竟在做什麼？

如果一則故事是一間糖果工廠，大家都知道，糖果工廠的本質——呃，就是製造糖果嘛。參觀糖果工廠時，我們期待看到所有事情——每位人員、每通電話、每個部門、每道流程——都與生產糖果有關，至少要稍微相關或有點貢獻。要是我們在參觀過程中發現一間門牌寫著「史提夫婚禮策劃中心」的辦公室，會讓我們覺得它在干擾我們對糖果製程的認識。也許史提夫婚禮策劃中心會證明它對糖果製作有幫助，但那是工廠的延伸，而非本業。如果關掉那間辦公室，工廠更能全力生產糖果，實際效率更佳。（當然啦，史提夫本人可能不這麼想就是了。）全體人員和機器心無旁騖地製造糖果，節奏美妙流暢，工廠因此更加完美。

或者，如果故事是一間私人俱樂部，我們都是保全人員，必須在俱樂部裡巡邏；我們讀到的每段情節，就像是巡邏時遇到的任何人。出於職責，我們得查問：「不好意思，請問一下您在這裡做什麼？」在一則沒有累贅的故事中，每段情節都能給出個不錯的理由（至少也該籠統解釋：「這個嘛，嗯，我正在傳送能量到故事核心，我的方法隱密又微妙，您可能還沒感覺到。」）

我們一面創作一面自問這些情節存在的意義時，要注意，審核標準可以放得寬鬆一些，免得故事變得太精簡，或者一下子把事情交代得太精確；故事的進度規定固然強硬，每一個橋段之所以存在，都應該其來有自，但每個橋段都應該禁得住這種輕微檢驗。但如果只用

「這件事眞的有發生」、「這情節很酷」、「不明不白就寫進去了，我也不太想刪掉」等巧合來撇清關係，就實在太沒有說服力了。

讓我們來巡視〈歌手〉的前十二頁，邊走邊問：你們爲故事的核心盡了哪些心力？

既然我曾經是工程師，我決定將這十二頁的內容用條列式來呈現，包含一些可能與故事無關、以及有待調查的部分。具有意義的行爲將會用粗體字來凸顯，以便和單純描述性質的文字作出區別。

覺得荒謬？不，我是認眞的：

列表一

歌唱比賽開始前十二頁之綱要

—對峽谷的描述。（第一頁）
—對酒館老闆尼古拉・伊凡內奇的描述。（第二至三頁）
—對尼古拉妻子的描述。沒寫出她的名字。（第三頁）
—對周遭一些鳥兒的描述。（第三頁中間）
—對克洛托夫卡這個小村的描述。（第三頁尾）
—對蠢驢佬和眨眼仔的描述。（第四頁前半部）
—**蠢驢佬和眨眼仔的對話，提到重點：酒館待會兒有歌唱比賽**。（第四至五頁）
—對酒館的描述。（第五頁）
—**敘事者走進酒館**。（第五頁尾）
—對亞希卡的描述。（第五頁）
—對狂野豪紳的描述。（第五頁尾至第六頁）

—對承包商的描述。（第七頁）

—對小農民的描述。（第七頁）

—**敘事者注意到酒館裡其他人向他投來的異樣目光，因爲他屬於仕紳階級，而酒館老闆對他的光臨表達歡迎。**（第七頁尾）

—**敲定了歌唱比賽的順序，比賽即將開始**（第七至八頁），卻又被下列內容打斷：

—對蠢驢佬的第二次描述，提到更多身家背景。（第九至第十頁）

—對眨眼仔的第二次描述，提到更多身家背景。（第十至十一頁）

—對亞希卡和承包商的第二次描述，沒有太多著墨，但解釋了沒有太多事情能介紹的原因。（第十一頁）

—對狂野豪紳的描述。（第十一至十二頁）

—**比賽終於開始**。（第十二頁尾）

檢視這份列表，會發現這則故事在前十一頁幾乎都是針對靜態的描寫（這幾頁裡眞正發生的事情只有：敘事者走向酒館、看見蠢驢佬和眨眼仔、走進酒館、聽見了一些有關比賽的細項。）從第十二頁比賽開始後，靜態描寫的份量減少，側重於酒館內每個人當下的連續動作。

（如果你想一眼就看出這個對比有多強烈，可以根據這份列表，在故事影本上用螢光筆作記號，將靜態敘述畫上顏色，再用另一個顏色畫出即時動態的部分。）

現在我們的「無法不注意」購物車中，已經裝載了許多離題和描寫靜態的商品，多得引起旁人側目。令人好奇的是，故事有沒有注意到這種大掃貨？有打算將它們轉化成優勢嗎？

這篇作品能被選進本書，代表它是一篇大師之作。就讓我們來嘗試爲屠格涅夫證明，他所有的離題和靜態描述都是「預謀的」，也就是他故意這樣寫，以達到它要的效果。

再看一次列表，靜態描寫大多是關於人物。

這邊可以來聊一下屠格涅夫描述角色人物的方式，因爲根據我多年教學經驗，那是最容易讓大家感到惱怒煩躁的部分。

在故事第六頁（本書第八十三頁），我們初見亞希卡：「二十三歲的高瘦男子……看起來是個爽朗不羈的工人，在我看來，身體好像不大健康。他臉頰凹陷，大大的灰眼睛裡充滿焦躁，鼻樑挺直，細窄的鼻孔隨呼吸縮放；髮際線稍微後退，淡金色鬈髮向後梳，露出白淨的額頭，嘴唇厚實好看。」透過這些描述，你能將他的外貌在腦海裡具體化嗎？我無法。大概是我不擅長視覺化，這些像謎語般的臉部特徵描寫，對於我實際能想像出的畫面毫無幫助，只是把畢卡索式的抽象形體堆疊在我腦內。然而，這種敘述方式貫串了整個故事，主要都在描繪人物的外型特色：狂野豪紳「顴骨寬，額頭窄，雙眼像韃靼人那般細長，塌鼻子，方下巴；頭髮黑得發亮，短而粗硬，和豬鬃沒兩樣」、承包商是「矮胖男子，年約三十，滿臉麻子，一頭捲毛，鬍鬚稀疏，鼻頭圓潤飽滿，一雙棕色眼睛活潑靈動」、酒館老闆尼古拉．伊凡內奇「浮腫的臉中嵌入一對目光狡黠的親切小眼睛，肥厚的額頭肉上橫劃著幾條深深的皺紋」。

當代的讀者會認爲這種敘述方式太老套了。根據我們現今對小說的認知，人物可以選擇性地被描繪——意思是，並非每個人物都要有一段描述，他們的芝麻蒜皮小事也不見得需要全盤托出。甚至，我們會希望這類敘述稍微少一點，並且是有目的才進行描寫，但看起來屠格涅夫只是因爲人物登場了，就大發慈悲來點側寫。

這種手法，或許要追溯至故事創作的年代，當時小說、故事被認爲兼具記錄社會狀況的功能。屠格涅夫是貴族，和故事裡這位喜歡到鄉間山野遊獵的敘事者一樣；故事第七頁（本書第八十四頁）曾提到：「進門一開始，我可以察覺到尼古拉．伊凡內奇的客人對於我的出現有點不自在；不過，看到他像對老主顧一樣向我鞠躬招呼後，他們就鬆了口氣，不再把注意力放在我身上。」這暗示了他的身份地位與其他酒客有別。〈歌手〉首度付梓時，收錄於《獵人筆記》這本具有人類學性質的開創性文集裡；這本書細緻描寫鄉村地區農奴階級的生活，使文人階層得以一窺這些人的境遇。屠格涅夫透過寫實記錄，展現對農民的憐憫，引發廣大迴響與讚揚。

考慮到「我的讀者當中，大概沒多少人有這機緣去鄉村酒館裡看看」，故事爲此特地花費篇幅交代了避風窩的擺設，這也代表我們接下來還得忍受關於眨眼仔、蠢驢佬、尼古拉．伊凡內奇和他太太的冗長介紹。報導文學成爲屠格涅夫對自己創作的定位之一，他像是個勇於冒險犯難的記者，讓讀者有機會一瞥充滿奇異色彩的世界；就當時的體制背景而言，這個世界便是貴族腳下的社會。

除了文學的記錄功能，這種細膩描述，也與屠格涅夫的寫作風格有關。關於屠格涅夫，亨利．詹姆斯[17]曾寫道：

> 能啓發他創作的是對於特定人物的描繪，而非一個事件情節——那是他最後才會考量的事。當他腦海裡浮現一則故事時，最先想到的都是一個特定角色的形貌，或是幾個角色的互動組合……這些人物栩栩如生站在他面前，他希望自己盡可能了解他們，進而忠實

17 亨利．詹姆斯（Henry James, 1843-1916），十九世紀後半葉的美國作家，長年旅居歐洲，三度獲諾貝爾文學獎提名，名作《貴婦畫像》曾改編爲電影，由知名女星妮可基嫚主演。

> 詳細地呈現他們。要做到這一點，首先要弄清楚自己已經掌握了哪些資訊、該從何下筆；於是，屠格涅夫彷彿爲筆下每個角色都寫了一篇小傳記，記錄角色在登場前的所作所爲與經驗閱歷。他手上握有這些角色的「檔案夾」……有了這些材料，便得以繼續寫故事；最主要的問題是，該讓這些角色做什麼？……他自己也曾說，他寫作風格上的缺點、和受到指摘的原因，是他的故事缺乏架構——換句話說，就是結構薄弱……如果人們閱讀屠格涅夫的創作時，先認知他的故事是如何構成的——或它們被塑造成的樣子——如此一來，就能在字裡行間追蹤那些脈絡。

納博科夫[18]更毒舌地指出：「（屠格涅夫的）文學才華不包含想像力，也就是說，平鋪直敘的藝術就是他的獨門特色，除此之外他想不出其他說故事的方法。」

現代讀者的美學標準是，物理性的描寫應該在敘述動作的同時，生動自然地快速帶過；我們喜歡「有畫面」的文字，而不是叨叨絮絮的說明，對於講個沒完的敘事者容忍度很低。我的一個學生曾說，屠格涅夫的作品裡，狀態描寫和動作是交替出現在版面上，就像兩個人輪流使用一支麥克風，每次只有一個人能說話，另一人得閉上嘴靜靜在旁邊等待，這讓故事經常顯得停滯，節奏笨重，偶爾會令人抓狂；在故事進行途中停下來交代角色背景，就好像看影片看到一半，發現影片檔案損毀，必須停下來修復檔案，而在電腦讀取分析數據時，畫面上的人物全都凍結在原地，宛如一座名爲「一八五〇年代俄羅斯鄉村酒館」的模型。

所以說，閱讀這個故事偶爾會覺得有點痛苦，但我們只好接受這個事實，忍耐一下屠格涅夫強迫各個角色暫停行動的習慣，好讓他可以四處蒐集眉毛啊、髮線和外套等資訊，至於故事舞台上的尷尬感就讓它去吧，說不定還會帶來一點詼諧的效果。我的學生讀到第九頁（本書第八十六頁）時，看見傳說中的歌唱比賽好像終於要開始了，總會大聲喊出一些催促和鼓舞的話語，不過聽起來不像加油打氣，反倒有諷刺的效果。現在，先開唱的承包商很緊張，在那裡拖拖拉拉；狂野豪紳喝令他立刻開始，承包商於是走上前；全場氣氛緊繃到高點，畢竟我們都等很久了。

結果下一行字，我們收到的是：

「但在進入比賽前，最好還是先讓我對故事裡的每個角色再多描述一下。」

別否認，你肯定也在心中吶喊：「拜託，伊凡，你不是一直都在描述它們嗎？前面已經說了幾乎整整八頁了耶？」

假設有個朋友來家裡找你，並帶來一件看起來很笨重又荒謬的衣服——比如一件石綿製的潛水衣好了——而且他還要你穿上。你照做了，但這件衣服讓你很不舒服，又癢又熱，穿著它的每一分一秒都備感煎熬，無奈時間走得好慢。你不禁期望快點度過這一切，但忽然意識到：「慢著，我穿著它是爲了什麼？」

那麼我們現在就問一下：辛苦地讀這些角色敘述是爲了什麼？如果我們知道答案，可能會更願意穿上屠格涅夫給的那件令人發癢的衣服。

也或者，因此而更不想穿。

俗話說「退一步，海闊天空」，如果爲了感念和頌揚屠格尼夫拼命離題的精神，我們可以先退一步來探討：一篇故事裡何必要有角色描述？描述角色特色的目的是什麼？

---

18 納博科夫（Vladimir Nabokov, 1899-1977），二十世紀俄裔文學家，在俄國爆發內戰後流亡國外，著名作品有《幽冥的火》、《羅莉塔》等。後文提到他對屠格涅夫的評論，出自《俄羅斯文學講稿》，係由他在美國康乃爾大學教授俄國文學的講課內容集結而成。

追根究柢，角色對我們的重要性是什麼？

這麼說吧，我們需要有角色，以劇作家大衛・馬梅[19]的話來說，就是我們需要演員，讓他們來傳遞故事要求他們發送出去的主旨。舉個例子，《小氣財神》裡爲什麼要有馬利這個角色？因爲他要說服史顧己「再不改變，就注定完蛋」。關於馬利其人，有哪些事是我們需要知道的？任何能讓馬利順利達成任務的事情，都值得記上一筆。馬利的忠告之所以有份量，是因爲他和史顧己曾是生意夥伴；倘若史顧己有稱得上可靠的朋友，那大概也只有馬利。馬利以前的生活就是史顧己現在的寫照，他倆也犯過同樣的罪惡。必須先有這份認知（其他太多不相干的事就算了），這樣當馬利勸告史顧己最好有所改變時，史顧己才會聽進去，而我們也會相信。我們不需要關心馬利的鼻子有多大、他結婚了沒，或者他過著什麼樣的童年，甚至不必知道他和史顧己是怎麼認識的。

回頭來看，〈歌手〉裡的諸位配角：蠢驢佬、眨眼仔、尼古拉與他太太、狂野豪紳，對於促進故事核心（就是歌唱比賽）的精采度，有做出什麼貢獻嗎？

有人可能會說，他們發揮了評審的功能，這樣說倒也沒錯。

翻回故事第十三頁（本書第九十頁），從承包商開唱的段落開始重讀一遍，追溯每一個配角的反應；發現了嗎？歌唱是故事的核心，但實際上我們聽不見那些歌聲，是這些配角的表現引導著我們的感受。藉由觀察他們的反應，我們才對承包商和亞希卡的表現略知一二；而根據這些配角本身留給我們的印象，他們對於參賽者的評價，在我們心中也會有不同的份量。

比如說蠢驢佬，我們並不怎麼把他放在眼裡，畢竟作爲一個地方上的醉漢，他的判斷力不大可信，故事裡也說他「狗嘴吐不出象牙，遑論提出什麼金玉良言，只會胡言亂語，都是些無稽之談——總之就是個徹底的蠢貨！」因此，他在評審團裡是個如同恐龍法官一般的存在，內心是個暴民，不分青紅皂白，遇事當下第一個直覺總是來得又猛又急，但通常是誤判。即使他宣布承包商獲勝，也只能作爲一個大方向的參考，說明了承包商唱得很好，但若論勝負，則言之過早。酒館老闆尼古拉巧妙地暫緩蠢驢佬的判決，只差沒有直接推翻，別忘了尼古拉是個「出色的鑑賞家，正宗俄國人認爲有趣或重要的事物……他都有點品味。」狂野豪紳的反應也值得玩味，畢竟在比賽開始的冗長篇幅中，故事告訴我們「他在這一大區擁有巨大的影響力」，而且「熱愛唱歌」，此外還「有股巨大的力量封印在他體內」。這位人人都迫不及待向他投誠的「海克力斯」如何爲我們解讀承包商的表現呢？他在承包商唱出某個成功的轉音時，先是露出了微笑；在歌曲邁向結尾時，他凝視承包商的目光「柔和了些」，嘴角卻仍維持著輕蔑。他對比賽結果也沒有下定論，僅喝令亞希卡不要拖拖拉拉，「把它當成是老天要你唱的。」

我們再來回顧亞希卡演唱時的亮點，從故事第十七頁（本書第九十四頁）開始：

尼古拉的妻子，這個「活潑伶俐、很懂得察言觀色的女商人」，照理來說應該不容易心軟，卻被亞希卡的歌聲打動而開始哭泣。尼古拉低下頭，眨眼仔轉過身，可能都是在掩飾自己掉淚；蠢驢佬被歌聲震撼，陷入異常的沉默；來自荒林的小農民先前曾「神色堅決地」用力吐口水，表達他對承包商歌聲的熱烈支持，此刻則是在角落抽抽噎噎地哭，展現出更強烈的情感。我們不知不覺在這些一一拜倒於亞希卡歌聲下的評審之間尋找能判定勝負的行爲反應。根據故事描述，誰擔任了最終仲裁者的角色呢？是狂野豪紳，先前他對承包商的演唱並未給予明確評價，此刻以「一滴渾圓的淚珠」說明了自己的感受，隨後一聲呼喚「亞希卡」底定比賽終局：亞希卡贏了。

19 大衛・馬梅（David Mamet, 1947-），美國劇作家與電影製片人，其作品常牽涉犯罪與仇恨議題，透過對話展現人物的憤世嫉俗。

這就好比我們因故無法去看一場歌劇，但派了四個朋友去，並要他們在表演期間傳訊息給我們，讓我們知道演出狀況。只要他們品味各不相同，他們傳來的簡訊就會是對這場歌劇的多方即時評論；而我們可以根據自己對這幾位朋友的了解，來衡量他們的評論有幾分參考價值。

因此，讓我們繼續替屠格涅夫辯護一下：他創造了一組具有不同性格、敏感度和威信的評審，一針見血地描述他們不同層次的反應，藉此精確地直播兩段演唱畫面。這就是爲什麼他必須對這些配角有所著墨，如此一來，當配角做出反應行爲時，我們才會知道這些反應的價值：哪些可信，哪些要打些折扣；屠格涅夫透過對於配角的描述，創造出一座類似信用評價的直梯，讓每個角色分站在不同高度的踏板上。

但我們不免還是要問，甚至哀求：對配角的敘述一定要這麼冗長嗎？我們眞的需要故事裡提到的所有事情，才能呈現出配角形象嗎？假設眨眼仔的功用是作爲蠢驢佬的陪襯，只爲顯示他比蠢驢佬正常一點，那我們還需要辛苦讀完故事第十和第十一頁（本書第八十七至八十八頁）來認識他的人生故事嗎？反正在蠢驢佬走進酒吧前，我們就已經知道他瘋瘋癲癲；我們有必要知道眨眼仔的尖帽子、口鼻形狀、以及只有一隻手臂穿進外套裡嗎？這些細節是否有助於我們把他當成什麼樣的評審？故事給了太多訊息，讓我們很難知道哪些訊息和故事核心有關，應該要保留下來。

有沒有可能寫出一個敘述成份不那麼重、少點累贅、更有效率的故事版本，同樣秉持爲故事核心做出貢獻的精神，惟步調更輕快一點？

講到這裡，我經常出一項作業給學生，大家可以自己選擇要不要做：將故事影印出來，拿支紅筆，把它刪修成更符合現代人步調的版本，讓它成爲一個快節奏的故事，同時要保留它原有的優點。如果你興致勃勃，就把刪減好的版本重新打字，趁著記憶猶新時讀一遍。文字發揮效果了嗎？發揮得更好？能再刪掉百分之二十嗎？然後再刪百分之十看看？你什麼時候覺得這則故事已經被減到形銷骨立，你開始刮它的骨頭？白話地說，就是你什麼時候開始覺得，自己正在剝奪故事原有的奧妙美感？雖然那份美麗實在喋喋不休，但它確實存在過。

如果你試著做這個練習，我想你會發現，要刪減哪些故事內容，就像打穀後從麥殼堆裡手工挑出麥粒一樣，完全仰賴作家的手感來判斷哪些是麥殼、哪些是麥粒。任何一個認眞的作家，都必須學會對自己作品進行這種極端的去蕪存菁工序，因此有人認爲，不應該企圖拿別人的作品來開刀，特別是如果作者已經在墓裡長眠了好一段時間，無法起身抗議你刪改他的故事。（所以，如果你不能容忍自己揮刀斬去屠格涅夫的文字，就對〈習作一〉裡的短文下手吧，那是我爲了供你練刀而寫的短文，我要你嚴厲地削砍內容，容許你把它千刀萬剮。）

比賽在第十八頁（本書第九十五頁）結束，我們走出故事核心，進入收尾。亞希卡「像個孩子」似地享受著勝利。敘事者離開酒館，去乾草棚打盹兒；當他醒來時，天已經黑了，酒館裡傳來一陣喧鬧，不時還有「一陣陣狂笑」。我們的敘事者透過窗戶一瞧，發現包含亞希卡在內的所有人都喝醉了，而亞希卡再度高歌。（說高歌又太抬舉，其實是邊彈吉他邊哼哼唧唧，「一束束濕髮垂在他慘白的臉上」。）亞希卡數小時前才用歌聲創造了藝術的神聖時刻，但現在他已步下神壇，走得很遙遠了，其他人也是一樣。

比賽時，小酒館蛻變成一座聖殿，裡頭發生了神聖之事：這些粗野的人們（在這天氣炎熱、社會不公的世界裡幾乎只能工作到死的農民和窮人），透過藝術的薰陶，提升並改造了自己的精神層次；他們看見了美的存在，也能區分出眞正的美。然而此刻，聖殿又降格回到了酒館的水準。

藝術經驗是否爲他們帶來了長久的改變？沒有。而且老實說，這次強烈的藝術體驗似乎深深挑動了他們的情緒，以至於他們現在需要喝得比平常更醉。酒館內發生了一股能量轉移，歌唱的力量必須找到一個宣洩出口，於是它成爲觥籌交錯的推動力，就有了這幅經典的飲酒作樂場面。這種能量變化還出現在故事中另一個橋段裡，那時蠢驢佬因爲承包商的演唱而情緒激昂，藝術引發的暴力能量潰決，使他忽然莫名其妙朝那個森林來的小農民發難。

這樣一想，我們感覺到這則故事要講述的，其實是我們對藝術的需求。人類，即使再怎麼卑微，也渴望藝術之美，會盡其所能地去體驗它；但這份美麗同時也是危險的，它能夠以雷霆萬鈞之勢打進人們的內心，動搖人們的意志，迷惑人們的思想，甚至慫恿人們作惡，使這份美感轉化爲暴力的形式。（這總令我想起納粹舉行過的所有華麗閱兵盛典、以及盧安達廣播電台[20]在種族滅絕施行前每日播送煽動仇恨的激情言論，都是藝術被利用來助紂爲虐的範例。）

不過，藝術不久前在小酒館內展現的是美妙的魔力，也是必要之善。它讓這些人身上浮現了某種美好可愛的光輝。

然後這些可愛光輝滿溢出來，變成了浪費。

到了故事第十九頁（本書第九十六頁）中間，我們邁入一段類似故事後記的部分。敘事者沿著將小鎮切成兩半的山溝走下，聽見山腳下的谷地裡遠遠傳來一個聲音，是一個男孩呼喚著一個名字，「執拗地將最後一個音節拖得很長，叫喚裡帶有挫敗的哭腔」，那名字聽起來就像是一句悲哀的歌詞，男孩彷彿用唱的呼喊某個人，唱了「不下三十次」；接著，他呼叫的對象終於回應了，應答聲「像是從另一個世界飄來」，這或許會讓我們想起亞希卡剛開始歌唱時，聲音也彷彿「不是發自他的胸臆，而是來自遠方某處」。回應男孩呼喊的人也是個男孩，同樣以歌唱般的聲調詢問「幹嘛──？」先呼喊的那個男孩又唱：「過來，你這小鬼頭……爸爸說要給你好看！[21]」那即將迎來一頓打的男孩「不再回話」，這可以理解。第一個男孩繼續呼喚，第二個男孩保持沉默。隨著我們的敘事者一步步走遠，叫喚聲逐漸變得微弱；雖然如此，即使已經走到四公里之外，仍可以聽到第一個男孩依舊不斷呼喊。

最後一幕爲我們帶來了什麼呢？第一個直覺告訴我們，它好像是整個故事的縮影，或嘗試套用看看這個概念。沒錯，就是兩名男性輪流唱歌的概念，一個先唱，另一個回應。

第一個男孩讓我將他和承包商聯想在一起，第二個男孩則是亞希卡的對應。爲什麼呢？這樣說好了，第一個男孩是個務實派，企圖把那名可能是他兄弟的第二個男孩帶回家，好讓爸爸教訓他。「務實」和承包商有關連性嗎？有的，實用主義與技術實力息息相關，別忘了承包商是個「狡詐圓滑的商人」，也是個能有效發揮技巧的歌唱高手。

因此，承包商和第一個男孩都是現實主義者、某方面的匠人，他們心中都有個目標，也都努力想把事情做好。拿男孩來說吧，他內心大概想著：「既然爸爸想打我兄弟，我最好能把他帶回家，免得我自己也挨揍。」他和承包商都受迫於嚴酷的生活環境，因此他變得務實，而承包商的演唱也只能工於技巧，缺乏感情。另一方面，亞希卡和回到家就會挨揍的男孩，在他們所處的環境中處於脆弱的被動方；這鳥不生蛋的鄉野地帶仍民智未開，而他們尤其容易受害。

在酒館時，歌唱作爲一種交流方式，提升了這些粗人的素養；歌聲催出其中一些人的

20 盧安達自一九五九年革命後陷入長年內亂，在一九九四年四月至七月，以胡圖族爲主的盧安達政府屠殺圖西族，估計死亡人數介於五十萬至一百萬人。盧安達「千山自由廣播電台」（RTLM）在屠殺發生前連續多月宣傳仇恨內容，號召胡圖族民眾殺害圖西族人。

21 作者註：在十九世紀英國翻譯家康絲坦思·佳內特（Constance Garnett）的譯本上，這句話根據俄文原文直譯成「爸爸說要打你一頓！」

淚水，讓他們有機會觸碰日常生活中被自己拒絕正視的情感。然而，歌唱這件事到了故事最後，卻成爲一種鋪排暴力行爲的預告、一個企圖祭獻兄弟的手段。故事至此要說的就是這件事——跌落神壇的崇高事物。人們先是因爲藝術而變得高貴，然後又墮落回凡夫俗子；村子曾欣欣向榮，在夏日的烘烤之下，而今幾乎是不毛之地；歌唱可以是一種超然脫俗的交流方式，也可以是把某人帶回家挨揍的宣告。歌唱是一種具有說服力的藝術，但它要說服我們去做什麼事，則還有待商榷。

由於不想暴露行蹤後被帶回家挨打，第二個男孩安靜下來，不再回應（唱歌）了。亞希卡呢，不管怎麼看，都沒再延續先前那種高貴的歌唱方式。阻撓他優雅高歌的始作俑者，和讓男孩噤聲的禍首是一樣的，就是這個低俗、艱困的小村；在這裡，美麗的事物僅能曇花一現，無法長久繁盛。

需要注意的是，當大腦試著將故事主題和縮影進行對照時，會發覺兩者的脈絡並不完全吻合；彼此雖有相似之處，但不是一模一樣。這則故事如此生動奔放，不能安插一段單純復刻出來的譬喻，就好比我們打造一個要安置野生動物的箱子，卻把箱子開口做得和這隻動物的外型近乎相同，忽略了牠在走進箱子時需要活動空間的這件事，那麼這隻動物便怎麼走也走不進去。

無論如何，我認爲故事這段尾聲爲自己贏得了不被刪減的權利，因爲有這最後這一幕，故事要傳達的意境顯得更爲鮮明。

先前提到，漫畫家貝瑞曾引述一個概念：大腦在閱讀後會立即進行回顧和效益評估。在讀完這則故事的結局時，我想我的大腦就開始進行這份工作，所以有些被我放進「無法不注意」購物車裡的不正常段落紛紛挺身表達意見，要求我好好思考一下它們的存在價值。這些段落全都來自迂迴到令人摸不著頭緒的前十二頁（本書第八十九頁前），特別是第一頁（本書第七十八頁）裡的峽谷，以及第三頁（本書第八十頁）對禿鼻鴉、烏鴉、麻雀和村莊本身的敘述。

課堂上，通常我們會逐次一件件審視這些景物。在此，則推薦各位一個「對峙」比較法：讓每個景物與故事核心（歌唱比賽）對峙，看看它們在與故事核心的對照之中，如何爲自己「贏得不被刪減的權利」。

但首先，所謂的「與歌唱比賽對峙」，是什麼意思？

想像你面前有張圖畫，畫裡有一棵高大茂盛的橡樹，傲然挺立在山頂上。現在，在這張圖上再畫一棵橡樹，不過，要畫得病態一點，長滿樹瘤，樹幹彎曲，繁葉落盡，只剩光禿禿的樹枝。看著這幅畫，你可能會想到它要傳達的是「生機勃勃與凋零衰敗」，或者「生與死」，或「健壯與抱病」。這是兩棵樹的寫實畫，沒錯，但其中有些元素暗藏著隱喻。無論如何，我們先來「比較」這兩棵樹，找出兩者的相反之處；我們用看的就好，暫時不要思考或分析。這兩棵樹在我們心中並立，要在我們思考後才會產生某種意義；我們現在要做的是體驗它們並排生長帶來的印象效果，而不必指出它的結果。並列的事物，會引發一種感受：它瞬間就會不由自主地出現，多元且複雜，而且一旦出現就無法抹滅。

我們其實非常擅長找碴。就算畫裡那棵茁壯的樹乍看之下和另一棵樹沒什麼兩樣，我們的大腦也會立刻掃視兩者之間的差異。假設其中一棵樹上有隻鳥，即使牠藏得很好，不易發現，我們看到牠之後，還是會將鳥兒駐足的那棵樹解讀爲「喜迎生命」，另一棵則是「缺乏孕育力」。

面對一件事物，人們總是試圖理性地詮釋或闡述，但在我們開始解釋或說明之前的那一刻，才是我們最有靈性的時候。偉大的藝術會否誕生，往往是在那一瞬間就決定好了。這一瞬間也是我們投向藝術的轉捩點，因爲我們感知到了某些事情，然而那是如此百感交集，無法透過言語表達；那份突如其來的「感知」，在當下雖然不是以語言文字的形式出現，卻無比眞實。我想，這就是藝術存在的原因：它提醒我們，這種無形的感知不僅是眞實的，也比我們日常所能傳達的更豐富；而我們平常講述自己的感受時，通常已經把眞實的感覺濃縮成一個較簡單的概念。

讓我們回到「對峙」練習，接下來，讓峽谷與歌唱比賽進行這場對決。

當我拿它們來進行對照時，首先萌生的感覺是這兩者之間有關係，而且這種關係不是湊巧。

我想強調一下，這份直覺是最重要的。我們將峽谷和歌唱比賽做對照，然後暗自有點預感，這是個好現象。（另一方面，如果某個元素只是被隨意置入故事裡，我們拿它們來對照時，腦海裡只會跳出一個錯誤訊息對話框，上頭寫著「找不到有意義的關連。」）

那麼繼續來說說看，把「峽谷」和「歌唱比賽」並列時，我們心裡究竟湧現什麼好預感。

一個二元概念浮出腦海：這座村子被峽谷切分成兩半，而歌唱比賽有兩名歌手參賽。這讓我不禁想問，故事裡還有其他二元組合嗎？其實還眞是到處都有：悲慘乞求甘霖的禿鼻鴉和烏鴉，對比相對無欲無求、活力充沛的吵嘈麻雀；村子曾經有放牧用的公共草場，還有池塘和一座大宅第，種種昔日田園風光，對比現在的荒蕪狀態，草場化爲焦土且沙塵飛揚，烏漆墨黑的池水被曬得幾乎沸騰，大宅第雜草叢生；亞希卡對比承包商；炫技的演唱，對比情感滿盈的歌唱；想將兄弟帶回家的男孩，對比回家就要挨打的男孩；亞希卡用歌藝締造的美妙時刻，對比他創造藝術時身處的醜陋小村；那位悠然自適爲我們說故事的貴族敘事者，對比他路過此地時觀察到的卑微村夫。

因此，我可以肯定地說，我認爲在故事裡放進關於峽谷的描述是「值得」的。用電玩遊戲來比喻，峽谷就像是能「解鎖」遊戲關卡的寶物，讓故事裡所有二元元素現出原形，我們這才發現故事裡到處都有這種組合。如果沒有峽谷，這則故事就少了那麼一點對立的氛圍。

故事裡的各種元素，彼此之間都可以進行這種「對峙」。

例如故事第三頁（本書第八十頁）登場的鳥兒們，與酒館裡進行比賽的兩名歌手，就可以做些比較。禿鼻鴉和烏鴉「悲戚地」盯著路人，因爲炎熱而乾渴，張嘴乞求同情；麻雀則截然不同，有精神多了，「似乎不把灼熱放在眼裡，比過去更肆無忌憚地放聲吱喳尖叫」。你覺得亞希卡和承包商，誰比較可能表現出「比過去更肆無忌憚地放聲吱喳尖叫」的唱法？感覺承包商更有潛力這樣做，他是個比較活潑外向的人，擁有高超的歌唱技巧，也很愛賣弄自己的能力，不像亞希卡那麼神經質。亞希卡似乎比較壓抑，信心容易被擊垮，也有點多愁善感。但事情沒有這麼單純，最後振翅飛起來在村子上空盤旋的是麻雀，就像亞希卡在歌唱時宛如飛昇超脫了塵世；若我們將事情想得複雜一點，這些交織的對比就會讓故事更優美。或者，這群鳥兒也可以對比避風窩酒館裡的其他顧客；蠢驢佬比較像麻雀，還是禿鼻鴉與烏鴉？兩位參賽歌手藉由歌唱，得以暫時遠離俗世；蠢驢佬等人則不行，依舊只能留在地面上乞求些什麼，宛如那些禿鼻鴉和烏鴉。

透過這種並立對照，我們發覺故事裡各種元素是精心策劃過的，屠格涅夫從一大堆素材裡篩選出這些鳥兒，以及這些角色。這些元素彼此之間熱絡地呼應，即使這篇故事以其他層面而言很鬆散，但它的組織密度很高。它讀起來或許有點拖戲，不大好「啃」，但對於元素的掌控，絕非看心情而隨意安排。

亞希卡贏了，這有什麼涵義？爲了回答這個問題，我們要萃取出這兩場演唱的本質。概括而言，承包商在歌唱技巧上很優秀，但除了讓聽眾對他運用歌喉的技術感到驚艷之外，沒能激起太多感情。亞希卡的歌技有點不穩定，無可否認的是，他卻能喚起聽眾內心深處的情感，令我們的敘事者也不禁想起一段不全然符合常理的奇異回憶。因此，我們會認爲這個故事要表達的，是一場技術與情感的對決，而且傾向於認同後者。它說明了藝術的最高目標是感動觀眾，一旦打動了人心，技術上的弱點就會被視爲瑕不掩瑜。

這就是我總會一再愛上這則故事的原因，並原諒它所有的惱人之處。我一直很痛恨屠格涅夫這種過於憨直的寫作技巧，老老實實描述那一堆鼻子眉毛和髮線，角色才剛動作沒多久就被迫停下來，題外話裡還偷渡另一段題外話——但忽然間，我就被亞希卡的歌聲撼動了，他的演唱如此優美，雖然技巧運用得並不特別爐火純青；屠格涅夫的鋪陳也令我覺得感動，類似於亞希卡的歌唱，雖然技術有點不牢靠，卻別具韻味。

這則故事似乎想要證明，一件藝術之作即使只有樸實笨拙的技巧，也可能打動人心。它成功了，這個傻呼呼的小品確實讓我深受感動。

有時候我也好奇，屠格涅夫是不是故意創造這種效果，好替被批評技巧不足的自己辯護。如果我們被故事感動了，他也就成功透過這則故事證明了：情感才是藝術的至高意義，即使技巧笨拙也無損它的存在。

若屠格涅夫果眞是刻意爲之，這筆法還眞是——滿厲害的。

寫一則流暢動人的故事很難，大部分的人都做不到；即使曾經做到的人，其餘大多數時間都也沒能成功。一心想著要完全掌控故事、展現無與倫比的技巧，或單純有了一點想法就刻意要把它寫出來，這樣都是行不通的。創作必須包含直覺，以及延伸——伸向那些近乎我們能力極限的事，嘗試挑戰它，即使可能因此犯錯。就像亞希卡一樣，作家也必須冒著破音的風險，任由自己的實力來主導故事，儘管內心充滿了不確定。

假設你的手腕被套了一個計數器，可以測量你跳舞時散發出的能量，你必須讓計數器的讀數衝到一千分，否則就會被殺（只是假設啦）；在這個逼你爲了求生而舞動的地方，還有一面鏡子可以讓你看見自己的舞姿。你對於如何展現舞技有個概略的構想，但當你那樣跳時，計數器上的讀數只顯示少得可憐的五十分。後來，你終於發現怎麼扭動才能讓讀數飆到一千，此時你瞄了鏡子一眼——媽媽咪呀，這樣也能叫作跳舞？那個正在滑稽亂舞的人是我嗎？太誇張了啦！但是計數器上現在是一千兩百分，而且還在往上衝耶。

你會怎麼辦？

當然是繼續那樣跳啊。

就算大廳裡有人在嘲笑你，你心裡也會想：「好吧，沒關係，笑就笑吧——我舞跳得是不完美，但至少我還活著。」

作家必須用任何可以產生足夠能量的方式寫作。爲了讓自己的能量讀數可以超過一千分，屠格涅夫必須創造這些小人物；他必須接受自己確實不擅長在描寫動態畫面中融入對於角色背景的敘述，所以他得將自己能做的事情發揮到最大，否則就死定了。他要誠實面對自己，並坦然承認：「對啦，雖然我寫作的時候納博科夫先生根本還沒出生，但他說的都對，我的文學才華確實除了平鋪直敘能算是獨家特色之外，就找不到別的方法來說故事了，但我又能怎麼辦？」

創作時，很難在故事裡強加美感，而且一旦這麼做，結果也很可能不是我們一直夢寐以求的模樣。不過，我們必須把握自己能夠創造的任何美感，無論這份感覺從何而來。

我用〈歌手〉這則故事來教導學生：我們對於自己會成爲什麼類型的作家，幾乎無從選擇。作爲年輕的寫手，我們都憧憬成爲某位作家的接班人、被列入某種風格的大師班底。也許是個刻苦的寫實主義作家，或和納博科夫相同路線的名家，也可能是像瑪莉蓮・羅賓森[22]那樣在作品裡深植信仰精神的作家，什麼都好。但有時候，對於那種一心效仿某位大師的書寫模式，世界會透過大眾的平淡反應讓我們知道，實際上我們就不是那種類型的作家。因此，必須找到其他能夠讓計數器超越一千分的寫法，成爲有能力創造出充足能量的作家，無論是什麼類型。（就像芙蘭納莉・歐康納[23]曾說的：「作家可以選擇他要寫的題材，但無法選擇自己能夠讓哪些事物躍然紙上。」）

我們將會成爲的那種作家，可能完全不符合自己夢想中的模樣。但事實是，無論好壞，那都是從我們最眞實的樣貌中誕生的：這些年來不斷被我們在自己的書寫中、甚至生活中，嘗試著壓抑、否認或修正的天生傾向，還有一部分可能連我們本身都覺得有點丟臉的自我。是這些事造就了未來的那個作家。

惠特曼[24]是對的：我們確實心神淵博，包羅千面萬相。我們的心中不止一個「我們」。我們所謂「找到了自己的風格」，實際上是我們從自己所能做的眾多表達方式中，選出了一個聲調；之所以選擇它，是因爲在我們聽見的種種呼喊裡，它證明了自己是最飽滿有力的。

試想一下，假如你二十歲前都被困在一個房間裡，除了看電視沒有其他消遣，偏偏電視只會一直播放奧運短跑選手的精華片段集錦。（對了，這個可怕的房間剛好就在那個作家們爲了活下來而拚命扭腰擺臀的舞廳正下方。）你呢，受到那些年不斷觀賞的短跑選手啓發，萌生了一個珍貴的小夢想：我要成爲短跑運動員。在你二十一歲生日那天，你終於獲釋，得以離開小房間；在走廊上，你正好遇到一面鏡子，結果看見自己身高一百九十五公分，肌肉發達，體重估計超過一百三十公斤，簡單來說，完全不是短跑運動員的體格。但你還是勇敢地去參加了人生第一場百米衝刺賽，結果跑了最後一名。人生夢想都毀了！你當然心碎滿地。當你垂頭喪氣離開跑道時，你看見一群與你體型相仿的身影：是鉛球選手，在那裡練習。那一刻，你的夢想可能會以不同的形態重獲新生，說不定哪天還能侃侃而談：「之前我說我想成爲短跑選手，其實我的意思是，我想要當個運動員啦。」

類似的事，也可能發生在作家身上。

當我三十歲出頭時，我自認是個海明威式的寫實主義者；當時我的寫作素材，來自於我在亞洲油田工作的那段時期。我專寫細微小事，下筆嚴肅、不廢話，用那些題材寫出了一篇篇死氣沉沉又毫無幽默感的故事。然而在現實生活中，無論當下氣氛是艱困、尷尬、美好或重大場合，我可是個隨時都能耍幽默的笑匠。

我已經選擇了要寫什麼，但似乎就是無法讓它們躍然紙上。

某天，我任職的環境工程公司舉行一場電話會議，我充當記錄員；由於過程實在無聊，我開始在紙上隨手寫些蘇斯博士式的黑色幽默小詩，每寫完一首，還會幫它配上一點塗鴉。會議結束時，紙上已經有大約十組圖文；當時我覺得這不是我「認眞的」作品，下班時還在想說要把它們扔進垃圾桶。但或許是老天出手阻止我，那天我把這幾張紙帶回家，隨手放在桌子上後，就去看我親愛的孩子們；不久後我聽到餐桌那兒傳來了一陣開懷大笑，是我太太，正在讀那些我百無聊賴之中自娛寫下的無腦小詩。

22 瑪莉蓮．羅賓森（Marilynne Robinson, 1943-），美國當代作家，作品類型涵蓋小說與政治、哲學思想，宗教信仰是其書寫當中最常見且重要的元素。

23 芙蘭納莉．歐康納（Flannery O'Connor, 1923-1964），美國作家，三十九歲早逝，一生創作豐富，常以美國南方爲背景，經常有怪誕角色出沒。其短篇小說合集在一九七二年獲美國國家圖書獎，當時她已辭世八年。

24 華特．惠特曼（Walt Whitman, 1819-1892），十九世紀美國著名詩人，被譽爲「自由詩之父」。後文提到的「我們確實心神淵博，包羅千面萬相」出自惠特曼長詩《自我之歌》第五十一節，原句爲：「我自相矛盾嗎？不錯，姑且就說我自相矛盾（因我心神淵博，我有千面萬相。）」

我的第一個反應是，這麼多年來，首度有人對我的作品展現出愉悅反應。那些年來，我從朋友和編輯那裡收到的，都是作家最害怕看到的那種反應：說我的故事確實「很有趣」、「無庸置疑，很有內涵」，也看得出來「你眞的費了很多苦心」，然後——就沒有然後了。

我頭腦裡的開關彷彿被打開了。隔天，我開始用這種新風格寫故事。我允許自己變得更逗趣，把「經典作品」的概念擺到一旁；同樣被掃到旁邊的，還有我平常劃地自限的創作概念，認爲故事裡只能有符合現實常理的事發生。於是我的下一個故事，是以一個未來主義式的遊樂園爲背景；我用一種怪誕、有點荒唐的遊樂園服務中心廣播語調來講故事，這是我在對自己說「寫吧，要夠好笑喔」的時候，腦中自動響起的音調。每當我寫了幾行字，對劇情走向、故事主題或想要傳達的主旨產生自我疑惑，不確定下一步該往哪裡去時，也都不想那麼多了，就專注於字句之間傳遞的能量，尤其是幽默感，持續關注我心中想像出來的讀者，看看她是否還在關心我的創作，是否像我太太一樣，在另一個房間裡邊讀邊大笑，迫不及待想看到更多故事，而不是希望它趕快完結。

在這種遊樂園模式中，我發現自己比起企圖成爲海明威第二時，獲得更強烈的創作直覺。如果某個寫法行不通，我會立刻發自本能似地知道該怎麼辦（宛如有股衝動在背後推我一把：「哇，這樣寫可能還滿酷的喔！」）以前我總是靠理性決定故事發展，死板地遵從原則，只要我認爲故事該是怎樣、或必須是怎樣，就毫無商榷的餘地。

這種新創作模式更自由，就好比在派對上試著搞笑。

那則以主題樂園爲背景的短篇小說，後來成爲〈造浪機操作師的沉浮〉，也是我爲了未來集結成書而寫的第一篇故事；七年後（七年啊！），我的第一本書《崩解中的內戰極樂園》[25]誕生。

當〈造浪機操作師的沉浮〉完成時，我看得出來，這是我寫過最好的作品。那裡面暗藏了些必要的「自我」，無論是好是壞，沒有其他人寫得出來。故事裡提到的種種，是當時確實縈繞在我心頭的事物，既糾纏著我的生活，也盤踞在故事裡：階級問題、缺錢、工作壓力、害怕失敗、美國職場怪象，過勞工作讓我每天陷入哀怨的輪迴，導致我失去那顆感恩的心。這則故事的催生過程有點離奇，說來也有點不好意思——它暴露了我的眞實品味，我這才發現，自己的品味似乎偏向工人階級，加上粗俗和求關注。我把這則故事和其他我喜愛的故事（有些也收錄在同一本書裡）對照，覺得自己可能會辜負這種文學形式。

所以，在這本該是勝利的時刻（畢竟我「找到了我的風格！」），卻也相當悲傷。那感覺就像，我的才華化身爲一隻獵犬，我派牠飛奔穿越一片草原，去追捕一隻色彩斑斕的雉雞，結果牠叼回來一隻芭比娃娃，還只有下半身。

換句話說：在那座名爲海明威的聖山上，我盡其所能向上爬，卻意識到即使我用盡全力發揮自己最好的狀態，頂多也只是有望成爲聖山上打雜的小僕從，於是我下定決心，不再犯下模仿前人的這項罪過，跌跌撞撞奔下山，退回谷地，來到一座路邊標牌上寫著「桑德斯山」的小山丘。

「嗯，有夠小。」我心想。「而且還是座垃圾山。」

然而，標牌上寫的就是我的名字。

這個勝利與失望交織的時刻，對任何一個藝術家而言都是人生關鍵點。我們必須決定是否要接受這樣的藝術生涯，承認自己在創作時沒有太多掌控力，也不是很確定究竟認不認同自己的作品。我們的作品實在不夠好，不如我們期待中的樣子，但它也比我們預期中更豐

25《崩解中的內戰極樂園》（*CivilWarLand in Bad Decline*，暫譯），收錄了桑德斯的七篇短篇小說。〈造浪機操作師的沉浮〉（*The Wavemaker Falters*，暫譯）是書中第三篇故事。

富——和大師巨作相比，它差了一點，又有點可悲，但它就是我們的作品，全然出自我們的心靈。

我想，那一刻我們要做的，應該是走向前，膽怯但鼓起勇氣走向前，登上我們那座垃圾山，希望它會有所進化。

把這個已經很有問題的比喻再說得更繁複一點，能讓這座垃圾山進化的，是我們對它的承諾；當我們許諾：「沒錯，這是座垃圾山，但它是我的垃圾山，所以容我假設，如果我持續用我的方法努力，這座小山最後將不會再充滿垃圾，而會有所進化，最終我將能在這座山丘上看見整個世界，並將世界納入我的作品中。」

屠格涅夫有想要透過〈歌手〉來爲他的技巧缺陷辯護嗎？他是在寫的時候就有此意圖，還是寫完之後才浮現這種念頭？我很確定他並沒有刻意要辯解——他的初衷不是爲了辯白。我很懷疑他是否有意識到自己創造了什麼效果，也不知道他有沒有必要感念我們的好意猜想。最要緊的是，他是有意或無意，我認爲都不重要。他帶出了這種效果，事後也沒有改抹，這就是「刻意爲之」的一種形式，對藝術家而言，這個最終成果，就是他必須負起責任的成品。藝術家允許最終成品問世，代表他同意當中的一切都有必要出現，甚至也包含當下隱藏在作品裡、連他自己都沒發現的部分。

也就是說，這最終的認可，不是作家有意識地思考後而賦予的。

經驗告訴我，寫作寫到後來，在故事即將完成時，我們和作品的關係已經深到不會意識到自己正在做什麼決定，無法具體清晰地說明自己那樣寫的原因。又或者，我們實在太急於要傳遞那些原因，腦袋很下意識地運作，明快決定下一步發展，沒有太多深思熟慮。

那狀況就好像我們要辦一場宴會，整天都忙著佈置大廳，安排傢俱擺放的位置，懸掛裝飾品，掛好了又覺得需要調整，只好重新再來。時間緊湊，工作步調必須非常快，導致我們沒辦法解釋每個佈置是基於什麼原則或概念而決定的。時間晚了，客人即將到來，我們也得要著裝打扮；離開之前，站在門口環視整個大廳，似乎沒有什麼要再改的了。我們不再衝進去做任何微調，這行爲就像是詔告天下：裝飾得很完美！我們認同這個成果——創作一件藝術的大工程，就此告一段落。

事後想想#2

在本書裡，我們探討俄羅斯作家的作品，但我想，我們其實無法太明確指出他們究竟是如何創造了這些故事（他們不像我們那麼熱衷於採訪、暢談寫作技巧或創作過程的點滴）。在亨利・特羅亞[26]詳盡撰寫的契訶夫傳記中，只提起過一次〈在馬車上〉，讓我們知道契訶夫是在法國尼斯一間旅館的二樓房間裡寫了這則故事，同期創作出的故事還有〈佩臣涅格〉和〈在祖國的角落〉，但這就是我們所知道的一切創作狀況，頂多再加上契訶夫對於在旅館裡寫作的感覺，他形容爲「好像在用別人的縫紉機縫衣服」。至於在特羅亞的屠格涅夫傳記裡，對〈歌手〉根本隻字未提。

但實際上，這些並不重要。無論俄羅斯作家是怎麼寫的，我們都得找到自己的寫作方式。所以，我想講講我唯一眞正熟悉的創作過程，也就是我自己的創作經驗，藉此強調一個概念：像我們現在這樣，從技巧層面來討論一則故事，無法完全破解如何將一則故事煉成傑作的奧秘。

每當我們談到藝術，經常會說「藝術家有他想表達的東西」，然後他就——嗯，在作品裡表達了。我們因此接受了某些刻意誤導的說法：藝術是先有明確的意圖，並確信不疑地落實這份意圖。

以我的個人經驗，藝術實際的誕生過程神秘得多，也美麗得多，若要據實討論，那也令人頭痛得多。

假設有一個人，我們姑且叫他「史丹」好了，史丹在他的地下室蓋了一個有鐵路經過的小鎮模型，還找到一個小流浪漢人偶，把他放在塑膠製的鐵路橋下，爲他在旁邊生了一小團篝火取暖。值得注意的是，史丹讓小流浪漢擺出某個姿勢——小流浪漢似乎回首望著小鎮。他爲什麼要往那邊看？爲何注視著那間藍色的維多利亞式小屋[27]？史丹順著他的視線看去，原來屋裡的窗戶旁有個女性人偶；史丹不假思索，伸手將她轉了一些角度，讓她向外凝望，應該說望向鐵路橋。嗯哼，忽然間，史丹就編出了一則愛情故事，讓人不禁遐想：「噢，爲什麼他們沒能在一起呢？如果小傑克能回家就好了，回到愛妻琳達身邊吧！」

史丹這位藝術家剛剛做了什麼呢？首先，在他的小宇宙裡，他注意到小流浪的視線方向，接著他選擇改變女性人偶的角度，讓這個小世界的氛圍起了變化。史丹並非一開始就打定主意要改變女人偶的角度，精確地說，他只是心血來潮，那一瞬間思緒都還沒排列成文字，除了內心可能有一個聲音悄悄地告訴他：「就這麼做」。

在史丹有時間思考、或有意表達這股氣氛前，他單純是喜歡這種感覺，原因他也說不上來。

依我看來，所有的藝術都始於下意識浮現的喜好。

那麼，到底要如何寫出故事呢？先不談草稿，假設現在眼前就有一些文本可以用，我會這樣做：想像我頭上安裝了一個測量儀，一端是代表肯定的正極區，一端是象徵否定的負極

26 亨利．特羅亞（Henri Troyat, 1911-2007），法國作家，出生於莫斯科，俄國十月革命後前往歐洲，後定居於法國，以傳記文學見長。

27 英國維多利亞女王在位時出現的建築，通常有多個尖頂，窗户和門廊外推，門廊有欄杆和屋頂，外觀雕飾華麗。這類建築在美國部分地區仍很常見。

區。我盡可能當作這是我第一次閱讀那些文本，內心不預設立場；當我閱讀時，測量儀上的指針開始左右擺動。若指針往負極區去，就接受事實吧——事實就是我並不認同這段文本；而那一瞬間，我腦中可能也已浮現了該如何修改的想法，也許是刪除、或添加某些部分，也或許是重新編排段落。這不需要經過思考或分析，更偏向一種衝動，心裡產生了「啊，沒錯，那樣寫會更好」的感覺，類似前面史丹對小人偶的調整：一瞬間、下意識地就發生了。

不騙你，我就是這樣審閱自己的草稿。將我頭上指針落入負極區的部分標註出來，回頭修改它，印出來，再讀一遍，只要我腦袋還清醒，就持續這樣的疊代[28]模式，通常一天寫作下來會重複三或四輪。

簡而言之，就像努力洗亮某件物品一樣，先塗抹肥皂再沖洗，多次重複這個流程，創作時也是不斷重複「觀察指針動向→調整文章→觀察指針→調整文章」這種強迫性的個人喜好審查；經年累月地審閱大量草稿，有時甚至多達數百份，隨著時間推移，就像一艘遊輪慢速轉彎，故事也是在這幾千次調整的累積之下，逐漸改變航向。

在創作故事初期，我會有一些寫得鬆散草率的小節（或說是幾團文字？幾行話？）。我只需要進行一點修改，這些小節就開始……嗯，進步，可以用於我正在寫的故事裡；我甚至不再需要用我頭上那個有正負極的測量儀來檢驗它，而且腦海中還會跳出「無懈可擊」這個詞，也就是「哇賽，這一段實在太無懈可擊了」，意味著我認爲任何有理智的讀者都會喜歡這個橋段，而且讀完這段之後，仍有熱忱繼續看下去。

一個修改過的小節，會自行向我介紹它的功用，有時候它會對我提問（例如：「故事裡正在講的克雷格是哪位？」）有時它似乎想要引發一些事，像是暗示我「芬恩惹到布萊斯，他要完蛋了」之類的情報。當我收集到幾個「無懈可擊」等級的小節時，它們會開始告訴我，希望能按照什麼順序排列；這過程中，偶爾會有小節良心建議，說我實在應該把它全部刪掉：「如果你擺脫我，那A小節和C小節就可以串聯起來了，你看，這樣豈不是接得很順嗎？」我也會開始問它們一些問題，比如：「是E小節造成F小節發生，還是反過來？哪個因果組合感覺比較自然？哪個比較合理？哪個能創造更廣大的迴響？」幾個特定的小節會開始表態：「E一定要放在F前面！」而我很明白它們絕不會改變立場。

當某些情節達到「無懈可擊」等級時，感覺就像是它眞的已經發生了，而且覆水難收，不是空談。

故事小節開始井然有序地排列，應運而生的因果關係便具有意義（例如一個男人握拳捶牆後加入街頭示威、與一個剛示威完正要回家的男人半路上捶牆，兩者意義大不相同）；同時，這些意義也會暗示故事可能想要傳達哪些事（雖然在編排故事的過程中，要盡可能避免產生想傳達意義的感覺，把這個任務交回頭上的正負極測量儀去做，相信在測量儀的數千次指引之下，有關故事主題的重大決策會自然而然步上正軌）。

但這過程中的所有步驟，每一步，比起依靠理性決定，更多的是憑感覺。

當我寫得行雲流水時，幾乎不會用到理性思考和分析。

第一次發現這種創作方法時，我感覺到如釋重負。我不必煩惱，不需要做決定，只要帶著新鮮感閱讀自己寫的東西，再瞧瞧頭上那個虛擬的測量儀指針變化，用遊戲人間的心態瀟灑修改字句，知道即使這次改錯了，下回再審閱時還有機會再改回來。我曾聽人說過一句

28 疊代和一般的重複行爲一樣，都是反覆進行相同動作；相異之處在於，疊代是用上一次動作結束後的結果，作爲下一次動作的初始狀態，意即每次疊代後都能產生新的成果。

話，「時間無限，凡事都可能發生」，這就是我依循直覺修改故事時的感受：沒必要掌控所有決策，故事有自己的意志，它也試圖告訴我這件事；若我相信這一點，一切都會風生水起，故事將會超越我對它最初的預想。

另一句話，是我從芝加哥出身的作家史都華．戴貝克[29]那裡聽來的：「故事總是在對你說話，你只需要學著傾聽它。」這種修改故事的方法便是一種傾聽，以及對它投注信心。故事期望成爲自己最好的模樣，如果你有耐心地陪伴它，總有一天它會做到。

基本而言，直覺加上疊代，就是創作的整個流程。

爲何要用疊代？

讓我們來點美好的遐想：我給你一間在紐約市的公寓，而且已經裝潢好了。我自覺我真是個大好人，但對你來說，這或許稱不上體貼，畢竟我其實不瞭解你的喜好和品味。假設我同意你重新裝潢，限期一天，費用全由我負擔，這間公寓最後將會比我一開始的設計更符合你的個性。不過，由於我只給你一天來改變它，效果仍然有限；我們可以說，這結果只能反映出你眾多性格中的其中一面。

現在，我們改變一下規則。我讓你每天汰換一件物品，你可以選擇同等價值的物品來取代它（今天你可能會換掉沙發，明天換上新時鐘，後天輪到那張難看的小地毯）。兩年後，那間公寓裡將會充滿了「你」，比你我當初所能想像的還要多。它將會具體展現你的千百種心思，無論你是快樂、哀怨、嚴苛、興高采烈、模稜兩可、嚴謹明確等等。你的直覺有無數次機會善盡職責，幫助你做出最像你的決定。

在我看來，修訂作品也是如此，作者的直覺在這過程中，擁有一次又一次堅持自我的機會。

透過這種方式編寫和修改的段落，就像生物課上看到的那些礦石晶種，起初很微小，不帶任何目的，然後開始增生，不斷回應自身的變化，使自己天生的自然能量越臻飽滿。

其中的美妙之處在於，你從哪裡開始起步、你最初的構想是如何誕生的，都不重要。你之所以爲你、爲一個作家，要看你在持續疊代修改舊文本的過程中究竟做了什麼。這種方法推翻了故事初稿神聖不可侵犯的地位；誰在乎初稿寫得是好是壞？它不必從一開始就是傑作，而是必須成爲傑作，所以你當然可以修改它。你也不需要有想法才能開始寫故事，即使只是腦海裡單純浮現一句話，也能發展成故事。這句話從何而來？管它的。這句話也沒必要不同凡響，只要你持續回應它的狀態，它終將與眾不同。與那句話交流，然後改變它，希望能消除它的平庸或散漫，這就是寫作。寫作就只是在做這件事，或者說必須做這件事。不需要做出任何牽一髮而動全身的決定，只要透過編修稿子時做的無數個小選擇，我們將會找到自己的風格和精神，在全世界作家裡獨樹一幟。

我女兒還小的時候，我常把樂高、木頭積木、建築模型零件等一堆有關蓋房子的玩具全都倒出來，一起席地而坐，邊聽音樂邊聊天，漫不經心地拼組一些東西。我們沒有藍圖，隨意把東西湊一起，只因爲覺得那樣看起來很順眼。不過，無心插柳之下，一個空間結構總是很快就成形：幾條斜坡通往同一個瞭望台，瞭望台下有個令人讚嘆的小空間，可能是龍的巢穴，或者維修工人的百寶工具坊。最終成品層層疊疊，錯綜複雜，我想你可以說它「有意義」，但不是我們在堆疊積木時刻意賦予的意義；我們不可能設計出這麼奇怪的東西，也無法預期它完成後會帶給我們什麼感想，畢竟我們蓋完積木後就拋諸腦後，忘記自己做了什麼。

---

29 史都華・戴貝克（Stuart Dybak, 1942-），美國當代作家，波蘭裔，作品多描寫芝加哥的移民工人階級。

也就是說，我們計劃好的事情比想像中更少，幸運的是，結果剛好是我們想要的。然而，一件藝術品要做到的不止如此，它必須讓觀眾眼睛爲之一亮，而這只有在它先讓催生它的創作者也感到驚艷的狀況下，才可能做到。

我覺得有趣的是，根據個人品味反覆雕琢句子的改稿方式，產生了一些意外效果，有人可能會稱之爲「作者的道德形象設定」。

當我寫出「鮑伯是個渾蛋」這句話時，覺得它不夠具體，於是改成「鮑伯不耐煩地衝著咖啡師大吼」；爲了讓事情更清楚，我自問，導致鮑伯這麼失控的原因可能有哪些。接下來，句子變成「鮑伯衝著讓他想起亡妻的年輕咖啡師大吼」，頓了一下，我補上「他是多麼想念他的妻子，尤其此時又是聖誕節了」。在這過程中，鮑伯從「一個純粹的渾蛋」變成了「悲傷的鰥夫，沉浸在喪偶的痛苦中無法自拔，使他一反平常對年輕人的和善態度，表現得很不得體」。我原本可以在句子裡添加一些令人嗤之以鼻的情節，這樣我和讀者們就可以一起鄙視鮑伯，但現在，我們對鮑伯的定位更接近於「另一種生活中的我們」。

可以說，字裡行間的變化，讓我們「更理解鮑伯」。這個變化之所以發生，並非因爲我想當個善人，而是我不滿意「鮑伯是個渾蛋」這句話，企圖讓它訴說更多事。

然而，會寫下「鮑伯衝著讓他想起亡妻的年輕咖啡師大吼，他是多麼想念他的妻子，尤其此時又是聖誕節了，這向來是她一年之中最喜歡的時節」這句話的作者，在讀者心中的形象硬是比寫出「鮑伯是個渾蛋」的人更善良體貼一點。

我發現這種情況屢見不鮮。比起現實中的我，我自己也更喜歡故事替作者本人我塑造的形象；那個人比我聰明機伶多了，也更有耐心，更風趣，看待世間的觀點也比我還有智慧。

因此當我停筆，回歸現實中的自我時，更感覺到自身的才能有限，卻那麼剛愎自用又心胸狹隘。

不過，透過紙頁所呈現出來的我，不是那種自以爲是的笨蛋，實在是件值得高興的事。

藝術家主要都在做什麼？在調理先前做好的半成品。我們會坐在白紙前創作，但大部分時間都用來雕琢那些已經產出的內容，作家編修文句、畫家潤色、導演剪輯毛片、音樂家疊錄混音。當我寫下：「珍走進房間，在藍色沙發上坐下。」我讀這句話，皺皺眉，自問有必要強調她走進房間嗎？於是把「走進房間」劃掉；再把坐下的「下」打叉，畢竟做「坐」這個動作時，誰的身體重心會是往上呢？還有「藍色」也不要了，誰在乎它是不是藍色啊？於是這句話被改成「珍坐在沙發上」，頓時似乎變得很棒（甚至有點海明威式的簡潔感），但話又說回來……珍坐在沙發上有什麼意義？我們需要知道珍是坐著還是站著嗎？

所以我們把「坐在沙發上」也刪了。

最後只剩下：「珍。」

至少它現在不是個爛句子了，還具備了極簡風的優點。

當然，這個例子是有點開玩笑，但背後也是有很嚴肅的考量。我們把句子刪到剩下「珍」，仍然可以在後面加上其他話語，留住了對原創的期望，也避免內容變得平庸，精彩的世界還在故事彼方等著我們。

有趣的是，我們爲什麼要刪去那些部分？

或許可以說，刪修是出於對讀者的尊重。我們預設讀者是有品味的聰明人，而我們是爲讀者打點一切的先遣人員，所以要追問一連串問題，像是「珍坐在沙發上有什麼意義」等等，避免讀者越讀越覺得無聊，否則我們可就太失職了。

想想下面這段描述：

吉姆走進餐廳，看見他的前妻莎拉緊挨著一個看起來比她小至少二十歲的男子。吉姆簡直不敢相信自己的眼睛，因爲他與莎拉同齡，這代表和莎拉在一起的男子不僅比她年輕許多，也比他更青春力盛，這畫面實在太令吉姆震撼了，震撼到他失手掉了車鑰匙。

「先生，您掉了這個。」服務生拾起車鑰匙，遞給吉姆。

你可能已經感覺到你頭上的測量儀指針倒向負極區，可能還倒了好幾次，而且一次比一次深？

現在比較一下編修過後的版本：

吉姆走進餐廳，看見他的前妻莎拉坐在一個看起來比她年輕至少二十歲的男子旁。

「先生，您掉了這個。」服務生拾起車鑰匙，遞給吉姆。

剛剛發生了什麼事呢？嗯，我刪掉了「吉姆簡直不敢相信自己的眼睛，因爲他與莎拉同齡，這代表和莎拉在一起的男子不僅比她年輕許多，也比他更青春力盛，這畫面實在太令吉姆震撼了，震撼到他失手掉了車鑰匙。」

這兩個版本的差別在於，第二個版本內建了更多對您——讀者大人——的尊重。「吉姆不敢相信自己的眼睛」和「這畫面實在太令吉姆震撼了」的含意，都包含在他掉下鑰匙的這個動作裡，我也冒險相信你會推測吉姆和莎拉年紀差不多。在這刪改中，我爲自己（和你）省下七十八個字，大約是原版本字數的一半。

我怎麼判斷哪些部分要刪？首先，我想像自己就是你，我們用相同的方式閱讀第一個版本，而你感到不甚滿意的地方，會和我的一樣。

閱讀故事，其實是兩個對等的心靈展開了一場坦率、親密的對話。我們願意繼續閱讀，是因爲感覺到作者對我們展現的尊重，感覺到作者就在那些反覆思量過的字句後頭，猜想我們和她一樣明智，關心人世間的悲歡苦樂，對世界充滿好奇。她在創作過程中，時時關切我們讀到哪裡、是否依照她期望的方向思考，因此，對於我們何時開始期待故事出現轉捩點、對故事的新發展心懷猜忌，或者厭倦了特定情節，她也都瞭若指掌。（她深知何時該逗我們開心，這樣我們才會願意對她接下來安排登場的事情稍微卸下心防。）

兩顆心之間能夠持續交流，是在一個人對另一人訴說故事時自然引發的反應。我們閱讀這些俄羅斯小說時是如此，穴居時期的人類首次聚在火堆旁講述史上第一則創作故事時也是如此。若那位講故事的先民忽略了維繫與觀眾之間的互動，他會發現有些觀眾早早開始打瞌睡，或找機會偷偷溜出洞穴，和現代的情況沒有兩樣。在文學講座上壓低身子開溜的民眾，要是以爲用那種蹲姿就能讓台上作者看不見他們離場的話，相信我，那一點效果都沒有。

對我而言，創作過程中能夠振奮的原因，就是我們永遠有一個繼續寫下去的基本理由。讀者就在那裡，他們是眞實存在的。他們對生命懷抱著興趣，當他們揀選我們的作品一讀，就足以讓我們相信這一點。

我們所要做的，就是吸引他們。

爲了吸引他們，我們所要做的，就是重視他們。

寶貝

安東・契訶夫

1899

寶貝

奧蓮卡[1]是退休八等文官[2]普雷明尼科夫的女兒，此刻她正坐在自家院子旁的門廊上，若有所思。天氣炎熱，蒼蠅嗡嗡惱人，趕也趕不走；一想到夜晚就快來臨，令人不禁慶幸。灰暗的雨雲團團聚積在東方，不時能從那邊拂來的風裡嗅到濡濕的氣息。

庫金站在庭院中央，凝望著天空。他管理一個叫作「提沃里」的休閒樂園，主要業務是劇場經營，目前借住在這幢房子側邊的廂房裡。

「又來！」他絕望長嘯。「又要下雨了！每天每天下個不停，簡直故意找我麻煩！這豈不是逼我走上絕路嗎！全都毀了！每天都是嚇死人的鉅額虧損啊！」

他雙手緊緊交握，轉身面向奧蓮卡，繼續埋怨：

「看吧，奧蓮卡．謝繆諾夫娜，這就是我們生活，夠讓人哭的吧！妳工作，竭盡全力應付生活，然後疲憊不已，夜不成眠，輾轉反側之際都在想著怎麼能讓生活更好，結果呢？先看看觀眾，就是一群無知的野蠻人，我幫他們安排最好的輕歌劇，布置華麗舞台，請來一流的歌舞演員，妳覺得他們眞想看這些嗎？他們看得懂嗎？他們只想看鬧劇！給他們低俗的垃圾劇就夠了！然後再看看這天氣，幾乎沒有一天不下雨，五月十號開始下，接下來整個五月和六月都下個沒完，我只剩一個慘字。觀眾不來，但我難道不用付房租？難道不用付演員的薪水？」

翌日，傍晚時分，天空再次陰沉下來，庫金歇斯底里地大笑：

「好喔，繼續下雨啊，下啊！最好淹了遊樂園，淹死我吧！讓我倒八輩子的霉，讓演員都去控告我，上法庭算得了什麼，把我送去西伯利亞蹲苦牢好了！還是直接上絞首台啊！哈哈哈！」

第三天，同樣的事情重演。

奧蓮卡靜靜地認眞聽著庫金說話，眼淚不時奪眶而出。最後，庫金的不幸觸動了奧蓮卡的內心，她愛上了他。庫金身材瘦小，臉色暗沉發黃，頭髮中分梳直到鬢角，嗓音乾澀尖細，說話時嘴巴總是歪一邊，臉上始終掛著頹喪的神情；儘管如此，他還是在奧蓮卡心中激起了一股眞摯深刻的感情。奧蓮卡心裡總是得有個珍愛的對象，否則就活不下去。她第一個愛的是爸爸，他現在重病，癱坐在暗房裡的扶手椅上百般艱難地殘喘著；後來，奧蓮卡把感情獻給了每兩年會從布良斯克[3]來探望她一次的姑媽，讀中學的時候則愛上了法語老師。奧蓮卡是個文靜善良、容易心軟的女孩，有一雙溫順柔和的眼睛，身體相當健康。要是看見她那紅潤的臉頰、那有著一塊深色胎記的白皙嫩頸，以及她聽見任何趣事時臉上那親切不造作的笑容，男人們都不禁自言自語：「是啊，還不錯……」然後也露出微笑；而在場的女性們，則會在言談間情不自禁地忽然拉起她的手，寵溺地喊聲：「寶貝呀！」

奧蓮卡住了一輩子的那幢房屋，位於城郊的茨岡人[4]定居區，離提沃里休閒樂園不遠，父親已在遺囑上寫明要把房子留給她。傍晚和夜裡，她都能聽見樂團演奏的隆隆樂聲，以及沖天炮咻咻作響；在她聽來，那是庫金在與自己的命運奮戰，然後猛烈炮擊至恨至仇的大敵——也就是那些麻木不仁的觀眾。每當聽到這些聲響，她的心就甜蜜地緊揪成一團，睡意

1「奧莉嘉」的暱稱。

2 帝俄時期的文官職等分爲十四等，數字越大則官位越低。

3 現今俄羅斯西南部的布良斯克州首府，接近烏克蘭、白俄羅斯邊境。

4 即吉普賽人，俄羅斯稱之爲茨岡人。

全消；庫金通常在破曉時分回家，她便輕敲自己臥房的窗子，隔著窗簾只露出臉和一邊肩膀，甜蜜地朝著他微笑。

庫金向她求婚，於是他們結婚了。當他終於能好好欣賞她的頸子和豐潤堅挺的肩膀時，他雙手交握，激動地喊了聲：「寶貝呀！」

他很高興，但因爲他們結婚那天和接下來的日子都在下雨，頹喪的表情始終沒有離開他的臉。

婚後他們處得很好，遊樂園售票口現在有她坐鎮，她不僅管理票務，也打理園內大小雜事，記錄開支和發薪。她那張如玫瑰般緋紅的臉頰和渾然天成的甜美笑容，時而在售票窗口後方綻放光彩，時而在舞台側幕邊閃耀，不一會兒又來到餐飲區發亮。她也向朋友廣爲宣傳，說劇場是世界上最偉大、最重要、最不可或缺的事物，只有在劇場才能享受眞正的樂趣，並且涵養心性，成爲一個有教養又慈悲的人。

「但你以爲大眾明白這一點嗎？」她說。「他們只想看鬧劇！昨天我們演出《小浮士德》[5]，幾乎所有包廂都是空位；要是凡尼奇卡[6]和我安排一些低俗的表演，那保證是座無虛席。凡尼奇卡和我排定了明天要演《地獄中的俄耳甫斯》[7]，請來欣賞欣賞。」

庫金對於演員和劇場的評論，她會一字不漏地複述給大家聽。她和庫金同一陣線，鄙視大眾對藝術的無知與冷淡；她會參觀劇團彩排，糾正演員的詮釋，監督樂師的演奏，當地報紙如果刊登了負面劇評，她就哭著跑去報社找編輯傾訴苦衷。

演員們都喜歡她，用「凡尼奇卡和我」、「寶貝呀」稱呼她。她也憐惜那些演員們，經常小額借錢給他們；要是他們偶爾欺騙她，她也只是自己默默掉淚，不會抱怨給丈夫聽。

冬天來臨，這對夫妻仍然處得很融洽。他們包季租下市立劇院，持續安排自家劇團演出，也會短期轉租給烏克蘭劇團、魔術師或當地的戲劇同好社團。奧蓮卡身材越發圓潤，容光煥發，但庫金持續消瘦，臉色更加暗黃，仍然埋怨著虧損慘重，雖然劇團在冬季的營收其實還不錯。他總是夜咳，奧蓮卡用覆盆子和椴樹花泡茶給他喝，幫他擦抹古龍水，再用柔軟的披巾把他裹好。

「你眞是我的小心肝！」她眞摯深情地說著，一面撫著他的頭髮。「有你眞好呀！」

四旬期[8]期間，庫金去莫斯科邀請一個喜劇劇團來參加夏季演出。沒能與丈夫同床，奧蓮卡無法成眠，她坐在窗邊仰望天上星斗，忽然覺得自己很像母雞：公雞不在雞舍時，母雞也心神不寧、通宵清醒。庫金因故滯留在莫斯科，來信告知復活節前會回家，並在幾封信裡交代了一些操持提沃里樂園的指示。然而，受難週[9]的那個星期一，夜已深了，不祥的敲門聲突然響起，有人像是拍水桶一樣猛力拍打小門——砰，砰，砰！睡眼惺忪的廚娘光著腳丫子跑去開門，她踩過的水坑無不濺起了水花。

「請開門！」門後有人用低沉的聲音說道。「有您的電報！」

奧蓮卡以前也收過丈夫發來的電報，但這次不知為何嚇得一愣一愣的。她顫抖著手打開電報，讀到的內容是：

「伊凡·彼得羅維奇今日猝逝銘謝惠賜週二賓葬指示。」

電報上就是這樣寫的，「賓葬」，還有那個難以理解的「銘謝惠賜」。署名是那個喜劇劇

---

5 法國作曲家艾爾維（化名Hervé, 1825-1892，此為化名，本姓Florimond Ronger）作曲，是一部歡樂滑稽的輕歌劇。改編自德國浪漫主義文豪歌德的悲劇《浮士德》。

6 庫金本名「伊凡」的暱稱。俄文對人名有各種不同程度的愛稱。

7 法國作曲家奧芬巴哈（Jacques Offenbach, 1819-1880）創作的滑稽輕歌劇，改編自希臘神話悲劇。俄耳甫斯為讓亡妻復生，用樂音感動冥王，卻在離開地獄前回頭顧盼，導致亡妻墜回地獄。

8 即大齋期，指復活節前的四十天。

9 又稱聖週，指復活節前一週。

團的總監。

「我親愛的！」奧蓮卡啜泣了起來。「凡尼奇卡，親愛的，我的心肝呀！我們爲什麼要相遇！爲什麼我要認識你、愛上你？你要把你可憐的、不幸的奧蓮卡丟給誰照顧啊？」

庫金星期二下葬，長眠於莫斯科的瓦甘科沃公墓。奧蓮卡週三回到家，一進房間就癱倒在床上，她的嗚咽聲如此之大，街上和鄰近的院子裡都能聽到她的啜泣。

「寶貝呀！」鄰居們一邊在胸前畫十字，一邊感嘆道。「小寶貝奧莉嘉・謝繆諾夫娜！這可憐的孩子該怎麼承受啊！」

三個月後的某一天，奧蓮卡做完彌撒，仍深陷於哀痛之中，悲傷難解。回家的路上，碰巧遇到鄰居瓦西里・安德烈耶奇・普斯塔華洛夫，他也剛離開教堂，兩人於是並肩走著。普斯塔華洛夫在商人巴巴卡耶夫的木材廠擔任經理，這天他頭戴草帽，穿了件白色西裝背心，上面掛著一條黃金錶鏈，讓他看上去與其說是個商人，還更像個地主。

「萬物有序，奧莉嘉・謝繆諾夫娜，」他肅穆地說著，聲音裡帶有同情。「若我們摯愛的對象中有人去世了，代表這就是上帝的旨意。在這種狀況下，我們應當認清命運，謙卑地忍受這個安排。」

他目送奧蓮卡到她家門口後，便告辭了，繼續往前走。接下來一整天，奧蓮卡的耳邊不斷迴盪著他那肅穆的嗓音，一閉上眼就彷彿看見他那把黑鬍鬚。她非常喜歡他，顯然她也給他留下了好印象，因爲不久後，就有位她不怎麼熟稔的老太太說要來她家喝杯咖啡，老太太剛在桌邊坐定，就開始聊起普斯塔華洛夫，說他是個堅實可靠的好男人，任何待嫁女性都會樂意與他步上禮堂。三天後，普斯塔華洛夫親自來訪，他待的時間不超過十分鐘，話也不多，但奧蓮卡就愛上了他；愛情來得猛烈深刻，讓她全身灼熱，彷彿發燒似的，整晚都沒入睡，隔天早上立刻派人去請那位老太太來。婚事很快就安排好了，大喜之日也不遠。

婚後他們處得好極了。普斯塔華洛夫通常會在木材廠待到午餐時刻，然後外出洽談生意，奧蓮卡則代替他坐辦公室，開立帳單，查驗出貨，一直待到傍晚。

「木材成本一直漲，我們現在每年要多付兩成費用。」她對顧客和熟人們說。「原因在於，我們以前的木材貨源來自本地，但現在瓦西奇卡得要定期去莫吉廖夫[10]採購，還要加上運費！」她雙手摀著臉頰驚呼：「運費！」

在她眼中，自己做木材生意已經很多年，而且木材是世界上最重要、最不可或缺的東西，就連樑木、圓木、方材、厚木板、箱板、木板條、木塊、層板這些單詞的發音，也帶給她一種親切的感動。

夜裡，她會夢見堆成好幾座山那麼高的木片和木板，蓬頂馬車排成好幾條長龍，將木材從城裡拖到遙遠的地方。她還會夢到一大批高度超過八公尺、寬達二十二公分[11]的樑木佇立在木材廠前，然後行軍向前，一路上樑木、圓木和層板等互相猛力碰撞，空洞的聲響從它們乾燥的軀體裡傳出，它們不斷傾倒，然後又站起來繼續前進，最終把自己疊在其他木頭身上，成堆的木材就是這樣來的。奧蓮卡在睡夢中發出尖叫，普斯塔華洛夫便溫柔地對她說：「奧蓮卡，怎麼啦？寶貝呀？在胸口畫畫十字吧！」

只要是丈夫提出的看法，奧蓮卡照單全收，把它們都當成是自己的想法。如果丈夫認爲房裡很熱、或生意慘淡，她也會這麼覺得。她的丈夫不喜歡休閒娛樂，一到假日只想待在家裡——那麼她也一樣。

「妳不是在家，就是在辦公室，」她的朋友們說。「妳該去劇院看看戲，寶貝，或者看馬

10 位於現今的白俄羅斯境內。

11 原文爲十二俄呎長、五俄吋寬。俄語裡的一俄呎是指一臂長，約七十一公分。一俄吋則約爲四點四公分。

戲團表演。」

「瓦西奇卡[12]和我沒空去看戲。」她肅穆地回答。「我們是靠勞動掙錢的老百姓，沒那種閒情逸致。看戲能有什麼好處？」

星期六他們倆會去參加守夜禮拜，假日參加晨間彌撒，從教堂回家的路上，他們並肩走著，臉上表情顯得柔和。他們身上散發著宜人的香氣，她的絲質長裙擦出悅耳的沙沙聲響。在家時，他們會喝茶，配上鬆軟的白麵包和各種果醬，然後再吃一點派餅。每天中午，院子和門外街道上都瀰漫著羅宋湯和烤牛肉、或者鴨肉的香味，齋戒月則會飄來烤魚的味道，令經過普斯塔華洛夫家門口的路人無不垂涎三尺。

辦公室裡，茶炊總是熱滾滾的，招待客人們喝茶，配上幾個麵包圈。這對夫婦每週會去一次浴場，回家時仍是並肩走著，兩人都滿臉通紅。

「是啊，我們過得很好，感謝上帝，」奧蓮卡告訴朋友們。「我希望每個人都像瓦西奇卡和我一樣幸福。」

普斯塔華洛夫去莫吉廖夫採購木材時，她總是無比思念他，徹夜未眠，流淚不止。她家側翼樓下廂房租給了一個年輕的隨軍獸醫，名叫斯密爾寧，他有時傍晚會來探訪一下奧蓮卡，陪她說說話或玩牌，這讓她得以暫時分散注意力。斯密爾寧提到的家庭生活最讓她感興趣。他已婚，有一個兒子，但因爲妻子不忠，他與妻兒只得分居，現在他對妻子只剩滿心怨恨；他每個月寄四十盧布給妻子，作爲兒子的撫養費。奧蓮卡聽著他訴說，總會搖頭長嘆，爲他感到難過。

「唉，願上帝保佑您，」她送斯密爾寧離開，舉著蠟燭和他一起走到樓梯口時，便這麼對他說。「謝謝您來爲我解悶，願上帝賜予您健康，還有聖母……」

她老是模仿丈夫，用肅穆理性的方式說話。當獸醫已經到了樓下，正要關上身後的門時，她又叫住他：

「您知道的，弗拉季米爾·普拉托尼奇，您還是應該與您的妻子和好，應該原諒她，至少為了您兒子好！我相信這孩子什麼都明白。」

當普斯塔華洛夫回到家時，她低聲對丈夫說著獸醫和他那些不幸的家務事，兩人一起搖頭嘆氣，討論起那個大概十分想念爸爸的男孩。接著，一股奇異的聯想鑽進他們的心裡，讓他們朝著聖像跪下，祈求上帝賜予他們子嗣。

就這樣，普斯塔華洛夫一家在愛與和諧之下，平靜地度過了六年光陰。然而，某個冬日，瓦西里·安德烈耶奇剛在辦公室裡喝了熱茶，沒戴上帽子便外出查看那些要出貨的木材，結果感冒了，病得不輕，雖然找來了最優秀的醫生為他治療，但病魔自有上門奪命的路數，四個月後他病逝，奧蓮卡又成了寡婦。

「你要把我丟給誰照顧啊？」她一邊埋葬丈夫，一邊啜泣道：「沒有你，現在我還能怎麼活？我為何這麼命苦、這麼不幸？好心的人們，可憐可憐我吧，我在這世上孑然一身了呀——」

她穿上了一件有白色袖口的黑色連衣裙，再也不戴帽子和手套。除了上教堂和去丈夫的墳前，她幾乎足不出戶，關在家裡像個修女一樣過日子。六個月守喪期結束後，她才脫下喪服，揭開百葉窗；早晨時偶爾有人看見她和廚娘一起去市場採買，但她現在究竟過著什麼樣的生活、以及她家那房子裡都發生了些什麼事，這就只能用猜的了。人們的臆測不無根據，因為有人看見她在自家的小花園裡和那名獸醫一塊兒喝茶，他為她朗讀報紙；還有，有次她在郵局遇到一個女性熟人，她說：

12「普斯塔華洛夫」的暱稱。

「我們城裡沒有像樣的獸醫檢查制度，所以老是有這麼多疾病，您不時就會聽到有人喝了牛奶就生病，或是被馬呀、牛啊傳染了什麼病。歸根究柢，家畜的健康應該得到和人類一樣的關注才對。」

她現在複述起獸醫的話了，對獸醫的一切言行表述都抱持相同看法。很顯然，若是不依戀著什麼人，她連一年也無法活下去。她在自家廂房覓得新的幸福，換作是其他女人，肯定會因此被大眾指指點點；但對於奧蓮卡，沒人會把壞事往她身上套，關於她的一切都是無可厚非的。她和獸醫都沒有對任何人提起他倆關係起的變化；確實，他們也試圖隱瞞這件事，只是沒有成功，因爲奧蓮卡守不住秘密。每當獸醫有訪客時，比如說軍團裡的同袍來找他坐坐，奧蓮卡一邊斟茶或上菜，一邊就開始議論起牛瘟、結核病、或公有的屠宰場，讓獸醫萬分尷尬。訪客離開後，他抓住奧蓮卡的手臂，憤怒地嘶聲低語：「我不是跟妳說過不要談那些妳不懂的事嗎！我們獸醫之間在聊專業的事，請妳不要插嘴！實在煩死了！」

奧蓮卡驚恐地看著他，問道：「但，瓦洛季奇卡[13]，我該聊些什麼才好呢？」

她含淚緊抱他，求他別生氣，兩人合好後就皆大歡喜。

但這種歡喜並沒有持續多久。獸醫隸屬的軍團被調到某個偏遠之地，大概是西伯利亞，他隨軍離開了，永遠離開，留下奧蓮卡孤身一人。

現在，她可說是孤淒無依。她父親早已去世，他那張扶手椅棄置在閣樓裡生灰塵，椅子腳還斷了一根。奧蓮卡憔悴枯槁，紅顏不再，街上路人看她的眼光不再像過去那樣，也不再對她微笑了。不用說，她最好的歲月已經逝去，與她漸行漸遠，她得開始踏上新的生活，一種令人不敢多想的陌生生活。夜晚時，奧蓮卡坐在門廊上，聽見提沃里那兒傳來的樂團演奏和沖天炮飛竄聲，但那對她而言已不再能激盪起什麼情緒，她淡漠地看著空蕩蕩的庭院，什麼也沒在想，亦沒有期望；夜幕低垂，她就上床睡覺，夢裡依舊是那空蕩蕩的庭院。她仍會飲食，卻像是不得已才進食似的。

最糟糕的是，她對事情再也沒有想法。她看見周遭的事物，也明白發生了那些事，但對任何事物都無法凝聚出一個想法，也不知道有什麼好說。沒有想法是多可怕的一件事！比如你看到一個瓶子，或者看見了雨水從天而降、農民駕車經過，但這瓶子爲何在這、降雨或農民經過又代表了什麼，你說不出個所以然，即使付你一千盧布也沒辦法。當時和庫金在一起、和普斯塔華洛夫在一起，又或者和後來的獸醫在一起時，奧蓮卡不僅能夠解釋這一切，任何你想聊的事情她都能說出些想法，但現在，她的腦海和內心就像那庭院一樣空虛。她的世界變得詭異，她感覺自己好像一直在服用苦艾[14]，生活也充滿了苦澀。

小城一點一點向四面八方擴展，茨岡人定居區變成一條正常的街道，提沃里樂園和木材廠過去的腹地上，房屋如雨後春筍般矗立，劃出了許多巷弄。歲月飛逝得多麼快啊！奧蓮卡的房子已經破舊不堪，屋頂生鏽，棚架歪斜，整個院子裡雜草和荊棘叢生。奧蓮卡自己也老了，變醜了。夏天時，她坐在門廊上，一如往常感到空虛苦悶；凜冬之際，她坐在窗邊凝視霜雪。有時嗅到初春來臨的氣息、或風中捎來教堂鐘響時，過去的回憶會湧上心頭，將她淹沒；她的心甜蜜地緊揪起來，熱淚盈滿雙眼，但這只會持續片刻，然後又是一片空虛，再次被生命的虛無吞噬，不知自己爲何活著。那隻名喚「閃邊去」的小黑貓在她身上磨蹭，輕聲喵叫，但這隻小貓的關愛沒能打動奧蓮卡。這哪是她需要的呢？她要的是一個能夠佔據她整個人、整個靈魂、能佔滿她所有心思的愛戀，這才能帶給她想法，讓她重拾生活的意義，溫

13「弗拉季米爾」的暱稱。

14 又稱苦蒿、北艾，菊科蒿屬，在俄羅斯乃至於歐洲、西亞都很常見，常作藥用，促進腸胃和調節婦科問題，味道苦澀刺激。

暖她日漸衰敗的血液。她把裙擺上的小黑貓抖下來，不耐煩地說：「去！走開！纏著我也沒用！」

就這樣，日復一日，年復一年，沒有歡笑，沒有想法！無論廚娘瑪芙拉說什麼，奧蓮卡都說好。

七月的某個炎日，近晚時分，一群牲畜沿街被趕回家，塵土像雲霧一樣瀰漫在院子裡；忽然間響起了敲門聲，奧蓮卡兀自去應門，眼前景象令她傻住了：站在門口的是斯密爾寧，那個獸醫，他的鬢髮也已經灰白，身上穿的是便服。她頓時想起過往點滴，不禁淚流滿面，埋頭靠進他懷裡，一語不發。她激動得沒意識到他倆是怎麼進了屋內、怎麼坐下來喝茶的。

「我親愛的，」她欣喜若狂，顫抖著呢喃：「弗拉季米爾．普拉托尼奇，上帝從哪兒把你帶來的？」

「我要來這裡永遠住下，」他說。「我已經退伍了，想試試自己安定下來生活是什麼感覺。況且，我兒子都長大了，要準備送他上文理高中了。不瞞您說，我也和我妻子和好了。」

「她在哪裡？」

「和兒子在旅館，我出來找日後要住的寓所。」

「老天啊，弗拉季米爾．普拉托尼奇，住我這裡就好了！這不就是現成的房子嗎？上帝啊，我不會向你要求任何回報，」奧蓮卡焦急地渾身發抖，又開始哭了起來：「你們住這，我去住廂房就好。天啊，我實在太開心了！」

隔天他們就開始重漆屋頂，把牆壁粉刷得煥然白亮。奧蓮卡雙手插腰，在院子裡走來走去，指揮若定；她臉上恢復了過去的笑容，神清氣爽，精力充沛，宛如睡了一場很長的覺，現在終於甦醒。獸醫的妻子來了，是個乾癟難看的女人，一頭短髮，從神情看來似乎驕縱任性。和她一起來的男孩薩夏，看上去比他的年紀更矮小（他已經十歲了），長得圓滾滾的，有雙清澈的藍眼睛，兩邊臉頰上都有酒窩。

薩夏一走進院子裡，就開始追著貓玩，院子裡頓時充滿他那熱切歡快的笑聲。

「大嬸，那是您的貓嗎？」他問奧蓮卡。「等牠生小貓時，請您送我們一隻小貓吧，我媽媽很怕老鼠。」

奧蓮卡和他談天說地，又倒茶給他喝，忽然感覺到胸口裡有一股暖意流向心裡，那顆心溫溫甜甜地揪緊了起來，彷彿這男孩就是她親生子似的。每晚他在飯廳裡複習功課，她就用憐惜又溫柔的眼光望著他，悄聲說道：

「我親愛的、可愛的孩子啊！看你生得多麼聰慧，多麼白白淨淨！」

「島嶼，」他朗讀課本上的字句：「是一塊陸地，四面環水。」

「島嶼是一塊陸地……」奧蓮卡跟著他說了一遍。這是她沉寂了這麼多年、心靈空虛了這麼多年後，首度堅定自信地表達了一個見解。

她現在有了自己的想法，晚餐時她和薩夏的父母對談，說起文理高中的課業對孩子們來說相當辛苦，但古典教育還是比專科課程好，因爲文理高中畢業後出路更廣，想當醫生或工程師都有機會。

薩夏開始上高中，他的母親去哈爾科夫[15]探訪姊妹，一直沒有回來；他爸爸每天出城去幫牲口做健康檢查，經常連續三天不在家。在奧蓮卡看來，薩夏完全被遺棄了，成了沒人要的孩子，在家只能挨餓；所以她在廂房這邊幫薩夏整理出一個小房間，讓薩夏搬來這邊住。

從薩夏住進她的側屋廂房以來，已經過了六個月。奧蓮卡每天早上都會進他房間；他睡得香甜，一手墊在臉頰下，無聲地呼吸著。她總是滿懷歉意地叫醒他。

15 現今位於烏克蘭境內。

「薩玄卡，」她難過地說：「起床吧，親愛的！該去上學了。」

他下了床，穿好衣服，禱告，然後坐下來吃早餐：他喝了三杯茶，吃了兩大個麵包圈，還有半個塗了奶油的法式小圓麵包。他還沒完全從睡夢裡清醒過來，因此有點兒起床氣。

「薩夏，你啊，還沒把上課教的那個寓言故事記熟，」奧蓮卡說道，看著他的眼神彷彿正要目送他遠行。「別讓我擔心，你要好好努力，親愛的。用功一點，上課注意聽老師的話。」

「喔，拜託，別來煩我！」薩夏回答。

然後他便出門，自己走去學校。他個子那麼矮小，卻戴著一頂大帽子，背上背著書包。奧蓮卡悄然無聲地跟在他身後。

「薩玄卡！」她呼喚。薩夏一轉身，奧蓮卡就把一顆椰棗還是糖果之類的東西塞進他手裡。當他們拐進學校所在的那條巷子時，薩夏覺得有點丟臉，因爲背後有個高大粗壯的女人跟著；他四下環顧，開口說道：「請您回家去吧，大嬸，現在我已經可以自己走到學校了。」

她停下腳步，站在原地望著薩夏，直到他消失在學校門口。她是多麼愛他啊！她從前的愛戀中，沒有一段是那麼深沉；她的靈魂從未像現在如此毫無保留、無私且欣喜地付出，此刻她的母愛還越發強烈。她願意捨命，爲了這個非她親生的男孩，爲了他臉頰上的酒窩、他那頂帽子，她不僅願意奉獻生命，還會滿心歡喜地流淌著溫馨的眼淚奉獻。爲什麼？誰會知道這是爲什麼呢？

送薩夏上學後，她默默地回家，心滿意足，內心踏實平靜，愛意滿盈。這六個月來，她的臉似乎回春了，活力煥發，洋溢著幸福的光輝；半路遇見她的人們看著她，愉悅地向她打招呼：

「早安，奧莉嘉·謝繆諾夫娜！寶貝呀，您好嗎？」

「現在讀文理高中的孩子可眞辛苦啊，」她用推銷般的口吻說道。「眞不是鬧著玩的，一年級學生昨天上課就要背一則寓言，還要翻譯一段拉丁文，還有習題要做，小孩子哪受得了這麼重的課業啊！」

她說起學校老師，說起課程和教科書——就和薩夏的說法一模一樣。

下午三點，他們一起吃午飯，傍晚一起做作業，還做到一起痛哭一場。她哄薩夏上床睡覺，久久爲他禱告、在他身上畫十字。然後她自己也回房躺上床，遙想著模糊的未來：薩夏完成學業，成爲醫生或工程師，擁有一間屬於自己的大宅邸，還有好幾匹駿馬與一輛豪華四輪馬車，然後結婚、當爸爸……想著想著，她進入夢鄉，夢裡也全是那些對未來的美好想像，熱淚從她闔起的雙眼滑下臉頰。小黑貓趴臥在她身旁輕叫著：喵嗚，喵嗚——喵嗚……

忽然，門口傳來響亮的敲門聲。奧蓮卡嚇醒，驚恐地吸不上氣，心臟怦怦劇烈亂跳；半分鐘後，敲門聲再度響起。

「肯定是電報，從哈爾科夫來的，」她暗自猜想，渾身開始打顫。「薩夏的母親要他去哈爾科夫找她了——主啊！」

她頓時陷入絕望的深淵，頭、手、腳全都變得冰冷，覺得自己是全世界最不幸的女人。但又過了一分鐘，外頭傳來聲響：是獸醫從俱樂部回來了。

「喔，謝天謝地！」她心想。

心中大石緩緩落下，她恢復輕鬆自在，躺回床上，想著在隔壁房裡熟睡的薩夏；正在睡夢裡的薩夏不時囈語，大喊：

「我會給你好看！滾！別打架！」

一則模式故事 ◆ 對〈寶貝〉的思考

複習一下：說故事的基礎動作，分為兩個部分。

首先，作者創造出一種預期心理，例如寫道：「從前從前，有一隻長了兩顆頭的狗。」讀者腦海裡會浮現一連串問題，像是「這兩顆頭相處和睦嗎？」、「吃飯的時候會發生什麼事？」、「那個世界裡還有其他動物也是兩顆頭嗎？」同時，讀者對於這隻雙頭狗代表的意義，也會有初步猜測：「自我分裂的象徵？」、「黨派對立？」、「樂觀與悲觀？」、「莫非是代表友誼？」

接著，作者會回應（或者運用、利用、致敬）讀者的那一串預期，但這回應不會太緊湊（不會讓你的預期與故事發展無縫接軌，或者像在和你電話連線般直接對談），當然，也不會過於鬆散（不至於讓故事任意發展，徹底悖離先前在讀者心裡種下的期待）。

要創造預期心理，有一種古老悠久的方法：讓一種模式不斷重演。

「從前，一戶人家有三個兒子。大兒子出門尋覓發財的機會，但因為一直滑手機，不慎掉下懸崖，當場身亡。」如果下一行開頭說：「第二天，二兒子很早就起床……」我們已經開始猜測，二兒子大概也會死，或者他也和手機脫不了關係。若將句子加油添醋一些：「第二天，二兒子起得很早，把手機留在家裡，便出門了。」我們的預期於是發生微調：因手機而死這件事已經被排除了，但厄運還在。故事繼續發展：「他注意到右手邊的懸崖，巧妙地避開了。他邊走邊忘情高歌，如入無人之境，因為他正沉浸在自己終於鼓起勇氣向希爾妲求婚的幻想中，結果不愼被卡車撞到，當場死亡。」至此，雖然很抱歉，但我必須說，這情節眞是讓人有種滿足感。我們現在認爲這故事與分心而死「有關」，而且等著看第三個兒子隔天早上出門時，會表現出哪種疏忽行爲，導致自己也賠上小命。即使他發現懸崖、成功避免摔落，過馬路時也耐心等待一輛急速狂飆的卡車通過，故事也仍會與粗心大意「有關」，我們依然等著他在做出一些不愼之舉後死亡，畢竟這就是目前爲止發生過的狀況。

模式已然建立，我們預期它會重演。當它確實重演時，就算細節稍微改變，我們也會很高興再看到它，並自己從那些改變中推論出含意。

〈寶貝〉就是這一類型的故事——我們可以稱之爲「模式故事」。它的基本模型就是：一個女人墜入愛河，然後愛情終結。這種模式重複出現了三次：劇場管理人庫金、木材廠經理瓦西里、獸醫斯密爾寧。故事在模式第四次重演到一半時結束：她愛上小男孩薩夏，而這份愛還沒結束。

庫金出現在故事的第一頁（本書第一四四頁），埋怨自己的命運——誰能預料到管理省級的地區型劇場會這麼令人挫敗？接著我們得知奧蓮卡「心裡總是得有個珍愛的對象，否則就活不下去」。她的依戀名單如下：她父親、她姑媽、法語老師；所以說，她永遠都得活在愛裡，現在眼前正好有個住在她家的庫金。

這是一段甜蜜的羅曼史，似乎也是奧蓮卡第一次眞正進入男女之情。確實，庫金看來像是個掃興鬼，「臉色暗沉發黃」、「臉上始終掛著頹喪的神情」，雖然如此，「庫金的不幸觸動了奧蓮卡的內心，她愛上了他。」

在故事第二至三頁（本書第一四五至一四六頁），庫金告訴我們奧蓮卡和庫金的關係。從幾個特定事實可以看出一段關係的來龍去脈：庫金的工作（經營一個快撐不下去的劇場）、他們倆的情緣從何而來（自由戀愛，她出於憐憫而愛上他）、相處狀況（很融洽，但也悲哀又令人擔憂。兩人對於大眾的低俗品味同仇敵愾；她變胖了，而他日漸消瘦）；還有，庫金眼裡的她和對她的態度（「寶貝呀！」）、她眼裡的庫金和對他的態度（「你眞是我的小心肝！」和「有你眞好呀！」）、關係時效（大約十個月）、他們分開的原因（他遠行時猝逝，她從一封語無倫次的電報得知此事）、她的哀悼期（三個月）。

爲了方便參考，我把這些資訊彙整成〈表二〉。

表二
奧蓮卡與庫金

分類	敘述
他的職業	劇場管理人
情緣由來	自由戀愛。她「最後」出於憐憫而愛上他（「他的不幸觸動了她。」）
相處狀況	悲哀且令人擔憂。對大眾同仇敵愾，她婚後發福，他「持續消瘦」。但「婚後他們處得很好。」
他對奧蓮卡的態度	「寶貝呀！」
她對庫金的態度	「你真是我的小心肝！」、「有你真好呀！」
關係時效，以頁數計	兩頁半
關係時效，以時間計	十個月
死因或關係終結方式	不明原因猝死。她透過一封錯亂的電報得知。
哀悼期	三個月
「廂房」的狀態	這段感情萌芽時，庫金住在這裡。可以說，庫金從她家降臨到她身邊。他們婚後，廂房就空在那。

現在，我們只專注於這部分的資訊密度，看看故事前幾頁眞正要呈現的事情，其實就是一塊形塑奧蓮卡與庫金感情關係的模板，由各種具體事實打造而成。

先看看奧蓮卡的專屬特徵：她深愛庫金，愛到幾乎變成他本人。我們看見她開始在劇場工作，不久後就對友人諄諄教誨，說劇場是世上最偉大、最重要、最不可或缺的事物，然後轉述庫金的看法，順從程度讓演員們又好氣又好笑，溫柔地用「凡尼奇卡和我」這稱呼來嘲諷她。

故事初期，奧蓮卡把自己的思想融入庫金的想法，看起來還不怎麼奇怪，只讓人覺得她眞的戀愛了；我們墜入愛河時會發生各種狀況，奧蓮卡呈現的是含糖量加倍的甜蜜版。我們把自己塑造成與心上人相同的樣子，分享他們的興趣，這感覺是一生才有一次的連結，我們心甘情願。

至故事第三頁（本書第一四六頁）末，幸福婚姻已經確立，故事停滯。隨著書頁一張張翻過，如果他們倆都對現狀感到滿意，而我們只一再看到兩人重複同樣的狀況：四季美好地流轉，他日漸消瘦且越來越煩躁，她則更加珠圓玉潤，越發令人喜愛——若眞是如此，我們會感覺自己好像正看著一局死棋，沒有下一步可走，又好比有人對我們訴說他前一晚做的漫長夢境，我們肯定開始疑惑，再度引用那句改編自蘇斯博士的名言：「你爲何要費心讓我知曉這些？」

如果我寫：「從前有隻非常貪吃的狗，某天早上他吃了自己的狗糧，又吃了貓糧，然後走到屋外，吃了一些在樹下發現的蘋果，接著又吃了在附近另一棵樹下找到的蘋果。他來到公園，看到剩沒幾口的豬肉三明治掉落在地，於是也吃掉了。」現在你應該懂了，你已經掌握這個「狗一直吃」的模式，等著這模式被打破，要不提高挑戰性（例如狗打算吃掉一隻活生生的熊），要不就是呈現結局（例如狗胖到無法行走）。實際上，「這隻狗總是吃不飽，所以一直進食」這可能是眞的，但世上到處都有這種偶然符合敘述的事實，稍微留心觀察就可以發現。比方說「有個花盆裡裝著一顆網球」或「這女孩在等公車時一直伸手摸自己的頭頂」。

將這些尋常逸事喜孜孜當成故事傳述，聽眾只會沒好氣地回應：「這樣喔，所以呢？」

能將逸事變成故事的，是逐漸加劇的情節。或者可以說，當我們突然感覺到情況將有急遽升溫時，就是這些逸聞正在轉化爲故事的預兆。

圖一是個名爲「弗萊塔克三角形」[16]的小工具，用來解釋故事的運作方式，非常有助於我們理解一則敘事成功的故事是如何達到成效。這是一種事後諸葛的檢討建構，不見得能因此讓我們寫出好故事，但能夠幫我們分析故事的脈動，或者診斷一則僵死的故事究竟是哪裡出了問題。

只要奧蓮卡和庫金的婚姻繼續維持幸福，我

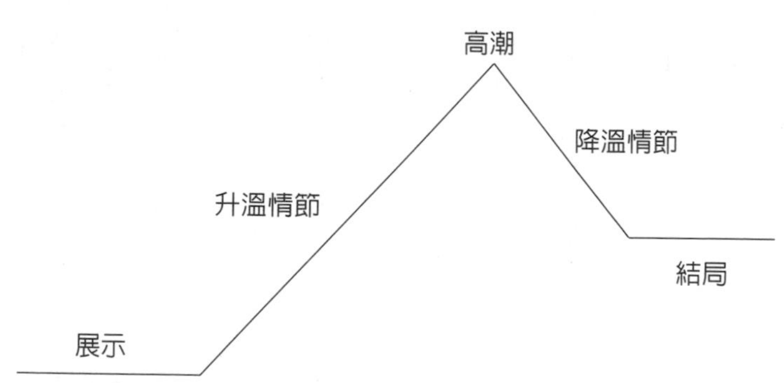

圖一、弗萊塔克三角形

們就能泰然穩坐在標記爲「展示」的平坦區域，觀賞「正常狀況下」的角色活動是什麼樣子。但我到了故事第四頁（本書第一四七頁），雖然奧蓮卡歌詠著庫金的存在，稱頌「有你眞好」，但我們心中隱約惴惴不安，因爲察覺到該有的甜頭差不多都出現了：故事基線既已確立，現在就是等著突發事件來打破它。我們提高警覺，注意即將來襲的麻煩，心境上已朝著「升溫情節」邁進。

「庫金在四旬期期間去莫斯科」這件事，稍微戳到了我們的警戒心，尤其前兩段還提到他的健康每況愈下。這肯定是契訶夫送他去莫斯科的原因：讓他在那裡出點事，把我們推進升溫情節。（我偶爾會跟學生開玩笑說，如果他們發現自己寫作時被困在「展示」期，寫了一頁又一頁仍然鬼打牆，始終無法到達「升溫情節」，這時只需在故事裡加入這句話：「接下來將要發生的事，永遠改變了一切。」你可憐的故事就別無選擇，只能跟著這句話走了。）[17]

我們等著看莫斯科會傳來什麼消息。庫金沒有如期回家，「因故滯留在莫斯科，來信告知復活節前會回家」。計劃有變，原因則吊人胃口：會是因爲他對奧蓮卡沒興趣了嗎？在莫斯科有了外遇？故事會往那種方向去嗎？若是如此，庫金啊，你眞是個渣男。但事情並非如此：他在信裡還是不忘向家裡交代一些劇場管理事宜，這是一個信號，暗示他仍然在乎奧蓮卡以及他們共同經營的生活。但要是在莫斯科什麼都沒發生，契訶夫爲何要派他去那裡呢？倘若事情毫無變化，庫金就這麼回到家，和他離開時沒有兩樣，我們會覺得讀這段莫斯科小插曲就像注射生理食鹽水，一點作用也沒有，還是停在「展示」，而我們需要的是腎上腺素。

16 德國劇作家弗萊塔克（Gustav Freytag, 1816-1895）所提出，又稱爲「弗萊塔克金字塔」。

17 我在〈習作二〉讓閱讀本書的諸位作家練習一個百發百中的小招術。有朝一日各位若需要從「展示」逃進「升溫情節」，可以派上用場。

關鍵性的那個「然而」，此時終於降臨。我們欣慰地得知，先前的苦苦等待沒有白費，能讓故事出現轉折的事件即將發生：

「然而，受難周的那個星期一，夜已深了，不祥的敲門聲突然響起。」

我們心想：深夜敲門，根本就等於是壞消息嘛。

然後看到「電報」：深夜敲門，加上電報，莫非是死訊？

那則電報詼諧地誤用字詞，令人哭笑不得，庫金之死更綻放異彩。我們心裡多少明白，庫金必須離開故事舞台，我們會原諒契訶夫這麼乾脆地踢他下台（也就是殺了他）；何況，看看這封電報達成的效果，庫金死得也算值得。

就這樣，庫金在此長眠於莫斯科。身為在故事外陪伴奧蓮卡的新朋友，我為她感到難過，只能輕喚一聲：寶貝呀。

但作為讀者，我內心竊喜。

掰啦，庫金，感謝你為了升溫情節而奉獻生命。

庫金死了，奧蓮卡哀悼。故事在第四頁最末段（本書第一四七頁）前稍停了下來。庫金得到愛、被當成效仿的對象、被賜死。現在是什麼狀況？奧蓮卡會發瘋、酗酒，終身守喪嗎？任何曾在故事前幾頁就鋪敘了好情節的作家，對於這個會令人抓狂、神經兮兮的時刻都不陌生。有太多可能的路線可以走，但哪條路最好？我們又該如何確知？

我們先不去想「契訶夫是怎麼決定下一步怎麼走」，來看看他接下來做了什麼。他做了一件很大膽的事：跳過三個月（葬禮後悲傷的九十多個日子全都略過），直接來到「三個月後，奧蓮卡做完彌撒回家的路上」。我們沒有讀到「葬禮後的那幾天，奧蓮卡什麼事也沒做。星期三，她望見幾朵漂亮的雲；星期四，衣服該洗了，但她實在提不起勁。她想念庫金，想起他對她的好。星期四下午，她終於動手打掃起廚房，結果在那裡找到庫金的備用眼鏡，頓時淚流不止……」

我們並未讀到任何日常事務流水帳。爲什麼？因爲那不重要，那些日子沒有意義。誰說的？故事說的。它省略這些日子，就是在告訴我們，這些時光裡沒有發生任何有意義的事，它打算直接載我們到下一件它認爲有意義的事情前；而所謂有意義，代表與故事目的有關連。

這段英勇飛躍是重要的一課，它教誨我們：短篇小說不是紀錄片，不負責細數時間流逝、或一五一十呈現生活全貌。它是一個極盡精密的小機器，出招沒有絲毫猶豫，要用它的果斷俐落讓我們爲之激動。面對無趣的現實世界時，它甚至會顯得有點卡通化，爲的是更有效率達成它想要的效果。

若你還沒忘記，故事這一跳，把我們帶到了木材廠經理瓦西里面前。在故事第五頁（本書第一四八頁），瓦西里這個男性名字出現，我認爲這裡才是我們首次讀故事時，真正開始認知到這則故事有一套模式的地方。我們知道奧蓮卡熱愛庫金，以至於她基本上成爲了他，而故事即將推出下一個會讓她陷入情網的人。我們好奇：她這麼愛庫金，還有可能愛上瓦西里嗎？瓦西里又不是庫金，她爲何會愛上他？她會用什麼方法愛他？（會要求他去劇院看戲嗎？或堅持要把庫金的照片掛在客廳？她會不會因爲瓦西里看不懂莎士比亞的劇就和他分手？）我們相信自己剛剛看到的是一個深愛庫金的女人，現在我們有機會再看到那個戀愛中的女人。

我小時候住在芝加哥，那裡的老人聽到故事的轉折處時，總是會說「喲，真是耐人尋味啊」。瓦西里的出場也是挺耐人尋味。

忽然間，關於愛情本質的問題就躍上檯面。

假設你我有一個共同好友，多年來，她養成一個與老公在公開場合低調秀恩愛的小動作：只要夫妻倆站在一起，她都會不經意地將一根手指伸進他的褲耳[18]勾著。

他老公不幸先走一步，我們這位朋友後來再婚。大家看到，她對她的新男友同樣做了這個展現親密的小動作。誰會來評斷這件事？說穿了，大家都會。我們想要相信愛情是專一且具有排他性的，一旦發現愛其實是可以再生利用、甚至會習慣性地重複相同動作時，有些人的心靈可能會遭受打擊。試想，要是你和你的伴侶總是用可愛的小動物名來作爲彼此的暱稱，哪天你溘然長逝，你的伴侶以後會不會用他／她現在對你的暱稱來叫喚新伴侶？不會嗎？爲什麼不會？寵物化的小名也就那麼多，你何必爲此煩悶？這是由於你相信，因爲是你，對方才會這麼愛你；因爲是你，所以親愛的阿德（假設這位是你的伴侶）才會用「兔北鼻」叫你。但是很抱歉，事實並非如此：愛情就是這樣，你只是剛好出現在阿德的情路上。當你死了，變成一縷幽魂跟著阿德背後飄啊飄，看到他和你生前的朋友貝絲碰面，又聽到他叫那個獐頭鼠目的貝絲「兔北鼻」，然後貝絲不經意地用手指勾住阿德的褲耳。你，這位只剩精神意識還存在的幽靈，於是開始鄙視阿德和貝絲，或許也鄙視愛情本身。你會這樣嗎？

或許你不會。

因爲我們陷入熱戀時，不都做過類似的事嗎？當你的情人過世了、或離開你了，你仍然是你，有你自己愛人的方式，而天涯何處無芳草，世上還有許多人可以讓你試著去愛。

愛情來得很快，在故事第五頁（本書第一四八頁）的那三段話裡就發生了：從教堂回家的路上，奧蓮卡從瓦西里身上獲得安慰，她非常喜歡他，閉上眼都會浮現他「那把黑鬍鬚」，然後他們結婚，她開始用他的思考模式看待事情、用他的口吻說話。最耐人尋味的就在這裡：奧蓮卡會用她愛庫金的方式去愛瓦西里，也就是讓自己成爲他。

我們該爲奧蓮卡高興，還是爲此看不起她？是否需要重新審視一下她和庫金的關係？

這些思考很好，也讓這些情節開始往一則完整的故事發展。但如果你是作家，渴望學習大師契訶夫的技巧，或許有朝一日時機成熟，在自己的創作過程中，那份大師思維能夠爲我們指點一條通往妙筆生花的明路，那麼你想知道（都想破腦袋了）的事情應該是：契訶夫究竟是怎麼知道該直接跳到瓦西里這邊來的？他在寫故事時，如何做出這樣的「決定」？

是說，其中一種答案有可能是：「我哪知道？他是天才大師，他就是知道囉。」

這當然是玩笑話。這當中有件我們或許能學習的事，是關於專業作家的好習慣。

早在故事頭幾頁，契訶夫爲了讓奧蓮卡成爲獨一無二的角色，賦予她一個專屬特徵：當她愛上某人，她就會變成那個人的樣子。只要一個角色的形象是透過描述幾項事實來建構，那麼所有可能發生在她身上的事情，都暗藏某些意義；回想本書第一章〈在馬車上〉的討論中，我們也看見了同樣這種現象。

反過來說：故事將要出現的新情節，會從具體事實中萌生。

當故事說：「從前，有個女人總會讓自己變得和所愛之人一樣。」

契訶夫回應：「是喔？我們來檢驗一下如何？我想想，該怎麼檢驗呢？噢，有了：殺了她的初戀，給她第二春試試。」

所以，「專業作家的好習慣」或許包含了持續修改具體事實，好讓它們能呈現於讀者眼前，也能從中培養出新的故事情節（或以我們平常愛用的專業術語來說，就是帶出「有意義的角色行爲」）。

---

18 即褲頭上的皮帶環，讓皮帶穿過並固定住，避免皮帶往下掉。

看看下面這個例句，我會不斷加入新的具體描述來充實它：

一個人坐在房間裡，什麼也沒在想，此時另一個人走進房裡。

一個內心充滿怨懟的種族主義者坐在一個房間裡，想著自己一生遭遇是多麼不公平，此時一個與他不同種族的人走進房裡。

一個名叫梅爾的白人，是個內心充滿怨懟的種族主義者，罹患了癌症，坐在診察室裡想著自己一生遭遇是多麼不公平；此時，他那有點自大的巴基斯坦裔美籍醫生布哈里博士走進診察室。布哈里有些壞消息要給梅爾，雖然如此，他卻面露喜色，因爲剛剛得知自己贏得了重要醫學獎項。

我不知道接下來在最後一個凡事更加具體淺顯的房間裡會發生什麼事，但我很肯定有事會發生。

在故事第五至七頁（本書第一四八至一五〇頁），我們進入模式的第二組輪迴；在這一世裡，奧蓮卡愛上了瓦西里。契訶夫對於這兩人墜入情網的過程，和他先前描述奧蓮卡和庫金感情發展的方式，兩組資訊內容是完全對等平行的。敏感度高的讀者應該都注意到了這一點（或者像我一樣後天開悟型的人，教了這則故事好幾年終於意識到這件事，不過至少也算是有察覺到啦。）我最初會注意這件事，是因爲開始動手製作奧蓮卡和瓦西里的愛情始末表，類似先前幫奧蓮卡和庫金做的那張表格（表二），結果發現我根本不需要重做一張新的，因爲分類欄位下所有標題都是一樣的（見表三）。

此外，稍微超前一下進度，我們會發現在奧蓮卡接下來與斯密爾寧、與薩夏的關係中，契訶夫的描述也有相同的平行對應（我把奧蓮卡與他們的關係發展也放進〈表三〉）。

這很有趣，甚至可說是有點瘋狂，似乎顯示契訶夫在描述這幾段關係時，基本上沿用了最初在描寫奧蓮卡與庫金關係時創建的那一組變因[19]。（他是刻意這樣寫的嗎？他當下知道自己正在這樣做嗎？我不覺得，不過我們暫時先把這些問題放一邊）。

回過頭來，在故事第五到七頁，我們收到的情報有：瓦西里的工作（木材廠經理）、他倆的情緣由來（偶然相遇，然後有媒婆居中牽線）、相處狀況（他們在性方面更火熱、更肉慾；一起烹調食物、吃飯、望彌撒、去浴場，身上散發「宜人香氣」；他們不是處得好，而是「好極了」）；瓦西里眼裡的奧蓮卡和對她的態度（「奧蓮卡，怎麼啦？寶貝呀？」話中有強調「我的」意味）、奧蓮卡眼裡的瓦西里和對他的態度（她深愛他，一想到他就「全身灼熱，彷彿發燒似的，整晚都沒入睡」；瓦西里到外地採購木材，她總是「無比思念他」）、關係時效（六年）、離別原因（他著涼，病逝家中）、她的哀悼期（超過六個月）。

我們可能會對照——好啦，我不如說我們不可能不用對照的方式——來看奧蓮卡這兩段情史，這則故事結構根本就是強迫我們進行比較。〈表三〉也把斯密爾寧和薩夏列進去，完整呈現奧蓮卡每段感情的脈絡，對照起來更便利。

〈表三〉是我教授〈寶貝〉的主因。它就像是一本輕鬆愉快的入門書，介紹一則故事能夠創建得多有組織，以及能藉此獲得什麼效果。隨意選一行句子（例如故事裡男性們對奧蓮卡的態度），追蹤它的更迭，你會發現當中有許多「變因」。從這個角度來看，這則故事美妙地體現了控制變因組成的一套模式。每當契訶夫植入一個變因，就會在奧蓮卡接下來的每段感情中謹慎運用它；這個變因要仔細推敲過，生動、不僵化。這則故事開頭看起來像要講一個

19 指實驗當中會影響結果的因素。爲了找出影響結果的確切因素，通常會在實驗組設置一個「自變因」和多個「控制變因」，自變因可以改變，控制變因則維持不變，從實驗結果來檢驗這個自變因是不是影響事情發展的原因。

女人的羅曼史，感覺是茶餘飯後娛樂用的生活話題，沒想到會是一則如數學陣列般嚴謹的敘事轉化器，一種在四段連續關係裡都能求出異同的模式，我們讀到的每個地方都有變因。

表三 奧蓮卡的各位情人們

分類	庫金	瓦西里	斯密爾寧	薩夏
他的職業	劇場管理人	木材廠經理	軍團獸醫	小孩
情緣由來	自由戀愛。她「最後」出於憐憫而愛上他（「他的不幸觸動了她。」）	從教堂回家的路上偶遇，再透過中間人／媒婆牽線。	發生於檯面下，似乎不大正當。他們從未結婚，沒有求愛的細節，某天就勾搭在一起了。	被帶到奧蓮卡的房子，逐漸被父母棄之不理，被奧蓮卡納入羽翼之下。
相處狀況	悲哀且令人擔憂。對大眾同仇敵愾，她婚後發福，他「持續消瘦」。「婚後他們處得很好。」	「處得好極了」，一起做飯、用餐、望彌撒、去浴場，身上散發「宜人香氣」，辦公室裡有熱茶和麵包圈：健康、富足、享受，似乎不乏性慾。	他會支配她，覺得她丟臉。爭執過後，兩人很快「又皆大歡喜」（注意「又」）。	她視他如己出，但他感覺被壓迫、干涉。
他對奧蓮卡的態度	「寶貝呀！」	「奧蓮卡，怎麼啦？寶貝呀？」他深受她吸引，因為「顯然她也給他留下了好印象」。	「不要插嘴！」且從未稱呼她「寶貝」。	「別來煩我！」故事最後還夢到在校園打架。

奧蓮卡對他的態度	關係時效，以頁數計	關係時效，以時間計	死因或分手方式	哀悼期	「廂房」的狀態
「你真是我的小心肝！」、「有你真好呀！」	三頁半	十個月	不明原因猝死。她透過一封錯亂的電報得知。	三個月	這段感情萌芽時，庫金住在這裡。意即庫金從她家降臨到她身邊。他們婚後，廂房就空著。
「愛情來得如此深刻，讓她全身灼熱，整晚都沒入睡」；她深愛他，當他遠行時她總是「無比思念他」。	四頁	六年	故事第六頁有個假預兆，讓人以為：他要死了嗎？沒死，但斯密爾寧出場。他也沒有外遇，最後死於風寒。	超過六個月	空著
她會「求他別生氣」。	一頁	「沒有持續多久」	隨軍團離開，是第一個自願性離開她的男人。	數年消沉，她美貌消逝，再也沒人視她為「寶貝」	租給斯密爾寧，但大多時間很可能都空著，因為在瓦西里死後，斯密爾寧應是與她同居在主屋。
「我親愛的、漂亮的小寶貝呀！」這是她第一次稱呼別人為「寶貝」。	三頁	約六個月，至故事結束	未知。她會想像他終有一天去過自己的遠大人生。	不需要。至故事結尾仍「在一起」。	斯密爾寧歸來時，奧蓮卡搬進廂房。斯密爾寧夫婦消失時，奧蓮卡讓薩夏搬來與她同住。

想像我們正盯著一個聚集了大批人潮的足球場，一半的人穿紅衣，另一半穿藍衣。他們開始表演幾場走位複雜的舞陣；透過這些編排，舞陣開始「傳達意義」。這些走位並非隨機亂走，它展現自己獨有的模式，藉此「訴說」一些事情。假如紅衣人把藍衣人包圍在中間，然後逐漸向圓圈裡移動，分散到藍衣人群裡：就我們的理解，可能會說這是「融合」。如果藍衣人全體朝紅衣人衝刺，紅衣人後退，我們會認爲這是「進犯」。雖然我們或許可以感受到這些人呈現的某些陣式、和繁複細膩動作當中的意義，但它也會證明，有些事情無法清晰明確的表達——它是眞實的，無法簡述，可以被覺察、被感知，存在於言語遠不能及的地方。

這則故事也是如此。我們在討論時，傾向把故事簡化爲一段一段的情節，著重於發生了什麼事，認爲和故事意義相關的東西就存在於事件裡。這倒也沒錯，但故事也有一些內部活動，像是它如何揭開事件序幕、兩段情節之間的呼應、故事元素瞬間讓讀者感受到它與其他元素其實是並列的時候；藉著這些內部互動，故事也在暗示著某些意義。

如果故事內部的動態不被當作意義來源之一，會變成什麼樣子呢？讀讀下面這個內部動態被消除版的〈寶貝〉：

> 從前，奧蓮卡有個情人，名叫庫金，她對他言聽計從，凡事都效仿他；滿分十分的話，她愛他的程度有九分之高。他們在一起六個月，然後庫金死了。之後奧蓮卡有了另一個情人，名叫瓦西里，她對他也言聽計從，凡事都效仿他；滿分十分的話，她愛他的程度還是九分。他們在一起六個月，然後瓦西里死了。接著，奧蓮卡有了第三個情人，名叫斯密爾寧，她對他依然言聽計從，凡事都效仿他；滿分十分，她愛他的程度也是九分。他們在一起六個月，然後斯密爾寧死了。

這不是故事。它缺少能創造內部動態的具體狀況。庫金究竟怎麼死的？奧蓮卡爲他哀悼了多久？相形之下，奧蓮卡在瓦西里死後又哀悼了多久？她的哪段感情是最以肢體親密爲導向的？哪段是最殘酷的？諸如此類的情況，在這個簡化版故事裡完全沒有提及，沒有任何一句話讀起來感覺會引發其他事情，也因此這些句子沒有任何意義。寫出這個版本的作者沒能運用美感的其中一個來源，也就是故事的內在變動。在這變動中，「進步」、「悲劇」、「反轉」、「救贖」等情節才有辦法在一部完全架空的作品裡上演。

以足球場上的舞陣來比喻，這個簡化版故事裡的四個角色都只是穿著隨便一個顏色的外出服，在足球場上到處亂飄，沒有背負任何意義。比賽中場表演的舞者和亂入賽場的民眾，兩者差別就在於對內部動態細節付出多少精力。

我們說〈寶貝〉是一則高度模式化的故事，並研究契訶夫在不斷重複的模式中精巧製造變化的高超技術，好像在暗示：這則故事就是這樣寫成的，契訶夫在寫之前早有計畫，他每天坐下來寫作時，會把那張〈表三〉放在手邊，不時攤開來查看，確認奧蓮卡每任老公該活幾頁，提醒自己持續變換故事裡的參數，比方說「每任情人稱呼奧蓮卡的方式」之類的。

所以，我要澄清一下：我不知道契訶夫是如何寫出〈寶貝〉，但我很確定他不可能是拿著表格邊看邊寫。我猜故事是自然而然發展下去的，契訶夫天生對故事發展的感覺快速組織了這一切。在故事模式第一組輪迴中，他啓動了一些元素，在下一組輪迴中，他直覺地回歸到這些元素上，再次推動它們，就這樣一輪一輪執行著，只不過當中的精細和微妙程度是我們這些凡人無法想像的。

我也懷疑，契訶夫會不會認同這是一則「模式故事」。

因爲每則故事都是個模式故事。

我的意思是，每則故事都有自己的模板。（〈寶貝〉是個血統純正的「模式故事」，一部藝高膽大之下的創作。）

比方說，我寫的一則故事〈牧園〉[20]，背景是一個門可羅雀的歷史主題樂園，故事敘述者在模擬自然環境的園子裡扮演穴居人。重點是，這裡已經很久沒有遊客光臨了，所以故事變成我們的敘事者有多努力在這種狀況下維持紀律，例如盡量不在山洞裡講英文（因爲穴居時期的人類應該不會說英文）等等。

故事初期（就在第一頁），我偶然創立一個慣例：我們的敘事者和他的僞穴居伴侶珍奈特每天的食材，是透過一個叫作「大拉霸機」的東西取得。食物會自己出現在大拉霸機裡，你應該也猜得到，那八成是樂園管理員放的。「每天早上，會有一隻剛宰殺好的羊躺在我們的大拉霸機裡。」當我還在試圖弄清楚自己對於穴居日常的細節設定時，莫名浮現了大拉霸機這個構想；當我脫口說出「大拉霸機」這字眼，並把它放進故事裡（放進去也只是因爲我覺得很好玩），它就成爲那個世界的一個特徵，也成爲故事中的一個元素。

所以在第一頁，僞穴居生活的基本規矩就成立了：每天早上他們會在大拉霸機裡獲得一隻羊。但那天早晨，敘事者去了大拉霸機，發現裡面是「無羊狀態」。這顯示「樂園出了問題」；隔天早上又沒有羊，問題持續存在。瞧！我這不就創造了「一個模式」。之後，大拉霸機裡不定時會出現羊，代表「情況暫時好轉」；有時候，彷彿是爲羊肉供應不穩而致歉，會有其他補償品（例如兔子）出現在另一個稱作「小拉霸機」的東西裡；大小拉霸機裡偶爾也會出現解釋性的小紙條，解釋今天槽裡爲什麼有、或者沒有東西。最後，爲了揭示狀況實在變得非常慘，大拉霸機裡出現了一隻塑膠製的羊，「上頭還有個已經鑽好的洞，讓烤肉叉可以穿過。」

我沒有預先計劃這當中的任何一件事，也沒有去想「啊，這故事需要一個模式」。我只是想搞笑一下，就發覺自己在鍵盤打下「大拉霸機」，然後認可它成爲故事裡的現實，持續注意它，不時就來查看大拉霸機會掉出什麼獎品。

這就形成一種模式，而這種模式，就像其他所有模式都會引發的效應那樣，在讀者心中創造一連串持續萌生的預期想法。

想像一下，正午時分，喇叭聲響起，有人拿一把鐵鎚敲你的腦袋。你連續三天正午都被敲。第四天的中午十一點五十九分，你提心吊膽。假如接下來喇叭聲沒響，你聽到的是笛聲，你就會想：「哼哼，有意思，我已經習慣的模式竟然出現變化，是笛聲而不是喇叭。沒有完全推翻模式，但有了一點小調整，也許這代表我今天不會被鐵鎚——」

鏗！

這時你應該在想：「好痛……好吧，所以現在的模式應該是：某種樂器的聲音響起，比如最近登場的是長笛，然後再敲我的頭。」

換句話說，模式重複運作，讓我們預期這個重複會一直持續，這使我們的預期範圍更集中，我們與作者之間的關係變得更緊密（我們乘坐的那輛邊車更貼近作家騎的摩托車了）。

由於庫金死在旅途中，當瓦西里在故事第六頁遠行去莫吉廖夫時，我們猜想他大限之日不遠矣。結果他沒死，平安回到家，卻在六年後（故事裡大約是一個段落之後）病歿。我們欣慰地覺得，模式在被打破的同時，又得到了傳承。

在我們期待瓦西里死亡的那段時間裡，斯密爾寧登場了。我們感覺到模式可能從「奧蓮卡的情人們會死」擴張定義成「奧蓮卡的情人們會被取代」，於是猜測斯密爾寧會不會成爲奧

20〈牧園〉（*Pastoralia*，暫譯），收錄於作者的第二本短篇小說集，爲六篇故事中的第一篇，並以此作爲書名。

蓮卡的情人；這和讓庫金領便當沒兩樣，都代表我們會聚焦到奧蓮卡下一個情人，進入模式的下一道輪迴。接著我們看到「最讓她感興趣的，是斯密爾寧提到的家庭生活」這一行，顯然外遇這件事並沒有發生。身爲「無情效率法則」的追隨者，我們會問：「那麼，契訶夫何必把斯密爾寧放進故事裡？」契訶夫立即回答：「由於爲斯密爾寧和他那被疏忽的兒子感到遺憾，這能讓瓦西里和奧蓮卡更體悟到自己家庭有多麼幸福。」這好比是契訶夫察覺我們對斯密爾寧有所關注，於是輕拍著我們的手，說著「免煩惱，我也重視效率」要我們安心，然後給了斯密爾寧一個能合理出現在故事裡的目的。（但當然了，這也是一種僞裝；斯密爾寧終究在不久後就會成爲奧蓮卡的情人。這件事發生的時候，我們也是樂見其成，畢竟我們先前原本就是這樣推測的，只是被否決了；它的發生代表我們錯了，但不是全盤皆錯）

類似狀況還有：在庫金和瓦西里死亡之前，奧蓮卡都有一段肉麻話大爆發，例如故事第四頁（本書第一四七頁）的「你眞是我的小心肝！」，及第七頁（本書第一五〇頁）的「我希望每個人都像瓦西奇卡和我一樣幸福。」當我們開始覺得斯密爾寧也該是時候去死了（我們期望他會死，畢竟前面兩任情人都歸西了），便會期待奧蓮卡同樣來一段綿綿情話。不過，這些熱情沒有點燃，取而代之的是斯密爾寧意味深長又殘酷的話語，「請妳不要插嘴！實在煩死了！」我們可以說，這與奧蓮卡對感情的讚不絕口算是一脈相承，只是情緒相反。不是「讚」、不是由奧蓮卡說出口，而是針對她來的辱罵。

回頭再想想：我們第一次閱讀這個故事時，眞的有「注意到」這些事嗎？我第一次讀的時候，肯定是沒有。但此刻，我們在分析它的時候注意到了這些事，無可否認，這些架構確實存在。我會說我們第一次讀的時候有察覺到，只不過是「在內心深處」或「那個深深沉浸於閱讀的意識中」。故事模式的建構，就像是巴甫洛夫制約[21]的另一種形式。我們對故事有反應，但不知道自己爲何會有反應；正是這些反應讓我們感覺與作者融爲一體，好似我們正和他玩一場非常重要又私密的遊戲。

瓦西里死了，斯密爾寧成了奧蓮卡的新情人。把這段關係和她先前的感情相比，我們莫名感覺到奧蓮卡正在凋零。爲何會有這種感覺？那就要再來看看〈表三〉，特別是「他倆的情緣由來」、「他們的相處狀況」、「他對奧蓮卡的態度」這幾項。這段新感情是不正當的，兩人的互動發生於故事鏡頭之外（在故事第七頁尾和第八頁頭，粗略帶過），他們始終都沒有結爲連理。當奧蓮卡開始學他說話，藉此表達對他的愛時，他斷然拒絕了這種愛意。他也從來沒有叫過她一聲「寶貝」。不得不說，眞是個負心漢。

先前我們對於〈在馬車上〉的討論中，談過契訶夫如何先提出一個概略的陳述，再用各種錯綜矛盾的描述讓它變得具體。套用到這裡來，當我們注意到故事個整體局勢似乎顯示奧蓮卡正在凋零，我們即刻回頭掃視了一下，內心遲疑：慢著，她一直都在逐漸凋零嗎？她在庫金死後就開始走下坡嗎？難道這則故事要表達的是「世界會懲罰性格上有問題的女人，讓她不斷走下坡」？

答案是個不。我其實覺得，從庫金到瓦西里，奧蓮卡的愛情有了進步。庫金是她的初戀，似乎也是眞愛，但再看看奧蓮卡和瓦西里的關係有多健康，既乾柴烈火，又充滿虔敬，還有他們每天都胃口大開，我們會覺得「也許這才是眞愛」，又或者「也許這是另一段眞愛」。

再說了，斯密爾寧雖然對奧蓮卡一時粗暴，但也不能說他有錯：就像我們都看到的，奧

21 又稱古典制約、反應制約。俄羅斯醫學家巴甫洛夫（Ivan Pavlov, 1849-1936）進行實驗，在餵食狗之前先搖鈴鐺，久而久之，狗聽到鈴鐺聲就以爲將要進食，即使沒看見食物也會流口水。

蓮卡在模仿他，這有點嚇到他。因此，也可以說這是一段更健全、更坦率的關係：奧蓮卡總算找到一個不會被她的崇拜蒙蔽心智的男人。他可以教她用更健康的方式去愛人。這是一種延伸解讀，然而當中不無一絲道理；錯綜描述的好處就是，當我們試著延伸思考時，故事不會完全否決我們的想法。

或許你注意到了，對於每個承繼前人而來的新伴侶，奧蓮卡哀悼的時間一次比一次長；她花三個月悼念庫金，哀悼瓦西里超過六個月，對於離去的斯密爾寧則是好幾年。對她而言，似乎越來越難以放下痛失的愛人。爲何會這樣？是她愛得一次比一次深嗎？還是因爲年紀大了，心靈修復的能力逐漸退化？

我們問的這些問題，會導致故事引發一些對於愛情本質的討論。要注意的是，恰恰因爲奧蓮卡每段關係的長度都是故事指定好的、因爲契訶夫「記得」或「不辭辛勞」地改變這些故事參數，我們才會提出這些疑問。

故事第九頁（本書第一五二頁），斯密爾寧離開了，我們預期自己會邁進「奧蓮卡愛上某人並且全盤接受他的想法和興趣」這個模式的第四道輪迴。

由於前面的每一次輪迴，都是從新情人的簡介開始，我們期待這位新情人出場。他來了，以貓的形貌出現，名叫「閃邊去」。奧蓮卡會愛上閃邊去嗎？開始改用貓的立場看待這世界？她會不會想：「老鼠眞是最麻煩的獵物，體型小，溜得又快。還有鳥，超奇怪，幹嘛每天在那裡唱歌還是詠嘆什麼的？」好吧，也許她還眞的會。由於我們期待一個情人出現，契訶夫就提供了一個可能的候選人；何況以先前的案例來看，任何人出場都會朝那個方向發展，所以我們預期奧蓮卡會安於「閃邊去」。故事令我們無法不這麼想，畢竟到目前爲止，我們還沒看到奧蓮卡經考慮後拒絕任何人——契訶夫介紹誰，她就愛上誰。但契訶夫自問：「那好，要是她不安於閃邊去，會怎麼樣呢？」契訶夫知道適時提問的重要性，這種敘述過程中的警覺心，是他最出眾的天賦之一。他知道自己該在哪裡創造轉捩點，才能發揮最大潛力——轉捩點發生之處，就是他必須做、需要他這個作者做出決定的地方。契訶夫在此稍停，自問：奧蓮卡應該依照大家的預期愛上那隻貓，還是拒絕牠，才會讓故事更有意義（更耐人尋味）？契訶夫就好像一位驗光師，不斷問著：「這樣有比較清楚嗎？現在這樣呢？」

通往故事高潮的路，似乎是落在讓奧蓮卡拒絕這隻貓的方向上。因此故事表示：「不，『閃邊去』不夠力。」這也說明了奧蓮卡終究不是個機器人，不是制式化地愛上任何出現在身邊的東西，然後就化身爲對方。不，「她要的是一個能夠佔據她整個人、整個靈魂、能佔滿她所有心思的愛戀，這才能帶給她想法，讓她重拾生活的意義，溫暖她日漸衰敗的血液。」一隻貓沒辦法做到這一點。我們感覺到故事開始收窄它的聚焦範圍，焦點更精確，奧蓮卡要傳遞更有趣、更重要的意義。「女人需要一件能讓她去愛的事物」，現在變成了「女人需要一件值得她去愛的事物」。

我們也該注意到，又一次，這種精妙的情緒層次變化，只靠一個簡單的小技巧就成功發動：故事模式隱約呼喚著要一個新情人出場，契訶夫「記住」了這個模式，也嘗試送來一個候選角色（閃邊去），但奧蓮卡拒絕了這種輕率的處理方式。

和我們一樣，現在，奧蓮卡還在等待下一位值得她付出感情的情人出現。

結果斯密爾寧又出現了。

斯密爾寧歸來，還帶著妻小一起，在故事第十一頁（本書第一五四頁）開頭回歸。他鬢髮已然斑白，也沒穿軍服，只著便服。我們或許期望他和奧蓮卡破鏡重圓，如此，他就會是三號情人兼四號情人。但事情當然不會這麼簡單，契訶夫有更好的主意（能創造下一組模式變因的主意）：讓薩夏——斯密爾寧的幼子——擔綱出演奧蓮卡的下一段愛戀。（若各位還記得，就像〈在馬車上〉的有錢人漢諾夫只是個過客一樣，要逼故事擠出更好的橋段，就要排除最直接的那一個選項。）正如我們所料，只要奧蓮卡愛上薩夏，她就會化身爲他，跟著他說：「島嶼是一塊陸地……」她又陷入愛情了，而且還很開心，可能是有史以來最開心的一次。

爲何不在這裡就結束？就在故事第十一頁（本書第一五四頁），像這樣：

「……這是她沉寂了這麼多年、心靈空虛了這麼多年後，首度堅定自信地表達了一個見解。」

全劇終。

這樣其實也不錯啊：她終其一生都用甜言蜜語和肉體傳達的愛，最終轉化爲母愛——以此成爲模式最後一道輪迴，出人意料之餘，也還算令人滿意。這還可以呼應前面埋下的暗示：也許從她和瓦西里祈禱能有子嗣的那一刻起，母性就是她一直尋覓的人生意義。她那區區少女情懷的愛終於成長茁壯爲更偉大的精神。這樣一來，問題不就解決了嗎：她有合適的依戀對象，還可以將這個人的意見看法都擴散出去，她因此感到幸福，一切都很美好。

但偷翻一下後面的頁數，就會發現故事竟然還剩下三頁。

這給我們一個再次思考故事結局的機會。故事究竟要怎樣才能結束？當它們不走上那條原本可以直達終點的路時，還要完成哪些任務才能完成旅程？

還有，別忘了短篇小說極度強調效率，剩下這三頁還有什麼必須要說的事，才不會被認爲是浪費紙張？

我們應該不斷提醒自己要保有懷疑的精神，因此對於我們那份持續擴編的小說創作通用法則列表（具體描述！尊重效率！），或許也需要追加一項：永遠要爲故事加溫。說到底，故事實際上就是一個持續升溫的系統，眞心不騙你。一段文字在故事中能佔據一席之地，是因爲它幫助我們感覺故事正在（仍在）升溫。

〈寶貝〉已經走到這節骨眼，還有什麼能幫故事加溫？

先讓我們退一步想想，到底什麼是升溫？一則故事如何製造升溫的幻覺？或者，就像有些作家可能會在心中吶喊：「我究竟要怎樣才能讓這蠢局面升級？」有個答案是：相同的節拍別重複打。一旦角色狀況已發生本質上的改變，這個改變推動故事繼續進行下去，那我們就不應該再次上演同樣的變化。而且也不必停下來詳細說明這些改變——以我們目前的處境，不會在剩下三頁時，還花整整兩頁來解釋。

在故事第十一頁（本書第一五四頁），我們打的拍子是：「奧蓮卡找到了新的依戀（對象是個小男孩），接收了他的想法和興趣，終於再次找回快樂。」

接下來，是什麼讓我們脫離這種節奏？也就是說，我們從哪部分開始感覺到局勢有所升溫？

同一頁頁尾，故事描繪了一個典型的早晨：奧蓮卡嘮叨著薩夏的課業，薩夏回嘴「拜託，別來煩我！」薩夏走路去學校，她「悄然無聲地」跟在後面。當他轉身時，八成嚇了一跳（因爲她總是悄悄地跟蹤）；她塞給他一顆「椰棗或糖果」，他則是因爲「背後有個高大粗壯的女人跟著」而感到丟臉。我們可以看出來，薩夏並不愛奧蓮卡——他對她的了解似乎也不多，對他而言，她就只是個「大嬸」。

於是，某些新的元素來到了故事裡：「奧蓮卡之愛」在被糾纏者身上產生的影響。這是我們還沒思考過的事情，因爲契訶夫先前沒讓我們朝這個方向想。雖然這並不完全是個新問題，大家應該還記得斯密爾寧之前（本書第一五二頁）在奧蓮卡發表一些獸醫專業評論後，痛斥她「實在煩死人」的鄙夷態度；而薩夏在不同狀況之下的情緒反應，足以讓我們感覺狀況又升級了。斯密爾寧前面對於奧蓮卡之愛的抗拒，是來自一個「職業榮譽感稍微感到被冒犯」的成年人；薩夏的抵抗則是既直接又急躁，呈現了一個非自願被拉進一段關係的小孩會有的行爲。

奧蓮卡回到家，「心滿意足，內心踏實平靜，愛意滿盈。」對於薩夏的抗拒，她完全沒察覺。稍晚，他們一起做作業，還做到一起「痛哭」，這有點怪，但再度顯示，奧蓮卡又把她所愛之人的情感灌輸到自己身上。接著她夢到薩夏的未來；在她做夢時，「小黑貓趴臥在她身旁輕叫著。」她似乎沒有注意到薩夏在這段關係中的不適感，或者她選擇不去相信。她就是愛他，對她而言，這才是最重要的。

我們或許會再度疑惑：爲什麼不在這裡全劇終——用那隻愉悅輕叫的小黑貓作結束就好？這樣不是很好嗎：奧蓮卡很幸福，閃邊去很幸福，薩夏……呃，沒有幸福感。他只不過是一個被愛的物件。奧蓮卡愛人的方式走了個全新的路線，而且還是條單行道，只有她自己覺得很開心。就連那隻黑貓也被重置到故事模式裡，成爲奧蓮卡的寫照；牠對奧蓮卡，就像奧蓮卡對於她那些依戀對象一樣：只要奧蓮卡覺得幸福，閃邊去也就幸福。

但是，故事還有半頁。

契訶夫沒有在小貓喵喵叫時就此止步，顯然他覺得自己可以在剩下半頁裡發動另一波加溫攻勢。他在追尋故事意義的另一場拓展。我們來看看他接下來會怎麼做。（我現在覺得自己好像那些屏息用氣音說話的高爾夫球賽主播，說著：「是的，弗恩[22]，安東就要來到故事尾聲了，精彩時刻！」

此時敲門聲響起，彷彿庫金過世消息傳來時的情景；我們（和奧蓮卡）都感知到這是一個模式效應將要發威的時刻，因爲預兆是一樣的，像是在說：「奧蓮卡心愛的人即將被帶走。」

結果不是。那只是在俱樂部混到很晚才回家的斯密爾寧。

故事只剩五行。還有什麼能做？契訶夫能找到更多燃料來加溫嗎？

當然可以，他可是契訶夫。

故事是這樣終結的：

「心中大石緩緩落下，她恢復輕鬆自在，躺回床上，想著在隔壁房裡熟睡的薩夏；正在睡夢裡的薩夏不時囈語，大喊：

『我會給你好看！滾！別打架！』」

全劇終。

我們已經在高唱「薩夏抗拒奧蓮卡之愛」的曲調了，這段結尾爲我們帶來什麼新節奏？

首先，薩夏此時站在不同的敘事立場。他正「熟睡」，而且還在作夢，因此他此刻全然眞誠。我們先前始終沒有機會一窺他的內心，現在終於能夠一探究竟，而且這絕對是他的眞實感受。

他夢到了什麼？

嗯，應該和奧蓮卡有關，我們猜。雖然這有點複雜。

「我會給你好看！」意同「我會揍你」。再加上「滾」，意思是「你離開這裡，如果你不離

22 指弗恩·倫奎斯特（Verne Lundquist, 1940-），美國傳奇體育主播。

23 艾弗藍·亞莫林斯基（Avrahm Yarmolinsky, 1890-1975），出生於帝俄時期的波多利亞省（今屬烏克蘭），二十世紀作家與翻譯學家，曾任紐約公共圖書館斯拉夫語組主任。

開，我就會揍你」。「別打架！」（這個版本是由艾弗藍・亞莫林斯基[23]翻譯）這句話讓我們猜想，他夢到的是自己介入一場校園鬥毆。在康絲坦思・佳奈特[24]的譯本中，「別打架！」這句話譯成「閉嘴！」，讓我們更容易想像薩夏是在一場與奧蓮卡有關的夢境裡說出這句話。

無論如何，薩夏夢到的事情都牽涉到暴力；或許是憤怒地打斷一場暴力行爲，或許是以暴制暴。他的「我會給你好看！滾！別打架！」在句法上令人想起奧蓮卡在故事第十一頁（本書第一五四頁）對小貓的斥責：「去！走開！纏著我也沒用！」而這句話背後眞正的意思是：「你無法滿足我的需要！你不配作爲我愛的對象！」

對此，奧蓮卡再度沒反應。她沒有想說：「哇，薩夏在做那麼不快樂、那麼焦慮的夢，因爲我讓他覺得很緊繃——那我最好稍微放手。」稍早薩夏對她表示「別來煩我」的時候，還有她尾隨薩夏去學校、而他很明顯表現得不自在時，她都沒有任何反應。這些都是薩夏以「相對溫和」的方式在傳達「我不快樂」，因此薩夏的夢境在我們看來，就是一種升溫：回到第十三頁（本書第一五六頁），薩夏在公共場合軟性表達帶有惱怒的不愉快時，奧蓮卡視而不見；到了故事最後一頁，在一個誠實和不被介入的私密情境中，薩夏憤懣表現出的不快樂已經帶有痛苦的感覺，而奧蓮卡仍然忽視了它。

有意思的是：契訶夫選擇在這裡結束故事，藉此含蓄地告訴我們，奧蓮卡忽視薩夏不快樂這件事，短時間內不會發生改變（否則契訶夫會直接寫給我們看，因爲這個轉變代表故事將會有另一場升溫）。奧蓮卡會一直無視薩夏的感受。她聽見薩夏的夢話，但沒聽進去——他們之間的生活狀況將會如此持續下去。

這還眞是……頗驚悚。奧蓮卡正在爲自己塑造每個獨裁者都有的心態：在自己的世界裡自得其樂，不在乎其他人的感受。她那需要全神貫注於心愛對象的人格特質，在面對庫金等人時是很有魅力，但現在則演變爲自戀與專制。

「這則故事的最後幾句話，是孩子的心聲，也是一種抗議。」尤多拉·韋爾蒂[25]寫道。「但這些話語是在夢境裡傳遞而出的。實際上，針對這世界的寶貝們所發出的抗議，確實永遠都會是——發自內心但僅能無聲的反叛。」

這個結局也很優美。故事在最後一行增添了更多意義，甚至讓之後的留白也餘韻無窮。正如〈在馬車上〉的討論中我們說過，好結局能讓讀者繼續想像角色的發展，這個結局也創造了一個充滿多種可能性、似是而非的未來。奧蓮卡最後或許終於意識到自己的專制行爲，改變了她愛人的方式，也因此學到眞愛爲何。薩夏可能離家出走，或是趁奧蓮卡睡著時殺了她；他也可能繼續屈服於奧蓮卡之下，畢竟他無處可去，只得年復一年累積著怨氣，終生逃避任何看起來可能會令他窒息的感情。

有些讀者（包含托爾斯泰）試圖把〈寶貝〉描述成一個關於女人的故事，談論女人該或不該變成什麼樣子，針對那種屈從於男性、只從男性身上獲得認同感的女性做出評論。我認爲這種說法太貶低這則故事了。在我看來，〈寶貝〉講的是我們所有人都可能會有的傾向，錯把愛當作是「照單全收」，而不是「充分溝通」。奧蓮卡有沒有可能是個男人？當然有可能。把〈寶貝〉解讀爲特指女人——女人的天性、女人獨有的行爲，這種見解和故事本身就互相矛盾。故事把她視爲一個反常的案例，這就是爲什麼會有這則故事，而且故事是關於她的：因爲她的特質實在太異於常人（城鎭裡的其他女人也沒人像她這樣愛人的）。這不是一則關於

24 康絲坦思·佳內特（Constance Garnett, 1861-1946），生於一八六一年，是首位將契訶夫和杜斯妥也夫斯基作品大量譯爲英文的英國翻譯家。

25 尤多拉·韋爾蒂（Eudora Welty, 1909-2001），二十世紀美國著名作家，以小說《樂觀主義者的女兒》獲普立茲獎。

「一個女性」或任何女性的故事，而是在談任何一個有某種依戀行爲的人。故事要問的是，這種愛人的方式究竟是正能量破表、還是悲哀到無藥可救？它是稀世大愛，還是不健全又惹人嫌的依附心理？

契訶夫會在房間中央擺設一些人間風景，邀請我們繞圈走，從不同角度看待世間百態。奧蓮卡的愛戀模式，從某個角度看，是一道美麗的景色：在這個角度中，自我不存在，只有對心愛之人的深情與無私關懷。但在另一個角度，這是一件可怕的事，她對所有依戀對象一概盲從，剝奪了愛本身的不可替代性。奧蓮卡呀，這個愛情傻瓜，就像一隻吸血鬼，吸乾被她指定爲愛人的人。

我們認爲這種愛是強大的，專一且純粹，可以用堅定不移的寬宏氣量回應一切質疑。但它也讓人變得不堪一擊：當她用任何湊巧接近她的男性形象（貓不算）來塑造自己時，她那原本具有自主能力的眞實自我，將無處憑依。

這讓我們五味雜陳，不知道究竟該如何看待奧蓮卡。或者該說，她讓我們百感交集，不知該如何評斷她。

這故事似乎在問：「她這種特質是好是壞？」

契訶夫則不著邊際地回答：「對呀。」

我們每天醒來那一刻，就展開了一段故事：「我又活過來啦，在我的床上。我是個努力工作的好員工，顧家的好爸爸，上得了廳堂的好老公，凡事總會盡力而爲的好傢伙。唉喲喂，背好痛，大概是在那蠢健身房操太兇。」

就像這樣，在我們的千頭萬緒之中，就創造出了一個世界。

反正呢，無論我們有沒有在想事情，腦袋裡總會生出一個世界的。

我們透過思想來創造世界。這是爲了生存，因此這種活動自然又合理，且符合達爾文進化論。這當中會有什麼害處嗎？嗯，有。因爲我們的思考方式，來自我們的所見所聞；但由於我們視野狹隘，侷限於一個以提高生存機率爲目標的範圍內；對於所有可被看見、被聽見的事物，我們做不到全知全能，頂多接收那些有助於我們繼續聽聞的資訊。我們的思想因此同樣受限，目的也差不多狹隘：讓那個懷有這種思想的宿主茁壯。

所有侷限的思想都有一個不幸的副產品：自我。是誰努力想要生存下去？是「我」。人的腦海如宇宙般廣大無垠，從那片宇宙裡選擇了其中一粒沙（也就是我），從這一粒沙的角度開始敘事。這一粒沙（以我爲名，就叫它「喬治」囉！）因此變得眞實，他驚訝地發現自己降落在宇宙正中央，一切都在他的「喬治宇宙」電影系列裡上演；莫名其妙，每件事都衝著他而來，都與他有關。在這種狀況下，「道德判斷」就此誕生：對喬治有利的，就是善的一方；對喬治不利的，即是惡。某隻出現在喬治宇宙裡的熊，原本看起來人畜無害，直到牠開始流口水，摩拳擦掌朝喬治靠近，善惡好壞就此分明。

因此，我們眼中的事物，和它們實際上的模樣，兩者之間無時無刻都有一道虛妄的鴻溝。我們以自身想法投射出來的世界，就這樣被我們錯當成眞實世界。一個人越堅信他的投射世界觀才是正確的、越積極實踐那些觀念，就越可能發生邪惡、關係失能（或至少會引發厭惡感）。

每當有人說到「芝加哥」，我腦海裡就會浮現一個芝加哥的形貌，但它是個不完整的芝加哥——我只能勾勒出密西根大道，還有往南邊過去，我兒時的老家，彷彿都還停留在一九七〇年。即使我站在威利斯大廈[26]頂樓俯瞰整座城市，用這些鳥瞰畫面作爲輔助，我仍然無法

---

26 位於芝加哥的摩天大樓，高四百四十二點三公尺。

想像出芝加哥的全景。它太大了，就算我得到超能力，可以瞬間掌握整個芝加哥（包含每條通道的氣味、每個閣樓裡的每個小盒子裡藏了什麼、每個居民的情緒，但在秒針移動的那一刻，時間前進，那個芝加哥便不復存在）。

這不是什麼問題，甚至可以說是件好事。但有人要我評論一下芝加哥哪些地方有待改進時，這就變得有點棘手。當某人問：「欸，我們該拿芝加哥怎麼辦才好？」——老天保佑喔。我會提出個解決方案，但那大概會是個蠢主意，因爲我才剛懷舊地想著老芝加哥有多美好，是不是很可悲。

我們也是這樣想像別人，然後還要批判一番。

假設現實生活中有個奧蓮卡，我也認識她；有一天，某人問我：「我們該拿奧蓮卡怎麼辦？」我會有答案。我有能力提供一些評語。老實說，我確實是會不禁對她品頭論足（或許沒有說出來，但心裡早就有底）。

實際上，我們一直很積極在評判她。當她用自己那套方式愛庫金時，我們審查了她，認爲她這樣還挺可愛的；後來，她開始用同樣的方法愛瓦西里和斯密爾寧，我們覺得她這樣很怪，有點機械式地在愛人。當她獨守空閨、鬱悶消沉時，我們覺得她也眞可憐，開始思考她愛人的模式其實不是一種選擇，而是她本性中的一個特徵。當她開始將她的愛強加在小薩夏身上，我們同時看見一個對比：這種行爲對她而言很自然，能讓她感到心滿意足，但對薩夏而言，他感受到的卻是滿滿的壓迫。

在故事開頭，我們喜歡奧蓮卡，因爲以那時的理解，她看起來還不錯；隨著故事進行，我們感覺到自己與她漸行漸遠。最後我們再次愛上她，但是以一種更有深度的方式：即使在契訶夫指引下，心中有個聲音提醒我們得全面思考她的行爲，我們還是會愛這個角色。縱使一覽無遺，我們仍愛她，或許先前我們並不知道自己可以喜愛一個有如此嚴重瑕疵的人，一個可能被認爲是在傷害他人（而且是個孩子）的人。但現在我們知道自己確實可以，至少一段時間內我們愛過。

也許「愛」這個詞不大正確。我們不見得贊同她的行爲，但我們懂她。或許能說，我們看盡了她的悲歡離合，她就像〈在馬車上〉的瑪麗亞，被人爲創造成我們的朋友。我們知道她的優點（她全心全意去愛）和她的缺點（她愛得太全心全意）是一體兩面，而這都不能說是她的選擇——她就是這樣的人，一直都是。

到故事結尾，我們覺得她那總是讓自己轉變成心愛之人的傾向，是與生俱來的特質，這成爲她性格中的招牌特色，自然而然對那一整排心愛之人展現。她的愛如烈陽，照映在四幅不同的風景上；這顆太陽非善非惡，就只是太陽。她這情感特徵，就好像有人的特色是身高鶴立雞群一樣。個子很高是好事、還是壞事？嗯，如果你需要拿一個放在超高貨架上的商品，那長得高就是好事；如果你必須衝過一扇超級低矮的門逃命，長太高就很慘了。我們並沒有選擇自己要長多高，也不會因爲身高而懊悔，更不會下定決心要變矮一點，然而世界上仍有很多窄小的爬行空間[27]，還有很多人喜歡問「上面的空氣有比較新鮮嗎」；反之，籃球框也是到處都有，真要比的話，比都比不完。

我從上帝視角看待奧蓮卡。我太了解她了，沒有什麼事瞞得過我的法眼。現實生活中，我很少能這麼徹底了解一個人。我深知她在那麼多的人生階段裡是什麼樣子：從一個快樂的新婚少女，到一個孤獨的老小姐；從一個備受喜愛的紅粉寶貝，到一個會被當空氣、被忽視的家具，幾乎成爲地方上的笑柄；從一個悉心照料家庭的好太太，到一個對孩子情緒壓迫的

27 房屋內爲鋪設管線或墊高防潮的窄小空間，通常是指房屋一樓和地面之間的夾層。歐美的獨棟房屋多有這種設計，台灣較少見。

僞媽媽。

這樣觀看的結果是：我越了解她，就越不願太過嚴厲、或太早下判斷。我本性裡一些悲天憫人的開關已被打開。無限的全知，就是上帝擁有、而我們不具備的能力。或許這就是爲什麼，祂能夠如眾人所想地，如此關愛我們。

事後想想#3

在上一篇〈事後想想〉的結尾中，我們得出結論：一則故事是兩個對等的心靈展開一場坦率、親密的對話。

這中間有什麼事可能會出錯？

唉唷，超多的。（現在根本可以先暫停一下，回想過去我們經歷過的各種不愉快對話。）

糟糕對話的症頭之一：對話的參與者處於一種自動駕駛的狀況中。

比如你正在約會。出於焦慮，你隨身帶著一組提示卡，事先寫好：「晚上七點，問她兒時回憶」、「晚上七點十五分，讚美她的穿著」這類提醒。現在，這組卡片可以派上用場了。但我們到底爲什麼要這樣做？對了，因爲焦慮嘛。我們眞的很希望約會順利。但每回我們一低頭偷看提示卡，我們的約會對象就覺得兩人之間的交流又斷掉了。她是對的：我們陷入自駕程序，忘記她根本還站在車外等我們。

在需要即刻反應的狀況中，焦慮令我們亟欲找到一種辦法，來應付實際發生的事情（應付眞正在對話當中流動的能量）。

這些提示卡相當於事前計劃好的對話。有計畫是好事。有了計畫，事發時就可以不用思考了，只要執行它就好。但對話不能這樣，用在藝術創作上也行不通。備好計畫，然後實現它，這無法創造出優秀的藝術作品。藝術家知道這一點。根據唐納德．巴塞爾姆[28]的說法：「作家是一種都已經要著手進行任務了，都還不知道要做什麼的人。」傑瑞德．史特恩[29]則是這樣嗆聲：「如果你一開始打算寫一首關於兩隻狗在發情的詩，然後你完全遵照這個想法寫——那你就只能寫出一首關於兩隻狗在發情的詩了。」我們還可以加上那句被我斷章取義的愛因斯坦名言，無論他的原話是什麼，總之我已經把它超譯成：「要找出重大問題的解決方法，不能從問題的原始概念層面上去找。」

以創作故事而言，如果我們開始做某件事，然後只是去做，任何人都會覺得很挫敗。那不是藝術創作，只是在訓話，或者把資料轉儲到另一個記憶體而已。當我們開始閱讀一則故事時，我們也在心中種下期望，期待看到它走出最初的新手村踏上冒險之旅後，能夠走得多遠、帶給我們多少驚奇，並超越它自己當初對自己的評價。（比如朋友告訴你：「看一下這支關於河流的影片。」當河水開始氾濫到岸上時，你就會知道朋友為什麼要你看這支片。）

所以，為什麼要在約會的時候用提示卡？簡單來說，你只是沒自信。我們準備這些卡，卡不離身，在明明就該深深望著約會對象的眼睛時，不斷手忙腳亂地低頭求助於這些卡片，只因為我們不相信自己可以在不遵照計畫的情況下，好好展現魅力。

我們這整趟藝術之旅，可以看成是一個說服自我的過程。說服我們自己相信，我們確實有足夠能力找到可以吸引讀者的事，然後也有能力把它雕琢得更好。

小時候，我有一組風火輪小汽車：長長的塑膠軌道、金屬製的小玩具車，幾個要裝電池的塑膠「加油站」。加油站有一對橡膠輪，由電池供電驅動旋轉。小車子從加油站一端進去後，會從另一頭彈射出來；如果加油站的位置安排妥當，早上你出門上學時把一輛小汽車推進加油站，放學回來會看到它仍在軌道上奔馳。

讀者就是那輛小汽車，作家的任務則是在軌道上設置加油站，讓讀者有動力繼續讀下去，直到故事結束。那些加油站是什麼？基本上呢，就是作家展現魅力的方式，任何能讓讀者想要繼續讀下去的東西。可能是掏心掏肺掏個不停的真心話，或妙語如珠，或砲火猛烈的犀利言詞，或令人合不攏嘴的幽默玩笑連發；一段讓我們身歷其境的精闢描述，一場憑藉內在節奏[30]就讓我們入戲的對話——每句話都是一座潛在的小加油站。

作家的整個藝術生涯，都在試圖弄清楚自己有什麼與眾不同的能力來打造這些加油站。她有什麼法寶能推動讀者繼續在軌道上前進？現實生活中，想要讓對話有快速進展時，會做些什麼？她如何取悅一個人，向對方保證這份感情金石不渝，讓對方知道她隨時都在傾聽？她如何誘惑、說服、安慰、轉移對方的注意力？她發現世上有哪些事可以讓她擄獲人心，而這些事在寫作時可以用什麼形式出現？要是可以回答「喔，現實生活中我會這樣做和那樣做」，然後在創作時眞的也單純依樣畫葫蘆就好了——但事情比這複雜不知道多少倍。要找到專屬於自己的獨特魅力，唯有經過數千個小時埋頭苦工，才有可能找對方向，而且那些苦工可能跟作家本人「眞實的」魅力只有間接相關，甚至一點關係都沒有。在那條追尋之路的盡頭，她找到的不會是一個信條，而是一組她已經習慣追隨的內心衝動。

在作家會捫心自問的所有問題當中，這個問題是最重要的：是什麼讓讀者繼續讀下去？更精確地問：是什麼讓我的讀者繼續讀下去？（究竟是什麼推動讀者一行一行讀過我的這段落落長的文章？）

我們要怎麼知道答案？其實就像之前說過的，唯一的方法就是假設讀者的閱讀方式和我們一樣，然後重讀自己寫下的東西。如果我們自己讀了都覺得無聊，讀者肯定也覺得沒意

28 唐納德．巴塞爾姆（Donald Barthelme, 1931-1989），美國後現代主義小說家，曾獲美國國家圖書獎，代表作為《白雪公主》。

29 傑瑞德．史特恩（Gerald Stern, 1925-2022），美國當代詩人，著有二十多本詩集和散文集，多次獲美國國家藝術基金會獎。

30 影視傳播學中的專有名詞，指故事內部情節的相互牽連或影響，以及角色的心思起伏。

思；能讓我們自己也會心一笑的亮點，應該也能勾起讀者的嘴角。

這表面上看來是個奇怪的假設。參加過讀書會或寫作工作坊的人一定知道，每個人閱讀的方式不盡相同。

但看電影時，觀眾倒是經常會在同一個時間倒抽一口氣。

用這個概念仔細想想，我們在修改文章時做的事（至少是我會做的事），並非嘗試想像自己百分之百是另一個讀者，而是臨摹自己的閱讀狀態，假設自己是第一次讀到這些情節。

聽起來有點奇怪，但這種技能的眞諦就是如此：即使桌上這段文章你早就讀過一百萬遍，你也要像是被另一個從沒看過這段文字的自己附身一樣，稀鬆平常地閱讀它，彷彿這是一段全新的故事。用這種附身狀態審閱一段文字，監控自己的反應，以此作爲修改的依據；當故事攤在讀者面前時，那就是證明我們有用心要與他們交流的呈堂證供。（也可以說，首次閱讀一段文字的讀者有能力憑直覺感受到，作者端上的這條文句背後，其實可以有多少種更不用心的寫法。）

讓我覺得神秘的是，爲什麼這種沉浸於個人特有品味的書寫方式，能讓作品更積極地與讀者對話，讓讀者更感覺自己受到尊重？

這就要從對話型態開始說起：有些對話讓人覺得含糊迂迴、思慮不周，或牽扯利益、自私自利；有些對話氣氛緊繃、急迫，或給人寬厚、眞誠的感覺。有什麼不同？我會說，是對話的呈現方式。我們有沒有進入這些對話？坐在我們桌子對面的人有嗎？寫小說時，我們是在與讀者進行對話，但有個大優勢：我們可以在每次審閱時不斷改進語句，藉此一次比一次更聚精會神「進入」對話裡。當我們讀過去，頭上那探測器的指針被推到負極區，這其實是在說，我們在寫作當下時，並沒有在與讀者的對話裡；例如我寫下「橘紅夕陽呈現美麗的橘紅色」這明顯有瑕疵的句子，暗示了我寫的時候沒有考慮到讀者，但是審閱的時候我就會進入對話，或至少有機會進入。

所以我們可以把編修看成是一種練習相處的方法，看看有哪些方式可以促進我們和讀者之間的關係。什麼事能讓這段感情變得更強烈、更直率、更誠實？哪些事會讓它碰釘子？令人振奮的是，我們不是只能概括性地提出這些問題；我們可以就近詢問，只需要用頭上那個探測器，檢查故事裡的詞句和篇章，並假設讀者和我們之間反應相連。

一條能引誘讀者不禁繼續讀下去的句子（可能是栩栩如生、情眞意摯、至理名言），和一條會掃光讀者興致、讓人決定下車的句子，差別在於——好吧，我也不知道該怎麼說，很難用話語解釋。而且我也不需要解釋。要成爲作家，我們只需要隨時讀讀自己寫下的句子，看看它的上下文，拿著一支鉛筆，想到要修改的時候就隨時修改。

然後重複這些動作，一遍又一遍，直到自己滿意爲止。

主與僕

列夫・托爾斯泰

1895

主與僕

I

事情發生在七〇年代的某個冬日，聖尼古拉節[1]隔天。教區裡有慶典，旅店老闆瓦西里・安德烈耶維奇・布列胡諾夫可不能缺席。他是第二公會的商人，身兼教堂長老，得去教堂露個臉，還得在家裡招待親朋好友。

但當最後一位客人離開後，他立刻準備驅車去見附近一個地主，要買那塊他討價還價了很久的小林地。他急著馬上出門，免得城裡其他商人阻撓他進行這筆划算買賣。

有個年輕的地主出價一萬盧布要買那塊林地，因爲瓦西里・安德列耶維奇提出的價格是七千盧布。然而，七千盧布還只是那塊地實際價值的三分之一。瓦西里・安德列耶維奇本來還想砍更多價錢，誰教那塊地就在他的地盤上，而他很久以前就已和其他鄉村商人達成協議，誰也不能在其他人的地盤上哄抬地價。但他得知，有些城裡來的木材業者打算競標這塊位於戈里亞奇金的林地；他決定立即去擺平這件事，好讓一切塵埃落定。於是，宴會一結束，他便從他的財寶箱裡拿出七百盧布，加上手邊由他保管的教堂資金兩千三百盧布，湊了個三千好整；他仔細地數了數鈔票，放進皮夾後，便急忙準備上路了。

尼基塔跑去給馬兒套上挽具，他是當天瓦西里・安德烈耶維奇手下的工人裡唯一沒喝醉的。尼基塔平日裡是個酒鬼，但那天卻沒喝醉；自從齋戒前一天爲了喝酒而把外套和皮靴都賣了之後，他就發誓要戒酒，也遵守了兩個月。即使到節慶前兩天，到處都有人在豪飲伏特加，面對如此誘惑，他也沒有破戒。

尼基塔是個五十多歲的農民，來自隔壁村，性格正如其他村人說的那樣，「不是塊作主的料」，生活中大部分的時間都不是待在家裡，而是在外做工。他工作勤奮、反應機靈，力氣也大，無論到哪兒都備受肯定，善良和好脾氣更是沒話說。但他從來都沒能在任何一個地方安頓太久，因爲貪杯，一年大概會大醉兩次，或者更多；除了把所有衣物都拿去換錢買酒，喝醉時也變得暴躁，老是鬧事。瓦西里・安德烈耶維奇也曾多次把他趕走，後來又把他找回來——畢竟還是挺珍惜他的憨直以及對動物的愛心，還有，最重要的，便宜。瓦西里・安德烈耶維奇每年付給尼基塔的薪水，不是一般人所得的八十盧布，而是大約四十盧布，隨手打賞般一點一點地給，而且大部分甚至也不是現金，而是用他自己店裡的商品高價折算給尼基塔。

尼基塔的妻子瑪莎曾經是個貌美又活力十足的女人，在獨子和兩個女兒的幫忙下操持家務，沒叫尼基塔回家住。最主要是她已經和一個其他村子來的桶匠同居二十年了；第二個原因呢，雖然在尼基塔沒喝酒時，她可以任意使喚他，但當他喝醉時，她就像怕被火燒傷一樣恐懼他的存在。有一回尼基塔在家喝茫了，大概是爲了替清醒時總是屈從於太太的自己出一口氣，他打開衣櫃，拿出她最好的衣服，抄起一把斧頭，把她所有的內衣和裙子都劈得稀巴爛。尼基塔掙的錢全被妻子拿走，但他也不反對這安排；所以佳節前兩天，瑪莎去找了瓦西里・安德烈耶奇兩次，從他那裡拿了些白麵粉、茶葉、糖和一公升半的伏特加，這些東西折合三盧布，再加上五盧布現金，她爲此感謝瓦西里特別開恩，雖然他根本還欠尼基塔至少二十盧布的工資。

---

1 爲十二月六日。不過，東正教舊曆比公曆慢十三天，因此實際上是公曆的十二月十九日。本文中提到的日期皆是舊曆日期。

「我們訂過什麼協議來著？」瓦西里・安德烈耶維奇對尼基塔說。「你要是有什麼需要，只管拿吧，我知道你會償清的。我可不像其他人，讓你苦等發薪，還要算帳扣錢。我們做事坦蕩蕩，你爲我服務，我不會虧待你。」

說這些話時，瓦西里・安德烈耶維奇誠摯地相信，自己就是尼基塔的大恩人。他太懂得要怎麼把話說得頭頭是道，因此所有仰賴他賺錢的人，從尼基塔開始，都向他保證他這番話說得沒錯：他是眾人的恩公，不會欺騙大家。

「是，我明白，瓦西里・安德烈耶維奇。我會服侍您，就像侍候自己的父親一樣盡心盡力。我都明白！」尼基塔這樣回答。他其實很清楚瓦西里・安德烈耶維奇在騙他，但覺得即使把話攤開來說或解釋自己的立場也於事無補；畢竟他沒別的出路，也只能將就一點，人家給什麼就拿什麼。

現在，聽到主人要他套馬具的吩咐，尼基塔用他那像鵝一樣微微內八的腳掌踢著輕快的腳步，如同往常爽朗又心甘情願地走進馬棚，取下那付掛在釘勾上帶流蘇的沉重皮製轡頭，釘鈴鐺鋃走向封閉的馬廄，主人要他駕的那匹馬獨自站在裡面。

「小傻瓜，在說什麼呢？你說你好孤單，好寂寞？」尼基塔回應著一匹用低聲輕嗚迎接他的馬兒；這匹棗色的種馬體型中等，脾氣溫和，臀部有點下傾，獨自站在小隔間裡。「這樣呀，這樣呀，時間還夠，讓我先餵你喝喝水。」他繼續說著，好像馬兒聽得懂他說的人話似的。這匹年輕種馬餵養得很好，不過弧形的背上附著了灰塵；尼基塔用外套衣擺撣撣馬背上的灰塵，在牠俊美的頭上套好馬轡，把牠的耳朵和前鬃順直，將糾結的韁繩甩鬆，再牽著牠走到水邊。

馬兒穆霍緹[2]從散滿馬糞的馬棚裡選了條乾淨的路走出來，歡快地蹦跳，假裝要用後腿踢尼基塔，而尼基塔在旁邊用小跑步和牠一起跑到水泵邊。

「別亂來，別亂來，你這小壞蛋！」尼基塔大喊。他很清楚穆霍緹是多麼小心地抬腿，其實只是想碰碰他件那油膩膩的羊皮外套，而不是要踢他——尼基塔很喜歡牠這個把戲。

暢飲冷水一番後，馬兒嘆了口氣，咂咂濕潤的厚唇，透明的水滴從嘴邊鬃毛滴進水槽裡；然後牠若有所思地站著不動，忽然又長嘶了一聲。

「如果不想再喝，就不必再喝了。但之後可不能再要水喝了。」尼基塔非常認眞地說，十足詳細地向牠解釋這番指令，然後拉著這匹想要在院子裡四處搗蛋的年輕種馬跑向馬棚。院子裡沒有其他人，只有一個陌生人，是廚娘的丈夫，來這裡過節。

「大好人啊，幫忙去問問該套上哪種雪橇——大的還是小的？」

廚娘的丈夫進了一間鐵皮屋，很快就回來，說要套上小雪橇。這時，尼基塔已經幫穆霍緹套好頸環和嵌著黃銅飾釘的肚帶；聽到答案，他一手拿著一把塗漆的輕便弓形軛[3]，一手牽著馬匹走到馬棚裡的兩輛雪橇前。

「小的就小的吧！」他一面說，一面在廚娘的丈夫的幫忙下，把那匹不斷作勢要咬他的頑皮馬兒套進軛裡。當一切準備就緒，只差調整韁繩時，尼基塔請廚娘的丈夫到馬棚裡拿些乾草，並去穀倉裡拿件粗毛氈毯。

「好好好，沒事！這樣呀，這樣呀，不要生氣！」尼基塔安撫著馬兒，把廚娘的丈夫拿來那些剛打過穀的燕麥桿堆進雪橇裡。「現在，讓我們像這樣子鋪好，蓋上毯子，看吧，這樣坐起來可舒服了。」他叨叨說著，照著自己的話做，把座位上的乾草紮紮實實地全都塞進毯子下。

2 俄文Мухортый，意指在口鼻、四足或腹股溝有淡黃毛的棗色馬匹。

3 功能和一般的軛相同，與車衡連結，用來拉車，但弧度比一般的軛更高聳，在馬脖子上形成一個拱型。在俄羅斯和芬蘭較常見。

「多謝啦，大好人。」尼基塔對廚娘的丈夫說，又補充說：「兩個人一起做事總是比較快！」接著他抓起一束用黃銅環綑住的皮韁繩，坐上屬於駕駛者的木板凳，哄著不耐煩的馬兒走過佈滿結凍糞肥的院子，邁向大門。

「尼基塔叔叔！我說叔叔啊，叔叔！」尖銳的叫聲從背後響起，一個七歲男孩急忙奔出屋子，跑進院子裡；他穿著黑色羊皮大衣和嶄新的白色雪靴，戴了頂溫暖的毛帽。「帶我一起去！」他邊跑邊哭，一面把大衣釦子扣好。

「好吧，快來呀，小寶貝！」尼基塔說著，停下雪橇。主人的小兒子跑來，尼基塔將這個臉色蒼白、正喜極而泣的瘦弱男孩抱到雪橇上，駕馬走向大路。

已是下午兩點多，刮著大風，又陰又冷，大概只有攝氏零下十度左右，低沉的烏雲遮住幾乎半邊天空。院子裡還算平靜，但一到路上，寒風颯颯的感覺更加強烈，附近棚子上的雪都被掃下來，在靠近浴房的角落裡打轉。

尼基塔驅車出了院子，才剛將馬掉過頭來面對房子，瓦西里・安德烈耶維奇就從屋裡出來，出現在架高的前廊上，嘴裡叼著一根菸，身穿一件羊皮毛大衣，腰間還緊緊繫了條腰帶，但受限於肚腩，只能繫得低一些。他走下前廊，踩上厚厚的雪地，積雪在他的氈靴皮底下吱咕作響。然後他停住腳步，深吸最後一口菸，扔掉菸蒂，用腳踩了踩；隨著氣息吞吐，煙氣從他那兩大撇八字鬍裡飄出來。他斜睨著迎面而來的馬，開始動手將羊皮領子拉到紅撲撲的臉頰旁；領子刮過他的臉，嚴嚴實實擋住鬍子以下的部分，鬍鬚全留在領子外，這樣他呼出的溫熱氣息就不會弄濕衣領。

「瞧你這小搗蛋，已經到啦！」當他看到他的小兒子已在雪橇上時，便如此吆喝著。瓦西里・安德烈耶維奇因爲先前和客人們一起喝了伏特加，現在仍處於興奮狀態，對自己的一切所有物和所作作爲都洋洋得意。看見一直視爲繼承人的兒子，他龍心大悅，盯著兒子，然後瞇起雙眼，笑得合不攏嘴。

他的妻子站在前廳爲他送行。她雖有孕在身，但仍顯得瘦弱，臉色蒼白，用一條披巾裹著頭和肩膀，臉也遮得嚴密，只露出眼睛。

「說眞的，你該帶尼基塔一起上路。」她怯怯地說著，並踏出門外。

瓦西里．安德烈耶維奇沒答話。她的話顯然惹惱了他；他忿忿皺起眉頭，吐了一口口水。

「你錢帶了吧。」她用同樣哀愁的嗓音繼續說。「要是天氣變得更差怎麼辦！帶他一起去吧，看在老天的份上！」

「何必？難道我不知道路，需要有人給我帶路嗎？」瓦西里．安德烈耶維奇喝斥，一字一句說得格外清晰，刻意緊抿起嘴唇，就像他平時和人談生意那樣。

「你眞的該把他帶在身邊，以上帝之名，我求你了！」他的妻子又說了一遍，將裹著頭的披巾拉得更緊。

「看看這女人，眞是不死心！……我帶著他能上哪去？」

「快別這麼說，瓦西里．安德烈耶維奇，我已經準備好與您同行了。」尼基塔雀躍地說，然後轉向主人的太太，補充說道：「但我不在的時候，必須有人餵馬。」

「包在我身上，親愛的尼基塔，我會交代給西蒙去處理。」女主人回答。

「太好了，那麼，瓦西里．安德烈耶維奇，要我和您一起去嗎？」尼基塔問，並等待主人決定。

「看來我得照老婆說的做。但如果你要跟，最好去加件保暖點的斗篷。」瓦西里．安德烈耶維奇說道，嘴角再度浮現笑意，對尼基塔那件羊皮短外套眨了一下眼睛。那件外套在它辛苦的一生裡飽受苦難，腋下和背部都裂開了，而且油膩膩又皺巴巴，衣襬周圍磨到破破爛爛的，毛線亂顫，像是一圈流蘇。

尼基塔於是對還在院子裡的廚娘的丈夫喊道：「喂，大好人！過來幫忙牽著馬！」

「不用，我會，我牽！」小男孩叫喊起來，將凍得發紅的手抽出口袋，抓住冰冷的皮韁繩。

「梳妝打扮可別太久，動作快！」瓦西里．安德烈耶維奇大喊，對尼基塔咧嘴訕笑。

「一下就好，我的恩公，瓦西里．安德烈耶維奇！」尼基塔回答，用他的內八腳掌緊緊掐住氈靴靴底的毛，就這樣快快跑過院子，奔進僕人住的小屋。

「阿麗努許卡！把我放在壁爐邊的大衣拿下來！我要跟主人一起出去。」他邊說邊衝進屋子裡，取下掛在掛鉤上的腰帶。

飯後睡了個午覺的廚娘，原本正在爲丈夫準備茶炊，聽到這句話便高興地轉向尼基塔，並且被他的匆促所感染，開始和他一樣匆忙了起來，把那件正掛在爐子旁烘乾的破爛大衣拿下來，快速抖了抖，再把它拍平。

「這樣一來，妳就有機會和妳的好先生一起歡度佳節啦。」尼基塔說。出於友善和禮貌，與人獨處時他總習慣向對方說些話。

接著，他把破舊的窄腰帶往身上纏，深吸一口氣，收緊原本就沒什麼肉的小腹，盡可能把腰帶緊緊纏在羊皮外套上。

「這樣就成了，」他這話不是對廚娘說的，而是對自己的腰帶說的，邊說邊將腰帶兩端往內塞，「這樣你就不會鬆開啦！」他上下聳動肩膀，以便騰出手臂能活動的空間，然後將大衣穿在羊皮外套外，更加用力地弓起後背，免得臂膀被衣服綳住。確認兩隻手戳得到自己的腋下後，他從架子上拿起自己的皮手套。「好啦，現在都準備妥當了。」

「你該把腳裹起來，尼基塔。你的靴子看起來很薄。」

尼基塔停住腳步，彷彿忽然才意識到這一點。

「是，我是應該這樣做……但現在這樣也可以，差不多就好啦！」說著，他便跑回院子裡。

「你不冷嗎，尼基塔？」女主人邊問邊走雪橇旁。

「冷？不會呀，我覺得挺暖和的。」尼基塔一面回答，一面將一些乾草堆到雪橇前面的位置，這樣就能蓋住他的腳。好馬兒不需要鞭子，於是他把馬鞭也放到了稻草下。

穿著兩件毛皮大衣的瓦西里・安德烈耶維奇已經坐在雪橇上，他的虎背熊腰幾乎塡滿了整個圓形座位；他手握韁繩，等不及尼基塔就位，就促馬前行。尼基塔才剛跳上雪橇，雪橇就滑動了起來；他坐在雪橇前半部的左側，一隻腳掛在外面晃盪。

II

優良種馬穆霍緹拉著雪橇輕快地跑動，雪橇滑過村裡因結霜而光滑的道路，擦出吱吱嘰嘰的聲響。

「你想去哪？把鞭子給我，尼基塔！」瓦西里・安德烈耶維奇高喊。他顯然還滿享受看到自己的「繼承人」站在雪橇後側滑板上、緊抓著椅背的模樣。「小心我教訓你！回媽媽那邊去，小兔崽子！」

男孩跳下雪橇。馬兒加快步伐，嘶叫一聲後忽然變換腳步，開始奔馳了起來。

瓦西里・安德烈耶維奇居住的十字村，由六幢房屋組成。剛經過最後一幢鐵匠住的小屋，他們就發現風勢比想像中要大得多。幾乎無法看清楚前方道路，雪橇滑過的軌跡立刻被雪覆蓋，唯一能區分出道路的原因，是它比周圍地面更高一些。曠野上亂雪飛旋，看不見地平線；平時清晰可見的捷里亞丁森林，在此時的漫天大雪中只隱約現影。風從左邊吹來，翻掃穆霍緹毛色光潔的馬頭，把牠的鬃毛不斷吹到另一邊，簡單繫了一個結的蓬鬆尾鬃也被吹得歪斜。尼基塔就坐在迎風側，寬大的外套領子被風吹得整片貼到他一邊臉頰和鼻子上。

「路況沒給牠好好表現的機會——雪太大了。」瓦西里．安德烈耶維奇曾以自己這匹好馬為榮，但此刻也只能這樣說。「我曾經駕著牠去帕舒季諾，只花半個小時就到了。」

「您說什麼？」尼基塔問。由於臉被領子擋住，他聽不清楚。

「我說，我曾駕著牠，去帕舒季諾，只花半個小時！」瓦西里．安德烈耶維奇大喊。

「不用說，牠眞是一匹好馬！」尼基塔回答。

他們沉默了一會兒，但瓦西里．安德烈耶維奇仍想聊聊。

「話說，你有沒有告訴過你老婆，別給那桶匠喝半滴伏特加？」他以同樣響亮的聲音說著，認定尼基塔一定很高興和他這個聰明人說話，也會和他一樣激賞這個玩笑話，全然沒想過這句話可能會讓尼基塔感到不快。

狂風再度阻撓尼基塔聽見主人的話。

瓦西里．安德烈耶維奇也用他響亮而清晰的聲音，重複了關於桶匠的笑話。

「那是他們的事，瓦西里．安德烈耶維奇。只要她不虧待我們的兒子，我也不會窺探他們的事。上帝保佑他們。」

「說的是。」瓦西里．安德烈耶維奇說。他轉移話題，繼續聊：「那麼，春天時你要買一匹馬嗎？」

「是啊，我不得不呀。」尼基塔回答。他拉低衣領，身體微微向後倒，以便靠近主人一點。

現在這聊天感覺變得比較有趣了，尼基塔可不想漏聽。

「小孩長大了，他得開始學會為自己耕田，但目前為止我們還是得請人來做。」他說。

「那好，何不挑那匹腹部精瘦的？我不會賣太貴。」瓦西里・安德烈耶維奇高喊，他興奮不已，開始做他最喜歡的工作——謀取暴利——他會爲此全神貫注。

「或者你可以給我十五盧布，我去馬市場買一匹。」尼基塔說。他知道瓦西里・安德烈耶維奇想賣給他的那匹馬價值七盧布，但賣給他的價錢將會是二十五盧布，這樣他接下來半年都不能再領半毛錢。

「那是匹好馬。我重視你的利益，就像重視我自己的——全憑良心。布列胡諾夫家的人從不欺世惑俗。吃虧我來吃，我不像其他人。天地良心啊！」他用平常哄騙顧客和供貨商的音調高聲說著：「那可眞是一匹好馬。」

「那當然！」尼基塔嘆了口氣，確信沒有什麼值得聽的了，便鬆開一直緊拉住的衣領。領子立刻就蓋住他的耳朵和臉。

他們無語地前進了大約半小時，刺骨寒風猛烈鑽進尼基塔後背和手臂上的外套裂口。

他縮著脖子，對著遮住口鼻的外套領子呼吸，並不覺得冷。

「你覺得，我們該穿過卡拉密舍沃，還是沿這條路直走？」瓦西里・安德烈耶維奇問。

穿越卡拉密舍沃的路，人車往來更頻繁，而且道路兩旁都架設了高高的木樁。直行的路比較近，但少有人用，也沒有木樁，就算有，也是幾根大概已經被雪掩埋的爛木頭。

尼基塔想了一下。

「雖然卡拉密舍沃比較遠，但比較好走。」他說。

「但直走的話，只要我們穿過樹林旁的窪地，就會很好走了——會有東西能遮風。」瓦西里・安德烈耶維奇說。他想走最快的路。

「悉聽尊便。」尼基塔回答，再度鬆開他的外套領口。

瓦西里・安德烈耶維奇照著自己的意思做了。過了大約五百公尺，來到一支還長著幾片枯葉的高大橡木樁前，他驅馬向左彎。

轉彎後，風就朝他們正面襲來，那時又開始下雪。駕車的瓦西里・安德烈耶維奇鼓起臉頰，從他的八字鬍下吐出一口氣，而尼基塔打起了瞌睡。

他們默默地前進了大約十分鐘，突然間，瓦西里・安德烈耶維奇說了些話。

「啥，什麼？」尼基塔睜開眼睛。

瓦西里・安德烈耶維奇沒有回話，而是屈身看了看他們後方，又察看馬的前方。汗水爬過穆霍緹的腿和頸子，牠放慢了腳步。

「你說什麼？」尼基塔再次問道。

「什麼？什麼？」瓦西里・安德烈耶維奇怒氣沖沖地模仿他。「沒有路標可以看了！我們一定是偏離道路了！」

「好嘛，那就先停下來，我去找找。」尼基塔說著，輕盈跳下雪橇，從乾草堆下拿出馬鞭，從他那一側往左手邊走去。

那年的雪並不深，所以還能四處走，但有些地方的積雪積到膝蓋那麼深，尼基塔一踩下去，雪就鑽進他的靴子裡。他用腳底板和鞭子摸索著地面，不過到處都找不到路。

「如何？」當尼基塔回到雪橇這兒時，瓦西里・安德烈耶維奇問他。

「這邊沒路。我得往另外一邊找找。」尼基塔說。

「那邊前面有些東西。你去那邊瞧瞧。」

尼基塔走到一處烏漆墨黑的地面，卻發現那只是泥土，被風從冬季時期老是光禿禿的燕麥田上吹來，撒在了雪地上，爲白雪著色。同樣搜尋過右方後，他回到雪橇旁，拍掉外套上的雪，把靴子裡的雪抖出來，坐回雪橇上。

「我們得往右邊走。」他堅定地表示。「先前風從我們的左邊吹來，但現在直撲我的臉。

往右邊走。」他重複說道，語氣堅決。

瓦西里．安德烈耶維奇採納了他的建議，策馬向右轉，但那邊仍然沒有道路。他們朝那個方向走了一段時間，風一如既往地強勁，挾帶著小雪。

「瓦西里．安德烈耶維奇，看來，我們好像偏離正軌不少喔。」尼基塔忽然發表評語，彷彿這是一件令人開心的事。「那是什麼？」他指著一些從積雪裡冒出來的馬鈴薯藤說。

瓦西里．安德烈耶維奇拉住那匹汗流浹背的馬。馬背明顯地劇烈起伏著。

「那是什麼？」

「什麼，我們竟然走到扎哈洛夫這裡來，看看我們怎麼走的！」

「胡說！」瓦西里．安德烈耶維奇駁斥。

「我可沒胡說，瓦西里．安德烈耶維奇。我說的是實話呀。」尼基塔回應。「你可以感覺到雪橇正經過一塊馬鈴薯田上，這裡有一大堆馬鈴薯藤，是被運到這邊來採收的。這是札哈洛夫工廠的地。」

「這下可好，我們是怎麼走這麼偏的！」瓦西里．安德烈耶維奇說。「我們現在該怎麼辦？」

「我們必須繼續直走，就這樣。我們總會到達某個地方——不是扎哈洛夫村，就是這工廠老闆的農場。」

瓦西里．安德烈耶維奇同意了，照著尼基塔的指示駕駛雪橇。他們又繼續前進了一段滿長的時間，時而經過光禿禿的田野，雪橇滑板把結凍的土塊劃得嘎嘎響；時而來到一塊冬耕黑麥田或休耕地，可以看見苦艾的莖和麥稈從雪裡戳伸而來，隨風搖擺。有時他們來到雪積得很深的地方，一片白茫茫，除了雪，什麼也看不見。

雪從天上飛落，有時又從地上被捲起。馬兒顯然已精疲力盡，鬃毛都被汗水沾濕成一綹綹捲毛，而且沾附著白霜；牠緩步走著，突然間一個踉蹌，一屁股坐到了某個溝渠或河道上。瓦西里．安德烈耶維奇想停下來，但尼基塔對他大喊：

「爲什麼要停！我們走進溝裡，得離開才行。嘿，親愛的！嘿，寶貝呀！快起來呀，老朋友！」他用歡快鼓舞的語氣衝著馬兒大叫，跳下雪橇，自己也掉進溝裡。

馬兒大驚，迅速爬到結冰的岸上。顯然，那裡是個人工挖出來的水渠。

「我們現在在哪？」瓦西里．安德烈耶維奇問。

「我們很快就會知道了！」尼基塔回答。「繼續走吧，我們總會到某個地方的。」

「這難道不是戈里亞奇金森林嗎！」瓦西里．安德烈耶維奇指著出現在眼前白茫雪景中的一團黑影。

「等我們到達那裡，就會知道它是什麼森林了。」尼基塔說。

他瞧見那團引起他們注意的黑影旁邊，有乾枯的長橢圓形柳葉在搖動，所以他明白那不是森林，而是個聚落，但他不想說破。果不其然，他們脫離溝渠後還走不到二十公尺，眼前就出現了一些東西，顯然是樹木，黑壓壓的，他們也聽到了某種不同於風聲的哀戚聲響。尼基塔猜對了，那不是森林，而是一排還有些葉子在枝條上隨風飄揚的柳樹。看得出來，這些柳樹是沿著一座打穀場周圍的溝渠栽種。來到了這些在風中悲鳴的柳樹前，馬兒前腿忽然踩在比雪橇還高的地方，後腿向前收攏，把雪橇拉到高處；然後牠向左走，膝蓋以下的腿部不再深埋於雪中。他們總算是回到了道路上。

「嗯，我們到了這裡，但天知道這裡是哪裡！」尼基塔說。

馬兒在漫天飛舞的白雪中直行，走不到九十公尺，一道由穀倉籬笆牆所形成的筆直黑壁就出現在他們面前。厚厚的積雪覆蓋在穀倉屋頂上，不斷從屋頂滑落傾瀉。經過穀倉後，道路轉爲迎風面，他們踏上了風吹成的雪坡裡。前方是一條兩側都是房子的小路，顯示路上的雪都被吹到這裡來了，而他們也不得不穿越這座雪坡。事情正是如此，駛過雪坡後，他們邁進一條街；在村子最外圍一幢房屋的院子裡，幾件凍硬的衣服掛在繩子上——兩件上衣，一紅一白，還有褲子、綁腿、和一件襯裙——在風裡瘋狂拍振，尤其白襯衫的掙扎顯得格外絕望，兩條袖子拚命揮動。

「瞧瞧，這裡要不住了個懶女人，要不就是她死了，才會沒在節日前把衣服收起來。」尼基塔看著顫抖的襯衫說道。

III

街道入口，風仍然肆虐，路面蓋著厚厚的雪，村子裡卻顯得平靜、溫暖，充滿喜樂。某戶人家的看門狗正對著一個用大衣蓋住頭的女人汪汪叫；她從某個地方跑來，正要進那間屋子，跨過門檻時卻止住腳步，看了路過的雪橇一眼。從村子中央傳來女孩們的歌唱聲。

村子這邊的風雪似乎較和緩，霜也比較少。

「什麼，居然來到格里石金諾。」瓦西里・安德烈耶維奇說。

「就是這樣囉。」尼基塔回應。

確實是格里石金諾，這代表他們往左走得太遠了，走了大約八公里，不是朝著他們瞄準的方向，而是朝著最終目的地。

從格里石金諾到戈里亞奇金，大約還有五公里。

在村子中央，他們差點撞到一個走在路中間的高個子男人。

「誰駕的車啊？」男人高喊，企圖攔住馬匹，然後認出了瓦西里・安德烈耶維奇，便立刻抓住車軛，兩手輪流扶著軛登上雪橇，坐到駕駛座上。

那是伊賽，瓦西里·安德烈耶維奇認識的農民，也是當地惡名昭彰的頭號偷馬賊。

「啊，瓦西里·安德烈耶維奇！要去哪裡呀？」伊賽說著，他剛豪飲過伏特加，濃濃酒氣撲向尼基塔。

「我們要去戈里亞奇金。」

「看你都走到哪裡去了！你應該要從馬拉荷沃走。」

「計劃趕不上變化。」瓦西里·安德烈耶維奇說著，把馬停下。

「這是匹好馬。」伊賽目光銳利地掃了穆霍緹一眼，用熟練的手法把馬兒尾鬃上鬆散毛燥的結拉緊。

「要留在這裡過一夜嗎？」

「不，兄弟，我得走了。」

「肯定有緊急生意，是吧。瞧這是誰？喲，這不是尼基塔·斯捷潘內奇嘛！」

「不然還會是誰呢，」尼基塔回答。「但我說，大好人，我們要怎樣才不會再走偏？」

「還能偏到哪？迴轉掉頭，沿這條街走到底，出了村子後繼續直走，不要左轉，就會接上大路，然後再右轉。」

「在哪裡右轉？夏天走的那個彎、還是冬天那個？」尼基塔問。

「冬天的。你一轉彎就會看到灌木叢，對面有個地標——是顆大橡樹，有樹枝的——就是那條路。」

瓦西里·安德烈耶維奇調轉馬頭，駛過村子外圍聚落。

「爲什麼不留下過夜？」伊賽在他們背後大喊。

但是瓦西里·安德烈耶維奇沒有回答，而是撫摸著馬兒。五公里的平坦道路，其中兩公里要穿越森林，看來應該很容易，尤其風聲明顯變比較安靜，雪也已經停了。

沿著到處都被新鮮糞土染黑的村莊街道，再經過晾衣服的院子，白襯衫已經掙脫了繩索，只剩一隻結凍的袖子掛在繩子上。他們再次進到怪腔怪調的柳樹哀號聲裡，也再度置身於空曠的原野。風暴不但沒有平息，似乎還變得更威猛。道路完全被飛雪遮蔽，只能藉由木樁判斷他們沒有走錯路，但就連要看見木樁也不簡單，因爲風就迎面打在臉上。

瓦西里·安德烈耶維奇瞇起眼睛，壓低頭，顧盼著路標，但主要還是信賴馬兒的智慧，讓牠自己找路走。馬兒果眞沒有走錯路，順著蜿蜒的道路，時而偏左、時而傾右，用腳底感應著路面，因此雖然現在雪下得更密、風吹得更猛，他們仍然能持續看見路標，一會兒出現在右側，一會兒又在左邊。

他們就這樣行進了大約十分鐘，風雪交織的斜影中忽然出現了一塊黑黑的東西，在馬的前方移動。

是另一輛有旅人結伴同行的雪橇。穆霍緹追上他們，前蹄重重在他們雪橇椅的椅背上踩了一腳

「繞過去……嘿呀……搶在前頭啊！」雪橇上傳來叫喊聲。

瓦西里·安德烈耶維奇驅馬往旁邊繞，超越那輛雪橇；那上面載有三男一女，顯然是剛去某處參加宴會的客人。一個農民正用一支長木棍劈打著臀部覆滿白雪的小馬，兩名坐在前面的乘客揮舞手臂，嘴裡叫喊著什麼。女乘客全身包得緊緊的，渾身是雪，昏昏欲睡地縮著身體，隨雪橇顛簸震動。

「您們打哪兒來的啊？」瓦西里·安德烈耶維奇大喊。

「從亞亞亞——」唯一能聽見的聲音就是這樣。

「哪裡？」

「從亞亞亞——」一個農民拚命喊叫，但根本無從分辨他們說了什麼。

「前進，別落後！」另一人大吼，不斷用手上的樹枝鞭打馬匹。

「看來您們剛參加完宴會，是吧？」

「快走，快走！快一點，西蒙！超過去！快！」

兩輛雪橇側邊開始互相碰撞，差點卡在一起，好不容易鬆脫時，農民們的雪橇開始落後。

他們那匹毛茸茸、大腹便便的馬兒全身蓋滿雪，在低矮的弓形軛下重重喘息，很明顯已經用盡最後的力氣，徒勞無功地嘗試避開鞭打牠的樹枝，四條短腿蹣跚地穿過幾乎要埋過牠的深厚積雪。

從口鼻看來，牠還很年輕，下唇緊繃得像魚嘴一樣上翹，鼻孔撐大，耳朵迫於恐懼而向後轉[4]。牠和尼基塔並肩前進了幾秒鐘，接著就開始落後。

「看看酒精都幹了些什麼好事！」尼基塔說。「他們要把那匹小馬累死了。這些異教徒[5]！」

有那麼幾分鐘，他們聽見小馬疲憊的喘息聲，還有醉醺醺的農民們在吆喝。後來，喘息聲平息了，吆喝聲也歸於沉寂；他們再度什麼也聽不見，除了在耳邊呼嘯的風聲，以及途經狂風襲擊的路段時，雪橇滑板不時擦出的吱吱聲響。

這場相遇令瓦西里．安德烈耶維奇歡欣鼓舞，他更加大膽駕駛，不查看是否有路標就促馬前行，全然信賴自己的判斷。

尼基塔沒事可做，在這種情況下，他一如既往地打瞌睡，補足了不少睡眠。突然，馬停了下來，尼基塔幾乎要往前摔，差點就用鼻子著地。

「你看，我們又偏離道路了！」瓦西里．安德烈耶維奇說。

「怎麼說？」

「怎麼說，因爲完全沒有路標。我們一定又走偏了！」

「好吧，既然走偏了，就得再找回來。」尼基塔簡短地回答，然後走下雪橇，用他的鳥腳輕踏雪泥，再度在雪地上四處找路。

他繞了很久，身影若隱若現，終於回來。

「這裡都沒有路。更遠的地方可能會有。」他邊說邊爬上雪橇。

天色越來越黑，暴風雪沒有增強，但也沒有減弱。

「要是我們能聽到那群農民的聲音就好了！」瓦西里・安德烈耶維奇說。

「這個嘛，他們沒有跟上我們，我們一定是走錯路了，或者他們也迷路了。」

「那我們現在去哪？」瓦西里・安德烈耶維奇問道。

「就讓馬兒自己走吧。」尼基塔說。「他會帶我們走上正確的路。把韁繩給我。」

瓦西里・安德烈耶維奇把韁繩交給他，心甘情願，因爲他包覆在溫暖厚手套之下的雙手開始感覺發冷。

尼基塔接過韁繩，但只是握住，盡量不甩動；自己最愛的馬兒有機會一展長才，他感到無比欣喜。而這匹馬的確也聰慧，先是轉動一邊耳朵，再轉轉另一隻，兩個耳朵不時朝向同一側，又換了個邊，然後開始繞方向走。

「他只是沒辦法說話。」尼基塔嘴上一直叨念。「看看他在做什麼！繼續吧，加油呀，你最知道路了！就是這樣，就是這樣！」

風現在從背後吹來，感覺變得比較暖和。

4 馬耳有表達情緒的功用。當耳朵開口向後，代表牠害怕駕馬者。

5 俄文原文的罵法是「這些亞洲人」，英文版採用了委婉又較不具歧視性的翻譯。

「眞聰明啊，」尼基塔欣賞著馬兒，繼續說道。「吉爾吉斯馬強壯，但是笨。而這匹馬——就看他的耳朵在做什麼好了！他不必人家打電報告訴他，光用聞的就能知道一公里外的味道。」

不到半小時，眼前果然又出現一團黑影——可能是樹林或村莊——然後右邊再次出現木椿，顯然他們已經回到了大路上。

「什麼，又是格里石金諾！」尼基塔頓時驚呼。

沒錯，他們左手邊是同一座有積雪從屋頂掉落的穀倉，不遠處還有同樣掛著冷凍衣物的繩索，襯衫和褲子依然在風裡拚命抖動。

他們又把雪橇開到街上，周圍氣氛也再次變得平靜、溫暖、充滿喜樂，同樣散落著新鮮糞土的街道在眼前展開，人聲、歌聲、狗吠聲再度傳來。天已經很黑了，燈光從幾戶窗子裡照耀出來。

走到村莊半途時，瓦西里．安德烈耶維奇把馬轉向一幢以門口爲中心、兩邊對稱的磚砌大屋，在門廊前停下。

尼基塔走到燈火通明的窗子前，窗緣積著雪，燈光將窗外飛飄的雪花照映得閃閃發亮。他用馬鞭敲敲門。

「哪位？」有個聲音回應他的敲門聲。

「從十字村來的，布列胡諾夫家，好心人呀。」尼基塔回答。「出來一下吧。」

有人走過窗子，一、兩分鐘後，傳來了走道門打開的聲響，接著是大門門閂的泮噠聲，一個高大的白鬍子農民穩穩地推開被風頂住的門；他披了件羊皮大衣，身後跟著一個穿紅上衣和高筒皮靴的小夥子。

「是你嗎，安德烈耶維奇？」老農民問道。

「是的，兄弟，我們迷路啦。」瓦西里・安德烈耶維奇說。「我們要去戈里亞奇金，結果發現自己來到這裡。再次上路，結果又迷路。」

「看看你這是怎麼走的。」老人說，轉身向穿紅衣的小夥子說道：「彼得魯希卡，開門去！」

「好的。」小夥子爽朗地應道，轉身跑向走道門。

「我們沒有要過夜。」瓦西里・安德烈耶維奇說。

「都要晚上了，你們還想去哪？最好是留下來。」

「我也很想，但必須走。是生意呀，老兄，眞沒辦法。」

「那麼，至少給自己暖暖身。茶炊剛準備好。」

「暖暖身？當然了，這個可以。」瓦西里・安德烈耶維奇說。「天色不會再暗下去的，月亮會升起，天還會更亮呢。我們進去取取暖吧，尼基塔。」

「有何不可？暖暖身也好。」尼基塔回答。他凍得發麻，迫不及待想給僵冷的四肢取暖。

瓦西里・安德烈耶維奇和老農民一同進屋去，尼基塔駕著雪橇穿過彼德魯希卡幫他打開的大門，按照彼得魯希卡的指示，將馬推進屋側的矮棚下。地上滿是糞土，馬頭上的弓形軛被橫梁卡住；橫梁上早有母雞和公雞在那裡安家，牠們用爪子緊抓住梁木，不悅地咕咕叫。被驚擾的羊群嚇到跑向同一邊，羊蹄踩踏著冰凍的糞便。一隻狗因恐慌和氣憤而拚命叫喊，像隻幼犬似的衝著陌生人狂吠不已。

尼基塔和牠們搭話：先是向雞道歉，並保證不會再打擾牠們，又責備羊群大驚小怪，然後一邊安撫那隻狗，一邊把馬栓好。

「這樣就好啦，」他邊說邊把身上的雪撣掉。「聽他在那裡亂吼亂吠！」他轉向那隻狗：「安靜，笨蛋，安靜點。你這是白費力氣，苦了自己。我們不是賊，是自己人啦……」

「據說，這就是所謂的『家庭三參事』。」小夥子說著，用強而有力的雙臂將留在外頭的雪橇推進棚子下。

「參什麼事？」尼基塔問。

「保羅森[6]的書就是這樣寫的。狗吠，代表『戒備注意！』有小偷溜進屋子了；雞鳴，意思是『起床！』貓舔自己，那就是『有朋自遠方來，好好款待！』」小夥子笑著解釋。

彼得魯希卡能讀能寫，把保羅森那本入門書整本銘記在心，那是他唯一擁有的書。他喜歡從書中引用幾句他認爲適合眼前場合的話語，尤其是在他微醺的時候，就像今天這樣。

「說得好。」尼基塔說。

「你一定凍壞了吧？」彼得魯希卡不忘問道。

「是啊，就是這樣。」尼基塔說。他們一起穿過院子和走道，進到屋子裡。

VI

瓦西里・安德烈耶維奇來到的這戶人家，是村裡最富裕的家族之一；除了租出去的土地，這個家族另外還有五塊地。他們有六匹馬、三頭乳牛、兩隻小牛和大約二十隻羊。農莊裡有二十二名成員，包含四個已婚的兒子、六個孫子（已婚的彼得魯希卡就是其中之一）、兩個曾孫、三個孤兒、四個要照料孩子的媳婦。這是少數還沒瓜分家產的農莊之一，但即使是在這裡，無可避免會導致家族分崩離析的內鬨也已經暗潮洶湧，並一如往常地從家裡的女人們開始。兩個兒子在莫斯科當運水工人，一個從軍。現在住在家裡的是老農民和他太太、管理農莊的次子、從莫斯科回來過節的長子，還有所有的媳婦和孩子。除了家族成員，還有一個訪客，算是鄰居，也是其中一個小孩的教父。

屋裡桌子的上方掛著一盞附燈罩的燈，照亮了茶具、一支伏特加酒瓶，還有一些小茶點；燈光也映照著遠處供奉聖像的磚牆角落，兩側牆上都掛滿了圖畫。穿著黑色羊皮大衣的瓦西里．安德烈耶維奇坐在桌子最前頭，從自己凍僵的八字鬍裡吸著氣，用那雙像鷹隼般犀利的眼睛觀察屋內和周遭的人。和他坐一起的是禿頭的白鬍子老東道主，穿著一件樸素的白上衣，旁邊坐著從莫斯科回家過節的兒子；這兒子肩背都結實有力，身穿一件單薄的印花棉布衫。然後是掌管農園的二兒子，肩膀同樣寬闊；再過去是一個削瘦的紅髮農民，就是那個鄰居。

他們喝了點伏特加，吃了些東西，正要喝茶，放在壁爐旁邊地上的茶炊已經嗡嗡作響。孩子們要不待在床架的上鋪，要不就坐在壁爐上；有個女人坐在下鋪，旁邊放著一個搖籃；年邁的女主人招呼著瓦西里．安德烈耶維奇，她臉上佈滿皺紋，連嘴唇都是皺的。

她將剛剛斟滿伏特加的一小個厚玻璃杯端給客人，此時尼基塔正好進屋。

「別推辭，瓦西里．安德烈耶維奇，不能拒絕！祝我們歡享盛宴。喝吧，親愛的！」

伏特加的氣味，強烈侵擾著尼基塔的心，特別是他現在又冷又累。他皺起眉頭，拍掉帽子和外套上的雪，若無旁人般停在聖像前，在自己身上畫三次十字，向聖像鞠躬，然後轉向老東道主，先向他躬身致意，再向在座所有人行禮，最後對站在壁爐邊的女人們也哈了哈腰，喃喃說聲：「節日快樂！」接著他開始脫下外衣，看都不看桌子一眼。

「怎麼回事，你全身都是白霜啊，老兄！」年紀最大的兒子看著尼基塔沾滿雪的臉、眼睛和鬍鬚說道。

6 指尤賽夫．保羅森（Joseph Ivanovich Paulson, 1825-1898），俄羅斯十九世紀下半葉的教育家，編寫許多俄語教科書和教育手冊。

尼基塔脫下外套抖了抖，掛在壁爐邊，走到桌子旁，那裡也有一杯伏特加等著迎接他。他痛苦地猶豫了一會兒，幾乎就要拿起酒杯，把清澈馥郁的酒液一口氣倒進喉嚨裡，但他瞥了瓦西里・安德烈耶維奇一眼，想起自己的誓言、和他爲了喝酒而賣掉的皮靴，又想到那桶匠，記起他答應春天時要買匹馬給兒子；他嘆口氣，婉拒那杯伏特加。

「我不喝酒，謝謝好意。」他皺著眉頭說道，並在靠近第二扇窗的長凳坐下。

「怎麼不喝？」那長子問。

「就不喝。」尼基塔回答，沒抬起視線，而是斜眼看著自己稀疏的鬍髭和小鬍鬚，把上頭凝結的小冰柱擰下來。

「喝酒對他不好。」飲盡伏特加的瓦西里・安德烈耶維奇一面嚼著小圓麵包圈，一面說著。

「那就喝點茶吧，」和藹的老女主人緩頰說道。「你一定凍壞了，好心人。妳們這些女人，還在茶炊旁邊磨蹭些什麼？」

「準備好了。」一個年輕女人回答，然後用圍裙擦了擦不斷噴出熱氣的茶炊頂部，費盡力氣把茶炊端過來，高高舉起，咚一聲重重放到桌上。

與此同時，瓦西里・安德烈耶維奇正說著他是怎麼迷路的、他們如何兩度回到同一個村莊，以及他們怎麼偏離道路、並遇上那群醉醺醺的農民。招待他們的老農民非常訝異，點出他們在哪裡錯過了該走的路、又是爲什麼會錯過，並說明他們遇到的醉漢是誰，還有他們該怎麼走。

「小孩子都可以從這裡找到去馬拉荷沃的路。你只要在大路上右轉，可以看到那裡有一叢灌木，但你居然走不到那一步！」那個鄰居說道。

「你們最好還是留下來過夜吧。女人們會幫你們鋪好床的。」老女主人勸說著。

「你們可以明早再繼續前進，那樣舒服多了。」老東道主附和著妻子的意見。

「我不能啊，兄弟。有生意要顧！」瓦西里・安德烈耶維奇說。「損失一小時，一年都追不回來！」他補上這句，並想起那塊林地和可能從他手中搶走這筆交易的木材業者。「我們會到達那裡的，對吧？」他說著，轉向尼基塔。

尼基塔過了半晌都沒回答，看來仍想繼續幫自己的鬍鬚和小鬍鬚解凍。

「只要我們不要再走偏了就好。」他這才陰鬱地回應。

他很鬱悶，因爲內心實在熱切地想沾幾滴伏特加，唯一能緩解這種欲望的就是茶，但茶杯現在還沒到他手上。

「我們只要能到轉彎的路口，就不會再出錯啦。接下來全程就只要沿著穿越森林的路走就行了。」瓦西里・安德烈耶維奇說道。

「隨您高興吧，瓦西里・安德烈耶維奇。要走就走吧。」尼基塔邊說邊接過旁人遞來的茶。

「我們喝完茶就上路。」

尼基塔什麼也沒說，只是搖搖頭，小心翼翼將一些茶倒在茶碟上，用熱度給自己暖手；那雙手由於辛勤工作，手指總是腫脹。接著，他咬了一小口糖，向招待茶水的這一家人欠欠身，說：「祝您們健康！」便啜飲起冒著熱氣的茶湯。

「如果有人能看著我們轉對彎就好了。」瓦西里・安德烈耶維奇說。

「這樣，行，我們可以。」大兒子說。「彼得魯希卡會駕雪橇，引導你們轉彎。」

「那麼，小夥子，去給馬套上挽具吧。眞是感謝你們。」

「哦，何必這麼見外，親愛的？」和善的老婦說。「我們衷心高興能幫上忙。」

「彼得魯希卡，去給那匹母馬做做準備。」大兒子說。

「好的。」彼得魯希卡笑答，手腳俐落地從掛釘上抓取他的帽子，跑去備馬。

馬兒正穿戴挽具時，屋內的談話回到瓦西里・安德烈耶維奇大駕光臨前的話題。老農民一直對身爲村莊長老的鄰居抱怨他的三兒子，說三兒子送了條法國披巾給太太慶祝佳節，卻沒送他任何東西。

「年輕人越大越難管啦。」老農民說。

「看看他們是怎麼忤逆的！」鄰居回答。「無法無天啊！他們太投機了，知道德莫希金家吧，兒子打斷了父親的手臂。一切都是機關算盡啊。」

尼基塔邊聽邊看著他們的臉，顯然很想參與談話，但他實在忙著喝茶，只能點頭如搗蒜來表達稱許。他喝了一杯又一杯，身體逐漸暖起來，也越來越舒服了。談話繼續圍繞在同一個主題，聊了很久，都在說分家的害處——這可不是抽象的討論，可以聽出來，他們指桑罵槐，講的其實是自家分財產的問題；要求分家產的二兒子此時一語不發，陰沉地坐在那。

這無疑是個令人頭痛的話題，會把所有人都捲進去，但出於禮貌，他們沒在陌生人面前把自家私事都攤出來講。然而，老農民最終還是忍不住了，含淚聲明他在世時絕不會同意家族分裂，說他家運興隆，謝天謝地，一旦分家，他們全都會淪落街頭。

「就像馬特維耶夫家一樣，」鄰居說。「他們曾經有個像樣的房子，然後他們分家了，現在全都兩手空空。」

「而這，就是你希望看見發生在我們身上的事。」老農民轉頭對兒子說。

二兒子沒有回答，空氣裡凝結著一陣尷尬。彼得魯希卡打破了這股沉默，幾分鐘前他已幫馬匹套好挽具並回到屋裡，一直微笑聽著這段談話。

「保羅森的書裡有一個預言，」他說。「一位父親給了兒子們一支掃把，要他們破壞它。起初他們怎麼弄都弄不壞，但當他們把組成掃帚的樹枝一根根拔下來時，破壞它就變得輕而易舉。這裡的狀況也是一樣。」他咧嘴燦笑，補充說：「我準備好出發了！」

「如果你準備好了，我們就上路吧。」瓦西里・安德烈耶維奇說。「至於分家，老爺子，你可千萬不能讓步。你累積的財富，你就是主人。去找太平紳士[7]吧，他會指示你該怎麼做。」

「翅膀硬啦，講不聽啦，」老農民繼續用哀怨的語調說著。「拿他一點辦法都沒有，簡直就像有惡魔附在他身上似的。」

此時，尼基塔飲盡了他的第五杯茶，還想再喝第六杯，於是把茶杯放在旁邊，沒有倒放。但茶炊裡已經沒有水了，所以女主人沒再爲他倒茶。何況，瓦西里・安德烈耶維奇已經在穿禦寒衣物了，尼基塔別無選擇，只能站起身來，把他啃了一圈的方糖放回糖碗裡，用他羊皮外套的下襬擦擦自己出汗的臉，然後去穿他的大衣。

穿好大衣後，他深深嘆了口氣，向屋主一家人們道謝、告別，走出溫暖明亮的房間，進入陰冷晦暗的走道。呼嘯而過的風在走道裡嗡嗡鳴響，從顫動的門縫間鑽進來的雪也在通道裡飛旋。他踏出走道，進到院子裡。

彼得魯希卡披著羊皮大衣，和馬一起站在院子中央，背誦著保羅森入門教科書裡的詩句。他微笑吟詠：

「風暴挾霧天不透，
狂雪旋圈舞虛空。
此際咆哮如野獸，
彼時嚎哭如孩童。」[8]

7 又稱治安法官，係非經由考試而獲政府委任的地方法官，通常是具有聲望或有相關工作經驗的人士，可處理一些簡單或輕微的案件。現今，治安法官機制多行於英、美等一些普通法系（海洋法系）的國家；現代俄羅斯法律較偏向民法法系（歐陸法系），但也仍保有此職。

8 出自俄羅斯詩人普希金（Alexander Pushkin）的詩作〈冬夜〉。

尼基塔一邊整理韁繩，一邊讚許地點頭。

老農民看見瓦西里・安德烈耶維奇準備要出去了，提著燈到走道裡爲他照路，但燈立刻被吹滅了。院子裡的暴風雪也變得更加猖獗。

「哼，天氣就是這樣！」瓦西里・安德烈耶維奇心想。「也許我們最後可能無法抵達吧，但沒辦法，生意啊！再說，我們都準備好了，這東家的馬也套好挽具了。我們一定會在老天的幫助之下到達目的地！」

年邁的老東道主仍認爲他們不該這時出發，但他已盡力嘗試說服他們留下來，只是人家聽不進去。

「再多問也沒用。大概是我年紀大了，膽子也變小了吧。他們會平安抵達的，而我們至少可以準時上床睡覺，不必小題大作。」

彼得魯希卡沒有想到危險，因爲他對那條路和這整個地區都瞭若指掌，而且，「狂雪旋圈舞虛空」能如此貼切地描述外頭這時候的景況，讓他非常雀躍。尼基塔根本不想上路，但他爲人僕役這麼久，早就習慣事情不會依照他的意志走。因此，再沒有人開口勸阻這些準備離開的客人。

V

一片漆黑中，瓦西里・安德烈耶維奇好不容易找到自己的雪橇，走到雪橇邊爬進座位，握住韁繩。

「前進！」他叫喊。

彼得魯希卡屈膝跪在他低矮的雪橇上，策動他的馬。剛才嘶鳴了好一段時間的穆霍緹，此刻嗅到前方有一匹母馬的氣味，開始尾隨她。他們驅車到了街上，再度穿越村子外圍聚落，沿著同一條路行進，又路過了掛著冰凍衣物的院子（不過，現在已經看不見那些衣服了）；然後經過同一座穀倉，從屋頂落下的積雪現在已經快堆到屋簷那麼高，但雪還是源源不絕地傾瀉著。他們經過仍在蕭蕭戚鳴、隨風飄搖的柳樹，再次進入宛如從四面八方湧來的狂風暴雪之中。風勢猛烈，以至於當它從側面襲來時，他們只得逆風前進，而雪橇被吹得歪斜，馬也被推到轉向。彼得魯希卡驅趕他那匹優秀母馬用小跑步的速度跑到前方，並不停呼喊著，聲音洪亮。穆霍緹緊緊跟在她後面。

如此行進了大約十分鐘後，彼得魯希卡轉過身來，高喊一聲。無論是瓦西里·安德烈耶維奇或尼基塔，都因爲狂風而聽不見其他聲音，但他們猜想，應該是已經到了轉彎處。的確，彼得魯希卡已經右轉了，方才從側面襲來的風，現在直搗他們的臉；在亂雪中，他們看見右邊有一團黑壓壓的東西。那就是轉彎處的灌木叢了。

「那麼，一路順風！」

「謝謝你，彼得魯希卡！」

「風暴挾霧天不透！」彼得魯希卡高喊著，身影消失在雪中。

「瞧，眞是個詩豪呢。」瓦西里·安德烈耶維奇喃喃說著，拉起韁繩。

「是啊，年輕有爲——眞正的農家子弟。」尼基塔說。

他們繼續前進。

尼基塔把大衣緊裹在身上，頭都快縮進肩膀裡了，短短的鬍鬚因此遮住了咽喉，他靜靜坐著，努力不讓剛才在屋裡喝茶時獲得的溫暖散失。他看見前方由木樁排列而成的直線，那些木樁老是讓他誤以爲他們正在一條車水馬龍的道路上。挽著結的馬尾被吹得歪向一邊，馬屁股在他眼前扭擺著，往前一點是高聳的弓形軛，還有左搖右擺的馬頭、以及鬃毛翻飛的馬頸。他不時會瞄見一個路標，所以知道他們仍走在正路上，沒什麼好擔心的。

瓦西里・安德烈耶維奇繼續駕雪橇，但把維持走在正軌上的任務交給馬兒。穆霍緹在村子裡雖然稍有喘息的空間，但跑起來仍有些勉強，經常似乎像是要偏離道路，使瓦西里・安德烈耶維奇必須一再修正牠的路線。

「右邊來了一根木樁，又一根，第三根來了，」瓦西里・安德烈耶維奇數著。「前面就是森林了吧。」看見前方一抹黑影時他這樣想著，但他以爲是森林的黑影，其實只是一小片灌木叢。他們經過灌木叢，又走了四十公尺，卻沒有看見第四根路標，也沒有任何森林。

「肯定很快就會到森林的。」瓦西里・安德烈耶維奇如此想著。伏特加和茶讓他興奮不已，因此他沒有停下來，反倒是甩甩韁繩，而那匹溫順的好馬也回應他，沿著牠被指示的方向，時而漫步、時而緩慢地小跑，雖然牠心知肚明自己並沒有走在正確的路上。十分鐘過去了，依然不見森林的蹤影。

「看，我們一定又走錯路了。」瓦西里・安德烈耶維奇說，並拉住馬。

尼基塔默默下了雪橇，緊抓著大衣；狂風一下子把大衣吹得緊貼在他身上，一下又幾乎要把它撕爛般亂扯。他開始在雪地裡搜索，先往一邊去，再朝另一邊找；有三或四次，他完全消失了蹤影。最後他回來，接過瓦西里・安德烈耶維奇手中的韁繩。

「我們得往右邊走。」他掉轉馬兒的方向，嚴厲地斷然表示。

「好吧，如果是右邊，就往右邊走。」瓦西里・安德烈耶維奇說著，鬆手把韁繩讓給尼基塔，並把凍僵的兩手交叉探進對邊的袖子裡。

尼基塔沒有回答他。

「來吧，朋友，振作起來！」他衝著馬兒大喊，但即使韁繩甩動，穆霍緹也僅是緩馳前進。

四周積雪已經深達牠的膝蓋，隨著牠的步伐，雪橇一動一停，斷斷續續地前進。

尼基塔拿起掛在雪橇前的鞭子，打了牠一次。那匹優秀種馬不習慣被鞭打，往前一躍，小跑了起來，但很快又回到緩馳，最終落回散步。他們走了五分鐘，天色全黑，雪在空中疾旋，也從地上揚飛，有時連弓形軛都看不見。有幾次，雪橇似乎靜止不動，像是曠野自己向後移動。突然間，馬兒猛然停下，顯然是察覺前方有什麼不對勁。尼基塔再度輕輕跳出雪橇，放下韁繩，上前查看是什麼讓牠停住腳步，但他剛踏上馬兒身前那一步，腳就一滑，從斜坡上滾落。

「哇，哇，哇！」他邊滾邊對自己喊，試著阻止繼續向下摔，但無能爲力，直到兩腳插進飄落山溝的深厚積雪裡，才停了下來。

尼基塔的失足擾動了溝壑邊緣上的雪堆，一大團雪掉落下來，砸到他身上，冰雪也鑽進他的衣領裡。

「幹嘛這樣！」尼基塔語帶責備地對雪堆和山溝說著，把領口裡的雪抖出來。

「尼基塔！欸，尼基塔！」瓦西里・安德烈耶維奇從上面喊道。

但尼基塔沒回答。他忙著抖雪，然後尋找他摔滾時遺落的馬鞭。找到鞭子後，他想沿著滾下來的軌跡直接爬回去，但無法成功：他一再滾落，於是只好沿著山溝溝底走，尋找能爬回去的路。走了大概六公尺多，他得以用四肢爬行的方式艱難攀上斜坡，沿著山溝邊緣走回馬兒原本在的地方。他看不見馬，也看不到雪橇，但逆風行走時，他聽見瓦西里・安德烈耶維奇的叫喊，以及穆霍緹的嘶鳴，兩者都在呼喚著他。

「我來啦！我來啦！幹嘛咯咯叫呢？」他碎念道。

走近雪橇時，他才能夠看清楚那匹馬，還有在馬旁邊看起來眞是個龐然大物的瓦西里・安德烈耶維奇。

「你是被鬼帶到哪裡去逛了嗎？我們必須回頭，但願能回到格里石金諾。」他開始責備尼基塔。

「我很高興能回來，瓦西里．安德烈耶維奇，但我們現在該往哪邊走？這有條大溝，要是我們跌進去，就再也不可能出來了。我跌得措手不及，差點無法脫身。」

「那我們該怎麼辦？不能待在這裡吧！總要去個什麼地方才行。」瓦西里．安德烈耶維奇說。

尼基塔不發一語，背風坐在雪橇上，脫下靴子，把掉進去的雪抖出來，然後從雪橇底拿了些乾草，仔細塞住左靴上的一個洞。

瓦西里．安德烈耶維奇保持靜默，彷彿現在一切都由尼基塔作主。重新穿好靴子後，尼基塔把腳伸進雪橇，戴好手套，拉起韁繩，驅馬沿著山溝邊緣走。但還走不到一百步，馬忽然又停住，眼前再次出現山溝。

尼基塔又爬出雪橇，再度在雪地裡跋涉。他走了很長一段時間，最後從他出發時的相反方向出現。

「瓦西里．安德烈耶維奇，你還活著嗎？」他叫喊。

「在這裡。」瓦西里．安德烈耶維奇回喊。「喏，現在呢？」

「我毫無頭緒。實在太暗了，除了一條條山溝，什麼都沒有。我們得再逆著風走。」

他們再次出發，再次遇到溝，尼基塔再次踉蹌著穿越雪地，又跌入溝裡，然後爬出來，繼續蹣跚而行，最終上氣不接下氣地癱坐在雪橇邊。

「吶，現在如何？」瓦西里．安德烈耶維奇問。

「唉，我快累死了，馬也動不了。」

「那該怎麼辦？」

「唉，等一下吧。」

尼基塔又出去走了一趟，這次很快就回來。

「跟著我！」他說著，走到馬的前面。

瓦西里·安德烈耶維奇不再發號施令，而是乖乖依照尼基塔說的做。

「來，跟我來！」尼基塔大喊，快步往右走，並拉著韁繩帶穆霍緹往下坡去，朝一個雪堆走。

馬兒起初退縮，然後猛力一躍，希望能跳過雪堆，但牠力氣不夠，結果一頭栽進雪堆裡。

「下去！」尼基塔對仍坐在雪橇上的瓦西里·安德烈耶維奇大喊，然後握住雪橇轅木，把雪橇拉近馬。「是很困難，兄弟！」他對穆霍緹說。「但還能怎麼辦，努力吧！來，來，就差一點！」他高喊。

馬兒拉了又拉，仍然無法爬出雪堆。牠坐了下來，彷彿在考慮些什麼。

「怎麼了，兄弟，這樣可不行！」尼基塔告誡牠。「現在再來一次！」

尼基塔再次拉動他那一側的轅木，瓦西里·安德烈耶維奇在另一側也照著做。

穆霍緹抬頭，突然用力一抖。

「沒事！沒事！」尼基塔叫喊。「別怕——你不會沉下去！」

一次猛拉，再一次，第三次，穆霍緹最終從雪堆裡爬了出來，站在原地劇烈粗喘，把身上的雪抖掉。尼基塔想帶牠稍微遠離雪堆，然而穿著兩件毛皮大衣的瓦西里·安德烈耶維奇實在喘不過氣，一步也走不了，縱身就往雪橇裡倒。

「讓我喘一下！」他一邊說，一邊拉鬆他離開村子時在毛皮大衣領口上繫的領巾。

「這邊沒關係，你就躺那邊吧。」尼基塔說。「我會帶牠走。」於是，就在瓦西里·安德烈耶維奇癱在雪橇里的情況下，他拉著馬轡牽馬兒走，往下走了十步，又稍微往上坡爬，然後停住腳步。

尼基塔停住的地方，不完全是雪一被掃下來就會把他們全都埋了的山溝裡，勉強算是山溝裡可以擋風的側壁邊。偶爾，風似乎稍微減弱，但這持續不了多久，而且彷彿是要彌補這個歇息般，暴風雪會以十倍力量威壓而下，更猛烈地撕扯、旋攪空氣。這樣的狂風就在瓦西里．安德烈耶維奇恢復平順呼吸、步下雪橇想去和尼基塔商量該怎麼辦時襲來，兩人不由得彎下身，等待這波暴風凌虐過去。穆霍緹也蓋下耳朵，不悅地甩甩頭。暴風威力一減弱，尼基塔就脫下手套，把它們塞進腰帶，然後開始解開弓形軛的束帶。

「你在做什麼?」瓦西里．安德烈耶維奇問。

「卸下挽具。不然還有什麼能做的?我沒力氣了。」尼基塔像是道歉般說著。

「難道不能搭著雪橇走?」

「不能，那只會把馬折磨到死而已。唉，這可憐的傢伙已經累得不成馬形啦。」尼基塔指著馬說。馬兒順從地站在那裡，等待任何可能發生的事，濡濕的馬腹劇烈起伏著。「我們得在這裡過夜。」他說這話的語氣，就好像是準備在旅店過夜似的，並解開馬頸圈繫帶，鬆開釦子。

「我們不會凍死嗎?」瓦西里．安德烈耶維奇問。

「這個嘛，要是眞凍死了，那也沒辦法。」

VI

由於穿著兩件毛皮大衣，所以瓦西里．安德烈耶維奇其實感覺很暖和，特別是剛剛在雪堆中奮力活動過；但當他意識到他眞的必須在這裡過夜時，背上便感到一股冷顫。爲了平復他所受到的衝擊，他在雪橇上一屁股坐下，拿出香菸和火柴。

此時，尼基塔幫穆霍緹卸除了挽具。他解開腹帶和背帶，抽開韁繩，鬆開馬頭圈繫帶，取下弓形軛，過程中不斷和馬兒說話，鼓勵著牠。

「現在出來！出來！」他說著，引導牠脫離轅木和車衡。「現在我們把你綁在這裡，我會拿一些乾草來，也把你的轡頭拿掉。等你吃一點草，心情就會比較好啦。」

但是穆霍緹依舊焦躁，顯然尼基塔的話語並未成功安撫牠。牠不時輪流跺腳，緊緊靠著轅木，背對風向，用頭磨蹭尼基塔的袖子。彷彿是爲了不讓尼基塔因爲牠拒吃乾草而感到難過，牠匆匆從雪橇上咬了一把乾草，不過立刻認爲現在不是吃草的時候，於是又吐下它。風迅速將那把草吹散，吹得遠遠的，然後捲來陣陣雪花掩埋了乾草。

「現在我們要設置一個記號。」尼基塔一邊說，一邊把雪橇前端轉向迎風，並將轅木用繫帶綁在一起，把它們豎立在雪橇前。「這樣一來，如果雪把我們給掩埋了，好心人看到轅木就會把我們挖出來。」他說著，拿出兩隻手套互相拍了拍，再把手套戴上。「村裡的老人們就是這樣教我們的。」

另一邊，瓦西里．安德烈耶維奇解開大衣，用大衣下擺來遮風，拿起一根又一根的硫磺頭火柴擦過鋼盒。但他的手抖得厲害，一根根火柴不是沒點燃，就是在他要舉過去點菸時被風吹熄。終於，一根火柴成功點燃，焰光瞬間照亮他大衣上的毛，還有他彎曲食指上戴著金戒指的手，以及從粗毛氈毯下露出來而沾附了雪花的燕麥桿。香菸點燃了，他急切地抽一兩口，吸入那些煙氣，再從他的鬍鬚裡呼出來；原本還想再吸一口，但風把燃燒的菸草吹散了，然後像剛才對待乾草一樣把它捲走。

不過，即使只抽到幾口菸，這也讓他開心了起來。

「要在這裡過夜，那就過吧！」他斬釘截鐵地說。「等等，我也要去立個旗。」他說著，拿起扔在雪橇上的領巾，脫下手套，站在雪橇前，伸長了腰去搆轅木，然後將領巾在轅木上用一個打得死緊的結綁住。

領巾開始瘋狂飄動，時而緊貼在轅木上，時而突然被掀起，扯得長長的，不斷上下拍抖。

「看看這是多麼棒的一面旗子！」瓦西里・安德烈耶維奇說道，欣賞著自己的傑作，一面退坐回雪橇上。「我們靠近一點，應該會更暖和，但這裡的空間不夠容納兩個人。」他補充說。

「我會找個地方窩著的。」尼基塔回答。「但我必須先把馬兒蓋好——他大汗淋漓的，可憐的傢伙。屁股起來！」他說著，從瓦西里・安德烈耶維奇身下把粗毛氈毯抽出來。

拿出毛氈後，他把它對折，將束帶和襯墊都抽掉，用毛氈蓋住穆霍緹。

「反正這樣總會溫暖點的，小傻瓜！」他說著，把束帶和襯墊放在蓋著毛氈的馬背上。大功告成後，他回到雪橇旁，對瓦西里・安德烈耶維奇說：「你不需要那些麻布，對吧？那給我。也給我一些乾草。」

尼基塔從瓦西里・安德烈耶維奇腳邊拿走這些東西，走到雪橇後面，在雪地裡給自己挖了個坑，把乾草放進去，用外套把自己裹得密不透風，再用麻布蓋住自己，將帽子壓低。他坐在鋪好的乾草上，靠著雪橇的木製椅背，仰賴這椅背爲他擋風遮雪。

瓦西里・安德烈耶維奇對尼基塔的方法不以爲然地搖搖頭。大抵而言，他不認同農民的愚蠢和缺乏教育。他著手安頓起雪橇上的自己。

他把剩下的稻草鋪平在雪橇底部，而塞在自己身下的更多。然後他把手交叉伸進兩邊袖子裡，斜躺了下來，頭埋在雪橇角落裡，藉此遮擋前面吹來的風。

他不想睡著。他躺在那裡想事情：不斷想著構成他生命中唯一的目標、意義、歡愉和驕傲的那件事——他已經賺了多少錢，可能還會再賺多少，他認識的人們又賺了多少、持有多少財富，其他有賺大錢和正在賺大錢都是怎麼賺的，還有，他，和那些賺了錢的人一樣，要怎麼做才能賺到更多。買下戈里亞奇金那塊小林地，對他而言是萬分重要的大事，這筆買賣能帶來豐厚利潤，他期待或許會有個一萬盧布入袋。他開始在心裡計算起他秋天時才調查過的木材價格，並用他在兩公頃[9]地裡細數過的所有樹木作爲估算基礎。

「橡木會拿去做雪橇滑板，灌木自己會好好生長，這樣每公頃還會有大概六十四公尺的木柴。」他自言自語。「這代表每公頃至少會有兩百二十五盧布的盈餘，五十六公頃就是五千六百盧布、加上五千六百盧布、再加五百六十盧布、再加一次五百六十、然後要加五十六……」他預見大約一萬兩千多盧布，但沒有算盤就無法算出精準的數字。「但我不會付一萬盧布買地，反正，大概出價八千，就推說要扣除空地的價錢。我要給地籍測量士的手裡抹點油——給他一百盧布，或一百五十好了，這樣他就會願意手滑一下，扣掉大概五公頃的空地，最後他給的評估價格就會是八千。這樣就淨省下大概三千盧布。他會心動的，不用怕！」他如此想著，用前臂緊壓著放在衣袋裡的皮夾。

「只有上帝才知道我們是怎麼錯過轉彎路口的。森林應該就在那裡，那裡有一間守林人的小屋，還會有一群死狗的亂吠聲，結果那些該死的狗卻在該叫的時候不叫。」他把耳邊的衣領往下翻，傾聽著，但依舊只能聽到風嘯聲、綁在原木上的領巾拍動聲，還有大雪落在雪橇木板上的窸窣聲。他再次摀住耳朵。

「早知道就留在村裡過夜。算了，沒關係，我們明天就會到那裡，只損失一天，反正其他人也不會在這種天氣裡出門。」接著他想起，三天後，就是九號那天，得向跟他買牛的屠戶收錢。「他想自己送錢來，這下可能遇不到我了，而我老婆不知道怎麼收帳。她太不會做事。」他這樣想著，就想起前一天在宴會上，她不懂得招呼前來作客的警官。「當然啦，終究

9 原文爲兩俄畝。一俄畝約二點七英畝，或一點〇九公頃。

只是個女人！她哪會有什麼見識？在我父親那個年代，我們住的房子是什麼樣子？就只是個一般富農的房子：一個燕麥磨坊和一個小屋——這就是全部的財產了。但看看這十五年來我達成了什麼？一家商店、兩間小酒館、一座麵粉磨坊、一間糧行、兩座租出去的農場，還有一幢附帶穀倉的房子，穀倉屋頂還是鐵皮的！」他自豪地想著。「從我父親的年代脫胎換骨！現在大街小巷都津津樂道的人是誰？布列胡諾夫！為什麼？因為我做生意鍥而不捨，不怕麻煩，不像其他人愛賴在床上睡懶覺、或浪費時間做些蠢事，我晚上都不睡的。無論有沒有暴風雪我都上工，所以才能搞定生意。他們認為輕輕鬆鬆就能賺錢。才不是這樣，吃得苦中苦、方為人上人！日出而作，日落也要作，天黑也得出門，就像這樣，或者夜夜保持清醒，直到你腦海裡輾轉反思的想法能把枕頭也翻過來為止。」他滿心驕傲地思量著。「他們覺得人是靠運氣過日子。看看米羅諾夫一家，現在可是百萬富翁，怎麼辦到的？吃苦當吃補，皇天不負苦心人啊。但願老天賜予我長命百歲就好了。」

一想到自己可能會像米羅諾夫一樣，白手起家變成大富翁，瓦西里·安德烈耶維奇就興奮不已，覺得有必要和人聊聊。但眼下沒有人可以聊……如果此時已經抵達戈里亞奇金就好了，他就能和那林地地主聊聊，再給對方指點一二。

「看看這風是怎麼吹的！雪積得這麼深，明早我們都爬不出來啦！」他一面想，一面聽著風拍打雪橇前側側板，把板子都吹彎了，並繼續把雪甩向板子。他站起身，四下環顧；在周圍的黑暗之中，他只能看見穆霍緹黑麻麻的馬頭，背上蓋著飄抖的粗毛氈，還有牠打著結的粗馬尾；而四面八方都是如海波般晃盪的白色暗影，時而清亮，時而濃暗。

「枉費我聽了尼基塔的話。」他心想。「我們應該繼續前進，到某個地方去，回格里石金諾到塔拉斯家過夜也好，就不必整夜坐在這裡。我那時是在想什麼？是啊，老天會賜福給不畏麻煩的人，而不是給懶惰蟲、貪睡蟲或蠢蛋。我得來根菸！」

他又恢復坐姿，拿出菸盒，然後半趴半跪，用大衣衣擺遮掩著火柴。但風還是鑽了進來，一次又一次吹熄火柴。最後他成功擦燃一支，並點了菸。他很高興心想事成，雖然風抽走的菸比他抽的還多，但他還是吸到兩、三口，心情更明朗了些。他再度往後靠，把自己裹好，開始深思和回憶，不料忽然間丟失了意識，就這麼睡著了。

似乎有某個東西倏地推了他一下，把他吵醒。無論那是從他身下咬出乾草的穆霍緹，還是他身體在睡夢中不自主的一個抽抖，都把他完全驚醒了，他的心跳越來越快，感覺雪橇似乎也在他身下晃動了起來。他睜開眼睛，周遭一切仍然和他睡著前一樣。「看起來比較亮了，」他想。「我猜黎明很快就會到了。」但他立刻又想到，四周變亮是因爲明月升起。他坐起來，首先看看馬兒。穆霍緹仍然背風站著，渾身顫抖。蓋在牠身上的粗毛氈毯有一側被吹得翻面，上面覆滿雪；馬臀帶滑落下來，牠那蓄著瀏海和鬃毛的腦袋也因滿頭白雪而更加明顯。瓦西里．安德烈耶維奇斜倚著雪橇椅背，朝後頭看了看，尼基塔仍坐在他給自己挖的坑裡，裹在身上的麻布和腿上都被厚雪覆蓋。

「但願這傢伙別凍死了！他穿得這麼破爛，我可能會被其他人追究責任。那些愚昧的傢伙——實在沒知識。」瓦西里．安德烈耶維奇心想，覺得應該把馬身上的毛氈拿下來，爲尼基塔蓋上，但踏出雪橇走動，肯定會很冷，而且這樣做的話，凍死的可能是馬。「我到底幹嘛要帶他來？都是她的蠢主意。」他想起那不討他歡心的妻子，然後翻身回到他在雪橇裡的安身小窩。「我叔叔曾經這樣撐過一整夜，」他回憶。「而且安然無恙。」但另一個案例立刻從腦海深處浮現：「可是當大家把賽巴斯欽挖出來時，他已經死了——變成硬梆梆的冷凍屍體。要是我留在格里石金諾過夜，這一切就都不會發生了！」

他仔細用大衣把全身裹得密不透風，這樣毛皮之間的暖意才不會浪費絲毫，而是會溫暖他全身，從他的脖子、膝蓋到腳底板。他閉上眼，試圖再次入睡，但儘管他努力嘗試，也沒有半分睡意，反而感到精神奕奕。他又開始計算自己的收益和誰欠他錢，又開始自吹自擂，爲他的成就和地位沾沾自喜；但很遺憾地，這一切喜悅都不斷受到干擾，彷彿是一種悄然進逼的恐懼、和他沒有留在格里石金諾的懊惱，正伺機而動。

「如果是溫暖地在長板凳上躺平，那感覺肯定很不一樣！」他翻了好幾次身，企圖找到一個更舒服、更能遮風的姿勢；他把兩腿縮得更緊靠身體，閉上眼睛，靜靜地躺著。然而，要嘛就是風老是找得到空隙吹進來，要嘛就是他穿的那雙氈靴太厚實，維持同一個曲腿姿勢不久後，雙腿就開始發疼。默默躺了一會兒，他又開始想著，自己此刻本來可以躺在格里石金諾的溫暖小屋裡沉沉熟睡。他再度坐起來，轉轉身，把自己包好，再一次躺下。

他一度覺得自己聽到了遠方的雞啼聲，心中大喜，拉低大衣領子全神貫注地傾聽，但即使再怎麼聚精會神，除了風穿過轅木縫隙的吁噓、領巾劈啪、和飛雪撲撞雪橇側板的聲音，其他什麼也聽不見。

尼基塔一直維持同樣的坐姿，動也不動；甚至連瓦西里・安德烈耶維奇幾次對他說話，他也都沒有回應。「他不怎麼擔心嘛——還是他睡著了！」瓦西里・安德烈耶維奇惱怒地想著，一面回頭看看雪橇後方全身覆蓋著深厚積雪的尼基塔。

瓦西里・安德烈耶維奇又起起坐坐了大約二十次，感覺這個夜晚似乎永無止境。「一定快到早晨了。」他想著，起身四顧。「讓我來看看錶。解開釦子一定會很冷，但如果我確定天快亮了，心裡無論如何都會覺得比較好過一點。我們可以開始來給馬套上挽具。」

瓦西里・安德烈耶維奇內心深處很清楚，早晨還未到來，但他心裡的恐懼越來越壯大，他一方面想要知道眞相，一方面又想自欺欺人。他小心翼翼解開羊皮外套的釦子，手伸進去摸索，摸了半天才摸到自己的背心，千辛萬苦把那只鑲嵌著琺瑯花朵的純銀懷錶拉出來。

他試著辨識錶上的指針，但沒有光線，什麼也看不清楚；他像點菸時那樣用雙膝和雙肘支撐著身體趴下，拿出火柴開始擦火。這次他更謹慎，用手指摸索最圓胖的火柴頭，含磷量比較多，所以這回一次就點著了。將錶面放到火光下，他簡直不敢相信自己的眼睛……才十二點十分。幾乎還有一整個夜晚在眼前等待著他。

「喔，漫漫長夜！」他想著，背後一陣冷顫，重新扣好毛皮大衣，把自己裹緊，縮在雪橇一隅，準備耐心等待。倏忽間，在早已聽膩了的風聲中，他清楚辨別出另一個生氣勃發的聲響；聲音越來越清晰有力，聲音消失後的死寂也變得更明顯。毫無疑問，那是一匹狼，牠如此接近，以至於牠活動下巴以變換叫聲的動作，在風裡似乎都能清晰呈現。瓦西里・安德烈耶維奇把大衣衣領翻下來，警醒聆聽著。穆霍緹太過緊張，無法好好傾聽，頻頻抽動耳朵；當狼嚎停止時，牠輪流跺著腳，噴出一個警告的鼻息。之後，瓦西里・安德烈耶維奇再也無法入睡，甚至無法平靜下來。他越是想著自己的帳目、買賣、名聲、優越、財富，就越是被恐懼箝制；懊悔此刻支配著他，混入一切思緒裡，不時自問：當初究竟爲何選擇不留格里石金諾過夜？

「鬼才要買那塊林地！要不是爲了那塊地，哪會有現在這些麻煩，眞是謝天謝地喔。唉，只要能平安度過這一晚就好了！」他對自己說。「聽說喝醉的人會凍死。」他暗暗忖度。「而我之前有喝了一點酒。」他觀察著自己的體感，注意到自己開始發抖，不知道是出於寒冷，抑或是恐懼。他嘗試把身體裹緊，像先前一樣躺好，但就連這一點也做不到，再也沒辦法一直維持同樣的姿勢。他想要起來做點什麼，好讓自己能控制住那些在心裡逐漸蔓生叢集的恐懼，對抗陣陣來襲的無力感。他再次拿出香菸和火柴，但他只剩下三根火柴了，而且都是劣等的。擦遍了這三根火柴頭的磷，沒有一根成功點燃。

「什麼鬼！該死的東西！敗事有餘！」他叨罵著，不知道究竟在罵誰或罵什麼，隨手把壓壞的菸扔了，正準備把火柴盒也丟掉，但及時停手，最後仍把火柴盒放回口袋裡。淹沒於焦處之中，他無法再待在同一個地方。他爬下雪橇，背對風站著，開始調整腰帶，把它繫在比腰部更低的位置，然後拉緊。

「躺在這裡等死有什麼用？應該上馬前進！」他忽然冒出這股念頭。「馬背上有人，馬就會走。至於他，」他想到了尼基塔——「對他來說，是生是死都沒差。他的命值多少錢？他無欲無求，而我還有人生目標，感謝老天。」

他解開馬，把韁繩套到馬頸上，想翻身上馬，卻因爲大衣和靴子實在太重而騎不上去。於是他爬到雪橇上，想從那裡攀上馬背，可是在他的體重之下，雪橇嚴重斜傾，所以他又失敗了。最後，他把穆霍緹拉到雪橇邊，站上雪橇的一側，小心翼翼維持平衡，設法趴到馬背上；就這樣趴了一會兒，他試著往前移，把一條腿跨上去，總算是坐到馬身上了，兩腳踩在鬆垂的馬臀帶上。雪橇的晃動驚醒了尼基塔；他站起身來，瓦西里·安德烈耶維奇看見他似乎在說些什麼。

「誰要聽你這蠢蛋在說什麼！難道我要白白死在這裡嗎？」瓦西里·安德烈耶維奇喊道。他把毛皮大衣的寬鬆衣擺塞到膝蓋下，駕馬轉身離開雪橇，朝著他認爲森林和守林人小屋所在的方向直奔而去。

VII

從他用麻布蓋住自己，並在雪橇後坐下的那一刻起，尼基塔就再也沒有移動過。就像所有與大自然共存、且深知什麼是必要之事的人一樣，他很有耐心，可以連續數小時都平靜地等待，甚至等上好幾天，也不會焦躁或不耐煩。他聽見主人叫他，卻不回應，那是因爲他不想動，也不想說話。雖然喝過那些茶之後的暖意猶存，他在雪堆裡奮力掙扎奔走而產生的體熱也還未完全逸散，但他明白，這些溫暖不會持續太久，而他已經沒有力氣再靠活動身體來取暖了，他感覺自己累得像一匹停下腳步的馬，縱使鞭子落下也拒絕再走，好讓主人知道得先餵飽牠，才能繼續工作。靴子破洞的那隻腳已經麻痺了，他感覺不到自己的大拇趾；此外，他整個身體也開始覺得越來越冷。

今晚大概會死、幾乎必死無疑的想法，在他腦海裡浮現，但好像並沒有格外令人不悅，因爲他的一生本來就不是一場長假，而是毫不間斷的勞動服務，對此，他開始覺得厭倦了。而且這似乎也沒什麼特別可怕的，因爲除了他這輩子服侍過的主人，那些像瓦西里·安德烈耶維奇一樣的主人們之外，他總認爲自己眞正仰賴的是造物主，那位差遣他進入這一世的萬物之主；他知道，在他死後，仍會處於那位主人的掌握之中，且那位主人必不會虐待他。「放棄習慣的和熟悉的事物，似乎有點可惜？這也沒辦法，我應該會習慣新事物的啦。」

「這輩子的罪過？」他思索著，想起自己喝得酩酊大醉，想起那些他拿去買酒的錢，想起他如何傷害自己的妻子，他的咒罵，對教堂和齋戒的無視，以及在告解時神父責備他的所有事情。「當然了，這些都是罪。但難道我要獨自爲這一切負責嗎？顯然上帝就是把我創造成這付模樣，唔，這些罪不也是嗎？那我能逃到哪裡去？」

於是乎，他起初是想到了這天晚上可能會發生在他身上的事，但沒有再回到這些思緒上，而是讓自己沉浸於腦海中浮現的任何回憶。此刻他想到瑪莎來到他生命裡，想起僕役們醉醺醺的樣子，想起他自己誓言戒酒，想到他們這趟旅程，想到塔拉斯的屋子、和那一家子關於家族分裂的談話，然後他想起了自己的孩子和此時遮蓋在粗毛氈下的穆霍緹，接著他想到他那位輾轉反側把雪橇晃得嘎嘎響的主人。「我想你也對你引來的事情發展感到遺憾吧，親愛的。」他心想。「要是我也不會想離開像他這樣的人生！那和我們這類人的生活可是大不相同。」

然後，所有回憶開始變得迷茫，在腦海裡混成一片，他沉沉睡去。

但是當瓦西里・安德烈耶維奇騎上馬時，尼基塔背靠的雪橇猛震，雪橇翻動，其中一片滑板打在他的背上，他便醒了，無論他想或不想，都必須變換姿勢。他艱難地伸直雙腿，抖掉身上的雪，然後站起身來，一陣刺骨寒意頓時穿透全身。意識到發生了什麼事之後，他喊叫著要瓦西里・安德烈耶維奇把那塊已經派不上用場的粗毛氈毯留給他，這樣他就能用氈毯裹住自己。

但瓦西里・安德烈耶維奇沒有停下，而是消失在粉塵般的落雪裡。

尼基塔獨自待在原地，想了一下該怎麼辦。他覺得自己不剩任何力氣去找誰的房子了。他也不可能再坐回剛剛窩的坑裡——那裡已經被雪掩埋。他猜想坐進雪橇裡也不會比較溫暖，因爲沒有什麼東西可以蓋住他，而他的大衣和羊皮外套已經無法再爲他保暖；寒意湧上，彷彿自己只穿了件襯衫。他害怕了起來。「主啊，天父！」他喃喃自語，意識到自己並不孤單，因爲「那一位」總是聆聽他的呼喊，不會拋棄他。這讓他感到安慰。他深深嘆一口氣，把麻布蓋在頭上，爬進雪橇，在主人先前安身的地方躺下。

但即使在雪橇上，他也無法取暖。起初他渾身顫抖，然後顫抖停止了，他開始一點一點失去知覺。究竟是快死了，還是快睡著了，他也不知道，但覺得無論是哪一個，他都準備好了。

VIII

此時，瓦西里・安德烈耶維奇正用他的腳和韁繩末端催促馬兒前進，朝著他莫名認定森林和守林人小屋所在的方向。雪遮住他的視線，風似乎也打定主意要阻擋他，但他前傾身體，手裡一直攥著大衣的前襟，將衣服緊緊拉攏，並把衣襬塞在身體和令他難以安坐的冰冷馬鞍之間，持續鞭馬直前。穆霍緹儘管步伐蹣跚，仍順從地朝著牠被驅使的方向前進。

瓦西里·安德烈耶維奇依照自己的想法向前直騎了大約五分鐘，除了馬頭和雪白荒原之外，什麼也沒看見，傳進耳朵裡的也只有風掠過馬耳和他大衣領子的呼嘯聲。

突然間，一點黑斑出現在前方，他的心雀躍地蹦蹦跳，朝著那點黑斑前進，眼前彷彿已經浮現了村莊房舍的牆壁。但那黑斑不是靜止的，像是一直在動；原來那不是一座村莊，而是兩片原野交界的雪地，幾株高大的苦艾莖從雪堆裡戳伸出來，在風的威壓之下劇烈翻騰；風把它們全打得倒向同一邊，並囂叫著鑽過它們之間的縫隙。苦艾被狂風無情折磨的畫面讓瓦西里·安德烈耶維奇莫名打了個寒顫，他開始急切地促馬前行，卻沒注意到剛才他策馬走往這叢苦艾時，方向已經大幅改變，現在他正朝相反的方向前進，但仍幻想著自己騎向守林人小屋。馬兒一直想朝右轉，而瓦西里·安德烈耶維奇一直把牠往左拉。

眼前再度出現了一小抹暗影，他又歡欣鼓舞了起來，告訴自己那肯定是個村莊。但那卻又是長著苦艾的同一片雪地，同一幅苦艾莖遭暴風凌虐的景象再次沒來由地使他戰慄。然而，那叢苦艾看起來似乎不盡相同，因爲旁邊有一道馬匹走過的軌跡，上頭有些地方已經被雪覆蓋。瓦西里·安德烈耶維奇勒馬，下來仔細查看這些痕跡。那只是一條有馬走過、雪又開始在上面堆積的凹痕，新堆積的雪下面大概只會有他自己的馬蹄印。顯然他剛才只是繞了一個小圈，結果回到原地。「我會就這樣死掉！」他如此想著，爲了不讓恐懼佔上風，他更急躁地催趕馬兒，朝著他驚鴻一瞥之中瞧見的浮光掠影前進。他一度覺得自己聽見了狗吠或狼嚎聲，但那聲音如此縹緲薄弱，他不知道自己是眞聽到了，或只是幻覺。他停下來，開始專注地聆聽。

驀地一陣震耳欲聾的驚悚哭嚎聲在他耳邊響起，他身下的一切都在顫抖搖震。他緊抓著穆霍緹的頸子，但穆霍緹也是抖個不停，而那可怕的嚎叫聲越來越嚇人。有那麼幾秒鐘，瓦西里·安德烈耶維奇嚇得魂飛魄散，無法釐清究竟發生了什麼事。實際上，這些聲音只不過是穆霍緹所發出的陣陣嘶鳴，大概是爲了自我激勵，或者求救。「哼，你這渾蛋！嚇死我了，該死的！」瓦西里·安德烈耶維奇心想。但即使眞相大白，他也沒有因此擺脫恐懼。

「我一定要冷靜，好好思考。」他對自己喊話，但仍止不住慌亂，同時也還是繼續驅策馬匹前進，絲毫沒注意到自己正順風而行，不再是逆風。他的身體感到椎心刺骨的寒冷，特別是大腿與馬鞍接觸的地方，由於沒能被大衣蓋住，更是不斷傳來冰冷；尤其馬匹現在又走得慢，每分每秒都是折磨。他的腿和手臂劇烈顫抖，呼吸變得急促。他彷彿看見自己被這片致命的冰雪荒漠吞噬，找不到任何一條能逃出生天的路。

忽然，他胯下這匹馬踩到某個窟窿，摔進雪堆裡，奮力踢腳，身體往旁邊傾。瓦西里·安德烈耶維奇跳下馬，同時把剛才腳踩的馬臀帶往一邊拉，並用力拽著他跳下馬時手抓的馬鞍。但他一跳下去，馬就掙扎著站起來，向前猛撲，激烈一躍，再躍一次，發出嘶嚎，拖著粗毛氈和馬臀帶狂奔，消失在風雪之中，留下瓦西里·安德烈耶維奇獨自在雪堆上。

他起初緊追在馬身後，但積雪深厚，而他的大衣很重，害他每走一步，腿就陷進雪裡，蓋過他的膝蓋。他走不到二十步就喘不過氣，只好停下。「林地、牛群、租出去的農場、商店、酒館、附鐵皮屋頂的穀倉的房子，還有我的繼承人，」他想。「我怎麼能放下這一切？怎麼會這樣？絕不能這樣！」這些思緒在他腦海中一一閃逝。然後他想到了他兩度經過的苦艾，它們被風甩打的畫面如此令他恐懼，深深刻印在他心裡，讓他拒絕相信這一路發生在他身上的事都是眞實的。「這一切會不會只是夢？」他如此想著，試圖要從夢裡醒來，四周卻沒有改變。拍打在他臉上的、覆蓋在他身上的、令他掉了手套的右手凜慄不已的，都是眞正的雪，而此處是眞正的荒漠，他像那些苦艾一樣被獨自遺留在這裡，等待著無可避免、即將到來、又毫無意義的死亡。

「聖母啊！神聖的神父聖尼古拉，節制宗師[10]！」他在心裡呼喊著，想起前一天的禮拜，想起那幅邊框貼金的黑臉聖像畫，還有原本供奉在聖像前卻被他賣掉的蠟燭；那些蠟燭很快就被買回來，重新放回聖像前，但幾乎沒有點燃過，因此他把蠟燭都收進儲藏箱裡了。他開始向身兼奇蹟聖匠的尼古拉祈禱呼救，向祂發誓會舉辦感恩祈福儀式，也會點燃蠟燭。但他心知肚明，無庸置疑，意識到雖然聖像畫、金邊框、蠟燭、神父、感恩祈福儀式在教堂裡至高無上，不可或缺，但它們對於置身雪漠中的他，都愛莫能助。何況，蠟燭、感恩祈福儀式，和他目前身陷的災難境地，也可能一點關係都沒有。「我絕不能灰心，」他心想。「在馬蹄足跡被雪蓋住前，我必須跟上去。牠會引導我脫身，說不定我還可能追上牠。只要謹記別躁進，否則情況可能更糟，或更加迷失。」

然而，儘管他打算穩當行動，卻還是疾行向前，甚至跑了起來，不斷跌倒，爬起再跑又跌倒。到了積雪不深的地方，幾乎已無法辨識出馬的足跡。「我跟丟了！」瓦西里・安德烈耶維奇心想。「我再也找不到馬腳印了，追不上了。」就在他這樣想時，他看見某些黑色的東西。那是穆霍緹，而且不只穆霍緹，還有那輛雪橇，和綁著領巾的轅木。歪斜地披著粗毛氈和馬臀帶的穆霍緹不再站在和先前同樣的地方，而是比較靠近轅木，甩著頭，冀望能把剛剛踩住的韁繩甩下來。原來瓦西里・安德烈耶維奇先前駕馬誤踩了尼基塔滾落的那個山溝，而穆霍緹一直引領他回到雪橇這邊來；他跳下馬的那個地方，距離雪橇僅不到五十步。

10 指聖尼古拉，相傳祂從小開始苦行，因而有此一稱。聖尼古拉在俄羅斯也被視爲兒童、窮人、旅人的守護者，會在危難時展現奇蹟，後文所稱的「奇蹟聖匠」緣由爲此。

IX

跌跌撞撞回到雪橇邊，瓦西里・安德烈耶維奇抓住雪橇，動也不動地站了很久，試圖讓心情平靜下來、呼吸也平順下來。尼基塔不在他原本坐的地方，但雪橇上躺著某個已經被雪埋住的東西，瓦西里・安德烈耶維奇猜想這應該就是尼基塔。他的恐懼現在幾乎消失了，若還剩下任何懼怕，那大概就是擔心他剛才騎馬時經歷的恐怖會捲土重來，尤其是被獨留在雪堆上時的驚恐。他必須不惜一切代價避免這種驚駭感再次侵擾他，爲了不讓這種感覺靠近，他得做些什麼——讓自己全神貫注於某件事。於是，他所做的第一件事就是背對風勢，並解開毛皮大衣。稍微恢復呼吸後，他立刻抖掉靴子上和左手手套上的雪；右手手套已經徹底被拋棄了，此刻應該正長眠於三十五公分[11]厚的深雪下。然後，他依照他出門向農民收購穀物前的習慣動作，把腰帶拉低、束緊，準備行動。他所想到的首要之務就是把穆霍緹的腿從韁繩裡解放出來；做完這件事後，他把穆霍緹拴在雪橇前的鐵箍上，也就是他剛剛握住的地方。他繞著馬兒走，把馬臀帶和馬鞍拉正，用粗毛氈蓋好；但就在這時，他注意到雪橇裡有東西在動。從埋住那個東西的雪堆之下，尼基塔的頭抬升而起。幾乎凍僵的尼基塔艱難萬分地坐起身，用一種怪異的方式舉起手在鼻子前動了動，彷彿在趕蒼蠅似的。他揮著手，嘴裡念念有詞；在瓦西里・安德烈耶維奇看來，應該是在叫喚他。他放下還沒弄好的粗毛氈，走到雪橇旁。

「什麼？」他問。「你在說啥？」

「我要死……了，我說，」尼基塔費力擠出聲音，斷斷續續地說。「把欠我的東西，給我家小子，或我太太，都可以。」

「說這什麼話，你真要凍死了？」瓦西里．安德烈耶維奇說。

「我感覺，這就是我的死期……原諒我，看在基督的份上……」尼基塔用帶有哭腔的聲音說著，手繼續像趕蒼蠅一樣在臉前面揮動。

瓦西里．安德烈耶維奇緘默不動，在原地站了半分鐘。突然間，他懷著要談成一筆好買賣的決心，往後退了一步，捲起袖子，開始把尼基塔身上和雪橇裡的雪刨掉；把雪清得差不多之後，他匆匆解開腰帶，敞開毛皮大衣，把尼基塔推倒，趴到尼基塔身上，不僅用大衣遮住他，更用自己散發著暖意的身體覆蓋著尼基塔。他把大衣衣襬塞到尼基塔和雪橇邊板的中間，用膝蓋壓著衣襬，就這樣臉朝下趴著，頭抵在雪橇前側。此時，他再沒聽到馬移動的聲音或風的呼嘯，只聽見尼基塔的呼吸聲。起初，尼基塔毫無動作，躺了好一段時間，在一次深深地嘆氣後才動了動。

「喂喂，你說你快死了！乖乖躺好，取取暖，這就是我們的做法……」瓦西里．安德烈耶維奇開始說道。

令他詫異的是，他發現自己無法再多說隻字片語，因爲熱淚湧上眼眶，下顎也開始劇烈顫抖。他停止說話，將卡在喉頭裡的話吞了下去。「看來我實在受到太大驚嚇，人都變懦弱了。」他心想。不過，這種軟弱不但沒有令他感到挫敗，反而給了他一種從未感受過的奇異喜悅。

「這就是我們的做法！」他對自己說道，體驗著一種不可思議的莊嚴溫柔。他就這樣趴了許久，用大衣上的毛擦擦眼睛，把被風吹得翻開了的右邊衣襬塞到膝蓋下面壓好。

11 原文爲兩拃。「拃」，音同「眨」，爲拇指和食指張開時的寬度，各種語言裡的一拃長度略有出入，俄語裡的一拃約十七點七公分寬。

然而，他還是熱切地想和別人分享他的喜悅心境，於是他呼喚：「尼基塔！」

「眞舒服，好溫暖啊！」一個聲音從他下方傳來。

「你知道的，老兄，我剛差點就死了。你在這裡受凍，而我早該……」

話還沒說完，他的下顎又開始打顫，眼裡泛滿淚水，再也說不出話來。

「算了，無所謂，」他想。「我有自知之明就好。」

他陷入沉默，就這樣趴了很久。

尼基塔的體溫從下方傳給他溫暖，他的毛皮大衣則從上方爲他保暖。可是，他那雙將大衣固定在尼基塔身邊的手、以及暴露在不斷被風掀起的衣襬之下的雙腿，開始僵冷了起來，尤其是那隻丟失了手套的右手。不過，他絲毫沒有想到自己的腿或手，一心想著怎樣才能使躺在他身下的那個農民保持溫暖。他朝穆霍緹看了幾眼，發現粗毛氈和和馬臀帶已垂落在地，牠的背上沒有任何遮蔽物；他覺得自己該起身去幫穆霍緹蓋好毛氈，卻無法下定決心離開尼基塔，也不願自己所處的這份喜悅心境受到片刻驚擾。他不再感到任何恐懼。

「別怕，這次我們不會再失去他！」他激勵著自己，說自己正讓尼基塔恢復溫暖，語氣裡帶著平常談到做生意時的自誇。

瓦西里．安德烈耶維奇就這樣趴了一個小時，又一小時；三小時過去了，他沒有意識到時間流逝。起初，暴風雪、雪橇轅木和馬匹頂著弓形軛的畫面，不斷在他腦海掠過；然後他想起躺在他身下的尼基塔，又想起節慶、他的妻子、來訪的警官，和那盒被他收起來的蠟燭，畫面開始混合在一起。他腦海裡的景象再一次回到尼基塔，這次他自己就躺在那個放蠟燭的盒子下；接著，農民、賓客和商人們出現在他的想像裡，而尼基塔則躺在他那有鐵皮屋頂的房舍白牆下。之後，所有畫面交融，化入虛無；就像彩虹七色匯聚爲一道白光，這些畫面合而爲一，他也沉沉睡去。

在接下來的很長一段時間裡，他什麼也沒夢見，但就在破曉前，他重新進入夢境。看起來，他好像站在一盒蠟燭旁，契哈諾夫家的太太想買個五戈比的蠟燭，參加教堂慶典時要用；他想拿出一個蠟燭給她，手卻怎麼樣都抬不起來，緊緊地插在口袋裡。他想繞著盒子走一圈，但雙腳也動彈不得，腳上那雙嶄新乾淨的膠靴像扎了根似的緊黏在石頭地板上，他既無法舉起腳，也無法把腳從靴子裡拔出來。接下來，蠟燭盒不再是個小盒子，變成一張床，瓦西里·安德烈耶維奇忽然看見自己躺在自家床上；他躺在自己的床上，無法起身，但他必須起來，因爲伊凡·馬特維伊奇警官很快就會來找他，他得和警官一起出去——若不是要去爲了買林地的事情討價還價，就是要去把穆霍緹的馬臀帶調正。

他問妻子：「尼古拉耶夫娜，他還沒來嗎？」「沒有，還沒。」她回答。他又聽到有人駕車來到屋外臺階前：「那肯定是他。」「不，那人只是經過。」「尼古拉耶夫娜！我說啊，尼古拉耶夫娜，他還沒到嗎？」「還沒。」他仍躺在自己的床上無法起身，但卻一直在等待；這種等待有點詭異，但卻挺愉快的。這愉悅突然間就圓滿了，因爲他期盼的人終於到了；不是伊凡·馬特維伊奇警官，而是另一個人——而那正是他眞正一直等候的人。他來此呼喚他，先前也是他發出了呼喚，要他趴在尼基塔身上。瓦西里·安德烈耶維奇很高興那個人來迎接他。

「我要過去了！」他喜悅地哭了起來，那哭聲把他自己吵醒了，但醒來的這個他，已不完全是睡著時的那個他。他想起身，卻動不了，想移動手臂也不行，想動動腿也失敗，想轉頭也沒辦法。他感到訝異，但並不覺得心煩意亂。他明白這就是死亡了，卻也沒因此恐懼不安。他還記得尼基塔躺在他身下，知道尼基塔身子回暖了，而且還活著；感覺起來，他就是尼基塔，而尼基塔就是他，他的生命此刻不復存於他身上，而是在尼基塔體內。他豎起耳朵，傾聽尼基塔的呼吸聲，甚至還細微地打著鼾。「尼基塔還活著，所以我也還活著！」他得意洋洋地對自己說。

他想起了他的錢、他的店、他的房子、他的生意，還有米羅諾夫白手打拼來的那幾百萬，難以埋解爲何那個叫作瓦西里·布列胡諾夫的人過去要自尋煩惱，把自己困在那些煩擾他的事情裡。

「這個嘛，那是因爲他不知道眞正重要的事是什麼。」他想著瓦西里·布列胡諾夫這個人。「他不知道，但現在的我知道。一切都清楚無誤。現在我都懂了！」他又聽到了之前呼喚他的那個聲音。「我要過去了！這就來了！」他欣然回應，渾身充滿快樂。他感覺自己自由了，再沒什麼能夠束縛他。

在那之後，瓦西里·安德烈耶維奇在這世上，再也沒看到、聽到或感受到任何東西。

周圍的雪依舊打旋飛舞，相同的雪漩渦盤繞在各處，把雪粉撒在已死的瓦西里·安德烈耶維奇披著的毛皮大衣上，也撒在發抖的穆霍緹和幾乎已看不見的雪橇上；而尼基塔躺在雪橇內的底部，在死去的主人身下，暖意持續包覆著他。

X

尼基塔在破曉前甦醒。寒意開始攀附到他背上，把他給驚醒了。他夢見自己推著一車主人的麵粉從磨坊出來，上橋過溪時沒推好，推車卡住了。他看見自己爬到推車底下，弓背想把車給頂起來，奇怪的是，推車不動如山，還黏在他背上，因此他既無法把車頂起來，也無法爬出來。推車壓斷了他的腰，而且好冷！顯然他必須設法爬出來。「別鬧了！」他對著將推車壓在他身上的人大喊，無論那是誰。「把這玩意兒弄走！」但推車越使勁壓下，把他壓得越發冰冷，然後他聽見一陣奇怪的敲打聲，便完全醒了過來，並記起一切。冰冷的推車，是趴在他身上那位已死且僵冷的主人，敲打聲則是穆霍緹兩度舉蹄踢雪橇所發出的。

「安德烈耶維奇！欸，安德烈耶維奇！」尼基塔小心翼翼地輕喚，開始意識到真相，脊背繃緊了起來。瓦西里．安德烈耶維奇沒有回答，他的肚子和腿都又硬又冷，重得像鐵塊似的。

「他肯定是死了！願他魂歸天國！」尼基塔心想。

他轉頭，伸手挖挖周圍的雪，睜開眼睛。日光照耀，風和先前一樣鑽過轅木間隙發出呼嘯，雪仍然飄落，只是不再拍打雪橇框板，而是無聲無息地把雪橇和馬匹越埋越深；馬兒再也沒了聲響，無論是牠的動作或者呼吸，此刻都聽不見了。

「他一定也凍僵了。」尼基塔想著穆霍緹。他想得沒錯。吵醒尼基塔的馬蹄踢雪橇聲，是已經全身麻木的穆霍緹為了讓腳維持站立而做的垂死努力。

「主啊，天父，看來您也在呼喚我！」尼基塔說。「您的聖意必將達成，但這太奇怪了……不過，人不會死兩次，而必有一死。但願快點發生吧！」

他再次縮頭，閉上眼睛，逐漸失去意識，完全相信自己此時肯定終於要離開人世了。

直到那天中午，其他農民用鏟子把瓦西里．安德烈耶維奇和尼基塔從雪堆裡挖出來。他們被埋住的地方，距離大路只有六十公尺，距離村子僅五百公尺。

雪橇被白雪深深埋藏，但仍然可見轅木和綁在上面的領巾。穆霍緹馬腹以下的部位也都埋在雪裡，馬臀帶和粗毛氈歪垂著；牠渾身發白，了無生氣的馬頭垂抵在自己凍僵了的頸子上，鼻孔裡掛著幾條冰柱，雙眼被白霜覆蓋，彷彿盈滿了淚。牠一夕之間折騰得像是全身洩氣般消瘦下來，只剩下皮包骨。

瓦西里．安德烈耶維奇僵硬得宛如一尊冷凍寒屍，當人們將他從尼基塔身上翻下來時，他的雙腿仍維持叉開，兩臂依然像撐著地一樣伸直；那雙像鷹隼般的凸眼凍住了，短鬍髭下張開的嘴裡全都是雪。而尼基塔雖然全身冷進骨子裡，但還活著。當他醒來時，他確信自己已經死了，他正在經歷的不是這一輩子的事，而是下一輩子。當農民們挖到他、並把瓦西里．安德烈耶維奇凍僵的遺體從他身上翻推下來時，他聽見人們的叫喊聲，起初還覺得很驚訝，心想原來另一輩子的農民叫喊方式竟然還維持和上輩子一模一樣，而這些農民也都還活在同一副軀體裡。後來他意識到自己還活在原來的世界裡，比起高興，他更覺得遺憾，尤其是發覺自己雙腳腳趾都凍到幾乎喪失知覺。

尼基塔在醫院裡躺了兩個月，三根腳趾截肢，但其餘凍傷都康復了，因此還能工作，繼續活了二十個年頭，先是當農場工人，晚年時是看守人。他如願以償地在自家過世，這是今年的事；他兩手握著一根點燃的蠟燭，在聖像下嚥了最後一口氣。臨終前，他請求妻子的原諒，並原諒了她和桶匠的事。他也向兒子和孫子們告別，由衷慶幸自己消除了兒子和媳婦必須養活他的重擔，並爲自己眞的擺脫了這令他厭倦的生活而開心，想要進入另一段生命旅程的念頭年復一年益發明確，且時時刻刻漸進強烈。他死後醒來的地方是更好、或者更糟，他會失望、抑或是找到了他內心所期望的世界，我們很快便會知曉。

然而他們還是繼續前進了

◆對〈主與僕〉的思考

托爾斯泰，被譽爲道德倫理的巨人、史詩級巨作小說家、素食主義者、貞操戒律的擁戴者（但即使到年老時也未能貫徹實踐）、農業理論家、教育改革家、國際基督教無政府主義運動領袖，納博科夫將這個宗教運動描述爲「一種印度教涅槃和新約聖經之間的中性融合——也就是不需要教會的耶穌。」托爾斯泰也是非暴力主義的倡導者，在全世界都擁有忠實門徒，包含年輕時期的印度聖雄甘地。說托爾斯泰的小說改變了人類看待自己的方式，一點也不爲過。

因此，托爾斯泰的小說幾乎全是描述事實，這件事就顯得很有意思。他所用的語言並非特別高尚、詩意、或擺明就是要講哲理，主要是描寫人們究竟做了些什麼。

比方說，在〈主與僕〉故事之初：

「尼基塔用他像鵝一樣微微內八的腳掌踢著輕快的腳步，如同往常爽朗又心甘情願地走進馬棚，取下那付掛在釘勾上帶流蘇的沉重皮製轡頭，釘鈴鐺鋃走向封閉的馬廄，主人要他駕的那匹馬獨自站在裡面。」

或者尼基塔開始幹活的這一段：

「尼基塔用外套衣擺撣撣馬背上的灰塵，在牠俊美的頭上套好馬轡，把牠的耳朵和前鬃順直，將糾結的韁繩甩鬆，再牽著牠走到水邊。」

還有他們停留在格里石金諾時：

「『準備好了。』一個年輕女人回答，然後用圍裙撣了撣不斷噴出熱氣的茶炊頂部，費盡力氣把茶炊端過來，高高舉起，咚一聲重重放到桌上。」

這裡又可以做一個著色挑戰：隨便抽出故事中的任何一頁，將描述事實的文句畫上顏色，再用另一種顏色標記出作者的觀點（哲學或宗教思考、或觀察人類言行後的警世格言）。你會發現這則故事幾乎全部都是事實描述，尤其側重對動作的具體描寫。也因此當托爾斯泰確實對一個角色置入主觀看法時，讀者也順水推舟地視之爲客觀和精確，讀起來就像只是在描述尼基塔穿越院子或備馬；由於它們確實出現在一段以事實爲基礎的段落裡，便提高了我們的接受度。我們接受托爾斯泰斷定尼基塔通常是爽朗又甘願地幹活，就像我們承認他說馬轡是皮製而且有流蘇，兩者思路並無不同。

同樣的，如同我們在之後情節看到的那樣，當托爾斯泰講述人物的想法或感受時，他也採取簡潔精準的筆法，使用了在句法上看起來很寫實的簡單客觀句，而且不妄下定論。

一件事實會吸引我們。這似乎是我們一直尋尋覓覓的「小說創作法則」之一。光憑「這輛車是紅色的，有凹痕」一句話，就能讓讀者腦海裡出現一輛車。何況如果這件事實是一個動作，那就更不會引起反對：「這輛有凹痕的紅色轎車慢慢駛離停車場。」我們很少會懷疑這種敘述，通常會在非自願的情況下自動對這句話埋單，忘記實際上並非眞有這輛車，也沒有停車場。

不過，說這則故事幾乎是由事實描述所構成，並不代表托爾斯泰是個節約用字的極簡主義者。他有一種造句的天份，能讓句子在描繪事實的同時，還傳遞豐厚的訊息，藉此創造出一個內容豐富詳細到令人很難一下子消化的世界。

想想看「女人把茶炊端到桌子上」這句話，和托爾斯泰的描寫有何區別：「（她）用圍裙撢了撢不斷噴出熱氣的茶炊頂部，費盡力氣把茶炊端過來，高高舉起，咚一聲重重放到桌上。」

用圍裙擰、「費盡力氣」把茶炊端過來、放下壺時發出的咚聲，以及她把茶炊端來時，壺的高度實際上是低於桌子（因爲她要先「高高舉起」才能放下），這些都是用來修飾「女人把茶炊端到桌子上」這個基礎動作。雖然這些描述不會讓任何人物變得更突出（畢竟任誰都會覺得茶炊很重），卻能讓動作更詳盡。比起只說她「把茶炊端到桌子上」，故事裡的描述更讓茶炊顯得更重、更燙；我腦海裡浮現的這個女人，也比按照字面看來的更爲具體，彷彿能夠看見她漲紅的臉頰、衣衫腋下的汗漬，甚至可以想見她轉身離開桌邊時，吹開額頭上一綹被汗水浸溼而沾黏的頭髮。

拿風火輪上的小加油站來比喻，托爾斯泰的其中一種加油站就是：說些會讓讀者信以爲眞的話。納博科夫稱這是托爾斯泰的「精準摹寫」。

我們可以判斷事情是否符合世間常理，知道事情該怎麼做才可能運行，能推測事情會一帆風順、或不可能行得通。當我們對世間萬物如何運作的觀念受到故事認同時，這則故事就博得了我們的好感。而它帶給我們一種快感，就是這種建立於事實認同之上的快感，讓我們保持讀下去的動力。由於小說裡的一切都是作家發明出來的，我們持續在輕度懷疑的狀態下閱讀，每句話都是一場判定是否爲眞相的小型公民投票。我們會一直問「眞假？」如果我們的答案是「是，看起來是眞的」，那我們就會被小加油站彈射出去，繼續閱讀。

「大部分俄羅斯作家都對眞理的確切發展和基本屬性極度感興趣。」納博科夫寫道：「托爾斯泰低著頭，緊握雙拳，朝它（眞理）長驅直入。」托爾斯泰追求眞理有兩種方式：一是作爲小說家，二是作爲道德的傳教士。身爲前者，他銳不可當，但總是被作爲後者的自己給拖累。不知爲何，這場矛盾糾結，用納博科夫的話來說，介於「一個會心滿意足地欣賞黝黑土壤、白皙軀體、冰藍霜雪、翠綠田園、青紫雷雲之美的男人，與一個堅稱小說是充滿罪惡與不道德藝術的男人」之間，這正是讓我們覺得托爾斯泰是位道德倫理巨人的原因。就好像他只有在情不自勝時才會訴諸於小說，而且必須讓這份罪惡有放縱行使的價值，因此小說只能用來回答最重大的問題，回答時要懷著至誠，這份誠實有時也令人心神俱裂。

然而，根據托爾斯泰之妻索妮婭的日記，他在家庭裡就不怎麼能稱得上是道德倫理的巨人了。

「他把一切都推諉到我身上，」她寫道。「一切，毫無例外：孩子、他的財務管理、人際關係、商務、房子、出版商。然後又指責我插手玷汙了這一切，因而鄙視我，退卻到他的自私之中，不斷埋怨我……去散步，去騎馬，寫點東西，隨心所欲去任何地方，完全沒爲家人做任何事……爲他寫傳記的人會講述他如何去幫腳伕打水，但沒有人會知道他從來不給他的妻子片刻喘息的時間，或從未餵過他生病的孩子半滴水。三十五年來，他坐在床邊看顧孩子的時間從來不超過五分鐘，從不讓我休息或安睡一整夜，也不曾讓我去散步，或讓我單純歇停一會兒來恢復精力。」

托爾斯泰的傳記作者亨利．特羅亞則說，索妮婭意欲透過日記「爲她的言行動機辯護，不是向她的家人和同代人，而是向後代」。

嗯，要是索妮婭聽到特羅亞這番評論，應該會表示：這傢伙聽起來也是個討厭鬼。

然而，托爾斯泰的書寫又充滿了同理心，這是他聲譽卓著的原因。他關切弱者和無權勢者，看見每個議題的所有面向，創造出各式各樣的角色（社會低層人民、上流階級、馬、狗，你說得出來的大概都有），由此構成的小說世界讀起就幾乎就和現實世界一樣細緻複雜，形形色色。人們即使只讀了幾行托爾斯泰的文字，也會感覺到對生命的興致煥然一新。

我們要如何理解他的這份矛盾？

當然，作家和本人是兩回事。作家是那個人的其中一個版本，負責塑造一個看似想宣揚某種特定美德的模型世界，而這些美德可能是他本人無法實踐的。

「小說家不僅不是任何人的代言人，」米蘭．昆德拉[12]寫道：

> 我會說，他甚至不是自身想法的代言人。當托爾斯泰爲《安娜．卡列尼娜》擬定初稿時，安娜是個極度沒同理心的女人，她的悲劇結局完全是理所當然、適得其所。小說最終版本卻大不相同，但我不認爲是托爾斯泰在這段期間裡修改了自己的道德觀；與其說他在寫作過程中傾聽自己的道德理念，我會說，他一直在聽另一個聲音，我稱那道聲音爲小說的智慧。每位眞格的小說家都會聆聽這種超乎個人的智慧，這也說明了爲何偉大的小說總是比它們的作者更聰穎一些。比自己作品更聰明的小說家，應該去從事其他行業。

如昆德拉所說，作家有技術地向這種「超乎個人的智慧」敞開心房，這就是「技藝」：一種開啓通往我們心中那種超乎個人智慧之門的方式。

將這項「技藝」銘記在心，我們來瞧瞧托爾斯泰看起來不愧是道德倫理巨人的地方，從故事第二頁（本書第一九九頁）開始的一組五段式動作。

在以「尼基塔的妻子瑪莎……」開頭的這一段，全知的故事敘事者告訴我們一件客觀事實：瓦西里慣常欺騙尼基塔和他太太。

下一段「我們訂過什麼協議來著？」這段裡，托爾斯泰讓瓦西里在與尼基塔的對話裡，直接點評他們這段關係：「我們做事坦蕩蕩，你爲我服務，我不會虧待你。」但我們都知道這

12 米蘭．昆德拉（Milan Kundera, 1929-2023），捷克裔法國作家，曾參與布拉格之春運動，最著名作品爲《生命中不能承受之輕》。

不是眞的，因為全知的敘事者剛剛已經告訴過我們了。

接下來，我們進入瓦西里的腦海，這能讓我們看見他的大腦如何處理他方才撒的謊：他「誠摯地相信，自己就是尼基塔的大恩人。」與其在腦海裡「哇哈哈」得意大笑，這種想法會創造出另一個截然不同的瓦西里。你也清楚，「瓦西里不介意說謊，反正尼基塔只是個農民，瓦西里對於向他的白痴僕人撒謊絲毫不覺得內疚」，這個心知肚明自己正在欺騙尼基塔的瓦西里，與沒怎麼覺察到自己在說謊的瓦西里，這兩類人不盡相同。他想要兼得魚與熊掌：欺騙，同時仍自視仁慈。換句話說，他是個僞君子，而且和所有僞君子一樣，不覺得自己就是。

對於瓦西里的公平交易宣言，托爾斯泰隨後給了尼基塔一個直接回應的機會：「我會服侍您，就像侍候自己的父親一樣盡心盡力。」尼基塔如此宣稱，但我們依然很懷疑。尼基塔很可能只是在打太極，敷衍他罷了。

最後，我們進到尼基塔的思緒裡，這地方中肯多了；眞相在此大白，他很清楚知道自己被騙，但又明白，即使嘗試闡述自己的想法也是徒勞無功，「畢竟他沒別的出路，也只能將就一點，人家給什麼就拿什麼」。

因此，在這三段文字內，出現五次視角變化：(1)客觀事實，來自全知的故事敘事者，(2)瓦西里的公開立場，來自他對尼基塔的拍胸脯保證，(3)瓦西里的私下態度，來自他的思緒，(4)尼基塔的公開立場，來自他對瓦西里的回應，(5)尼基塔的私下態度，來自他的思緒。

處理這麼多次視角轉換，通常會讓讀者付出額外心力，而這心力會減損讀者的注意力。但在這裡，我們幾乎沒察覺視角變換了，因為被托爾斯泰的「精準摹寫」迷惑。當進入另一個角色內心時，我們在那裡發現的東西令人感覺很熟悉，且再眞實不過。那是由於我們心裡早就有自己的預期版本，又發現這和角色內心的想法幾乎相同，所以便接受了這些想法，形成一幅宛如上帝視角的全息投影圖。

這種手法的另一個例子，是從故事第二十七頁（本書第二二四頁）末開始，當瓦西里和尼基塔即將第二次（也是最後、最致命的一次）離開格里石金諾：

在「哼，天氣就是這樣！」這段：視角從瓦西里的想法開始。

接下來兩段：進入「老東道主」的內心戲。

這一節的最後一段：首先是在彼得魯希卡的腦海裡，然後切換到尼基塔。最終，在最後兩行讀起來像是邏輯證明和死亡判決的文字中，托爾斯泰、也就是全知的敘事者下了結論，農莊裡因此「再沒有人開口勸阻這些準備離開的客人」。（眞是讓人不禁想高喊一聲：「證明完畢！」）

所以，在這裡我們又得到了四個段落中的五段式視角轉換。

不過，讓我們深信不疑的，並非只是這種心靈切換活動，而是托爾斯泰一切進不同心靈時立刻就做的事：針對在角色內心裡發現的事物，進行直接而寫實的報告。沒有批判，毫無詩意，只有平鋪直敘的觀察誌——當然，這是一種自我覺察的形式（作者自問：「如果我是那個角色，在那種情況下，我會想些什麼？」）不然這些想法還會從哪裡來呢？除了自己的頭腦之外，托爾斯泰還能從哪裡找到其他素材，塞進其他角色的腦袋？這四人都是托爾斯泰，而他並非帶著深深的同理心描寫他們的思緒，只是把自己在類似情況下的想法歸屬到他們身上；這些想法稱不上是很獨特的心理變化，而是對應他們扮演的情境角色（催生這趟遠行的人、東道主、熱愛文學的年輕人、冷到不行的僕役）而生；相形之下，托爾斯泰在其他特立獨行、性格鮮明的角色身上，使用了更多秘密配方，畢竟現實世界中，和這些角色一模一樣的心靈，從未眞正存在。

換句話說，這些段落令我們將托爾斯泰視爲道德倫理巨人的原因，是心靈之間的切換技術，再加上一股自信。托爾斯泰對什麼有信心？他相信人們與他之間的相似多於迥異。他相信自己內心有個瓦西里，有個老邁的農莊東道主，有個彼得魯希卡，也有一個尼基塔。這種信念是一條通道，通向所謂的聖潔慈悲。

魔術師不必眞的把助手切成兩半，在短短的表演時間內，他只要看起來正在這樣做，再加上某些觀眾給予的優勢。不遠處可能有觀眾在仔細觀察後，意識到這只是魔術師製造的幻覺，但決定配合演出。

那些觀眾就是我們，我們同意配合演出，因爲出於某些理由，身爲凡人的我們期望看見：凡人之中也有人能夠做出一點堪稱神蹟的事，並在這過程裡告訴我們，若神確實存在，祂如何看待我們這些血肉之軀，祂對於人類的行爲又有什麼想法。

「主與僕」蘊藏的效果，讓我們自然而然聯想到大眾娛樂——電影效果，就這麼說好了。故事過程實在很折騰人心，我們押注了很多關切，想知道事情會走到什麼樣的結局；到後來，我們根本就是爲了知道究竟是誰會死，而繼續讀下去。有些故事——你我都大方承認吧——我們只是基於一種責任感而讀下去，就像穿梭在一間普通的地方博物館，觀賞一些我們應該要感興趣，但內心卻眞提不起勁的東西。讀這種故事時，我們也只是在讀字；故事裡的一連串文字，變成我們善盡讀者職守而必須處理的解碼任務。它們是作者苦心扭擺出來的舞姿，我們尷尬又不失禮貌地忍耐著。而閱讀〈主與僕〉時，我們開始活在其中，那裡沒有文字，我們發現自己思考的不是用字遣詞，而是那些角色面臨的抉擇，在現實生活中我們可能也曾做過那樣的選擇，或者，總有一天可能也必須面對同樣的問題。

這就是我想寫的那種故事，那種停止單純書寫、開始置身其中的故事。

但是，老天爺啊，嘴上說是很容易，實際做可困難多了。

〈主與僕〉能達成這個效果，某部分而言，是得益於它的架構。

想像一下，現在我要帶你參觀一座豪宅。導覽路線規劃如下：我們會從閣樓開始，一路往下欣賞。如果在下一層樓，我偏離這個原則，帶你進入一個邊間，踏上三格階梯，進入一間小密室，你對此不會有異議，甚至可能還滿喜歡這樣的安排，因爲你知道我們大致上仍照著「一路往下欣賞」的計畫走。

〈主與僕〉發揮它電影推進效果的其中一種方式是，托爾斯泰在故事初期就發表了他的導覽規劃，好比我的「一路往下欣賞」，他的則是「我們要駕雪橇出去買地」。

來看看他的規劃大綱：

章節	動線
I	準備出發去附近的地主家。介紹瓦西里和尼基塔出場。
II	他們離開自家農莊，首度迷路，偶然到達格里石金諾。
III	沒有停留，二度迷路，偶然又回到格里石金諾，這次稍停。
IV	在農民家休息，婉拒過夜。
V	三度迷路，必須在山溝邊過夜。
VI	從瓦西里視角看那一夜。以瓦西里騎馬離開作結。
VII	稍微倒帶，再從尼基塔視角看那一夜。以瓦西里騎馬離開作結。
VIII	瓦西里的胡亂騎行。他迷路、兜圈、遇見苦艾叢；馬跑了，瓦西里追蹤牠，找到了……他的雪橇。
IX	瓦西里趴在尼基塔身上，凍死，救了尼基塔。
X	尼基塔的後記。

某個地方出發，然後迷路，這個基本模式重複了四次。整個故事可以看作是一連串的迷路和回家，以最偉大的回家爲完結：瓦西里「回家」了，有鑑於他功德圓滿，我們猜他應該上了天堂。另外，仔細想想，故事的最終結局是落在尼基塔的雙重「回家」：回到他在村裡的家，然後也回到上帝身邊。

如同我們在〈寶貝〉看到的效果，一個模式會產生推進力。每次我們覺得找到路了，根據前面的模式，我們預期大概很快又會迷路，然後就眞的又迷路了，這麼料事如神，嗯，眞是太值得誇獎了。

故事還內嵌了第二種模式，像是某種「影子架構」[13]：每個篇章都從一個渴盼、困境或挫折開頭，以懸念作收：

章節	動線
I	瓦西里想要買那塊林地，雖然這天是節慶，但還是出門了。
II	迷路了，但找到小村。
III	迷路了，但又回到（同一座）小村。
IV	再次出發，但這次有嚮導陪他們到路口。
V	迷路了，但接受事實，決定在山溝附近避難。
VI	瓦西里感到絕望，但採取了行動（獨自逃跑，企圖自救）
VII	尼基塔邁向死亡，但接受命運。
VIII	瓦西里迷路，步行追馬，但又回到雪橇這邊。
IX	瓦西里邁向死亡，但死得很高興。
X	尼基塔續活二十年，死亡，但很高興離開這一生。

這種模式也呈現於故事的整體走勢：瓦西里蹉跎了自己的生命，但最終（精神上）得救。這個影子架構爲自己供應了一些推進力：在每個章節裡，我們的主角都碰到麻煩，但得以脫身。他們，以及我們，都帶著剛逃離某些危機的如釋重負感進入下一章節。好比走鋼索的人左搖右擺，看似就要摔下來，但成功恢復平衡，你觀看時投注的心力，在這過程中也隨之增加。

故事整體動線規劃，就像是一條湍急迅猛的河流，將我們沖往下游；過程中，一場場小事件宛如潛藏在河中原地打繞的漩渦，不時攫住我們。時時刻刻都想著怎麼從各個漩渦裡生還的我們，被分散了注意力，所以根本沒有意識到自己正朝河流盡頭的死亡瀑布滾滾前進。

根據第一個故事動線，第二章節的第一部分裡，托爾斯泰的任務是讓瓦西里和尼基塔「離開自家農莊，首度迷路」。

要達成這個目標，有很多種方法。

二流作家（我們希望自己永遠不會成爲頂著這頭銜流傳後世的可憐人）可能會這樣做：(1)在他們出發後，路過某些東西，隨意聊著某些話題；(2)到達一個十字路口，瓦西里選擇直走，由於故事沒交代或寫得不清不楚，所以我們也無法釐清原因，反正他就是選了直走；(3)尼基塔睡著了，沒有爲什麼；(4)他們莫名就迷路了。

比較一下二流版本和托爾斯泰版的差別：(1)他們出發後，瓦西里哪壺不開提哪壺，偏要

13　這裡的影子並非指陰影，而是由「影子內閣」變化而來。有些議會制的國家，例如英國，在野政黨爲了未來執政作準備，便設置一個預備用的內閣，對應政府各部會，遴選黨員擔任「影子大臣」，一方面針砭執政官員的施政，一方面累積相關經驗。

說起尼基塔的妻子這令人心酸的話題；然後他問尼基塔是否想要買馬，帶出尼基塔很熟悉的模式：瓦西里又要騙他。這兩個話題令尼基塔不悅。(2)他們來到一個路口，瓦西里詢問尼基塔的意見；考量天氣，我們會認爲尼基塔的意見很明智，但被瓦西里無視了，而尼基塔也沒有辯駁，只是消極地說了句「悉聽尊便」。(3)尼基塔睡著了，我們感覺這像是針對前兩個階段的回應。被嘲諷又被無視意見，尼基塔乾脆讓自己登出遊戲，於是睡著。(4)尼基塔睡覺中，瓦西里依循自己的直覺駕馬，結果讓他們迷失在雪中。

不難看出，這兩個版本的最大差別，在於托爾斯泰版多了因果關係。

二流作家版讀起來像是一系列毫無關聯的事件，沒有任何一件事會引發什麼後果，有些事情則是……就這麼發生了，但我們不知道原因。「他們迷路了」的這個結果，感覺與先前的事件無關；他們不過是湊巧迷路罷了，而這迷路也毫無意義。

跟到一個無厘頭的導覽員時，我們參觀故事的心情就會充滿挫敗和無所適從，好想知道「到底該注意哪些事」。對我們而言，二流版本裡的瓦西里和尼基塔沒有變得更眞實或具體，只是簡單筆劃構成的火柴人，沒作出任何決定，對任何事都沒反應；和閱讀故事前相比，我們讀完故事後，對他們的了解也沒比較多。

我和許多才華洋溢的年輕作家互動、共事，已經很多年了，多到我想我應該有資格說，能夠出書的作家、與作品無法付梓的人，兩者之間有兩項差異。

第一，是修訂作品的意願。

第二，是作者能夠將因果關係運用到多精妙的程度。

運用因果關係，聽起來一點也不誘人，也不是格外有文藝氣息。這是一項工藝，讓甲引發乙，滑稽喜劇和好萊塢電影都有的要素，卻是最難學的。對於絕大多數人而言，這項能力不是天生，但這就是一則故事實際上的全部內涵：一系列依序發生的事，我們可以從中辨識出因果模式。

對我們大多數人來說，難的不是讓事情發生（「狗叫了」、「房子爆炸」、「達倫用力踢他的車輪胎」，打出這些字都很簡單吧），而是讓一件事看起來會導致下一件。

因果關係很重要，因爲它帶來了意義的呈現。「王后死了，然後國王駕崩了」（E・M・佛斯特的名言[14]）描述了兩個依序發生的不相干事件，這無法代表什麼。「王后死了，然後國王悲痛而亡」把兩件事情連起來，我們看見前者導致後者，這個順序現在乘載了因果，它代表：「國王深愛他的王后。」

因果關係之於作家，好比旋律之於作曲家：它是閱聽人視爲關鍵的超能力，是吸引觀眾現身的眞正原因，是最困難的一道工序，也是它決定了一名藝文創作人是中規中矩，還是超群拔萃。

一篇寫得好的文章，就像個精美的手繪風箏，靜置在草地上。不錯，挺賞心悅目。因果關係是隨後排雲而至的那陣風，將它吹起。風箏飛揚在空中，它的美麗得以錦上添花，因爲它正是爲此而生。

再深入鑽研一下因果關係，讓我們重溫與那一車來自「亞亞亞——」村的爛醉農民相遇

14 E・M・佛斯特（Edward Morgan Forster, 1879-1970），二十世紀英國作家，著有《印度之旅》、《霍華德莊園》等六部長篇小說。文中引述的「王后死了」一句順序有誤，原話應作：「國王駕崩，然後王后死了，這是一則故事；國王駕崩，然後王后悲痛而死，這是一段情節。」桑德斯似乎秉持西方對於女士優先的紳士禮儀。例如在本書中需要使用泛指作家、讀者的代名詞時，也大多使用「她」。

的場景，在故事第十六頁（本書第二一三頁）。

這個場景在故事裡有何功效？它是很有娛樂性，但如果你還記得我們提過的康菲爾德法則（如果忘了，就複習〈在馬車上〉吧），它是如何「用一種非流水帳的方式推動故事」？我們可以把這一段全剪掉嗎？沒有這一段，尼基塔和瓦西里能否繼續前進，讓我們可以少讀一張紙？

瓦西里和尼基塔第一次出了格里石金諾，按照故事模式幫我們作的心理準備，我們期待著他們會再度迷路。然後，在「風雪交織的斜影中」，他們看見前方有個東西，是另一輛雪橇。瓦西里從旁趕上，駕駛雪橇的醉醺醺農民決定和他比賽，我們瞥見他們的馬正被醉漢揮鞭所折磨，因此「鼻孔撐大，耳朵迫於恐懼而向後轉」。戒酒自重了兩個月的尼基塔，懷著浪子回頭金不換的熱忱，斥責這車醉漢給瓦西里聽：「看看酒精都幹了些什麼好事！他們要把那匹小馬累死了。這些異教徒！」這句話把一個概念帶入故事裡：「馬可能會被嚴重壓榨勞力，導致死亡。」之後，這個概念將會使我們對可憐的忠馬穆霍緹另眼相待。被引入的觀念還有「逞一時好勝而過度勉強，將引發後患」，這和瓦西里思慮不周堅持上路的行徑相互呼應。比較瓦西里和尼基塔對於雪橇競速的反應：瓦西里被競速煽起勝利慾，尼基塔爲受苦的馬兒感到難過。再者，瓦西里只是被競速的表象煽動，實際上根本沒有什麼好爭的，畢竟他的雪橇一直都比醉農民快。這讓我們想到他和尼基塔的金錢交易：瓦西里喜歡贏，即使大局早就被他壟斷。

以上都是贊成這個場景繼續存在的好理由，有趣又有助強化主題。但我們眞正在等的解釋是，它「如何用一種非流水帳的方式推動故事？」

再回到「故事是一個能量傳輸系統」這個概念：一則優秀故事裡，作家在一段故事節奏裡製造出能量，然後將這股能量乾淨俐落地傳送到下一段節奏，盡可能使能量守恆，避免浪費。要做到這一點，作家需要察覺到自己創造的能量有何特性；在一則糟糕的故事或草稿裡，作家因爲沒弄清楚自己創造的能量特質，忽視或誤用了它，導致能量平白消散。

能量傳輸（一個場景藉由非流水帳筆法推動故事）的首選形式，也就是最有效率、最高階的方法，是讓一段節奏引發下一段節奏，尤其若下一段是讓人感覺不可或缺的橋段，意即它是一段升溫情節，故事氛圍將發生有意義的改變，就更該承襲前一段節奏。

我們帶著期待會再次迷路的心情，進入「與滿滿一車農民競速」的節奏。

競速導致了什麼？

是，它點燃瓦西里的好勝心，當然了。這個爲了勝利而活的男人贏了：「這場相遇令瓦西里．安德烈耶維奇歡欣鼓舞。」他的振奮敲響下一段節奏，「他更加大膽駕駛，不查看是否有路標，促馬前行，全然信賴自己的判斷」，結果這導致下一個（回歸基本，又非常不流水帳的）節拍：他們又迷路了。

這則故事最令人難忘的事物之中，肯定有格里石金諾。這個小村一再擔任指標，用來顯示他們迷路的程度，也代表他們最終浪費掉的救贖機會。

想想瓦西里和尼基塔四度經過村子外圍看見的晾衣繩。

每一回，托爾斯泰對於那些衣物的描述都略有不同：

第一回：故事第十四頁（本書第二一一頁），他們第一次接近格里石金諾，「兩件上衣，一紅一白，還有褲子、綁腿、和一件襯裙——在風裡瘋狂拍振，尤其白襯衫的掙扎顯得格外絕望，兩條袖子拚命揮動」。

第二回：故事第十六頁末（本書第二一三頁），他們離開村子的路上，白襯衫已經從繩索上鬆開了，「只剩一隻結凍的袖子掛在繩子上」。

這兩個畫面並列，上演了一場獨角戲：「當你們進入這個溫暖又安全的小村時，我，一介白襯衫，擔憂得發狂，並嘗試警告你：危險正在虎視眈眈。但你們這些笨蛋無視我的建議，又朝著暴風雪前進。說實在的，我已經耗盡全身能量了，現在只是勉強死撐在這裡。」這場戲爲我們強調劇情走到了哪裡：在物理上，我們又要離開小村，沿著進村的路出去；而心理上，出於傲慢自大，我們選擇了無視警告。

接著：

第三回：故事第十九頁（本書第二一六頁），他們又回到格里石金諾，「同樣掛著冷凍衣物的繩索，襯衫和褲子依然在風裡拚命抖動」。

我們把「仍然」和「拚命」這兩個修飾語解讀爲：「沒錯，情況依舊很絕望，而瓦西里仍然沒看清。」托爾斯泰沒有表達地太過火（你想想，畢竟這兩件上衣沒有害怕到緊抱在一起），但他還記得這些上衣，而且也活用了它們，這不禁讓我們會心一笑。

第四回：故事第二十八頁（本書第二二五頁），當他們二度（最後一次）離開格里石金諾，「他們驅車到了街上，再度穿越村子外圍聚落……又路過了掛著冰凍衣物的院子（不過，現在已經看不見那些衣服了）」。

這下該緊張了吧？最後的畫面不是衣服絕望地揮揮衣袖，而是徹底消失。這幅留白爲何如此恰到好處，實在很難解釋，或許可以粗淺地解讀爲：「衣服先前發出的警告都被忽略，乾脆停止嘗試了。」或者：「就像那件上衣一樣，有人（瓦西里）不久後也將……消失。」

探討〈寶貝〉時，我們把升溫情節定義爲「拒絕重複相同節拍」而觸發的結果。每回我們經過那條晾衣繩時，衣服的狀況都有一些小改變，這就是一種升溫，至少是個小規模的升溫——「拒絕重複」的一種形式。如果四次對衣物的描述都雷同，故事就沒那麼精彩了。

因此，「永遠爲故事加溫」可以想成「無時無刻對創造變化的可能性保持警覺」。如果某個元素再次出現，這第二次出場就是變化的機會，也是潛在的升溫。假設在一部電影裡，我們呈現了一幕場景，有四組瓷盤、銀湯匙、銀叉和銀刀，然後攝影機也拍了其他三幕一模一樣的場景。畫面是靜態的，但每次拍的時候，都對這四組餐具的擺放做一點調整，再依序播放；每次播出時，餐具變動越來越多，就會令人感覺到狀況升溫，也越隱含意義。例如我們以瓷盤出現的時序來追蹤：(1)瓷盤首次出現時，四組餐具都是正確、完整擺出，瓷盤、銀湯匙、銀叉、銀刀都在，(2)瓷盤第二次出現，四組餐具裡都少了銀湯匙，(3)銀湯匙和銀叉都不見了，(4)所有銀器都不見了，只剩下瓷盤。感覺上，這個變化可能意味著「撤收」或「縮減」。

晾衣繩上的變化模式隱喻著故事主人翁的狀態，但又不是完全複刻或那麼直接。例如這些衣服並非像尼基塔和瓦西里一樣，即將從正常狀態變成凍僵，而是打從我們初見它們時就是冰凍的。我們幾乎沒注意到變化的速度，僅僅稍微仔細一點觀察，就覺得它們眞是一記完美的變化球。它們沒有鐵口直斷地揭示早已安排好的未來或揭破寓意，反而製造了神祕感，讓隱喻輕巧地滲透到物質世界裡。

與醉農民的雪橇競速讓瓦西里的精神火力全開後，他們又迷路了，尼基塔從瓦西里手中接過韁繩，或者應該說，將他們的命運託付給穆霍緹，這匹聰穎的小馬帶著他們回到格里石金諾，來到故事動線第三節接近結尾的部分。

我們認爲這是瓦西里第一次有機會做了該做的事：停留，然後得救。更令人鬆一口氣的是，我們看見他果眞停下了，在一幢「以門口爲中心、兩邊對稱的磚砌大屋」前。

就像〈在馬車上〉登場的客棧一樣，問題在於：爲什麼是這間房子？在格里石金諾村所有的房子（和所有托爾斯泰可以虛構出的房子）之中，爲何作家選擇讓他們停在這間屋子前？

這問題背後眞正的疑問是：這一段情節（這一個架構單元）如何證明自己有被留在故事

裡的價值？

在這裡，一個架構單元，是指所有描述瓦西里與尼基塔這回停留在格里石金諾的文本，從故事第十四頁到第二十七頁（本書第二一一至二二四頁）。和一則完整的故事一樣，一個架構單元最好也能符合弗萊塔克三角形；與其說這是法則，更像是個目標。架構單元應該塑造成一則故事的縮影：情節升溫，達到高潮。如果我們正在寫的架構單元沒有呈現這種走勢，我們可能會想研究一下它能否那樣走；如果它已經呈現出弗萊塔克三角形，那我們可能會想讓它的輪廓更清晰。

屋子裡發生了許多微妙小事，例如尼基塔努力抗拒酒的誘惑、屋裡瀰漫溫暖和舒適感、喜歡引用保羅森著作的孫子、瓦西里一派輕鬆地說「我們會到達那裡的，對吧？」而尼基塔用一句陰鬱的「只要我們不要再走偏了就好」潑主人冷水。然而，就這個架構單元而言，以上事情都沒有讓我們脫離弗萊塔克三角形的「展示」區域；就和讀〈寶貝〉時一樣，一旦我們開始意識到自己還在展示階段，對於任何可能象徵轉往升溫情節的跡象便會格外警惕。接近故事第二十六頁（本書第二二三頁）開頭那場有關「年輕人翅膀硬了」的對話時，馬兒正被套上挽具，而我發現自己就處於那樣的警覺狀態。

這場對話中發生了什麼事，可能讓這個架構單元升向高潮？

對話裡的要點有：(1)年輕人翅膀硬了；(2)年輕人太投機，管不動，(3)分家不利於家族，悖離傳統，(4)東道主一家的二兒子想分家，重傷老父的心。

我在腦海裡稍微分析了一下，想弄清楚托爾斯泰為何選擇讓我們看見這段對話。

在這則故事裡，誰感覺起來比較符合「年輕人太投機，管不動」的描述？我會說是瓦西里。他是不年輕，沒錯，但比接待他的老農民年輕，而且處事觀念上似乎屬於新一代人：自我中心、利益取向、深受權力吸引。他不留下過夜的原因（「有生意要顧！損失一小時，一年都追不回來！」）聽起來很「投機」，與東道主的價值觀並不契合。老農莊主人兒孫繞膝，讓家人安享一堂，合乎傳統規矩；而瓦西里以顧生意爲名義，節慶時卻把妻兒丟在家。因此，我們會覺得瓦西里和那個想分家的富二代比較類似。

但有趣的是，當老農民說完後，瓦西里插話，卻沒袒護二兒子，而是站在老農民那一邊。「你累積的財富，你就是主人。」他這樣說的言下之意是：「你是個主人，我也是個主人，我懂你。別讓步，堅持到底。」

所以，托爾斯泰從根本上讓瓦西里「分裂」了。瓦西里的價值觀大致和那兒子一樣，言論上卻捍衛老父的權益。他似乎又想兼得魚和熊掌：一方面被尊爲老派、尊崇傳統、掌控一切的主人，同時扮演牆頭草，有利可圖時便沉浸在他的反傳統與資本主義大富翁遊戲裡。

第二次停留在格里石金諾，我們認爲目的應該是「給瓦西里和尼基塔最後一次自救的機會，同意留在這幢房子裡過夜」。瓦西里也遇見了另一位和他身份相當的主人，而這位主人支持他們留下。

這該算是一記大絕招了：這幢屋子裡他最敬重的人呼籲（准許）他在此過夜。

可惜，瓦西里來到這農莊的時機不對，發現本來應該是他效仿對象的老農民正處於一種前所未有的虛弱處境：再也無法壓制自己的孩子、還低聲下氣地懇求、而且看來是輸定了；甚至在外人面前含淚，心酸難堪地數落兒子。在他那一代，他或許曾是充滿權威的主人，但今晚看起來倒是不怎麼有權威。

目前我們所知的瓦西里，是個自賣自誇的商人兼惡霸。爲了自己高興，他必須掌控一切，永遠是對的，戰無不勝，所有人都得服從他。我們想像他在家裡的模樣，大概也是個暴君，家人不怎麼愛戴他，也不怎麼懼怕他，八成能避則避，在背後嘲笑他的失職無能和自大。

他已經說了，他們不會留下過夜。什麼樣的主子會打自己的臉？軟弱的，像那個老傢伙一樣——那種家園正在分崩離析的一家之主，那種愛哭鬼，那種他瓦西里窮盡一生努力不要成爲、但偷偷清楚自己就是的無用之人。

假如他們停在另一幢房子前，房子主人年輕又仍握手大權，並且正表現出善待僕役的好榜樣，瓦西里爲了不落人後，可能就會願意改變他的決定，展現自己有多體恤他的僕人，尼基塔。

然而他碰到的卻是這個衰老、軟弱、頹敗的主人，讓他感到嫌惡；加上馬兒已經備好，此時反悔就太失禮節。這驅使他回到黑夜，邁向自己的死亡。

瓦西里深信，爲了維護和宣揚自己的權威，一個「主人」必須堅定、強大、不能被說服。某層面而言，瓦西里是被自己對於這份信念的忠誠害死的。

《小氣財神》的史顧己起初老是怨天尤人，最後變得慷慨、知足常樂。《善良的鄉下人》[15]裡的喬伊／赫嘉起初傲慢自大，最後受到羞辱。《大亨小傳》[16]的蓋茲比起初信心滿滿、充滿希望，最後失意（還死了）。李爾王[17]起初是權傾一時的君主，最後——好吧，也是失意，而且也死了。

來到故事第六節，這是我在所有文學作品裡最喜歡的章節之一。瓦西里開始正常發揮他的暴躁、不耐煩、優越感、在雪地裡立個旗就志得意滿的幼稚自我，然後變成一個被恐慌寄生的懦夫，丟下尼基塔一人等死。我相信這種人性變化，我也相信——但願老天不會讓這種事發生——但若我眞是個懦夫，我也會做出一樣的事。

這是一段強勁而精妙的章節，讓我們這些三流作家（是和托爾斯泰相比，沒辦法）內心充滿嫉妒和怨恨，但我們還是有機會獲得一些小安慰，因爲仔細觀察的話就會發現，故事裡造成讀者誤以爲人心想法出現改變的幻象，只要透過一個簡單的模式就能做到：讓曾效力於瓦西里的人事物，都停止工作。

這一節可以自然地拆分成兩集來看：上集是瓦西里睡著前（本書第二三〇頁到二三五頁），下集是他醒來後（本書第二三六頁）。

上集一開始，瓦西里出於害怕，嘗試了各種分散注意力的方法。他點了一根菸，豎好了旗子。接著他把精力投注在「構成他生命中唯一的目標、意義、歡愉和驕傲的那件事」，也就是錢；他運算著那塊誘他出門搶購的林地能讓他賺進多少銀子，像是「每公頃還會有大概六十四公尺的木柴」。他重新省思他們究竟是如何迷路的，避重就輕地推卸責任：「只有上帝才知道我們是怎麼錯過轉彎路口的。」注意，他說的是「我們」。他也很樂意順便貶低其他對象，包含狗（「那些該死的狗卻在該叫的時候不叫」）、其他人（「其他人也不會在這種天氣裡出門」）、以及他太太（「她太不會做事」）。然後再次說起自己力爭上游的心路歷程，誇耀「現在大街小巷都津津樂道的人是誰？布列胡諾夫！」對於自己有什麼過人之處，他省思後自覺是他「不怕麻煩，不像其他人愛賴在床上睡懶覺、或浪費時間做些蠢事」，一想到自己可能會成爲百萬富翁，他就樂得飄飄欲仙，希望有人能聽他說話（自吹自擂）。然而那裡沒有人，只有卑微的尼基塔。他深深渴盼自己此刻能身在格里石金諾，決定再抽一根菸，點菸時遇到了一點麻煩，但仍然成功，於是就像所有健康、不愁吃穿、覺得自己還有很多年才會進棺材

15 美國作家芙蘭納莉．歐康納著，收錄於其短篇小說集《好人難遇》，書中主角喬伊爲反抗母親，把名字改成母親厭惡的名字「赫嘉」。

16 又譯《了不起的蓋茲比》，美國作家費茲傑羅（F. Scott Fitzgerald, 1896-1940）著，以二〇年代的紐約爲背景，描寫理想、社會與道德之衝突，多次被改編爲影劇。

17 莎士比亞四大悲劇之一，講述不列顛國王李爾對三個女兒的錯誤判斷，導致他晚年悲淒收場。

的人一樣，他「很高興心想事成」。

他睡著了，但被「某個東西」（他的恐懼，誠實地從他的潛意識裡竄出）驚醒，在故事第三十八頁（本書第二三五頁），我們進入下集，這次他也企圖重新想一遍剛剛爲他分散注意力的事情，好得到一點撫慰。

不過這一回，那些方法也解不了他的憂。

他試著詆毀其他人：農民們（愚昧的傢伙）、他那「不討他歡心」的妻子（他會帶尼基塔一起上路都是她的錯）。但他的恐懼不僅沒有就此平息，且彷彿是要回應他的推諉，他內心的一點良知首度在故事裡坦率地審視自己的決策，然後脫口而出：「要是我留在格里石金諾過夜，這一切就都不會發生了！」

他嘗試使用老把戲，「自賣自誇達成自我感覺良好」，但逐漸茁壯的焦慮戳破了這些愉悅，「一種悄然進逼的恐懼」正伺機而動；在這種時刻，尼基塔突然間又變得有陪他聊天的價值了。瓦西里「幾次對他說話」，不過對於兩人所處的危機，尼基塔比瓦西里更嚴陣以待，於是他不回應瓦西里的搭話，藉此省點力氣。接著，瓦西里聽見了狼嚎，「牠如此接近，以至於牠活動下巴以變換叫聲的動作，在風裡似乎都能清晰呈現」；他轉念再回去想著他的「帳目、買賣、名聲」時，終於脫口而出：「鬼才要買那塊林地！要不是爲了那塊地，哪會有現在這些麻煩。」最後，他嘗試再點一根菸，卻失敗了；在我們看來，這就像是一扇門不僅被緊緊關上，還上了鎖，瓦西里再也無法從抽菸獲得安慰，這實際上意味著，他想做的事情再也不能帶給他任何慰藉了。

也就是說，前面設立的兩種因應方法（貶低他人和自吹自擂）不再起作用。對於是誰害他們迷路，他從先前的睜眼說瞎話變成吐眞言；從拒絕放低身段跟尼基塔說話，變成找他攀談。對於那塊林地，他也從懷抱著要從中賺到多少錢的希冀，變成鬆口懺悔自己想要搶買它的貪慾。

這節的架構核心，運用的是一種簡單的前後對比模式，讓我們這些沒那麼厲害的作家學到一個技巧：如果希望故事出現變化，首先要特別注意當下的狀況。當我們寫「桌子布滿灰塵」，後來又寫「剛撢過灰塵的桌子顯得亮晶晶」，代表先前棄這張桌子不顧的人已經來打掃過它，這就暗示：有人變了。

這種簡單的前後對比，隱藏在一組複雜的陣列裡。陣列裡面有場景細節，有瞬間心理狀態的描繪，你可能瞥見白雪皚皚的屋頂和隨風翻動的馬鬃，或誤以為喝那幾杯茶期間發生的家庭爭執才是那夜眞正的暴風雪。但若你試著將含有這些前後變化元素的句子著色，你將會發現，使用了這個模式的字句多得令你震驚不已。你也會訝異地看見這個架構有多麼嚴謹精準，幾乎像是數學，而且它們有多自然地藏身在所有不斷惡化、越來越可怕的「現實」裡。

我們在第二四〇頁看到儒夫瓦西里騎馬逃走，這回切換到尼基塔的視角，故事帶出了一個問題：瓦西里會改變嗎？（說得更白話一點：一個王八蛋會改變嗎？）重點實際上並不在於他們會不會得救——假設一輛滿載著醫生的雪橇忽然出現在地平線彼端，他們還帶著一堆毛毯、香菸和乾燥的火柴，故事的基本問題將會一直得不到答案。這則故事不斷強調瓦西里的觀念舉止錯得多麼離譜，描繪他有多自私、多貪婪、多麼瞧不起尼基塔，就是在告訴我們：它想問的，不是這樣的人能否活下來，而是他能不能改變。

故事可能會給出一個令人失望的答案：「改變不了。」

但更有趣、更高明的回答是：「可以，方法請往下看。」

如果我們心中那名二流作家接獲故事指示，要「改變一個王八蛋」，他會怎麼做呢？閃過我腦海的第一個念頭是，讓這個壞人好好思索，然後得到某個啓示，開始堅定地依照這份啓發來待人處事。

不過，方法並非如此。

瓦西里騎了五分鐘，看見「一點黑斑出現在前方」，誤以爲那是一座村莊，實則只是一片苦艾草（一種讓人聯想到苦澀、末世、困頓、希望渺茫[18]的藥草）。這片苦艾就像晒衣繩上那件白上衣「絕望地掙扎」，看到苦艾被狂風無情折磨的畫面，讓他「莫名」打了個寒顫，他催促穆霍緹繼續走，但很快發現自己又回到那堆艾草邊；意識到自己再次原地打轉，這幅景象「沒來由地使他戰慄」。

「我會就這樣死掉！」他心想。

馬摔進雪堆裡，爬起來，跑了。瓦西里舉步維艱地追上去，但走不到二十步就氣喘吁吁地停下。恐慌湧上，他在腦海裡列出所有他害怕自己可能很快就要遺留在世上的事物，而這份名單上沒有他的妻子，全是物質財產，就連最後一項「繼承人」也象徵他把人當成私有財，而不是寶貝的兒子。在這充滿迴圈的故事裡，他第三次與苦艾連結，這回是在他的記憶裡，而且「如此令他恐懼，深深刻印在他心裡，讓他拒絕相信這一路發生在他身上的事都是眞實的」。

苦艾到底有什麼好可怕的？

我曾經搭到一架起飛後不久就有一具引擎失效的飛機（海鷗惹的禍！），機上每個人都認爲我們即將墜機，這種恐慌持續大約有十五分鐘。機身側邊傳來一陣像是被廂型車撞上的聲響，頭上的冷氣出風口開始噴出黑煙，同班機的一支女子壘球隊放聲尖叫，然後我看到街燈排列而成的城市網格出現了（是芝加哥！），一切來得太快，聲音聽起來很驚慌的機長及時廣播：「待在座位上，繫好安全帶！」這話絲毫沒有安慰效果。我直勾勾盯著我前面的座位，心想：「我現在得脫離這副軀體了，這就是等等要發生在我身上的事。」椅背既沒托住我，也沒讓我前傾，它根本就不在乎我，反正它等等就要殺了我了，我彷彿聽見它說：「嗨，我是死神，你們都是要獻給我的祭品嗎？」原來死神一直都在這世上，直到現在我才注意到祂。祂現在要來帶走我了，很快就會帶走。我腦子裡只剩下一句荒唐的咒語，就是「不要不要不要」，深深希望時間可以倒流，希望我打一開始就沒搭上那班飛機。我懇切地想回到我的格里石金諾——我是說，回到芝加哥奧黑爾國際機場。

但那件事沒有發生。我們在地球上空不知道幾哩的地方，除了最顯而易見的那個方法之外，沒有其他選擇。在那一刻前，我一直都是個悠然自在、快樂又充滿自信的人，總是可以隨心所欲做想做的事；而在那一刻回顧時，我只覺得這傢伙是多麼可愛、愚蠢、天真、懶惰又毫無頭緒地相信著宇宙的善良。我以前一直幻想，在那種情況下，我應該會是那種參透一切、默默感謝宇宙給我這些美好年華的人，然後平靜地站起來，帶領其他乘客唱起「昆巴呀」[19]之類的聖歌。結果並沒有。我的思緒卡在「不要不要不要」不斷跳針，我也沒想到我太太、我女兒，甚至沒想到我的文章，哈哈！於是我逐漸明白，當人們說自己嚇得差點尿褲子時，那不是誇飾。恐慌凌駕一切，我可以感覺到，只要情況再有一點點惡化，我隨時都會失去對我身體的控制。

直到此刻，我都還記得那種糟糕的、困獸之鬥的感覺。

---

18 顧名思義，苦艾味苦，嚼起來有澀感；聖經啓示錄中，天使吹響號角後，出現的各種末世徵兆之一，是一顆名爲「苦艾」的星星墜落，使世上三分之一的水源都變苦，許多人喝了之後便死去。此外，苦艾的俄語 Чернобыльник，字根意爲「黑色的」，雖然它實際上是綠色。

19 Kumbaya，一種宗教音樂，源自美國東南部非裔，原意是「到這裡來」（Come by Here），祈求上帝的幫助。

但那已經變得很淡了，可以忍受。

死神即將來迎接瓦西里，這非關個人，只是死神的工作。然而，擁有絢爛生活的瓦西里發現自己步上死亡之路，雖然他知道世上萬物總有一天必將消逝，也承認這個現實，但他發覺自己很難接受自己是那個「萬物」裡的一員。托爾斯泰在他的中篇小說《伊凡．伊里奇之死》裡，寫到身患絕症的伊凡想起邏輯三段論：「對他而言，『凱薩是人，人會死，所以凱薩也會死』這句話，用在凱薩身上是對的，但肯定不適用於他自己……他不是凱薩，不是一個抽象的人，而是一個如此與眾不同的生命。他曾是那個有媽媽和爸爸的小凡尼亞……凱薩哪裡會知道凡尼亞從前那麼喜歡的那顆條紋皮球聞起來是什麼味道？」

苦艾是一個畫龍點睛到了極致的「象徵」，同時代表了好幾件事。它標記著徒勞：瓦西里期望那片苦艾會是個村莊，卻事與願違；他不想再繞回去那裡，卻還是重回舊地。苦艾是死神設下的實體記號，提醒萬物，祂將冷酷地一視同仁，任何企圖逃避祂的努力都是徒勞，無論逃到哪裡，祂都會找上門，沒有惡意，絕對中立。瓦西里對苦艾有了共感，覺得自己和苦艾陷於類似的絕境裡；苦艾和他一樣，「被狂風無情折磨」；他和苦艾一樣，被「獨自遺留」，並「等待著無可避免、即將到來、又毫無意義的死亡」。

但當然，那些也是眞的苦艾：在月光下擺盪，銀白世界裡的唯一暗影，注視它的那道目光來自於……好吧，來自於我。每當我讀到這一節，都會感覺到冰冷和死到臨頭的恐慌，因爲基本上沒有一個地方不會讓我凍死；抬頭仰望墨藍色的俄羅斯天空，聽見我的靴子在雪地上磨出熟悉的可悲吱唧聲，這雙靴子很快就會被我凍僵、死後發脹的腳撐得鼓鼓的，太恐怖了！

苦艾也引發了一些事：令瓦西里禱告。

不過，「蠟燭、感恩祈福儀式，和他目前身陷的災難境地，也可能一點關係都沒有」。迄今，他所有信仰都只是形式上的，以約定爲基礎，彷彿在說：「如果我現在同意信仰祢，祢就永遠饒恕我。」此時他預見自己恐怕無法倖免，也知道無論信仰可以帶給世人什麼寬慰，當中所需的精神連結都遠多於他向來願意付出的精力，且那種寬慰無論如何都會留到下一輩子才能體驗；然而，他（和飛機上的我一樣）極度想留在這一世，深切渴望自己能獲准回到他原本的模樣，同樣悠然自在、快樂、充滿自信，總是不間斷地做著他想做的事情。

隨著祈禱失敗，苦艾引發了另一件事：使瓦西里驚慌失措。

驚恐的他追著馬疾走，「甚至」跑了起來，很快就發現自己……回到雪橇邊了，又一次完成徒勞的迴圈。他的恐懼消失了，「若還剩下任何懼怕，那大概就是擔心他剛才騎馬時經歷的恐怖會捲土重來」。苦艾把他對死亡的恐懼嚇到從心底躍升出來，並換上另一種恐懼：害怕再度籠罩在恐怖感之下。這一瞬間，他害怕的不再是死亡，而是恐懼本身；而此際他懼怕的是喪失意義，像剛剛他看見的苦艾，從生存、被風虐待到死去，都毫無意義。

他該如何避免落入無意義？很簡單，他知道怎麼辦。他必須「做些什麼——讓自己全神貫注於某件事」，這是他的習慣。當他內心焦灼（比如說對於自己的能力、或者在同儕裡的地位感到焦慮）時，他總是要「達成某些事」。幾個小時前他剛做了一件事：撇下家人，衝往能增加資產的機會，舒緩他可能會被人捷足先登的焦躁。幾分鐘前他也做了一件事：拋棄尼基塔，也是出於焦慮。

按照平常的作風，他首先考慮自己的需求：解開大衣、抖掉靴子上和手套上的雪。其次，「依照他出門向農民收購穀物前的習慣動作，把腰帶拉低、束緊，準備行動」，之後才把注意力轉向馬兒，鬆開纏在馬兒腿上的韁繩，重新把馬栓好。

所有這些行爲本質上都是出於自私。這些動作能增加他的生存機率。

接著，尼基塔氣若游絲地對瓦西里說自己就快要死了，在最後的遺言裡交代了他薪水的處置辦法，並用「哭腔」乞求原諒，說著「看在基督的份上」，手像是「趕蒼蠅」似的在臉前揮動。

瓦西里則「緘默不動，在原地站了半分鐘」。

於是我們終於來到了故事一直在堆砌的這一刻：瓦西里即將發生轉變。

托爾斯泰讓自己騎虎難下。他創造了一個活靈活現的臭屁慣老闆，而且如同現實生活，這種人有時就是死性不改。我們很怕看見一個膚淺的角色大洗白，要是托爾斯泰提出什麼不合理的轉性方法（例如讓瓦西里做一些我們知道他絕不可能做的事），這個故事就會顯得像是在宣揚某種立場，被看破手腳，只能就地瓦解。他必須達成一些令人信服的轉變，仿照現實生活中，可能實際發生在臭屁慣老闆身上的改變。

托爾斯泰如何預示這種改變可能會發生？

首先我們必須注意到，在那半分鐘沉默後，瓦西里並沒有開始進入自言自語或內心獨白，發表他對主僕關係的改觀、或者對基督美德教義裡提到要善待不幸之人的全新體悟。他沒有對我們或尼基塔宣布，他已經頓悟了某些道理。筆法順序不是「一項劇變擊垮了他，於是他開悟，告訴我們他開悟了，再開始行動」，而是他直接就動手做了；實際上更該說，他埋頭繼續做，接下來的行動仍然很符合他的性格，維持他的一貫風格，「懷著要談成一筆好買賣的決心」。他繼續做他這一輩子都在做的事：奮勇果敢地讓自己保持忙碌，在焦慮入侵之前搶先抑制焦慮。

他把尼基塔身上的雪扒開，鬆開腰帶，敞開大衣，把尼基塔推倒，趴到尼基塔身上，調整大衣衣襬，把尼基塔遮在裡面。

一個趴、一個躺，靜靜地，持續了「好一段時間」。

故事的主要動作在這裡結束。瓦西里變了，我們知道這一點，因爲他剛剛做的那些事。這是一種奇蹟般的筆法，不必敘述轉變過程中的邏輯思考，托爾斯泰就讓瓦西里做出這則故事先前讓我們堅信他絕不可能做出的事。

對於那些舉動，瓦西里本人和我們一樣驚訝。我們看見他對這些變化的反應：在尼基塔嘆氣後，他那些謎一般的美好話語：「喂喂，你說你快死了！乖乖躺好，取取暖，這就是我們的做法……」隨後是「熱淚湧上眼眶，下顎也開始劇烈顫抖」。

「這就是我們的做法！」他又說了一次，這回是對自己說，並感覺到一種「不可思議的莊嚴溫柔」。

他那是什麼意思？「這就是我們的做法」？俄羅斯式的做法，俄羅斯老闆們的做法，人類的做法？奧妙之處在於：他完全沒意識到，那絕非他的做法，從來都不是，直到此時此刻才是。這是他第一次有那樣的感觸。

是嗎，是第一次嗎？這絕對是他第一次願意爲他人（而且還是個農民）犧牲自己的舒適、福利或生命，但這並非他第一次覺得自己正在爲世界做好事。

他覺得自己這輩子都在做這些好事。

此時，我搭的飛機不斷下墜。空服員和機師都陷入可怕的死寂，熟悉的芝加哥街燈夜景持續開展。我旁邊的乘客，是個年約十四歲的孩子，用恐懼、單薄的聲音說出：「先生，這註定要發生嗎？」我感同身受。「感同身受」眞是個絕妙好詞，聽起來似乎很厲害，但那實際上就是我們的心一直努力嘗試去做的事：感覺他人所承受的重擔。

「是的，註定。」我說出了違心之論。

對我而言，安撫他是很自然的行爲，畢竟爲人父母和師表已經這麼多年。安撫他，讓我感覺自己這才回過神來。這難以言傳，只能意會，好比古老的天主教讚美詩裡說：「我們必減少人的成分，基督方爲我們增加神性」。我對那孩子說話，用的是我平常試圖說服、哄騙或撫平他人情緒時的聲調，因爲那是我的習慣。用那樣的聲調回應他，帶著我自己熟悉的鎮靜、安撫意圖，再看看他的反應（他看起來似乎稍微放寬了心，即使仍半信半疑），這些事讓我由內至外發生了改變。此刻，我的能量向外朝他湧去，而不是挾著他的恐懼向內來淹沒我，令我也緊張兮兮。我回神，再次恢復成我自己，知道自己該如何行動。

我仍然很害怕，但倘若必須死去，比起死在先前那種恐慌之中，以現在這樣的姿態離開會更好。

我想，這就是發生在瓦西里身上的事。做些符合自己的言行舉止，藉此找回自己。作回自己，他便知道下一步該怎麼做。長久以來一直被用於利己的能量，現在重新定位，從前的缺點此刻就變成了超能力（像是一隻本來要衝進骨瓷商行撞碎一切的猛牛，轉頭奔向一棟待拆的小屋，幫大家省點力）。

接著，瓦西里意識到自己的行動，看見了一個充滿大愛、無私的人，對此深受感動，感覺到一種「奇異喜悅」；這種喜悅讓我聯想到一種解脫，彷彿他終於擺脫長年來箝制著他存在方式的束縛。他認出了這個新版的自己，感覺到那種「不可思議的莊嚴溫柔」，然後開始流淚。

這，就是「轉變」。

瓦西里的轉變過程，令我想起另一部文學作品裡的轉變，是《小氣財神》裡史顧己的轉變。史顧己被精靈帶領，回溯一生過去，看見自己是那個在聖誕假期被拋下的孤獨小男孩，是個戀愛中的年輕人，獲得佛心老闆照顧的小員工。聖誕精靈不會把史顧己變成別人，而是提醒他，他曾經是另一個人。他給人的感覺曾經與現在的他不同，而過去的那些他，仍然存在於他身上。我們可以說，聖誕精靈是讓從前的那些史顧己活了過來。

瓦西里記得，在過去，他曾經是另一個人，一個與麻煩正面對決，用工作能量擺平麻煩的人。他最好的那一部分自己（孜孜不倦的工作者）此刻回來了。但瓦西里在苦艾那裡已經學到一課；現在，當尼基塔說自己死期將至時，瓦西里幾乎可以聽見自己回答：「是的，我知道，而且我也是。」瓦西里、苦艾和尼基塔都一樣無能為力，註定會死。在這樣的想法之下，瓦西里把他的國界拓展出去，包圍住尼基塔。瓦西里仍然是為了自己的利益而行動，但尼基塔此刻已成為瓦西里的殖民地，瓦西里代他採取行動，就好比以自己的名義行事，感覺很自然，如此一來，尼基塔也能充分受益於瓦西里那股（可敬的）力量。

精彩的是，在轉變之後，瓦西里仍然……很「瓦西里」。他考慮要去幫馬把氈毯蓋好，但又不願讓自己打擾這份「喜悅心境」。他仍然很做自己，仍然自捧，自我感覺良好，本質上依舊自私和驕傲。他覺得自己很會救人，當他說「別怕，這次我們不會再失去他」時，托爾斯泰告訴我們，他的語氣是「帶著平常談到做生意時的自誇」。

但有些地方不一樣了。當他趴在尼基塔身上，我們看見他再次回顧那些在第六節裡先是帶給他安慰、而後卻沒能撫慰他的東西，現在他一一超越或轉化了這些東西。他仍有些勝負得失的想法，不過他這次的勝利是源自拯救尼基塔。他不再自欺欺人，而且正好相反，「我有自知之明就好」。在第六節，他從一開始的不和尼基塔說話，變成與他攀談，而現在甚至為自己沒有和尼基塔分離（「他就是尼基塔，而尼基塔就是他」）而欣喜，覺得只要尼基塔還活著，他，瓦西里，也就還活著，因為他們現在是一體的。他記得自己曾經是個為了錢而自尋煩惱的人，那個瓦西里不知道「真正重要的事是什麼」，但這個已經煥然一新的他全都懂了。

要是人生中的每一天都有人來把瓦西里凍死，他肯定會是個大善人。

托爾斯泰提出一種基本概念：道德觀念發生轉變時，並非透過徹底改造罪人，或者純粹用新能量取代常駐在他身上的力量來達成，而是要調整他原有的舊能量。

這種轉變模式多麼令人欣慰。除了我們與生俱來、以及至今一直被餵養（還有被桎梏）的東西，我們還擁有些什麼？假設你是一個超級憂天的杞國人，如果這種憂慮的能量顯現於極度講求個人衛生，那你就會貼上「有潔癖」標籤；如果這憂慮是針對氣候變遷，恭喜，那你就是個「極具遠見的環保活動家」。

我們不必變成一個全新的人，才能表現得更好；只要調整觀點，天生的能量就會轉往正確的方向。我們不必發誓戒用自己的力量，或爲了自己是誰、爲了自己喜歡做什麼、擅長做什麼而後悔。那些都是我們的馬，我們只需要爲牠們套上正確的——呃，雪橇。

是什麼讓瓦西里一生如此微不足道？（或者，是什麼讓我們現在活得如此微不足道？）然而實際上，瓦西里並不渺小，他的結局最後證明了這一點。他是無限的，他獲得的愛也不比任何一位我們珍愛的精神偶像少。他爲何要在那個充滿自私自利的渺小國度虛擲生命？是什麼讓他最終脫離了那裡？這些都是事實，他也看得出來，他對自己的看法並不眞實，認爲「他就是他自己」的觀點也不正確。這些年來，他只是他自己的一部分；是他造就了這一部分的自己，總是用他的想法、他的驕傲和對勝利的慾望來創造它、捍衛它，持續把這個瓦西里和其他事物切分開來。隨著那個瓦西里的形體逐漸消失，遺留下來的那一小塊瓦西里破解了當中的謬誤，並加入（回歸）那個完整而偉大、不再是瓦西里的瓦西里。

如果我們可以逆轉這個過程，讓瓦西里復活，身體再次溫暖，融化冰雪，並使他忘記今晚學到的一切，我們會看見有一顆心靈一一重申各種謊言：「你不同凡響」、「你才是主角」、「你不會錯」、「勇往直前證明你比較棒，你是最棒的」。

然後他又會整尊好好地變回原來那個他了。

事後想想#4

我對這則故事一直都抱有一點小挑剔。沒有在分析〈主與僕〉的論述文章裡提出，是因爲不想玷汙我對這篇小說的稱頌。

不過，現在讓我來說一下。

在第六節裡，我們看見瓦西里如何走向他可能即將死亡的事實。到第七節，輪到尼基塔來面對。

被瓦西里拋下後，尼基塔短暫地恐懼了一下，但他禱告，然後立刻就「意識到自己並不孤單，因爲『那一位』總是傾聽他，不會拋棄他」而感到安慰。開始失去知覺後，他對睡著和死亡都做好了準備。

尼基塔從容面對自己可能會死的想法，因爲他「總認爲自己眞正仰賴的是造物主，那位差遣他進入這一世的萬物之主」。至於他的罪——嗯，反正上帝就是把他創造成這樣；而對於瓦西里，尼基塔仁慈地想：「我想你也對你引來的事情發展感到遺憾吧，親愛的。」另外還有：「要是我也不會想離開像他這樣的人生！」

這一節讓我覺得——少了些什麼。少了些趣味，少了些細節。尼基塔似乎善良得不眞實。感覺上，托爾斯泰想要塑造某種完美農民的慾望，壓抑了尼基塔這種在眞人面對死亡時應有的情緒。尼基塔不懼怕死亡，因爲他如此單純、無私、率眞，只要想到上帝，就能舒緩恐懼。這使他與瓦西里那個神經兮兮、滿心算計、信仰不堅定、嚇得半死的主子形成對比。

但肯定也有心思不單純的農民，或無論單不單純都怕死的農民，神經敏感、不相信上帝的農民肯定都存在，因為「農民」終究是人，不單只是「農民」。換句話說，我覺得托爾斯泰指摘瓦西里的事情，在托爾斯泰本人身上可能也有一點：他們都沒有把尼基塔視為一個完整的人。

快轉一下，來到故事的最後一部分（第十節）。

被瓦西里維持住體溫，尼基塔活了下來。第二天被挖出來時「還覺得很驚訝，心想原來另一輩子的農民叫喊方式竟然還維持和上輩子一模一樣」；當他意識到自己還活著，他對此並不高興，而是「遺憾」，尤其是發現雙腳都有凍傷。

最後一段，更是直接跨越了二十年。我們可能會想知道：尼基塔在這二十年——在這段瓦西里犧牲自己為他贏來的時間裡，他都做了些什麼？

事實證明，做得不多。或者，做得差不多。

那一夜如何改變了他？好像沒有改變。

在尼基塔臨死前，他請求妻子的寬恕，並原諒了她與桶匠的關係，這代表他先前並未這樣做過——二十年前，他腳上纏著繃帶，滿懷著受瓦西里啓發的同理心，從醫院一拐一拐地跳回家時，他沒有請求或給予諒解，沒有把一切撥亂反正。由於托爾斯泰沒有告訴我們其他事，我們只能假設尼基塔單純回到往常的生活方式，友愛動物，偶爾用斧頭劈劈妻子的衣服，諸如此類。

我們沒能看到尼基塔思索起雪橇上那瘋狂的一夜。他沒有反思瓦西里的懦弱和贖罪，沒問過一句：「我的主人為何那樣做？」或「他到底發生了什麼事？」瓦西里覺得他和尼基塔已經合而為一，但尼基塔呢？沒到那種地步吧。然而，他似乎沒怎麼感謝瓦西里；或者，他根本就沒想到瓦西里。

這……很奇怪。如果一個人奉獻生命而救了另一個人，被拯救的人卻從來沒想過這件事，沒表現出感恩，看起來也沒有因爲這件事而發生改變，我們會納悶犧牲有何價值，並對被救之人有所懷疑。

不僅如此，這還會讓我們對作者也感到疑惑。

瓦西里死時，我們在故事第九節邁向結尾的一大段內心戲裡（本書第二四七至二四八頁），見證了他生命的最後時刻。尼基塔的大限來臨時，我們得到關於他死亡的赤裸事實，「他如願以償地在自家過世……他兩手握著一根點燃的蠟燭，在聖像下嚥了最後一口氣」，但沒看見他臨終時的感觸或想法。劇幕闔上之際，我們被暗示，我們也得等待自己的死亡，屆時就能看看尼基塔是「失望，抑或是找到了他內心所期望的世界」。

有一回課堂上，我在教一部有缺點但值得鑽研的果戈里[20]作品，故事名是《涅瓦大道》。一個學生說她不喜歡這部作品，因爲它帶有性別歧視。作爲回應，我語帶師者才懂的玄機反問：「哪裡？」而她正確地指出那些部分，並以角色受辱的兩種狀況爲例。當一個男性角色被侮辱時，果戈里進入角色的腦海，我們可以聽見該角色的內心想法；當一個女性角色受辱時，卻是一個第三人稱的故事旁白出現，拿她又開了一次玩笑。

於是我要求全班想像一下，如果果戈里公平一點，讓這名女性也來一段內心獨白。全班進入一陣沉默，然後集體吐了一口大氣、或嘴角浮現笑意，因爲我們立刻都想到了一個更好的故事版本：同樣黑暗和詭誕，但更好笑也更實在。

所以，沒錯，這則故事是有性別歧視，但另一種說法是，這則故事有技術上的缺陷。這個缺陷可以修正（或本來可以，要是果戈里還活著的話）。我學生指出的性別主義肯定存在，並用「不公平的講述形式」這種特別的狀態呈現在文本裡。

我要說的是，這當中有個放之四海而皆準的論點：任何乍看之下有道德缺陷的故事（看起來有性別歧視、種族主義、恐同症、恐跨性別症、賣弄知識、挪用、其他作家作品的衍生創作等），若在乍看之際能有足夠分析，就會發現它眞正的問題是技術缺陷；一旦這些技術缺陷解決了，它就會成爲一則更好的故事，屢試不爽。

我們一直環繞在「托爾斯泰好像表現出階級偏見」[21]這個指責，透過自問「具體來說，到底哪裡有偏見」後，它可以轉換爲中立、也更實用的技術觀察：「至少有兩個地方，一是在尼基塔離開醫院回家時，二是他們各自的死亡場景，尼基塔的內在都沒有被呈現出來，而這是托爾斯泰在類似的時刻賦予瓦西里的東西。」

別忘了，像〈主與僕〉這樣精采的故事，爲了當中那所有的精妙事物，我們應該懷著感恩之情接納它。

但是，本著一種探索技術時該有的刁難精神，戳戳它的痛處，也挺有趣。

那麼我們能否想像出第十節的另一個版本，保障尼基塔獲得的敘事資源，和托爾斯泰在相同時刻給瓦西里的一樣多？

那個版本可能會從他獲救之後，在醫院療養時的思索場景開始。我們認識的尼基塔很熟悉瓦西里的花招，他對瓦西里有很多定見：固執、自我中心、無可救藥、但還算可以迴避和忍受得了的人。尼基塔現在會怎麼看瓦西里？詫異嗎？疑惑嗎？他如何消化瓦西里爲了「只

---

20 果戈里（Nikolai Gogol, 1809-1852），是本書下一篇故事〈鼻子〉的作者。果戈里是俄國文學史上極重要的作家，以荒誕諷諭性的小說和喜劇聞名，杜斯妥耶夫斯基曾說後代俄羅斯作家「都是從果戈里的〈外套〉走出來的」。果戈里出生於帝俄時期的波爾塔瓦省，該地現屬烏克蘭；烏克蘭風土與性格也反映在他的部分作品，惟作品皆以俄文寫成。

21 作者註：托爾斯泰在「純樸善良的農民」這種理念上投注了大量心力和資源，這有時導致他會塑造出一些不大符合眞實狀況的農民，如納博科夫所說，我們可能會看見這些農民角色「做著極度令人嫌惡的工作——卻以天使般淡漠輕輕帶過」。

是個農民」的他而犧牲性命的事實？整篇故事中，瓦西里一直瞧不起尼基塔，但實際上，尼基塔也同樣看不起瓦西里。這個體悟可能會讓尼基塔產生什麼想法或感覺？

我們還可以修改故事的最後一段，試著讓它看起來像第九節末描述瓦西里之死時，那般全知而誠摯地深入心靈。

這會是個絕佳的練習，如果各位想做做看的話。

所以，是的，給你一個作業：重寫第十節。

像托爾斯泰那樣寫喔。你知道，要用「很多事實描述」。哈，加油啦。

鼻子

尼古拉·果戈里

1836

鼻子

I

三月二十五日的彼得堡，發生了一件異常離奇的事。住在耶穌升天大道的理髮師伊凡·雅可夫列維奇（他的姓氏已經不可考，甚至他的店招牌上，也只有一位臉頰上塗滿泡沫的紳士，旁邊寫著「兼做放血」，就沒別的了）——總之呀，理髮師伊凡·雅可夫列維奇一早就醒了，聞到了新鮮麵包的香氣。他微微從床上抬起身，看見他那位頗受人敬重又愛喝咖啡的太太，正從烤箱裡取出剛烤好的麵包。

「我今天不要喝咖啡，普拉斯柯薇雅·奧希波夫娜，」伊凡·雅可夫列維奇說。「吃點熱騰騰的麵包夾洋蔥就好。」（其實伊凡·雅可夫列維奇兩個都想要，但他深知同時滿足兩個願望是不可能的，因爲普拉斯柯薇雅·奧希波夫娜非常討厭這種任性要求。）「就讓這傻子吃麵包吧，對我來說更好，」作太太的心想，「我還能多喝一杯咖啡。」於是她把一塊麵包扔到桌子上。

爲了看起來體面，伊凡·雅可夫列維奇在襯衫外面套上一件燕尾服，坐在桌邊，倒出一些鹽，準備兩顆洋蔥，拿起一把刀，擺出一個意味深長的表情，開始切麵包。把麵包切成兩半後，他瞧了瞧麵包裡，訝異地看見一個白白的東西。伊凡·雅可夫列維奇用刀子小心翼翼地戳了戳，把手指伸進去摸了摸，「結成一塊呢！」他自言自語。「這會是什麼啊？」

他將手指伸進去一摳，摳出了——一個鼻子！伊凡·雅可夫列維奇目瞪口呆，揉揉眼睛，又摸摸那東西：鼻子，眞的是一個鼻子，而且看起來很眼熟。伊凡．雅可夫列維奇臉上流露出滿滿驚恐，但這種驚恐與他妻子的憤怒相比，只是小巫見大巫。

「畜生，你去哪裡割了個鼻子回來？」她氣憤地叫喊。「渾蛋！酒鬼！我會親自向警察報案！我已經聽三個人說過，你刮他們鬍子的時候都快把人家的鼻子擰斷了，他們的鼻子還掛在臉上眞是個奇蹟。」

但伊凡．雅可夫列維奇已經是個心如死灰的狀態。他認出這個鼻子是八等文官科瓦留夫的鼻子，他每週三和週日都會上門幫科瓦留夫刮一次鬍子，對於他的鼻子自然很是熟悉。

「等一下，普拉斯柯薇雅．奧希波夫娜！我會把它用一塊抹布包好，然後放在角落。就先放在那裡吧，晚點我再把它拿出去。」

「我不要聽這些！我爲什麼要讓一個被割下來的鼻子放在我房間裡？你這呆頭呆腦的傢伙！成天只知道磨剃刀，下一秒卻連鬍子都刮不好，混帳，惡棍！我難道還要幫你向警察辯解？你這垃圾，笨蛋！帶著那鼻子滾！滾！有多遠滾多遠！滾出我的視線！」

伊凡．雅可夫列維奇像死人般站在那兒。他左思右想——實在不知道該做何感想。「鬼才知道這是怎麼一回事。」他終於開口，伸手搔搔耳後。「我昨天回家時是醉了還是沒醉，我也眞說不上來。不管怎麼看，這都是不可能發生的事。畢竟，麵包是在爐裡烘烤過的模樣，鼻子卻完全不是那麼一回事。我實在想不通。」

伊凡．雅可夫列維奇陷入沉默。一想到警察可能會從他這裡找到鼻子並指控他犯罪，就讓他完全無法思考。他已經可以預見那猩紅色領子，上面有漂亮的銀色刺繡，還有那把鏗鏘鏗鏘的軍刀——他渾身都在發抖。最後，他拿出內衣和靴子，胡亂穿上這些衣物，在普拉斯柯薇雅．奧希波夫娜的厲聲責罵下，用抹布包住鼻子，走到街上。

他想在某個地方擺脫它，要嘛塞進大門前的石柱下——要嘛就是不小心在什麼地方手滑讓它掉下，然後自己立刻拐進旁邊的小路裡。倒楣的是，他一直遇到認識的人，大家一見到他就問「上哪去呀？」或「這麼早要去幫誰刮鬍子？」以至於伊凡．雅可夫列維奇根本找不到適當的時機。有一回他終於讓它掉了，但遠遠有個警衛卻用長戟指著它說：「撿起來——你把東西掉在那裡了！」伊凡．雅可夫列維奇只好撿起鼻子，把它藏入口袋裡。絕望攻佔了他心頭，因爲商店一家家開門營業了；街上人潮越來越多，盤踞在他心中的絕望也越來越大。

他決定去聖以撒橋——把它扔進涅瓦河裡不就得了嗎？不過，直到目前爲止，我都還沒好好介紹過伊凡．雅可夫列維奇，這讓我有點罪惡感，其實他在許多方面都是個值得尊敬的好人。

和所有自持自重的俄羅斯匠人一樣，伊凡．雅可夫列維奇是個可怕的酒鬼。雖然他每天都拿著剃刀在別人的下巴刮來刮去，自己的鬍子卻從沒剃過。伊凡．雅可夫列維奇有件花斑燕尾服（他從不穿禮服），這燕尾服的底色雖是全黑，卻帶有棕黃色和灰色斑點，領子油亮，原本是三顆鈕扣的地方只剩下線頭垂在那。伊凡．雅可夫列維奇是很小心眼的人，有一次，八等文官科瓦留夫在刮鬍子時對他說：「伊凡．雅可夫列維奇，你的手聞起來總是很臭。」伊凡．雅可夫列維奇就反問：「爲什麼會臭？」「不知道，老兄，但就是臭。」伊凡．雅可夫列維奇吸了一口鼻菸，然後把一大團泡沫隨意抹在科瓦留夫的兩邊臉頰、鼻子下、耳朵後、下巴下——總之就是任何他想抹的地方，作爲報復。

這位可敬的公民此刻發現，自己已經來到了聖以薩橋上。他先是四下張望，然後前傾靠著欄杆，假裝在看橋下有沒有很多魚兒悠游，趁勢偷偷把包著鼻子的抹布扔下去。頓時，他感覺心中大石終於卸下，甚至嗤嗤笑了起來。接下來他沒打算去幫人民公僕們刮鬍子，想去那個掛著「點心和茶」招牌的地方，給自己來杯潘趣酒[1]；就在他這麼盤算時，突然發現有個相貌出眾、蓄著粗寬落腮鬍的巡警出現在橋的盡頭，頭戴三角帽，還佩掛長劍。他的心沉了下去，僵在原地；巡警朝他勾勾手指，說道：「過來這裡，朋友。」識相的伊凡・雅可夫列維奇在兩人之間還有段距離時，脫下帽子，輕快走上前：「恭祝大人鈞安！」

「省省這一套，不必，老兄，我不是什麼『大人』。你說說，你在橋上做什麼？」

「我句句屬實，先生，我正要去幫別人刮鬍子，只是順道看了一下水流得快不快。」

「騙人，你在說謊。這可不行。好好回答。」

「要不我可以每週幫您刮兩次鬍子，三次也行，無怨無悔。」伊凡・雅可夫列維奇回答。

「不用，老兄，扯到哪裡去了。我有三個理容師幫我刮鬍子，他們都覺得這是何等幸事！你只要好好回答我，你剛在那邊做什麼？」

伊凡・雅可夫列維奇臉色發白……但事情此刻彷彿墜入五里霧，隨後發生的事根本不得而知。

II

八等文官科瓦留夫很早就醒了，嘴唇發出「啵兒兒兒」的聲音，這是他醒來時的習慣，他也不知道原因。科瓦留夫伸伸懶腰，叫人把桌上的小鏡子拿來，想看看昨晚在他鼻子上冒出來的那顆痘子。但讓他震驚不已的是，他發現他鼻子的位置現在是個完美無瑕的平滑表

---

1 一種雞尾酒，十七世紀時由東印度公司的水手傳入英國和歐洲。潘趣（Punch）源自印地語的「五」，由酒、糖、檸檬、水、茶這五種成分調成。

面。嚇壞了的科瓦留夫命人拿來一些清水，把毛巾沾濕後用力擦揉自己的眼睛：眞的沒有鼻子！他拍拍自己的臉，確認這是不是在作夢。不，他不覺得這是夢。八等文官從床上一躍而起，甩晃自己的身體——還是沒有鼻子！他立刻吩咐要人幫他著裝，然後直接衝去警察總長那兒。

與此同時，要介紹一下科瓦留夫，讓諸位看看這位八等文官是什麼樣的人物。以學位文憑獲得官銜的八等文官，與在高加索地區被提拔成官員的人絕不可相提並論。他們完全是兩類人。眞正博學多聞的八等文官嘛……但俄羅斯是一片如此神奇的土地，你要是說起一名八等文官，那從里加到堪察加的八等文官，全會以爲是在說他們。不僅八等文官，所有掛著官銜或頭銜的人都是如此。科瓦留夫屬於在高加索得到官位的那一派，這不過是兩年前的事，因此他記憶猶新。而且，爲了給自己增加更多尊嚴和份量，他絕不稱自己是八等文官，總是自稱爲少校[2]。「聽著，親愛的，」在街上遇到賣襯衣的女人時，他經常這樣說：「來我家吧，我的公寓在花園街，只要問一聲科瓦留夫少校住在哪，就會有人告訴妳。」如果他遇到的賣衣女正好姿色不錯，他就會多加叮嚀幾句：「妳就問問吧，親愛的，問一下科瓦留夫少校家在哪裡。」因此，之後我們提到這個八等文官時，也就稱他爲少校吧。

科瓦留夫少校有個習慣，每天都要沿著涅瓦大道散散步。他禮服的襯衫領子總是非常乾淨且硬挺，落腮鬍則和你可以在省級和地方上的地籍測量士或建築師（只要他們是俄羅斯人）臉上看到的一模一樣，也和那些執行警務的人、以及一般而言所有面頰紅潤又擅長玩波士頓牌[3]的人相同，他們的落腮鬍總沿著臉頰中間橫爬到鼻子下。科瓦留夫少校身上配戴許多光玉髓製的印章，有些刻有圖紋，有些刻著星期三、星期四、星期一等字樣。科瓦留夫少校來彼得堡是有圖謀的，爲的是尋找升遷至職等與他頭銜相符的機會；如果他可以自己安排，那麼他想要個副省長的職位，否則也要是某個重要部門的庶務官。科瓦留夫少校不反對結婚，前提是新娘嫁妝得要值個二十萬盧布。有了這些資訊，諸位讀者現在可以想見，當這位少校看見原本該掛著他那顆尺寸適中的漂亮鼻子的地方，此刻竟荒唐地呈現一片平滑時，他會處於什麼樣的狀態。

實在很不巧，街上一輛出租馬車也沒有，他只好步行，裹著斗篷，並用手帕遮著臉，假裝自己正在流鼻血。「也許一切都是我的幻覺——鼻子不可能用這種愚蠢的方式消失吧。」他進到一間糕餅舖，想找一面鏡子照照。幸運的是，店裡沒有客人：學徒正在打掃、擺放椅子；其中幾個人睡眼惺忪，端著一盤盤剛烤好的熱騰騰餡餅出來；桌上和椅子上還留有昨天的報紙與咖啡漬。「謝天謝地，這裡沒人。」少校喃喃說道，「這樣我可以偷看一下。」他怯怯地走到鏡子前瞄了一眼：「天殺的！有夠噁！」他吐了一口口水後大罵。「至少也該有個東西取代鼻子的位置吧，竟然什麼都沒有！」

惱怒地緊咬著下唇，他離開糕餅舖，決定一反自己的習慣，不要抬頭看任何人，也不要對任何人露出微笑。忽然他腳步急停，愣在一棟房子的門前。一幅不可思議的景象就在他眼前發生，一輛四輪馬車停在門口，車門打開，一位穿著制服的紳士微彎著腰跳下馬車，輕快跑上臺階。想像一下，當科瓦留夫認出它就是他的鼻子時，他是多麼驚嚇，同時又是多麼驚喜！這奇異的一幕令他覺得天旋地轉，幾乎要站不穩。他渾身發熱，顫抖不已，下定決心無論如何都要等到這位紳士回到馬車上。兩分鐘後，鼻子果然出來了；他身穿一件有大立領的金色刺繡制服和麂皮馬褲，身側佩有長劍。從他那頂裝飾著羽毛的帽子，可以推斷出他身分高居五等文官；所有跡象都顯示，他正在去拜訪某人的路上。他左右顧盼，對他的馬伕大喊：「過來！」上了車後，馬車就駛走了。

---

2 以當時職等而言，八等文官與少校位階相同，但實際上文武官員職稱不可互換。

3 據信源於法國，但以美國波士頓爲名的撲克牌玩法。

可憐的科瓦留夫幾乎要瘋了，不知道該對這奇怪的場面作何感想。這倒是，一個直到昨天都還在他臉上的鼻子，向來不會乘車更不會走路——它怎麼可能穿上一件制服？他追在馬車後面跑，很幸運地，馬車還沒走遠，停在了喀山大教堂前。

他衝上前，穿越那幾排用披巾把臉包得只露出眼睛的乞丐老婦；過去他總是嘲笑她們，嘲笑得那麼開心。他進入教堂，裡頭有些人正在望彌撒，不多，但都擠在門口。科瓦留夫氣惱急了，他一點禱告的心情都沒有，視線忙著掃過教堂各個角落，搜尋那位紳士。最後他看見鼻子站在牆邊，低著頭用最虔敬的神態祈禱著，臉完全被他的大立領給擋住。

「我要怎麼接近他？」科瓦留夫心想。「不管怎麼看，他的制服、他的帽子，誰都能看出他是個五等文官。鬼才知道該怎麼辦！」

他開始刻意清喉嚨，但鼻子絲毫不爲所動，繼續用他那無比謙卑的虔誠姿態祈禱著。

「親愛的先生……」科瓦留夫強迫自己鼓起勇氣說。「親愛的先生……」

「您有何貴幹？」鼻子轉頭回答。

「我也覺得這話聽起來很奇怪，但親愛的先生……我想……您應該知道自己的位置。我就這麼找到了您——但看看這是哪兒？竟然是教堂呢。您得承認……」

「不好意思，我不明白您在說什麼。請解釋清楚一點。」

「我是要怎麼向他解釋？」科瓦留夫心想，然後壯起膽子，開始說：「當然了，我……您要知道，我是個少校。對我來說，沒了鼻子，您得承認，這是不恰當的。一個在復活橋[4]上賣剝皮柳橙的女販子，就算顏面無鼻地坐在那裡，也無傷大雅；但我可能會升官——而且，熟人裡也有不少女士——像是契赫塔留娃夫人，她是五等文官的太太，還有其他人……請您自己想想……我也不知道，親愛的先生……（說到這裡時，科瓦留夫少校聳了聳肩）原諒我，如果從職責和榮譽的原則來看……您自己就能明白……」

「我完全不明白。」鼻子回答。「請好好解釋清楚。」

「親愛的先生，」科瓦留夫壯起威嚴，「對於您的話，我不知道該作何理解。在我看來，這整件事非常顯而易見……或者您會願意……畢竟您是我的鼻子啊！」

鼻子看著少校，微微皺起眉頭。

「您錯了，親愛的先生。我正是我自己。何況，我們之間不可能有任何密切關係。從您制服上的鈕扣看來，您應該是任職於元老院，或至少是司法部官員。而我是學術單位的。」

說完，鼻子轉過身去，繼續他未完的禱告。

科瓦留夫完全嚇傻，不知道該怎麼想，也不知道該怎麼做。這時他聽見女士禮服摩娑出來的悅耳沙沙聲：一位衣服上綴著蕾絲花邊的老太太走到他身邊，與老太太一起的是一名身材纖瘦的少女，她身穿一件能襯托出她苗條身形的白色連身裙，頭戴著一頂像奶油泡芙那般輕巧的稻草色圓帽。跟在她們後面的是一個蓄有粗厚落腮鬍、領子整整有十二層厚的高大隨從；他停下腳步，打開一個鼻菸盒。

科瓦留夫走近她們，拉拉禮服襯衫上用亞麻織成的領子，調整一下掛在金鍊子上的官印，露出微笑環顧四周，讓目光最後落在那美若天仙的少女身上。她像是春日裡的一朵花那樣嬌羞，微微低下頭，將長著清透指甲的白皙小手抵在額頭上。科瓦留夫從她帽子下瞥見她那小巧圓潤的潔白下巴，還有她雙頰浮現像是春天時第一朵綻放的玫瑰那般緋紅色澤，這讓他笑得更加燦爛。但突然間，他像是被燙到似的，猛然向後一跳。他想起他沒有鼻子，本該是他鼻子的地方現在空無一物，淚水於是衝上眼眶。他轉過身，打算大無畏地直接了當告訴那位穿制服的紳士，說他只是在假扮五等文官，其實是個騙子、是個無賴，只不過是他——

4 一七八六年建造的浮橋，位於現今車爾尼雪夫斯基大道往北通連的涅瓦河河段，現已不存在。

科瓦留夫少校——的鼻子罷了……但鼻子已經不在那裡了，他已快速離去，或許還要趕著去拜訪誰吧。

這使科瓦留夫墜回絕望的深淵裡。他向後走，在柱廊停留了一會兒，聚精會神張望，希望能找到鼻子的身影出現在某個地方。鼻子的羽毛帽和金色刺繡制服仍歷歷在目，但他沒有注意到鼻子的大衣款式，也不記得他馬車或馬匹的顏色，就連他身後有沒有隨從跟著都不知道，更別說如果真有隨從，隨從究竟穿了什麼樣的制服了。況且車水馬龍，馬車奔馳的速度之快，令人無從分辨。縱使他真的找出馬車，也無法令車停下來。那是個豔陽高照的美好晴天，涅瓦大道人山人海，從警察橋到阿尼奇金橋的人行道上滿是光鮮亮麗的淑女們。迎面走來一個他認識的法院顧問，這人喜歡被稱作中校，特別是在陌生人面前；來的還有亞里金，他是參政院的書記長，和科瓦留夫是好友，玩牌時老在要拿到八點前輸掉。然後又來了另一個在高加索拿到官位的少校，向科瓦留夫招手要他過來……

「喔，見鬼了！」科瓦留夫說。「喂，馬伕，直接載我去警察總長那裡！」

科瓦留夫坐上兩輪馬車，不斷對馬車伕吼叫：「全速前進！」

「警察總長在家嗎？」他一進大廳就高喊。

「不在，先生，」門衛回答。「他剛出門。」

「太不巧了吧。」

「是呀，」門衛補充說道：「不久前的事，但已經出門去了。您如果早一點來，或許就能在家裡遇到他了。」

一直用手帕遮著臉的科瓦留夫，就這麼回到馬車上，用絕望的聲音喊道：「走吧！」

「去哪？」馬伕問。

「向前直走就是了！」

「怎麼直走？這裡只能轉彎啊。向右或向左？」

這個問題讓科瓦留夫不知所措，緩下心神再次思考。在他這個困境裡，首先要做的應該是向警方報案，不是因爲他的案子與警察有任何直接關係，而是警察部門的行動比其他任何單位都還要快。至於到鼻子自稱任職的機關找他上司討個說法，這沒什麼意義，因爲從他先前的反應來看，這傢伙顯然已經毫無羞恥心可言，屆時他也會撒謊，就像他對科瓦留夫保證他倆素未謀面那樣。就在科瓦留夫正要吩咐馬夫前往警察局時，他又想到，如果打草驚蛇，那個在初次見面就如此無恥對待他的賴皮騙子可能會把握良機偷溜出城，到時候所有的搜捕都是白費功夫，或可能曠日廢時，上帝保佑，搞不好得拖上整整一個月。最後，似乎是老天親自給了他開示，他決定直接去報社，在一切爲時已晚之前，刊登一則告示，詳細描述鼻子的特徵，如此一來，任何遇到鼻子的人都能立刻把他扭送法辦，或至少通報他的行蹤。於是他下定決心，命令馬伕駛往報社，一路不斷捶打馬伕的後背，說著：「快點啊，你這渾蛋！快點，賴皮騙子！」——「呃，先生！」馬車伕無奈地甩動韁繩，並對那匹毛長得像波隆那犬的馬兒搖搖頭。最後，馬車停下，科瓦留夫氣喘吁吁地跑進一間小接待室，裡頭有個白髮蒼蒼的簿記官，身穿老舊燕尾服、戴著眼鏡，坐在一張桌子旁，咬著一支羽毛筆，正在數新入帳的銅錢。

「這裡誰負責經手廣告？」科瓦留夫喊道。「啊，早安啊！」

「您好嗎？」滿頭白髮的簿記官回答，抬起視線一會兒，又低下頭看著那幾疊整整齊齊的錢堆。

「我想要刊——」

「不好意思，請稍等。」簿記官邊說，邊用一隻手在紙上寫下一個數子，左手手指在算盤上撥動兩顆珠子。一個身穿制服的僕役，擺出一副在貴族家庭裡做事的姿態，站在桌旁，手中拎著一張紙條，似乎覺得這是展示自己才幹的好時機，說著：「您相信吧，大人，這隻小雜種狗根本不值八十戈比，算我八戈比我也不買帳，但是伯爵夫人喜歡牠——所以誰找到牠，就能得到一百盧布獎金！說好聽點，就像您和我一樣，青菜蘿蔔各有所好：若您是個獵人，養隻獵犬或貴賓犬，別吝惜五百盧布，就算是一千盧布也值得，只要那是條好狗。」

那位可敬的簿記官聽著這些話，露出意味深長的表情，同時試著算出那張遞給他的紙條上有幾個字母。周圍站著許多老婦、推銷員和看門人，每個人手裡都拿著紙條。其中一張字條說，有個品行良好的馬伕正等待雇用；另一張說，有輛一八一四年從巴黎運來但很少使用的馬車待售；有個十九歲的女僕，洗衣經驗豐富，其他雜務亦可包辦；一輛少了個彈簧但仍堪用的四輪敞篷馬車；一匹灰斑毛色的十七歲年輕烈馬；剛從倫敦送來的蕪菁和蘿蔔種子；一幢應有盡有的避暑別墅：附兩座馬廄和一塊可以種植樺樹或冷杉的小園地；還有資訊要給那些想買舊靴底的人，邀請他們每天八點至三點鐘之間來參加最後一輪競標。大家都擠在這個小房間裡，空氣混濁，但八等文官科瓦留夫沒有聞到那些氣味，因為他一直用手帕摀著臉，而他的鼻子呢，天知道在哪兒。

「親愛的先生，我能請教您……這件事很緊急。」他終於不耐煩地開口。

「馬上就好！兩盧布四十三戈比！等一下！一盧布六十四戈比，」白髮先生一邊說著，一邊將紙條甩到老婦和看門人臉上。「有什麼需要我效勞的？」他終於轉向科瓦留夫。

「我希望……」科瓦留夫說。「有一起詐騙或詐欺事件……我目前無法查明。我只是想投放廣告，誰能把這個惡棍抓來給我，就能得到充分的報酬。」

「請問您尊姓大名？」

「要我的名字做什麼？我不能告訴你。我有很多熟人，像是契赫塔留娃夫人，她是五等文官的夫人，還有校官夫人帕拉蓋雅・格里戈利耶夫娜・帕托欽娜……如果她們發現了怎麼辦，上帝保佑！您可以簡單寫個『八等文官』，或者『少校』，這樣更好。」

「那個逃走的人，是您家的僕役？」

「什麼意思，我家僕役？那還稱不上是如此糟糕的詐欺！逃跑的是……我的鼻子……」

「噢！眞是個奇怪的名字！這個鼻姓男子是否盜走您一大筆錢？」

「我的鼻子，我的意思是——你誤會我的意思了。我的鼻子，眞的是我自己的鼻子不見了，天知道它跑去哪了。肯定是魔鬼想惡整我！」

「但它是怎麼消失的？我不大明白。」

「我無法告訴你這一切是怎麼發生的；但最重要的是，它現在就在城裡閒晃，自稱是個五等文官。這就是爲什麼我要你刊出告示，任何發現它的人都應該立刻把它帶來給我，不要延誤。您想想，我的身體少了這麼一個顯眼的部位，我到底該怎麼辦？它又不像我靴子裡的一根小趾頭，沒人會看見它在不在那。我星期四要去契赫塔留娃夫人家作客，她是五等文官的妻子。還有帕托欽娜夫人，帕拉蓋雅．格里戈利耶夫娜，她是一位參謀的太太，她家還有個非常漂亮的女兒，都是我非常要好的朋友，你自己想想，我現在怎麼……我現在這付模樣可不能去她們家。」

簿記官陷入苦思，從他緊抿的雙唇可以看見有多煩惱。

「不行，我不能在報紙上安插這樣的廣告。」在一陣漫長的沉默後，他終於說道。

「怎麼說？爲什麼？」

「報紙會失去它的公信力。要是每個人都投書說他的鼻子跑了，那麼……而且原本就有人批評，說報紙上刊登了太多荒謬故事和假消息。」

「但這件事哪裡荒謬了？我不覺得這屬於那類編造出來的故事啊。」

「那是您的想法。但上週就有這麼一個案例，有個公務員跑來，像您一樣，帶著一張紙條，付了兩盧布七十三戈比的廣告費，說是有隻黑毛貴賓犬跑了。看起來沒什麼，對吧？結果那是誹謗，所謂貴賓犬指的是一個會計員，我忘記是哪個部門的了。」

「但我不是要登貴賓犬的廣告——是關於我自己的鼻子啊。也就是說，這幾乎等於是放上有關我自己的消息。」

「不。我不可能置入這樣的公告。」

「但我的鼻子眞的不見了！」

「如果它眞的不見了，那就是該找醫生處理的事。聽說有些醫生可以幫你裝上任何你喜歡的鼻子。但是，就我的觀察，您應該是那種性格爽朗的人，喜歡在公眾面前開開玩笑。」

「我用一切向您發誓不是那樣，上帝爲證！到了這個地步，我只好給您看看了。」

「何必麻煩呢？」簿記官吸了吸鼻菸，繼續說：「不過，要是不麻煩的話，」被好奇心打動的他說道：「我也想瞧瞧。」

這位八等文官將手帕從臉上拿下。

「的確很怪！」簿記官說。「完全平整，就像一片剛從煎盤上鏟起來的布林餅[5]。確實，平滑得不可思議啊。」

「就是這樣，您還要跟我爭論這件事的眞假嗎？您自己也看見了，一定要幫我登這則告示。我會非常感激，也很高興能有這次機會與您相識……」正如我們看到的，少校決定這時候該奉承一下。

「要安插這則廣告很簡單，當然，」簿記官說。「但我不覺得這對您會有任何幫助。如果您一定要這麼做，就讓文筆好的人來寫，把這件事形容成罕見的自然現象，然後把這件小事刊登在《北方蜜蜂》上（說到這裡時他又吸了吸鼻菸），造福一些年輕學子（現在他擦了擦鼻子），或者滿足一下大家的好奇心。」

這位八等文官氣餒極了。他的視線落到報紙下半部，那裡印著戲劇表演的宣傳。一眼瞧見有位漂亮女演員的芳名出現在上頭，他臉上幾乎就要浮現笑容；他伸手在口袋裡摸索著，看看自己身上有沒有一張藍紙鈔[6]，好來買張戲票；在他的觀念裡，校官級人物應該坐在池座區的座位——然而一想到他的鼻子，立刻就興致全消。

簿記官可能是同情科瓦留夫的窘境，希望至少能幫他紓解一些痛苦，於是覺得這時候該講幾句話來傳達他的同理心：「看見這樣的事發生在您身上，我也很難過。您想來點鼻菸嗎？它可以消頭痛、解憂鬱，甚至對痔瘡也很有幫助喔。」簿記官說完，便把自己的鼻菸盒遞到科瓦留夫鼻子下，手法靈巧地彈開鼻菸盒上繪有一名戴帽仕女的蓋子。

這個無心之舉，卻讓科瓦留夫失去所有耐心，「我不懂您怎麼這麼會挑時機開這種玩笑，」他憤怒地說，「您沒看到我就是少了能吸鼻菸的東西嗎！帶著你的鼻菸下地獄吧你！就算你給我的是哈佩菸[7]，我也看都不想看一眼，何況是你這種別列津產的爛貨！」語畢，他便帶著滿腔惱火離開報社，去拜訪一名警察分局局長。那人嗜糖如命，他家那個兼作飯廳的客廳裡，全堆滿當地商人友情致贈的糖錐[8]。此時，他家廚娘正在幫他脫下制服長靴，他的劍和所有軍儀配件也都已安掛在角落，他的三歲兒子正伸手想去碰碰那頂威風凜凜的三角帽，而局長本人經過一天宛如戰地求生般的武術特訓後，準備要來品嘗一些甜美的和平滋味。

科瓦留夫走進屋內時，警察局長剛剛伸了個懶腰，嘴裡嘀咕著：「喔，該來小睡兩、三

---

5 俄羅斯傳統煎餅，口感類似法國可麗餅，但稍軟一些。可沾果醬吃，也可以夾入果醬、絞肉等捲起來吃，甜鹹皆宜。是謝肉節應景料理，平時也很常見。

6 十八世紀後半葉至十九世紀中期流通的俄羅斯貨幣，面額為五盧布。

7 源自巴西亞馬遜部落，用數種草藥及菸草混合製成，當地薩滿進行儀式時使用。下文提到的「別列津」則是一種普及但品質普通的鼻菸。

8 尖柱狀的糖塊，吃的時候要先敲碎。

小時！」因此很顯然地，八等文官來錯了時機。我想即使他帶著幾磅茶葉或一塊好布料作爲伴手禮，可能也不會比較受歡迎。局長致力推廣所有藝術品和工藝品，但他比起其他一切東西，他更喜歡鈔票。「事情就是這樣，」他通常會這樣說。「沒有什麼比鈔票更好的東西了——它不會餓，不會佔太多空間，總是能裝進口袋裡，就是把它掉在地上，也摔不壞。」

警察局長相當冷淡地接見了科瓦留夫，並表示晚飯之後不是進行調查的好時間，大自然規律就是要人們在飽餐一頓後好好休息（從這一點，八等文官可以看出，局長很熟悉前人的教誨）。局長還說，眞正體面的紳士不會讓自己的鼻子不見，這世上就是有很多少校連一件像樣的內衣都沒有，跑去各種龍蛇混雜的地方鬼混。

最後這段話刀刀見血，太刺傷人心。要知道，科瓦留夫是個對於諷刺極度敏感的人，他可以容忍任何針對他個人的言論，但絕不會原諒任何牽涉到階級或頭銜的侮辱。他甚至認爲，戲劇作品裡可以提到尉官，但不可批評校官。警察局長接待他的態度太令他窘迫，只能搖搖頭，雙手一攤，用充滿尊嚴的語氣說：「我承認，在您這番冒犯話語後，我也沒什麼好說的了……」然後便離去。

他無力地拖著腳步回到家，已是日暮時分，一整天徒勞奔波之後，這間公寓在他眼裡也顯得陰鬱，格外穢氣。走進前廳，他看見他的男僕伊凡正躺在骯髒的皮沙發上，朝天花板吐口水，而且還成功噴到同一個點上。僕人這種散漫的模樣令他勃然大怒，拿帽子朝僕人的額頭用力拍打，並罵道：「你這隻豬，老是做這些蠢事！」

伊凡連忙跳起身，衝上前來幫主人脫斗篷。

少校走進自己的房間，身心俱疲，往扶手椅裡一癱，連嘆好幾口氣，最後才說得出話來：「主啊，主啊！我做錯了什麼，才招致這種苦難？即使失去一隻手臂或一條腿，也不像現在這麼糟糕；如果我是沒了耳朵，那是很慘，但還可以忍受，但沒有鼻子的人，天知道那是什麼鳥樣子；人不像人，鬼不像鬼，不如跳樓吧！如果鼻子是在戰場上或決鬥時被砍掉的，那至少是我自己的失誤，但它卻這樣憑空消失，一點點、一點點徵兆也沒有。但不對呀，不可能啊，」他想了一想，補充說道：「鼻子竟然會消失，這難以置信，太難以置信了。我絕對是在作夢，或只是在妄想。也許我不小心把刮完鬍子後塗抹下巴用的伏特加當成開水喝了，因爲那個蠢蛋伊凡沒有把它收走。我可能就這麼灌了一大口。」——爲了確定自己沒有喝醉，少校捏了自己一把，捏得太用力，眼淚瞬間噴湧。那疼痛令他確信自己是完全清醒的。他躡手躡腳走向鏡子，起初還瞇著眼睛，心想也許細看鏡子時，鼻子就會出現在它該出現的位置上。但一睜開眼，就又倒退好幾步，大呼：「這張臉眞是笑死人了！」

這確實令人難以理解。如果是一顆鈕扣、一支銀湯匙、一只手錶或其他東西不見了，那還算說得過去——但卻是鼻子消失了，誰會把他的鼻子拿走呢？而且還是在他自己的公寓裡發生的！……考量過所有情況後，科瓦留夫少校認爲，很可能是校官夫人帕托欽娜搞的鬼，爲了讓他迎娶她女兒。沒錯，他是喜歡和那女孩調情，但總是避免把話說死；校官夫人直截了當表示想把女兒嫁給他時，他便四兩撥千斤，說自己還年輕，必須再服役五年，屆時他四十二歲，到時候再說。因此，那校官太太大概是爲了報復，才決定要詛咒他，花錢雇來一些老巫婆，否則在沒有人進入他房間的情況下，鼻子怎麼可能就這樣被割掉？那個理髮師，伊凡·雅可夫列維奇最近一次幫他刮鬍子，是星期三的事，而那一整天鼻子都沒有異狀，甚至星期四一整天，鼻子也還在那裡——他記得很清楚。何況，若是鼻子被人割了，他肯定會感覺到痛吧，傷口也不會那麼快就癒合，還平滑到像剛起鍋的布林餅，一點疤痕也沒留下。他想到各式各樣的應對行動：是該正式與帕托欽娜夫人對簿公堂呢，還是親自去找她正面對質？從門縫鑽進來的光線打斷了他的思緒，這顯示伊凡在前廳點燃了蠟燭；不一會兒，伊凡就舉著蠟燭出現，燭光照亮整個房間。科瓦留夫當下第一個反應就是抓起手帕，遮住鼻子前一天還在的地方，這樣那個蠢蛋僕人才不會看見主人的怪模怪樣，嚇得下巴都掉到地上。

伊凡剛走進主人的小房間，就聽到前廳傳來一個陌生的聲音：「八等文官科瓦留夫住在這裡嗎？」

「請進。科瓦留夫少校在此。」科瓦留夫回答，迅速一躍而起，衝去開門。

來者是一位相貌出眾的警官，落腮鬍顏色不深不淺，雙頰豐潤，就是故事之初那名站在聖以薩橋橋頭的巡警。

「您是否弄丟了鼻子？」

「確實。」

「鼻子已被尋獲。」

「您說什麼！」科瓦留夫少校驚呼。他高興得舌頭都打結了，頓時說不出話，只能緊盯著站在他面前的巡警，望著燭光在對方飽滿的雙唇和臉頰上搖曳。「怎麼找到的？」

「鬼使神差吧——他在出城的路上被攔截了，那時他即將搭上前往里加的馬車，甚至持有一本很久之前以某位公務員名義申辦的護照。奇怪的是，一開始我也把他當成一位紳士，好在我戴著眼鏡，立刻認出那是一個鼻子。瞧，我是近視眼，當您在站我面前，我只能看到您有張臉，但看不清您有沒有鼻子、鬍鬚或其他東西。我岳母，也就是我太太的母親，視力也是差得什麼都看不見。」

科瓦留夫興奮不已，「它在哪裡？在哪裡？我馬上過去。」

「別擔心，我知道您肯定很需要它，就把直接它帶來了。說也奇怪，這件案子的主謀就是耶穌升天大道那個卑鄙的理容師，他現在已經鋃鐺入獄了。我早就懷疑他酗酒和竊盜，就在前天吧，他從某家店了偷了十幾顆鈕扣。幸好您的鼻子完好如初。」——巡警說完，伸手從口袋裡掏出了一個用紙包好的鼻子。

「就是它！」科瓦留夫高呼。「確實就是它！您今天一定要留下來和我好好喝杯茶。」

「這眞是莫大光榮，但我實在沒辦法：我得去一趟精神感化院……所有的食品價格都高漲……我有岳母，就是我太太的母親，她和我們同住，還有我的孩子；老大前途一片看好，非常聰明的小男孩，但我們沒那個能力讓他上學。」

科瓦留夫聽懂了他的意思，從桌上抄起一張紅色鈔票[9]，塞到巡警手裡；巡警腳跟一併，行了個禮，轉身出門。幾乎就在他出門的那一瞬間，科瓦留夫聽見他的聲音響徹大街，揮舞著拳頭斥責一個把馬車駛上林蔭道的蠢農民。

驚喜來得實在太意外，以至於在巡警離開後，我們這位八等文官還恍惚了幾分鐘，才恢復視覺和感覺能力。他戰戰兢兢地捧著剛剛失而復得的鼻子，一再地細細檢查它是否完好無缺。

「就是這樣，就是這樣，很好，」科瓦留夫少校喃喃說著。「左邊這顆，就是昨天剛長出來的痘子啦！」少校歡喜地幾乎就要笑出聲音來。

但是，世上好景不常在，即使再大的狂喜，在第一波感動之後，也無法再維持同樣強烈的悸動；不用多久，它就會逐漸衰弱，最後不知不覺沉入平時的普通心境，就好比一小顆鵝卵石落入水中，激起一陣漣漪後，水面終將回歸平靜。科瓦留夫開始思索，意識到整件事情還沒結束：鼻子是找到了，但得要牢牢地固定回正確的位置上，才能算是了結。

「萬一它黏不住怎麼辦？」

少校想到這個問題，臉色駭然發白。

難以名狀的恐懼瞬間湧上，他衝到桌子旁，把鏡子拿近，才好看得更清楚，免得把鼻子貼歪了。顫抖著雙手，他小心翼翼把它放回原來的地方。噢不！鼻子眞的黏不住……他把鼻

9 十八世紀後半葉至十九世紀中期流通的俄羅斯貨幣，面額爲十盧布。

子拿到嘴巴前，呵了幾口氣讓鼻子溫熱一些，再把鼻子湊到他兩片臉頰中間的平滑地帶，但鼻子就是不肯留在那裡。

「加油加油，黏上去啊，你這笨蛋！」他不停對鼻子說著，但鼻子就像變成木頭做的一樣，咚一聲掉在桌子上，發出像是軟木塞的奇怪悶聲。少校急得臉都抽筋了，表情因此歪扭。「難道眞的裝不上去？」他驚恐地說道。然而無論他再嘗試多少次，每回都是徒勞無功。

他把伊凡叫來，要他去請一位醫生過來。這位醫生也住在這棟房子裡，佔據了最好的挑高夾層公寓；他體格健美，有烏黑亮麗的落腮鬍，還娶了個容光煥發的窈窕嬌妻。醫生每天早上起床第一件事，就是吃新鮮的蘋果，然後爲了維持那一口閃亮的白牙，他會花將近半小時的時間漱口，用五種不同的小牙刷潔牙。他馬上就來到科瓦留夫家，詢問這件不幸的事故是多久以前發生的；接著，他抬高科瓦留夫少校的下巴，用手指使勁彈了彈鼻子原本應該在的那個位置，讓少校不禁猛力把頭往後仰，結果一頭撞上牆壁。醫生說這一撞無妨，建議少校稍微移動一下，離牆壁遠一點，然後要他將頭向右轉；摸了摸原本是鼻子的那個地方後，醫生說了聲：「嗯！」然後又要他把頭左偏，在說了聲：「嗯！」最後再次用力彈了他的臉，害少校痛得像一匹正在做牙齒檢查的馬那般猛甩頭。經過這一番檢驗後，醫生搖搖頭說：「不，這無法處理。你最好保持這個樣子，免得我們把事情越弄越糟。當然了，我敢說，鼻子是能裝回去，我現在就能幫你裝，但我保證這對你而言只會更不利。」

「這我願意承受！我沒有鼻子怎麼活呀？」科瓦留夫說。「事態不會更糟了，現在這樣子簡直就是怪物！我這付笑死人的醜樣子怎麼出去見人？我在上流社會交遊廣闊，今晚還有兩場盛會要出席。我認識很多名流：五等文官的太太契赫塔留娃夫人，校官妻子帕托欽娜夫人……不過在她對我做出這種事情之後，我和她之間的關係只剩下訴訟了。我請求您，」科瓦留夫懇求，「難道就沒有別的辦法了嗎？讓它固定住，任何方法都行，即使稱不上完美，只要它能留在那個位置上就行了；若有個萬一，我還可以用手扶住它。何況我不跳舞，所以不會有什麼粗枝大葉的動作害它掉下來。爲了表達我對您前來看診的感謝，請放心，在我能力許可的範圍內……」

「您信不信，」醫生聲音不大，也稱不上輕柔，但充滿說服力和磁性。「我待人處事，從不爲了私利。那違背我的原則和天命。沒錯，我看診確實會收費，但那只是爲了不讓別人因爲我拒絕收錢而感覺被冒犯。當然了，我可以治好您的鼻子，但我用我的聲譽向您保證，如果您不相信我的專業建議，它只會更加惡化。還是讓它順其自然吧。勤用冷水清洗這個位置，我跟您保證，您就算沒有鼻子，也會像是有鼻子一樣健康。至於這個鼻子，我建議您把它泡在一個裝有酒精的罐子裡，要是加入兩大湯匙辛辣的伏特加和溫熱的醋更好——這樣您就可以把它賣個好價錢。如果您開價不太高，我甚至會親自買下。」

「不，不！我什麼都不賣！」科瓦留夫少校絕望地吶喊。「寧可要它灰飛煙滅！」

「實在抱歉！」醫生彎腰鞠躬。「我是想爲您好……沒關係！至少您看見了我的努力。」說完，醫生高貴優雅地轉身離開房間，失神麻木的科瓦留夫甚至沒看見他的表情，只有黑色燕尾服袖口下露出的一截雪白襯衫袖子，成爲他在科瓦留夫眼中最後的殘影。

第二天，他決定在提告之前，先寫信給帕托欽娜夫人，看看她是否願意休戰，安然把他的鼻子恢復原狀。信是這樣說的：

親愛的亞麗珊德拉[10]．格里戈利耶夫娜夫人，

---

10 在前文裡，她的名字是帕拉蓋雅。

我無法理解您的奇怪行徑。請知悉，即使透過這種方式，您仍將一無所獲，這絕對無法成功逼迫我迎娶令嬡。還請相信，我十分清楚我鼻子遭逢意外的來龍去脈，也確信您—不是別人——正是這起事件的主要涉案人。它突然脫離原本的位置，逃之夭夭，先是僞裝成一名公務員，再現出原形，這只不過是您、或者如您這般非等閒之輩施展詛咒所造成的結果。我認爲我有責任預先告知您，若前述的鼻子今日之內沒有恢復原狀，我將被迫訴諸法律的保護與支持。

承蒙展閱，不勝榮幸
您的恭順忠僕
柏拉圖．科瓦留夫

尊敬的柏拉圖．庫茲密奇先生，

您的來信令我吃驚不已。實不相瞞，信中所述，遠超出我意料，尤其是您不公正的指摘。在此謹覆，我從未在家中招待過您所提及的那位官員，無論是僞裝打扮，或其眞實形貌。菲利浦．伊凡諾維奇．波坦奇科夫確實曾登門拜訪，亦確實希望與小女攜手共度人生；他品學兼優，但我並未留給他一絲希望。您還提到了您的鼻子。若您的意思是，我想要扭斷您的鼻子，也就是正式拒絕您迎娶小女，那就更令我詫異，畢竟您心知肚明，我的想法正好完全相反。若您此刻向小女正式求婚，我會立即給予您滿意的答覆，因爲這向來是我最熱切的心願，並盼隨時爲您效勞。

「不，」科瓦留夫讀完信後說道。「她絕對沒有犯下這種事。不可能是她！這封信不是違法亂紀之人所能寫出來的。」八等文官是這方面的專家，因為他在高加索地區任職時，多次奉派參與司法調查。「怎麼回事，這到底是怎麼發生的？鬼才知道答案了！」深陷絕望的他，最終只能如此結論。

此時，關於這件怪事的謠言已經傳遍首都[11]，依照奇聞軼事的傳播法則，內容多被加油添醋。當時，人們普遍對不可思議的現象格外有興趣，例如不久前，整座城市都熱衷於催眠實驗；再說了，人們對馬廄街的椅子會跳舞一事仍記憶猶新，因此沒過多久，又謠傳八等文官科瓦留夫的鼻子會在恰好三點鐘時於涅瓦大道上閒晃，這也就不足為奇了。每天都有好奇的民眾追著傳聞跑。有人說鼻子好像進了容克商行，於是人們就聚集到容克商行門外圍觀，把道路擠得水洩不通，警察不得不出面疏導；一個道貌岸然、蓄著落腮鬍的投機小販，原本在劇院門口販售各式糕餅，也特意搭了幾張漂亮又堅固的板凳，供前來湊熱鬧的民眾踩在上頭一探究竟，每人收費八十戈比。有位戰功彪炳的上校特地提早出門，費盡千辛萬苦才擠過人群，令他氣惱的是，商行裡根本沒瞧見什麼鼻子；只見店裡掛著一件普通的羊毛汗衫和一幅石版畫，畫裡有個少女正在穿襪子，還有個穿著翻領背心、蓄著小鬍鬚的紈褲子弟躲在樹後偷窺她——這幅畫掛在同一個地方已經十多年了。上校離開時，義憤填膺地說：「怎麼能用這種愚蠢又荒唐的謠言來騙人呢？」然後又有傳聞說，科瓦留夫少校的鼻子不是在涅瓦大道上

11 聖彼得堡在公元一七一二年至一九一八年是俄羅斯首都，第一次世界大戰期間遭德軍炮擊，有被攻佔之虞，因此遷都莫斯科。

散步，而是在塔夫利花園[12]，似乎已經換到那裡好一陣子了；據說哈茲列夫-米爾札王子[13]住在那裡時，就對這種自然奇觀嘆爲觀止。外科學院的一些醫學生也曾去那裡探險；還有一位備受敬重的貴婦特別致信給花園總管，要求他讓她家孩子們觀賞這個罕見的景觀，若可能的話，也請爲年輕學子們來一場具教育啓發的講解。

這些奇聞軼事讓經常周旋於各家上流宴會的公子們喜出望外，他們之中有人喜歡逗女士們開心，但笑料先前已經用罄。有一小撮德高望重和品性純良的人對此並不樂見，一位紳士忿忿不平表示，他無法理解在這個開化的年代，這種無稽之談爲何還會四處流傳，他對於政府的放任縱容感到非常訝異。這位先生顯然是那種希望政府能插手一切事務的大人們之一，包含他們與妻子的日常爭吵，最好也讓政府擺平。後來……但事已至此，彷彿再度墜入五里霧，之後發生的事根本不得而知。

III

世上怪事無奇不有，有時毫無邏輯或道理：那個假扮成五等文官四處遊走、又鬧得滿城沸沸揚揚的鼻子，突然間就若無其事地回到它原來的位置，也就是科瓦留夫少校兩片臉頰的中間。這是四月七日的事，他那天醒來，偶然瞥了鏡子一眼，便瞄見了——他的鼻子！他伸手揪住它——果眞是他的鼻子！「欸嘿！」科瓦留夫驚呼，欣喜若狂地幾乎就要赤腳在房間跳起舞來，但伊凡此時進房來，打斷了他的興致。他吩咐伊凡給他拿些清水來洗臉，洗的時候又望了望鏡子——是他的鼻子呀！用毛巾擦擦臉，再看一次鏡子——鼻子還在呀！

「瞧，伊凡，我覺得我鼻子上冒了顆痘子。」他一面說著，一面心想：「如果伊凡說：

『您在說什麼呀，大人，哪有什麼痘子，就連鼻子也沒有啊！』那就太可怕了！」

但伊凡的回答是：「沒呀，大人，沒有痘子——您的鼻子上清潔溜溜！」

「好極了，眞是見鬼了！」少校自言自語，彈彈手指。此時，理容師伊凡．雅可夫列維奇從門縫裡探頭探腦的，膽怯得像隻因爲偷吃醃豬油[14]而挨打的貓。

「你先說說——你的手乾淨嗎？」科瓦留夫在他走近之前就高喊。

「是乾淨的呀。」

「騙人！」

「我發誓是乾淨的，大人！」

「嗯，我們等著瞧。」

科瓦留夫坐了下來。伊凡．雅可夫列維奇幫他蓋上圍巾，不一會兒就用扁梳將他的下巴和半邊臉頰塗抹得像是宴客用的鮮奶油，可以擺在商賈豪門的命名日筵席上。「嗯，」伊凡．雅可夫列維奇喃喃自語，盯著少校的鼻子，然後歪頭在看看鼻子的另一側：「看看它！就像你想的那樣。」說著，他繼續仔細端詳那鼻子；最後他極爲謹愼地伸出兩根手指，輕輕捏住鼻尖，這是伊凡．雅可夫列維奇爲人剃鬍子時的慣用手法。

「喂，喂，喂，小心點！」科瓦留夫高聲說道。伊凡．雅可夫列維奇鬆開手，這輩子從沒這麼緊張和手足無措。最後他只好小心翼翼地用剃刀在少校下巴輕刮著鬍鬚根，力道輕得像

12 凱薩琳大帝的寵臣、俄羅斯軍事將領波將金（Grigory Potemkin, 1739-1791）的宮殿附屬花園，其頭銜之一是塔夫利親王。波將金一七八三年攻克克里米亞汗國，一七九二年贏得次俄土戰爭，在簽訂停戰合約前死亡。

13 哈茲列夫—米爾札（Khosrev-Mirza, 1813-1875），波斯王子，公元一八二九年出使至俄羅斯時，曾住在塔夫利宮。

14 聖彼得烏克蘭的傳統食物，味道類似台灣客家鹹豬肉，但脂肪的部分更多，瘦肉極少。

搔癢似的；刮人鬍子時不擰住那個嗅覺器官，對他而言實在很不習慣，刮起來相當不順手，然而他莫名找到了另一種方法，用粗糙的拇指抵住少校的臉頰和下巴，終於克服萬難，把鬍鬚給剃好了。

一切準備就緒後，科瓦留夫趕緊著裝，叫了一輛馬車，直奔糕餅舖。一腳才剛踏進門，他就高喊：「夥計，來杯巧克力！」並立刻走向鏡子：鼻子還在！他歡欣鼓舞地轉過身，微瞇起一隻眼睛，用諷刺的目光打量著兩名軍人，其中一人的鼻子只和背心鈕扣差不多大。接著，他又前往那個他多次探訪以爭取副省長或至少一個庶務官職位的政府部門；經過接待室時，他看了鏡子裡的自己一眼：鼻子仍在！然後他去拜訪另一個八等文官，或者也可稱爲少校；這人說話總是尖酸刻薄，科瓦留夫每每聽見他的冷嘲熱諷，經常只能回答：「好啦，我太了解你這傢伙了，你這刀子嘴。」科瓦留夫一路上盤算：「假如少校看到我時，沒有爆笑出聲，那就穩當了，代表我臉上的一切都還好好待在本來的位置上。」而八等文官見到他時，確實沒有發笑。「太好了，太好了，眞是活見鬼！」科瓦留夫心想。他在街上遇到了校官太太帕托欽娜夫人和他的女兒，於是向兩人行禮致意，換來對方連聲熱情讚美，可見一切安然無恙，他的身體部位沒有一處消失。他與她們閒聊好一會兒，刻意拿出鼻菸盒，在她們面前把鼻菸輪流塞進兩邊鼻孔裡抽了很久，暗地在心中叨罵：「瞧瞧妳們，女人啊，愚蠢的母雞！我永遠不會娶妳女兒。無論如何——不過就是一場戀愛遊戲。」從那一刻起，科瓦留夫少校就泰然地四處遊走，穿梭於涅瓦大道、劇院和所有地方，彷彿什麼事都沒發生過；而他的鼻子也若無其事地掛在臉上，絲毫沒有再逃跑的跡象。此後，科瓦留夫少校總是一副春風滿面、風流倜儻的模樣，鍥而不捨地追求所有美女，有一回甚至在中央商場的一家小店鋪前停下，幫自己買了一條勳章綬帶，鬼才知道他爲什麼要這麼做，畢竟他本人從未獲頒任何勳章。

這就是發生在我們這壯闊帝國北方首都的故事！然而此刻回頭想想，才會發現其中許多不盡合理之處。且不論鼻子超乎常理地逃脫有多詭異，還能冒充五等文官四處招搖撞騙；而報社不可能刊登尋鼻啓事這種常識，科瓦留夫又怎麼會不懂？我的意思倒不是說刊登廣告的費用太貴，那只是瞎扯，我也不是會爲錢斤斤計較的那種人。但這種廣告內容未免太不雅、太丟臉、太不像話了吧！話又說回來——鼻子怎麼會出現在剛出爐的麵包裡，又正好被伊凡·雅可夫列維奇發現？……不，這超乎我的理解，我完全想不透！但最奇怪、最令人費解的是，編出這些故事的人怎麼能夠選擇這樣的題材。坦白地說，這太不可思議了，實在是……不，不，我完全無法理解！第一點，這種故事對祖國一點幫助也沒有；其次……其次也是，毫無助益。我實在不知道該怎麼說……

然而，話雖如此，當然還是可以假設這一點、那一點、下一點，甚至可以……畢竟世上哪裡沒有怪誕離奇的事呢？無論如何，只要仔細想想，就會發現這故事裡的一切的確有耐人尋味之處。不管其他人怎麼說，人世間總有這類怪事發生；雖然少見，但確實存在。

通往眞相的大門，或許就是怪誕

◆ 對〈鼻子〉的思考

我們一直都在討論眞實的角色，在小說裡「實際存在」的角色。我們曾提到，當一則故事看似引用眞實事件來構築故事的時候，會吸引讀者上鉤。

在〈主與僕〉裡，當托爾斯泰告訴我「風從左邊吹來，翻掃穆霍緹毛色光潔的馬頸，把牠的鬃毛不斷吹到另一邊，簡單繫了一個結的蓬鬆尾鬃也被吹得歪斜」，我彷彿就看見了那匹馬，脖子也像是有刺骨寒風劃過，即使隔著我那件手工縫製的俄式薄長褲，臀腿下也傳來了雪橇木板座冰冷又硬梆梆的感覺。

以上，這是故事可能取自眞實生活的一種範例。

另一種手法是藉由事件順序，讓人覺得故事十分貼近現實。一個驕傲的慣老闆堅持己見，駕雪橇穿越暴風雪，結果迷路了，卻是責怪僕役。我心想：「沒錯，這世界有時就是這樣。」作家對於職場的「精準摹寫」，不僅讓我信任他，也對故事心有戚戚。

粗略地說，這就是「寫實主義」的本質：作家設法讓他筆下的故事看起來就像門外的眞實世界。

不過，正如我們所見，寫實主義並非全然眞實。我們讀過的契訶夫、屠格涅夫和托爾斯泰小說，多多少少都有點壓縮或誇大，在題材選擇、情節的省略與塑造方面，都有程度不一的偏執。（眞的有像奧蓮卡一樣毫無自我的女人嗎？或者像瓦西里那樣始終只有一種行爲策略的老闆？你從市中心回家的路上都像瑪麗亞那樣充滿各種小劇場嗎？）

有個詞叫作「共識現實」，指的是那些人們大多同意符合現實的描述，例如水是藍色的、鳥兒會鳴唱等，儘管水並非純然是藍色，也不是所有的鳥類都會鳴叫，而且說某些鳥類只是在「鳴唱」，其實有點低估了牠們的實際動機。但是，對這些觀點有共識，是很自然的事，何況也很方便。若你想知道湖面上發生什麼事，而我說出「鳴唱的鳥兒從開闊的湛藍水面上低空掠過」，這句話構築的圖像就很實用。如果我說「小心，有架鋼琴要掉到你頭上了」，我們都知道「鋼琴」就是個由木材、象牙和金屬組成的重物，而「掉」和「頭上」這兩組詞默示了方向，這些線索能夠幫助你及時往旁邊躲開——希望可以囉。

「寫實主義」就是利用了我們對共識現實的習慣。故事事件的發生大致與現實事件吻合，這種故事模式將自己侷限在平常可見、以及物理學上可能發生的事物裡。

然而，即使不依循共識現實，一則故事也可以陳述事實——只要當中情節不曾在現實世界中發生，且永遠不會發生。

如果我指定你寫一則故事，是一支手機、一對手套和一片落葉在郊區車道上的手推車裡聊天，這則故事能切中事實嗎？可以。故事裡各種事物的變化，就是故事對於自身情節的反應；故事內的邏輯架構，是它對於這個擬人假設的迴響；各個元素之間的關係，則是故事進行的方式。透過這些內部互動，故事便得以呈現事實。

只要佈局得夠仔細，那輛裝滿雜物的手推車就可能成爲一個完整的思想系統，切實呈現一些有關現實世界的事物，而且其中有些事情或許無法透過傳統的寫實手法來傳達。這個系統傳遞意義的方法，並非透過看似合理或靈巧的虛構背景，而是透過它對這些背景前提的反應——也就是它運用虛構的方式，來達到目的

若作家寫下了一個奇怪的事件，然後讓虛構的世界對這個事件有所回應，這過程中我們眞正看到的刺激和反應，或許可以稱作是小說世界的心理物理學[15]。故事裡的規則是什麼？事

情如何運作？能呈現這些交互變化的故事，就會讓人感覺夠眞實、也夠實際，使虛構世界裡的心理物理學近似於我們本身的感受變化。

這也帶我們來到了〈鼻子〉這一篇章。

伊凡．雅可夫列維奇在他的早餐麵包裡發現了一個鼻子。（「結成一塊呢！」他在我們的譯本裡這樣驚呼；在理查．佩維爾和拉莉莎．沃洛洪斯基[16]的譯本裡，他則是叫喊：「硬硬的！」）他和我們一樣，對鼻子的出現「目瞪口呆」。

麵包裡的鼻子是最先出現的怪象，現在我們等著看虛構世界會有什麼反應；截至目前，代表虛構世界的是伊凡和他的妻子普拉斯柯薇雅。這就是故事意義之所在——重點不是麵包裡有鼻子，而是這對夫妻如何回應。在這個鼻子可以跑到麵包裡的世界，並不是我們的世界，但它仍是一個世界，自有其規則，我們只要等著看有哪些規則就好。

普拉斯柯薇雅．奧希波夫娜則沒有目瞪口呆，反倒了然於心，確定自己很清楚鼻子怎麼來的：肯定是伊凡這個蹩腳理容師把它從客人臉上割下來了。

有那麼一瞬間，這種指控聽起來似乎還算合理。有個鼻子，和它所屬的臉孔分離了，而這鼻子看起來還很眼熟；伊凡剛好是個理容師，提出這種控訴的又是他親愛的結褵髮妻。

但這些理由兜不大起來。

如果我是伊凡，我就會回答：「慢著，親愛的，妳想想，我爲什麼要割掉客人的鼻子？如果我眞割了，我何必把它帶回家？要是我眞把它帶回家，我幹嘛把它放在麵團裡？而且這樣一想，昨晚我回到家時，麵團根本還沒開始做吧？再說了，今天早上妳揉麵團的時候，難道沒注意到那鼻子在裡面嗎？」

伊凡沒有提出任何一個質疑，他的反應和我們的有一段差距，這段距離就是果戈里異想世界開始成形的時候了。伊凡立刻就接受他太太扭曲的邏輯，默認如果有災難性事件發生，他肯定是始作俑者；接著他也認出了這鼻子屬於他的客人，科瓦留夫。（說實在的，即使是每周見面兩次的人，我都不確定自己能不能辨識出那顆脫離他臉孔的鼻子；即使那鼻子屬於我平時常去的健身房的櫃台人員，我也很懷疑自己能夠看出來。我只能說，這大概要看鼻子本身特不特別吧。）

所以，當我拉來一把簡陋的長凳，和伊凡、以及普拉斯柯薇雅同坐在那張歪歪扭扭的十九世紀俄羅斯小桌邊，面前擺著塞了鼻子的麵包，才只讀了故事的一頁，我就已經與他們有了隔閡。他們的反應和我相差甚遠，急著做出我無法認同的結論，卻絕口不提我想知道的問題，例如科瓦留夫難道沒注意到自己的鼻子被割了？他被割鼻子時一點感覺都沒有？在鼻子失蹤的這幾小時裡，科瓦留夫在做什麼？如果不是伊凡割了某人的鼻子、又把鼻子帶回家，鼻子又是怎麼跑到這兒來的？畢竟這看起來不像是伊凡做的啊！

他們該怎麼辦？你又會怎麼辦？如果我是伊凡，我會深吸一口氣，努力弄清楚這件瘋狂的事是如何發生的，像是問問：「老婆，我回家的時候是大醉的狀態嗎？我一進門時做了什麼？我們來去看看我的剃鬚刀上有沒有血跡。」一旦我得出自己是無辜的結論，我就會去找科瓦留夫，把鼻子還給他，好好解釋清楚，我和他鼻子出的意外毫無關係。

但伊凡的直覺反應卻是「放在角落，就先放在那裡吧」，他稍後再把它「拿出去」。普拉斯柯薇雅想要的，則是讓鼻子立刻滾出她家。也就是說，他們在爭的，並非要不要做這件不

---

15 研究物理刺激與感官認知之間的關係。

16 佩維爾（Richard Pevear, 1943-）和沃洛洪斯基（Larissa Volokhonsky, 1945-），兩人為夫妻，以合作翻譯俄羅斯經典文學聞名。佩維爾為美國人；沃洛洪斯基則出生於聖彼得堡，一九七五年移居美國，次年結識佩維爾。

理性的逃避行爲（丟掉鼻子），而是什麼時候做。

普拉斯柯薇雅認爲伊凡有罪，伊凡也默認了。但他究竟犯了什麼罪？他擔心的是「警察可能會從他這裡找到鼻子並控訴他犯罪」。控訴什麼？他沒做錯任何事，這一點我們很清楚，他應該也心裡有數。何況，警察要怎麼「找到」莫名出現在這間房子裡的鼻子？因此在我們看來，他們根本擔憂錯事情了：他們不擔心有人失去了鼻子，倒是害怕自己因此受到指責。

如果我的目標是「滅證」，那麼伊凡採取的行動大概也是我會做的事。用抹布把鼻子包起來，打算「要嘛塞進大門前的石柱下——要嘛就是不小心在什麼地方手滑讓它掉下，然後自己立刻拐進旁邊的小路裡」。但他一直遇到認識的人，找不到適當時機下手。這部分有點……不對勁。我想像自己用布包著我健身房櫃台小哥的鼻子，帶著它在紐約市走動；就我看來，無論遇到多少熟人，我都有辦法擺脫它——比如說，來一招老套的手滑然後順腳一踢，也可以隨手扔進星巴克外面的垃圾桶之類的。畢竟，鼻子被抹布包住，看起來和一般垃圾沒兩樣。伊凡爲了丟棄鼻子這件事設下的條件太嚴格了，實在有點偏執。

最後，他終於成功扔了鼻子，但一名巡警立刻看到這一幕，命令他撿起來。（好吧，伊凡的偏執是有他的道理：原來這是個法網恢恢的世界啊。）

於是他帶著鼻子來到聖以撒橋上，把它投進河裡，結果二度碰上巡警，不是因爲被逮到把鼻子丟入河裡，而是因爲在果戈里的故事裡，在橋上鬼鬼祟祟就是有罪。

這一幕，正如這整篇故事一樣滿是怪誕，滿到我們可以爲它取個詞，叫作「多重疊置怪異症候群」。最初的怪異，是麵包裡出現鼻子；第二重怪異，是這對夫婦對麵包裡出現鼻子的反應相當不理智；第三重，由於他們的反應不合理，制定出的計畫（丟掉鼻子）也相當奇怪；第四重，是伊凡執行計畫的能力很彆腳，無法完成任務，因爲他顧慮得太多，而且發覺外面的世界似乎有點惡意刁難他，讓他不斷遇到熟人，走到哪裡都有警察，至少短短兩頁裡就有兩個。

還有一重怪異，與故事的敘事方式有關。

故事第三頁（本書第二九二頁），當伊凡站在橋上時，我們停下來岔開話題。故事的敘事者承認，他「還沒好好介紹過伊凡．雅可夫列維奇」，這位理容師「在許多方面都是個值得尊敬的好人」。但這些題外話並未讓我們相信伊凡有多值得尊敬。我們得知的是，伊凡是個酒鬼，穿著打扮品味很差，而且手還很臭。敘事者還告訴我們，伊凡是個很「小心眼」的人，舉例爲證，當科瓦留夫指出伊凡的手很臭時，伊凡很合理地反問「爲什麼會臭？」但爲了報復，伊凡在科瓦留夫的「兩邊臉頰、鼻子下、耳朵後、下巴下」都塗了刮鬍泡——也就是說，理容師能塗的地方，幾乎全都塗了。

因此，這段題外話就像是敘事者用嚴肅的表情娓娓道來，表面上充滿權威，實際上和伊凡一樣，似乎成事不足，敗事有餘。這段話不僅沒有促進我們對伊凡這個人的了解，還降低了伊凡在我們心目中的可敬程度。這好比敘事者在口試時聽錯論述主題，開始用一段顛三倒四的愚蠢邏輯來證明他的論點。

我們不但開始覺得果戈里的異想世界確實很瘋癲，也懷疑這位敘事者和他同樣古怪。

與契訶夫或托爾斯泰相比，果戈里的文章顯得有點樸拙、不優雅、不著邊際；他的故事出奇地不精確，往往像伊凡和普拉斯柯薇雅一樣歸納出怪異的結論。在故事第一段，敘事者說伊凡的姓氏「已經不可考」——也就是說，敘事者不知道他姓什麼；然後又說，「甚至」他的店招牌上也沒有姓氏。但這些事情彼此間沒有關連：敘事者無法記錄到伊凡的姓氏，但伊凡總該知道自己姓什麼吧；伊凡的店招牌上沒寫姓氏，因爲他自已也不知道嗎？普拉斯柯薇雅・奧希波夫娜被描述爲「頗受人敬重」，但這個「頗」是什麼意思？頗受敬重和十足受敬重的差別在哪裡？當我們開始覺得這對夫婦之間的對話變得邏輯錯亂時，敘事者從未出面向我們保證他也有同感。（例如普拉斯柯薇雅怒罵「畜生，你去哪裡割了個鼻子回來」時，敘事者就沒有說：「她忽略了這是件不可能的事，因爲倘若伊凡割了客人的鼻子，對方毫無疑問會反抗。」）

〈鼻子〉的敘事者，顯然就是俄羅斯特有的不可靠第一人稱敘事形式，稱之爲「斯卡茲」[17]。想像有一個演員正扮演說書人的角色，但那個角色……不大正常。根據文學評論家維克多・維諾格拉多夫[18]的說法，這個說書人以「未達標準的敘事方法作爲鮮明特色」；另一位評論家羅伯特・馬奎爾[19]則指出，果戈里式的斯卡茲敘事者「幾乎沒受過正規教育，不知道如何展開論點，遑論用滔滔雄辯和具說服力的論調表達自己的感受，雖然他希望被認爲是見聞廣博、見微知著的人；他經常天馬行空，然後就離題了，無法區分哪些事是芝麻蒜皮，哪些則舉足輕重」。作家兼翻譯家瓦爾・維諾庫爾[20]補充說明，在這種敘述法之下，「不恰當的敘事重點」和「錯置的假設」會使故事失真。馬奎爾作出結論：是這位說書人的「熱情超出了常理」，造成這種現象。

因此，這不是粗野的書寫，而是一個超凡作家在呈現一個三流作家的書寫方式。（不僅如此，這還是一位超凡作家在呈現一個三流作家如何描寫一個鼻子能從臉上脫落並跑進麵包裡的世界。）

我們的敘事者被一種剛強但不甚精確的文學形式所驅動，他就像個喜歡賣弄炫耀的老學究，自視甚高，但高估了自己的才智和魅力。他還喜歡裝熟，和我們勾肩搭背，害我們不得不聞到他呼吸間的異味，並把我們當成和他一樣世故的老油條，邀請我們加入他，與他一起俯視他那些卑微的故事人物：「看啊，我的朋友，下面那些愚蠢的凡人，和你我真是天壤之別。」殊不知他自己的搭訕技巧拙劣又浮誇，犯了許多基本錯誤，結果反倒招來我們的斜眼睨視，不但質疑「您哪位？」而且也不相信他的敘述。這位敘事者彷彿渴望展現一些他在其他故事裡看到的敘事技巧，但卻畫虎類犬（例如那個本該說服我們相信伊凡很可敬的題外話），加上他對於自己講述的奇人異事似乎也不驚訝，讓他也被捲入了他正在描述的這個瘋癲世界裡，雖然他自覺高高在上，可以批判這些怪象。敘事者企圖提高自己的地位，以期讓自己顯得比故事裡的眾角色更優越；但由於他實在不擅長做這種事，導致他被我們拿來和伊凡、普拉斯柯薇雅等人相提並論，甚至比這些角色更低微。這敘事者顯然不等於果戈里本人，而是果戈里在故事裡創造出來的另一個角色——一個工具人，功能是發揮他的說故事風格，無意識地揭發自己其實不如自己所想的那麼重要或聰明。

所以，伊凡和普拉斯柯薇雅都是瘋子，現在看來，我們的敘事者也瘋了。

但是話說回來，你也知道——這世界誰不瘋呢？

我們可以在馬克．吐溫和約翰．甘迺迪．塗爾[21]的作品裡看見美式「斯卡茲」風格，還有喜劇演員莎拉．坎農對其角色米妮珀爾[22]的詮釋、電影《芭樂特》裡飾演芭樂特的薩夏．拜

---

17 Skaz，俄文爲сказ，源於與俄語的「說」（сказа́ть），是一種帶有敘述者個人觀點的敘事風格，並且常用民間俚語或方言，使故事帶有戲言或即興發揮的感覺。

18 維克多．維諾格拉多夫（Viktor Vinogradov, 1895-1969），曾遭蘇共流放，後獲得起用，成爲蘇聯科學院語言學研究所所長。

19 羅伯特．馬奎爾（Robert A. Maguire, 1930-2005），哥倫比亞大學哈里曼研究所的俄羅斯與東歐研究榮譽教授。

20 瓦爾．維諾庫爾（Val Vinokur），出生於莫斯科，幼時移居美國，普林斯頓大學比較文學博士，紐約尤金朗學院文學研究副教授。

21 約翰．甘迺迪．塗爾（John Kennedy Toole, 1937-1969），美國小說家，著有《霓虹聖經》、《笨蛋聯盟》，後者在他自戕多年後才出版，並獲得普立茲小說獎。

倫・柯恩[23]、在美劇《我們的辦公室》裡飾演杜懷特・舒魯特的雷恩・威爾森[24]，也都有這種特色。人們大多以爲無私、客觀、全知的第三人稱敘事者在現實世界裡無所不在，「斯卡茲」的傳統精神就是挑戰這種觀念。假裝那種超然的敘事者存在是很有趣沒錯，包含契訶夫、屠格涅夫、托爾斯泰在內的作家們都很漂亮地運用了這個觀念，但是，果戈里認爲，這樣做的代價是犧牲了一點眞相。每則故事都由某個人來敘述的，而每個人都有自己的觀點，所以每則故事的敘述多多少少都有點失準（或者說，多多少少都帶有主觀）。

既然所有的敘述都失準，果戈里說，那我們就開心地失準吧！

這好比是散文界的相對論，沒有恆常的、客觀的、「正確的」觀點；一個失衡的敘事者，用失衡的論調，講述了一群失衡人物的行爲。

換句話說，就和我們的日常生活沒兩樣。

我多年前在雪城大學的一位教授，道格拉斯・昂格爾[25]，曾把世人的溝通方式歸類出一種典型。

道格說，當兩個人交談時，他們的頭上都有個漫畫式的對話框，裡面充滿了他們內心的期望、預測、恐懼和擔憂等情緒。A說話時，B聆聽並準備回應，但當A說的話要傳進B的對話框時，那句話就會撞個粉碎。

例如：B的對話框裡滿是內疚，因爲她在媽媽生日那天忘記打電話祝賀一下，於是哥哥傳簡訊來責備她。這時，A說：「我下個禮拜要上台演講。」而B的腦袋裡還盤繞著哥哥兇巴巴的斥責言語，於是她隨意從對話框裡選一句話回答：「有些人實在很不留情面。」A的對話框因爲擔心演講而充滿焦慮，便答道：「眞的，不小心就耍笨。」邊說還邊皺起眉頭。看到這一幕的B心想：「喔，好喔，連你也給我這種臭臉，因爲看到我忘記打電話跟媽媽說生日快樂，就覺得我是渾蛋對吧。」[26]

世界只有一個，是我們用自身想法所創造出來的：而這些想法的性質決定了我們眼中的世界是什麼樣子。

一個住在牧場小屋的婦女，成天掛念牧草會不會枯死，某次去凡爾賽宮參觀，結果最讓她印象深刻的，是草坪。

一個婚姻不順、總是被妻子支配的男人去看莎士比亞名劇，結果馬克白[27]夫人一直讓他想到自己的太太。

現實生活也是這樣。

這可不是開玩笑唷，說眞的，果戈里就是要向你強調，現實生活就是這樣。

這讓我想起了一個故事：一個有錢的好萊塢經紀人開著法拉利，在洛杉磯郊外的沙漠拋錨。慘了，那天稍晚他得參加一場人生中最重要的會議。這麼剛好，手機就在這時沒電，四

---

22 莎拉．坎農（Sarah Cannon, 1912-1996），美國一九四〇年代起走紅的喜劇演員，長年飾演一個名爲米妮珀爾（Minnie Pearl，意爲「小珍珠」）的角色，以至於該角色比她本名更爲人所知。

23 薩夏．拜倫．柯恩（Sacha Baron Cohen, 1971-），英國男演員，主演喜劇電影《芭樂特：哈薩克青年必修（理）美國文化》。電影是一部僞紀錄片，諷刺美國文化中的虛僞，講述一名哈薩克記者到美國採訪的經過。雖然片名有哈薩克，但與現實裡的哈薩克也相差甚遠，在哈薩克引起了一些反彈。

24 雷恩．威爾森（Rainn Wilson, 1966-），美國演員，在美劇《我們的辦公室》裡飾演紙業公司的業務員舒魯特（Dwight Schrute）。

25 道格拉斯．昂格爾（Douglas Unger, 1952-），美國小說家，一九八三年至一九九一年任教於雪城大學。曾獲海明威筆會特別獎、最佳美國短篇小說獎等。

26 作者註：故事裡接近第二節末，科瓦留夫和校官夫人格里戈利耶夫娜的來回信件，就是這種溝通不良的好範例。

27 莎士比亞四大悲劇之一。馬克白將軍在太太慫恿刺激下弒君，自立爲王，成爲暴君，最終慘死。

周杳無人煙。等等，遠方有一輛車駛來。車子越來越近，他定睛一看，是一輛小貨車。一輛破舊的小貨車，農民在開的那種。靠，天啊，保守的農民，看到他這種人（開法拉利、西裝筆挺、不知道是用髮膠髮蠟還是髮油抓出來的髮型），肯定覺得他家財萬貫，沒有腳踏實地工作，比如說種田啊，頂著大太陽，爲了擠奶而跟乳牛角力之類的。他們只會覺得他就是個廢柴好野人，賺那麼多錢又怎樣？都是哄騙別人爲他賣命而已！假惺惺的僞君子！靠，運氣怎麼這麼差，這經紀人心想，全世界有那麼多人可能路過，結果老天卻派這傢伙來？那個蠢鄉巴佬哪會懂他的人生，哪會知道他這些年來有多努力工作？這個鄉巴佬，可能叫作查克，還是克萊蒙，隨便啦，反正這傢伙大概已經娶了個老農婦，過著舒服安逸的婚姻生活，而他上個月才剛和珍妮離婚，珍妮提的，還把兒子小雷也帶走，因爲他花太多時間在經紀人的工作上，現在他幾乎很難再見到小雷了，還有——

小貨車在他面前停下。

「需要搭便車嗎？」好心的農夫問。

「去你的！」那經紀人大罵。

我思，是故我可能會想錯，當我把錯誤的想法說出口時，我的錯誤就落到了另一個同樣想錯了的人身上。生而爲人，我們無法忍受光想不做，一做之後，事情反倒變得更糟。

「人們一般都還滿溫良恭讓的，但爲什麼這世界這麼差？」如果你曾經和我一樣有這個疑問，果戈里對此有一個答案：我們每個人頭殼裡都有一個斯卡茲的專屬神經迴路，獨一無二，活躍運作中，讓我們完全相信「事情當然絕對就是這樣」，而不是「這只是我個人意見啦」。

整個地球上的人類生活劇場是這樣的：頂著斯卡茲腦袋的人類一號出門，遇到了斯卡茲人類二號，兩人都認爲自己是宇宙的中心，自認比對方高一等，很快地對一切事情都產生了些許誤解。他們試圖溝通，但完全不擅長。

鬧劇因此接踵而來。

伊凡在他的麵包裡發現一個鼻子，拙劣地推論出原因，然後開始行動，但做事不得法，方向又錯誤。城裡那頭，一覺醒來發現自己沒了鼻子的科瓦留夫反應也很奇怪，比起害怕，更多的是惱怒，不滿鼻子用這種「愚蠢方式」消失，留下光溜溜一片，希望「有個東西取代鼻子的位置」；他緊接著立刻採取行動，然後在外撞見自己的鼻子，雖然上一回我們看見鼻子時，它的尺寸還小到可以塞進一塊麵包裡，現在體型卻和人一樣大。

這一段實在好玩。怎麼能這麼逗趣？

答案要從果戈里神乎其技的一個重要面向來看。

當科瓦留夫第一次看到他那叛逃的鼻子時，我們的譯本（由瑪莉・斯特魯維[28]翻譯）是這樣寫的：「想像一下，當科瓦留夫認出它就是他的鼻子時，他是多麼驚嚇，同時又是多麼驚喜！」而佩維爾和沃洛洪斯基的譯法是：「認出他就是他自己的鼻子時，他多麼驚嚇又驚喜！」那個「它」是什麼？「他」又是誰？科瓦留夫究竟看到了什麼？那個化爲人形的鼻子……臉上有沒有鼻子？人形鼻子有臉嗎？如果有，故事裡並沒有描述那張臉的模樣。但是「科瓦留夫認出它就是他的鼻子」這句充滿自信的敘述，讓我們的大腦自動在這裡插入了一個人形鼻子，一個柏拉圖式的鼻子，只有精神存在，即使逼我們，我們也畫不出來。

然而它就在那裡，還跑進了一幢房子裡。

28 瑪莉・斯特魯維（Mary Struve, 1926-2012），加州大學柏克萊分校俄羅斯文學碩士，俄羅斯文史學家Gleb Struve之妻。出生於洛杉磯，幼時曾住在中國哈爾濱的俄羅斯移民社區。

幾分鐘後，鼻子再次出現，故事仍然不打算回答科瓦留夫爲什麼會認爲這（這個人？或這個鼻子？）是他的鼻子。我們僅知道「他身穿一件有大立領的金色刺繡制服和麂皮馬褲」，而且「從他那頂裝飾著羽毛的帽子，可以推斷出他身分高居五等文官」。故事只著重在鼻子狀態出現改變，但不在乎它的新樣貌或體型大小。

故事在這裡刻意使用「不當的敘事強調」來迴避一個很實際的問題；如果鼻子眞的變成人，而我們人在現場，這個問題本該有解。鼻子要嘛有臉，要嘛就沒有。它時而被描述成和人一樣大的鼻子，戴著帽子，有手有腳；在故事其他部分，我們還讀到鼻子「微微皺起眉頭」，也就是說它有一張臉。如果鼻子有臉，它臉上的眼睛嘴巴是從哪裡來的？那些是誰的眼睛嘴巴？它長得像誰？還是說它只是一個有眉毛的大鼻子？

我們只能總結，鼻子既沒有臉，同時也有臉。時有時無，取決於敘事句法的需求。

這一段帶來的樂趣，是讓我們花幾分鐘時間看「語言」自首，承認它實際上是一個功能有限的溝通系統，用於日常生活沒問題，但在層次更高的領域則不夠精準。語言所呈現的事情，有時超出它原本想要表達的意思；我們也可能將它們穿鑿附會，變成與實際情況八竿子打不著關係的事。

如果我寫道：「這張桌子想要爲自己的手臂抓抓癢，但想起自己沒有手臂，又想到自己的其中一隻腳比其他隻來得短，於是漲紅了臉。」某程度而言，把桌子擬人化是一種胡言亂語，但這還不是全部：這張桌子，當它臉上的潮紅褪去後，可以變回任何一種它能夠代表的象徵物，或者就變成一個本來和另一個酒窩成雙成對、卻擅自投奔自由的酒窩；它也可能乾脆變成一整片加拿大國土，忍不住在這個國度上鋪了一些吃下去就能改變命運的小蛋糕，且這改變不可逆轉。你腦海中是否出現過這些遐想？我就有，或多或少有一點。這些命運的小蛋糕有幾個？有多「小」？你把它們放在哪裡？靠近那個投奔自由的酒窩嗎？雖然是腦海想像出來的產物，這些命運的小蛋糕是可以吃的，不吃的話還能去「同理心之港」把它們丟入海裡；或者重新定義，讓它們變成什麼紐華克圓柱銘文之類的東西，這樣茱迪直搗那塊被具有飛行優勢的貓看管的聖域時，才好順便稍微調查一下銘文的來歷或效果。

這一切究竟是什麼意思呢？意思是語言可以創造出現在不存在、且永遠都不大可能存在的世界。閱讀果戈里，會讓我們不時想到，這就是我們的意識一直都在做的事：用文字創造一個幾乎不存在的世界。語言近似於意義，有時候牛皮吹得太大，有意無意地欺騙我們。有心人士扭曲語意來慫恿我們行動，這是有意；當我們內心有個想法，舉了一個正經的例子，卻因爲太偏愛自己的想法，沒有意識到自己正企圖拉著語言這塊薄布去掩蓋我們論點中不眞實的部分，這就是無意。

語言和代數一樣，只能在特定範圍裡有效運作。它是一種用來表達世界的工具，不幸的是，它一直被我們誤認成世界本身。果戈里並沒有創造一個荒謬的世界；他展現給我們看的，就是無時無刻用自身想法創造出荒唐世界的我們自己。

有些人看到朋友遭遇緊急狀況時的狂亂失措，從此對朋友改觀。我們也是，在閱讀果戈里之後，大概再也不會用同樣方式看待「語言」這位老朋友了。

這其實是好事。畢竟，你我都不會想把一個類似眞相的工具誤認成眞相本身吧。

既然講到語言，卻只談這些我們僅能透過翻譯來閱讀的文章，顯然是有點問題的。用英文讀果戈里是一回事，用俄文讀當然更是截然不同。俄文版更逗趣，有些聽覺、諧音和雙關笑話無法以英文呈現，差別就在這裡。在我教學生涯早期，我請一位雪城大學的同事來我課堂上，和大家談談翻譯上的挑戰；那堂課實在精彩，幾乎全班都無法自拔。她講完後，我們才知道自己讀的英譯版相較於原文而言，是多麼平淡的仿作。有一段內容是，她講述果戈里另一則經典短篇小說〈外套〉，讓我們體會一下究竟錯過了哪些和俄語語音有關的笑話。比方說，在那則故事開頭，一個媽媽要幫她剛出生的孩子取名，嘗試過一連串名字組合後，她決定以孩子父親的名字來爲他命名，於是他就叫作「阿卡基・阿卡基維奇」；我同事告訴我們，在原文裡，這一段取名過程的描述裡，包含了一系列會讓人聯想到排泄物的字音，而高潮就落在宣布寶寶名字的那一刻。俄語裡「卡——卡」這組連音，和它在英語裡一樣[29]，都會牽扯到與屎尿相關的聯想；而且在前文一堆與糞便有關的字音堆疊出這種想像後，「阿卡基・阿卡基維奇」聽在俄羅斯人耳裡，就和我們聽到「史眞香」這種名字，差不多的意思。（或者「柯洛賽」、或「陶奮同」，我還可以變出更多類似的。）我同事說，俄羅斯聽眾聽到這些名字就會不斷竊笑，聽到孩子的名字正式公布後肯定無法忍耐，直接爆笑出聲。

我們無法有這樣的反應。對我們而言，可能只會覺得這是十九世紀俄羅斯人依循傳統在給孩子取名時，發音稍微有點重複的問題罷了。

但即使是翻譯本，自然眞摯的情感仍是讀果戈里作品的樂趣之一，透過斯卡茲這面哈哈鏡呈現出來，仍然十分自然，雖然顯得扭曲。

我聽過這種扭曲成長的人生版。某次鄰居家辦派對，我留得比較晚，被我爸媽的朋友拉到角落；對方喝茫了，渴望找人聊聊，任何人都好，聽他說說他眼中的世界（美麗、不公平、充滿了他錯過的神祕暗示），於是一場芝加哥式的斯卡茲就此上演：「你很有種，但相信我，還是會有該死的爛人來找你碴，你就要給他們這個——（搭配動作：豎起中指）——讓他們也嘗嘗看那該死的滋味！」

每個靈魂都曠遠流長，都希望能充分表達自己的想法。當一扇適當的表達之窗被關閉時（其實我們從出生那刻就都被關了一些窗，有些人被關上的窗比其他人更多），就產生了詩歌，意即眞理被迫從一個有限的出口宣洩。

所有的詩歌都是這樣來的，這話絕非虛言：眞理以隻字片語的形態出現，平庸的見解卻總是口若懸河。詩歌嘗試向世人伸張正義，但徒勞無功。如果語言是一面蜘蛛網，那麼詩人就是奮不顧身地自投羅網，藉此證明只有語言是不夠的，而詩歌就是詩人被蜘蛛網包覆而成的繭。作爲奉獻，果戈里用自己來演繹這一切：他讓自己一頭栽進的那面蜘蛛網，就掛在這些小人物生活的城鎭裡一隅，城裡的小人物們雖言不及義、口齒不清，語言能力不足以應對這些事件，但對於說話條條有理、受過教育、從容不迫的大人物們所能感受到的一切，他們也都會有感覺。

而這場自投羅網的結果是怪誕、可笑又眞實，那位奇怪的敘事者所秉持的精神更是感動人心。

有一種創作，是我們努力提升自己的表達能力，用最高級的語言水準，盡可能精確地傳達我們的想法（例如亨利．詹姆斯[30]）。另一種是我們屈服於自己原本的表達方式，雖然它可能有缺陷，但我們專心致力於這種方式，勤能補拙，反而爲這種效能較差的表現形式創造出一種詩意的缺憾。

當一個企業界人士說：「有些人感覺到壓力，就我們的觀察，是因爲我們業績沒達標或沒超越目標，導致我們以後全都會記得總公司的馬克在他上個月的評鑑公文裡把話講得多麼明白。」這段話是一首詩，因爲它不盡精確；它陳述了一個事實：「我們沒達標，死定了。」而它的不精確裡也有一些事實：它的陳述方式向我們透露了敘述者和他的一些背景，這些是

29　古英文裡的「cac」有糞便之意，拉丁文裡的「cac」則指排泄，因此引發諧音。現今英文在非正式場合和對小孩說話時，仍會用「ca-ca」來指稱排泄物。

30　亨利．詹姆斯（Henry James, 1843-1916），英美作家，出生於紐約上流知識份子家庭，晚期敘事風格複雜，經常使用雙重否定、倒裝句等。最知名作品爲《貴婦畫像》。

「我們沒達標，死定了」無法傳遞的事。

所以那是一首詩，像是一台能夠傳達額外訊息的機器。

我們或許也會注意到，果戈里那斯卡茲式敘事裡的笨拙在某些地方會突然消失，文章一個華麗轉身就變得清晰有力：「世上好景不常在，」在科瓦留夫找回鼻子卻發現無法貼回臉上時，敘事者如此告訴我們，「即使再大的狂喜，在第一波感動之後，也無法再維持同樣強烈的悸動；不用多久，它就會逐漸衰弱，最後不知不覺沉入平時的普通心境，就好比一小顆鵝卵石落入水中，激起一陣漣漪後，水面終將回歸平靜。」

這番譬喻沒有什麼「未達標準」的表達問題。

也就是說，果戈里在故事裡應用斯卡茲，是有斟酌過使用範圍的。故事有時是一個超凡作家在呈現一個三流作家的書寫，有時是……嗯，就是一個超凡的作家在書寫。

「果戈里是一個奇怪的人，」納博科夫寫道。「不過天才總是異於常人；在知足感恩的讀者眼裡，只有那些你們視爲心智健全的二流作家才是充滿智慧的老朋友，會親切地幫讀者建立他們的人生觀。」納博科夫說，托爾斯泰和契訶夫在文章裡也有出現「非理性見解」的時候，製造「轉移焦點」的唐突感，但在果戈里的作品裡，「這種轉移是他寫作藝術的基石」。

果戈里癡迷於鼻子，害怕水蛭和蛆；據說他的舌尖還可以碰到他的鼻子（而他的鼻子還挺長的）。他在學校的綽號？「神秘的矮人」。而納博科夫告訴我們：「他怯懦軟弱，像個發抖的老鼠，雙手髒兮兮，頭髮油膩膩，耳朵裡油得像流膿。他狼吞虎嚥吃著黏膩的甜食，同學們都盡可能避免碰觸他經常翻閱的書。」據果戈里其中一個同學盧比奇・羅曼諾維奇說，貴族同學們看不起他，年輕時的果戈里「早上很少洗臉和洗手，總是穿著骯髒的亞麻布衣和沾了污漬的衣服。」果戈里都坐在教室最後一排，「免得成爲被揶揄捉弄的目標」。

果戈里是來自烏克蘭的外省人，性格有點「媽寶」（這似乎是交互影響的結果，畢竟他母親也寵溺地將鐵路和輪船的發明都歸功於他）。遷居聖彼得堡後，他發現自己被更多在當地認識的貴族作家超越。

「在普希金[31]和萊蒙托夫[32]的創作之下，俄羅斯的散文文體臻於完美的自由揮灑與清晰明確。」理查．佩維爾在他對果戈里長篇小說《死靈魂》的精采導讀文裡寫道。「果戈里非常欽佩他們，沒有試圖與他們媲美。他動手創造另一種寫法，不模仿受過教育的人說話，不崇尚簡潔、精確這些所謂『散文的優點』，並且顯然完全反其道而行。」

爲了做到這一點，據安德烈．西尼亞夫斯基[33]的說法，果戈里「並非訴諸於我們一般的說話方式，而是展現了——不懂得以普通方式說話的模樣」。[34]

一個人要怎麼「不模仿受過教育的人說話」，而是利用「不懂得以普通方式說話」來寫作？他怎能這麼擅長描述「庸人的庸俗之處」？

我們可以懷疑這是一種內觀。或許果戈里根本沒有觀察真實世界裡的某個凡夫俗子，而是觀察存在於他自己內心的那個庸人，再將觀察結果寫出來。

在果戈里的傑出之作中，我認爲果戈里有兩個人格：一個言不及義、誇大不實、不知變通、草根性濃厚的說書人，以及一個感受力敏銳的作家。作家仔細觀察那個草莽說書人，引

31 普希金（Alexander Pushkin, 1799-1837），俄羅斯文學家，浪漫主義的代表，被喻爲俄國文學界的太陽，特別是詩歌。

32 萊蒙托夫（1814-1841, Mikhail Lermontov），俄羅斯文學家，被視爲普希金的接班人，然而同樣英年早逝，且和普希金一樣是與人決鬥而死。

33 安德烈．西尼亞夫斯基（Andrei Sinyavsky, 1925-1997），俄羅斯文學評論家，曾是蘇聯科學院世界文學研究所人員，持不同政見，遭到勞改，後移居法國。

34 作者註：這段話同樣引用自佩維爾對《死靈魂》的導讀裡。

導他說故事，藉此利用他，將他說故事的方式微調成一種高尚的喜劇藝術。

在果戈里最後十年人生裡，他失去了分裂自己人格的天賦；或者應該說，那個平庸的人格完全接管了他的心智。他在嘗試寫出《死靈魂》的第二部時陷入沮喪，轉而奉行神祕主義，融入冠冕堂皇的浮誇風格，並開始從義大利寫信給他在俄羅斯的那些世俗朋友，語氣彷彿自己紆尊降貴，內容則盡是神棍般的開示，讓友人不但驚訝，偶爾也感覺備受侮辱。例如在其中一封信裡，果戈里勸諫一位甫喪妻而悲慟不已的鰥夫朋友：「雖然你現在無論從教養或性格傾向來看，都稱不上是位紳士，但耶穌基督會幫助你成爲那樣的人——這是她透過我告訴你的。」這些文字收錄在《與朋友的書信精選》裡，唐納．芬格[35]把這本書描述爲「一本不時令人感到尷尬的深度私密之作」，而且完全不見「果戈里早期作品裡公認最優秀出眾的諷喻、批判姿態」。

「放棄了曾經催生出他最佳作品的滑稽喜感（或者說是他被拋棄），他越來越像他自己諷刺的人物之一。」芬格寫道。

「噢，你要相信我所說的話，」果戈里諄諄告誡著其中一個和他通信的人。「我自己都不敢不相信呢。」

這句話聽起來像是果戈里筆下其中一位斯卡茲敘事者會說的話，但這是他代表自己寫下的，而且是認眞的。

〈鼻子〉裡有一些令人感到熟悉的可怕事物。它講述一個人失去某個有價值的東西，然後去尋找。誰沒有做過這種惡夢？我們也正在追尋一些東西，卻苦無結果；夢魘趁勢而起，意在打擊我們的心。夢魘對我們的煩惱置身事外，成了這場夢的意義。

故事第十頁（本書第二九九頁）開始的情節，可以概稱爲「剛遇見自己鼻子的科瓦留夫去尋求幫助」：

——他去了警察總長家，對方不在。

——他去了報社，遭到誤解，挫敗不已。

——他去見了地方警察分局局長（不是警察總長），受到羞辱。

——他回家，把一切歸咎於帕托欽娜夫人，認爲對方是個女巫。

——一名巡警帶著鼻子來了。

——鼻子無法接回臉上。

——科瓦留夫請醫生來，對方表示他可以修好鼻子，但建議不要這樣做，反而想要買下鼻子。

——科瓦留夫致信帕托欽娜夫人，控訴她的行爲；對方的回信顯示，她完全誤解了他的意思。

這模式大致是：科瓦留夫嘗試了一些合理的措施，但得到的回應令人不甚滿意。他與警察總長失之交臂，被報社簿記官誤會，被警察局長冒犯，醫生還提出了偏離重點的建議。他去了所有正確的地點，請求所有合適的人選，這個應對流程和我們會做的差不多，而每個人對他也都很有禮貌（除了警察局長，畢竟他地位高於科瓦留夫，於是在可接受的範圍內盡可能展現了無禮）。這些人說的話都沒錯，他們有些人表達了關心和同情，對這件事眞心好奇，想要伸出援手，至少是想伸出會被視爲有幫助的援手，但他們都無能爲力，因爲他們沒有（還沒有）經歷過正讓科瓦留夫水深火熱的惡夢。這惡夢可以有很多形式：當

35 唐納·芬格（Donald Fanger, 1929-），哈佛大學戴維斯俄羅斯與歐亞研究中心文學教授。

然有失去鼻子，但也可以是失去一隻手臂、失去健康，或失去賴以為生的工作、失去老婆孩子，以及失去健全的精神理智。世界充滿了等著襲擊我們的夢魘，但科瓦留夫求助的人們不相信有這種事，或者說還不相信，就像我們也不信一樣。他們認為這場惡夢是科瓦留夫獨特的個人遭遇，是個詭異、丟臉的個案，而不是向我們預示最終會降臨到我們所有人身上的惡夢，它虎視眈眈，說來就來，沒有人逃得掉。

何況，這也不是他們的工作。科瓦留夫求助的每個人都恪守自身職責允許和期待他們做的事。這些責任制度（也就是他們的社會）之所以被設計出來，是為了能維持社會的正常運作；它對科瓦留夫這種有特殊需求的人愛莫能助。我們看見，他們的反應都出奇地溫和，好像科瓦留夫遺失的不是鼻子，只是個行李箱。

因此一切照舊，雖然有人失去鼻子，殘廢的乞丐在大教堂前被人嘲弄，含冤的囚犯在沙皇的骯髒監獄裡腐爛，孩童挨餓，富人則在富麗堂皇的宴會上徜徉舞池。我們可以在這裡列出數百個可能在一八三五年三月二十五日於這座虛構的聖彼得堡發生的不公不法事件，或者任何一天、在任何一座真實的城市所發生的不仁不義，那些是我們所有人都默認必須繼續維持現狀的事，因為處理這些問題要花費的時間精力和金錢等一切成本，將會遠遠超出合理的預算範圍。

現在我們聚焦於科瓦留夫與報社廣告簿記官的互動（本書第二九九至三〇三頁），體會一下果戈里式夢境的無助究竟是什麼感覺。

用手帕遮住無鼻臉的科瓦留夫表示，想要刊登一則告示；他並沒有劈頭就說「我的鼻子不見了」，而是靦腆害羞地說「有一起詐騙事件」。他確實也不是在找那個從前在他臉上的鼻子，而是要找鼻子變身而成「騙子」（也就是有自我思想的鼻子）。他強調的不是「我的鼻子不見了」，而是「我的鼻子侮辱我，因為他竟敢離開我的臉並變成另外一個人，一個地位在我之上且不尊重我的人。必須逮到他，讓事情恢復原狀」。

簿記官詢問科瓦留夫的名字，但他拒絕透露，而簿記官對此也沒有異議（那爲何要問？）簿記官誤會科瓦留夫，以爲他在找叛逃的奴僕；在這惡夢裡，我們不斷被推得離實際該做的事越來越遠。不過，簿記官的理解也算是部分正確——總之，科瓦留夫接受了這個錯誤，只是稍微提出修正：確實是有關於叛逃，沒錯，但叛逃的是他的鼻子。簿記官聽錯，又調整了一下自己的誤解：「這個鼻姓男子是否盜走您一大筆錢？」科瓦留夫再次糾正他：「我的鼻子，眞的是我自己的鼻子不見了。」簿記官一點也不震驚，但想知道更多資訊，「但它是怎麼消失的？我不大明白。」他溫文爾雅地說。

科瓦留夫需要找回自己的鼻子，不是出於最直觀的原因（那是他的器官，現在竟然不見了），而是因爲那是他暴露在外的身體部位，不可能一直隱瞞它的消失，而且……你也知道，有很多達官顯貴等著他去拜訪，所以……

他假定這個社會地位比他低的簿記官也會認爲這是一個合理的動機。簿記官思索之後提出異議，他表示，爲了保護報社的聲譽，不能刊登這種離譜的東西。況且，簿記官也說了，如果是鼻子不見，那麼科瓦留夫需要的應該是醫生；簿記官暗示，鼻子並沒有眞的遺失，對吧？看起來，「您應該是那種性格爽朗的人，喜歡在公眾面前開開玩笑。」這位簿記官的看法明顯帶有果戈里的意識，認爲「性格爽朗的人」什麼都能拿來「開玩笑」，即使要向滿屋子的陌生人聲稱自己沒有鼻子，也是做得出來的。

受到刺激的科瓦留夫，終於把手帕從臉上移開——大驚爆，我們第一次有外部人證能證明他的鼻子眞的沒了，而不是個想像自己鼻子脫逃的瘋子。「完全平整，」簿記官證實，「就像一片剛從煎盤上鏟起來的布林餅。」然而，他一點害怕的神情都沒有，甚至不驚訝，也稱不上非常感興趣（畢竟失蹤的又不是他自己的鼻子）。他說他不認爲投放這則廣告會對科瓦留夫有「任何幫助」。此話當眞？要是鼻子果眞還乘著馬車在城裡四處晃，而某個人曾撞見一個人類大小的鼻子，這樣一則廣告可能會使他聯想起這件事，並與科瓦留夫聯絡，事情有望取得進展，而這，對科瓦留夫來說，可是一個相當有利的潛在「幫助」。（在此，我們也看到果戈里已經讓我們多偏離現實了，現在我們認眞地辯論投放廣告是否好處，因爲不但已接受鼻子變成人，還認爲報紙上的訊息或許能夠幫助我們找到它，即使我們——到現在——都還不知道我們到底在找什麼，或者到底是在找誰。我們對瘋癲事物的承受範圍不斷擴大。）

科瓦留夫有反對簿記官的謬論嗎？沒有。他只覺得「氣餒極了」，然後瞥見一個美麗女演員的名字，心就飄到劇院去。就這樣，連連被打臉，加上一點令人分心的小插曲，科瓦留夫的追捕鼻子大作戰，或者該說作戰行動的其中一步棋，就此被阻擋。

科瓦留夫爲何被阻擋？是什麼擋住了他？不是缺乏同理心。（簿記官不是說了嗎：「看見這樣的事發生在您身上，我也很難過。」然後給了他一小撮他最想享受但是偏偏不能的東西。）這個果戈里宇宙的機制本身就設有一個障礙，是一種基本上的溝通不良，滲透了整個世界，故事結構和內部邏輯都已遭到感染。

更悲哀，不，最欲哭無淚的是，簿記官的態度一點也不惡毒，但他也一點幫助都沒有。

我們從科瓦留夫身上學到了一項適用於我們所有人的啓示：他很快（太快了）就接受瘋狂的新現況。他有權適度憤慨一下，但他比我們預期中更快就接受了自己可怕的新狀態，繼續生活，縱然難過、氣惱，但並不反抗，因爲那樣就太不體面了。

我們每到一個地方，遇到的人們總是善良和誠摯的（大部分啦），重視的信念似乎也和我們差不多：負責、追求眞相、敦親睦鄰等。然而，每天晚上看新聞時，還有每個時代、每本歷史書上，諸如此類等等，慘絕人寰之事無處不有，墮落、絕望在每個地方都曾上演，就連此時此刻，世界上也到處都有活在墮落、絕望裡的人。

那種經典好萊塢電影裡出現的惡徒，會開心地站在邪惡的一方咯咯笑著，只因為過去某些理想幻滅就成為一切良善事物的死敵，以我個人經驗而言，這種人我是從未遇過。大多數我在這世上看見的邪惡——我曾經遭遇過的齷齪對待（以及，平心而談，我自己曾帶給他人的不快）——都是出自那些立意良善、認為自己正在做好事的理性之人，他們保持禮貌，融入周遭環境，在稍微被誤解的情況下付出苦勞，沒有意願或沒有時間去思考事情脈絡；對於他們實踐自身信念而可能造成的負面影響，他們迴避不碰，或者出現盲點而看不見；他們或屈從於權宜之計、或順從所謂「常識」，也可能兩者皆是，而這些觀念常識都是透過生活與成長中的文化傳承而來，他們也沒有提出質疑。換句話說，他們就像果戈里故事中的人。（我以上說的對象，不包含那些激進冒犯他人的無禮之徒、自負心大如巨獸的人、腦子裡充滿華而不實想法的人、過度富裕或過度功成名就而與現實脫節的人、唯我獨尊者、天生對權力飢渴得不能自拔的人、以及社會病態或精神變態。）

但從世俗面來看，若我們真的想要理解邪惡（卑鄙下流、壓迫、漠視）的本質，就應該知道，犯下這些罪惡的人並不總是在行為當下就喜不自勝地笑出來；通常他們露出微笑，都是因為思考後自覺做了很有貢獻又符合美德之事。

在維克托·克倫佩勒[36]關於納粹德國大屠殺的回憶錄《我將作證至最終》一書裡提到，他因猶太人身份而失去了在大學的研究室，隨後被剝奪在某些商店採購用品的權利，最終教職

36 克倫佩勒（Victor Klemperer, 1881-1960），猶太裔德國語文學者，其日記記錄了納粹德國暴政下的生活。在納粹崛起前，他對德國文化已有強烈認同，然而這無法免於他被打壓，因此這段經歷帶給他的除了外在壓迫，也充滿內心衝突。

不保，房子也沒了。負責執行這些事情的人彬彬有禮地完成工作，甚至懷有歉意。（那不是他們的主張，是那些柏林來的笨蛋想出來的。但他們可曾想過，身爲一個人，哪些事情該做？）這些人似乎也滿喜歡克倫佩勒這個人，他們不是反猶太主義者，但在動手剝奪他權利的那些時刻，他們也沒反對策動這一切的反猶太主義者。他們是舉止有禮、慚愧但甘願爲納粹殺人機器效力的小零件。

克倫佩勒書裡的德國，和果戈里的報社廣告部辦公室有共通點。在這兩個地方，一些令人惴惴不安的事（消失的鼻子，充滿仇恨的政治目標）都遇到了文質彬彬、追求和諧的文明——一種希望凡事照常運作的文明。

在一篇有關德語作家格列果·馮·雷佐利[37]經典作品《反猶太份子回憶錄》的文章裡，黛博拉·艾森柏格[38]指出，少數邪惡之人就能造成重大傷害，只要他們有「其他眾人的被動協助。這些人什麼也不必做，只要好好待在他們安全的家，凝視窗外萬里無雲的晴空就好」。她接著列舉了這些消極之人的罪，包含「冷漠、邏輯不通、不經意展現的優越感——不是在社會條件，就是在智識方面——對他人漫不經心。」

是什麼妨礙了果戈里的簿記官實踐助人之心？是他對於自身職守的僵固認知，極端偏頗和保護自己認知中的一切：他的觀點、習慣、興趣、他對自身職責範圍的理解。發生在科瓦留夫身上的事情……並非發生在他身上，既然如此，對他而言，發生就發生囉，有什麼關係？

我們在本書裡讀到的所有俄羅斯作家，包含果戈里，沒有一位能想像納粹大屠殺（或俄國革命、或史達林大清洗）的恐怖，但我認爲，果戈里有辦法勾畫出這些；他的風格契合這些人間荒謬。當我觀看舊彩色電影裡的納粹領導階層度假場面，我發現那完全是果戈里式的場景。大屠殺的兇手們穿著泳衣，一付矬樣，他們跳舞、耍白癡，偶爾在鏡頭前顯得難爲情，糟糕的構想在他們眼中看來似乎都很不錯，一段扭曲的斯卡茲（專家政治[39]、種族主義、針對意識型態的煽動）在他們腦海裡不斷重複播放。

容我在此強調一下：這則故事沒有邏輯矛盾。

故事當中有不可能眞實發生的事件，沒錯。一則故事裡可以出現不可能發生的事嗎？當然可以。假設我們的故事發生在一場晚宴上，宴會主人的頭突然彈出來，打到天花板，然後掉進他的湯裡。可以這樣寫嗎？當然可以囉。但它在這裡觸發讀者的何種期望？作家會想到這件事，因此故事也該注意到這件事。（如果宴會客席間沒有其他人注意到這件事，我們會認爲，錯失了強調這種亮點的機會是作者的疏忽，也就是差勁的寫作。）另一個方法是，讓故事在其他部分回應這起事件。（例如其他情節裡也有別人的頭顱彈開，或宴會主人因爲覺得太丟臉，當晚就窩在床上啜泣，並著魔似地不斷檢查自己頭顱和脖子的接縫處。）這呼應我們之前提到過的，一則包含不可思議事件的故事，重點不在於這件事發生了（畢竟那只是某人在背後堆砌出來的文字），而在於故事針對這些奇案所做出的反應。那才是它對我們訴說心聲的方式。

在果戈里的故事裡，每當有不可能發生的事發生，要不是沒人注意到，要不就是人們注意到了但產生誤解，並帶著這份誤解繼續錯誤地交流。這些情況也包含故事的敘事者，他對

37 格列果．馮．雷佐利（Gregor von Rezzori, 1914-1998），羅馬尼亞裔德語小說家，精通多種語言，一度成爲無國籍者，最後成爲奧地利公民。

38 黛博拉．艾森柏格（Deborah Eisenberg, 1945-），美國短篇小說家，哥倫比亞大學教授，多次獲得歐亨利獎（美國短篇小說界重要獎項）。

39 又稱「技術官僚政治」，由技術專業人士擔任政治決策者，特別是科學領域。初衷是期望能用科學方法解決社會問題，但某程度而言也是一種菁英主義，有傲慢以及與社會脫節之嫌，也無法保證擔任決策者的專家不受利益影響。

於我們注意到的怪象一直沒有發表看法，還滔滔不絕提供我們根本不相信的解釋，絕口不提他所描述的事件該如何合理落幕。

當我們閱讀這則故事時，會發現背後有一堆時序與邏輯問題。

伊凡把鼻子扔進河裡，數小時後，科瓦留夫在糕餅舖附近看到它下了馬車，身上還穿著制服。它是怎麼離開河裡的？它是在上岸之前、或者之後才變成人類的大小？在那段短短幾小時裡，它哪來的錢買一輛馬車？還學會說人話？駕馬車的又是誰？那馬車伕是怎麼被雇用的？馬車伕應徵這份工作的時候，有沒有注意到他未來的主人是個鼻子？

鼻子企圖用「很久之前以某位公務員名義申辦」的護照出城（「很久之前」這一點怪怪的，因爲鼻子脫離科瓦留夫總共也只有幾小時），而且正要登上前往里加的馬車。爲什麼鼻子覺得有必要出城？它聽說了科瓦留夫在找它嗎？它怎麼會聽見這件事？莫非鼻子有耳朵？它和誰有情報往來？誰會跟它交談？其他人沒認出它是個鼻子嗎？有個巡警把鼻子誤認是位紳士，然後發現它其實是鼻子，並將之逮捕。他是怎麼「認出」這一點的？有什麼蛛絲馬跡給了他靈感嗎？他用什麼罪名逮捕鼻子？他又是如何判斷出這個鼻子屬於科瓦留夫？鼻子承認了嗎？從故事敘述來推測，鼻子被捕時仍是人類的大小，但不知道什麼原因，它被送回去給科瓦留夫時是用紙包好的，也就是說它又變小了，沒穿衣服，失去了活動和說話的能力。它是在被上銬時縮小的嗎？還是上銬之前？什麼力量促使它恢復爲鼻子的形狀？這名巡警並未親眼看見伊凡把鼻子丟進河裡，爲什麼他仍然懷疑伊凡就是這件事的「主謀」？即使他看見伊凡朝河裡扔了東西，他也無從得知那是顆鼻子才對，畢竟鼻子應該立刻就施展了水遁之術，順流游走的同時還在水面下變身成五等文官，然後在下游的某處爬上岸？

諸如此類，不勝枚舉。

這些問題不僅沒有被回答，在故事裡其他部分呈現的時空脈絡之下，這些問題大多也都無法回答。

科瓦留夫非常簡明扼要地總結出問題所在，「一個直到昨天都還在他臉上的鼻子，向來不會乘車更不會走路——它怎麼可能穿上一件制服？」而且和這故事一樣，他也無法參透答案，部分原因是沒有答案可以與故事裡呈現的「事實」相契合。

在研習時，讀者對一則故事最先會有的批評，是認爲它不合理。「你明明說過現在是冬天，爲什麼葛楚會穿著泳衣坐在戶外泳池邊？這根本不合理。」「賴瑞可是剛剛被外星人閹了耶！他這麼冷靜，我覺得不合理。」我們之所以能夠理解一則故事要傳遞的意義，有一部分是依循它的因果關係來思考；而故事對我們之所以有影響力，也源自我們對因果關係眞實度的信任感，也就是我們認爲故事內的邏輯是穩固可靠的。

那麼，爲什麼我們不會把〈鼻子〉貶斥爲拙劣之作呢？

原因之一，該怎麼說呢……我們就是不認爲它寫得很爛。這則精心策劃過的笑話——看似具備特定邏輯、實際上卻沒有邏輯——運作得很流暢，因此得以瞞天過海，讓我們誤以爲它的邏輯具有連貫性，就像一張張照片快速從眼前閃過，佯稱那是一段連續動態影像，我們依然會上當，屢試不爽。

我們可以把〈鼻子〉想成一堆陶瓷碎片，每塊碎片上都塗繪相同的花樣，以特定排列方式擺在地板上，場面讓我們認爲「這是個破花瓶」。但是當我們嘗試拚湊它時，這些碎片卻不相容，因爲它打從一開始就不是一個完整的花瓶。陶藝師並非燒製了一個花瓶，然後打破它；師傅是製作了一堆碎片，把它們擺得像是個破花瓶的殘骸。

但還有一個更高層次的原因：我們在閱讀時，逐漸認爲這則故事的怪異邏輯不是某些錯誤造成的結果，亦不違反常態、膚淺或隨便安排，反倒覺得那是這世界的正確邏輯——事情實際上就是這樣運行的，若我們能早點看得透澈一點就好了。

生活中，我們有時會浮現一種「荒謬感」：感覺什麼都不重要了，一切努力都是白費工夫，每件事都胡來、不符常理，正向積極的想法永遠會遭受打擊。這種態度表現出一種黑暗面和看破紅塵，某程度而言或許也是一種人生智慧。但我們每天的生活方式，並沒有表現出我們認爲人生很荒謬的感覺；我們活得好像人生很有意義、日常大小事都在情理之中。我們仍秉持良善、忠誠、友愛、力求進步、相信人性中最好的一面而活著（或嘗試這樣生活）。我們假設事情邏輯都有前後因果，來龍去脈一貫相承。我們發現，生活中的日常行爲確實非常重要。我們可以是好家長，但也可能是失職父母；可以安全地駕駛車輛，或失控狂飆；我們可以心境澄明、積極思考，但也可能被弄得烏煙瘴氣、消極不振。胸懷抱負，並努力實現理想，感覺是比較健康的生活方式；喪失鬥志的日子則像是一場惡夢。（當渴求之事全部從正常生活裡消失時，就是進入所謂的憂鬱。）我們預設了人類以某種型態活著會比較好，也認爲自己有能力判斷哪些是比較好的生活方式，並朝著這方向努力，就這樣活在這個預設裡。

然而，說生活全然荒謬，雖然似乎不大正確，但要說生活充滿了理性，同樣也不對。深謀遠慮的計畫被視爲找麻煩，沒做錯事卻受到懲罰，珍愛的人早逝，我們的思想變得扭曲或負面，遭人不公平地誤解，忽然間世界像是決定要與我們作對。你剛把玻璃杯放到架子上，轉眼間它就摔個粉碎；你的狗停在街區裡那戶修剪得最漂亮的草坪上拉屎，結果從屋子裡走出來的是你老闆。愚人掌握大權，哲人遭受不公；運氣好、擁有一切的幸福之人誇誇其談，向悲傷、一無所有的不幸之人頌揚充滿正能量的人生觀。走投無路的我們到一台自動服務機前，按下「我需要幫助」按鈕，結果機器發出了放屁聲，同時還蹦出一隻拳擊手套，狠狠打中我們的臉。

所以說，生活大多數時候是理性的，但偶爾也會爆出一連串荒謬。

也或許：正常情況下，生活是理性的，但在有壓迫的情況下，邏輯秩序就會崩潰。有些故事讓我們看見理性如何在壓迫之下崩潰，例如以西伯利亞勞改營爲背景的《科雷馬故事》[40]，另外還有《使女的故事》[41]，描述了厭女的反烏托邦未來世界。〈鼻子〉則暗示理性無時無刻都在崩解，即使在正常情況下亦是如此，只是因爲有暫時的穩定、酬庸、理智和健康作爲安撫，我們的注意力就被分散了，以至於沒有察覺。

果戈里有時被稱作荒謬主義者，其作品旨在表達眾人皆活在一個沒有意義的世界。但對我而言，果戈里是個極致的寫實主義者，看透世間的表象，直視它們眞實的面貌。

果戈里要說的是，在日常生活認知中，我們都被騙了。大多數情況下，我們覺得自己做出的行爲很重要，自覺正在進行認眞的溝通，認爲我們是眞實、永恆的，而且可以掌控自己的命運。正常情況下，這些事（大部分）都是正確的；我們彷彿是一群理性的水手，正處於一艘停泊於平靜港口邊的穩固船隻上。但這個隱喻裡的港口被一層布幕罩著，我們只是隔著布幔看事情；這塊布掉下來之際，我們發現自己要出航了，事情很快就變得明瞭：原來事情一直都不在我們掌握之中，我們既不是幹練的水手，也沒有穩穩站在那塊我們用畢生才德打造出來的漂亮平穩甲板上。船在傾頹，甲板覆蓋著冰，我們戴著特製耳機，船員夥伴在另一頭高喊的聲音傳來時，都已經失眞了；而我們用的特製傳話器，同樣也讓我們吼回去的聲音變形。現在船即將沉沒，必須採取一些行動，需要彼此合作和體諒。我們想要表現得更體

40 *Kolyma Tales*，俄國作家沙拉莫夫（Varlam Shalamov, 1907-1982）著。他曾被關押於俄羅斯遠東地區北極圈內的科雷馬一處勞改營內，獲釋後將這段經歷以短篇小說集的形式在西方出版；直到他死後五年，這些書才得以在蘇聯發行。

41 *The Handmaid's Tale*，加拿大作家愛特伍（Margaret Atwood, 1939-）著，反烏托邦小說。在書裡，具生育能力的女性被選爲「使女」，成爲生育工具。

貼一點，也努力做了，但那些心意進入有扭曲效果的傳話器、又穿過有扭曲效果的耳機出來後，早就已經消失殆盡。那些同理心沒有幫助，甚至可能讓人心寒，或者最糟的，對事態一點影響也沒有。

一些細微的溝通不良，放在有人遭受壓迫的情境裡，就可能演變成毀滅性的事件，果戈里從日常生活裡聽見了這些暗示。科瓦留夫在喀山大教堂裡無法從自己的鼻子那裡獲得直截了當的解釋，這看起來是很好笑，但同樣的溝通不良一旦鬧大，就導致了革命、種族滅絕、政治動亂和永遠無法治癒的家庭災難，例如離婚、親族疏遠、痛苦的怨恨。果戈里暗示，這是全人類都會面臨到苦難的主因——每一段人際互動中不斷出現的埋怨和不滿意，都源自於此。

果戈里的作品內有一些恆常不變的現象，放諸四海皆準，無論哪個時代。他似乎要表達，若世界末日來臨，那必定是這些事情、以及我們面對這些事情（或者一切事物）時的想法所造成。即使我們獨自坐在一個寧靜的小房間裡，在外面世界發生的種種誤解，此時此刻也正影響著我們。

不過，要是我們沒認可果戈里最大的賣點是歡樂，那就太怠慢了。這則故事中我最喜歡的部分——既不老套、也不算創新，但永垂不朽的那一部分——落在報社的場景開始時，莫名其妙地，一群等著投放廣告的人神奇大變身，活脫脫化身爲自己廣告中的主角，辦公室裡頓時充滿了「品行良好的馬伕……十九歲的女僕……少了個彈簧但仍堪用的四輪敞篷馬車……灰斑毛色的年輕烈馬……應有盡有的避暑別墅」。

這就是果戈里了不起的地方——他不知爲何就覺得該這樣寫，也確實寫出來了，帶著如此奇特又歡快的信心天馬行空。我讀著這一段，對於這個故事世界的喜愛度不知不覺竄升；這些龍套角色的廣告，並非不可或缺的故事情節，似乎只是出於好玩而寫，在我看來，果戈里作品的主要特色也在於此。

那麼，這則故事的「意義」是什麼？主角發生了什麼變化？故事中的事件如何「永遠改變一切」？

這個嘛，是這樣的：科瓦留夫的鼻子離開他，然後又回來了，但鼻子拒絕貼回他臉上，後來呢，似乎是心血來潮，便又巴上了他的臉。科瓦留夫從這次可怕的試煉裡學到了什麼？沒有。他的英雄成長之旅是怎樣的？「一件重大又奇妙的事情發生在我身上，但我始終如一，雖然那陣子我有時候的確很焦躁。」

失去鼻子前的科瓦留夫是怎樣的人？一個不務正業的傢伙，自我主義者，企圖攀龍附鳳並從不反省的社交咖，四處搬出老虎名號想作威作福的老狐狸。鼻子的消失和奇蹟般的復原有改變他嗎？沒有。鼻子回到臉上之後的他是怎樣的人？和鼻子不見之前一模一樣。故事告訴我們，鼻子接回去後，「科瓦留夫少校就泰然地四處遊走，彷彿什麼事都沒發生過；而他的鼻子也若無其事地掛在臉上，絲毫沒有再逃的跡象」、「一切安然無恙，他的身體部位沒有一處消失」（或者用佩維爾和沃洛洪斯基的翻譯來說：「他完好無缺。」）我們最後一次看到科瓦留夫時，他正在做的事和我們初見他時一樣：假裝自己擁有那個他從未獲頒的軍銜，甚至「幫自己買了一條勳章綬帶，鬼才知道他爲什麼要這麼做，畢竟他本人從未獲頒任何勳章」。

我們可能會在這裡聽見和〈主與僕〉相同的旋律。和瓦西里一樣，科瓦留夫也預先嚐到死亡的滋味，這是來自宇宙的警告：人們能隨心所欲（抽根菸，或擁有鼻子）的時間不僅倏忽即逝，而且是隨時可以被收回的。

但和瓦西里不同的是，科瓦留夫沒有接收這個提示。他從沒思考過自己的處世之道或許該有所改變，只想重回往昔的日子，越快越好。

也就是說，科瓦留夫是個傻子。但他只是我們當中的一員。當我們的醫檢報告顯示可能有健康問題時，我們開始擔憂「難道會是那種病？」生命似乎突然變得寶貴，一些生活習慣顯得愚蠢。幹嘛打那麼多高爾夫球？爲何總是忙著收發電郵，把我們心愛的老婆大人晾在一邊？結果複檢報告出來了：安然無恙。我們鬆了一口氣，一顆心回到先前那種麻木不仁的狀態，重拾快樂的心情，立刻上網看看高爾夫球場的預約通知信寄來了沒，而老婆又坐在一旁乾瞪眼。

鼻子代表什麼？它想要什麼？最重要的是，爲什麼它會離開科瓦留夫的臉？我們永遠不會知道。起初，我們可能會猜測鼻子消失是一種，呃，罷工，爲了抗議科瓦留夫的膚淺、野心和自負。但這個說法也站不住腳，畢竟鼻子不會因爲科瓦留夫的任何行爲而離開，也不會因爲他停止任何一種行爲而回來；在故事裡，鼻子不是因爲對科瓦留夫的悔改感到滿意了才回到他身邊。科瓦留夫根本死性不改，鼻子會回來是因爲它被巡警抓回來了，而它會重回科瓦留夫的臉上是因爲……好吧，沒什麼特別的理由，至少從故事敘述中看不出來，唯一的解釋就是它覺得該結束這場鬧劇了，像果戈里一樣，全憑感覺。

從另一個角度而言，科瓦留夫或許沒有那麼蠢。「我無緣無故沒了鼻子，但它又無緣無故地回來了。」他大概會這樣說：「無論我怎樣生活，這種災難都會發生，所以我想，我就繼續積極保持我自己的樣子，做我愛做的事，收集我從沒獲頒過的勳章、追著女人們玩玩。」世上到處都是這種人，包含我們自己：離不開某些嗜好，更別說拋下親愛的日常習慣，比如早起寫作，經常光臨某家特定的咖啡館，蒐集陶瓷小鴨，去看包裝工隊[42]現場比賽時一定要把臉塗得黃黃綠綠的，諸如此類的積習難改，試圖在前文提到那艘傾頹的船隻完全沉沒前，享受一些歡愉時刻。

這個鼻子，或說這位鼻子先生，在它（還是該說他？不知道鼻子先生下面有沒有那一根？）短暫的漫遊之旅期間，過得相當充實——比科瓦留夫的表現更好。它在一個早上就獲得了科瓦留夫夢寐以求的事物：升官、令人走路有風的羽飾官帽、權威、有車伕的馬車。它比科瓦留夫更自由，有更多主導權，也更豪放瀟灑，就像浪漫小說中的英雄角色，人家被逮捕時可是「即將搭上前往里加的馬車」。

鼻子是科瓦留夫最優秀的那一部分，不需要逢迎諂媚，對自己有信心，有能力擺脫科瓦留夫沉迷的陋習，重新思考和生活，以及……你知道的，有勇氣離開故土。鼻子是他內在狂野的那一面，與現代生活的束縛互相角力；有些評論家甚至把鼻子和陽具做連結，認爲鼻子等同於陰莖，失去它的科瓦留夫相當於被閹割，無法重振雄風。但這則故事的美好之處在於，這一切過程中，或者說即使發生了這一切，縱然情節變化多端，鼻子本質上仍然是個鼻子。各種型態的鼻子。有眞正的鼻子，也有隱喻。鼻子會回應故事的需求而不斷變化；它是一個工具，讓我們審視自己追尋重要事物、以及尋找喪失之物的過程。鼻子也是果戈里大展他歡樂癲狂舞技的方法；此外，它還是一個眞正的鼻子，上頭甚至有顆痘。

作家要如何完結這樣的故事？

在故事第三節開始時，鼻子重回科瓦留夫臉上。爲了慶祝，科瓦留夫去逛了涅瓦大道，後來爲了結束美好的一天，還買了那條沒有勳章可搭配的綬帶。這感覺是個結尾，我們可以在「畢竟他本人從未獲頒任何勳章」之後就給故事劃上句點。這則故事描述的似乎是「有個男人曾失去了它的鼻子，又把它找回來了，這件事沒有改變他」。但我認爲，就這樣子結束，有些地方可能會讓人覺得不過癮，原因在於，有個東西一直擱置在我們先前提過的「我無法不

42 美國國家美式足球聯盟的球隊之一，所在地爲威斯康辛州綠灣，代表色爲深綠、金、白色。

注意」購物車裡：我們一直耐心容忍故事行進間的各種不合理——所有曲折狀況都鬆散地告一段落、令人難以置信的事情不斷累積，敘事者在這些無法解釋、莫名其妙的狀況裡也都參了一腳，以及他那斯卡茲式的敘事癖好（天南地北瞎扯和離題，分不出「瑣碎與重要」的差異，話裡盡是「不恰當的敘事重點」和「錯置的假設」）。這一切都讓我們莫名覺得自己被騙了。一直以來我們都相信著這個敘述者，但此刻已到了最後，他仍然不坦白。針對他敘事方式裡一些過度顛三倒四的部分，他沒有（故事沒有）進行辯護或解釋。

我們覺得這一切無論如何都需要有些解釋，而我們的二流作家朋友可能眞的會嘗試這麼做，寫下「其實，原來事情眞正的狀況是……」，但若故事的瘋狂邏輯被解釋清楚了，也會戳破它想爲我們帶來某些啓示的意圖，我們會發現故事裡的邏輯實際上就是這世界運作的邏輯，而這則故事是一場人爲設計好的事件，用來向我們展現世界的眞面目；通常這些鋪陳都會悄悄進行，直到出現了某個失敗或災難性的敘述安排，才會破梗。

那麼，果戈里做了什麼呢？

他招供。

「然而此刻回頭想想，」敘事者說，「才會發現其中許多不盡合理之處。」

「喔，是喔。」我們沒好氣地心想。

但聽到他這麼承認了，還眞是一種解脫。

假設我們正在跟一個朋友共進晚餐，氣氛很尷尬，從我們坐下的那一刻就不大對勁，而現在餐點都快吃完了，該怎麼辦？好吧，打開天窗說亮話。「今天聊得有夠僵，我覺得我一直在迴避有關你未婚夫肯恩的話題。妳也知道，我很討厭他。」忽然，就這樣，不再需要說場面話，你剛剛打破了僵局，這頓晚餐吃得有點假，而你面對你的朋友，實話實說，消除這些虛僞。

另一個例子：搭公車時，車底不斷傳來奇怪 唧聲，已經這樣持續了好幾公里，但司機一直沒反應。最後，他轉身，開口說到：「欸，各位乘客，這聲音聽起來滿可怕的，對不對？」

我們對司機的信任感會立刻增加，並覺得自己處在一個比較理智明確的環境裡。

當敘事者在最後兩段對他自己說的故事表現出越來越糾結的質疑時，他也表達了我們不斷感受到的相同疑慮，我們只是一直壓抑不談（「鼻子的超自然脫落和穿戴五等文官裝扮出現在各個地方，這眞的很奇怪呀」）。這讓我感覺我剩下的質疑正在淡去，好比一個汽車經銷商在交易過程中，自己大聲質疑自己怎能站在這裡對我說謊話連篇，他的這份誠實在我心裡激起一股全新的信任，作爲回應，我最後向他買了這輛車。

即使在這種自我譴責當中，敘事者依舊維持著他一貫的斯卡茲式自我風格。他批評錯重點，例如他指出科瓦留夫「刊登尋鼻啓事」這種找鼻子的方法不恰當；這番批評隨後離題（「這種廣告內容未免太不雅、太丟臉、太不像話了吧！」），然後立刻再回到批評：「鼻子怎麼會出現在剛出爐的麵包裡？」接著又去打別的問題，想知道作者（就是他自己）怎麼可以選擇這樣的題材。他完全沒解決任何他所提出的問題，最後只撂下一句「我實在不知道該怎麼說」。他嘗試針對那些問題進行打擊，雖然都是揮棒落空，但這番努力確實有助於我把「無法不注意」購物車裡的問題給清理掉。

這好比，我抗議這則故事的邏輯不連貫。

「眞的，我懂，」敘事者回答。「簡直就是大崩壞，不是嗎？」

不知怎麼地，有他這句就夠了。

就像西藏喇嘛花費好幾周的時間製作曼陀羅沙畫[43]，最後都要倒進河裡一樣——果戈里愉快地摧毀了他的絕妙之作，一口氣掃進河中。

43 又稱作「壇城沙畫」，是藏傳佛教的藝術形式，以彩色細沙製作，在修法時作爲劃定結界之用。儀式完成後，沙畫即被刻意打亂，並將沙倒進河裡，象徵無常與性空。

事後想想#5

有一回，我在評閱學生寫的卡夫卡《變形記》論文時，看見了這麼一句話：「閱讀這個故事時，我發現自己明顯勃起。」

嗯，哇嗚，我在心底驚嘆。這挺糟的。欸，不過，好像也滿棒的。

我開始嘗試模仿說出那句話時的各種腔調，感受發自內心的敘事者效果。很快地，我就有了自己的敘述版本，內容是這樣的：「遙想那個時期，由於輔導員的要求，我們全都看過《那是你的，你高興就好！》那部教育影片，片裡有些像我們這樣的青少年接受訪問，談著『自己來』和一些類似『自摸』的行爲能給身體帶來哪些益處。」

滿屋子的青少年就這樣浮現了，而他們腦海裡顯然充滿了些好色思想，而且這份色慾觀念顯然很有問題，以至於有人認爲需要讓他們看一部鼓勵自慰的精簡影片。

「我想要寫一群青少年如何處理他們初次萌發的強烈性慾」，不用說，這件事我可從來沒想過。我只是用自己的方式來重複學生作業裡的那句話，試著聽起來「像」那句話。

有了第一段話打頭陣，接下來我寫道：「然後，夜幕降臨了，營區裡充滿了我們在私密營帳裡無聲的急促喘息，因爲我們全都在體驗《那是你的，你高興就好！》那部片傳授給我們的技巧；如果你對此有所顧忌，最好確定隔出我們性別專區的那些牆面帆布之間，空隙眞的要非常、非常小。」

這裡突然出現了「私密營帳」和「性別專區」，引發一個問題，也就是男生和女生似乎都在同一個區域（無論那是哪裡），其中有些男生或女生可能會想溜出各自的專區，到某處發生性關係。而事實也證明，的確是這樣，確實有人慾望薰心；就在下一頁，其中兩人——就叫他們露西和喬許吧——眞的成功溜出去了。我發現故事來到了一個新關卡，用我們先前提過的說法，那就是「故事的未來發展變窄了」。

我們可以把故事想像成一個房間大小的黑盒子。作家的目標是讓讀者從盒子出來後的心境，與進去時迥然不同。盒子裡發生的事情必須令人悸動，而且不同凡響。

就這樣。

能刺激人心的確切元素是什麼？作家不必知道。那是他要在書寫過程中探索的東西。

要如何才能達到那份悸動呢？

拿射箭來比喻（一般人平日裡能射箭的機會，應該和悸動一樣，都不多吧？），產生悸動的方法之一是停止瞄準目標，專注於箭矢飛離弓的感覺。用這種心態射箭時，箭會往特定的方向破風而去；不斷微調發箭角度，無論箭落到哪裡……就把那裡當作靶心。

小時候我還在芝加哥時，大家爲了獲得某種可悲的關注，便會維妙維肖地模仿老師，或表現得像是某種特定類型的人「上身」，例如脾氣暴躁的鄰居、嬉皮份子或二手車推銷員之類。我有幾個叔伯很擅長這些，他們會創造一些有趣的角色，持續扮演他，有時久久入戲，一直不跳脫這個角色。他們光是走進房間就能吸引眾人目光，這讓我相當入迷——人們總是很高興看見他們。現在我知道了，他們所做的就是即興表演：讀取房間裡的氣氛，據此調整自己的表演，模仿他人來娛樂觀眾，有時那個被模仿的人只是個虛構人物。當他們停止模仿，或表現出沒有心情這樣做時——那可眞是令人哀傷呀。

我在工程公司本該做電話紀錄卻即興寫了些蘇斯博士式小詩的那一天，領悟（或重新領悟）到的就是這種創作態度。

這種態度可以稱之爲「順從心聲」。一個想法的聲音在心裡響起，而你跟著它走。你單純「覺得想」聽那個聲音的話，你也發現你能夠這麼做。有時，那個聲音的靈感來源，可能是個眞實的人。而有些時候，它是我自己性格傾向的誇張版（例如在我一則名爲〈瀑布〉[44]的故事中，主角莫爾斯的性格，就是我自己神經質、緊張兮兮、心神不寧的升級版）。有時候，靈感也可能是其他地方的隻字片語，例如我學生的論文裡那一行字。

關於這種寫作模式，我最主要想說的是，它充滿了樂趣。當我用這種方式創作時，除了維持那個聲音，我幾乎不需要去想其他事情——不必顧慮故事主題或之後要發生的任何情節。在寫一則故事的初期，我可能甚至不知道這個角色爲什麼要用那樣子說話；我唯一的目標，是讓那道聲音保持充滿能量的狀態，讓那些角色聽起來符合他原本的模樣，我發現這就代表，那聲音必須持續擴展。當讀者已經掌握角色說話方式的大致「規則」後，如果還是遇到一連串幾乎只延續這些規則的台詞，就會感覺煩躁。所以我們必須不斷尋找新的方式，讓角色聽起來仍是他這個人。最好的方法就是不斷讓他面對新事件，這些事件要具有升溫效果，意即對他來說是新的狀況，如此一來他就必須找到新的措辭，來回應這個語境。比方說，如果有個一生從沒看過馬匹的角色，他說話都是同一個調調，現在我給他看一匹馬，他的表達方式就必須擴增，才能呼應馬的出現。

受我學生的論文那句話啓發的故事，出現在〈小強〉[45]裡；創作它的過程中，我發現自己每天坐下來寫作時所做的事，大致就是准許自己在腦袋裡召喚一個刻度盤，盤上註記著「語

44〈瀑布〉（*The Falls*，暫譯），收錄於〈牧園〉（*Pastoralia*，暫譯）。

45〈小強〉，收錄於《勸誘之邦》。

無倫次的程度」；也就是說，要讓自己比平常更語無倫次（平常這樣竟然還不夠就是了），放鬆我們平時演講前會做的那種自我糾正。我純粹，呃，隨興發揮，跟自己說一些「好吧，你現在一半是網路鄉民，一半是企業走狗」這類的話。我的目標是寫出一些語法上不那麼完美，卻因此格外有「笑」果的逗趣句子，例如「我拚命對我的小老弟說『不要』，這時卻來了最後一根硬上我的稻草。」

我最近還注意到一種趨勢：企業公司雇用「典型」的青少年，讓他們針對公司產品回饋意見，以便更有效打進那個市場（即「典型青少年大眾市場」）。這手段是多麼居心叵測卻又合情合理；而企業基於一個小孩是符合「大眾典型」的凡夫俗子才雇用他，這孩子還欣然回答「當然，雇用我吧！」，這種狀況是如此悲哀，再再衝擊我的心。

這似乎也說明了我們文化之中的有趣之處。

所以，總之，那兩件事是同時發生的：心聲在引導我，我也在引導心聲。這是雞生蛋、或者蛋生雞的問題，有點難解釋。但重點是，順從心聲創作是一種長期抵禦，擊退那些可能在故事裡引發某種「結果」或「訊息」的概念，確保我們最後不會只能「寫了一首兩隻狗在發情的詩」。

〈小強〉最終「牽涉」了很多事——企業資本主義、唯物主義的危險、商業活動如何扭曲語言、愛情、婚姻、忠誠——但這些都不是從一開始就有意爲之。尋找我自己內心聲音過程中感受到的愉悅和樂趣，才是整個創作中最主要的驅動力——讓心聲教導我如何說故事，發現自己不假思索寫下「說完，她對我獻吻，吻到我只能以『融化了』來形容」這一類的話，某天抬頭一看，發現整座營區已經建構成形，裡頭有一個強迫小孩沉浸於喜樂之中的系統，每個孩子的脖子上都有一塊晶片，儲存著所有電視廣告，這些廣告都以某個稱爲「秒格」（「位址指「示」器）的東西作爲索引號碼，是我的故事敘述者之所以那樣說話的原因之一。

一個完整的世界就此誕生，其基因源自學生論文中的一句話，在我嘗試模仿的過程中變造了敘述方式。

因此，要解決與故事有關的重大問題、讓故事脫離「原始概念層面」的方法之一，就是試著不要有原始概念；要做到這一點，我們需要有個技巧。我的技巧是「跟隨心聲」，而且我一廂情願地覺得，果戈里沉浸在他的斯卡茲模式時，也是這個樣子。但技巧有很多，這些技巧的共通點是，它們都能幫助作家追求他們懷有強烈想法的事物。作家可能對重複意象的模式頗有心得（或從中得到了快感），可能對文字在紙頁上的呈現方式有豐富見解，或者可能是一位重視聽覺效果的詩人，受到一些晦澀的聽覺原理所引導，即使無法明確說破。作家也可能癡迷於結構上的細節。任何事物都可以是忘卻原始概念的方法，箇中原理是：當作家的注意力集中在讓她歡愉、有強烈想法的事物時，她不大可能很清楚地知道自己正在做什麼，也不會執迷於一些她早就知道會讓故事變得死板、充滿說教或獨角戲的內容，免得趕跑讀者。

當小強最後成功與他著迷的女孩卡洛琳發生性關係時，他是這樣描述的：

雖然，我見過蜂蜜葛蘭姆餅乾的秒格34321，見到一道牛奶，和一道蜂蜜，結合成一道，融合成香甜可口的小河，我卻不曉的，做愛的時候，人竟然會變成，像牛奶，對方變成，像蜂蜜，不久後，兩人甚至記不清，起先誰是牛奶，誰是蜂蜜，兩人融合成一灘液體，像奶／蜜混合體。

他的意思其實就是「我真的很享受，我想我戀愛了」。但他的感受遠遠超出那幾個字所能表達的。

要讓我們知道他的其他（全部）感受，需要他的心聲。

從上面那段話裡，我感受到他的幸福，也感覺到他沉浸於幸福裡。這意思是，在那段話裡，愛情已經降臨在一個特定的憨人身上。愛神疼憨人，愛情就是要往那裡降落。

若你曾在一個美好的夏日清晨外出透氣，那你必然知道，那個時刻並非只是「我在六月的一個早晨走出我家」。這句話裡缺少了某個東西，少了走出家門的那個「我」。那個早晨必須在某個人的腦海裡留下些什麼，才會感覺是個美好的早晨。

換句話說，心聲不僅是一種潤飾；它是眞相當中必不可缺的部分。在〈鼻子〉裡，我們覺得敘事者應該是來自那個由人民公僕和芝麻官組成的世界，我們從他的心聲裡可以聽得出來，而故事也得益於這一點；用這種角度述說的故事，多了一層眞實，也別有一番樂趣。

說到底，這或許就是我們眞正在找尋的東西——在一句話、一則故事、一本書裡，找出「樂趣」：溢於言表、如癡如醉、令人熱血沸騰的樂趣。無可否認，在散文裡，樂趣這件事浩瀚得難以透過言詞來觸及，然而，一旦我們放棄談它，那就是作品邁向死亡的開端。

這份體認，帶我們回到那個黑盒子。

如果我把故事視爲一個必須傳達某項訊息的載體，宛如一列必須在特定時間駛入特定車站的火車，而我是個爲了達成此目標而心焦如焚的列車駕駛員——這就太嚴重了。我會心焦到化爲槁木死灰，了無生趣。

但要是我想像自己是一個熱情友善的嘉年華活動宣傳員，企圖吸引您這位貴客進入我的魔法黑盒子，而且就連我也不完全了解魔法運作的方式——這我就做得到。

「我在裡面會發生什麼事？」你問。

「我眞的不知道，」我回答。「但我能保證，我已經盡我所能讓它刺激又不老套。」

「裡面會有什麼樂趣嗎？」你又問。

「嗯，希望有囉，」我回答。「我的意思是，那就是我在製作過程中也試著去感覺的事，所以……」

我們不斷提到要直觀感受字句之間的能量，逐句逐行修訂已經寫下的段落——正是這份心力，讓故事更刺激和不落俗套，故事世界裡的大小事件都會更乾脆爽快地在關鍵時刻發生。也由於在做每個決定時，我都會自問「這讓我開心嗎？」所以你在閱讀時，應該也會發現一些讓你不禁微笑的小地方。

用這些方式製作出的黑盒子，就像雲霄飛車一樣（別忘了我們還在嘉年華活動上）。雲霄飛車設計師對特定的轉彎和俯衝格外用心，深諳如何在技術上最大程度提高這些地方的刺激度；他不知道、也不在乎你的確切反應，因爲他眞正想要的是，讓你在那些曲折的軌道上被甩得魂飛魄散，最後，當你步下那節小車廂時，你如此暈眩恍惚，身心徹底與坐上車時不同，恍然間感受到滿盈的快感，因此有那麼幾秒鐘，飄飄若仙的你，甚至連話都說不出來。

醋栗

安東・契訶夫

1898

醋栗

天空從清晨開始就烏雲密布，是個平靜無風的日子，不炎熱，但沉悶，每當天氣灰暗陰沉的時候總是這樣，厚重的雲層籠罩著原野好一段時間，你等待雨水降下，但雨就是遲遲不來。獸醫伊凡．伊凡內奇和文理高中老師布爾金已經走累了，眼前這片田野彷彿沒有盡頭。前方遠處，隱約可見米羅諾希茨村的風車；右邊是一片綿延起伏的小丘，逐漸隱沒在村莊後方，而他們倆都知道那裡是河岸，有田野和綠柳，還有一些莊園。若你登上其中一座小丘，可以從山頭瞭望另一片廣闊的原野，看見那裡的電線桿，以及一列彷彿毛毛蟲那般爬行前進的火車；要是天氣晴朗，更能看到那邊的市鎮。此刻，在這平靜的天氣之下，大自然顯得溫和而沉靜，伊凡．伊凡內奇和布爾金內心滿溢著對這片田野的愛，兩人都認爲，這片土地是如此地美麗！

「上一回我們在普洛寇菲長老的穀倉裡時，」布爾金說。「您本來不是要說個故事給我聽的嗎？」

「是，我想說說有關我兄弟的事。」

伊凡．伊凡內奇長嘆一口氣，點燃菸斗，正要開始說故事，卻在這時下起了雨。雨勢持續了五分鐘，沒有減緩，反而轉變成傾盆大雨，很難判斷什麼時候會停。兩人不知所措，站在原地猶豫不決；他們帶的幾隻狗都濕透了，夾著尾巴傻在那兒，忠心耿耿地望著他們。

「我們得找個地方躲雨。」布爾金說。「去阿留辛家吧，離這裡很近。」

「就這麼辦。」

他們轉彎，穿過一片已經收割好的田地，時而直走，時而右拐，然後來到一條大道。很快地，白楊樹林映入眼簾，迎來一座花園，然後是一座座有紅屋頂的穀倉；河水波光粼粼，開闊的水面上有一座水車磨坊和一間白色浴房。那是索菲諾，阿留辛居住的農莊。

水車喀隆喀隆轉動，雨聲淹沒在水流之中。堤壩震動，渾身濕漉漉的馬兒低垂著頭，站在馬車旁。人們走來走去，身上披著麻布袋。這裡既潮濕又泥濘，令人煩躁，河水看起來則陰冷險惡。伊凡・伊凡內奇和布爾金感到寒意刺骨，十分狼狽又不舒服。他們腳上沾滿爛泥，當他們翻過堤壩，爬著坡走向穀倉時，兩人都不發一語，像是在生對方的氣。

其中一座穀倉裡，傳來了揚穀機的轟隆聲。門是開著的，煙塵從門內團團衝出。阿留辛就站在門檻上，他年約四十歲，個頭很高，虎背熊腰，蓄著長髮，看起來像個教授或是藝術家，反倒不像種田的地主。他穿著一件看起來應該立刻拿去洗乾淨的白襯衫，腰間繫條繩子，下半身穿了件長襯褲，靴子沾滿泥巴與乾草。他的眼睛和鼻子都被粉塵抹成黑色，但他還是認出了伊凡・伊凡內奇和布爾金，顯然也很高興看到他們。

「請進屋吧，先生們，」他微笑著說。「我很快就來。」

這是一座有兩層樓的大房子，阿留辛住在樓下兩間有拱頂天花板和窗子的房間，那原本是管家們住的地方；屋內擺設簡樸，飄著黑麥麵包、廉價伏特加和馬具的氣味。他很少去樓上那些華美的廳房，只有客人來訪時才上去。伊凡・伊凡內奇和布爾金一進屋就遇到一個女僕；這名年輕女子相當美麗，令他倆不禁同時停下腳步，面面相覷。

「先生們啊，您們絕對無法想像，我有多麼高興見到兩位。」阿留辛說著，和他們一起走進正廳。「真想不到！珮拉蓋雅，」他轉頭吩咐女僕。「幫客人換下這身濕衣服吧。仔細想想，我也得換個衣服，但我得先洗澡，我好像從春天開始就沒洗過澡了。要不要去浴房，兩位先生？讓他們趁這時候把該準備的事情都做好。」

美麗的珮拉蓋雅爲他們送來毛巾和肥皂，舉手投足是那麼地溫柔，那麼地優雅。接著，阿留辛就和客人們一起前往浴房。

「沒錯，我很久沒洗澡了。」他邊脫衣服邊說。「我有很棒的浴房，如您們所見——這是我父親蓋的——但不知爲何，我總是沒空洗澡。」他坐在台階上，用肥皂搓著他的長髮和脖子，周圍的水都變成了褐色。

「我說啊——」伊凡·伊凡內奇注視著他的頭，意味深長地開口。

「我眞的是很久沒有好好洗澡了，」尷尬的阿留辛重複說著，趕緊又拿肥皂抹抹身體。他周遭的水現在變成了深藍色，像墨汁似的。

伊凡·伊凡內奇跑出浴房，噗通跳進水裡並濺起一大簇水花，揚起雙臂在雨中奮力游動。他的動作激起一陣陣波浪，白百合隨之搖曳。他游到河淵中央，縱身潛入深處，不一會兒又從另一處探頭而出，繼續游動、鑽潛，試圖摸到河底。「噢！上天啊！」他沉浸於自我，不斷重複：「上天呀！」他游到磨坊邊，與幾個農民稍作閒聊，然後游回河中央，仰天浮躺著，讓雨水恣意落在臉上。布爾金和阿留辛都已穿好衣服準備走了，只有他還在那兒游泳沉潛，不斷呼喊「上天啊！主啊！請憐憫我吧！」

「您也游夠了吧！」布爾金對他大喊。

他們回到屋內。樓上的大客廳裡點亮了燈，伊凡·伊凡內奇和布爾金穿著絲質睡袍及暖烘烘的拖鞋，懶洋洋地坐在扶手椅上，而終於洗了澡、梳了頭的阿留辛，穿上一件新上衣，在客廳裡晃來晃去，顯然在享受久違的溫暖與整潔，還有乾爽的衣物與輕便的鞋子。可愛的珮拉蓋雅輕巧無聲地跨過地毯，面帶令人融化的微笑，用托盤端來了茶和果醬。於是，伊凡·伊凡內奇這才開始講起他要說的故事，不僅布爾金和阿留辛豎耳聆聽，牆上那些畫裡的人們對此似乎也很關注，無論老婦或少女，還有將校軍官們，都肅穆地從金框裡俯視著他們。

「我們是兄弟，」他開始說。「我，伊凡・伊凡內奇，還有個小我兩歲的弟弟，尼古拉・伊凡內奇。我離鄉求學，然後成爲獸醫；而尼古拉從十九歲起就在財政部的省稅務局坐辦公室。我們的父親是個康頓兵[1]，後來升爲軍官，成爲世襲貴族，還留下一小筆財產給我們。他死後，發生了一場法律糾紛，我們的小莊園被拿去抵債。雖然如此，我們還是在鄉下度過了自由自在的童年，像農民的孩子一樣，日夜都在田野間、樹林裡，牧養馬匹、剝樹皮、釣魚，諸如此類的活動。你們也知道，只要一生中有抓到過一條鱸魚，或看過畫眉鳥在秋天遷徙，看牠們在那晴朗颯爽的日子裡成群結隊飛越村莊，任何人一旦有過這些經歷，就再也無法眞正成爲城市的居民了；直到死亡的那一天，都會嚮往這種開闊的世界。我弟弟在政府辦公室過得並不開心，年復一年，他坐在同一個位子上，書寫同樣的八股公文，心裡想的都是同一件事：如何回到鄉下去。漸漸地，這種模糊的嚮往，變成了明確的渴望，變成了想在河邊或湖畔給自己買座小莊園的夢想。

「他擁有一顆善良溫柔的心，我愛他，但對於他想要終生把自己封閉在自己的小天地裡這個願望，我從不支持。俗話說，一個人只需要一塊兩公尺的土地。那兩公尺是身後用來埋葬遺體的，活人並不需要。也有人說，如果社會上的知識分子階級都受到大地的吸引，想弄個農莊頤養天年，這是件好事，不過這些農莊的意義和那兩公尺地是一樣的。退出城市生活，遠離紛爭和喧囂，跑去躲在自己的農莊裡——這不是生活，是自私、懶惰，雖然這也是一種修行，卻是一事無成的修行。人不需要兩公尺地，不需要農莊，而是需要整個地球，整個大自然，唯有在這樣遼闊的世界裡，方能不受限地展現自由靈魂所擁有的一切能力與特性。

1 原書註：一出生就被徵召註冊爲士兵的平民之子，必須從小就讀軍校。譯註：這種徵兵制是由十八世紀普魯士軍隊的徵兵系統演變而來，「康頓」源自德語 Kantone，意指省或州等行政區。

「我的弟弟尼古拉，坐在他的辦公室裡，幻想自己如何津津有味地吃著自家熬煮的菜湯，整個院子也都洋溢著湯的鮮香滋味；他幻想著在青青草地上野餐，在陽光下睡覺，在門外的板凳上一連坐上好幾小時，就只凝望著田野和森林。閱讀農業書籍和農民曆上的農耕建議，是他的樂趣，他的精神糧食。他也喜歡看報紙，但只關注土地出售廣告，哪個地方有多少的耕地和牧場要賣，還有房舍、花園、河流、磨坊、和磨坊專用的塘堰。他在心裡勾勒著花園小徑、花叢、果樹、給雀鳥住的鳥舍、池塘裡的鯽魚，總之就是這類東西，你們可以自己想像。這些幻想中的畫面，會隨著他看到的廣告而有所變化，但不知道什麼原因，每一幅畫面裡都有醋栗叢。他無法想像一個鄉村農莊，一個如此詩情畫意的田園美景，竟然會沒有醋栗。

「『田園生活自有樂趣，』他常這麼說。『你可以坐在露臺上喝茶，你養的鴨就在池塘裡嬉遊，鳥語花香——還有，醋栗逐漸開花結果了。』

「他會將他理想中的農莊畫成平面圖，每次都有以下這些相同的東西：一，要有主人的房子；二，僕人住的廂房；三是菜園；四，當然不能少了醋栗。他過著省吃儉用的生活，幾乎不吃不喝，天知道他身上穿的那些破布是什麼，總之像個乞丐。他把賺來和省下的錢全往銀行裡存，一毛不拔。看到他這樣，我實在很痛苦，以前我常給他一些小錢，逢年過節也寄一點給他，但他也都是積存起來。人一旦對某種想法走火入魔，那就無藥可救啦。

「幾年過去了，他調派到其他省分，那時他已經四十多歲，依然在看報紙廣告，依然在存錢。然後我聽說他結婚了，但那依然是爲了買座有醋栗的農莊，他竟然娶了個又老又醜的寡婦，對她毫無感情，單純是因爲對方有錢。娶了老寡婦後，他依然吝嗇又小氣，讓那老寡婦吃不飽穿不暖，把人家的錢全存到自己名下的銀行帳戶。老寡婦以前是位郵局局長的夫人，局長讓她吃好穿好，習慣了享用餡餅和香甜酒的生活，而和這第二任丈夫在一起，甚至連黑麵包都不夠吃。老寡婦開始憔悴萎靡，大約三年後就駕鶴西歸。而我弟弟，當然囉，從沒想過自己該爲她的死負責。金錢，就像伏特加一樣，能把人變成怪物。有一回，我們鎮上有個商人躺臥病榻，就快不行了；臨死前，他要了一盤蜂蜜，把他所有的錢和彩券都沾著蜂蜜吃得精光，誰也別想拿到。還有一天，我在火車站檢查一群牛，有個牛販跌到車頭下，腿被壓斷了，我們把他抬到急診室，血流如注——情況非常糟，但他卻一個勁兒地求我們一定要找到他那隻斷腿，心心念念都是那條腿——原來他那隻腿上的靴子裡放有二十盧布，他怕錢不見了。」

「您這都說到另一齣戲去了。」布爾金提示他。

伊凡．伊凡內奇思索了半分鐘，然後繼續說：

「老婆死後，我弟弟開始四處物色房產。當然啦，即使千挑萬選了五年，最後還是可能陰錯陽差，買到的東西和你一直以來夢想中的樣子完全不同。我弟弟透過仲介，買了一塊人家抵押的財產，一百一十二公頃，有主屋、僕人住的小屋、花園，但是沒有果園，沒有醋栗，也沒有給鴨子戲水的池塘；是有一條河，但河水是咖啡色的，因爲河岸一邊有燒磚廠，另一邊是燒骨頭的骨膠廠。但我弟弟一點也不氣餒：他自己訂購了二十棵醋栗，自己栽種，然後過著以鄉村地主自居的生活。

「去年我去拜訪他，想看看他的狀況如何。我弟弟在信裡稱他的莊園爲『欽巴洛克羅夫荒園』，又名『喜馬拉雅莊』，畢竟我們就姓欽夏－喜馬拉雅斯基。我是在下午抵達喜馬拉雅莊的，當時很熱，到處都是溝渠、柵欄和圍牆，種著一排排樅樹，搞得我不知道要怎麼進到屋子前院，也不知道該把馬栓在哪裡。我朝著房子走，遇到一隻紅毛狗，肥得像一隻豬；牠想對我吠個幾聲，但因爲太懶而作罷。一個廚娘模樣的女人，也胖得像頭豬，光著腳從廚房走出來，說主人剛吃過飯，正在休息。我進屋找他，看見他坐在床上，膝上蓋著被子；他老了，胖了，皮膚鬆弛了，低著頭時，他的臉頰、鼻子和嘴唇都向前垂著，看起來隨時都會對被子嘟噥幾句夢話。

「想到我們都曾年輕，現在卻都白髮蒼蒼，時日無多了，我們互相擁抱，不禁流下半是喜悅、半是哀傷的淚水。他穿好衣服，帶我出去參觀他的莊園。

「『那麼，你在這裡過得如何？』我這樣問。

「『噢，挺不錯的，感謝老天。』他說。

「他不再是從前那個畏畏縮縮的悲慘公務員了，變成一個眞正的地主，一位鄉紳。他已經習慣了他的新生活，而且逐漸發展出自己的喜好。他食量很大，常去洗三溫暖，越來越胖，已經和農村公社[2]及兩家工廠打過官司，每當農民沒尊稱他『大人』的時候就火冒三丈。他也很關心自己的靈魂救贖問題，用一種上流社會式的物質方式來拯救自己，不僅做善事，還要做得很高調。他做了哪些好事？只要有農民生病，他都給農民服用蘇打粉和蓖麻油，說是治百病；他的命名日那天，他必在村子中央辦感恩祈禱，然後擺出一小桶六公升的伏特加招待村民，認爲這是必要之舉。喔，這六公升實在可怕！這胖地主今天才拖著農民到地方自治局，指控對方非法入侵；明天遇上他神聖的命名日，請大家喝個六公升伏特加，眾人就高喊『萬歲』，喝醉的人還會向他下跪叩拜。更好的生活、飽食終日、好逸惡勞，這些事情滋養出俄羅斯人最無恥自負的一面。尼古拉．伊凡內奇啊，當初在省稅務局還是個芝麻小官時，甚至害怕表達個人意見，有什麼話寧可往肚子裡吞，現在只把至理名言掛在嘴邊，還要用國家重臣的語氣：『教育不可少，但對人民而言爲時過早；體罰通常有害，但某些狀況下確有成效，無可取代。』

「『我懂這些老百姓，深知要怎麼跟他們打交道。』他會這樣說。『他們愛戴我。我只需要勾勾手指，他們就會替我去辦任何事。』

「你們要注意，這一切話語，他都是帶著和善又精明的微笑說出來的。他重複講了二十遍

『我們這些貴族』、『我，身爲貴族之一』這種話，顯然根本不記得我們的祖父是個農民，而我們的父親只是個小兵出身，就連我們的姓氏『欽夏－喜馬拉雅斯基』，實際上是個硬湊起來的怪名字，現在在他看來，卻是尊貴響亮、動聽無比。

「但我現在關心的不是他，而是我自己。我想告訴你們的是，我在他的莊園裡度過那幾個小時裡，內心發生了什麼樣的變化。晚上我和他喝茶時，廚娘端上一盤醋栗；那不是買來的，是他自己種的醋栗，自從他把植株種在自家土地上之後，這是第一次採收。我弟弟眉開眼笑，看著那盤醋栗，默默地眼眶泛淚——甚至激動地說不出話來。然後他拿起一顆果實放進嘴裡，得意洋洋地看著我，彷彿一個小孩子終於得到渴望已久的玩具那種勝利之情，說：『眞好吃！』他貪婪地一顆接一顆吃著，不斷說著：『啊，好吃極了！你也嚐嚐！』

「那些醋栗又硬又酸，但就像普希金所說：

我們珍惜眾星拱月的謊言
更勝於無數黯淡眞相[3]

「我看見一個幸福的人，他的夢想成眞，實現了人生目標，得到他想要的事物，對於自己的命運和他本人都感到滿意。不知道爲什麼，我對於人類幸福的看法，向來挾帶著一點悲哀的成分。而現在，我一看到幸福的人，內心就宛如被一股近乎絕望的壓迫感攻佔，尤其是夜

2 俄國十九世紀後半葉的農民組織，由定居在鄰近村莊的農民組成，土地共有，由公社分配。
3 出自普希金的詩作〈英雄〉，但刻意引用錯誤。普希金的原句正好相反：「黯淡貶抑的眞相之於我，比眾星拱月的謊言更珍貴。」

裡，那份感覺格外沉重。他們在我弟弟臥室隔壁的房間爲我鋪好一張床，我能聽見他根本沒有入眠，聽見他一次又一次下床，走到那盛有醋栗的盤子邊，一顆接一顆地吃著。我告訴自己：心滿意足、幸福快樂的人眞的很多！他們是一股多麼龐大的力量！看看生活周遭：強者傲慢怠惰，弱者野蠻無知，到處都是難以想像的貧窮、擁擠、墮落、酗酒、虛僞、謊言——然而與此同時，所有房屋和街道上都是一片祥和，我們城裡五萬人之中，沒有一個會呼喊、會大聲發洩他的憤慨。我們只看得見人們去市場、能夠白天吃飯、晚上睡覺、淨說些廢話、結婚、衰老、平靜地替親友送葬，但我們看不到也聽不到那些正在受苦受難的人，生活中可怕的事情都發生在幕後某個地方。歲月靜好，只有無聲的統計數據在抗議：這麼多人瘋了、這麼多人酗酒、這麼多的小孩死於營養不良——而這種秩序顯然是必要的；很顯然，幸福的人之所以心安理得，是因爲不幸的人默默承受苦難，如果沒有這種沉默，幸福就不可能安然存在。這是一種普遍的催眠。眞應該在每個志得意滿、幸福快樂的人家門外，都安排一個人拿著小鎚子站在那，不斷敲門提醒他：世上還有其他不幸的人，無論他現在多麼幸福，生命遲早會向他伸出魔爪，苦難終將降臨——疾病、貧困、失去各種人事物，然後沒有人會看到他的求救、或聽見他的呼喊，就像現在他看不到也聽不到其他人的聲音一樣。然而實際上，拿著鎚子的人不存在。幸福的人繼續過著安逸的生活，也許日常瑣事會稍微刺激他的情緒，但是風過不留聲——一切仍然很美好。

「那天夜裡我才領悟，原來我自己也是過得那麼滿足和幸福。」伊凡．伊凡內奇站起身，繼續說道。「我在飯桌上、在打獵時也曾大放厥詞，教別人怎麼生活、該信仰什麼、如何治理人民。我也會說出『學習是蒙昧之大敵，教育是必要之舉，但對於普通百姓，會讀會寫、運算能做加減，這樣暫時就夠了』這種話。我還曾經說過：『自由是一種天賦人權，沒有它就像沒有空氣一樣，但我們必須耐心等待。』對，我就是這樣說的，但現在我要問：『我們爲什麼非得等待不可？』」伊凡・伊凡內奇說著，忿忿不平地看向布爾金。「我問你們，我們爲什麼一定要等待？用什麼名目要我們等待？有人跟我說，沒有事情能夠一蹴可幾，每種理想都是在適當的時機之下逐步實現的。然而，這些話是誰說的？哪裡有證據可以證明這些話所言不假？你們會說，萬物有其自然秩序，一切現象皆有法則。但是，如果我，一個活生生的人，一個會動腦的人，要過一條水溝時，明明也許我有能力跳過去，或我可以先搭一座便橋，卻只能站在水溝旁等它自己閉合或填滿，這當中哪有什麼自然秩序和法則？再問一次，我們爲什麼要等待？等待，等到我們再也無力活下去，但我們需要生存、而且渴望生活啊！

「隔天我一大早就離開我弟弟的莊園，從此之後再也無法忍受待在城裡。那份平靜祥和壓迫著我，我害怕看向別人家的窗口，因爲現在對我而言，沒有什麼比一家人團聚在桌邊喝茶的幸福景象更令我痛苦。我已經老了，不適合爭鬥，連怨恨的力氣都沒有。我只能把悲痛放在心裡，懊惱，煩躁，夜深人靜時，腦袋裡各種思緒波濤洶湧，令我難以成眠。啊，要是我還年輕就好了！」

伊凡・伊凡內奇激動地在房間裡來回踱步，不斷重複：「要是我還年輕就好了！」

接著他突然走到阿留辛面前，抓起他的一隻手，然後又拉住他的另一隻手。

「帕維爾・康斯坦丁尼奇，」他用懇求的語氣說道。「不要緘默，別讓自己睡著了！只要你還年輕、身強體健、感官靈敏，就不要停止做好事！世上沒有幸福，也不該有；如果生活有意義和目標，那也絕不在於尋求我們自己的幸福，而是更理智、更偉大的事物。要做好事！」

伊凡・伊凡內奇說這些話時，臉上帶著哀求般的可憐微笑，彷佛是在爲自己乞求恩賜。

之後，他們三人各自坐在客廳裡不同角落的扶手椅上，沒再說話。無論布爾金或阿留辛，都沒對伊凡・伊凡內奇說的故事感到滿意。畫中的貴婦和將軍依然從金框裡俯視客廳，昏暗的光線讓它們看起來就像是活著；在這種氣氛之下，聽一個愛吃醋栗的可憐芝麻官列傳實在很無聊。出於某種不知名原因，他們比較想聽一些風流雅士或女性的故事。他們所在的這間客廳裡一切擺設——仍被罩著的枝形吊燈、扶手椅和腳下的地毯——再再說明了，現在從畫框裡往下看的那些人，都曾在這裡走過、坐過、喝過茶；還有，美麗可人的珮拉蓋雅在這兒無聲走動著，這比任何故事都更引人入勝。

阿留辛非常睏，他很早起床處理家務，凌晨三點就醒了，而現在他幾乎睜不開眼，但又擔心客人們會在他缺席時講個有趣的故事，因此沒有離開。他沒去思索伊凡·伊凡內奇剛才那番話究竟是否明智、是否公允。既然客人們談的不是穀物、乾草或焦油，而是一些與他的生活沒有直接相關的事物，這樣他就很樂意洗耳恭聽，希望他們繼續說下去。

「我說啊，睡覺時間到了。」布爾金一面說著，一面起身。「祝各位晚安。」

阿留辛向客人告辭，下樓回到他的房間，客人們則留在樓上。他們被安排到一個大房間過夜，房裡有兩張雕花刻飾的舊木床，牆角有個象牙十字架。這兩張床又寬大又涼爽，是美麗的珮拉蓋雅爲他們鋪的，還散發出亞麻布的清新芬芳。

伊凡·伊凡內奇默默脫下衣服，躺上床。

「主啊，請赦免我們這些罪人吧！」他喃喃自語，把被單拉到頭上。

陣陣濃烈的煙草燒焦味從他放在桌上的菸斗中飄出，布爾金久久無法入眠，一直納悶這難聞的氣味是打哪兒來的。

雨水撲向窗子，拍打了一整夜。

雨落池中，爲何還堅持游泳

◆對〈醋栗〉的思考

我在雪城大學攻讀碩士班的第一個學期，其中一位教授是傑出的短篇小說家托拜亞斯．沃爾夫[4]（以下稱他爲「托老」），給我們一些閱讀功課，是我先前從未讀過的故事。托老沒有從自己的作品裡挑選，而是讓我們讀了一些契訶夫的作品，從〈套中人〉開始，然後是〈醋栗〉，最後由〈關於愛情〉壓軸。（這三則故事有時合稱爲「小型三部曲」，或者「關於愛情三部曲」。）

當時我對契訶夫的認識不多，我讀過的部分只讓我（這個笨蛋）覺得他的作品太輕描淡寫、沒傳達什麼意義、缺乏鮮明特色——在我的文學養成階段中，這眞是個要命的判斷。

但在托老的誦讀之下，我們可以聽見契訶夫是多麼有趣，多麼風度翩翩、生動靈敏，以及他與受眾之間的交流是多麼密切。就像先前提過的摩托車邊車比喻一樣——故事走到哪裡，我們就跟到哪裡。透過托老，我們得以感受到契訶夫的幽默和溫柔，以及些許憤世嫉俗（同時深情款款）的心。這彷彿契訶夫本人和我們一起在教室裡：一個迷人的、受歡迎的前輩，對我們頗有好評，想用他個人的方式靜靜參與我們的課堂。

講台位於幾扇大窗戶前，當托老朗讀時，那年的初雪輕輕地在他身後飄落。我終於感覺

4 托拜亞斯．沃爾夫（Tobias Wolff, 1945-），美國作家，一九九七年前任教於雪城大學，後任教於史丹佛大學。曾參與越戰，著有《這個男孩的生活》、《我的軍旅生涯：戰爭回憶錄》等，前者曾改編爲同名電影，由李奧納多．狄卡皮歐主演。

到自己是文學領域裡的一份子，那個領域涵蓋了教室裡的每個人，還有那些透過課程內容而降臨到我們身邊的作家，例如學校最新推出的大師閱讀課程主角瑞蒙・卡佛[5]，而契訶夫當然也在；如果短篇小說是位侍奉文學之神的祭司，那麼我們全都是這位祭司的小助手。

老實說，這稍微改變了我的人生。

當時，我正糾結於年輕作家都會碰上的種種難題：作品應該要精明犀利，還是輕鬆娛樂？要有哲學思考，還是表演張力？要能啓發人心，還是好笑就行？托老對契訶夫的講解回答了我的困惑：答案當然是「以上皆是」囉。忽然間我感覺到，小說擁有爲世界注入生命力的無限潛能。它可以是一切：兩顆心靈直接溝通時最有效率的模式，深刻強大的娛樂表現，最高層次的感官覺察。我想，某部分的我其實一直對短篇小說抱持疑慮，懷疑它能否作爲一個充分的載體——充分乘載我的宏大野心，充分容納我（年少輕狂時）對於藝術的想法：藝術應該向每個人敞開懷抱，與每個人心中最好的那一部分對談，使人生更美好。

托老唸完契訶夫後，我不再懷疑短篇小說的力量，反而一心只想知道要怎麼樣才能開始動筆寫出更好的作品。

說了這麼多，就是想告訴各位，〈醋栗〉在我心中的地位有多麼特別。

表面上看來，你不會覺得這則故事裡有任何角色的人生發生改變。實際上也眞的沒什麼要緊事發生。沒有大場面的高潮，沒有激烈衝突，沒有人的命運軌跡從此改變。沒有角色死亡、打鬥或戀愛。故事基本上只有：一對友人在打獵遇到暴雨，去另一個朋友家躲雨，其中一人講了個其他人都聽得不過癮的故事。

來看看〈醋栗〉的概要：

——伊凡和布爾金外出打獵，走過俄羅斯的某片原野。

——布爾金提醒伊凡，說伊凡還欠了個故事沒說。

——開始下雨。

——想起阿留辛住在附近，他們前往阿留辛家躲雨。

——阿留辛和他的女僕珮拉蓋雅登場。

——男性角色們去浴房。

——阿留辛搓洗身體，水都變黑了。

——伊凡盡情游泳（在布爾金看來，游得太忘我了）

——回到主屋裡，在舒適的大客廳，伊凡講了他先前承諾要說的故事，在故事中：

伊凡的弟弟尼古拉嚮往鄉村生活，爲了實現夢想，過著省吃儉用的生活。

尼古拉覬覦一個寡婦的財產，娶了對方，他的吝嗇可說是害死了寡婦。

尼古拉得到他想要的農莊。

伊凡拜訪農莊。

——回到客廳裡，伊凡針對那次拜訪農莊的回憶發表感想：

幸福是一股龐大的力量，支撐它的卻是（沉默的）不幸。

幸福之人應該警惕，不是每個人都幸福。

對現在的伊凡而言，看見人們享受幸福，是一種折磨。

他勸告布爾金和阿留辛：不要爲了幸福而活，要爲了更偉大的事物，「不要停止做好事！」

---

5 瑞蒙・卡佛（Raymond Carver, 1938-1988），美國短篇小說家及作家，風格極簡、帶有黑色幽默，著有《能不能請你安靜點？》、《大教堂》等，日本知名作家村上春樹曾表示自己的寫作受到卡佛許多啓發。

——伊凡講的故事讓人感覺像老太婆的裹腳布，又臭又長。

——布爾金出聲表示，就寢時間到了。

——他們上床睡覺。

現在，大家可能有注意到了：這當中有一段由暴雨帶來的題外話，從故事第一頁（本書第三六二頁）末起，伊凡正要開始講故事，但被雨勢打斷，直到第四頁頁首（本書第三六五頁）才開始說，也就是大約兩頁之後。那不僅是段題外話，甚至可以直接從故事裡整段剪掉。我來示範示範——如果我們剪掉那些頁數，就會變成這樣：

伊凡・伊凡內奇長嘆一口氣，點燃菸斗，**【從這裡剪掉兩頁】**開始說：「我，伊凡・伊凡內奇，還有個小我兩歲的弟弟，尼古拉・伊凡內奇。」

（看吧！完全無縫接軌。）

這種題外話屬於「我無法不注意」的事情之一，雖然實際上我們在頭一回閱讀時，可能沒有注意到這件事。因爲它感覺很自然，下雨了，理所當然要躲雨，伊凡也得等到他們找到避雨處之後才能說故事。我們跟隨他們的邏輯，沒有意識到自己被帶進了一段題外話，只想快點找到一個乾爽的地方，就像他們一樣。

然而，它就是這樣：三百四十二行裡，有八十二行題外話，佔故事長度約四分之一。

正如我們不斷討論的，短篇故事這個形式實際上是效率的表現。篇幅有限，代表所有段落都必須有存在目的。因此我們假設，故事裡的一切，包含標點符號，都在作者的盤算之內。

我們先將那段題外話標記成故事結構上的一個異兆，像是一條直線上卻有個凸點，或者脖子上長了顆瘤。把它放在「我無法不注意」購物車裡，當我們推著車走到故事盡頭時，我們肯定會盯著它，質問：「所以你到底是來做什麼用的？」

各位還記得我們分析屠格涅夫時用的技巧吧？在嘗試摸清一篇小說的底細時，一個很實用的方式是先問「故事的核心是什麼？」

在這則故事裡，伊凡講述他弟弟所作所爲的部分（本書第三六五至三七一頁）被刻意延後，而且故事的鋪陳似乎就是要我們聽到這些軼事，因此我們會認爲，這應該就是〈醋栗〉的核心，也就是小氣鬼弟弟的存在意義，還可以回應「你爲何要費心讓我知曉這些？」這種蘇斯博士式提問。

而這段吝嗇弟弟傳奇的核心（眞該冊封爲故事核心中的核心），是伊凡對於幸福的本質所發表的那一大串激情演講，大約從故事第八頁尾到第十頁中間（本書第三六九至三七一頁）。那是一段激烈又震撼人心的發言，我每次再讀到它，都仍會被打動，仍會重新被說服一遍。「眞應該在每個志得意滿、幸福快樂的人家門外，都安排一個人拿著小鎚子站在那，不斷敲門提醒他：世上還有其他不幸的人，無論他現在多麼幸福，生命遲早會向他伸出魔爪，苦難終將降臨。」我對此深信不疑，而且我敢打賭，契訶夫也如此堅信；這段話感覺就像直接從他本人的日記摘錄下來一樣。

也由於那段發言（故事核心中的核心）是「關於」我們該縱情追求幸福、抑或該抵抗追求幸福的慾望，這則故事在我們看來，便是對於這個問題的某種思索。伊凡的結論是，「世上沒有幸福，也不該有」，而整個故事也都緊扣著這句話。

我們豁然開朗，這則故事要說的、或者想說的事情，是「關於」幸福。

故事第十頁末（本書第三七一頁），出現了一個令人驚訝的小瞬間，那時我們才剛被伊凡的演講震懾住，讚嘆他說的眞是有道理，卻發現布爾金和阿留辛……完全不是那麼一回事；

他們覺得那很無聊，是一則「愛吃醋栗的可憐芝麻官列傳」。在那溫暖、酒足飯飽、被阿留辛祖先畫像盯著喝茶的狀況之下，「他們比較想聽一些風流雅士或女性的故事」。為什麼呢？正是因為「現在從畫框裡往下看的那些人，都曾在這裡走過、坐過、喝過茶」。

嗯哼，布爾金和阿留辛當然不會喜歡那則故事。他們恰好就是伊凡故事裡指的那種人：只關心自己的幸福，全然的資產階級，肚子裡塞滿別人為他們烹煮好的食物。他們的反應證明了伊凡的觀點：滿足和幸福的人就是聽不見。他們不想聽見任何可能打擾他們享清福的悲苦哀愁。

接著男人們都去睡了，睡在兩張「又寬大又涼爽」的床上，而且還是「美麗的珮拉蓋雅為他們鋪的」。伊凡睡前最後仍碎念著令人提不起勁的話語：「主啊，請赦免我們這些罪人吧！」然後把被子拉到蓋過頭，大概就去睡了。

故事就是這樣。

然而，實際上，故事還有兩段才結束，而其中的第一段還帶來了大反轉。

那段話是這樣的：「陣陣濃烈的煙草燒焦味從他放在桌上的菸斗中飄出，布爾金久久無法入眠，一直納悶這難聞的氣味是打哪兒來的。」

也就是說，伊凡，這位我們一直支持的偉大道德思想家，做了一件輕率自私的事，影響了與他同行的朋友：布爾金因為那臭味而無法入睡。或者，更精準地說，他因為伊凡那番言論引起的良心不安而難以入睡，又在相當清醒的狀況下注意到那股臭味。

伊凡的輕率隨便，讓我們對他這個人感到五味雜陳。「不要停止做好事！」這傢伙如此告誡他人，聲音如此激動，將基本的禮貌都擺到一邊去。（說好的「不要停止做好事」呢？先清一清你的菸斗吧，大哥。）伊凡的那番演說還可信嗎？嗯，還行吧。但我們頓時覺得沒那麼有把握了。或者可以說，從一個自己都做不到的人嘴裡說出來——才剛呼籲要在生活中體恤他人，下一秒就沒爲他人著想，這番言論不免惹人猜疑。

「故事核心中的核心」進入結論時，伊凡宣稱「世上沒有幸福，也不該有」。

現在我們對這句話有何感想？

爲了思考這問題，我發現自己回顧起了這則故事，想要找到「關於幸福的事物」。意思是，尋找那些可能論述「幸福：贊成或反對？」的部分。

例如，故事第三頁（本書第三六四頁）的奮泳。

那是伊凡展示的場景，我們現在回憶起這一段，自然免不了有一絲懷疑。他在暴雨中奔出浴房，跳入一座被暗示爲「冰冷嚴酷」的深池[6]。伊凡帶著那股游泳的衝勁，「激起一陣陣波浪，白百合隨之搖曳」，像個小孩一樣，不斷縱身下潛，想要摸到河底，然後興致高昂地游去和一些農民友善閒聊——這就是剛剛那位義憤塡膺地對我們高談闊論著幸福有多敗德的伊凡。

那麼，對於幸福，他究竟是贊成還是反對？

雖然發表那番感想，伊凡似乎仍很容易被幸福而感動。實際上，他似乎比自己的任何一個朋友都更渴求幸福、更想觸碰幸福。

也許他之所以如此反對幸福，是因爲他如此贊同幸福？

這個經過審思的想法（「其實伊凡有時候還是很熱切擁護幸福的」）會不會掩蓋了我們先

6 作者註：俄語原文是 плёс（發音：plyos），一個俄羅斯朋友告訴我，這是個古老的詞，現在已經很少使用，字根與動詞 плескать（發音：pleskat'ya）有關，意思是「流水發出飛濺或拍打聲」。плёс 可以指開放水域、水流彎道之間寬闊且深的河段，或湖泊、水庫等水深最深的區域。這個詞在我手上譯本的翻譯有「潭」或「淵」，我依稀記得它在某個地方（也許是多年前托老朗讀的譯本）也被描述爲「池塘」。無論如何，它在我心中的意境一直是座池塘：沒有水流，冰冷，風平浪靜，蘆葦叢生，寧靜，深沉，四周有松樹環繞。

前的看法（「伊凡反對幸福」）？不。這兩種概念同時存在，使眞理因此更加強大，相較於只有一種答案。

故事也因此擴大了層面。沒錯，它仍然在說幸福可能帶來的道德衰微，但現在它也觸及了人的思考，指出一個人若只抱持單一觀點，那是多麼地粗淺，又或者說，人性思維根本不可能這麼單一。伊凡並非眞心認爲幸福是件壞事，也可能他確實如此認爲，但他同時也相信幸福是不可或缺的。

多虧了那個臭烘烘的菸斗，伊凡那番發言現在讀起來有不同的感覺。

起初感覺是爲被壓迫的族群發出人道呼喊，「看看生活周遭：強者傲慢怠惰」，而今聽來似乎是……說說氣話。他不喜歡強者，但也沒那麼同情弱者，因爲他接著也說了，「弱者野蠻無知」。在伊凡眼中，整個地球無處不是一團糟：「到處都是難以想像的貧窮、擁擠、墮落、酗酒、虛僞、謊言。」他的說法不僅是反對幸福，看起來也帶有反對一切（反對生活）的意味。他在故事第九頁（本書第三七〇頁）承認，他過去也曾大放厥詞地「教別人怎麼生活」，但沒意識到他現在其實又這樣做了：他在告誡布爾金和阿留辛（還有我們）該如何生活。他對於放下幸福的道德省思，像是帶有一點情緒化的布爾什維克主義[7]，暗示：汝不可得幸，因吾視之罪惡；白話的說法就是：你可以適量享受幸福，只要不超出我認爲的健康範圍。

伊凡越說越激動，「忿忿不平」地看向布爾金，並且強制把「等待社會發展是徒勞無功的」這個想法做了一個不大符合邏輯的跳躍思考，質問「我們爲什麼一定要等待？」故事第十頁（本書第三七一頁）那句「你們會說，萬物有其自然秩序」裡，略帶針對性地衝口說出「你們」，顯示伊凡正在駁斥的其實不是布爾金或阿留辛，而是他腦海裡幻想出的某些批評者所提出的反對意見。

與其說他是被那一夜遮風避雨的溫馨而感動，才與兩位親愛的好友分享他得來不易的體悟，眞是個見解入微的道德哲學家，老實說，伊凡此刻聽起來就像（也像）個頹喪的老人，厭世、發洩不滿，沒察覺自己正使他那些別無選擇只能聆聽的觀眾想打呵欠。

雖然我們對於故事結構上長出這種小肉瘤般的題外話還是感到疑惑，但現在我們可能會覺得，這個題外話在某種意義上是必要的，因爲是它「帶出」了雨中奮泳的場景，這個場景又反過來讓我們對伊凡的理解多了點複雜性。

不過，這段題外話不只帶出了奮泳場景。

在那些篇幅裡，我們也遇見了女僕珮拉蓋雅，以及地主阿留辛。

每當珮拉蓋雅出場時，故事鏡頭總是狹隘地強調她的外表或表面行爲，「美麗」、「溫柔」、「優雅」、「可愛」、走路「輕巧無聲」同時還能「面帶令人融化的微笑」，然後又是「可人」、「美麗」。她存在的目的似乎就是要呈現無可否認的美麗，或著，充當一個毫無意義但惹人憐愛的化身。伊凡和布爾金見到她的反應，證明了沒有人能對這驚爲天人的美女免疫；只要看到她，他們立刻就會渾身是勁。珮拉蓋雅宛如那座洗滌身心的池塘，在那莊園裡有如此出人意料之外的美人——比我們預期會看到的事物更加動人，比她需要擁有的外表更加美麗。簡單一句話，她是無償爲人間帶來快樂的泉源，提醒人們，美是生活中無可避免、如呼吸般不可缺少的重要成分；美不斷出現，我們也不斷有所回應，雖然這與我們在故事裡

7「布爾什維克」在俄語意思爲「多數派」。在俄國社會民主工黨內部分裂時，列寧提倡民主集中制，獲多數支持，這一派就稱爲布爾什維克，日後成爲蘇聯共產黨；而民主集中制實際上側重於「集中」，以少數的職業革命家爲核心，黨員則對黨中央高度服從。

看到的論點背道而馳。我們反倒覺得，一旦我們停止回應，還會變得更行屍走肉。

珮拉蓋雅用她的美貌讓伊凡和布爾金停下腳步的那一刻（兩人「一進屋就遇到一個女僕；這名年輕女子相當美麗，令他倆不禁同時停下腳步，面面相覷。」），在我看來，就是所有文學作品要形容一個角色有多美的最佳寫照。契訶夫沒有透露關於她的任何細節，頭髮長度、身高、體型、身上香味、眼珠顏色、鼻子形狀全都沒有提到，但她卻令這兩個應該很講究禮教的老頑固表現得近乎粗俗無禮，光是這些描述就足以讓我在腦海裡看見她，或自己創造出她的形貌。

「是的，幸福可能是一種自我放縱，我們對幸福的追求也可能壓迫到其他人，」她彷彿這麼說。「但另一方面，我們都無法在沒有快樂、美麗和歡愉的狀況之下過生活，各位紳士見到我時所產生的反應，已經爲我們證明了這一點。」她讓我們打從心底覺得，否認美的眞實存在、或聲稱人生最好是避免幸福，這些觀念是多麼枯燥、迂腐和站不住腳。

即使故事眞心誠意地提問「追求幸福這件事是否合乎道德」，它也藉由珮拉蓋雅的登場來釋出警訊：「要求道德純潔的同時，也要注意，別忽視了積極情緒的現實面。」

伊凡和布爾金對她的反應，似乎是不由自主的，因此沒有批評的道理——就好比人們看煙火秀時的驚嘆，誰能壓抑這種呼吸間的嗟嘆？

我們眞的可以毫無幸福地生活嗎？

我們想要這種生活嗎？

但珮拉蓋雅在故事裡還有另一個複雜的意義：所有該死的雜務都是她必須負責做的。她跑去拿浴巾和肥皂，男人們洗澡時她要準備好睡袍和拖鞋，再衝回去泡茶，把果醬放上托盤端出來，然後匆匆去客房鋪床，諸如此類的事全是她做。她的存在證明伊凡說得也沒錯：「幸福的人之所以心安理得，是因爲不幸的人默默承受苦難，如果沒有這種沉默，幸福就不可能安然存在。」為什麼她得這麼努力服侍這些男人們，讓他們舒舒服服坐在扶手椅上討論人類追求幸福的限度在哪裡？

阿留辛呢？他似乎已經與這世界斷線了，沒有尋求什麼快樂。然而，他是幸福的，或者說夠幸福了。他有一種沉靜的正直感，像是默默地對伊凡表達一絲不苟同：他對於眼前的快樂（雨夜裡聽朋友說故事）保持警惕，不需要聽人傳道或空談哲理。同時他也與小氣鬼尼古拉略為對立：他務農的理由，在我們看來，是基於「正確」的原因，並非為了滿足什麼與醋栗有關的可悲野心，也不是想被他的農民推崇愛戴，只是老老實實地在工作。他不像尼古拉那樣用居高臨下的態度對自己的農民說話，而是和他們一起勞動。他的登場彷彿是要說，如果一個人靜靜地專心致志於自己的任務，就可能創造出值得尊敬的幸福——不是歡愉極樂，只是一種平靜的知足常樂。

另一方面，他的生活也是……悲哀的。他的生活有一種認命的悲劇氛圍。他的邋遢、住在管家的房間等行為，顯示他已經關上了心裡的某扇窗，放棄某些抱負理想而失去部分生命力。這就是放棄幸福後會發生的事：迷失方向、不修邊幅，以及不知不覺地抑制住自己的潛力。

岔題提到的另一件事，是布爾金對伊凡游泳的不耐煩反應。

布爾金在這裡的功用是抑制衝動、潑冷水，只要伊凡太激動，他就幫伊凡踩剎車。除了叫伊凡上岸，他還打斷了伊凡那個令人差點沒吐血的牛販斷腿故事（「您這都說到另一齣戲去了」），而且提早結束了這一夜（「我說啊，睡覺時間到了」）。如果是伊凡和阿留辛，他倆應該會很樂意熬夜聊天。

沒人喜歡當掃興鬼，但話說回來，伊凡的激動的確是需要有人幫他掃一下。他游泳游太久，讓布爾金和阿留辛在岸上枯等；整晚都在說一個沒人想聽的大道理，也沒注意到聽眾其實覺得很無聊；他明明很享受地抽著菸斗，卻對別人的快樂和幸福大發雷霆，而那根臭煙斗更是他放縱地自我陶醉後所遺留的廢渣，正好證明了他的自私。

另一方面，布爾金也是另一種類型的平庸。我們感覺得出來，他對於伊凡長篇大論要表達的核心眞相，也就是「幸福會壓迫他人」，是心懷抗拒的。正是世界上的布爾金們推動了邪惡巨輪的運轉，他們這些麻木不仁、因循守舊的極端保守份子，做事和享福都不多不少。只有苦澀的現實能讓布爾金保持清醒，就像那根臭菸斗，讓他們的人生不盡美好。世上這些布爾金們偏好阿諛美化過的事實，如此一來他們就能安心入睡。有時就是需要一根臭菸斗來引起他們的注意——需要這種宣揚不討喜的眞相時，伴隨熱情而生的副產品，就像是某種必要的附帶損害。

也有可能，布爾金事實上並非因爲菸斗而睡不著，而是伊凡那番言論帶來的後遺症。而這或許激起了布爾金的良心，雖然他一開始試圖抵抗伊凡說的眞相，但這些話還是侵入了他的內心，令他焦躁難安。所以，或許他終究是把伊凡的話聽進去了。

還有一個題外話帶著我們更深入故事：暴雨。

暴雨來臨前，伊凡和布爾金都是心情愉悅地欣賞著風景，「兩人都認爲，這片土地是如此地美麗」。然後暴雨來襲，來得又猛又急，兩人在前往阿留辛家避雨的路上「都不發一語，像是在生對方的氣」。

我們先把這一前一後的對照畫面當成一組結構來比對。

前：天氣晴朗，世界美好，他們很開心。

後：天氣變差，世界變醜，他們生悶氣。

暴雨爲故事引進了一種觀念：幸福與物質條件有關，與我們無法控制的條件也有關。我們並非總是靠著自己的能力得到幸福；幸福是一種恩賜，有條件的恩賜，我們最好在它來臨之際接受它。幸福感可以是一項優勢，是做好事的必要條件（畢竟，當你「感到寒意刺骨，十分狼狽又不舒服」的時候，實在很難「做好事」，甚至連「我沒事」都說不出來。）當我們被雨水淩虐後進到屋子裡，有美麗的珮拉蓋雅爲我們送來毛巾、肥皂、睡袍、拖鞋和茶，這豈不是很美好嗎？是不是讓我們精神爲之一振、增加了我們爲這世界做點好事的機率？我們要是拒絕這種自發的道德提升，不就太笨了嗎？

在故事裡，雨就像一個配角：男人們在池塘裡游泳泡水時，它持續落下，然後銷聲匿跡，直到故事最後一行，才來完成自己的最終登場：「雨水撲向窗子，拍打了一整夜。」雨既是不幸的原因（因爲他們在郊外行走），卻也帶來了一些幸福（當他們在池塘游泳時，雨像是爲他們洗禮），雨扮演了一個持之以恆、卑微又嘮叨的提醒者，提醒我們……呃，某些事情。爲了體會這則故事的複雜美感，你可以試著寫出最後拍打窗子的雨「提醒」了你哪些事（或者對你「說」了什麼、「代表」了什麼。）那不單純是一件事，可能同時傳遞了很多訊息。而這份體悟是很個人的；我已經試寫過好幾次，但每次寫完後都又劃掉了，因爲無論怎麼寫，總是覺得少寫了些什麼，無法充分表達。即使我可以明確表達出我的想法，那也是屬於我的答案，不會是你的。

還好，我們不必說出來。

這就是爲什麼故事會這樣寫的部分原因：爲了創造那個留白的最後一幕，其中寓意不需要多費唇舌。

看看這個沒有題外話的故事版本：

在晴朗陽光下，伊凡向布爾金講了他弟弟的故事。他們走過一些未被雨水淋溼的原野。伊凡最後懇求：「世上沒有幸福，也不該有；如果生活有意義和目標，那也絕不在於尋求我們自己的幸福，而是更理智、更偉大的事物。要做好事！」這段話也只有布爾金聽到。夜幕低垂，俄羅斯天空上的星星閃爍著略爲失望的微光，像布爾金一樣，它們眞希望伊凡說的故事能更精采一點。

少了些什麼？

嗯，用我們已經討論過的事依序來說，就是少了：暴雨、阿留辛、珮拉蓋雅、游泳、布爾金對伊凡游太久的反應。

在這個零題外話元素的版本裡，伊凡仍然長篇大論闡述了反對幸福的理由，我們沒有任何事物可以用來權衡他的言論，伊凡得以呈現一場無懈可擊的演講，內容可以一句話帶過：「幸福，沒你想像中那麼好。」

算是値得一聽的演講啦，但不是〈醋栗〉讓我們嘗到的五味雜陳。

如果我們對這則故事的解讀，是認爲它在問：「追求幸福是對的嗎？」那麼各個題外話就像是一個個材料包，可以組合出其他人想問的問題：「要是我們選擇拒絕幸福，我們會失去什麼？」「生活是爲了快樂，還是責任？」「什麼程度的信念，算是走火入魔？」「人生究竟是個重擔，還是喜樂？」我相信在你閱讀時，你心裡還有更多疑問，或者在我們研讀之際，更多問題正浮現於你腦海裡。

一直放在「我無法不注意」購物車裡的那些題外話，我們現在可以說，它們都證明了自己有正當存在的理由。

故事於是轉頭對我們說：「這下明白我爲什麼這麼喜歡講題外話了吧？給我自己一點自

我複雜化的空間，免得變成單純反對幸福的單一立場報告，才能成爲一個充滿神秘的美妙創作，無論你讀幾遍，都能不斷爲你揭示新的層次，其中有許多是喬治這篇分析文裡完全沒提到的。」[8]

而今看來，我說題外話是「透過提出複雜的質疑元素，來證明自己有理由存在於故事中」，這個說法實在是個贅述，因爲扣掉伊凡講他弟弟、以及故事最後兩頁他講完道理之後的簡短後記，題外話幾乎就是故事的全部。除了篇幅這麼長的題外話，故事中哪裡還能找到那些提問的線索？還有，我似乎也暗示了這則故事是怎麼寫出來的（雖然我根本無從得知）：契訶夫先寫了伊凡的演說部分，然後在演說前後刻意用其他素材做出骨幹，讓它變得複雜。不過，不管這故事是如何誕生的，閱讀它的部分樂趣在於：起初令我們覺得浪費時間或兜圈子的題外話，正是使故事脫離「原始概念層面」而突破升級的元素，讓故事變得錯綜神秘。那些一開始乍看是題外話的東西，細想之後就會發現它優美地展現了效益。

在最高級的層次上，一項故事的意義寄託於它的開展手法，而不是結局。

如同我們看見，〈醋栗〉是透過持續自相矛盾的方式來進行故事，如果它的某個面向似乎表達了一個觀點，就會出現另一個新面向來挑戰那個觀點。

這則故事並非要告訴我們如何看待幸福，它是來幫助我們思考這件事的。或許可以說，

8　作者註：例如，要是我們認爲這故事主題不是有關幸福，而是關於極端主義——你猜會發生什麼事？它的確是。看看故事裡有多極端分子：伊凡極端譴責幸福、狂熱地游泳；極端節制分子布爾金得把他叫上岸；尼古拉極端熱愛醋栗，阿留辛極端苦行。珮拉蓋雅是極端分子嗎？這個嘛，她極爲美麗，也極爲勤奮。這則故事是支持極端主義，還是反對？沒錯，我們可以置換其他概念來玩同樣的把戲，你試試用「責任」帶入，或者「熱情」，或者「壓抑」。

它塑造了一個幫助我們思索的途徑。

那個途徑希望我們怎麼思索呢？

這就要回頭看看，它自己又是怎麼思索的？

它透過一連串「另一方面」的陳述來進行思考。「伊凡反對幸福；另一方面，他確實很享受游泳。」「阿留申過著令人敬佩的平靜與自由生活；另一方面，他卻自我忽視到渾身汙垢，洗澡水都髒得變墨水。」「伊凡的激情是自私的；另一方面，布爾金不斷努力想抑制伊凡，這也很煩。」「熱衷於醋栗這種芝麻蒜皮的小東西，是滿奇怪的；另一方面，至少伊凡的弟弟有熱愛的事物，即使只是一種漿果；但再從另一方面來說，同樣是地主的阿留辛可從沒小氣到把別人餓死。」諸如此類，不勝枚舉。

另一種解讀是：故事似乎希望讀者不要進入「自動駕駛」的狀態，應該保持警覺，因爲故事（和讀者自己）有可能跟隨一些太僵固、太簡化的概念，在思考過程中反而犯了錯。因此，它不斷對故事裡提出的想法加諸限制，直到它完全擺脫了評判立場。我們一直試著讓思緒穩定，把故事解讀成「支持」或「反對」某件事，如此一來我們也可以隨之支持或反對，但這則故事一直都堅持，它寧願自己不做出任何評判。

活著很難。生活的焦慮令我們想要批判，想要確信某些事，有立場，能夠明確下決定。擁有一個固定的、堅強的信念系統，可說是一種極大的解脫。

單純下定決心以一個反幸福狂熱分子的身分活著，不是很好嗎？禁止自己在池塘裡游泳，每次遇到珮拉蓋雅就要皺眉頭。言行完全一致，你就永遠不會茫然困惑。你可以昂首闊步，賣掉泳衣，踱踱地用鼻孔看人，鄙夷一切。

這樣說來，單純投身於追求幸福，不也很好嗎？何不決定從此以狂熱的幸福提倡者身分活著，永遠努力歡慶、跳舞、玩樂，把快樂最大化？不過，不知不覺中，你在社群平台上就會成爲一個討人厭的垃圾帳號，站在瀑布水柱下，頭戴花冠，感謝上帝肯定是因爲你充滿純潔完美的正能量，才賜予你這美妙的生活；眞是好棒棒。

只要我們不做出決定，我們就能接受更多各方資訊不斷進入腦海。閱讀〈醋栗〉這樣的故事，就像是一種演練；它提醒著我們，任何像是「ＸＸＸ是對或錯？」這種形式的問題，都可以從澄清另外一件事的問答當中得到更多思考。

比如說，問題是「ＸＸＸ是好還是壞？」

故事反問：「對誰而言？在哪一天，什麼狀況之下？會不會有一些與ＸＸＸ有關但意想不到的後果？有沒有正面的事情隱藏在ＸＸＸ的負面效應裡？或者負面影響藏在ＸＸＸ的正面效益裡？你還是給我更多資訊吧。」

每個人站的立場，都有各自的問題；太過深信，就會誤入歧途。這樣說的意思，並非代表沒有立場就是正確的，而是說沒有一個立場能長期保持正確。我們總是被自己對安定生活的渴望蒙蔽雙眼，沒注意到自己已從絕對的美德理念上滑落——最終，我們不再爲事情苦惱，而是鬆懈下來，堅持自己才是對的，找到一個對自己有利的理念，死死抓住不放。

我最欽佩契訶夫的地方是，他在書頁上看起來是那麼地自由自在——對一切事物都感興趣，但不受限於任何固定的信念體系，願意跟隨線索引領他去的任何方向。他是個醫生，對於小說的書寫手法令人感覺很像在做診斷。走進診間，發現「生活」坐在裡頭，他好像會說：「很好，那我們就來看看這是怎麼一回事吧！」這並不是說他沒有強烈的個人意見（他的書信可以證明他確實有），但在他最出眾的幾則故事中（除了本書分析的三則故事，我還會加上〈帶小狗的女士〉、〈在峽谷〉、〈敵人〉、〈關於愛情〉、《主教》），他似乎以這種診斷式的手法超越個人意見，顛覆我們一般形成定見的方法。

如果他有什麼綱領，那就是謹慎看待「有綱領」這件事。

他曾寫道：「我的至聖殿堂，是人的軀體、健康、智慧、才能、靈感、愛、以及絕對的自由——免於暴力和謊言的自由，無論這兩者以何種形式作惡。」

他因爲缺乏政治或道德立場而受到批評。托爾斯泰對他的早期評價是：「他才華洋溢，無疑有一顆非常善良的心，但目前爲止，他對生活似乎沒有非常明確的態度。」

但這種特質，正是我們現在熱愛他的原因。現今世上到處都是看似無所不知的人，對自己的個人見解往往充滿激情，卻只是奠基於極少量（通常也是偏頗的）資訊，這種胸有成竹經常被誤認成一種權威。能夠有一個充滿信心地對凡事都抱持不確定（也就是永遠充滿好奇心）的人作伴，多麼令人鬆了一口氣啊。

契訶夫的健康狀況不好，四十四歲時死於肺結核。家人間感情深厚，但是貧困；由於他年輕時就成名，周圍人們不斷向他索求。在這一切過程中，他仍保持溫柔，似乎很高興自己活著，努力表現地善良。「他處事謹慎，」傳記作家特羅亞曾寫道，「這是有教養的象徵，正派體面的人不會把自己的不幸搬上檯面展示。他過著匱乏又狂熱的生活，總是隨意慷慨出手。他會閱讀所有寄給他的稿件，認眞評論，提供免費醫療給任何需要的人，贊助俄羅斯各地的醫院和學校，其中有許多至今仍然存在。」

這種對世界的喜愛，在故事裡以一種不斷重新審視的形式表現而出，像是在問：「我確定嗎？眞的是這樣嗎？會不會是我先前的一些成見，導致我遺漏了什麼事情？」他有這種重新省思的天賦。重新省思很困難，需要勇氣，我們必須否認自己和過去仍是同樣的人，不再是從前那個獲得了生活中的某個答案後就一直沒有理由懷疑它的人，必須放棄這種安逸感。換句話說，我們得保持開放的心；那種新時代的自信感，說起來容易，做起來難，尤其還要實際面對充滿磨練的可怕現實生活。當我們持續看著契訶夫，看他慣常地對所有結論提出質疑，這讓我們感到安慰。重新省思也沒關係，這是件高貴的——甚至神聖的事。可以做到的。我們可以做到。而我們之所以知道這一點，是因爲他在故事裡留下了範例；可以說，這些故事就是傑出、精簡的重新省思模擬器。

對於伊凡那番演說，還有一件事可以細想。

許多年輕作家起初都認爲，故事是個表達觀點的空間——向世界傳達他們的信念。他們把故事視爲自己想法的傳遞系統。我知道自己也曾那樣想。故事應該是我用我那先進獨創的道德立場來糾正世界、獲得榮光的場域。

但是，這裡有個技術問題：小說不能作爲論戰中的有力論點。因爲故事裡一切元素都是作者發明的，一則故事無法眞正「證明」任何事。（假設我用冰淇淋做了一個玩具屋，並把它放在大太陽下，這也無法證明「房子眞的會融化」。）

在一則「青澀」的故事中，我們會感覺到作者就在故事裡，風趣、優越、全然正確，經常僞裝成某個命運坎坷但充滿魅力的角色，從一次深具啓蒙意義的海外旅行歸來，臨風顧盼，看那些形塑他周遭生活文化的笨蛋們都不順眼。這引出了一個普遍（我也認爲正確）的觀念：作家的個人信念，應該被排除在他或她的作品之外。

雖然，或許這不是應否在故事裡表達信念的問題，而是如何運用——有什麼用途的問題。

伊凡的演說是篇優秀的論說文：條理清晰、正經認眞、表達精準，有實例佐證，立意眞摯良善。這就是爲什麼我們信任它，被它打動。但契訶夫讓伊凡說出這段話，實際上是方便他雙重利用。透過契訶夫之筆才能說話的伊凡，如果與契訶夫本人意見有所分歧（在本書第三七一頁，伊凡情緒激昂、變得暴躁和偏頗）時，契訶夫可以順水推舟地說：「那不是我，是伊凡說的。」並讓故事去回應那個展露出新面向的伊凡。契訶夫注意到伊凡剛剛出現的新面貌，於是跟著他進去「有兩張雕花刻飾的舊木床」的大房間，試著提問：「一個既激動又沮喪、剛發表完一場激情演講但成效不彰的人，在這種狀態下會接著做出什麼事？」而他得到了答案：「他可能會不大貼心地忘記清理自己的菸斗，然後因爲氣力耗盡，就睡著了。」

這減緩了我們對於「故事單純是作者自己在演講」的懷疑，它顯然不是。契訶夫用兩種方式來表達他的內心：有力地傳達他發自內心的想法（讓我們感覺與現實相呼應），並藉由伊凡的表現（讓我們注意到他的矛盾）來動搖這個想法。

如果我正用故事角色的語調寫作，而這角色突然脫口說出某些話，那算是「我」本人在說話嗎？嗯，應該算是喔。畢竟，他的脫口而出也是來自於我。但那眞的是「我」嗎？我「相信」那些話嗎？這個嘛，誰在乎啊？那些話就是出現了啊。那句話說得好嗎？具有什麼力量嗎？如果有，那麼不讓這句話派上用場，就眞是太傻了。角色人物就是這樣創造出來的：我們輸出自己的碎片，幫這些碎片穿上褲子、弄個髮型、安排一個家鄉等等。

如此塑造出一個角色後，我們可以退一步，好好打量「他」。信任用這種方法創造出的角色，會造成什麼後果嗎？「他」剛才忽然蹦出的一句話，藏著什麼可疑的暗示嗎？會有任何附帶損害嗎？或者潛在的、無法預見的後果？還是他有沒有偷藏幾支臭菸斗？

我曾在我寫的短篇故事〈繞場賀勝〉[9]裡描述一個場景，一個十幾歲的少女正在等母親來接她，帶她去上舞蹈課。我那時已經厭倦寫暴力、極度戲劇化的誇張故事，決定換換口味，下筆善良一點，像是契訶夫的〈看戲之後〉，裡頭幾乎什麼事也沒發生，除了一個可愛的十六歲少女獨自坐在那裡意亂情迷地思索愛情，思考模式就像一個活生生的十六歲少女會做的那樣，讓讀者彷彿重回自己的十六歲，想起某些甜甜的回憶。但不知爲何，她的整個未來生活也像是攤在眼前，讀者可以感覺得到，她總有一天也會變成一個四十歲熟女。

所以我決定寫一些……像那樣的東西。只不過，當我嘗試時，寫得並不好。那是一個閒聊般的內心獨白，包含許多小雜事，很靜態的描述，沒有什麼緊張刺激感。但那裡面也有些有趣的事。彼時，十六歲的我，認爲所有成人失能問題（成癮、離婚、通姦——就是所有那些七〇年代後期的社會問題）都是可以輕易矯正的錯誤，只要成年人有決心變得更好；我在〈繞場賀勝〉裡引入這個傲慢的十六歲的我，用那少女的語調脫口說出：「想做好事，你只需下定決心要這麼做就行了。你必須勇敢，必須爲正確的事挺身而出。」

我相信這些話嗎？好吧，我曾經相信，很久以前。然而在我寫的當下，作爲一個已經活到五十一歲的人，我並不相信。但從她說出口的那一刻起，話就是她說的，不是我，一個埋下伏筆的機會就來了。

她說：「要做好事，你只需下定決心要這麼做就行了。」

故事：「哦，是喔？」

既然如此，故事當然就得挑戰一下她現在（我從前）秉持的輕狂信念。

我在此就不劇透太多了，免得你還沒讀過那則故事。我想說的是，我原本想寫一個甜美、非暴力故事的願望，最終還是被我另一個更強烈的渴望扳倒了；而那個渴望就是：寫出一個會讓讀者想要讀完的故事。

我們表達的任何想法，都只是我們內心的諸多想法之一。當然，在日常生活裡，我們選擇參與、認同，依靠某些想法過活，爲捍衛某些想法而戰，並削弱其他想法，雖然我們還是

9〈繞場賀勝〉，收錄於桑德斯短篇小說集《十二月十日》，時報出版。描述兩個青少年艾莉森和凱爾的心境，以及一個陌生人企圖綁架和性侵艾莉森的事件。

有能力想像出那些被我們揚棄的思想：那也許是我們年輕時一度擁護過的哲思，後來拒之門外（希望愛茵・蘭德[10]對此激賞一下），但思緒裡依然殘留著一絲痕跡；那也許是我們曾經使用過的怪腔怪調；也可能是一些我們在政治立場上不苟同的觀點。當我們發現自己腦海裡有那些想法的痕跡時，對此會感到不大舒服。

如果你是一個支持移民的人，反移民的概念是否存在於你內心？當然存在，所以你為移民權利辯護時，才會那麼激動。你駁斥的是你自己的潛在部分。當你朝一個政治意見與你對立的人發飆時，那是因為他提醒了你內心那個令你自己不舒服的部分；如果有人逼你好好模仿一個反移民人士的言行，你其實做得到。同樣地，那個與你爭得臉紅脖子粗的反移民倡議者，同時也在砲轟著他內心裡那個挺移民的左派分子。

我們行走江湖呢，大多是先認同一組特定觀點，從那個立場評估這世界。我們內心彷彿有一個管弦樂團，它們收到的指令是：某些樂器負責主導，其他樂器則輕柔地演奏，或乾脆不要出聲。然而，寫作，正是我們改變樂器組合的機會。較低調的樂器獲准脫穎而出，平常那些大鳴大放的信念反而被要求靜靜待著，法國號、小號等，請統統擱在大腿上。這是件好事，提醒了我們，那些更低調的樂器其實一直都在那裡；把這想法擴大外推，世上每個人心中都有自己的內在管弦樂團，而且他們慣用的樂器，和我們也差不多。

這就是文學之所以有發揮舞台的原因。

在亨利・特雷亞的契訶夫傳記裡，記載了一個奇妙的時刻，是契訶夫和托爾斯泰的初次相見。契訶夫推遲那次會面，因為他「不大願意在令人敬畏的先知托爾斯泰面前彎腰鞠躬，畢竟這位先知堅決否定科學的進步可以推動精神本質的進步。」

不過，一八九五年八月八日，契訶夫前往托爾斯泰的家族莊園「晴園」[11]，與這位偉人見面。

「他們在通往主屋的山毛櫸林蔭小徑碰面，」特羅亞寫道。「托爾斯泰穿著一件工作服，單邊肩膀上掛著一條毛巾；他正要去河裡洗澡，便邀請契訶夫加入。兩人寬衣跳進河裡，在如此自然的環境中開啓了第一次對話，一面划撥著深度及頸的河水。托爾斯泰的樸實贏得了契訶夫的好感，讓契訶夫幾乎忘記自己正面對著俄羅斯文學的泰斗。」

我們可以想像，整部〈醋栗〉就像是那次河中交流的重現：托爾斯泰扮演精煉版的伊凡，一邊發表遠大、嚴厲的道德宣言，一邊渾身光溜溜興高采烈地划水；契訶夫演的是布爾金，抗拒著托爾斯泰一股腦兒的哲學概述；他們倆都是阿留辛，稍作休息的勤奮筆耕者。這樣一想，契訶夫也扮演了他那一版的伊凡，體現了伊凡道貌岸然和興致勃勃的那些面向：他原本對托爾斯泰抱持評判之心，卻發現自己深深敬愛他，契訶夫後來寫道：「我害怕托爾斯泰的死亡。若他死了，我的生命中將出現一個巨大的空洞。首先，除了他之外，我從未如此敬愛過任何人。」然而，契訶夫在一九〇四年先溘然長逝，托爾斯泰當時寫道：「我從不知道他如此愛我。」

兩人共游的三年後，一八九八年，契訶夫寫下了〈醋栗〉。

10 愛茵．蘭德（Ayn Rand, 1905-1982），俄裔美籍作家，客觀主義哲學家，代表作爲《阿特拉斯聳聳肩》。蘭德對大多數哲學家多多少少都持批判態度，包含影響她極深的亞里斯多德、她曾經很欣賞的尼采等人。她強調理性的利己主義，認爲個人幸福是人生的道德意義，理性是唯一原則，而這份理性則是心靈與物質世界互動後的產物。

11 晴園（Yasnaya Polyana），音譯「亞斯納亞．波良納」，位於俄羅斯圖拉州，今爲托爾斯泰故居博物館。

事後想想#6

我們在本書讀到的故事，都屬於它們作者筆下的最優秀傑作之列。不過，這些作家也寫出了一些相較之下較普通的文章，閱讀這些作品也很重要，提醒我們，沒有人每次都能打出全壘打，一件傑作可能要經過三或四遍修訂，在這過程中，藝術家無不奮力設法讓它運作得更加流暢。

容我提出兩個練習來探索這個概念，一個來自俄羅斯文學，一個選自電影作品。

托爾斯泰年輕時，曾經搭乘雪橇在暴風雪中迷路，一行人在大雪裡連續行進了二十個小時，徹夜未眠，終於找到避難所。不久之後，他根據這段經歷寫了一則故事，名爲〈暴風雪〉；四十年後，他以同樣的素材創作了〈主與僕〉。依序閱讀這兩則故事，能夠一窺托爾斯泰在這四十年間對敘事手法的體認出現了什麼變化。

第二個，是查理・卓別林早期的短片《冠軍》，當中有一個以拳擊爲主的連續畫面；十六年後，他在《城市之光》裡加入了一個非常類似的鏡頭。

所以，我出的作業是：

一、既然我們最近剛讀過〈主與僕〉，現在讀讀〈暴風雪〉。

二、觀賞《城市之光》和《冠軍》裡的拳擊場景，順序不拘。用較晚誕生的作品去對照它的前身，感覺其中的共鳴。

我想你會發現，較晚誕生的創作，感覺更接近一個有組織的系統。

在〈暴風雪〉中，托爾斯泰的目標似乎是紀實，重點放在「發生了雪中迷路這件事」；故事裡的角色都沒有代表什麼意義，也沒有做出任何特有的行爲，只是偶然得救。故事裡有些還不錯的部分（比如害怕凍死的主角打起了瞌睡，夢見了夏日時分；此外，對暴風雪和馬匹的描述令人目不暇給），但故事完全沒有〈主與僕〉當中的戲劇起伏，對人類似乎也沒什麼特別著墨。就好像在說，這裡剛好有人迷路了。

與《城市之光》的對應場景相比，《冠軍》裡的打鬥畫面感覺軟趴趴，像是靜止畫面似的；它很努力了，但當中看起來有很多似乎是跳躍式的即興創作。年輕的卓別林使用了和《城市之光》裡同樣噱頭的草創版本，但這些伎倆不斷重複出現，看來像是他還沒想到可以把這些串成一個更環環相扣的升溫情節，就像他之後在《城市之光》裡的絕妙表現一樣。

所以，在這裡總結一下：在一個規劃縝密的佈局中，因果關係更加明顯、更具策略。感覺上，這些元素是更精準地被挑中；各個事件果斷地推動故事升溫，一切都有其目的。

越是規劃縝密的佈局，你知道，當然是越好。

不用說，對藝術家而言，最明顯的問題就在於：要怎麼樣才能讓我的佈局更縝密？

如果你把十位作家聚集在同一個房間裡，從偉大的到蹩腳的人都有，然後請他們列出寫小說的重點技巧，你會發現他們的清單沒有太大分歧。實際上，我們在研讀這些俄羅斯小說的過程中，也不經意地彙整出了這種要訣清單：具體並有效率，運用許多細節，持續推動故事升溫，呈現畫面、而非述說，諸如此類。那十位作家各自的技藝談，多多少少都會包含這些要訣，只是他們會透過再三重申、或個人化的風格來講談，搭配一些各自用來頌揚這些訣竅的小趣事，強調他們總是忠實地依循這些要訣來寫作。

但是，每個人都會在網路上搜尋「棒球打者如何打擊曲球」，也能找到很多打擊小撇步，例如「必須看出球的旋轉」和「打壞球，放掉好球」等等，讓我們在去練習的路上都可以大聲發表自己查到的技巧。但到了擊球籠前，我們就會發現，即使查了一堆資料，有些人可以因此順利打中曲球，有些人卻還是揮棒落空。

偉大作家與不錯的作家（或者優秀作家與差勁作家）之間的區別，在於寫作時立即下決定的能力。例如作家的腦海裡可能忽然蹦出一條句子，或當下決定劃掉這個成語、決定這一段全部刪掉，或今天突然把幾個月前就寫好的兩個詞調換順序。

五位作家同時來到同一家咖啡館，在同一張長桌的同一側列席而坐；他們五人都相信寫作要訣之一是要具體描述；然而眞相揭曉時，我們會發現，他們當中有人找到了能吸引讀者的具體寫法，而有些人無法運用技巧。

所以，寫作實在是件很嚴苛的事。

但它也是種解放。它把那些我們不得不擔心的事減少到剩下一件：只要在我們閱讀自己寫的那一行字時，決定要不要修改它。

我們可以把寫作這件事化繁爲簡：讀到一行字，對它有反應，相信（接受）那個反應，下意識立刻做出回應。

僅此而已。

要一遍又一遍地做。

這是有點瘋狂，但根據我的經驗，寫作就是這麼一回事：(1)確信你內心有個非常清楚自己喜歡怎麼做的聲音，(2)越來越擅長聆聽那道心聲，以它之名採取行動。

「不管怎麼說，評論家都有一些本質上的荒謬之處，」蘭德爾・賈雷爾[12]這樣說，而他本人可是一位相當優秀的評論家。「即使沒有我們的肯定，好的作品就是好；披掛著權威的我們，內心都很清楚這一點。」

沒錯。

這我們也知道。

或者該說：我們知道這個道理此刻適用於我們。明天可能會有所不同，因此，今天我們要大膽地做出改變（或大膽地不改變）。它的美好之處在於，我們明天、後天、大後天都還可以再次依循這條途徑，再次讀一遍我們寫下的句子，選擇擱置或修改，甚至還可以改回它最初的模樣。

我們重複做著這件事，直到做出最終決定；而我們之所以知道最終決定已經出爐，是因爲那個句子已經不再變動了。

所以呢，我們所謂「更縝密的布局」，其實就是以一行句子爲單位，重複進行抉擇後累積下來的結果，等於成千上萬個編輯方面的小抉擇。還記得那間我給你的紐約公寓嗎？讓你在兩年內可以依自己喜好，每天汰換一件擺設。一旦你完成了那兩年間的自由採購，那間公寓就會是一個規劃縝密的佈局。

假設某天你腦袋浮現以下這段話，而且你覺得它有發展成故事的可能：「陽光強勁地落進瑪莉的窗裡，仍然躺在床上的她伸手去接電話時，敏銳地感覺到了手腕上的溫度。時間還很早，誰會這麼早打電話來啊？外頭有一輛貨車或公車之類的龐然大物隆隆駛過。」

好的，這裡有些部分要處理一下，但是，是哪些部分？這段文字哪裡令你覺得不滿意？你喜歡哪些地方？我們姑且幫你的偏好機制取個看起來比較專業的名稱，就叫作「編輯基準」

12 蘭德爾・賈雷爾（Randall Jarrell, 1914-1965），美國文學家與評論家，曾任美國國會圖書館詩歌顧問，即現今所稱的美國桂冠詩人。曾服役於陸軍航空隊，二戰經歷深深影響其詩作。

好了。開始吧，應用你的編輯基準，想想看你覺得應該如何處理這段文字，你會發現，這一切將讓你認知到自己是個什麼樣的作家。

如果是我，我會想直接切入正題，從那通電話下手：「拜託，是誰這麼早打電話來？」故事可能就從這裡展開。以我的編輯基準而言，太陽照進來和貨車／公車經過並不重要；太陽導致它所在的那個句子出現了一點問題（「強勁地落進」，力道上有點矛盾）而貨車或巴士是每座城市街景都會有的老哏，只讓我覺得：「眞是廢話，滾出我的故事！」所以，我的編輯基準告訴我，要避開和陽光有關的構想，並刪掉貨車／公車。不過，也許有其他作家喜歡「陽光穿透窗戶」和「躺在床上的人」這種組合，她可能會把這兩組畫面直接結合，修飾得更通順：「陽光灑進了瑪莉的窗子，落在她的手臂上，熱烘烘地近乎灼燙。」另一個作家可能會偏好這樣寫：「窗外，一輛貨車或公車隆隆駛過。睡夢中的瑪莉以爲那是克雷格來了，但當電話鈴響把她吵醒時，從夢中清醒過來的她意會到：「不，克雷格此刻人還在達拉斯，不會開貨車也不會搭公車過來……」總之各種發展都有可能。重點是，如果你從那個小得可憐的段落出發，開始「大破大立」（這也是個看起來比較專業的說法），完全依據你的品味來修整它，不需要捍衛它或幫它合理化，它就會開始變成一個規劃得更縝密的布局。它就是會變成那樣，你的一部分會存在於其中；也有可能，它承繼了很大一部分的你，或者全然充滿你的精神。畢竟，它是根據你的品味編整而成的。也許你重視速度或一目瞭然；也許你排斥風風火火，比較喜歡慢慢來；也許「一目瞭然」在你看來是過度簡化。我的想法是，重點不在於你的品味喜好，而在於你有多密集深刻地植入你的品味，這才是使藝術成品讓人感覺精緻縝密的原因。

看過錄音室裡的調音台嗎？上面有一排排的控制推子。一則故事就像是一座調音台，只不過上面有成千上萬個控制推子，也就是成千上萬個要做決定的點。

假如在一則故事裡，麥克爲了兒子的手術，必須向人借錢，於是他去請求自己的父親。

這時就出現一個控制推子，功能名稱是「麥克與他父親的關係」。要是他們很親近，這是一回事；如果他們已經二十年沒有往來，那就是另外一則故事了。作者必須選擇控制推子要停在哪。「麥克的父親這個人」又是另一個控制推子要決定的事，他可能很有錢又大方，或者有錢但吝嗇，當然也可能窮困而錙銖必較，或者窮困卻慷慨。

在這個比喻裡，我們可以說作家必須做兩件事：首先是創造那些控制推子，例如作家偶然寫到麥克想起可以嘗試向父親求援的那一刻，便創造出兩人關係的控制推子，放上調音台；接著，作者就要設定推子該調整到什麼位置。他得從麥克爸爸的無數種版本裡，挑出自己想要的那一個放進故事裡。

這裡，讓我稍微調整一下我的比喻。這個調音台的設計宗旨不是錄製音樂，它更像是燈光控制台，要讓房間裡交織多種高效率、演色又自然的燈光。只要推動這數千個控制推子中的任何一個，每次調整都會微妙地改變房間裡的燈光效果和亮度。在一則完美的故事中，每個推子的設定都恰到好處，房裡的燈光不會再更亮，光影效果也不會再變得更美。

修訂文稿，就好像是在一輪又一輪重新審視故事的過程中，對已經調整過的控制推子再進行微調，同時視需求選擇是否要加入新的推子（也許麥克的媽媽也可以來點戲份？）每回你移動其中一個推子，那怕只有一毫釐，你的故事布局就會變得更精密、更具有你的意志，房間裡的燈光也會更完美。（嗯，這個說法的前提，其實是指你做出的都是好決定；不過既然我們會一再審視並做抉擇，我們就假設，最終，我們所有的決定都是理想的。）

我堅持我喜愛的事物，你也有你的喜好，藝術就讓我們愛其所愛的那個場域；我們的一再堅持，不僅合情合理，也是不可或缺的技能。你能夠多奮力地熱愛自己喜歡的事物？你甘願花多少時間去完成一件事，確保它的每一處細節都灌注了一點你那濃烈的個人喜好？抉擇，再抉擇，這就是我們唯一能做的事。

破罐子阿廖沙

列夫・托爾斯泰

1905

破罐子阿廖沙

阿廖沙是家裡的弟弟，大家都叫他「破罐子」，因為有一次他母親要他拿一罐牛奶給教堂輔祭的太太，結果他卻絆倒了，牛奶罐因此摔破。母親狠狠打了他一頓，小男生們開始用「破罐子」來取笑他。破罐子阿廖沙——從此成了他擺脫不了的綽號。

阿廖沙身材削瘦，有一對招風耳（耳朵像翅膀一樣向兩邊伸展），鼻子很大。男孩們經常拿他開玩笑：「阿廖沙的鼻子跟山上的土狗沒兩樣！」村裡有一所學校，但阿廖沙讀書寫字都學不好，何況，他也沒什麼時間能複習。他哥哥在城裡一個供食宿的商人那裡工作，所以從阿廖沙會走路時，他就必須幫父親打理農事。六歲時，他和他的小妹一起在牧場裡幫忙放牛放羊；稍微長大一點後，他日夜都要看守馬匹。到了十二歲，他已經會犁田和駕馬車。他力氣不人，但做事情懂得抓訣竅；他總是爽朗和氣，其他男孩子嘲笑他時，他要不一聲不吭，要不就是跟著一起笑。父親吼叫責罵他時，他也就靜靜地聽著；父親罵完了，他便恢復微笑，繼續去做他該做的事。

阿廖沙十九歲時，他哥哥被徵召去當兵。父親都幫他安排好了，讓他去那個商人那裡接替他哥哥的工作。阿廖沙拿到他哥哥的舊靴子、和他父親的帽子和一件外衣，被父親帶去城裡。穿上「新」衣服的阿廖沙喜上眉梢，但商人對他這付模樣很不滿意。

「我以爲你會找到合適的人來頂替謝蒙，」商人上下打量著阿廖沙，如此說道。「你給我帶來了什麼鼻涕蟲？他對我有什麼用處？」

「他什麼都能做——套馬具、駕馬都行，幹活很猛的，只是看起來瘦弱罷了，實際上可精壯著呢。」

「是嗎，那我可得好好瞧瞧。」

「最重要的是，您說一，他絕不會說二。他可以埋頭工作到不吃不喝。」

「夠了，拿你沒輒。就把他留下吧。」

於是，阿廖沙就在商人家住下了。

這商人家只能算是個小家庭。家裡有他太太以及他的老母親，大兒子已婚，沒完成學業，現在和父親一起做生意；二兒子受過良好教育，文理高中畢業後上了大學，結果被開除了，目前住在家裡；家裡還有個女兒，是個高中生。

起初，大家都不喜歡阿廖沙。他的農民氣息實在太濃厚，衣服破爛，不懂規矩，甚至對每個人說話都用「你」，不知道對地位比他高的人要用敬語。不過，不久之後大家也都習慣了。他當家僕當得比他哥哥更好，確實從來不曾回嘴，主人派給他做的事，他全都心甘情願地立刻去辦，毫不停歇地一個工作接著一個做。他在商人家裡，就和在自己家裡時一樣——所有的工作都讓他去做。他做得越多，堆給他的工作就越多。商人的太太、母親、女兒、兒子，甚至連商人的管家和廚娘，全都能使喚他，一下派他去這裡、一下派去那裡，等等還要去更遠的地方；這會兒做這個，那會兒做那個。家裡聽見的就只有「跑呀，快！」或「阿廖沙，這給你處理」、「阿廖沙，你是忘了還是怎樣！」或「阿廖沙，千萬別忘了！」阿廖沙不斷奔跑，處理、照看所有事情，他從未忘記任何吩咐，妥善打理著一切，並一直保持微笑。

沒過多久，他就把哥哥的靴子給穿壞了。靴子開口破破爛爛，腳趾頭都露了出來，主人看見便斥責他邋遢，要他去市場買雙新靴子。這是一雙眞正的新靴子，阿廖沙非常高興能有新鞋，但他的腳還是那雙老腳，整日奔波之後，一到晚上就疼得要命，讓他對靴子也感到惱火。阿廖沙很擔心他父親來領他的工錢時，會因爲商人從工資裡扣掉了靴子的錢，而對他大發脾氣。

冬天時，阿廖沙會在黎明之前就起床，劈柴、打掃院子、餵牛餵馬，打水給牠們喝。然後他會給壁爐升火，接著幫主人一家擦鞋、刷掉衣服上的灰塵，拿出茶炊架好，擦得亮晶晶；然後管家會要他搬東西，或者廚娘會叫他揉麵團和洗鍋子。接著他們會派他去城裡送便條給某人，或者去學校接主人的女兒放學，再幫老太太買點燈油。「混帳東西，你到底去哪裡去了這麼久！」總會有人這樣朝他吼，或者「唉唷，您何必麻煩，叫阿廖沙去就行了。阿廖沙！喂，阿廖沙！」阿廖沙就這樣跑來跑去。

他總是邊工作邊吃早餐，其他兩餐很少來得及和大家一起吃。廚娘會罵他不準時來吃飯，但她還是心疼他，總是幫他留點熱騰騰的食物當午餐或晚餐。爲了準備過節，節日前和假期期間的工作量更大；不過，阿廖沙眞的很喜歡過節日，因爲假期裡可以獲得打賞——不多，大約六十戈比，但總算是自己的私房錢，可以隨心所欲使用。至於他每周的工錢，他可從來沒看過，因爲他父親會來把錢從商人手裡直接領走，阿廖沙從父親口中聽到的只有斥責，罵他很快就把靴子穿壞了。

等到他的私房錢終於存到兩盧布後，他聽了廚娘的建議，爲自己買了件紅色針織毛衣。當他穿上時，眞是開心得合不攏嘴。

阿廖沙很少說話，即使眞的開口，講話也總是短促而零碎。如果其他人吩咐他去做某件事、或問他能不能做這做那，他會在對方話都還沒說完前，就毫不猶豫回答「當然可以」，當下就開始埋頭苦幹。

他不知道任何祈禱文。母親曾教過他一點點，他已經忘得一乾二淨，不過他仍然會禱告，早晨和晚上都會合起雙手祈禱，並在自己胸前劃十字。

阿廖沙就這樣生活了一年半，突然有一天，在他到商人家第二年的下半年，他遇到了人生中從未發生過的事。這件事讓他驚訝地發現，除了一個人需要其他人的某件事物而建立的人與人之間的連結外，還有一種非常特殊的連結：不是一個必須要幫忙擦鞋、搬貨、套馬具的人，而是一個對另一個人來說沒有實際用處的人，仍然可能被那另一個人需要，而且被照顧、被愛撫；而他，阿廖沙，就是這樣的一個人。這是他從廚娘烏絲季妮亞那裡學到的事。烏絲秋莎[1]是孤兒，還很年輕，和阿廖沙一樣工作勤奮。她開始心疼阿廖沙，讓阿廖沙人生裡第一次感覺到他——是他這個人，而不是他的勞力——他本身被另一個人需要。當母親心疼他時，他並未察覺，因爲在他看來，那是理所當然的事——就好像他自己也會爲自己難過一樣。但忽然間，他發現這個與他根本沒有血緣關係的烏絲季妮亞，卻也會心疼他，爲他用罐子留一些摻了奶油的粥，然後用捲起袖子的手撐著下巴，盯著他吃粥。他會瞥她一眼，她就開始笑，於是他也跟著笑。

這感覺太新奇又太詭異，起初阿廖沙很害怕；他覺得這可能會妨礙他像過去那樣埋頭工作。不過無論如何，他還是很高興；看著烏絲季妮亞幫他縫補好的褲子，他搖搖頭笑了。在工作或跑腿的路上，他經常想起烏絲季妮亞，脫口說出：「哎呀，是啊，這個烏絲季妮亞！」烏絲季妮亞盡其所能地幫助他，他也常幫她的忙。她告訴阿廖沙有關她的身世，她怎麼失去父母，姑媽如何收留她，又如何把她送進城裡工作，而主人的兒子又是如何企圖引誘她做些蠢事，以及她是怎麼拒之不理。她喜歡說話，而他喜歡聽她說。阿廖沙聽說，城裡常有被雇爲家僕的農民娶了廚娘的情況。有一回，烏絲季妮亞問他，他會不會很快就被安排要娶親。他回答說，他不知道，但他可不想娶個鄉下姑娘。

「哦？你看中誰啦？」

1 烏絲季妮亞的小名。

「好啦，那我就娶妳。妳願意嗎？」

「唉唷，聽聽這破罐子，破罐子竟然直接把話說出來了。」烏絲季妮亞說著，用手戳戳他的背。「我怎麼會不願意？」

謝肉節[2]的時候，阿廖沙的老父親來到城裡領兒子的工錢。商人的太太已經知道阿廖沙想娶烏絲季妮亞，但她不樂見這種發展。「她會懷孕，帶著孩子她還能有什麼用處？」她對丈夫說。

商人將阿廖沙的工錢交給他父親。

「我兒子做事如何？都還好吧？」那老農民說。「我說過他很聽話的。」

「嗯哼，說不頂嘴，是不會頂嘴沒錯。但他腦子裡淨想些蠢事，竟然想要娶廚娘。我不會留著結了婚的工人，那不適合我們家。」

「蠢蛋，這個蠢蛋在想啥……」阿廖沙父親說。「您別費心多想，我會要他忘了這件蠢事。」

他走進廚房，在餐桌旁坐下，等著和兒子算帳。阿廖沙在外頭四處奔波辦事，這會兒氣喘吁吁地跑回來了。

「我以爲你有點腦袋，結果你看你現在想什麼？」父親說。

「沒什麼……我……」

「什麼，沒什麼？但是想結婚，是吧？時候到了我就會讓你結婚，我會讓你娶個該娶的女人，不是城裡這些蕩婦。」

父親滔滔不絕說了半天，阿廖沙只是站在那裡嘆氣。等父親終於說完，阿廖沙又露出微笑。

「好啦，這件事就算了吧。」

「這就對了。」

當父親離去，只剩阿廖沙和烏絲季妮亞（她一直站在門後，聽見阿廖沙父親訓斥兒子的全部話語），他告訴她：

「看來我們的計畫落空了，行不通。妳聽見了吧？他生氣了，不會允許的。」

她低頭，對著圍裙開始默默哭泣。

阿廖沙嘖嘖兩聲，接著說：「不能不聽他的話呀。看樣子我們得放棄這件事。」

那一晚，主人的太太叫阿廖沙闔上百葉窗時，她問：「如何，你有把你父親的話聽進去，忘了那些蠢事了嗎？」

「顯然只能這樣吧。」阿廖沙說著，笑了幾聲，然後開始大哭。

從那之後，阿廖沙再沒提起要和烏絲季妮亞結婚的事，繼續過著從前的生活。

四旬期的某一天，管家派他去清理屋頂上的積雪。他爬上屋頂，把雪全清乾淨了，接著開始剷除屋簷排水槽裡的冰雪。就在這時他腳一滑，連人帶鏟摔了下來。倒楣的是，他沒摔在雪堆裡，而是撞上了門前的鐵皮棚頂。烏絲季妮亞奔到他身邊，主人的女兒也趕了過來。

「阿廖沙，有沒有受傷？」

「一點點，小傷，沒事。」

他試著站起來，卻做不到，只能開始微笑。他被抬到守門人的小屋；醫院派來的醫務士

---

2 英文版譯爲基督教的懺悔節，俄文原文是謝肉節，兩者現在有所重疊，被定爲東正教復活節前第八周，守齋前最後可吃肉的日子。謝肉節又稱爲送冬節，爲期一周，爲俄羅斯民族傳統節日，通常在二、三月之際。謝肉節重要習俗包含吃掉象徵太陽的布林餅、燒掉象徵冬天的稻草人等。

到場，檢查他的傷勢，問他哪邊痛。

「全身都痛，但這沒什麼。不過主人恐怕會生氣。得派人去跟我父親說一聲。」

阿廖沙在床上躺了兩天。第三天，他們請來了神父。

「什麼，你不會死的，對吧？」烏絲季妮亞問道。

「說什麼傻話——難道我們會永遠活著嗎？那一天總會來臨的……」阿廖沙用他一貫的語速說著。「謝謝妳，烏絲秋莎，一直對我這麼好。看，還好他們沒讓我們結婚，否則全都成了一場空。現在這樣一切都很好。」

他和神父一起禱告，但只用他的雙手和他的心祈禱。他心裡的想法是，在這裡只要乖乖聽話、不傷害任何人，一切就都很好，那麼，在那裡也會很好的。

他沒多說話，只是不停地要水喝，而且看起來好像有什麼事讓他感到驚訝。

然後似乎有什麼事令他大吃一驚，他兩腿一伸，死了。

開頭就用專屬詞介紹角色，讓我們能快速畫出這個人物的骨幹和特徵。我們從故事的第一個詞就知道，有個人物名叫阿廖沙。然後他絆了一跤，打破一個罐子，爲此挨了母親一頓打，還被其他男生取笑，給他取了個綽號，「破罐子阿廖沙」。

一個孩子的形象開始現身。

不僅如此，他「削瘦」、有「招風耳」，鼻子又大，「跟山上的土狗沒兩樣」（或者卡馬克[3]的譯句：「和掛在桿子上的葫蘆沒兩樣」）。無論是狗鼻或葫蘆，總之就是我們不會希望掛在自己臉上的鼻子——但我們因爲這鼻子而對他有好感，這可憐的孩子。他不是天才學生，而且也沒時間讀書。他是個勞動者，在所有文學作品角色當中，可說是數一數二的勤奮：「從阿廖沙會走路時」就幫父親務農，六歲當牧童，十二歲能犁田。

在故事第二段，我們原本只有骨架的阿廖沙火柴人畫像開始有了血肉：乾瘦、大鼻子、勤勞、稍微不得寵。我們可以想像，有一個同樣長得好笑、受到虐待的勤苦童工，心地扭曲惡劣至極。不過，阿廖沙沒有變成那副模樣，反而「總是爽朗和氣」（在世界上各種爽朗的表現方式裡，他是哪種爽朗呢？），托爾斯泰告訴我們那種「爽朗」的具體模樣：當其他男孩嘲笑他，他要嘛不吭聲，要嘛跟著笑；當父親吼罵他，他也靜靜地聽。這是個非常特殊的小孩，不同於其他被嘲笑時會反擊的孩子，或者挨罵後會在父親背後做鬼臉的小朋友。父親罵

3 卡馬克（Sam A. Carmack），*Great Short Works of Leo Tolstoy* 共同譯者。

完後，阿廖沙下一個動作是：微笑，然後繼續去工作。

就像〈寶貝〉裡的奧蓮卡一樣，阿廖沙起初讓我們感覺有點像卡通人物（沒有貶低的意思）。阿廖沙靈魂裡的複雜電磁波被過濾掉了，沒被擋下的能量聚集成一個特點。在這則簡明得像是童話的故事裡，那個特點就是「樂意服從」。

我們喜歡他這一點。故事已經開始切題：「在這世上，有些人的生活從頭到尾都是在做苦工。這種人要怎麼活下去？」阿廖沙表現出我們有時會拿出的態度：「既然我必須通過這些考驗，我就會盡力用高興的心去面對。」這是個能擄獲人心的姿態。想像一下你在布置校慶之類的活動場合，現場半張椅子都還沒擺好；一個矮小的大鼻子同學來了：「我可以幫忙！」然後開始動手搬椅子，活力充沛又面帶微笑，而且很有效率。反觀與他一起出現的同學，穿著打扮陰沉黑暗就算了，還一臉憂鬱消沉地待在角落，假裝滑手機。你會更喜歡誰？誰比較活在當下？

一旦我們那只有骨架的火柴人被套上某種特質，故事就會開始考驗這個特質。「很久很久以前，一個總是高高興興地服從眾人的小男孩來到了這個世界。」這就是阿廖沙的人生，在故事第一頁尾（本書第四〇四頁）開始升溫：他被帶去一個商人的家，父親基本上早就安排好，把他出租給那戶人家。

而那裡，有更多的虐待。新主人見到阿廖沙的第一眼，就稱他是「鼻涕蟲」，似乎沒把他當人看。他的父親有捍衛他嗎？呃，有是有，但那辯護方式也可以在販賣馬匹的時候使用：「只是看起來瘦弱罷了，實際上可精壯著呢。」商人的家人也不喜歡阿廖沙——他沒什麼教養，是貨真價實的農民階級。

在一則故事裡，人格特質必須遭遇逆境。（在〈寶貝〉裡，奧蓮卡是個痴心奉獻的女人，而她奉獻的對象後來不是死了就是走了；〈主與僕〉的瓦西里是個自大狂，於是暴風雪來襲，讓他學會謙卑。）而這裡，商人一家對阿廖沙的態度是個小小的災厄預告。阿廖沙要怎麼回應？他用自己一貫的方法：高高興興地勤快工作。他從不回嘴，總是「心甘情願」立刻去辦好全部的事，從不歇息。這方法有效嗎？有，他成了家裡不可或缺的工具人。他們感恩嗎？那就太奢求囉。他們只會推給他更多工作。阿廖沙「不斷奔跑，處理、照看所有事情，他從未忘記任何吩咐，妥善打理著一切，並一直保持微笑。」在這裡，故事的第一種節奏重複進行，只是周遭環境裡的風險稍微提高了。不過，即使在商人豪宅這個更寬廣的舞台上，阿廖沙的處事方法還是奏效。在自家時，他努力工作，微笑，獲得的「回報」是到商人家當奴工。現在他使出同樣的微笑勞動大絕招，會再次得到獎勵嗎？

會。過了一會兒，他獲得烏絲季妮亞的愛。

但在那之前，在故事第二頁末（本書第四〇五頁），他先遇到另一個逆境：他的靴子「開口笑」了。

這讓我們對他多了一點新認識。（注意，這則故事的每個段落一直都有持續向我們透露關於阿廖沙的一些新情報，只是它們非常低調。）當阿廖沙把靴子穿壞時，他買了一雙新的，卻擔心父親會因爲商人從他的工資裡扣除買靴子的錢而生氣。故事裡第一個點出問題的暗示出現了：「阿廖沙的樂意服從生活法可能暗藏什麼害處嗎？或許他實在太乖了？」也就是說，我們的公平意識告訴我們，他的順從被濫用了，但他自己的公平意識卻沒出聲，令我們與他之間出現分歧。先前我們認爲屬於正面積極的特質，現在引發了些許質疑。

他沒有慾望，或者說，只有非常溫和的慾望。他喜歡節日假期，因爲可以獲得打賞（畢竟他的工錢都被父親拿走了）。用別人打賞的零錢買了件「紅色針織毛衣」，這就讓他非常開心，開心到「合不攏嘴」（卡馬克的翻譯則說，他「是那麼地喜出望外，只能目瞪口呆地站在廚房裡倒抽呼吸。」）

因此，阿廖沙雖然謙卑，但他有爲自己帶來幸福的能力和對幸福的需求；而作爲一篇極度精簡的傑作，故事一旦賦予了他這種能力，自然必須善加利用。

很快地，「他遇到了人生中從未發生過的事。」是什麼事呢？

這件事讓他驚訝地發現，除了一個人需要其他人的某件事物而建立的人與人之間的連結外，還有一種非常特殊的連結：不是一個必須要幫忙擦鞋、搬貨、套馬具的人，而是一個對另一個人來說沒有實際用處的人，仍然可能被那另一個人需要，而且被照顧、被愛撫；而他，阿廖沙，就是這樣的一個人。

以上出自克拉倫斯・布朗[4]的譯本，現在我們把它和卡馬克的譯句做個比較：

這段經驗是他的意外發現，而令他詫異的是，人們之間的關係除了從一個人對另一個人的需求之中誕生，也存在其他完全不同的關係：不是那種一個人因爲另一個人有擦鞋、跑腿或套馬這些功用，而與另一個人建立的關係；是一個人與另一個他毫無所求的人建立關係，只因爲那另一個人想照顧他、愛著他。而他發現，他，阿廖沙，就是這樣的一個人。

而佩維爾和沃洛洪斯基是這樣譯的：

在他的認知裡，這件事令他驚訝的是，人與人之間除了因爲彼此需要而建立的關係，還有一種非常特殊的關係：不是因爲那個人有擦鞋、搬貨、套馬具的功用，而是另一個人單純地需要那個人，沒有任何原因，如此才能爲他做些什麼，好好對待他；而他，阿廖沙，就是那單純被需要的人。

你可能要在這裡花幾分鐘來比較這三種版本，讓自己理解到，良好的譯作之間可能會有一些差異，以及翻譯對詞組的選擇是如何建構起故事世界。在這些譯文裡出現了三位不同面貌的烏絲季妮亞：一位讓阿廖沙覺得自己可以「被需要……被愛撫」，第二位「想照顧他、愛著他」，最後一位是需要阿廖沙在身邊，「如此才能爲他做些什麼，好好對待他」。

但這一段文字或許是個格外具有挑戰性的段落。布朗解釋自己對這一段的翻譯時，是這樣說的：「當阿廖沙首次意識到無私的同情、人類的單純喜愛時，這些概念如此令人驚奇，以至於托爾斯泰的句法崩潰成一種散碎的語言；這個形象所呈現的是：阿廖沙以他近乎詞窮的心境摸索著一個新想法。大多數譯者把這則故事翻譯得文雅通順，適合在《戰爭與和平》的大客廳裡朗讀。我則試著像原文一樣粗俗、淺白，甚至不符合文法。」[5]

故事是用第三人稱間接敘述寫成的，仍然是托爾斯泰式的口白在講故事，但阿廖沙的意識幾乎就要滲透而出。托爾斯泰爲什麼要這樣寫呢？是爲了更貼近眞實。阿廖沙正跌跌撞撞

4 克拉倫斯．布朗（Clarence Brown, 1929-2015），普林斯頓大學俄羅斯文學教授，美國研究俄國詩人曼德爾施坦的先驅。

5 作者註：譯者是風格設計師。文體風格的設計師就是譯者，把一個心靈中的形象翻譯成令人回味無窮的詞語。有志成爲文風設計師的人，若想了解我們在文體風格上重視哪些事，可以多多鑽研譯句，即使我們對相關語言沒有研究。若欲牛刀小試，請見〈習作三〉。

地走向一個新的眞理，他唯一能用的工具，就是他那有限的語言表達能力。托爾斯泰在此處理阿廖沙言語的手法，和吳爾芙[6]在《燈塔行》、喬伊斯[7]在《尤利西斯》、福克納[8]在《聲音與憤怒》裡所做的，沒有太大差別。托爾斯泰已經理解一種能在現代主義裡蔚爲風潮的概念，即：一個人和其遣詞用字密不可分（如果你想知道我眞實的那一面，就讓我用我的說法來告訴你，我會用那些對我而言再自然不過的措辭和語句來說。）

於是，阿廖沙愛上了烏絲季妮亞，她給了阿廖沙一種恩賜，讓他意識到自己的價值不僅只有他能出力的勞役；即使有個人不需要你做任何事，她仍然可能需要你。她可能喜歡你，享受有你陪伴，想對你好。這對阿廖沙而言，是個激進的新概念——除了他母親，沒人讓他有過這種感覺。他對此感到高興嗎？嗯，是沒錯，但別忘了：「這感覺太新奇又太詭異，起初阿廖沙很害怕。」在故事第五頁（本書第四〇八頁）的對話中，阿廖沙總算是向烏絲季妮亞求婚了。爲了紀念這一刻，她「用手戳戳他的背」；或者，根據卡馬克的譯本，她採取俄羅斯式的接受求婚習俗，「開玩笑似地用她的大鍋勺敲打他的背」。（一個俄羅斯友人向我保證，這裡完全不涉及鍋勺；同樣地，佩維爾與沃洛洪斯基的譯本裡也沒有鍋勺，烏絲季妮亞接受求婚時是「用毛巾拍打他的背」。）

他們的快樂只能短暫存活，因爲阿廖沙的父親立刻就扼殺了這個想法。故事當中最傷人的一件事，就是揭露烏絲季妮亞從頭到尾都站在門後，聽到阿廖沙父親稱她是「城裡的蕩婦」；她聽見了一切，包含阿廖沙完全沒有挺身捍衛她。

「看來我們的計畫落空了，行不通。」阿廖沙溫順地告訴她。「妳聽見了吧？他生氣了，不會允許的。」

烏絲季妮亞開始哭泣，阿廖沙既沒安慰她，也沒發誓會再嘗試向父親爭取他們的婚姻，反而只對她咂咂舌（根據佩維爾及沃洛洪斯基的翻譯），而布朗將這句話用聲音表達，「嘖嘖」，意思就是，勸她別太執著了。

他還說，他們「不能不聽」他父親的話。

事已至此，我們這時代的讀者之中，應該有人對阿廖沙相當失望。他看起來軟弱又沒骨氣，他那看似積極正向的特質，而今看來比較像是一種人格缺陷。難道他的樂意服從，實際上是一種習慣性被動？根本就是想像力受限的證明，而非謙卑？面對權威，下意識地就跪了？這是某種奴性嗎？

當天晚上，主人的太太來驗收，看看阿廖沙「忘了那些蠢事了嗎？」

「顯然只能這樣吧。」他在布朗的譯本裡這樣回答。

「是的。當然。已經忘了。」他在卡馬克的譯本裡這麼說。

「看來是忘了。」他在佩維爾和沃洛洪斯基譯本裡這般回應。

然後他嘗試用他的老方法，保持愉快。在兩版翻譯裡，他「笑了幾聲」；另一個譯本說他「露出微笑」。但緊接著，三個版本中的阿廖沙，全都一反過去的正能量，淚灑當場。

布朗說他「開始大哭」，卡馬克說他「立刻開始流淚」，佩維爾與沃洛洪斯基說他「突然落淚」。

要是阿廖沙以他慣用的處事風格來回應商人太太，故事變成這樣寫：「『顯然只能這樣

---

6 吳爾芙（Virginia Woolf, 1882-1941），英國作家，女性主義先驅，著有《達洛維夫人》、《自己的房間》等。

7 喬伊斯（James Joyce, 1882-1941），愛爾蘭作家，著有《都柏林人》、《青年藝術家的畫像》等。

8 福克納（William Faulkner, 1897-1962），美國作家，著有《我彌留之際》、《八月之光》等。

吧。』阿廖沙說著，笑了幾聲，然後因爲還有工作要做，就三步併作兩步飛奔出去。」這會讓我們覺得是個重複的節奏，阿廖沙繼續維持那付好好先生的樣子，沒達到劇情升溫效果。

但這場大哭，讓劇情發展之路變窄了。實際上，阿廖沙確實感覺到他父親的作爲並不公平，也意識到他自己沒有挺身爲烏絲季妮亞說話。這裡的阿廖沙並非沒有感情的笨蛋，也不是沒有慾望或自我。他有想要的東西，有能力去愛，也會受傷。

我們對他的認知來到了新的層次，他自己也是。這是有生以來第一次，他的樂意服從導致他必須付出代價，而他很清楚這一點。

這會促使他做些什麼？我們都等著看。

結果，故事告訴我們，他啥也沒做：「從那之後，阿廖沙……繼續過著從前的生活。」我們眞不敢相信這是眞的，也希望不是。實際上，我們明白這不是眞的。如果有事能讓一個卑微怯懦的家僕在女主人面前大哭，這件事情絕不會輕易被忘懷。它可能會被否認或打壓，但不會煙消雲散。即使阿廖沙表面上繼續過著相同的生活，他的內心已然發生變化。

不近情理的遭遇，使故事中的某些事情開始蛇旋上升，我們深切盼望這能夠化解。

距離故事結局剩不到一頁，我們感覺就像在懸崖邊緣，當那最後一頁殺到眼前時，我們集中所有注意力掃瞄文本上的一字一句，不放過任何可能的答案，只爲解開故事逼我們問的問題：「阿廖沙究竟會怎麼應付這種不公不義的對待？」（又或者，有些人會問：「阿廖沙經歷的這些不公不義，最終會引發什麼因果報應？」）

且讓我們在這裡暫停一下，思考各種可能性。也許，阿廖沙表面上繼續以「他從前的方式」生活，內心卻苦澀不已。這種苦悶開始損害他的身心：他會言語頂撞商人的女兒，結果慘遭開除，轉而借酒澆愁。另一種變化版，是他的痛苦終於刺激他反抗自己的父親。但也有可能是，苦澀完全沒有觸發任何事件，最終逐漸淡化至可以控制的程度；確實，這不是最戲劇化的發展，但這很有可能發生，而且現實中的人們經常也是這樣走過來的，由此看來，這個版本裡的阿廖沙注定會活下去。

然而托爾斯泰卻出了奇招：他把阿廖沙從屋頂上打下來。這大大壓縮了時間，迫使所有因爲婚姻破局而產生的心理影響，都必須盡速發揮作用。如果阿廖沙要運用這股失望的能量，他就只剩最後一頁的剩餘段落可以行動。

果戈里的名作〈外套〉裡，講述一個名叫阿卡基的貧窮卑微公務員，他期盼能在冬天穿上一件新外套，而〈破罐子阿廖沙〉承繼了這個劇情路線。在這兩則故事中，都有一個微不足道的人物短暫獲得了生命力：阿廖沙憑藉他對烏絲季妮亞的感情、阿卡基・阿卡基耶維奇則是眞的訂做了一件新外套，並展現出一點兒都不像他的自信活力，穿著這件外套去參加一場宴會。他們兩人在追求完整社會人格的路上都過度大意，遭受重創。阿廖沙摔落屋頂，阿卡基的外套在他從晚宴回家的路上被搶了，尋找外套的過程中他求助於一個官僚（一位「大人物」），卻被對方厲聲痛斥，最後呢，幾乎可以說，他就這麼活活嚇死了。

阿卡基生活裡充滿各種欺凌，「被罵死」似乎是他自然走向的結局。阿廖沙從屋頂摔下來，完全不是外力造成的，「他腳一滑，連人帶鏟摔了下來」。他的死只是運氣不好，就像走路走到一半被剛好倒下的樹壓扁。（不過，眞的是巧合嗎？我總覺得他的墜屋事件是一種被狂躁所推動的自殺——並非有意爲之，但用某種方式反映出他對父親威權的感受，身體因此不自覺做出了這件事，就好像我們心煩意亂時，反應力總會變得遲鈍。父親掌控了他的人生，把他永遠封印在乖兒子的狀態裡，阿廖沙看見自己的餘生都將面對這種冰冷無情，下意識地選擇退出這種世界。）

總之，這場摔墜加速了我們能得到答案的時間，我們很快就能知道，阿廖沙要怎麼面對他遭遇的不公平。

阿廖沙之所以會死，不是因爲從屋頂摔下，而是因爲托爾斯泰在故事的最後階段，非常清楚我們想知道的是什麼，他打算盡快爲我們解答。

阿廖沙躺在雪地裡時，烏絲季妮亞問他有沒有受傷。顯然他摔得很嚴重，連站都站不起來；從他還撐了幾天才死這點看來，應該是內出血。他承認自己受了「一點點」小傷，但補充說「沒事」。他試著站起來，卻沒辦法，而他的反應呢？又笑了，精確地說，是「開始微笑」（或者用卡馬克的翻譯，「他只是微微一笑」）。爲什麼要笑？面對困境時要露出微笑，這種無意義的機械式反應，難道是他很久以前就學會的嗎？還是他在壓抑？想要安撫烏絲季妮亞？或者他眞的如此樂天、如此單純，以至於在這種狀況下還能由衷開心，並眞誠地展露笑容？

在〈外套〉裡，糾結在阿卡基心中的怨恨找到了出口：他變成鬼魂，纏著那個羞辱他的官僚。來到〈破罐子阿廖沙〉的終局，我們可能會想：阿廖沙會不會連一絲怨恨都沒有？

寇特・馮內果[9]曾經說過，讓《哈姆雷特》如此震撼人心的原因之一，是我們不知道該如何解釋哈姆雷特父親的亡魂：祂是眞實的，抑或是哈姆雷特的想像？這讓劇裡每一瞬間的意義也變得模稜兩可。如果鬼魂不存在，那麼哈姆雷特殺死他叔叔的舉動就是個錯誤；若鬼魂是眞的，那他就必須動手。這種含糊不明，正是這部劇的震撼力來源之一。

而這裡也上演類似的狀況。我們看見，阿廖沙無論在什麼情況下都能樂意地順從，即使他已重傷躺在雪地裡。我們不知道他怎麼辦到的。他是否感覺到常人在那種情況下應有的感受，只是強制壓下那些想法？之前，剛做完苦工的阿廖沙累得像頭牛、腳痛得要命，沒有人感激他，然後又有其他工作堆到他身上，他有察覺自己的感受嗎？心裡有沒有那麼一瞬間的不滿？還是完全沒有？這是兩種不同類型的人，一種有時會在心中埋怨，一種從不抱怨。

阿廖沙是哪一種？

他臥床兩天，第三天神父被請來了。

「什麼，你不會死的，對吧？」烏絲季妮亞問。（一位俄羅斯朋友翻譯成「現在是什麼情況，難道你會死嗎？」）

沒有人會永遠活著，阿廖沙意有所指地說，我們總有一天都必須告別。那語氣就好像他不能讓自己感到悲傷或恐懼；或者，即使他悲傷或恐懼，也不能讓自己坦承這一切。他感謝烏絲季妮亞「對他這麼好」（卡馬克譯本是感謝她「心疼他」，佩維爾和沃洛洪斯基譯本是感謝她「憐憫他」），然後他下了個結論：還好他們沒結婚，不然全都是白忙一場，現在這樣「一切都很好」。

慢著，是這樣嗎？我們懷疑。一切眞的都「很好」嗎？若他們當時有結成婚，有沒有可能改變後來發生的事？阿廖沙未免太急著下這種「往好處想」的定論了吧？

至此，只剩下短短的三段，我們還在等著阿廖沙承認他此生遭遇的不公不義，這或許是最華麗的報復（我個人是很希望看到他從床上坐起來，痛罵他的父親，然後向烏絲季妮亞道歉，並要求現場那位神父爲他們主持婚禮，就當著那一整個苛薄惡毒家族的面成婚）。我們還未讀完的那幾行字，每一句話都有可能是阿廖沙抗議或反擊的地方。

托爾斯泰給了我們一個機會，讓我們在阿廖沙死前瞥見他的腦海最後一眼。

他抗議了嗎？

---

9 寇特・馮內果（Kurt Vonnegut, 1922-2007），美國作家，以黑色幽默和荒謬奇想爲特色。二戰期間成爲德軍戰俘，在盟軍轟炸戰俘營時倖存，《第五號屠宰場》題材即取自此被俘經歷。

沒。

布朗譯道：「他心裡的想法是，在這裡只要乖乖聽話、不傷害任何人，一切就都很好，那麼，在那裡也會很好的」

卡馬克譯爲：「他心裡覺得，如果他在這裡很好，如果他都乖乖聽話、不冒犯別人，那一切都將會很好的。」

佩維爾及沃洛洪斯基譯作：「他心裡是這樣想的：既然這裡很好，只要服從和不傷害任何人，那麼在那裡也會很好的。」

（我的一位俄羅斯朋友提供了這段話的直譯：「他心裡想，就像在這裡，你只要服從和不冒犯別人，事情就都會很好，在那裡也會很好的。」

很顯然，他依舊不覺得自己的生活之道有什麼問題。一如他從家裡帶著那溫馴的生活方式來到商人家那樣，他也打算將這個溫馴的處事態度帶到接下來要去的地方——他希望還有來世。

然後他就撒手人寰。

> 他沒多說話，只是不停地要水喝，而且看起來好像有什麼事讓他感到驚訝。
>
> 然後似乎有什麼事令他大吃一驚，他兩腿一伸，死了。

這兩句話裡，有什麼東西可能暗示阿廖沙得到了某種臨終前的啓示嗎？我注意到的是「看起來好像有什麼事讓他感到驚訝」和「似乎有什麼事令他大吃一驚」這兩句話。

什麼東西讓他驚訝／吃驚？

根據上面這段布朗的翻譯，似乎是說，他對於某件事情感到驚訝的時候，又吃了一驚；

意即，他在一種持續驚訝的狀態中嚇了一跳。這一點在其他翻譯版本中也有呈現。

卡馬克版：

> 他沒多說話，只要求喝點東西，並驚奇地微笑著。然後他似乎對某件事感到訝異，兩腿一伸就死了。

佩維爾和沃洛洪斯基版：

> 他沒多說話，只要求喝點東西，並一直對某件事感到訝異。然後他被某件事嚇了一跳，兩腿一伸，死了。

從這些翻譯中可以歸納出，前後共有兩種不同的東西，讓阿廖沙感到驚訝。以前我有個俄語說得非常流利的學生，他太太正是俄語母語人士，他們曾向一位俄羅斯詩人討教過這一段文字；另外還有我學生的俄語老師，對方是個語言學家，總之呢，上述這些人，全都同意這一段的翻譯是個棘手問題。他們告訴我，倒數第二段的「要求喝點東西」和「感到驚訝」，應該是在一段時間內重複發生的動作；阿廖沙不止一次要求喝東西，同一段時間內，也有好幾件事情讓他感到訝異，不止一件。然後到最後一段，這些事的其中一件突然竄到他眼前，最令他吃驚。用我學生的話來說，他「感到驚訝，不是一次，也不是兩次，看來是很多次，然後迎來最後一次。」

綜合我學生、他太太、俄羅斯詩人和那位語言學家提供的說法，最後兩行的譯句是：

> 他只是一直要求喝點東西，並且不時對某些事情感到訝異。
> 其中一件事令他吃了一驚，他兩腿一伸，死了。

我們等了又等，到現在仍在等，盼望阿廖沙擺脫他那處處受制的被動立場。

現在，這可能終於發生了。

因此，問題來了：最後那件令他吃驚的事情是什麼？

有好幾年的時間，我教這則故事時都是這樣說的：「在人生最後的時刻裡，阿廖沙吃驚的是，他忽然意識到自己這輩子實在過得太屈從了。他應該要爲自己和烏絲季妮亞挺身而出。托爾斯泰沒有明說，但這則故事本來就是一則『不說破』的傑作；而推動它來到最後這一步的，是阿廖沙被逼退婚姻大事後產生的強烈情感。婚姻被逼退也還只是上一頁的事，我們對它仍記憶猶新；若把這兩個情節擺在一起看，我們會覺得阿廖沙離開人世時，心中和我們想的應該一樣：他原本可以被愛，原本可以成爲一個完整的人。」

然而現在，我不大確定是不是這樣子。

我的另一個學生曾挑戰我這個看法，指出這和托爾斯泰寫這篇故事時（一九〇五年）的美學與道德立場相悖。確實有道理。根據斯拉夫研究學者伊娃·湯普森[10]的說法，托爾斯泰「決心摒棄他從前『胡說八道』的風格，讓他所有的小說作品來傳遞他所體悟的基督教訓誨眞義」。（他重視精簡，曾對高爾基[11]說：「看看農民們講故事講得多好，一切都很簡單，話少，但放入很多感情。眞正的智慧不需要長篇大論——比如『天道仁慈』，四個字就足夠。」）他還相信，藝術眞正的功用是道德教育。

那麼，托爾斯泰有沒有可能蓄意讓我們把故事解讀爲對阿廖沙的純粹讚美？一個即使面對死亡，也要貫徹他一生遵行基督教教誨中的極度謙卑。所以這在人性上是一則悲傷的故事，但到頭來它要表達的，卻是簡約文體與宗教信仰之勝利？

另一種解讀阿廖沙的方式，是引用俄羅斯傳統上所謂的「聖愚」。用我另一位俄羅斯朋友[12]的話來解釋這個詞，即是一個人「全然把自己交給上帝統治或引領」。理查．佩維爾描述，這種人「無論面對生死，內心都具有一種純潔與平靜，是托爾斯泰和他大多數的故事人物永遠望塵莫及的」。對於這種人而言，「快樂」的狀態本身就是一個已經實現的精神目標。無論如何都要讓內心充滿愛，是一種深刻的靈性成就，也是一種對於上帝至善的熱烈信念。

既然世上有太多超出我們控制的事情可能發生，那我們就專心控制自己的想法吧，讓世界儘管去喧囂，我們超然於它，內心充滿愛，愛著事物最初始單純的樣貌，征服自我，因爲無論如何，那個自我都只是個暫時存在於腦海裡的幻想。

「我決定追隨愛，」馬丁．路德．金恩有云：「因爲仇恨是沉重到無法承受的負擔。」我們覺得這大概也是阿廖沙走過這一生之後會下的結論（或者也許他心中天生就有這樣的定見）。

---

10 伊娃．湯普森（Ewa Thompson, 1937-）波蘭裔，出生於立陶宛，華沙大學畢業後赴美，斯拉夫研究學者，主要研究波蘭與俄羅斯文學文化。

11 高爾基（Maxim Gorky, 1868-1936），俄羅斯文學家，曾得列寧賞識，但因高爾基對俄羅斯社會主義革命持悲觀態度而決裂，高爾基離開俄國。高爾基後來與史達林關係密切，在列寧死後數年返回蘇聯，獲得重用，部分作品被用來宣揚社會主義，高爾基也藉由身居高位，爲一些被蘇聯視爲異議的文化界人士辯護或提供幫助，最終與史達林決裂。

12 作者註：看起來好像我有很多俄羅斯朋友，但其實只有三位，每一位都非常可愛、慷慨、熱心給予幫助。我非常感謝柳芭．拉平娜與雅娜．秋帕諾娃（她們兩位是莫斯科英語文學俱樂部成員）、以及瓦列里．米努辛。我對這則故事有諸多提問，感謝他們的深入解析和耐心。

托爾斯泰在他最後一部小說《復活》裡寫道：「一旦我們承認——無論只有短暫的一小時或只在某些特殊情況下——任何事情都可能比我們對自己人的愛更重要，那麼我們也就可能心安理得地去犯下任何罪行……人們認爲，在一些情況下，一個人可以在沒有愛的狀態下與他人往來。但這種情況並不存在……如果你感覺不到愛，就靜靜坐著。專注於一些事物，專注於你自己，專注於任何你喜歡的東西，只要別把注意力放到人身上……若只讓你自己無愛地與人往來……你將給自己帶來無限的痛苦。」

這份理念是說，永遠不要放棄愛，而如果這必須犧牲我們一般對於保護自我的正常意圖，那就犧牲成仁吧。

在這方面，阿廖沙很成功。我們可能會把他看成某種天生就懷有大愛的人，就我們在故事裡所知，他一生中從未說出半個仇恨字眼，甚至連想都沒想過。

所以這眞是太棒了，對吧？

那麼根據這些說法，究竟是什麼東西在阿廖沙死前令他大感吃驚呢？

我們快速回顧一下這則故事，找找「驚訝/吃驚的概念是否曾出現在其他地方」？答案是，有，在故事第四頁（本書第四〇七頁），阿廖沙因爲烏絲季妮亞而對人生有了天翻地覆的認知，那裡我們找到「驚訝」這個詞。（就我們目前所知，和烏絲季妮亞在一起的時光、以及臨終前這一刻，是阿廖沙短暫人生中的兩大驚奇[13]。）

因此，我們把這兩件事連起來：最後讓他感到訝異的東西，可能（應該是）和故事第四頁讓他驚訝的同一類事情。

在故事第四頁裡，令他驚訝的是什麼？

阿廖沙驚訝地發現世上有「愛」這種事情，而且他可以成爲被愛的對象。有人可以關心他，關愛他本身——不是期望他幫忙做什麼事，就只是無條件地愛他。

試想：會不會他在臨終前，驚訝地發現世上還有比那種愛更偉大的形式（也就是上帝之愛），還發現自己也是被這偉大之愛所愛著？意思是，先前他從烏絲季妮亞那裡獲得了愛，而此刻他可能感覺到了愛的全貌？（這應該能讓人「驚奇地」微笑。）

如此看來，這是一個激進地、令人頗憂慮的故事：「曾經有個很溫順的人，無論遭遇什麼事或怎麼欺負他，他也只是保持那溫馴得像綿羊的樣子，這終究是正確的生活方式，因爲他因此得到了上帝的愛。」

這想法很惱人，但面對世上永遠無法消弭的困境，也就是面對世上的邪惡，這算是一種可能的解決方法：別讓邪惡破壞了你的愛。

用這種方式解讀問題會有一個癥結：它讓壞蛋永遠只能是個壞蛋。比如說，阿廖沙的父親永遠都會這麼霸道。阿廖沙的消極，使他的父親一直把他視爲可任意使喚的家畜。對阿廖沙而言，堅持捍衛自己的權利不是更好嗎？這對他父親而言不也更好？阿廖沙或許可以把這看成是一種憐憫之舉，藉由自我捍衛來幫父親開竅：「啊，我兒子是獨立的人，我應該尊重他；倘若他沒糾正我，我永遠不會意識到這一點。從今往後，我會以不同的態度看這世界。」當然，這也可能無法順利產生這種效果，但要是托爾斯泰想要我們把阿廖沙視爲一個充滿無私大愛的明星代言人，那麼他應該讓阿廖沙至少稍微嘗試反抗一下他父親；少了這一步，我們會認爲這是親情之愛的失敗。

在我看來，阿廖沙在愛情上也失敗了。他讓烏絲季妮亞站在門後聽見那些話，聽見他沒

13　作者註：第三個比較小的驚喜出現在故事第三頁（本書第四〇六頁），那時他首次穿上嶄新的紅色毛衣。

有保護她，然後又用自己溫吞的默認，把她放逐到沒有他的生活裡，而他明明知道烏絲季妮亞愛他。最後他把烏絲季妮亞獨留在世間，沒有給她一絲撫慰，只說出一些老套的違心之論。

強者給弱勢者的忠告，總是同樣那幾句話：忍耐，加油！別擔心，開心點！而阿廖沙接受了。

托爾斯泰似乎也同意這樣的說法。

因此，「阿廖沙的被動值得敬佩」這種解讀，會讓現代讀者感到有點不舒服。

托爾斯泰寫這則故事的用意是一回事（「做得好，阿廖沙，你是位以德報怨的聖人！」）但現代的我們卻看來是另一回事（「太廢了，阿廖沙，你是個太過被動的受害者。」）箇中原因會不會是，從故事寫完後至今的這些歲月間，我們已變得更能理解不幸之人的痛苦，且比較不受宗教傳統的影響，不會信服於那些要求受苦之人默默承受的觀念？

好吧，也許是這樣。不過，我的作家朋友米哈伊爾・約瑟爾[14]說，我們對「做得好」這個說法感到不舒服，可能正是托爾斯泰要的效果。他刻意要讓世俗讀者感到詫異、不滿或不安，好讓他自己看見，我們對於施加折磨者的慣有反應方式（就是反抗）是多麼因循守舊、出於動物本能，且終究會徒勞無功——換句話說，托爾斯泰是故意要挑釁。

反抗，是人類一直以來在察覺有敵人時會做出的回應，否則就會被認爲是懦弱。

但這觀念至今在我們身上造成什麼影響？

有些寬宏大量的人推崇以德報怨。托爾斯泰或許是要說，阿廖沙就是這樣（罕見有慧根）的人。

如果托爾斯泰這是在挑釁，那麼當耶穌說「愛你的仇敵，祝福那些詛咒你的人，善待那些憎恨你的人，爲那些虐待你、迫害你的人祈禱」，祂難道也不是眞心的嗎？甘地說「寬恕是強者的特質」時，他其實沒有那個意思？佛祖說「恨不止恨，唯愛能止，此爲恆常不變之道」是在開玩笑？

好吧，他是刺激到我了，但我並不滿意。

要是托爾斯泰眞的想讓我把阿廖沙當成道德榜樣，那我覺得他實在把這個榜樣設計得很糟。阿廖沙站在一個被動的抵抗立場——或者乾脆就是不抵抗——他實在太甘願、太早放棄抵抗了，幾乎連一丁點原則都沒有，而他原本可以輕易地在反抗父親的同時，仍謹守基督信條。當耶穌發現聖殿裡有買賣人之後，祂並不是溫和地走出去，空有滿懷對人類的愛意；祂砸了那些攤子，仍然滿懷著愛[15]。後來，他在最高的層次上強調「無條件去愛」這個原則，對於殺害祂的兇手，祂在垂死時說道：「父啊，赦免他們，因爲他們不知道自己在做什麼。」耶穌沒有說：「沒關係，一切都很好，沒人做過任何傷害我的事。」爲了寬恕他們，耶穌必須認知、並且承認他們殺害了祂。然而，即使到臨終前，阿廖沙似乎不覺得自己受到了任何傷害。也許他是眞的沒察覺？可是我還記得他那場大哭呀。他當然察覺到了那種不公正，但他沒有承認這件事，這與其說他開了聖光，不如說是逃避。他不像是道德的化身，而是像個無法維護自我權益的人——說不定他其實很抑鬱，或者天眞愚蠢。

實際上，理查．佩維爾在他對《伊凡．伊里奇之死與其他故事》[16]的導讀中告訴我們，眞的有一個「阿廖沙」在托爾斯泰的莊園裡工作，托爾斯泰的嫂嫂認爲他是個「醜呆瓜」[17]。

14 米哈伊爾．約瑟爾（Mikhail Iossel, 1955-）出生於俄羅斯，在蘇聯擔任工程師時，一邊從事地下文學編輯，一九八六年赴美研究文學和創意寫作、創辦大型研討會等。後移居加拿大，爲蒙特婁康考迪亞大學副教授。

15 馬太福音第二十一章裡，耶穌進了聖殿，將所有在聖殿裡做買賣的人都趕出去，並說「我的殿將是禱告的殿，你們卻使它成爲賊窩！」

我一個俄羅斯朋友跟我說，俄羅斯人讀這則故事的俄文版，會覺得阿廖沙根本就有「精神障礙」。我們可以想像，托爾斯泰是從人性命運的角度上看重這樣的一個人，並且將他本人珍愛的某些美德投射到阿廖沙身上；不難想見，托爾斯泰誤把樂觀當成是平靜的內在，他大概忽略了、或沒考慮到這種人可能經歷什麼樣的困頓。

但如果這個虛構的阿廖沙（指故事裡的角色，不是托爾斯泰莊園裡那位）是個心智能力有限的人，那麼，凡事退讓可能是他能力範圍內可做得最好的生活方式。因爲他無法想像自己挺身爲自己發聲或挑戰權威，他已經決定、或從經驗中學會要樂意屈從，並且假定權威階層有他們的智慧，如此一來，他也能在世界裡找到自己的位置。他那單純的道德設定（照著別人的話做、不傷害任何人）可能會發展成更糟糕的結果；有些精神障礙者抱持更野心勃勃、更無恥邪惡的企圖。

所以，也許托爾斯泰並不是在告訴我們，所有人都要像阿廖沙那樣生活；也許他只是用溫柔和欽佩的目光，注視著阿廖沙這個人？

但這說法我還是不買帳。這故事似乎要把阿廖沙拱爲道德典範。不管他爲什麼那樣做（不管他是因爲天眞單純所以成了聖人、還是因爲他是聖人所以天眞單純），感覺就好像我們一定得佩服他似的。

除了我。

我不佩服他。我爲他感到難過，希望他有勇氣爲自己站出來。

好吧，其實我確實有點佩服他。

他原本會成爲殘酷體制下另一個充滿憤怒、悲苦的受害者，但莫名避開了這個陷阱，變成一個比較好的人：耐心、快樂、對世間（仍）有愛的人。

但後來我想到：等等，這樣眞的比較好嗎？

因此，托爾斯泰似乎想引導我去做的那個結論，「阿廖沙如此無怨無悔地活著和迎接死亡是正確的」，這一點我實在沒辦法說服自己接受。也許這只是一個過時的故事吧，作家想要促發我們去爭辯一個早已不合時宜的話題，這種意圖反而毀了這則故事？

但我深愛這則故事，每次閱讀仍會被它觸動。

所以我很好奇：有沒有可能是托爾斯泰原本想稱讚阿廖沙，但不小心做了別的事，摻入了某些更複雜的思索，某些這幾年來仍不斷與我對話的想法？沒錯，是有這種可能。事實上，托爾斯泰在他一篇對於契訶夫〈寶貝〉的評析裡，就描述過這種可能性。他指出，在寫〈寶貝〉時，契訶夫起初是要嘲笑某種女人（卑屈、取悅男人），爲的是「呈現出女人不該成爲的模樣」。托爾斯泰認爲，契訶夫寫這篇故事原本是要詛咒奧蓮卡，但就像《民數記》裡的巴蘭[18]一樣，「當他開始說話時，預言詩裡的話語卻祝福了他原要詛咒的人」；契訶夫本來計劃好要嘲諷奧蓮卡，但「超越人類智慧」的聖靈卻降駕，於是契訶夫開始關愛她，還有現在的我們也是。

或許可以說，在〈破罐子阿廖沙〉裡，托爾斯泰正好做了相反的事：他無意中詛咒了他想

16 佩維爾編纂的托爾斯泰中短篇小說集。《伊凡·伊里奇之死》爲中篇小說，描述公務員伊凡得知自己罹癌後的心理與生活變化。

17 作者註：一個自稱「美國學術團體協會俄語翻譯專案組」的翻譯中，托爾斯泰的嫂子塔季揚娜·庫茲明斯卡雅（《戰爭與和平》裡娜塔沙的原型）寫道：「那個廚房助手和搬貨的頭殼壞去一半……出於某種原因，他實在太被浪漫化了，我讀到他的故事時根本認不出來那就是我們那傻氣又畸形的破罐子阿廖沙。在我印象中，他是個安靜、不會造成傷害的人，有任何要求，他全都會毫無怨言地去做。」

18 舊約聖經第四卷，以色列人首次人口普查文獻，背景爲以色列人出埃及後在西奈山紮營。巴蘭心懷貪欲，應摩押國王要求，原本要詛咒以色列人，但聖靈迫使他以預言祝福以色列人。

要祝福的人。意思是呢，雖然他理論上很欣賞阿廖沙，專程寫了這則故事來頌揚阿廖沙的緘默和樂意服從，但這故事本身被托爾斯泰藝術裡的眞誠所打動，無法讓自己明確地傳達這個讚美。

我們來仔細看看阿廖沙的死亡場景：

他沒多說話，只是不停地要水喝，而且看起來好像有什麼事讓他感到驚訝。然後似乎有什麼事令他大吃一驚，他兩腿一伸，死了。

然後看看以下這個鬧著玩而寫的版本，它切中「阿廖沙是個樂天知命、凡事順服的聖人」這個閱讀主題（也就是我們認爲托爾斯泰本來想傳達的）：

他沒多說話，只是不停地要水喝，而且看起來好像有什麼事讓他感到驚訝。他看見上帝也愛著他，認可他因順從而得到的快樂；當他對毫不質疑地遵從父親所說的話時，上帝也很高興。他掙得了永恆的獎賞，那是我們都應該嚮往的境界；感覺到自己正朝那獎賞而去，他兩腿一伸，死了。

這兩個版本有何差別？

我秀給你看：

他沒多說話，只是不停地要水喝，而且看起來好像有什麼事讓他感到驚訝。他看見上帝愛著他、認可他因順從而得到的快樂。當他對毫不質疑地遵從父親所說的話時，上帝也很高興。他掙得了永恆的獎賞，那是我們都應該嚮往的境界；感覺到自己正朝那獎賞而去——他兩腿一伸，死了。

那段剪掉的部分都是我編出來的阿廖沙內心小劇場。如你所見，托爾斯泰和我不一樣，他拒絕進入阿廖沙的心靈。說穿了，他是決定跳出阿廖沙的內心（短短幾句話之前，他明明就還在阿廖沙心裡：「他心裡的想法是，在這裡只要乖乖聽話、不傷害任何人，一切就都很好，那麼，在那裡也會很好的。」）托爾斯泰在其他故事裡，包含〈主與僕〉，已經表現出他很願意在角色死後繼續滯留於人家的內心世界，但此處卻在「他沒多說話」這一句時就跳了出來，讓我們站在阿廖沙床邊看著他嚥氣，無論最後幾秒鐘他內心發生了什麼事，我們都只能透過觀察來推論[19]。

但我們辦不到。

如果托爾斯泰的本意是讚揚阿廖沙的樂意服從，連生命最後一刻都這麼乖，他爲何不直接這樣寫？爲何不把話講白？

如果他是想要批評阿廖沙的樂意屈從（和「我的」看法一樣），那他何不寫說：

> 他沒多說話，只是不停地要水喝，而且看起來好像有什麼事讓他感到驚訝。他突然發現自己沒有用正確的方式度過此生，實在過得太被動了。他應該要挺身爲自己和烏絲季妮亞說話。然而此刻，一切都來不及了。他兩腿一伸，死了。

19 作者註：在〈主與僕〉裡其實也有相同的情況，家僕伊凡過世時，托爾斯泰也拒絕進入他的腦海。

托爾斯泰甚至還可以亦褒亦貶：

> 他沒多說話，只是不停地要水喝，而且看起來好像有什麼事讓他感到驚訝。他突然發現自己沒有用正確的方式度過此生，實在過得太被動了。他應該要挺身爲自己和烏絲季妮亞說話。此刻一切都來不及了。但沒有關係，這些都不重要了。他驚訝地發現，自己突然感覺到上帝的愛正在爲他施洗。他兩腿一伸，死了。

明明有各種方法，但爲什麼托爾斯泰要省去那些最後的思索，那些能夠告訴我們該怎麼解讀這則故事的線索？

好吧，也許他就是不想確切地告訴我們該如何解讀這則故事。

或者某一部分的他不想。

托爾斯泰有雙重性格；他提倡禁慾，卻一直讓妻子索妮雅懷孕，直到中年（他們第十三個、也是最後一個孩子伊凡・利沃維奇出生於一八八八年，當時托爾斯泰已經六十歲，索妮雅四十四歲）。托爾斯泰宣揚博愛，但和索妮雅吵得很兇；他道貌岸然地稱讚一個年輕農民沒有和未婚妻在婚前就「作孽」，卻興沖沖地追問契訶夫年輕時有沒有「恣意尋花覓柳」。與高爾基的一次談話中（高爾基在《托爾斯泰回憶錄》裡寫的），托爾斯泰斬釘截鐵否定一個關於某些家族似乎代代衰敗的看法，但當高爾基舉出一個相關現象的實例後，托爾斯泰興奮了起來：「喔，這是眞的，我知道。在圖拉[20]就有兩個這樣的家族。這眞該寫下來……你一定要寫。」

而高爾基也記下了托爾斯泰對於喝酒的見解：「我不喜歡喝醉的人，但我認識有些在微醺時會變得比較有趣的人，他們在這種情況下才會展現出清醒時無法自然表現的東西，比如說智慧啊，還有思考的美好、機靈和語言的豐富性。在這種狀況下，我可要好好頌揚美酒一番。」

有一回，托爾斯泰和戲劇導演蘇勒日茨基[21]一起走在街上，看見有幾名士兵迎面走來，充滿了年輕人那種惹人厭的意氣風發。（高爾基寫道：「他們的金屬配件在陽光下閃閃發亮，腳邊的馬刺叮噹作響；他們大搖大擺踏步，宛如自己是什麼有頭有臉的人物，臉上也閃耀著血氣方剛的自信。」）托爾斯泰開始低聲謾罵，罵他們不知天高地厚，罵他們靠著體格和力氣逞威風，罵他們盲從（「多麼狂妄愚蠢！就像用鞭子訓練出來的畜牲……」），但當他們擦肩而過後，托爾斯泰「寵溺地」看著他們，咒罵立刻轉變成讚美，說他們多強壯健美啊。「天啊！」托爾斯泰說。「英俊男子實在有魅力，如此迷人！」

「所謂偉人總是非常矛盾。」托爾斯泰告訴高爾基。「要原諒他們做的其他傻事。不過自相矛盾也不是什麼蠢事：蠢蛋都很固執，但他們不懂如何牴觸自己的想法。」

托爾斯泰就很懂得牴觸自己。

他在一八九六年裡的日記寫道：「小說和短篇小說之間的關係，就像兩種體裁互相討厭，卻又互相著迷於對方……而同時，生命，所有生命不斷用急迫的問題打擊著我們——溫飽、財富分配、勞動、宗教、人際關係！這是個恥辱！太丟臉了！」在寫下這段日記的三十年

20 托爾斯泰出身俄羅斯古老貴族家庭，他繼承了伯爵爵位，其家族莊園就位於圖拉州（帝俄時爲省）。

21 蘇勒日茨基（Leopold Sulerzhitsky, 1872-1916），出生於日托米爾（今屬烏克蘭），原本學習繪畫，但因反政府言論而被開除，轉而學習劇場藝術，與托爾斯泰的長女塔季揚娜是同學，透過她認識了托爾斯泰。

前，一八六五年，他也寫過：「藝術家的目標不是用無可爭辯的方式解決問題，而是讓人們能用無窮無盡、樂此不疲的表現形式來熱愛生命。」讓他產生矛盾的原因不僅是歲月；在他生命裡的每個階段，似乎都有一個藝術家與一個老古板在他身上若隱若現。

對於他聲稱自己以基督的原則生活，在這一點上甚至也可能矛盾的。「我認爲他把基督視爲單純、值得同情的對象，」高爾基寫道。「儘管他有時候很敬佩祂，但他幾乎不愛基督。他好像覺得很不自在，認爲基督如果來到俄羅斯村莊，八成會被女孩子們嘲笑。」（感覺起來，這個呆傻的基督和阿廖沙有相似之處。）高爾基還注意到，托爾斯泰談到上帝時，有一種奇怪的不悅：「講到這個主題時，他的語氣轉爲冷淡，顯得不耐煩。」

所以，我們可以用兩種矛盾但都說得通的方式來解讀這則故事：

這則故事爲「樂意服從」創立了一個美好的範例。

這則故事提出一個巧妙的論點，指出「創建出一個樂意服從的典範，實際上是送給暴君一個大禮」。

哪個說法契合這則故事？

這則故事的奧妙之處，就在於它沒有回答這個問題；更確切地說，它回答了——成功表達——它同時贊同這兩種說法。

技術上而言，我們無法「決定」該選擇哪一種解讀的原因，是我們在最關鍵時刻否定了阿廖沙的想法。（最後那個「吃驚」對阿廖沙而言肯定代表了什麼事，而且只會是一件事，然而故事似乎故意不告訴我們答案。）我們想選出一種解讀，但故事不讓我們這麼做。這兩種解讀一進一退，你一次只能看見其中一種，就像「魯賓花瓶」[22]的視覺錯覺一樣：

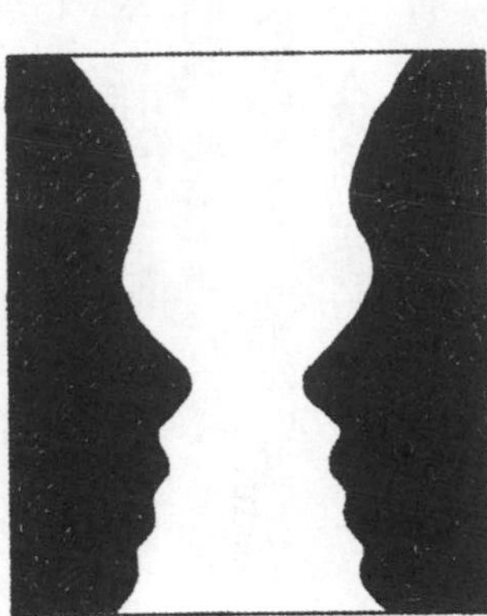

「這則故事」就是這兩種詮釋並存，在讀者的思緒裡無止境地爭奪主宰權。如果我們認爲這則故事贊同樂意服從，它確實贊同；如果我們認爲它反對，那它也的確反對。兩種解讀感覺都很激進，兩者都對「該如何面對壓迫」提出質疑，無論過去或現在，在分裂爲富人階級和窮人社會的世界裡，這是最迫切的問題。

而這則故事在拒絕回答問題（遮蓋它原本可能回答的部分）時，感覺它並非迴避作答，而是刻意凸顯出這個問題。

托爾斯泰如何達成這個豪舉？

有個不無可能的答案：湊巧。

根據佩維爾的說法，托爾斯泰只用了一天就寫完這個故事。完成時，他不喜歡這則故事。「描寫了阿廖沙，寫得很差。」他在日記裡記下。「就放棄了。」

22 由丹麥心理學家魯賓（Edgar Rubin, 1886-1951）設計而得名。凝視圖片時，可能看見中間一個白花瓶、或左右兩個黑色側臉，但同一時間只會看見其中一種，無法同時看見兩者。

他不喜歡什麼？爲何放棄？

讓我們來猜猜。

阿廖沙的死亡場景提供了進入他內心的機會，托爾斯泰……卻拒絕了。爲何會有這樣的決定？如果我們能夠進入當時已屆七十七歲的托爾斯泰腦海裡，當他低頭看著紙頁，寫到最後一段時，我們在他腦海裡會看見發生了什麼事？我的猜測是：他接近答案，然後急轉彎。這個單純在紙張上振筆疾書的人，被「超越人類的智慧」（也就是他一生實踐藝術的這份精神）指引，並未決定不進入阿廖沙的心；他只是直覺不想。他在那一刻，對於提倡樂意服從的想法感到有些不舒服（不是經過思考後明顯察覺的不舒服，而是蟄伏在潛意識裡的不舒服）。在那個急轉彎的瞬間，我們感覺到他抗拒自己的說教。我們可以說，一種「藝術上的保留」發揮了力量。像〈抄寫員巴托比〉[23]裡的巴托比那樣，托爾斯泰「不願意做」。

所以他就沒做了。

他嘎然轉彎的那一刻，大概是在他已經寫下阿廖沙的感受（準確來說，就是寫了阿廖沙很吃驚）時，因爲——呃，因爲他也不知道、或者還不確定要不要這樣寫，也可能是他不喜歡自己即將接露的答案。這種轉變呈現出一種臨時喊卡的感覺，他在那一剎那決定——之後再來做結論。

心態轉彎、刪減、拒絕做決定、沉默、觀望，然後知道何時該放下。這種狡猾至極但絕對坦率的作法，有時正是讓我們避免說出妄言的方法。

漏寫一些事，有時可能是導致文意不明的缺陷；但在其他時機，這是一種優點，導致故事模稜兩可，從而增加敘事張力。

「讓人感到無聊的秘訣，」契訶夫曾說。「就是告訴他們一切。」

有一次高爾基問托爾斯泰說，他認不認同自己在某部作品裡加諸某個角色的想法。

「你眞的很想知道，想得快瘋了嗎？」托爾斯泰問。

「非常。」

「那我偏不告訴你。」托爾斯泰回答。

在寫完〈破罐子阿廖沙〉那一天之後，托爾斯泰顯然再也沒回到這則故事上了。我們不知道原因。那段時間他疾病纏身，花費大把時間和精力從世界上各種偉大宗教和哲學裡蒐集箴言，彙整成《閱讀圈》和《生活之路》等書籍（有些還滿精彩的）。或許，他仍不時會轉頭看看阿廖沙，但覺得自己依然沒有一個滿意的解法。

總之，他再也沒有回去修改它了；〈破罐子阿廖沙〉被他拋下後，便來投靠我們。

我會說，這種結局很完美。

假如托爾斯泰回頭修改，他可能會「改善」故事，讓阿廖沙生命最後的意義變得更清晰，或用其他方式更坦白地表達他，托爾斯泰本人，對阿廖沙生活方式的看法。

但這眞的會讓故事更好嗎？

「阿廖沙的悲慘命運讓我們感到同情，」克拉倫斯．布朗說。「但大多數讀者讀了它之後，會想知道我們在自己的生活裡究竟該怎麼做、或哪些事不該做。」

沒錯，我們確實很想知道。畢竟我們目睹了這麼殘酷的事：一個沒什麼樂趣的小生命本來瞬間就能綻放幸福的光芒（只要一件紅色毛衣！一個女朋友！），阿廖沙看起來也有被愛的機會，這是即使最卑微的人也該擁有的，但是，不，在沒有正當理由的狀況下，這種可能性

23 又譯〈錄事巴托比〉，美國小說家梅爾維爾（Herman Melville, 1819-1891）的短篇小說。巴托比工作效率高，但性格封閉，對於任何要求都回答「我不願意」，只埋頭抄寫。

就被剝奪了，沒有人爲此道歉，因爲沒人覺得這有什麼不對。

就事情規模而言，這是一個很微小的不公平，但試想一下，有史以來，總共發生過多少這樣的不公不義？所有曾在生命中遭受委屈虐待，至死都沒能報仇、沒能心滿意足、依然苦澀、依舊渴望愛的人（所有認爲此生是場失敗、充滿失望、宛如酷刑折磨的人）對這些人來說，這輩子眞正的結局是什麼？

而且，某程度看來，我們不也都是這些人當中的一員？我們過得萬事如意嗎？此時此刻，你（還有我）內心是否平靜無波，完全滿意？生命最後那一刻來臨時，你會不會覺得，「如果時光能倒轉，如果我能從頭再來，我一定會做得比這次更好，我會勇敢無懼地對抗一切壓榨我的事情」，還是你會認爲「一切都很棒，無論好壞，我都活出了自我，現在我要開開心心上路，重新投入某個更壯大的安排」？

每回我讀〈破罐子阿廖沙〉時，它都會讓我思索。

它從來沒給過我答案，老是說：「繼續想。」

我認爲，這才是它眞正的成就。

事後想想＃7

作者和讀者站在池塘的兩端。作者往池裡扔了一顆小石子，漣漪盪到了讀者那邊。作者站在那兒，想像讀者會怎麼接收這些漣漪，決定下一個要扔哪顆小石子出去。與此同時，讀者接收到了那些漣漪，且莫名其妙地，陣陣漣漪彷彿向讀者說話。

換句話說，他們之間有了連結。

在現今這個時代，不難感覺到我們與彼此、與地球、與理性、與愛之間，已經失去了連結。我的意思是，我們曾有那份羈絆。閱讀、寫作，就是在表達我們仍然相信連結的可能性，至少我們還相信。在讀和寫時，我們感覺到那份連繫正在產生（或感覺到它沒產生）。這些就是讀與寫的本質：釐清是否有連結發生，在哪裡開始連上線，爲什麼相連。

那兩個人，透過那些動作，穿越了池塘，他們在做的是一份重要的工作。這不是嗜好、消遣或縱情娛樂。藉由對於那份連結的共同信念，他們努力讓世界變得更美好，讓世界（至少是他們兩人之間的小時空）變得更友愛。我們甚至可以說，他們是在爲未來的災禍做準備；當災厄來臨時，他們能夠以一種比較不恐慌、跳脫自我的「他者」視野來進入狀況，因爲他們在閱讀或寫作時，已經花了很多時間與想像中的他者進行連結。

總之，就是這種概念；若說到同業之間有沒有這類看法，如果你曾經參加過文學活動或讀過某些作家的採訪，應該也已經聽說過「小說不可或缺」這個討論的多種論點。

不過，這滿有意思的。

我們在本書裡讀到的這些故事，是寫於一八七〇年代，正值俄羅斯那燦爛輝煌的藝術復興時期（那個黃金時代是屬於——沒錯，屬於果戈里、屠格涅夫、契訶夫和托爾斯泰的時代，還有普希金、杜斯妥也夫斯基、奧斯特洛夫斯基、音樂界還有柴可夫斯基、穆索斯基、林姆斯基—高沙可夫等人，總之族繁不及備載），隨後而來的卻是人類史上最血腥、最瘋狂的時期。史達林屠殺兩千萬人，或者更多，還有無數人遭受酷刑和監禁；大規模的飢荒，甚至在某些地方，人們同類相食；孩子告發自己的父母，丈夫密告自己的髮妻；我們這四位文豪賴以立足的人文主義價值觀，全被系統性地、蓄意地瓦解了。

索忍尼辛[26]在《古拉格群島》裡寫道：「在契訶夫的戲劇裡，那些整天都在猜二十年、三十年或四十年後世界會發生什麼事的知識分子，如果得知四十年後的俄羅斯將會施行酷刑逼供，囚犯的頭骨會被鐵環緊緊箍住，活人會被放進酸液池裡（他繼續列出一長串慘絕人寰的史達林主義酷刑清單，我就不再多嚇你了），契訶夫的戲劇沒有一部能走到結局，因爲所有主角都會進瘋人院。」[27]

因此，這一時期的藝術光輝也沒能避免這場災難發生，而且我認爲，在某方面，它甚至可能也出了一份力（說實在的，絕對有）。它是否弱化了布爾什維克黨人對閱讀的投入程度？是否引起人們對於變革的急躁，導致一場過度劇烈的革命發生？這所有優秀絕倫的藝術是否都由資產階級創造、且是爲了資產階級才創造，一直支持沙皇的暴行、爲沙皇文過飾非？這是不是讓史達林主義者如此偏激暴力地反對人文主義的部分原因？

這些問題已經超出我的能力範圍。（即使只是提出這些問題，都讓我有點焦慮。）我提出這些，只是想說，無論小說對我們做了什麼、或爲我們做了什麼，都不會是單純的事。

有一種討論故事的觀念，是把故事視爲救贖，視爲所有問題的解答，稱之爲「我們賴以維生的精神糧食」云云。某程度上，我同意這種想法，就像你在本書中看到的那樣。但我也相信，我們對事情的期望應該保持謹慎，尤其是我年歲漸長後，更是如此深信。我們不該高估或過分讚美小說的功用。實際上，對於堅持賦予小說任何特定目的的想法，我們都應該小心。評論家希基[28]曾寫過有關這方面的文章：一個主張藝術應該做某件事的說法，可能會讓反動的一方也開始主張藝術必須要做的事，然後著手讓那些沒在自己作品裡那樣做的藝術家噤聲。換句話說，每當我們站在紙箱搭的臨時舞台上歌頌小說有多了不起、娓娓解釋它對大家有多棒，我們其實是在限制小說的自由，讓它難以成為……它想成為的狀態，無論那是什麼（可能是自甘墮落的、與主流對立、輕佻、會引發眾怒、沒用處、對大多數人而言都艱澀難讀，諸如此類）。

讓我們更坦誠地說：我們這些會閱讀、會寫作的人之所以做這些事，是因為我們喜歡，因為這樣做讓我們更覺得自己活著，即使證明其中效益根本就是零，我們可能還是會繼續這

24 係指亞歷山大・奧斯特洛夫斯基（Alexander Ostrovsky, 1823-1886），俄國戲劇的重要推手。俄國文壇還有一個奧斯特洛夫斯基，是蘇聯時期的尼古拉・奧斯特洛夫斯基（Nikolai Ostrovsky, 1904-1936），著有《鋼鐵是怎樣煉成的》，被共產主義奉為巨作，與文學上的地位並不相襯。

25 裘契夫（Fyodor Tyutchev, 1803-1873），俄羅斯詩人及外交官，是堅定的泛斯拉夫民族主義者。詩作前期風格抒情浪漫，後期逐漸浮現政治思想。

26 索忍尼辛（Aleksandr Solzhenitsyn, 1918-2008），俄羅斯作家，反對共產黨，遭蘇共勞改、流放、剝奪公民身分，後定居美國，對西方的自由主義亦有批判。《古拉格群島》詳載蘇聯如何以強迫勞動和集中營凌虐肅清政治犯和異議人士。「古拉格」是俄語裡對勞改營管理局的簡稱，並非地名，「群島」則暗示此制度廣泛分布於蘇聯全境。

27 作者註：我最初是在蓋瑞・索爾・莫森一篇關於蘇聯殘暴性質的文章〈偉大真相是如何乍現的〉（How the Great Truth Dawned）裡看到這句話，文中所述令人大開眼見。它刊登於《新準則》（*New Criterion*）雜誌二〇一九年九月號。

28 希基（Dave Hickey, 1938-2021），美國藝術評論家，常為《滾石》雜誌、《紐約時報》等知名報刊撰寫評論。

樣做；而且我有預感，就算它最終的效應被證明爲弊大於利，我也會是那群依然故我的人之一。（我曾經收到一封電郵，來信者說他讀了我的一篇故事（然而他誤解了內容），並且以此爲根據，結果太早將他的老母親送去療養院。文學啊文學，眞是多謝喔！不過，我隔天還是起床寫作。）

儘管如此，我依然經常發現自己在爲小說的益處建構原理，試著從本質上證明我這些年來做的事是正確的。

既然我們要保持坦誠，就讓我們繼續追問，像詢問病徵那樣追根究柢：小說，確切而言，到底都在做什麼？

看，這就是我們一邊觀察自己的腦海怎麼閱讀這些俄羅斯故事，一邊不斷質詢的問題。我們一直在比較自己閱讀前和閱讀後的思想狀態。這就是小說的功用：它使思想能夠遞增變化，如此而已，但你很清楚——它眞的在做這件事。那種變化是有限的，但那是眞實的。

而這不是區區小事。

它不是一切，但也絕非微不足道。

下課前請把括號關上

我希望各位和我一樣喜愛這些俄羅斯故事，或者至少有我的一半喜歡，畢竟我是如此深愛著它們，那愛意就算折半也還是很多。

下課前，來說一點這門課的結語吧。

根據我的經驗，藝術美學的最佳指導方式是這樣的：指導者強力表達自己的觀點，彷彿那是世上唯一正確的看法；學生假裝接受這種說法，套用看看老師的審美標準是否合適（順從老師的方法，想想那當中有沒有道理）；然後到指導期結束時（比如現在），學生忽然跳出來反駁老師的觀點，因為感覺到老師那套說法就像是一套不合身的衣服，怎樣都想都不對勁，於是回到自己的思維方式去。但或許這一路走來，學生也撿到了一些想法；那些大概都是學生老早就知道的事情，老師只不過是喚醒學生的記憶。

因此，如果本書裡有某些東西讓你眼睛一亮，那不是我「教導」了你什麼，而是你想起來、或者認出了——這麼說好了，認出了我「背書支持」的事。而假如有什麼事，呃，該怎麼說——讓你翻白眼？那種不贊同我的感覺，就是你的藝術感正在堅持自己的看法。你努力壓制著那種感覺，一邊安撫它說「好了啦」，要它對我視而不見，但它對於自身想法被拉扯的忍耐力是有限的。這種抵抗值得關注，也值得為此高興、驕傲。還記得我在上課鈴響時提到的「個人代表性境界」嗎？到達這個境界的你，將創造出你獨有風格的作品；而通往這境界的路，就是由你對個人喜好展現出強烈執著、甚或狂熱（像是目空一切、固執、陶醉、無力抗拒）的每分每秒堆疊而成。蘭德爾・賈雷爾對於故事的看法是：故事「不想知道，不想關心，只想隨心所欲做自己喜歡的事」；從故事作者的立場來看，這句話確實所言不假。

這句話也適用於讀者。除了在故事書頁裡，還有哪裡能讓我們如此強烈地展露個人喜好，毫無理性地表達個人反應，如此自由奔放地愛或憎，徹徹底底做自己？你對故事有何見解，其實完全不需要讓我知道。（不過，就像卡蘿・伯內特[1]常說的（其實是唱的）那樣：我很高興我們一起度過了這些時光。）

我要感謝各位，讓我霸道地帶領你們閱讀這些故事，讓我展示我是如何解讀這些故事，以及訴說爲什麼我喜愛它們。我盡量用清楚、令人信服的方式，告訴你應該注意哪些地方、指出那些筆法特色，以我所能想到的最佳講解方式來向各位闡述爲什麼「我們」要關注這個部分、或那個部分，還有其他種種閱讀方法。

但這一切純粹是我的夢。閱讀的時候，我的腦袋就像在作夢。我將這些夢境說給你們聽，你們也好心地傾聽。

現在我們快要下課了，希望我夢裡的一些叨叨絮語會留在你腦海裡（因爲這些想法打從一開始就是你的），也希望它們派得上用場，而其他的話語（沒那麼有用的、不屬於你的）會退散，我期待你看到它們消散時會很開心。請記住，我很高興看到你開開心心目送它們離開，因爲事情本來就該這樣進行。

寫一本關於寫作的書有個風險，就是它可能會被視爲一本講述「該怎麼做」的寫作指南。這本書不是這樣。畢生寫作讓我學會一件事：知道自己要怎麼做。或者，更明白地說，是知道自己之前是怎麼做到的。（至於我會多快去動筆，這就繼續是個謎。）

但願老天保佑我們不會陷入任何信條，即使是從我口中說出的。（托爾斯泰有云：「單憑一種說法，無法盡善盡美。」）

勇往直前、做你想做的事，這大概是我能給各位的建議裡，最能稱得上是解方的一句話。而這是千眞萬確的：投注精力做你喜歡的事（也就是會讓你高興的事），這會帶領你走向一切：你會找到讓自己癡迷不已的事物，知道用什麼方法沉醉於其中；你會迎來屬於自己的挑戰，學會用什麼形式將它們轉化爲美麗的事物；你也會碰上專門針對你的阻礙，因此打造出充滿你個人風格的武器，擊碎那些障礙物。除非我們先動筆書寫，否則永遠無法知道自己寫作上的問題會是什麼，而知道了以後，也只能繼續寫下去，才能找到破解問題的寫法。

有個學生曾告訴我一個故事：羅伯．佛洛斯特[2]去一所大學開讀書會，有個熱切的年輕詩人站起來，問了一個關於十四行詩或某種類似體裁技法上的複雜問題。

佛洛斯特愣了一下，然後說：「年輕人，別擔心，儘管寫就好！」

我喜歡他這個建議。這與我的經驗完全符合。我們當下只能決定繼續寫，而那些大哉問，只有在桌子前埋頭苦幹數小時之後，才有可能出現答案。我們很多擔憂顧慮都只是一種逃避工作的方式，這只會讓找出（可行的）解決方案的時間拖得更慢。

所以，別想太多，儘管寫吧，並且要相信，所有的答案都會在你書寫時找到[3]。

---

1 卡蘿．伯內特（Carol Burnett, 1933-），美國喜劇演員與歌手，獲獎無數，二〇〇五年獲頒總統自由動章。

2 羅伯．佛洛斯特（Robert Frost, 1874-1963），美國詩人，四度獲普立茲獎。

3 作者註：雖然……數年後，有位研究佛洛斯特的學者在一次活動中，溫和地糾正了這個說法。根據那位學者的說法，實際上佛羅斯特的原話是：「年輕人，不要埋頭苦幹：儘管多擔憂吧！」嗯，這也沒錯，或許擔心也是一種工作形式。但又有點不對勁（對我來說啦）。不過，如果你覺得這對你來說很適用，那我也贊同這個建議。勇往直前，不要埋頭苦幹，儘管多擔憂！

閱讀小說，能在短時間內改變我們思緒狀態——在〈破罐子阿廖沙〉裡，我們同意把對於小說的期望值限制在這個範圍內。

不過這說法可能有點太溫和了，畢竟，我們一直都感受得到，閱讀小說這件事會從特定層面上改變我們的想法，因爲我們會踏出自己（有限的）主觀意識，進入另一個（或者兩個、三個）意識裡。

所以，我們也許會想知道，在那「短時間內」，我們是怎麼被改變的？

（在我給出答案前，讓我再強調一下，我其實眞的不需要講這些。我們很清楚自己的想法在讀這些俄羅斯故事時是怎麼起伏變化的，因爲我們就在故事裡。若我們在生活中已經很幸運地有過其他美好的閱讀經驗，我們也都很明白，這些經驗對我們有何幫助、或者起了哪些作用。）

但我還是會試著說說看：

閱讀小說提醒了我，我不是唯一有思想的人。

我更有信心能夠想像其他人的人生經歷，以及認可這些經歷都是實際發生過的事。

我感到自己與其他人一起存在於一個所有人都會互相牽連變化的時空裡：他們擁有的特性和變動，我也會有，反之亦然。

我的語言能力被重新激發了。我的內在語言（我思考時用的語言）變得更豐富、更具體、更老練。

我發現自己更喜歡這世界，對它的關愛更多（這和我的語言重新注入了能量有關）。

我覺得自己很幸運能夠活在這個世界，也更意識到總有一天我將不會存在於這裡。

我更加感知到世上有各種事物，也對它們更有興趣。

所以，都是一些好事呢。

基本上，我讀一則故事前，大都處於一種有想法、有定見的狀態。我的人生引領我到達某個地方，讓我得以心滿意足地在那裡歇息；然而，這會兒來了一則故事，我讀著它，感覺自己心裡缺了一角，不過這是好事。我對於自己的觀點不再那麼有把握，這也提醒了我，在我腦海裡製造這些觀點的那顆心靈，總是有點偏頗：它是有侷限的，太容易滿足了，查閱的數據資料也都太少。

這是一種值得羨慕的狀態，即使只持續了短暫的時間。

當路上有人集會而害你塞車時，你不總是知道他們是哪個政黨的（反正就是故意跟你唱反調的那個黨）嗎？但當然，你其實不知道。他們是什麼來頭，這還有待觀察。一切都還有待觀察。小說幫助我們記住這件事：一切都還有待觀察。這是一項特地爲了提醒我們而存在的聖禮儀式。我們無法永遠對現實世界保持開明的態度，維持凡事都像是讀到一則優美故事的結局那樣；但那種感覺即使短暫，也能提醒我們，這種狀態確實存在，且在我們心中種下希望，促使我們努力地讓自己更頻繁處於那種狀態。

把瑪麗亞、亞希卡、奧蓮卡、瓦西里等人放到現實生活裡，我們會像喜愛他們作爲文學形象代表那樣，也對他們的眞人版有好感嗎？還是我們早就把這幾種人拋在腦後，根本沒把他們放在眼裡？

他們起初是別人腦海裡的概念，然後變成了文字，又轉化爲我們腦海裡的概念。現在，它們將永遠與我們同在，成爲我們道德力量的一部分，陪伴我們迎接即將到來的美好、艱困、寶貴日子。

我的寫作室門外有些東西。什麼東西？嘿，問得好。要不要告訴你，隨我高興，而就在告訴你的時候，我會很快編出這些東西。我怎麼描述它們，它們就變成什麼。那些「披著一身毛茸茸樹皮的悲戚紅衫，訴說著一段長期處於挫敗的人生」？「在我工作的歲月裡，這些驕傲挺拔的紅棕色樹友啊，是我與過去無數代先民的連結」？那是「一片紅杉林」？「只是一些樹」？要怎麼描述它們，取決於那天是什麼日子，取決於我的心境。這所有的描述都是對的，但沒有一個是眞實的。

寫作室外頭放了一把充做門擋的椅子，好讓門開著；天氣很熱，門口的風扇將一些涼爽的空氣吹進室內；那裡還有一根水管，總是被我壓著頭給一盆植栽澆水；那是某種多肉植物，確切的名稱我不知道，上個月我們在五金百貨買的。我每天早上來這裡時，都會試著對那棵植物悄聲說點加油打氣的話。現在那根水管躺在外面，在烈日下呈現慘白的綠色。

順道一提，那根水管不是「在這炎熱的晴天下顯得綠油油」，而是「在烈日下呈現慘白的綠色」。爲什麼？因爲這樣更好。爲什麼更好？因爲我比較喜歡這樣。

好吧，你我可以意見不合。在上面那段，你讀到「烈日下呈現慘白的綠色」時，你腦海裡是不是有浮現那根水管？這句話讓你的閱讀力發揮了某些作用。你對這句話買不買帳？認同我還是反對我？不甘願地點頭，還是仍有所保留？

透過這場小爭執，你知道我在故事裡，我也知道你在這裡。這句話是一條連結我們的小通道，它給了我們故事裡的一塊碎片，讓我們爲了它吵起來，這就是連結。

你內心有很多個版本的你。當我書寫時，我是在和哪一個你對話？最優秀的那一個。最喜歡我的那一個。我們彼此都派出最優秀的那一個自己，在開始閱讀的那一瞬間脫離平常的自己，來到一個以互相尊重爲基礎而創立的空間裡，合爲一體。

這是一個能爲世界帶來希望的人類互動模式：兩個人，彼此尊重，屈身俯向前，一個人爲了說服對方而開口說話，另一個人傾聽，甘願入迷。

人可以這樣溝通。

正如我在前言裡所說的，我開始寫這本書，是因爲意識到自己過去二十年來講授的這些故事，對我而言有多麼重要。我的打算是，將自己從這些故事裡學到的一些事化爲紙墨——保存這些見解，我想我要說的是這個。當我開始這樣整理這些故事時，又發現了其他事。從教學日程裡解脫的我，不得不用論文的形式將這些分析看法具體化，卻發現故事向我開啓了一扇大門，向我提出各種前所未有的挑戰。結果證明，故事比我這些年來所認定的更加奧妙——更精細複雜、更神秘莫測。它們讓我自己的作品顯得刺眼，因爲我看見了這些俄羅斯作家做到我至今尚未達成的事。

發現自己選擇耕耘的體裁其實蘊藏無窮潛力，而我距離實現它還很遙遠，這實在令人氣餒，同時又感覺躍躍欲試。

這也讓我覺得：這些俄羅斯作家把他們做的事情做得這麼淋漓盡致，無論是我或者任何人，都不必繼續做下去了吧。

這言下之意其實是，幫故事形式另闢蹊徑，就是我工作中的一部分（也是你工作中的一部分）。創造出和這些俄羅斯故事一樣撼動人心的故事，但它們的聲音、形式和關注的重點都是新的，回應那些自俄羅斯故事誕生後至今，歷史讓我們知道的地球生活。

這些故事，如我們所見，用它們特有的方式發揮影響力。我們的創作則必須用不同的方式展現力量，不僅要與舊的作品有所區別，也要讓它們能夠與我們的時代展開新意盎然的對話，就像那些俄羅斯故事爲它們的時代帶來新氣象一樣。

寫這本書時，我度過了六十一歲生日，我發現自己在寫作過程中不斷自問，爲什麼創作故事是很重要的事——是否重要到能夠證明，花費這麼多時間是合理的，畢竟我已經尖銳地感覺到寶貴的時間和生命正在流逝，且可以肯定的是，我這一生想做的事情全都不會完成，全都不會，永遠都不會，而這一切會比我的期望中更快草草結束（即使是匆匆收尾，根據我的計畫，那也需要再兩百年才能達成我的畢生夢想，到時候我就兩百六十一歲囉）。

結果，寫這本書變成一個我再次捫心自問的機會：「你還想把你的一生都奉獻給小說嗎？」

答案是，我想。

我真的想。

每學期第一堂課開始時，我總是要學生想像，他們在我接下來所有要說的話（就是我整個學期所說的話）之前加上一個前括號，然後寫上「喬治說的」。

每學期最後一堂課要下課時，我要學生們關上括號，然後在後括號旁加註一句話：「好吧，不管怎樣，這全都是喬治說的。」

各位現在可以關上括號了。

我衷心感謝各位讀到這裡，投入了這麼多的時間和精神，並誠摯地希望這本書裡的某些東西對您將有所幫助。

於 加州科拉利托斯
二〇二〇年四月

附錄

習作一◆裁減練習

練習一

閱讀下面的短文。

設置一個倒數五分鐘的計時器。

在限定時間內，從文章裡裁減四十個詞。

完成後，自問下列問題：

1. 我裁減了哪些詞句？
2. 我為什麼刪掉它？（這會讓你發現一些有關自己的編輯直覺。）
3. 裁減的結果讓文章變得更好，還是更差？

然後，再重複做一輪上述步驟。

這樣好了，一直重複這些步驟，直到你把這篇短文從目前的長度（約一千一百字）裁到剩下一半（五百五十字）。

短文

從前有個遲鈍但友善的人，名叫比爾。有一天，比爾走進交通監理站，他身穿一件棕色襯衫，渾身散發著一種偏執狂的氣息。這很不尋常，也不該如此。都怪監理站總讓人神經緊張。比爾腦海裡閃過一連串既模糊又令人焦慮的畫面。他看見自己戴著手銬。他想像有人從後面走出來，拿出一張明列他五十年人生以來在各停車場撞過、刮傷、或被他車門敲得凹陷的所有車輛清單：首先是在印第安納州，然後是加州，現在來到了紐約州的雪城，在比爾看來，雪城監理站是最爛的，光是觸發焦慮這方面就很差，而且位置很怪，它座落於一條全是相似外觀的低矮建築與工廠的街上，得花很多時間才能找到，害他每次都得重新找路。他永遠記不得上一回是怎麼找到它的，這點實在很糟。監理站裡的天花板很低，飄散著菸味、地板清潔劑和人體汗味。然而總是有同一個傢伙在拖地，無止境地拖啊拖。感覺好像他一邊抽菸，一邊用混合了清潔劑和汗液的東西在拖地。但是並沒有，他頭頂上就有一張標示：禁止吸菸。一切都那麼經典又官僚，真是沒話說。美國到處都是這樣的公家機關：大概是設置起來比較便宜，但對那些不得不造訪它們的人心裡造成的消耗，代價可能很高昂。比爾走向櫃台，不過首先他必須從一個有火紅色頭髮的女人那裡拿取號碼牌。她就坐在比爾剛剛經過的前門門邊一張桌子旁。

「這裡是我可以拿號碼牌的地方嗎？」比爾問。

「是。」那女人回答。

「頭髮不錯喲。」比爾說。

「這是在諷刺嗎？」女人應道。

比爾不知道該說什麼才好。是的，他向來是那種無時無刻語帶嘲諷的人，但此刻他知道那是個糟糕之舉，畢竟只是想要拿個號碼牌。爲什麼他總要這麼諷刺人？這個相貌平凡的小丑女到底哪裡招惹他？他覺得自己精神更分裂了，幻象飄浮在他眼前——是幻影，眞的：災難、胎兒、慶祝式的扭腰擺臀、火花，可能是即將到來的偏頭痛所引起的幻覺。房間搖晃、旋轉，然後他的視線重新聚焦。這裡實在太熱了。

那小丑女把號碼牌給他。比爾去長凳上坐著，附近有一對夫婦在吵架；婦人罵那男人從不把屁股洗乾淨，那可憐的男子看起來一臉覺得丟臉。婦人講話很大聲，男子又老又乾癟，無從爲自己辯解，只能唯唯諾諾地把帽子攥在手裡。比爾瞪著那婦人，婦人回瞪，然後男子也瞪著比爾，並用手中的帽子做出一個威脅的手勢。現在這對夫婦聯手起來針對比爾，那男人沒洗乾淨的屁股似乎完全被拋在腦後了。可憐的比爾老是遇上這種事。有一次，他阻止一個男人打老婆，結果那老婆反而來對付他，接著那男人也來對付他。就連修女都會無端用她那雙厚重的修女鞋踹他一腳。一個機器人般的聲音唱出比爾的號碼，三百三十二號。比爾走近櫃台。令他吃驚的是，他居然看到他的前妻安吉在那裡工作，就在櫃台後。安吉看起來比過去的任何時候都更美了。

（約一千一百字）

討論

不是每篇文章都需要這種程度的刪減，但最好在越改越差之前，培養一點對於一篇文章能忍受多少裁減的感覺。

這項練習是一種探索你的心聲——或更精準來說——是探索你行文步調的方法。

想像一下你赤裸裸地站在鏡子前，鏡子裡內建了一個應用裝置，可以讓你幫鏡子裡的自己調整體重，每次可加減兩公斤。調高到兩百公斤時，你看起來如何？然後逐漸往下修：一百九十八、一百八、一百五、和你體重一樣的數字，接著是小於你體重的數字，再往下，索性調低到三十公斤算了。反正，計數器上的某個數字就是你的理想體重。

你看到鏡子裡的自己時，就會明白數字該停在哪裡。

散文也是一樣。我們每個人都有自己理想中的散文敘事節奏，但很少有人能在初稿裡就用這種節奏寫作，所以我們必須幫自己找到它。這個練習逼我們經歷層層嚴謹刪修，藉此幫助我們了解自己的理想散文節奏可能會是什麼樣子。

當你進行這項練習時，可能會有那麼一、兩個時刻，你失去知道該裁減什麼的能力，因爲你不知道這篇文章其餘部分的意圖是什麼。你覺得自己必須知道故事走向，才能判斷哪些是該去掉的蕪、哪些是該留下的菁。比爾羞辱的那個紅髮女人——她之後會很重要嗎？如果不會，那她的戲份或許可以剪掉；另一方面，如果你眞的很喜歡那場互動，決定留下它，那你就有義務在之後給那女人一些任務。

但是要注意，在你有這種直覺之前，必須經過多麼大量的練習。多數狀況下，你會基於其他的理由而挑出要刪減的東西。（對你而言，那些理由是什麼？文章中的哪部分招惹了你？哪些事情讓你心花怒放，激勵你去保護它？）

像這樣的極端裁減法，是通往心聲之路。我們粗略把寫作分爲「撰寫」和「修訂」兩個階段，雖然它們往往互相影響。我們傾向認爲心聲和第一階段有關（「我剛剛用我的眞實心聲催生了我的初稿、唱出了我潛意識裡的憧憬！」）但在我的經驗中，心聲其實是在第二階段誕生的——在我們編排之際，還有，尤其是在刪修的時候。我們大多數人傾向在初稿裡說得太多太長，實際上聽起來就和其他也在激情高歌的作家沒有太大區別。

有兩種方法能夠讓心聲在傳遞過程中具有鑑別度：我們可以一開始就強調它，或者消除其他部分來凸顯它。只要依照我們自己的品味去做，任何一種方法都會讓我們的散文更「像我們」。（當然，眞正的寫作中，我們會在不同模式之間來回切換，有時候那種切換只是一眨眼的事。）

壓縮文章也能讓故事看起來更精明。我們寫作時的第一步，往往是鬆散、試探性地寫。「大學時，前一夜在派對玩得太累，結果常常讓我很緊張。我走進教室，坐在平常習慣的靠窗座位上，看著維達教授[1]站在黑板前，推演各式各樣的證明題或計算題，或單純只做講解；他的黑色頭盔遮住了他的臉，光劍繫在皮帶上，閃亮的紅光偶爾照射著黑板溝，粉筆不用的時候就是放在那。」好，這是一個開頭。它可以刪修成「看著維達教授站在黑板前，他的黑色頭盔遮住了他的臉，光劍的閃光偶爾照射著黑板溝，這讓我很緊張。」這比先前的句子更精鍊，也顯得多了一層深思熟慮。作者篩去了初稿裡的迂迴探索，從留在篩網裡的事物當中提取他認為最重要的內容。

就像上面的例子，如果你剪掉一些平庸的部分，你的故事就會少一點平庸。這是一個好處；好比如果你牙縫裡有食物渣，你把它清掉，這就已經讓你稍微多了一點點魅力。不僅如此，你同時也創造了空間，來放入更好的東西（至於牙縫就別再多放什麼了喔。）通常，刪減文字會影響句子的節奏，激勵你用不同的方式完成句子，反而讓你在故事裡透露更多事。如果我們把「山姆就是我認識的那個又肥又笨的傢伙」修改成「山姆那個大塊呆……」——嗯，

1 電影《星際大戰》裡的大反派黑武士本名叫做達斯·維達，與作者在此虛構的角色同姓，引發接下來的遐想。

已經比剛剛好一點了，不至於很差。當我們再對那句子進行另一次編修時，它在前一輪刪修後呈現出的緊湊狀態，讓我們看見（也聽見）有些必須處裡的內容。你試試：大聲朗讀那修改後的「山姆」句子，看看是否有能完成這個句子的字，但不是浮現在你腦海裡。此刻你實行的是節奏；你腦海中的某個部分知道自己想聽見什麼，它會提供你一些線索，但不完全只透過感覺，也會透過聲音。

「山姆雖是個大塊呆……卻很會跑。」

好的，大塊呆山姆現在是個飛毛腿，可以出發了。這一切都是因爲我們修去了初次嘗試描述它時的馬虎草率。

練習二

1．回想你目前正在寫的故事，一則你覺得快要寫完的故事。

2．抽出它的第四頁（我隨口說的）並把它刪減到剩下一半字數，就像你對我前面那篇短文做的一樣。（改別人的作品很容易，改自己的比較難。）有學生回報，拿練習用的短文來培養出刪減的習慣之後，在他們嘗試修編自己的作品時，類似「肌肉記憶」的效果持續發揮了作用。

習作二◆升溫練習

練習

設置一個計時器，就用倒數四十五分鐘好了。

現在寫一則兩百個詞的故事，但有個條件：你只能用五十個詞來寫。

你會需要找到一個自己記錄詞彙數量的方法。有個方法是列一張清單，例如，假設你的第一句話是「一頭牛站在那塊田裡」。你在紙張最底部做紀錄，方便參考：

1. 一頭
2. 牛
3. 站
4. 在……裡
5. 那塊
6. 田

如此一來，你就「獲得」這六個可以繼續使用的詞。

當你集滿五十個單詞時，就代表：你必須開始重複使用這些詞。（我們允許單複數合併計算，所以「牛」和「牛群」算是同一個詞。）

最後的成品必須是正好兩百個詞，不是一百九十九，也不能是兩百〇一。

準備好了？開始寫吧。

討論

大多數作家寫出的故事，往往有篇幅很長的「展示」階段，但從不提升到「升溫情節」（也就是說，這些故事劇情不升級）。我讀過好幾本這樣的學生小說，整本讀完——一頁又一頁別出心裁的展示，可惜當中的緊張局面完全沒有升溫。我有時會比喻，在展示階段，我們像在爐子上放一壺水，讓劇情升溫就是要讓這壺水煮到沸騰。我們一直在說要「有意義的情節」，等於是在煮開水，劇情升級指的也是這個意思。

基於某些我不懂的原因，經由這項練習而產生的故事，幾乎總是能有升溫情節。對某些學生而言，他們往往能寫得比那些作家「來眞的」的作品更好玩、更有娛樂和戲劇性。

如果你喜歡你寫出的練習文——如果那當中好像有你認眞創作的故事所欠缺的事物——你或許可以在這裡停下腳步，思考一下究竟是缺少了什麼。

爲什麼這個練習有用？我也不是很清楚。這與字詞數量限制有關（五十個詞彙的限制和不偏不倚的兩百個詞上限——不是一百九十九，也不是兩百〇一）。有人做這種練習時，注意力會集中在這些限制上，代表他們寫作的模式與平常不一樣。平時用來思考主題、思考如何保留個人風格、文章主旨或政治立場的那一部分頭腦，現在正忙著細數到底寫了幾個詞。所以他們腦袋裡其他比較沒主觀意識、更風趣愛玩的部分，終於有機會出頭天。

當我在課堂上指定這項作業時，我還宣布每個人之後都得上台朗讀自己的作品，這讓事情變得更刺激。「您要相信，先生，要是一個人知道自己將在兩週內被吊死，他的精神就會神奇地變得非常集中。」[2]這誘發了一種自然的表演風格，幾乎我認識的每個作家都有這種特色。

我還在雪城大學讀書時，有一回，昂格爾嫌我們寫的故事太愛賣弄又太「文青」，就在工作坊中場休息前宣布，下半場每個人都必須當場上台講一則故事。

你可以想像，這中場休息有多緊張。

但與我們平常交出去的作業相比，那一晚我們上台講的故事，無一例外，全都變得更生動、更戲劇化，更融入了眞實的我們，更充滿我們的實際魅力、我們在生活中眞正表現出的詼諧機靈。

這個練習產出的小段落還能做什麼？那些應用方式通常有點奇怪，帶有蘇西博士的惡趣味。曾有學生用這個練習寫出好幾則段落，拼成一則更長的故事：在每一輪練習裡，他也用五十個詞作爲單詞種類上限，每輪使用的單詞組合不同，但在將每輪產出的兩百詞段落拼成一則更長的故事時，保留同樣的角色人物。其他學生則把他們的練習短文當成類似故事開頭的引導段落，把劇情好好升溫之後，再放鬆限制，盡情用他們想用的「新」詞重寫故事。

這個練習的妙處是，它讓我們看見自己經常帶著某些想法徘徊，這些想法來自於我們在腦海裡自己化身而成的作家。當我們坐下來寫作時，那個作家就是開始附身在我們身上的人；那一刻起，我們大腦運作出現變化，對於故事想要做什麼、對於我們內心的文字產生器想要說什麼，都變得比較不開明。我們困在自己認爲自己應該如何寫作的狹隘圈子內，而這項練習阻斷了那種思維方式，我們忙於達成它的要求，讓大腦的其他部分發問：「好吧，我們

---

2 十八世紀英國文學家塞謬爾．詹森（Samuel Johnson, 1709-1984）的名言，收錄於友人爲他作的《約翰遜傳》。詹森編纂的《詹森詞典》，在《牛津英文詞典》出現前，是最通用的英文字典。

還有什麼能派上用場的？」大腦要問的就是：「有沒有其他大文豪也在這裡呀？」

這練習也許有點像是喝醉了還要跳舞，而且被拍攝下來了。在回放影片時，我們可能會瞄到一些自己正常情況下不會去嘗試的事，但看一看卻覺得滿喜歡的。如果我們喜歡，可能就會想故意這樣做——嗯，等一下就做。

習作三◆翻譯練習

伊薩克·巴別爾是我最喜歡的俄羅斯作家之一，可惜無法放進本書（因爲他是二十世紀的俄羅斯作家，本書講的是十九世紀）。

和果戈里一樣，巴別爾是個作品極仰仗翻譯能力的作家，因爲他的散文具有音樂性。我們可以說，一個更就事論事的作家——其作品更重視意象的並列對照，而不是針對畫面的精細描述，例如托爾斯泰和契訶夫，這樣的作家比較不受翻譯的影響。如果你像巴別爾一樣個人風格鮮明，就會更依賴譯者來呈現這一點；說到底，要讓你在中文裡聽起來和感覺就像在俄語裡一樣，這是件不可能的任務。我們這些不會說俄語的人永遠無法眞正體會像巴別爾這種風格大師的意境，但透過這個練習，我們可以多了解一下那種感覺。

你也會看到，藉由這練習，我們還能更了解自己的風格傾向。

這裡有五個不同版本的翻譯句，出自我非常喜愛的巴別爾作品〈在地下室〉（論及「階級」這個敏感主題的作品當中，最偉大的創作之一）：

藏在一片蔥鬱裡的步道上有幾張藤編椅閃爍著白色光芒[3]。

幾張籐編椅閃爍著白色光芒，沿著枝葉高掛的小徑擺放[4]。

幾張白色藤編椅在茂葉籠罩的步道上閃閃發光[5]。

---

3 Walter Morison 譯：Isaac Babel, *The Collected Stories* (New York: Meridian, 1974).

4 Boris Dralyuk 譯：Isaac Babel, *Odessa Stories* (London: Pushkin Press, 2018).

幾張藤編扶手椅在綠樹蔭濃的寬敞步道上閃耀著炫目的白光[6]。

在綠葉扶疏的大道上有白色藤編椅閃閃發光[7]。

可以請真正的巴別爾起來說一下話嗎？他不會來的，也不能來，他只存在於俄語原文版裡。俄文版裡是否有第一句翻譯裡缺少的逗號，賦予這條句子倉促、難以破解的感覺，讓我們想要多讀一遍，才好將單字轉換成畫面？當俄羅斯人用俄語讀這句話時，首先映入眼簾的是綠蔭步道還是白色椅子？那些綠意，在俄文版裡，是枝葉、草木、樹蔭、樹葉，還是其他什麼東西？

對於任何胸懷大志的作家，可以嘗試一個很好的尋找心聲練習：將上面五句翻譯排列名次，從最好到最差。

排好後，問問自己：我剛剛是依據什麼理由作出這些排名的？（由於我沒有暗示任何排名依據，這份依據只來自於你，迎合你美學品味中的某些基本要求。）

要注意的是，如果你能夠排名，就證明你有偏好。這種偏好可能和你與生俱來的心聲有關（其實是一定有關），是你在作家生涯中寫下每句話時，都將要仰賴的指引。

我們可以更進一步做這項練習：現在，你自己來翻譯。元素很簡單：一些白色的藤編椅，用某種特定的方式反射光線，被放置在有樹木和／或灌木叢的路上。你會如何排列這些設定？有了這些設定好的元素，剩下要做的，就是你依照自己的喜好找出這些元素的最佳排列方式——意即，放入你的心聲。

那麼就在這裡試試吧。

完成了，就可以自問：我寫下我的譯句時，我遵循的是什麼原則？也就是說，我仰賴的是什麼？我如何「決定」要這樣編寫？

當我自己練習時，我才理解到，我的大腦首先會尋求一個簡單的原理來處理這些資訊。

我發現自己正在搜尋有什麼動詞可以讓我用來避免被動語態，像是「白色藤編椅被放置在某個地方」這種句子。所以，「閃爍」就成了這句話的基礎，然後演變成「閃閃發光」。「白色」似乎也很重要，與所有的綠意形成對比。我想像自己看著那個場景，於是有了「白色的藤編椅閃閃發光……」然後我好奇，椅子上那些閃動的光芒是什麼？我考慮過眞的細細探究它，那就會變成「幾張藤編椅在『一片蔥鬱、枝葉、綠葉和低垂蜷曲的細椏影子間』閃閃發光」。然而，首先，這似乎比巴別爾心裡想的還要多了一點；第二，難以契合，會製造太多麻煩（字太多），卻沒什麼回報，畫面不易呈現重點，這句子似乎塞太多東西了。我們最好不要再花太多成本，就此打住，讓讀者至少有看到白色呀、綠意呀，這樣就好。

那麼就這樣：

「幾張白色藤編椅在綠意中閃閃發光。」

但我讀到這句話的反應是：「呃，你說的綠意是啥？」

「幾張白色藤編椅，硬塞到茂葉密布的寬闊步道裡，閃閃發著光。」

欸，也不是這樣。

我們不知道這些椅子的擺設方式，或者究竟有幾張椅子，不過我覺得自己想安排一些類似「三張白色藤編椅約略面對著同一個方向，但角度不盡相同，它們苦惱地看著包圍它們的叢林，彷彿在考慮要逃跑」的場景。

這個句子不適合放進巴別爾的故事裡，因爲這一小段話屬於一個更長的情節，主旨是凸

5 Peter Constantine譯：*The Complete Works of Isaac Babel* (New York: W. W. Norton, 2002).
6 Val Vinokur譯：Isaac Babel, *The Essential Fictions* (Evanston: Northwestern University Press, 2017).
7 David McDuff譯：Isaac Babel, *Collected Stories* (New York: Penguin Books, 1994).

顯一個到有錢同學家作客的貧窮男孩，如何被那裡的富麗堂皇震懾住了。

如此，我們就獲得了這道練習的真正重點。忘記這句話是巴別爾故事裡的一部分，盡你所能使它變得更好。那個新句子自己坐在那兒，瞬間就開始爲自己娓娓道出一則完整的故事，一則有意義的故事。

換句話說，我們自身的風格（我們在追求「詼諧」、「酷炫」、「愉悅」等過程中，透過極端的偏好取向而發現的事）製造出了一個句子，這個句子裡蘊藏著一則故事的基因。

「三張白色藤編椅朝向外頭，望著包圍它們的景觀植物叢林，彷彿在考慮要逃跑。」

若此時有個人走進這個場景，坐在其中一張椅子上，他就進入了一個瀰漫「好想逃跑」氣氛的世界。這有助於我們決定他是個怎樣的角色。他可能是個亟欲逃離某處的人，或是最近剛逃跑過的人，他唯獨不會是——再也無法是——一個無名小卒了。他是一個走進故事裡的人，想要逃亡的想法在故事各處陰魂不散，他並非全然地自由。

謝辭

首先，我要感謝安迪・沃爾德，他以沉靜的智慧、禪宗般的精確與豐富的世界觀改變了我的生活和藝術。我知道自己只是受他這種方式鼓舞的眾多作家之一，他那孜孜不倦的熱情與支持，幫助我們在藝術領域裡達到自我的最佳狀態。

我也由衷感謝艾絲特・紐伯格，我的經紀人與親愛的朋友，不僅相信我，能以最符合我的方式代表我奔走聯絡，更放入了許多熱情、慷慨和想像力，自一九九二年這令人難以置信的久遠歲月以來，她始終如此。

還有，謝謝妳，令人讚嘆的邦妮・湯普森，審稿界的麥可喬丹，讓這本書在許多地方、許多方面都變得更盡善盡美。

我尤其要深深感謝我摯愛的妻子，寶拉，以及我們的女兒凱特琳和阿蓮娜，並感恩我們一家人一直以來維繫的生活方式，一起生活、聊天和作夢，彷彿文學與生活之間沒有差別，而且致力奉獻於文學，似乎還讓生活變得更加美好了。

在我撰寫本書時，獲得許多寶貴的幫助，爲此要感謝瓦爾・維諾庫爾、米哈伊爾・約瑟爾、傑夫・帕克、阿麗娜・帕克、波琳娜・巴斯可娃、柳芭・拉平娜、雅娜・秋帕諾娃、瓦列里・米努辛。也謝謝莉莎・諾德，她修改/傳達了愛因斯坦那段關於新思維的話；謝謝瓊恩・芬克，說了那則佛洛斯特的軼事；還有琳達・貝瑞，感謝她多年前造訪雪城大學時帶來的啓發；感謝愛莉卡・哈柏，在我教學初期應邀而來的那場客座指導，實在令人大開眼界，我至今難忘，並在本書裡借鏡，特別是在我對於果戈里作品的分享裡；另外，我在〈主與僕〉

裡提到了昆德拉的名言，這要感謝強納森·迪伊給我的靈感。

我還要感謝以下這些人，這些年來，我所有關於寫作和閱讀的知識，都多虧了他們的教導：我的父母（最初就是他們給了我閱讀的時間，並讓我理解到，這是一件重要的事）、席莉·林布倫、喬·林布倫、傑伊·吉列特、麥可·歐洛克、里察·摩斯理、夏梅佐·德特、蘇·帕克、道格拉斯·昂格爾、托拜亞斯·沃爾夫、黛博拉·崔斯曼、我在雪城大學的學生們，以及遙想過去，在伊利諾州橡樹林市聖達米安小學的卡蘿穆夏修女與琳奈修女。

本書中的許多想法，都來自上述列出的這些人，並被我理解吸收。因此，很難說哪些想法是我的、哪些是他們的。我想，所有有益的點子都出自他們，謬誤則都來自於我。

也要感謝派翠克·比魯特和凱爾·尼爾森，在我撰寫這本書期間，因爲有他們存在於我的生活中，世界之於我才會是個更溫暖、更有理智的地方。

我非常感謝詹姆斯與安·雷辛，在我成書的最後階段，於美麗的紐約櫻桃谷熱情款待我至最後一刻。

特別向亞瑟·弗拉沃斯致敬，我親愛的小說創作戰友，在雪城二十多年來與我並肩作戰，最近剛退休。每次我聽見亞瑟滿懷愛意、全心全意地談論寫作時，都讓我對於自己也身爲作家社團的其中一員而無比感激與驕傲。還要感謝我的特別敘事法討論小組夥伴達娜·斯比亞達和瑪麗·卡爾、我在雪城大學的所有同事、以及藝術與科學學院的院長卡琳·羅蘭，感謝她對我們的課程不吝給予好意，並深切地理解我們致力達成的理念。

感謝本書中各個故事的譯者，讓我們能夠運用這些文句。

最後，再次謝謝各位，我親愛的讀者，感謝你們每一位的努力。讓我們好好記住以下這兩句矛盾得如此美妙的箴言，並且帶著這樣的信念活著：這是從果戈里作品挑選出的對比句，分別來自〈兩個伊凡吵架的故事〉和〈涅瓦大道〉：

「諸位，這眞是個令人生厭的世界。」

（然而）：

「我們這世界運行得多麼驚奇！」

附加資源

在本書中，我提及一些故事與電影，相關附加資源可以從下列網址取得：

georgesaundersbooks.com/additional-resources

推薦跋

作家寫這段要幹嘛？——淺談桑德斯（閱讀／寫作）煉金術

文／劉虹風（小小書房店長）

坦白說，當我一翻開這本桑德斯教導寫作的書，選入了七篇皆是俄羅斯文豪之作時，我的眉頭、內心稍微收緊了一下。為什麼呢？讓我們先來做個小小的調查：契訶夫、托爾斯泰、屠格涅夫、果戈里，這四個作家，你讀過誰的作品？

1. 都讀過（且可能喜歡其中的哪幾位）。
2. 讀過其中一、兩個。
3. 都聽過但沒讀過。
4. 聽過一（兩）個但沒讀過。
5. 都不認識。

根據你所選的回覆，就普遍狀態（不含特例）而言，大約可以標示出你的年紀以及喜好文學的程度。歸納我十多年與讀者以及寫作班成員接觸的經驗顯示，舉凡 a. 對寫作有興趣 b. 對文學有興趣的讀者，大比例會落在1-4之間（最低限是至少聽過托爾斯泰）；倘若你正處於5的狀態，卻拿起了這本書：哇嗚，恭喜你，你被桑德斯選中了：「如果我的目標是要讓沒有閱讀習慣的人愛上短篇小說，這七篇就是我會優先推薦的作品」（不過，對此我稍稍保留意見，容後再述）。

選1的讀者，年紀若非同我的世代（一九七〇世代），則通常會比我稍長一些（一九四〇～六〇世代），爲文學閱讀領域的資深讀者，且絕大部分都知道，這四個作家隸屬舊俄文學大家之列，並可自行補足未被桑德斯選入的，譬如許多讀者都知道的杜斯妥也夫斯基、現代聲量比杜老稍微低一些的普希金、萊蒙托夫等等。稱爲「舊俄」文學，純粹對比於蘇聯成立之前，劃分出專屬沙皇時代、十九世紀一批寫實主義小說現象爆發潮，而非指風格上的陳舊。

桑德斯選這些作家的作品，有什麼問題嗎？非常有趣的是：好處跟險處是一樣的。我們先談談好處。

就我十多年來的接觸觀察，更年輕一輩的讀者或創作者，上述四位大作家他們一個都不認識的比例大幅度增加，是時代所趨、譯本缺乏，或者演算法所致，或皆有可能，我們暫不研究。但「不認識」，意味著他們更有機會將這些作品視爲單純的文本來看，而這正是桑德斯所欣賞的作家納博科夫求之不得還得爲之撰文呼籲之事。

長久以來，俄羅斯文學背負著呈現「神祕的俄羅斯靈魂」之包袱，在不少俄國文學的愛好者、研究者或思想家的推波助瀾下，想透過俄羅斯文學滲透「俄羅斯人民、社會狀況與心靈（靈魂）狀態」，受不了這件事的納博科夫，在《俄羅斯文學講稿》裡吶喊：「不必在俄羅斯小說中尋找『神祕的俄羅斯靈魂』，讓我們在小說裡尋找個人才賦吧！觀看一件傑作，並非看著畫框，也不是看其他人看著畫框的臉。」（не надо искать «загадочной русской души» в русском романе. Давайте искать в нем индивидуальный гений. Смотрите на шедевр, а не на раму и не на лица других людей, разглядывающих эту раму.）

這個「畫框」，指的是當時的審查制度；「看著畫框的臉」，則是指馴服於審查制度而讚美／貶低作品的評論家或讀者。轉換成現代的標準，差不多等同於，看著星等或暢銷榜、流量、聲量，來評斷一件作品之優劣或成功與否。

無論當時或者現今，要穿越這些框架、洪流，皆非易事。因此，納博科夫教授文學的用意在於：召喚，以及培養優秀的讀者。我認爲，桑德斯亦有同樣的意圖：「我們活在一個退化的時代，被輕浮、膚淺、綑綁著特定利益、且又散播太快的資訊所轟炸。」身處一個視寫作與出版可輕易達成的時代，這些來上課的學生，顯然不乏有此意識之輩，桑德斯打算給出什麼樣的課程？

在成爲一個作者之前，多數人會先是一個閱讀者，於是，身懷著這兩種身分的你，面對一篇大師的作品，有多少工具可以拆解它，然後再重組起來？桑德斯在這本書裡所教授的，正是閱讀／寫作煉金術之要義、步驟與工具。

首先，桑德斯只給出作品的一頁，你很快可以讀完，不用五分鐘，接著，他問你：你對故事裡的哪些事感到好奇？你覺得故事會朝什麼樣的方向發展？接著，換他拆解給你看，並且，邀請身爲作者的你，試想看看：如果是你，你要如何走下一步；邀請讀者的你，想想有哪些事情是你想知道的。

在契訶夫的〈在馬車上〉這篇，桑德斯寫下他的寫作課裡所提供的閱讀拆解與思考方法，這樣以一篇作品完整示範拆解過程的文章，很少見。大多數教授寫作的書，僅會摘要文本段落、說明該段落具備何種功用，而剛開始創作的寫作者，往往會搞不清楚，從這一段過渡到另一段，要怎麼做。於是，桑德斯把作品一段段拆下來，讓你思考：故事跟什麼有關、被什麼事物推動，這個故事，作者想要召喚什麼、回答什麼；故事如何展示、如何逐漸升溫推向高潮、塑造角色的方式……等等。非常親切、毫不藏私，假如桑德斯是一隻要教雛鳥飛的老鳥，他絕對不是直接把你推下去的那一種。

讀者你看到這裡，正想放下書離開嗎？「嗯這看起來是一本教寫作的書跟我無關」。不要急，我只是還沒談到專屬於讀者你的部分——因爲，後面的六篇作品，桑德斯先放上原作，接著，才講課。也就是說，倘若你對寫作課程內容沒興趣，你也可以單純讀這六篇短篇小說——就是他認爲，沒有閱讀習慣的你，肯定會愛上短篇小說的那六篇（我們扣掉了前面教課的那一篇）。

那麼，是該談談桑德斯選擇這四位作家作品之險處了。我說，我不是那麼肯定你會就此愛上，是因爲，這六篇作品放在當今土薄水淺、四處喧鬧的環境底下，除了果戈理的〈鼻子〉以外（好吧再加一篇〈破罐子阿廖沙〉），每一篇皆非瞬間吸睛的作品，因而，要愛上（桑德斯說的）它，需要加上一點（呃……也許不只一點）耐心與意志：要讀完。

假如你能夠讀完這些作品，你會跟桑德斯一樣，在往後的歲月裡，時不時浮現某些篇章，對它們心懷困惑並且念念不忘：怎麼會是這樣呢？而後，突然有一天，也許，讀者你自己，對映到了某些情境或答案，恍然大悟：原來是這樣啊。

爲什麼會如此呢？因爲，這些作品，都具有某些「瑕疵」。造成「瑕疵」的原因很多，有些是技藝所限，有些可能是時代因素，譬如作品裡的性別歧視等等。不過，往往也因爲這樣的「瑕疵」，使得它成爲令人難忘之作（原諒我無法若桑德斯般，直稱它們是卓越之作）。譬如，〈破罐子阿廖沙〉，這篇托爾斯泰的短篇作品，讀完之後，跟桑德斯一樣，會生氣：阿廖沙怎麼這樣！作者如此描繪阿廖沙，是爲什麼？

因爲托爾斯泰知道這樣寫你就會對阿廖沙印象深刻嗎？這樣的寫作思維，相當現代，不過，托爾斯泰那個年代，作家描繪或創作一個角色，不只是爲了讓讀者留下深刻印象的，多數時候，是他們想要透過這個角色，傳達些什麼。就作品解析的角度而言，阿廖沙不是一個成功的角色，但因爲太寫實（殘酷）了，以至於他引起的沉默迴響之聲，巨大到難以忽視。

這一點，托爾斯泰自己可能也始料未及。

從一個研修俄羅斯文學者的角度，如我，閱讀這些作品時，很容易陷入某些自以爲是、自以爲懂的情境，譬如，阿廖沙的塑造非常托爾斯泰風格啊，反正他認爲人活著死了一切交給上帝咩；或者，我會毫無懸念地接納果戈里〈鼻子〉的瘋狂，因爲這樣的怪誕寫實，是俄羅斯文學奠基於民間傳奇、軼事而來的說書傳統。但是，桑德斯卻不滿足於單純讀者的接收，他想知道：作家是如何造就出這樣的文本的。他拆解文句段落、歸返文本自身的作法提醒我，要推敲出作者爲何這樣寫，需要調動多少資訊。

因爲桑德斯閱讀的是英譯版，當他的閱讀產生困惑之時，首先合理懷疑是譯本差異，於是他調動了至少三個譯本來比對；桑德斯的學生爲了挑戰他的意見，調動了托爾斯泰在此時期創作的美學與道德立場加以辯駁；桑德斯接著引入了俄羅斯傳統的「聖愚」概念，企圖加以詮釋阿廖沙；最後甚至還調動了倫理學——這一切，都只因爲，對於角色與故事安排的「瑕疵」，桑德斯充滿了好奇與探求。

當然你也可以說：就沒寫好啊（桑德斯說，連托爾斯泰自己都在日記裡坦承把阿廖沙寫差了），研究那麼多幹嘛。但是，什麼樣的狀況會讓一個作家設計一個隨隨便便就「領便當」的主角？

問題就在於，他沒有設計——他寫的是眞實的人生。人，的確可能隨隨便便就這樣死了。

既然這樣，活著幹嘛？

到這一步，我們已經開始混淆主角與原型，虛構與眞實。這一題，不只困擾托爾斯泰，也困擾著想方設法要讓主角合理活下來的每一個寫實主義作家。托爾斯泰可能（極有可能）找不到讓主角阿廖沙活著的方法，只好讓他像人一樣，隨隨便便就死了。

同時身爲讀書會的帶領人，我會認爲〈破罐子阿廖沙〉是一篇非常適合帶討論的作品；因此，我也能夠認同，桑德斯花這　多時間在一篇讀了會超級生氣的作品解讀上。

這本書的其他短篇，都有不同狀況的「瑕疵」——我較常使用「縫隙」二字來表述相似的狀況——一種讀者、創作者面對一部作品，有機可趁的狀態。猶如桑德斯在書中經常提到，短篇小說因爲篇幅不大，因此沒有什麼空間可以置放沒有作用的段落。將這個前提設立好之後，每一段看似「無用」的段落，都會引發桑德斯的思考：作家寫這段要幹嘛？

這七篇作品逐一解讀之後，讀者／創作者開始明瞭，桑德斯其實要揭示的是：與這些文本搏鬥的眞正意義不在於，確認每篇皆是結晶凝鍊之作，而是剛好相反：看見瑕疵／縫隙。

將「大師」端上殿堂的讀者，經常誤會，那些被稱爲傑作的，都是完美無瑕的；經歷尚淺的創作者亦容易幻想：要寫出一筆入魂之作，至死不「修」。但事實往往不是這樣的：一篇好作品，九成九以上是修了又修，修了再修而來的；修改的過程裡，可能修好，也可能修壞，修到面目全非慘不忍睹，或者修到另一種境界、另一番樣貌。所謂「完美」的作品，是一種永恆無可抵達的狀態，亦即：沒有這種東西。

不過，一篇「不完美的作品」來到你面前，也不代表你就看得出瑕疵／縫隙。更進一步，桑德斯煉金術的要義正是：當你能夠「看見」一部作品的「瑕疵」之時，代表你已經是相當資深的優秀讀者。因爲，大部分的閱讀者僅會停留在喜歡／不喜歡這個階段（當多數讀者將閱讀視爲娛樂之一種，自然沒有必要去判別一部作品的優、缺點爲何）。而倘若你是個創作者，具備這個能力，也就代表你能夠更深一層地理解、質疑、拆解作品，並且以你所認定的更好的方式，重組、重寫、改編、改寫。

既然好作品是日日鑿石而來，身爲一本寫作指導書，桑德斯盡責地在這本書的最末，提供了三篇作品，邀請你：刪減它、升溫它，以及，整合翻譯。假如這些練習題做完了，你深覺不過癮，那麼，請回頭將這七篇舊俄文學大師之作，大刀闊斧地拆解重寫一番吧！

大師名作坊205

雨落池中，為何還堅持游泳

精讀俄羅斯四大文豪短經典。一堂為閱讀、寫作與人生解惑的大師課

作者—喬治．桑德斯
譯者—顏于凡
編輯—黃子萍
封面設計—蔡佳豪
內頁排版—芯澤有限公司

總編輯—嘉世強
董事長—趙政岷
出版者—時報文化出版企業股份有限公司
108019臺北市和平西路三段二四〇號三樓
發行專線—（〇二）二三〇六—六八四二
讀者服務專線—〇八〇〇—二三一—七〇五
（〇二）二三〇四—七一〇三
讀者服務傳真—（〇二）二三〇四—六八五八
郵撥—一九三四四七二四時報文化出版公司
信箱—（一〇八九九）臺北華江橋郵局第九九信箱

時報悅讀網—http://www.readingtimes.com.tw
電子郵件信箱—liter@readingtimes.com.tw
法律顧問—理律法律事務所 陳長文律師、李念祖律師
印刷—勁達印刷有限公司
初版一刷—二〇二四年三月一日
初版四刷—二〇二四年六月十四日
定價—新臺幣五八〇元
（缺頁或破損的書，請寄回更換）

時報文化出版公司成立於一九七五年，
並於一九九九年股票上櫃公開發行，於二〇〇八年脫離中時集團非屬旺中，
以「尊重智慧與創意的文化事業」為信念。

雨落池中，為何還堅持游泳 / 喬治．桑德斯(George Saunders)著；顏于凡譯. -- 初版. -- 臺北市：時報文化出版企業股份有限公司，2024.3
面； 公分. --(大師名作坊；205)
譯自：*A Swim in a Pond in the Rain*
ISBN 978-626-374-866-8（平裝）

880.27 113000182

A SWIM IN A POND IN THE RAIN by George Saunders
Copyright © 2021 by George Saunders
This edition published by arrangement with Random House, an imprint and division of Penguin Random House LLC through Bardon-Chinese Media Agency.
Complex Chinese edition copyright © 2024 by China Times Publishing Company
All rights reserved.

ISBN 978-626-374-866-8
Printed in Taiwan